上册

天坑

王桂宏 著

作家出版社

图书在版编目（CIP）数据

天坑 / 王桂宏著 . -- 北京：作家出版社，2024.5
ISBN 978-7-5212-2542-6

Ⅰ. ①天… Ⅱ. ①王… Ⅲ. ①长篇小说 – 中国 – 当代 Ⅳ. ①I247.5

中国国家版本馆 CIP 数据核字（2023）第 194714 号

天　坑

作　　者：王桂宏
责任编辑：李亚梓
装帧设计：琥珀视觉
出版发行：作家出版社有限公司
社　　址：北京农展馆南里 10 号　　邮　编：100125
电话传真：86 – 10 – 65067186（发行中心及邮购部）
　　　　　86 – 10 – 65004079（总编室）
E – mail:zuojia@zuojia.net.cn
http://www.zuojiachubanshe.com
印　　刷：三河市北燕印装有限公司
成品尺寸：152×230
字　　数：810 千
印　　张：59
版　　次：2024 年 5 月第 1 版
印　　次：2024 年 5 月第 1 次印刷
ISBN 978 – 7 – 5212 – 2542 – 6
定　　价：118.00 元（全 2 册）

作家版图书，版权所有，侵权必究。
作家版图书，印装错误可随时退换。

小说纯属虚构,请勿对号入座。

———作者

上部

引 子

"救命啊……"

"救命啊……"

撕心裂肺的急促喊声从龙山天坑四周茂密的丛林里隐隐约约地传出来，消失在烟霭缭绕的崇山峻岭中，只有天坑那空旷深邃的洞中反射出一阵一阵的充满凄凉的回声：救——命——啊——

站在龙山天坑的边崖上，松江公社林业站巡林员姚建华一手拽住垂向坑里的枯藤，一手遮眼焦急万分地朝天坑里探望，嘴里用尽吃奶的力气在拼命地呼叫。尽管姚建华长得臂粗腰圆，浑身有一股使不完的力气，浑厚的嗓门声调很高，但声音再响，在密密的丛林中，在起伏连绵的山坡间也传不出两三里地。姚建华急切的救命呼喊声消失在山林天籁般的鸟鸣声里。欢快悦耳的鸟鸣伴着呼叫救命的从天坑中发出的回声又传回到姚建华的耳朵里。姚建华急得浑身大汗淋漓，松开拽住枯藤的手，急切地从边崖上跳向坑边的一簇竹丛里，双手不停地使劲地搓揉着，沉重的皮靴踩得刚冒出地面的芽笋咯剥咯剥地响。姚建华后悔死了。他不知道回去怎么给老婆李花红交代。刚才掉进天坑里的这个小伙子是自己的亲生儿子，他叫姚向东，刚刚高中毕业，还不满十八岁。

姚建华是松江公社林业站的巡林员。当了十几年的巡林员，这一带的山林、坡岗、天坑、山塘还有林间的大道小路他是再熟悉不过了。松江公社属陵阳县域，奔腾咆哮的嘉陵江沿着两岸青绿绿的起伏山峰一路东流，到了陵阳县城的北边拐了一个大弯，从县城的东北方向穿过县城，从县城的东南方向打着旋儿流出来，流向山间的村落和古镇。流到龙山天坑山脚的大片村落附近，顺着村落和山谷向远处流去。这里的村落连成了一片，成了龙山脚下繁华的集镇。集镇因江得名，叫松江镇。1958年大兴人民公社，松江镇改名陵阳县松江人民公社，松江镇附近的大山深处散落的村落也改了名称，称为大队。龙山天坑的山腰处有一形似黑鱼的湖塘，取名黑鱼湖。湖塘不足五百米长，但比较深，湖水碧绿碧绿的。湖的上游有一大片山坪，山里打猎的人家选择这黑鱼湖依山傍水的地方建起了山寨，年复一年，山寨渐渐地成了一个有近百十户人家的村庄。由于黑鱼湖的水是从松江的一个小支流淌进松江里，加之所流过的区域到处是茂密的山林，这个山村就取名松林村。到了人民公社化时期，也顺势改为松林大队。

姚建华对松林大队这一带的山势很熟悉。他是松江公社林业站负责松林大队这片区域的巡林员。从松林大队有一条顺着山势高高低低的山间土石路通往山下的公路。松林大队坐落在龙山天坑山腰的一片大坪上。往龙山天坑攀登全是密林中的山间小道。有些地方的小道也被疯长起来的荆棘野藤缠绕着，每前进一步都要费尽力气理顺枝杈，有些地方还得用巡林带的砍刀劈出一条一人行走的小路。龙山天坑位于松林大队附近的群峰中，这一带不知因为野兽多，还是什么原因，山都叫着野兽的名字。龙山附近有十几座大山头，有叫狼嚎山、狗头山、鸡鸣山的，还有叫獐子山、骆驼山的，反正说不出来头。龙山不像龙形，但大家都这么叫，习惯成自然。龙山是这片山峰中最高的一座。姚建华作为巡林员经常会在龙山天坑附近巡查。

龙山天坑是嘉陵江附近最大的一座天坑。姚建华听林业站的技术员讲过，龙山天坑像一个巨大的深不见底的圆桶。龙山天坑长径近七百米，短径也有五百米，曾有县里的技术人员借助仪器测量过，最深处近百米。龙山天坑从坑边往里看,沿着坑边的岩壁靠近地面的地方,呈坡形往下延伸,没有路,只有茂密的荆条和野草。半山洞处有一条小瀑布,只听到潺潺的流水声由上往下流,看不见瀑布。姚建华巡山十几年,从来没有进过天坑里。但听林业站的老巡林员说过,松林大队不少胆大的猎户常常会到天坑里攀崖狩猎,但不知从哪里进去的。听说这龙山天坑里野兽不少,常常在夜深人静时低凄地嚎叫,令人恐怖的叫声在黑幽幽的山林中回响,走山路的人听了毛骨悚然,浑身起鸡皮疙瘩。

姚建华踩着坑边的竹笋尖尖,目光盯着崖边的那棵千年的大槐树。大槐树几根主干从坑边的树丛中伸向天坑的空中。枝干足有一个成年人的腰粗,枝叶繁茂。在大枝干的中部又叉出三五根粗壮的杈枝,喜鹊不知什么时候在上面垒起了一个筛子大的鹊巢。不时,有三两只花白喜鹊从窝巢里飞出来,在天坑的上空盘旋着。姚建华至今还记得第一次巡山到了天坑时,第一个吸引他眼球的就是这坑边大槐树伸向天坑枝丫上的喜鹊窝。他激动不已,脑海里曾经一阵冲动,想爬上大槐树,爬到喜鹊窝的枝丫上去掏喜鹊蛋。但目光朝天坑下面一瞥,浑身不禁打了一个寒噤,这个念头立即打消了。想不到儿子姚向东第一次跟着自己来巡山,看到大槐树上的喜鹊窝,竟然爬上树干,顺着长满青苔、缠满枯藤通往喜鹊窝的悬在天坑上空的枝丫上爬过去。姚建华抬头一见自己的儿子姚向东正顺着枝丫缓缓地往喜鹊窝移动,惊出了一身冷汗。他知道喜鹊窝下方就是万丈深渊,顿时浑身的血液直往头上涌,心扑扑地狂跳不已。姚建华知道山林里常年不见阳光,树枝丫又滑又湿,儿子是第一次随自己来到这龙山天坑的深山老林里,他根本不知道掉下天坑的危险后果。

姚建华的心霎时悬到嗓子眼。他不敢喊儿子,只能用焦躁不安的目光盯着悬在天坑上空枝丫上缓缓移动的儿子的身影。突然,天坑的上空盘旋着的几只花白喜鹊叽叽喳喳地鸣叫着朝大槐树方向飞过来。估计是喜鹊发现有人往藤蔓缠绕的窝巢逼近。正值仲春时节,喜鹊窝里肯定有喜鹊蛋正在孵化,这些正在外面觅食的喜鹊怕有人掏它们的窝巢，扑棱着翅膀往大槐树这边飞来。正在往喜鹊窝爬动的姚向东听到喜鹊的叫声，一抬头，手脚一滑，呼地从枝丫上掉下去。眼尖的姚建华只听呼的一声，瞬间，大槐树的枝丫上只有喜鹊窝，不见儿子姚向东的身影。儿子肯定是掉进天坑里了，连一点儿回声也没有。

　　姚建华知道天坑的深度，掉进天坑就意味着掉进了十八层地狱。他望着喜鹊窝旁枝丫上蹦蹦跳跳的几只花喜鹊，终于回过神来，憋在心里的一股子气像打开了汽水瓶的盖子，噗的一声，姚建华浑身的血液直往头顶上涌。他仰天惊呼：向东！向东！

　　山林里传来一阵一阵的回声。山风在吹荡，鸟儿在鸣叫，不远处的山溪欢快地潺潺地流淌着，没有人知道此刻站在龙山天坑边崖小竹林里的姚建华心已经碎了。

　　爱子之心，人皆有之。姚建华当了十几年的巡林员知道儿子掉进天坑意味着什么。但他不死心。他拼命地张开喉咙呼救着，沿着山林间的小道往山下公路奔过去。只有公路边的长途汽车停靠站有电话。他要迅速赶到长途汽车停靠站，把儿子姚向东掉进天坑的消息电话告诉林业站，让他们向县城的消防队求援。天坑里救人只有指望消防队了。姚建华在当巡林员时接受过专业培训，山崖里救人只有靠消防队。他们有专业工具长长的绳索，有强光手电，有攀爬悬崖的技能。

　　死马当作活马医。活要见人，死要见尸。总不能让儿子的尸体喂野兽吧。救儿子的希望就像茫茫的山野里飘过的萤火虫的微光，哪怕只有一丝丝的希望，姚建华也不想放弃。他的脑海里浮现出土石公路山林边的手摇电话机。现在这手摇电话机可是姚建华的一根救命稻草。

　　姚建华一路狂奔往山下跑去，脸上、额头、胳膊让小路边的树枝划破了一道道口子，渗出了殷红的血。他顾不上汗水浸到伤口那锥心难忍的疼痛，嘴里不停地呼叫着：

　　"救命！"

　　"救命啊！"

一

姚建华那凄厉的呼救声在山林里幽幽地回荡。

姚建华沿着下山的林间小道，踉踉跄跄地朝山脚边的土石公路奔过去。他脑海里恍恍惚惚，儿子姚向东的身影在眼前不停地晃动。

姚建华与供销社营业员李花红结婚，生有三个子女。大儿子姚向东，二儿子姚向方，还有一个闺女，今年刚上小学一年级。姚建华一家在当地过的是上等的日子。虽然手头不宽裕，但夫妻俩都是吃公家饭的人，有些活便钱。姚建华深知，吃公家饭的人吃不胖，但也饿不着肚子。夫妻俩在单位工作起来很卖力气。姚建华当上了松江公社林业站巡林员，不少山里头种地打猎的山民羡慕得要死。其实，姚建华心里清楚，自己在大山深处巡查吃的苦只有自己知道。寒冬时节，北风凛冽，一场大雪，森林到处白茫茫的一片，山林间的小路全被白雪覆盖了，根本找不着路，但巡林员必须坚持巡山，以防山火和偷伐；夏天炎热，大山茂密的丛林雾霭茫茫，山风吹不进林子里，到处闷热蕴湿，人在林间走，浑身始终浸透着汗水，大汗淋漓；春秋虽然气候宜人，但山间草丛中的毒蛇，密林深处的野兽不时出没，插在腰间的那把大砍刀随时随地都要握着。这十几年吃的苦用句不好听的话说，真不是人过的日子。但姚建华是生在山里长在山里的人，体格强健，性格豪爽，不怕吃苦。再说，在那个年代还顶着公家人这顶红帽子，干起来特别地卖力气。

一晃近二十年过去了。大儿子姚向东去年已经十七岁。夏天快到的时候，姚向东从松江中学高中毕业后回到林业站的家里。

那是1974年夏天。全国没有高考，读完高中就是最高学历了。每年也会推荐工农兵大学生，但到了公社，能被推荐去读大学的工农兵学员只能是凤毛麟角。上大学对于姚向东来说想都没有想过。姚向东的父亲自从向东背着行李书包回到家后，脸上就愁云密布。他愁着大儿子的工作，做什么行当呢？那个年代，姚建华夫妻虽说是公家人，拿着固定工资，但养活一家五口人手头也挺紧的。三个子女，两个大小伙子，一个小姑娘，饭量都很大。儿子高中毕业了，不能在家吃闲饭。姚建华夫妻俩一合计，不管多难，想个法儿也得给儿子姚向东谋个事儿。

自己的儿子自己了解，姚向东是个两头冒尖的小伙子。姚向东脑子灵活，点子特多，说话一套一套的，看上去是根好苗苗。但从小在山里长大的，调皮撒泼，听不进大人的话。你说松江水流急，不能在松江里游泳，他常常伙同一帮同学到林业站后面的松江边游泳，让父母一到夏天就提心吊胆的。春暖花开的季节，他总是爬树掏鸟蛋。而且带着一帮子同学到林子里摸鸟窝。这也是险活儿，树枝不结实，随时会断，这可是人命关天的大事，但姚建华这个当父亲的怎么说也说不住。母亲李花红性子温和，整天为儿子姚向东的贪玩捏着一把汗，时不时附近的村子里的山民会跑到林业站姚建华家里告状，说是向东领头尽干些掏鸟窝的危险活儿。姚建华夫妇只能给山民们赔不是。其实，自己的心里也被儿子姚向东的耍泼弄得七上八下的。

姚建华心里急的是，儿子找工作可不是件容易的事儿。关键是向东做什么工作能让家里省心。

自从姚向东从松江中学高中毕业回到家里后，姚建华就在心里扳起了手指头：托人介绍到妻子工作的公社供销社当临时搬运工，估计向东心气高，磨不下脸面去干活儿；林业站里的巡林员隔几年总要招工，但姚建华这苦吃了十多年了，吃苦不算，还经常会有危险。他不想让儿子重走自己的老路。养儿防老，但养儿更希望他有出息，将来能给祖上添些光彩。现在大学的大门对于建华这样的平头百姓基本封死了。推荐上大学，说是让贫下中农推荐，其实贫下中农谁也说不上话。偌大的一个公社几万贫下中农，就推荐一两个工农兵学员读大学。公社里没有主要领导说话，谁能跨得进大学的校门。平头百姓人家想都不要想。难归难，但夫妻俩不死心。姚建华和妻子李花红也曾打过让姚向东当工农兵学员的主意。

姚建华和妻子李花红动这个心思也有些小理由。自己的儿子自己了解。俗话说得好，老婆人家的俊，儿子自家的好。向东这孩子长得跟建华一个样，身体健魄，个子一米七五还略高一些，虽是山里人，皮肤还算白皙。这可能是遗传母亲李花红。向东五官端正，额头略挺。林业站最东头的村子里有个算命先生，有一次在供销社购草席时见到李花红。向东放学后在供销社的草席仓库跟几个小同学玩捉迷藏。姚向东天性调皮，浑身有一股使不完的劲儿，在草席堆里翻下来，爬上去。李花红一见，连声呵斥，让向东注意安全。这位买草席的算命先生见了向东后，大吃一惊，问："花红，这是你家儿子？"

"是啊！"李花红是公社供销社的营业员，这附近的山民谁不熟悉。供销社虽不大，但山民的吃喝拉撒，日常用品，大到生产工具，小到肥皂、牙膏，都要凭票到供销社来买。大家都熟悉李花红。李花红个头高挑，脸皮白皙，一双大眼睛很有神，加上说话响铃似的，从来不摆架子，山民们都喜欢她。这位算命先生跟李花红也挺熟。他看到姚向东那高高的额头，听到李花红呵斥调皮的孩子，估计这位爬上跳下的顽皮孩子是李花红的儿子，于是顺口问了一句。

听到李花红肯定的回答，算命先生一边卷草席，一边朝满头是汗的姚向东瞥了一眼，声音有些夸赞："这孩子不简单。"

李花红一听，心里一愣，这算命先生大概见向东调皮出格，又不好当面批评，来了这句话。李花红心里盘算着：什么不简单？是过分调皮不简单，还是将来有出息不简单？趁着算命先生卷捆草席的空当儿，想想这算命先生私底里算命测八字还有些名气，于是开口套算命先生的话："喂！什么不简单？"

"这孩子不简单！"算命先生捆好草席，往肩上一扛，边走边说，"这孩子长得帅气，尤其是额头宽挺，将来会干大事。"

李花红一听，心里一喜，但嘴上还是嘟嘟囔囔似乎还为向东调皮玩耍生气："还干大事呢？不惹事就给家里祖上烧高香了。整天风风火火的，没有一个正经样儿，干得了什么大事？"

算命先生扛着草席轻松地走出供销社仓库大门，停住步子对李花红诡谲地笑笑："送你四个字，出生入死。"说完哈哈地笑着快步走出供销社大门。

李花红听了这四个字一愣，傻愣愣地望着算命先生那越走越远的背影，嘴里喃喃自语：出生入死！出生入死！

李花红把这四个字记在心里，心里想来想去不明白什么意思。反正说向东将来会干大事，在山村里就是有出息的意思。这出生入死里的死字，说不定就是提醒家里注意向东的安全问题。这算命先生说话还算靠谱。向东调皮贪玩，当然有危险。对了，注意安全，将来定有出息，将来定能干大事。

姚建华和妻子心里都清楚，向东这孩子打出生那日起，就显得与众不同，哭起来声嘶力竭，但也挺聪明，两三岁的年纪，就会看大人的眼色行事。算命先生看他天庭饱满将来会干大事，不能说没有道理。现在找工作说什么也要努力一把。姚建华有个表妹叫薛香琴，在陵阳县林业局当一般干部。在县里工作，吃公家饭肯定认识不少公家的人，这条路子不管行通行不通，都要走一下。不过河怎么知道水深浅。经不住妻子李花红的唠叨，姚建华去了一趟县城表妹家。

姚建华拎了干山笋，特意捉了一只散养在自家院子里的芦花大公鸡，搭上去县城的长途汽车。姚建华赶到表妹家，已是中午时分，表妹热情地招待吃了一顿有红烧肉的午饭，问明事由后，头摇得像拨浪鼓，话说得既直爽又有道理："建华哥，不是我不帮这个忙，向东的前途这是个大事儿。我就是林业局一名普通干部，说不上话呀！推荐工农兵学员，领导的子女、亲戚谁不挤扁了头往里钻呀！"说到这里，表妹薛香琴长长地叹了一口气，两手一摊："心有余而力不足，力不足！"

姚建华也不想为难表妹，赶紧朝表妹苦笑笑："理解，理解。"

薛香琴说完，拿起桌子上早已准备好的一双绿色塑料凉鞋，递到姚建华手里说："上次去重庆出差，在重庆第一百货公司为向东挑的，本想给向东送过去。你来了，正好带上。"说完，把塑料凉鞋递到姚建华手里关心地说："条条大路通罗马，有出息将来终归有出息，给他找个好工作，将来也能成大事！"

姚建华接过表妹手里透明的塑料凉鞋，连连感谢，点点头离开表妹家。走到大街上，一阵风儿吹过来，浑身的烦躁被风带走了。姚建华心里平静下来。想想表妹说的话，有道理。条条大路通罗马。当工农兵学员这条路不是山里普通人想的事儿。要不是算命先生给妻子说向东不简单，根本就不会往这条道儿上去想。姚建华有自知之明。自己就是个巡林员，表妹也就是个一般干部，哪有这个能耐。阵阵风儿让姚建华感到特别凉爽。

想当工农兵学员这条路走不通，只能在工作上打主意了。从县城回到家里，姚建华和妻子李花红把精力都用到盘算向东的工作上。但盘算来盘算去，总得向东愿意干。

从松江中学高中毕业后，其实在离开松江中学大门回家的路上，姚向东的脑子里就一直在盘算着今后的路怎么走，走什么路。1974年的夏天，已经是"文革"的后期，到处平静下来，虽然批这批那，但老百姓要过日子，过日子就要干活儿。干什么活儿？姚向东心里一直盘算着。

二

1974年的仲夏，山镇天气特别地热。

松江公社所在地松江镇依山傍水，顺着松江两岸的河谷坡地而建。松江镇离县城陵阳大约二十几里地。交通还算便利。从嘉陵江分支出来的松江穿过陵阳城，一路浩浩荡荡地往东流。流到松江镇的西北角，抱着松江古镇呈"S"形缓缓地流淌。松江镇的西北边靠松江的拐弯处建了一座江边码头。码头不大，客轮停靠在码头上，上船下船的旅客不少，加之客轮那沉闷的汽笛声，倒也成了松江镇的热闹之处。松江公社供销社的仓库设在码头不远处的山坡上。一溜十几间砖墙平瓦的库房，外墙粉刷雪白，墙上的大红方块字标语特别醒目：将无产阶级"文化大革命"进行到底！松江公社的林业站在离江边不到五百米的山腰上。姚向东从松江中学回家，沿着江边的土石路，一边欣赏着松江里缓缓流动的映着青山的绿水，一边快步往家走。姚向东跨过松江大桥，爬一段山路，就到了林业站。家就在林业站附近的山坡上。

松江镇是一个远近闻名的古镇。相传明朝皇帝朱元璋在南京坐稳江山后，派出了几十支小分队，沿着长江溯江而上。目的只有一个：开疆拓土。每支小队找到长江的一个支流后，再沿着支流寻航。嘉陵江是长江上游重庆段的一个支流。带队的头儿姓姚，江苏太湖边出生，会水性，从小爱水。他遵旨带了三条大帆船，近一百号人，从长江入嘉陵江，一路两岸青山碧绿，江水清冷碧亮，虽沿途不见村落人家，但两岸美丽的风光吸引了大家。船队一路风顺帆正，一连航行了六七天里程，还不见嘉陵江的尽头。

一天早晨。

太阳红彤彤的光亮把青绿绿的江水也映红了。船队到了一个江湾处，江水似乎平缓下来。带队的姚长官从船舱里爬出来，目光四处一扫，吃了一惊。这是什么地方？到处白茫茫的，河水镜面似的，远处青翠的山峰连绵起伏的倒影在河面上留下了一幅美丽的山水画。姚长官出生在太湖边，心里纳闷起来。怎么嘉陵江变得像大海似的开阔，不对呀！这里离海边远着呢！肯定是太湖。原来姚长官的船队已经来到嘉陵江的支流松江流域。松江从陵阳城穿城而过后，一路东流，到了松江镇这边的千溪湖平缓下来。姚长官决定在千溪湖边驻扎下来。这千溪湖像家乡太湖，他竟然爱上这里的千溪湖了。后来不知什么原因，估计是山高林密，河流交错，他们迷路了，走不出去就在这里生存繁衍下来，于是有了松江镇。

松江镇的东南角有一块很大的湖面，当地人给这条湖起了个名字，叫千溪湖。松江两岸的崇山峻岭，每到雨季，无数条水流沿着山坡急急匆匆地流进千溪湖，随着穿湖而过的松江，流向远方。千溪湖的最西端有一座著名的寺庙，建于明代，叫霞光寺。相传就是那位带着船队来到松江的姚长官发起修建的。松江镇有湖泊千溪湖，有寺庙霞光寺，在远近也有点名气。在"文革"期间，陵阳县政府发动民工从县城修了一条土石公路到松江公社。有了公路，通了汽车，镇上的交通有车有船便利多了。

姚向东的童年，特别是到松江中学读书期间，可以说是玩遍了松江公社的角角落落。姚向东聪明，脑子活络，但特别调皮，想着法子玩刺激。霞光寺里捉迷藏，把有些香客惊吓得六神无主；千溪湖里摸湖蚌，逮鱼虾，常常让父母操尽了心；特别是到山林里掏鸟蛋，让父母提心吊胆过日子。但还算运气好，直到十七岁这年仲夏，高中毕业了，向东也没有发生什么危险事儿。顶多是有惊无险。

松江中学的高中毕业典礼很隆重。学校上午召开了毕业典礼大会。会上，举行了隆重的升旗仪式。姚向东站在队列里，抬头凝望着鲜艳的五星红旗。他激动地望着迎风飘荡的五星红旗，思绪也飘荡起来。他想，升旗仪式是激动人心的，但激动之后，我们就要离开松江中学这一美丽校园了。今后的路怎么走，姚向东的思绪在嘹亮的歌声中飞扬起来。他想走出大山，但从哪儿走出去呢？大学的大门只开了一道小小的缝，自己就是变只蜜蜂也飞不进去。巡林、卖百货、山里采药打猎……做啥事也不过瘾。

姚向东想走出大山。

国旗在山风的吹拂下缓缓上升，姚向东的心思像缓缓升起的国旗。他在心里认定，天无绝人之路，走着吧，路一定会越走越宽广。

中午，松江中学为74届高中毕业班学生会餐。雪白的大米饭，干笋红烧肉。学校把养了近一年的一头大肥猪杀了。参加毕业典礼的同学们从听到杀猪的嚎叫声起，嘴里就开始渗涎水了。中午会餐时，大家狼吞虎咽，倒也痛快。姚向东家在松江公社算得上是上等人家。父母都在公家干活儿，虽说干的是苦累活儿，但能拿到花花绿绿的票子，生活比纯山民们要好得多。至少活便钱多些。家里每个月都能吃上一两次猪肉。而纯山民们半年吃不上一次肉的人家很多。会餐时，姚向东看到不少山里人家的同学吃大块肥膘肉时，像填炮弹似的。猪肉放进嘴里，似乎没有咀嚼就囫囵滑进胃里。看到同学们狼吞虎咽的样子，姚向东心里不是滋味。他在心里下定决心，必须要找到工作，必须要找到好的工作。今后路就是再曲折，也要顽强地走下去，至少要找到痛痛快快地吃上肉的工作。想是这么想，但看看社会现状，他心里没有底。但他有信心。他相信前面的路虽然变幻莫测，但会越走越宽。

会餐快结束时，食堂大厅窗外的天空灰暗下来。太阳不知什么时候躲进了厚厚的云层里，云层越来越厚，越来越低，天空渐渐地黑沉沉的一片。

天空越来越暗。窗外宽阔的操场上一只只白尾巴的燕子欢快地飞过来，掠过去。有些胆大的燕子还在食堂大厅的门廊里穿梭飞翔。一只花白燕子竟然误入餐厅，在食堂大厅吊着的日光灯之间兜过去，穿梭了几转之后，从开着的气窗里飞出去，消失在雾霭蒙蒙的天空中。

起风了，木框窗子上蒙着的塑料布被风吹得飘起来，发出飒飒的声响。

远处隐隐约约传来了沉闷的雷声。

食堂大厅窗外不远处连着山峰的密林上空不时划出一两道蛇形闪电。

风越刮越大。操场上吹过来的风，透过几扇没有玻璃的窗格吹进教室里，教室顶上的日光灯荡起了秋千。

山风一阵紧似一阵地刮过来，呼呼呼的声响，像发动机在加速，越来越急促，越来越震响。

黑沉沉的窗外掉下了无数颗黄豆粒大的雨点子。这些雨点越来越密，雨点砸地的声响伴着呼呼呼的山风越来越响。刹那间大雨倾盆而下，密密匝匝的风雨在操场上刮起了一阵蒙蒙的烟雾。

燕子早已飞进了密林里。只有风声、雨声和闪电划过之后的雷鸣声一声紧似一声。食堂餐厅外边的山林、松江和不远的霞光寺那金色的琉璃瓦完全笼罩在茫茫烟雨中。

谁也出不了食堂大厅，大家只能静静地坐着，回味着刚才会餐时干笋红烧肉浓浓香甜的滋味。

这场雷暴雨，足足下了一个多小时。

风停雨住。

松江两岸连绵起伏的山头上烟霭缭绕。山坡上翠绿的密林里，呈现出一道道飞流而下的瀑布。瀑布像闪电似的在绿树成荫的山坡上一晃一闪，流进波翻浪涌的千溪湖，流进波涛翻滚的松江，在松江镇转了个小弯，朝远处的嘉陵江奔腾流淌。

雨刚停。

天空厚厚的云朵缓缓地移动，云朵变得越来越薄。太阳害羞地从薄薄的云彩中露出了脸，刹那间天空、大地就透亮了。太阳挂在高高的山顶上，灿烂的阳光洒满松江两岸起起伏伏的山峦，洒向一望无垠茫茫的千溪湖，洒向千溪湖西岸边的霞光寺，金色的琉璃瓦反射出灿灿的光芒。江面上，湖岸边，陡峻的山崖，绿茵茵的树丛里，到处霭气袅袅，像初冬的晨雾，随着太阳的光亮而缓缓地散开。松江像一条白色的丝带，在山峦丛林的绿色海洋里翩翩舞动，甩进了大山远处的奔流不息的嘉陵江里。

太阳的光越来越亮，食堂大厅外，躲雨的各种鸟儿飞出了树丛，在窗外的天空中欢快地飞翔，发出各种天籁般的鸣叫。姚向东朝窗外望了几眼，站起身，与身边的同学一一打起招呼告别。姚向东心中有些说不出的失落，缓步走出食堂大厅的大门，踏着积水快步朝宿舍方向走去。

三

食堂大厅与学生宿舍隔了一片小树林。姚向东穿过泥泞的林间小路，来到学生宿舍门口的走廊里。他停住步子，转过身，目光投向不远处满目翠绿的连绵起伏的青山。山风带着林木和绿草的清香味儿一阵一阵地吹过来，姚向东浑身感到阵阵的凉意。他情不自禁地打了一个寒噤，臂膀不自然地抖动了几下。几只燕子喃喃地鸣叫着在宿舍门前的小树林的上空飞来掠去。姚向东的目光随着飞翔的燕子那轻盈的身影极快地移动，心里一阵一阵的酸楚。当初，拎着人造革提包走进学校大门时，看到宽阔的操场，看到一排排砖瓦玻璃窗教室，尤其是操场东头那土石垒起的讲台，一根笔直的杂木竖在那里，木头的顶端，一面鲜艳的五星红旗，迎着阵阵山风欢快地飘扬着，当时一阵说不出的激动充满了整个心房。姚向东觉得自己跨进学校门，仿佛跨进神圣的大殿，浑身像插上了飞翔的翅膀，天空是那么开阔，路仿佛无尽头似的伸向远处，心中充满了无限的信心。现在一晃五年过去了。眼看就要离开这热闹的同学们，可是，眼前的路似乎已经走到了尽头。姚向东长长地叹了一口气，转身走到宿舍门口，轻轻地推开宿舍门，径直走到自己的床边。一只大帆布书包，一只人造革包早已整理好。他拎起人造革包，把大帆布书包往肩上一撂，头也不回地走出宿舍，穿过一片小树林，出了学校大门，沿着松江边的土石公路，往林业站附近的家里走去。

　　高中毕业回到林业站附近的家里，不读书了，干什么呢？这个念头已经在姚向东的脑海里盘算了快半年了。记得年三十晚上，一家人吃团圆饭，弟弟姚向方，妹妹姚向红，一个上初中一年级，一个读小学四年级，正是花样的年华。饭桌上欢声笑语，但姚向东始终沉默着，不时搭讪几句话。父亲姚建华知道大儿子的心思，过了大年，再读一学期，就要高中毕业了。毕业了，面临的最大难题就是找工作。"文化大革命"兴起了这些年，大学的门基本关上了，只留下一道缝。这道缝不是一般人能钻得进去的。姚向东虽然调皮活泼，但很聪明，在学校的成绩是数一数二的。尤其是同学们都怕写作文，他就爱读书，就爱写作文。他写的作文常常被语文老师贴到黑板的右上角。爸爸知道，只要儿子向东回来说今天又发表了一篇作文，那就是他的作文又贴到全班的黑板上了。但是再聪明，没有路走，大学的大门只有一道缝。向东与父亲不止一次谈过今后的路怎么走。上大学去，当一名工农兵学员，这条路几乎是绝路。当然，当父亲的姚建华总是不把话说绝，总是鼓励大儿子向东往这条路上努力，甚至还答应等将来高中毕业后，他会去县城找自己在县林业局工作的表妹。不管怎么说，姚向东听到这句话，心里总是有些热乎。虽然姚向东不敢奢望。

自从春节过后，每当父子俩在一起，当父亲的姚建华总会在姚向东面前兴致勃勃扳起指头，说起今后路的问题。开头总是一句话，条条大路通罗马。当父亲的说归说，但并不知道这句著名格言出自何处。姚向东读的课外书多，他知道这句话的出处，更知道当父亲的说这句话给自己听的用意。

姚向东知道条条大路通罗马是著名的英语谚语，出自罗马典故。公元前三世纪罗马统一了整个亚平宁半岛。公元前一世纪，罗马城成为地跨欧亚非三洲的罗马帝国的政治、经济和文化中心。罗马帝国为了加强其统治，修建了以罗马为中心，通向四面八方的大道。当时，从意大利半岛乃至欧洲的任何一条大道开始旅行，只要不停地走，最终都能抵达罗马。据说这句话最早出自罗马皇帝尤里安。姚向东知道父亲说这句话其实是开导自己，意思是路会越走越宽，三百六十行，行行出状元。

临近高中毕业的日子，正是春夏之交。天气特别凉爽。天黑得晚了。吃过晚饭，父亲总会陪向东沿着山脚边的土石公路毫无目的地往前走，边走边聊毕业后工作的事儿。父亲的意思很清楚，人这一辈子不管顺利还是挫折，生活的路总要往前走，但不能一条道儿走到底。将来能被公社推荐为工农兵大学生，那是祖坟冒烟的事儿，当然求之不得。但不能就盯着这条道儿。父亲一边散步，一边给向东说起了一条一条的路。

姚向东一边走一边思忖着，听父亲说着山里人就业的门类。到林业站当个临时巡林员，虽然苦一些，累一些，有时甚至还会有危险，但今后干上几年，说不定还能顶替父亲当个吃公家饭的巡林员；到码头上去当临时搬运工，活儿是苦一点，但挣的钱多；学一门手艺也不失为一个长久的生计，当篾匠，学瓦木工，到山里打猎采药草，只要硬着头皮做下去，将来日子总能混得下去，日子总会越过越好。姚向东听着父亲娓娓叙说，始终不答声。他心里明白，这些活儿都是山里人能做的活儿，可自己是个高中毕业生，文章写得不错，总不能一辈子在这大山深处转圈圈。松江的水都能日日夜夜地流淌，流向很远很远的地方，自己是个活蹦乱跳的大活人，难道就不能走出大山？怎么走出大山？姚向东的心里一点底气也没有，看来毕业回到林业站的家里，只能听父母的建议，先干起活来，走一步看一步了。每当父亲陪自己在山脚下的土石公路上散步，总是父亲讲，向东耐着性子听，从来没有表态过。那时毕竟还没有从学校毕业回家。

　　现在，该是决策的时候了。姚向东拎着人造革提包，扛着沉甸甸的书包，沿着松江边的土石公路，踏着积水，一步一个脚印地往前走。土石公路在松江镇的西北有座大桥，跨过松江大桥，姚向东来到松江北岸的土石公路。姚向东知道这条土石公路通往陵阳县城。公路沿着大山脚下弯弯曲曲地往东延伸。跨过松江大桥，沿着松江大桥走不到三百米远，有一三岔口，一个岔口通往山里，这是父亲巡林上山的必经之路。路口有一个不到十平方米的土石亭子。松树皮盖的亭棚，平时既能遮阳又能避雨，县城通往松江镇的长途客车在亭子处设了一个站。亭子里有一部手摇的老式电话机，这是巡林员应急用的。另一个岔口通往县城。土石公路绕过霞光寺，抱着千溪湖岸朝县城陵阳延伸。

　　姚向东快到三岔口时，踏上一条弯弯曲曲的林间小道，爬不到三十米的山坡，就看到一块山坪，林业站的宿舍区就在这山坪上。宿舍是一排红砖灰瓦的平房。平房后面是密密的竹林，依山面朝松江镇，松江抱着松江镇流淌的景致尽收眼底。

　　太阳西斜。满山的青翠在金色的阳光下熠熠生辉。姚向东满头大汗地爬到山坪，来到自家宿舍的院门前。

　　院子里种满了瓜、茄等蔬菜。中午的一场雷暴大雨，小院显出一片生气盎然。围着院子的是青竹编成的栅栏，青竹栅栏上爬满了紫色的扁豆藤蔓和翠绿色的丝瓜藤，鲜艳的丝瓜花，黄艳艳地盛开着，在绿色的叶蔓中特别醒目。几只蜜蜂在黄艳艳的丝瓜花蕊里吮吸着甜甜的花粉，不时会飞起来，在绿叶和黄花中飞舞着发出微微的嗡嗡声。

姚向东推开竹门，走进院子里。他把肩上的书包和手里的提包顺手往门边的石凳上一搁，没有进门，而是像一个没有到过乡下的城里人欣赏起院子里的瓜果蔬菜。

山风阵阵吹过，屋后的竹林发出飒飒的响声。

四

雨后的山坡上一片葱绿。微微的山风带着雾气一阵一阵地飘过来，菜园里绿色的菜秧和淡黄色的生菜随风起伏。雨后的空气清新，从云层中露出笑脸的太阳洒下金色的光芒，山坡上的竹林里、树丛中鸟儿欢快地掠过向东家的菜地上空，留下一片吱吱吱的鸣叫。

向东凝望着眼前母亲打理的品种丰富的菜园子，用手不时撸一撸被山风吹乱的头发，心中生起了一阵说不出的愉悦。从学校大门走出来的失落感，似乎随着书包和提包放下来，随着这片生气勃勃的菜园子慢慢地消失了。

菜园子真美。上小学，读初中，直到高中毕业，他每次经过这片诱人的菜园子，但从来没有今天心情这么舒爽。从这片小菜园子，他似乎看到了什么。从这片世外桃源也许能走出一条康庄大道来。此刻，他想起了中国著名文学家鲁迅的小说《故乡》中结尾的那句话：希望本是无所谓有，无所谓无的。这正如地上的路，其实地上本没有路，走的人多了，也便成了路。向东欣赏着眼前生机勃勃的菜园子，茄子、韭菜、丝瓜、番茄、青瓜、葫芦、菜秧，还有扁豆、小葱……正是仲夏时令，紫色的茄子像老公公一样弯着腰；青绿色的番茄像一盏盏小灯笼；绿色的丝瓜藤蔓爬上了篱笆，爬到了篱笆边上的树枝上，绿色的丝瓜宝宝像一个个苗条动人的小姑娘；还有那带刺的青瓜；绿茵茵的小葱和韭菜……一股清香从菜园子的泥土中透出来，沁人肺腑。向东目光移向菜园子的篱笆外，与篱笆相隔不到四十米的地方有一个小水塘。塘边有块不大的青石板铺就的埠头，挑水浇地就从这青石板上把塘水运到菜园子里。小水塘周围的野桃树上的青果子已经有新疆大枣那么大个头，在野桃树间还有不少栗子树、杏树环绕着小池塘。看到小水塘，春天的景色像放幻灯似的在脑海里浮现着：满树的杏花在小水塘边灿烂地盛开着，果树空隙的坡地上一片葱绿。野菜花竞相开放。特别是荠菜的小白花开得有些羞涩，而蒲公英却开着鲜艳的重瓣黄花，在天地间闪烁招摇。每年初春杨柳绿了的时候，母亲总会近水楼台先得月。她会从供销社计划供应的家禽苗中，买上三四只鹅，放入小水塘中。此刻，小水塘的水面上，白色的小鹅正悠闲地浮游。到了深秋季节，这些长大的鹅就会下蛋，家中盐糖都是靠鹅蛋从供销社换来的。要是其中有一只公鹅的话，一家人就有口福了。想到这里，向东的嘴里渗出了口水。此刻的向东似乎感到脚下的路真多，每条路都可以走走。他心中充满了信心。

　　向东抬头望着冉冉西下的夕阳，转过身迅速地拎起石凳上的书包和提包朝屋里走去。

　　今后的路怎么走，父亲说得对，条条大路通罗马。晚上再和父母商量，大不了每条路都走走，还是鲁迅说得对，其实地上本没有路，走的人多了，也便成了路。向东暗暗下决心，一定要自己踏出一条路。

　　向东高中毕业了。

　　今天在姚家也算是个重要的日子。晚饭明显加了菜。晚饭三个菜，韭菜炒鹅蛋；红烧茄子；清炒菜秧。

　　天擦黑时，弟弟向方、妹妹向红几乎是同时跨进屋子里。向方鼻子尖："什么味儿这么香？"向方放下书包一边问，一边往厨房跑。

　　向东坐在灶门口的小竹凳上不紧不慢地往灶膛里添柴火，母亲在锅台上炒鹅蛋。今天向东高中毕业的第一天，不管做什么事，家中总算多了一个帮手。向东的父亲早上就关照妻子李花红，把去年养的一只下蛋的老鹅刚下的四只鹅蛋炒了。开始，妻子李花红还有些舍不得。李花红心里还打着小九九。这些鹅蛋还得送到供销社换成钱。万一向东有机会参加推荐上大学，丈夫到城里走走路子需要打点。姚建华很认真，非让妻子李花红给大儿子高中毕业庆祝庆祝，不图别的，就图个吉利。李花红听丈夫说的话在理，此刻把四只鹅蛋全下锅炒了。

向东见弟弟闻香而至，往灶膛里又添了一把柴火，高声说道："向方，你猜！"

"是不是母亲从食品站买肉啦？"向方停住步子，朝厨房望去。厨房里传来香气扑鼻的哧哧声。

"想得美！"向东从灶膛门口站起来，对弟弟做了一个鬼脸。

"不是肉，是什么？这么香？"向方用怀疑的目光朝锅台上扫扫，三步并作两步跨到锅台边，目光盯着母亲那上下翻动的铁铲，似乎有些失望，"我还以为今天有红烧肉吃呢！原来是韭菜炒鹅蛋！"

母亲朝向方瞥了一眼嗔怪地说："炒鹅蛋也不是给你吃的。"

"给谁吃的？"向方朝母亲望望，心中有些纳闷：怪不得今天炒鹅蛋，家里要到亲。

"给你哥准备的！"母亲的铁铲在锅里不停地翻动，心里在想，这二小子不当家不知柴米贵，还想吃红烧肉，吃上炒鹅蛋也是有事儿的。

"哥怎么啦？给哥炒鹅蛋？"向方有些不解，一边问一边不停地用鼻子嗅嗅。

"你哥今天高中毕业！一家人庆祝庆祝！"母亲说着，拿起盘子，把油渍渍的炒鹅蛋盛到盘子里，一边切韭菜，一边对向方说，"你可要加油呀！"

"是该庆祝！高中毕业找上工作就给家里挣钱了！"向方说着走到灶门口，一把拽住向东的膀子，使劲一拖。自己一屁股坐到小竹凳子上，抓起一把柴火塞进灶膛里说："哥，歇会儿，我来添柴。"

"挺懂事呀！"向东掸掸身上的灰尘和草屑，语气中带着夸赞。

母亲脸上露出了笑容。妹妹向红也从房间闻香来到厨房。她不知道发生了什么事，只知道晚上有炒鹅蛋吃了，口水都快流出来了。她见母亲笑了，一只手拽拽母亲的衣襟也嘿嘿地笑起来。银铃般的笑声把栖息在屋梁上的两只麻雀惊飞起来，穿过气窗，消失在屋后的竹林里。

姚建华从林业站下班，一脚刚跨进门槛，听到小姑娘向红响脆的笑声，大着嗓门："谁笑得这么开心？"

向方、向红听到爸爸那熟悉的嗓门，几乎是同时从厨房里跑出来，兴奋地嚷道："有鹅蛋吃了！有鹅蛋吃了！"

那个年代，谁闻到炒鹅蛋的香味都会咽口水。姚建华推开竹篱笆门，走进菜园子里就闻到了浓馥的炒鹅蛋的气味。他知道今天向东高中毕业。早上，他就跟妻子商量好了，晚上把老鹅新下的四只蛋炒韭菜，为大儿子高中毕业庆贺一下。其实，夫妻俩商量这么做，也就是让大儿子向东高兴高兴。这些日子，夫妻俩的心里都想着一件事，向东高中毕业后工作的事儿。要是纯山里人家也没有这么纠结——要么种地，要么学门手艺。但建华这样的家庭不一样，上不上，下不下的。建华和妻子都不是纯山里人。不管怎么吃苦，但这巡林员、售货员的工作还挺让人们看得起，关键是吃公家饭的，有面子。向东生长在这样的家庭，加之成绩又拔尖，工作的事儿就多了些选择。山里人俗话说得好，满箩筐拣瓜，挑得眼花。上等的工作，去军营当兵，去当工农兵学员，但这些工作不是自己能选定的；跟着爸妈去就业，只能当个临时工，何况巡林员也好，售货员也罢，都是吃苦的差事，面子光亮，骨里受伤。这些日子夫妻俩经常跟向东商量，但向东拿不定主意。

姚建华身体壮实，皮肤黝黑，个头高挑，他是个不怕吃苦的人，但他不愿意让大儿子跟他一样一辈子吃苦。母亲更疼儿子，当然希望儿子找个轻松的工作，但使不上劲儿。姚建华在下班的路上还想着大儿子工作的事儿。走到门口，听到小姑娘的笑声，跨进门朝笑声方向走过去。

一家人到齐了，欢天喜地地围着长条桌吃晚饭。香气浓浓的韭菜炒鹅蛋味直往大家鼻子里钻。向方忍不住伸出筷子，要撩炒得黄灿灿的炒鹅蛋。母亲李花红用手轻轻地一拦说："今天是你哥哥向东高中毕业，第一块鹅蛋夹给向东，怎么样？"

"行！行！"向方挺懂事，举起的筷子悬在空中，朝母亲微微点头。

就在这时，姚向东轻轻地站了起来。他把筷子伸到韭菜炒鹅蛋的盘子里，给弟弟向方、妹妹向红各夹了一块油渍渍的鹅蛋块，轻声说："从明天起，我会去打工挣钱，我会让家里人都吃上炒鹅蛋！"说完，又给父亲、母亲各夹了一块炒鹅蛋块，这才坐下来埋头吃饭。

一家人埋头吃饭，只听到窸窸窣窣的咀嚼声。

屋子里静静的。窗沿上的几只山雀蹦跳着觅食，发出叽叽喳喳的鸣叫。

夜幕完全降临，阵阵潮湿的山风吹进屋子里，带来了舒悦的凉爽。

姚向东望望父母，看看弟妹，看着桌子上很快只剩几根韭菜的盘子，心里一酸，脑子里闪出了一个坚定的念头，打工去，为家里挣钱。父母已经养了我十七年，我不能再吃闲饭了！

林业站职工宿舍是一排砖瓦平房。他家分得三间，这在松江公社算是住房宽裕户了。向东与弟睡一间，隔壁是父母的房间。妹妹在父母房间的一角摆了一张童床，拉起了一道布帘。一家人虽然拥挤些，但那个年代这样的住房条件也算是沾了公家的光。

向东早早地上了床。弟弟在厨房的白炽灯下看了一会儿书，也上床睡了。

弟弟向方很快进入梦乡。但向东睡不着，他在床上翻起了烧饼。他的脑海里像墙上的土喇叭，不断地播放着一个个单词：

"上大学！"

"当兵去！"

"打猎去！"

"当木工！"

"学瓦匠！"

"学篾匠！"

……

五

姚向东迷迷糊糊地进入了梦乡。

月亮不知什么时候爬上山峰，亮汪汪的光亮透过天窗玻璃把房间照得明晃晃的。

隔壁父母房间传来一两声咳嗽声，接着是父母轻声的对话伴着弟弟向方均匀的鼾声把向东从熟睡的梦中撩醒。

姚向东睁开双眼，朝天窗上一望。天窗外月上中天，亮晃晃的。弟弟仍在鼾睡，隔壁父母的对话声虽轻，在月光下的山野传到向东的耳朵里仍然十分清晰。

"唉！向东这孩子挺聪明的，就是生不逢时。"向东听得出来，这是母亲的声音。说完，母亲长长地叹了口气。

"花红，跟你说过多少遍了，这话可不能乱说。"父亲平常浑身是力气，干起活儿来总是拼命，但一说到社会上的事，总是十分地小心谨慎。

"打打闹闹，今天斗这个，明天批那个，全乱套了。害得向东一毕业不知道干什么事儿好。再聪明也用不上。"母亲又叹了一口气。

"条条大路通罗马！我说过多少次了。"

"条条大路通罗马！罗马在哪儿呀？大学进不去，招工又没门，当兵得等机会，你说，向东今天毕业了，走哪条路通罗马？"母亲心中不知从哪儿来的怨气，声音明显有点高。

"通罗马的路多着呢，别急呀！"

"你一辈子就这么想！长得驴样，一点驴脾气都没有。我在家里说说，难道政府把我抓去批斗？"

"你声音低点。难说。"

"你说呀，向东走哪条路通罗马？"

"跟我当巡林员，将来接替我，说不定也能吃上公家饭。"

"打住！你这条路走就走了，我儿子可不能走你这条路，吃苦受累不算，多危险呀！"

"再苦再累再危险，好歹吃上公家饭！"

"建华，我再说一遍，这条路向东绝不能走！你在山林里巡查，你知道我心悬得多高吗？"

"有多高？"父亲建华明显地带着诙谐的口气。

"别说没用的！这条路请你堵死！你巡林，任何时候都不允许儿子跟你去！千万别把向东引到你走的那条道上。向东的脾气倔，万一喜欢上巡林，十八匹马别想拉他回头！"

"好！好！好！看把你急的。放心，我不会带他跟我巡山！跟着去玩也不行！"

"有你这个保证我就放心了！"母亲着急的语气明显和缓些，"建华，你说还有哪条大道通罗马？"

"你说呢？"

"我问你呢！"

"学门手艺！天荒饿不死手艺人。"母亲语气中透出一些自信，"建华，我有个远房表叔是篾匠，他编出来的篾器不但在供销社里卖，据说还送到重庆，出口到国外呢！"

"别说得那么玄乎！不过，学个篾匠也不错，有个手艺一辈子不愁没饭吃。当然，向东这孩子虽然调皮，但聪明肯学习。我们做父母的也不要太担心思。找个时间跟他再谈谈。喜欢学篾匠更好，不喜欢学篾匠，还可以学瓦匠、木匠，总之，从实实在在的路走起。国家不可能老是这个样子。向东学习好，万一哪天大学门开大了，考上大学这条路，那就真通到罗马了！"

父母房间传来愉快的笑声。

向东听着父母的对话，心里久久不能平静。他暗暗地下决心，自己都十七岁的小伙子了，不能吃闲饭，先找个手艺学起来。当然，向东心里的理想不是仅仅当个手艺人，他要学习，他要走出山村做点大事。

姚向东在明晃晃的月色中进入梦乡。一觉睡到天大亮。他一骨碌从床上爬起来，穿好衣裤，没有洗漱就来到菜园子里。满目青山，雾气缭绕。姚向东仰望着远处高高的山峰，深深地吸了一口气。他搓搓双手，转身来到厨房灶门口。母亲正在给一家人准备早饭。姚向东二话不说，一屁股坐到灶膛前的竹凳上，抓起一把柴火就往灶膛里塞。

母亲满意地笑笑在厨房里忙得更欢。打发弟弟向方、妹妹向红去上学后，姚向东迫不及待地对妈妈说："从今天起，我得为家里干活了，你们说干什么，我就干什么。"

"到我远房表叔手下学篾匠，怎么样？"母亲试探地问。

"好呀！准备一下，明天就去！"姚向东夜里早已听到了父母的对话。他心里明白，自己高中毕业了，不找个活儿，父母的心定不下来。他已经给自己定下了路子，不管人家说读书有用无用，不管人家把大学的门关多紧，学习咱不能丢。机会是留给有准备的人的。手艺得学好，这是生活的路。走在生活的道路上，才能走到理想的大道上。

母亲听到儿子向东这么爽快，心里很高兴，大着嗓门喊："建华，你来一下。"

建华正准备上班，听到妻子的喊声走过来。李花红朝向东指指，对建华说："儿子学篾匠。他明天就去。我明天上午请半天假陪向东去我表叔那里，让他收下这个徒弟。"

"好呀！"姚建华一听，喜出望外。他想不到儿子答应得这么爽快。姚建华心里明白，聪明也好，调皮也罢，都要吃饭。儿子学一门手艺，饿不着肚子，当父母的心就定了。外面怎么乱，我们这些平头百姓管不着，斗谁批谁我都不认识。学门手艺，这是儿子的终身大事，也是家里的大事。

这事一搞定，向东的父母都把心放下了。母亲简单地给向东交代了些事，与丈夫建华跨出院子，去各自单位上班了。

早晨八九点钟光景，火红的太阳仍然害羞地躲在层峦起伏的大山背后，金色的光芒从大山的背后，从两山的坡谷间隙里透出来，把翠绿的山林映照得更加碧翠，碧翠中透出金色的光环。

第二天上午，在母亲的带领下，沿着土石公路走了十几里路，来到松江边上一个依山坡而建的村庄。母亲的表叔就住在这个村子里。母亲的表叔姓李，周边的邻舍都姓李。这里叫李家村，也称李家大队。表叔的家最靠近松江。一排四间石墙平瓦房，门前有一个石码头，有三四级台阶浸在水里。江水上涨时能淹到台阶的最高一层。枯水时间，下到最下面的台阶仍能打到江水。屋后面是一片山竹林。正值仲夏季节，新长成的一枝枝竹竿，笔直笔直的，碧绿碧绿的。屋后左上面有一片平地，铺上了石块，这是表叔做篾器的作场。

母亲跟表叔很熟。在作场上见到了表叔。表叔是典型的山里人，皮肤黑黑的，头发有些花白，但满身的健壮肌肉让人一见，就觉得浑身劲抖抖的。向东特别注意到表叔那刚毅的脸庞和那坚定的炯炯目光。第一次，向东与母亲的表叔没有握手。表叔很亲和，粗厚的手掌在向东肩上拍拍说："侄子叫啥名儿？"

"向东！姚向东！"向东赶紧往母亲表叔跟前跨了一步自我介绍。

"快叫叔爷！"母亲用手推了推向东的肩提醒。

"叔爷！"向东不腼腆，爽快地叫了一声。

山里人朴实。叔爷"嗯"了一声，脸上的笑容像一朵快要开败的玫瑰花："学篾匠不怕吃苦？"

"不怕！"叔爷一边把向东和母亲领进屋子，一边说，"你住最西头的房间。你是知识分子，编竹篾没有什么大学问。估计你这伢子脑子活，学不了几个月就会出师。"说到这里朝向东母亲笑笑说，"你放心回去吧！在这里，我家吃啥他吃啥，饿不了肚子。"

姚向东把母亲送到村头土石路上，站在路边不停地朝母亲挥手告别。

直到母亲的身影消失在土石路的尽头，才泪眼盈盈地转过身，返回李家村，来到叔爷做篾器的作场。

跟着叔爷学篾匠，让向东有了不少意外收获，叔爷在向东的心中留下了难以磨灭的印象。

六

叔爷姓李，他让向东叫他李叔。

李叔人很随和，跟他学篾匠手艺，应该是师徒关系。临来李家村时，母亲曾提醒过向东。到了李叔家，叫他师傅。向东是记在心里的。可是第一次在做篾匠的作场上，叫他师傅时，他嘿嘿憨厚地笑着纠正："叫李叔。你高中毕业，是文化人。我不识字，只会编竹器。要论文化，我应该称你老师。"

向东的脸唰地红了。毕竟不熟悉母亲的表叔。跟李叔学徒当然应叫师傅。但拗不过母亲的表叔，最后叫"叔爷"，两人都能接受。母亲的表叔是长辈，按乡下的约定叫法，叫"叔爷"既尊重又贴切。

叔爷在李家村是个五保户。新中国成立前曾当过游击队的交通员。他结过婚，有一个同样做交通员的妻子。但新中国成立前妻子在一次执行任务时，身负重伤，后逃进一片茂密的竹林里。由于在竹林没有得到及时救治，伤势恶化，死在竹林里。叔爷找到妻子时，妻子已经尸腐发臭，面目全非。叔爷与妻子感情深厚，见到妻子那惨不忍睹的形象，顿时昏了过去。叔爷醒来时，跪在妻子的尸体旁哭了整整一天。后来，叔爷去村里找了一把铁锹，在密林深处把妻子埋了，并在墓坑旁的竹竿上刻上了妻子的名字。

叔爷回到村里，从此没有再提起妻子的名字。但正值壮年的叔爷从此也没有再谈过女人。他唯一的爱好，就是喜欢竹子。村子里的人都不理解，这人怎么总喜欢到山间竹林里转悠，有不知情的山民背地里还笑话叔爷是不是神经出了毛病。其实，叔爷当年脑子清爽得很。那个年代是国民党的天下，他和妻子都是共产党游击队的地下交通员。他的上级是松江区大队的保卫科长，叫章德林。他和章科长见过几面，是单线联系。后来不知章德林科长是牺牲了，还是调走了，反正联系不上了。失去了妻子，又失去了组织他能说什么呢。他只能把对妻子的爱藏在心里，把对妻子的爱转移到青青翠翠的竹竿上。

叔爷爱上了竹子。叔爷做起了篾匠。篾器家什是山民们生产生活离不开的必需品。装稻谷、上山采果子都需要箩筐,舂谷舂米要盘篮,撑船要竹篙,罱泥要罱篙,煮饭要淘箩,床上要凉席。仅筛米的筛子就分好多种类:米筛、糠筛、隔筛、漏筛。叔爷当起了篾匠,学会了做各种农用篾器,深受村民们的喜欢。他把当地下交通员的那段难忘的经历深深地埋藏在心底。单线联系,他与章德林科长失联后,他不想为难组织,再说也没法说得清。他成了村里的五保户,但他从不要村里照顾。几十年过去了,叔爷还把自己当作组织上的人,他经常给村里编篾器编到大半夜不睡觉。

他的手艺让村里人赞叹,他的人品让村里人敬佩。向东在叔爷身边学徒感触很深。刚一到他家,他就叫编竹篓。编的竹篓子大小不一。向东感到有些纳闷,这竹篓子大小不一,不太好看。后来,经常看到村里的人来他家拿竹篓。山里人竹篓用得多,上山下山采果子,背蔬菜全靠篓子。他与村里人挑篓子的对话让向东明白了叔爷的个中奥妙。

"李哥!我家二小子刚刚初中毕业。不上学了,让他跟着上山采草药,你选个篓子。"

"这篓子行。不大,装满了草药也背得动。你家二小子身子单薄,大篓子不适合,不要把你家二小子腰背坏了。"

"好!好!就这个篓子。多少钱?"

"谈钱见外了。"

"总不能白拿。"

"谈钱把竹篓子放下来。"

"总在你这儿拿篾器,一提钱你就跟我急,唉……"

"你家也不宽裕。不要说见外话。"

那个村民满意地背起竹篓子离开院子,又进来一位五十多岁的大娘。大娘还未开口,叔爷拿起院角边一只精巧的小竹篓子递到大娘手里说:"你家二姑娘背这个篓子应该合适。"

大娘接过叔爷递过来的袖珍背篓子,左瞧瞧,右看看,脸上浮起了满意的笑容。大娘随口问:"多少钱?"

"见外了!上次去你家屋后竹林里砍了一捆竹子,你也没有收钱,两抵了!"叔爷轻松地笑笑,把大娘送到院子门口。

跟着叔爷学编竹器手艺让向东开了眼界,叔爷可不是一般的手艺人,他心里藏着一个大秘密,在跟他学手艺的几个月之后,就发现了叔爷有一个秘密。每当午饭之后,他总会给向东交代一些活儿,然后独自朝村外的竹林走去。一去往往一两个小时。刚开初向东没有在意,以为叔爷活儿忙累了,出去散散心。但当向东提出陪他去散散步时,他总是摆摆手,一口拒绝,一点商量的余地也没有。向东一想也有道理。我是来学徒,不是来享受的。师傅布置了任务,我总不能偷懒吧。一晃几个月过去了,不管天冷时,还是天热时,除了下大雨出不了村子,叔爷这个习惯没有变过。向东后来越想越有些纳闷,越想越有些蹊跷。叔爷都奔六的人,孤独一生。一个人老往竹林里跑,一定有他的心思。

好奇心驱使,过了年不久,在一个阳光明媚的中午,叔爷出去后,向东悄悄地在他身后跟着。出了村子,叔爷往山坡上那片茂密的竹林走过去。向东与叔爷保持着可视的距离。叔爷到了竹林边,左右看了一会儿,拨开竹叶,走进竹林,传出一片沙沙沙的声响。响声表明叔爷在往竹林深处走。叔爷没有带砍刀,一个人钻到竹林里干什么呢?百思不得其解,向东悄悄地跟上去。

竹林里的沙沙沙声消失了。正值早春时节,山风轻柔地拂动着枯干的竹枝,几乎没有响声,早开的山间野花飘来一阵阵沁人肺腑的清香。向东站在竹林边,透过竹与竹间的间隙,目光在竹林深处扫过来,掠过去。看到竹林深处隐隐约约有一个人跪在一小片空地上,身子的四周点缀着高高低低刚从泥土里冒出来的笋尖。

定睛一看,向东心中一愣,那不是叔爷嘛。他跪在那里干什么呀?而且一动不动。向东没有走过去,不想惊动他。在好奇心的驱使下也一动不动地站在竹林边,目光紧紧地盯着一动不动的叔爷。

向东心中悬起了一个大大的问号:叔爷跪在竹林里干什么?而且

一动不动,就在向东望着跪着一动不动的叔爷感到纳闷时,跪着的叔爷动了起来。只见叔爷举起双手掌,高高地举过头顶,然后,双手合并起来,微微朝前举上去,停留了一会儿,缓缓地向下垂去。接着又举起来,又垂下去,这样的动作反复了三次。停留片刻后,叔爷站起身,目光朝一竿青竹盯了许久后,转身往回走,所过之处,传来竹竿摆动发出的沙沙沙响声。

向东一见,心里早已明白了个大概。见叔爷转身走过来,赶紧抄一条小路下山坡,回到院子。向东赶紧拿起篾刀,抄起一根竹子,认真地劈篾条。一想到叔爷跪在竹林深处叩头的情景,向东激动地猜测,叔爷一定在挂念着什么人。挂念什么人呢?叔爷孤零零的一个人,他挂念谁呢?向东一边劈篾条,一边横下一条心,待叔爷回来当面问他,就是挨一顿臭骂也要问他。我这人就是这个短处,心里憋不住事儿,说开了,心里舒坦。不管怎么样,掐指一算,跟叔爷学徒半年多了,也熟了。我拿他当长辈,他挺喜欢我。

向东正劈篾条,叔爷回来了。叔爷抄起刚劈好的一小把篾条,目光往院子扫了扫,然后掂掂手中的篾条说:"向东,这么长时间才劈了这么点儿篾条?"

"我跟你上山了。"向东站起身说。他不想撒谎,目光盯着叔爷,恳求他谅解。

"你看到什么啦?"叔爷倒挺平静,也不惊奇,随口问道。

"全看到了。你心中一定有什么牵挂,你能告诉我吗?"向东直截了当地说。

叔爷拿了张小凳子,坐到向东的身边,语气有点低沉地讲起了竹林里的秘密。他从新中国成立前与妻子担任交通员讲起,到妻子被敌人打伤逃到那片竹林不治身亡,再到把妻子埋葬在那片竹林里,一直到后来常去竹林悼念妻子。当初,叔爷在埋葬妻子附近的竹竿上刻上了妻子的名字。竹子老了会被砍去。叔爷每隔两三年会将妻子的名字刻到新竹竿上。这样,年复一年,妻子的名字始终刻在青竹上。说到这里,向东瞥了叔爷一眼,叔爷的眼眶明显地红了。向东忍不住问:

"你妻子叫什么名字?"

"翠竹。"

"解放后为啥不向组织汇报?"

"上级都牺牲了,我不想给组织添麻烦。"

"那总不能让翠竹始终埋在竹林里。"

"竹林好,清静!"

"孤独。"

"有我呢!"

"我一有时间就会去悼念。"

"将她的遗骨移到陵阳县烈士陵园,让更多的人凭吊。"

"不能给政府添麻烦。"

"这怎么说是添麻烦呢!"

"时过境迁,谁来证明?过去的就让它过去吧,我心里有她就行了。我这不是天天陪伴她嘛,我天天做竹器,是因为我心里有她。我爱翠竹!"

听到这里,向东眼睛湿润了。放下篾刀,目光盯着眼前的叔爷,向东就业生涯中的第一位师傅,心中久久不能平静。叔爷的形象在向东的心中变得越来越高大。叔爷高高的个子,黑黑的脸膛,眼睛很大,眉毛很粗,虽算不得五大三粗,但显得很有精神。向东想象年轻时叔爷当交通员一定很帅气,翠竹也一定很漂亮。翠竹没了,叔爷一辈子与竹为生,一辈子守着翠竹。叔爷的形象越来越高大。向东望着叔爷那始终充满精神的脸庞,感到叔爷浑身都是力量,那力量中蕴藏一种永恒的踏实,踏实里透出一种永恒的信念。

松江的水哗哗哗地从门口流过。一阵一阵的山风吹拂着屋后的竹林,一阵鸟鸣声过后,又是一阵鸟鸣声。

突然,叔爷拉住向东的手,语气中带着一种恳求:"向东,求你一件事,保守秘密!我死后,你跟你母亲花红说,把我埋到山坡上那片竹林里,我要永远跟翠竹在一起。"

向东哽咽着,什么话也没说,只是不停地点头。他心中也暗暗地发誓,将来有机会一定要找到当年的章德林,让叔爷回到组织的怀抱,让翠竹长眠到陵阳县烈士陵园中。叔爷没有文化,但他心中始终有组织信仰,始终装着组织上的人——翠竹。他的人格和信念深深地感染了向东。

又过了三个月,大概是1975年的初夏,向东离开了叔爷。

七

依依不舍地离开叔爷后,回到家中,母亲跟向东商量,让向东去供销社当个临时工,主要是帮供销社编些山民们生产生活用品。向东没有答应。离开叔爷后,向东心中已经有了自己的打算。他要当巡林员,再苦再累再危险,他也要去。叔爷的影子在他眼前常常晃来晃去。妈妈对他不去供销社当篾匠,反而要天天风吹日晒去当什么巡林员,心里怎么也想不通。当年在供销社码头搬运物资,那苦吃不得,妈不同意。跟爸当巡林员,当妈的心疼儿子更不会同意。好不容易跟叔爷学了一门篾匠活儿,让他去供销社干轻巧活儿,将来有机会招工,说不定还能像妈妈一样端上公家饭碗。在妈心里,向东这小子,就是犟头筋!妈妈不理解,只是生闷气。

回到家里,姚向东一想到叔爷,眼眶里就湿润了。一躺到床上,叔爷那熟练的篾匠活儿又浮现在自己的眼前。向东知道,这熟练的竹艺里面蕴藏着叔爷对翠竹的无限思念。躺在床上的姚向东喜欢静静地回忆叔爷精湛的竹艺,脑海里像过电影似的。叔爷手里那把窄长的劈篾刀,刀背很厚,刀刃很锋利。天空有阳光的时候,刀刃上反射出来的光芒随着叔爷手中的篾条而跳跃。叔爷手里的这把刀用得特别熟练。一根竹子到了叔爷的手上一刀下去,不管大竹小竹,劈成两半后,一般大小,再劈成四开,仍然很匀称。向东特别佩服叔爷把竹子劈成篾条的功夫。只见叔爷熟练地将篾条劈成篾片。篾片一样大小,一样厚薄。叔爷能将一根篾条劈成九层篾片,薄如纸张,举起来能照见亮光。叔爷很熟练地借助篾刀将篾片分成篾丝。有了这些篾条、篾片、篾丝，各种各样用途、各种各样规格的篾制品就源源不断地编制出来了。当长长的竹篾条像轻快的燕子在叔爷的手中有节奏地来回穿梭时，向东就成了他的忠实观众。向东那钦佩的目光随着他那轻轻跳动的竹篾条、竹篾丝在缓缓地移动时，向东能从叔爷那自信自豪的目光里看到他内心深处的满足感和无尽的思念。

跟着叔爷不到一年的工夫，向东也学到一手的篾匠活儿。离开叔爷的时候，走出叔爷家的院子门，站在叔爷家院旁的小路上，他不停朝叔爷挥手告别。就在转身的那一刻，向东突然改变了靠篾匠手艺生存的主意。叔爷爱上篾匠有他藏在心底的永恒的思念。向东没有。但叔爷的这种无私的执着精神感染了他。向东想到父亲的话，条条大路通罗马。但通罗马的条条大道都要经过艰苦跋涉才能到达。不吃苦，怎么能走向理想中的罗马。向东想回去跟父母商量，他要当个临时巡林员，他要挑战苦和累，更要挑战想不到的危险。叔爷新中国成立前与翠竹鲜为人知的故事激励了向东。

当姚向东向父母提出要当巡林员时，父亲姚建华和母亲李花红霎时蒙了。当父母的谁不为子女着想。何况向东是他们的大儿子。大儿子的就业会给弟妹一个样子。当巡林员那是多么苦、多么累、多么危险的活儿，何况妻子李花红给丈夫放过狠话，大儿子就是在家吃闲饭，也不能跟丈夫去当巡林员。当父亲的曾经动过心，将来让大儿子顶替自己的工作，不管怎么样，端上公家的饭碗，总是有面子的事。但建华听妻子的，这个念头早已打消了。于是有了去叔爷那里学篾匠的经历。现在，手艺学成了，向东居然不知道扭了哪根筋，学成的手艺不去做，硬要去林业站当临时巡林员。这怎么成呢？

夫妻俩同时用疑惑的眼光盯着向东，头摇得像拨浪鼓。

不当篾匠干什么活儿呢？家里有个十七八岁的大小伙子，总不能天天在家吃闲饭吧？山里人朴实本分，看不得闲人。山里人就相信一个理儿，只要手脚不闲着，肚子就饿不着。姚向东从叔爷那里学篾匠回来，不肯去供销社做篾匠活，又不肯在家里编编篮子筐子的。上半年，工农兵大学生推荐，尽管父亲去陵阳城里找过表妹薛香琴，但等了个把月，姚向东的名字就不在工农兵学员的推荐名单中。当姚建华把推荐名单没有姚向东的消息告诉儿子时，建华估计儿子会不高兴。谁知出乎建华的意料，儿子向东一脸的平静，只是淡淡地说了一句，生活的路多着呢。条条大路通罗马。说完，拉了拉父亲的膀子，恳求地说："冬季还有征兵一条路。当然征兵要体检合格，还要政审，还是顺其自然。当前，你要不想让我闲着，跟你巡山去。当个临时巡山员，你吃了大半辈子苦，让我陪陪你。"

"不行！"姚建华一口回绝。

姚向东耐心地恳求爸爸："当巡林员是苦些，危险些。但是，国家的苦事、危险事总要有人去做呀！你这不做了嘛！何况国家也没有亏待你。过去叔爷吃的那份子苦……"

不等向东说完，姚建华打断儿子的话头问："叔爷吃哪份苦？"

"不说了。"姚向东想起叔爷让一辈子保守秘密的事，心中一愣，赶紧把话儿扯开去，"当篾匠也是个苦活儿。事非经过不知难。我这次去叔爷那里学了大半年的篾匠，心里明白了一个理，做什么事儿都不容易。俗话常说山村人三样苦：撑船打铁磨豆腐。其实，何止这三样活儿苦。你巡山护林不苦？做篾匠不苦？"

姚建华想不到儿子那么调皮贪玩，但肚子里墨水不少，句句说得在理，很有同感地脱口而出："苦不苦，看你怎么去感受。我巡山护林也快二十年了，我也没觉得苦。有时阳光灿烂漫山遍野开满了野花时，巡山时心里挺美的。"

姚向东一听，赶紧趁热打铁地说："爸，那你为什么不让我当巡林员？"

"说归说，苦归苦！再说你妈不让。她不是担心你巡山有危险嘛！她这大半辈子，我一去巡山，她就担着心思。她不想这下半辈子还为你担心。"姚建华说到这里，抬手拍拍儿子的肩膀，嘿嘿嘿地笑笑，"理解你妈！好儿子！"

"爸！"姚向东执拗地向爸求情，"你巡山时，带着我，一来你有个伴,二来也让我体验体验,先当个学徒吧!"

"你妈知道怎么办?"姚建华担忧地朝儿子两手一摊。

"瞒着妈不就行啦!"姚向东见爸松了口,赶紧趁热打铁,"爸,你别以为我就是一块巡林员的料,我也想为国家做大事,但没有那个平台。我得从小事做起来,从苦事做起来。告诉你,学习的事,我一直没有放松。"

"怪不得你晚上总是在厨房里抄呀写的。"姚建华心里有些兴奋,看来儿子还有更高的志向。

"我抄《读报手册》。《读报手册》已经快抄完了。"姚向东轻松自豪地说。

"抄《读报手册》干啥用?"姚建华有些不解地问。

"练字。练字中还长知识。"姚向东说到这里叹了一口气,有些无可奈何,"大家都不读书,也没有啥书可读了,现在《读报手册》可流行呢!我抄写《读报手册》,这样记忆深刻,这也是读书。"

姚建华似懂非懂地点点头。

"爸,你同意跟你巡山!"姚向东有些激动地问,声音明显地高了。

"嘘!"姚建华示意儿子声音小些,别让妻子花红听到。

此刻,姚建华的心情是十分复杂的。他对眼前眨巴着眼睛深情地望着自己的儿子,似乎有些陌生了。儿子在抄《读报手册》。抄书需要多大的毅力?现在社会上谁还有心思读书?什么事儿都那么单独。看戏吧,八个样板戏,看过来,看过去。戏看得多了,人人会演,个个会唱,全民成了演员。一个小小的山村,竟然组成一个文艺宣传队,排出一出出大戏——《红灯记》《沙家浜》什么的。书店里没有小说书,没有科学知识的书,都是清一色……姚建华想到这里,心里对儿子有些刮目相看。儿子一边学篾匠,一边还挑灯抄书。当然,儿子回来不想去供销社当篾匠,不想去做轻巧活,非要跟自己去巡山,这一点当父亲的有些不理解,做母亲的也不理解。是有些奇怪,跟妻子表叔学了不到一年的篾匠,左一个右一个叔爷的不离口,口气中充满了让人能感受到的敬意。这叔爷在向东的心里盖上了什么戳印?反正儿子变了。当初，我教育他条条大道通罗马，现在他用这句话来说服我了。姚建华心里下了决心，先瞒着妻子，带儿子向东巡几次山。要打退堂鼓也要让向东自己拿鼓槌敲。他要真爱上这巡山的活儿，也不是件坏事。进不了大学门，到不了军营去当兵，他还有其他的路可走。他在抄书，在学习，社会上的事儿谁也说不准。万一有一天社会上又流行读书吃香呢！现在既然什么好事儿干不成，儿子又不怕吃苦，说到底，就是当巡林员，也是一辈子吃公家饭。

姚建华跟向东说好，他去巡林时，会通知他，到时在三岔口的电话亭里等。

父子俩都笑了。

八

1975年的仲夏，天气特别炎热。

大山里的气候不像平原。早晨，火红的太阳躲在大山背后，松江镇到九十点钟都晒不到太阳。抱着松江镇流淌的松江水给山里带来了凉气。悠悠的江风在江面上吹动，松江的人家感受不到炎热的气息。

早晨，向东和弟妹一起在小水塘的石板上，一边痛畅地呼吸着大山里清新的空气，一边观赏着小水塘平静的水面上几只雪白的鹅那不停地划动的脚蹼，塘面上荡起了一圈圈的涟漪。母亲在门口高着嗓门喊大家吃早饭。向东和弟弟向方和妹妹向红一边应答，一边转过身快步朝菜园子院门走去。

向东心急，迈开步子朝菜园子跑。小水塘通往菜园子院门的小路不平坦，有些石皮石角裸露在碎石泥土的小路上。向东走得急，没注意脚下，被小石角绊了一下，重重地摔倒在路上。向东赶紧一跃站起身，掸掸身上的泥土，幽默地说了句，没有事儿做，连石头也欺侮人。惹得弟妹都笑了。向东忍住手掌撑地和膝盖跪地带来的疼痛，若无其事地第一个走到院门口，推开院门，来到菜园里。

母亲站在住宅的门口,拉下脸对向东说:"早上就跌跟头,不吉利!一天当心点。"

"当心点!"弟妹也跟着凑热闹。

一家人高高兴兴地吃完早饭,弟弟向方、妹妹向红背起书包高高兴兴地上学去了。母亲在拾掇碗筷。这时,姚建华走到门口,朝向东使了个眼色说:"我巡山去了。"姚建华说完,朝向东竖起了三个指头,会意地一笑,转身先往林业站方向走去。

向东明白父亲竖起的那三个指头是指三岔口。待母亲上班走后,他从宿舍拿出一双运动鞋。他兴奋地摆弄着运动鞋。这运动鞋是向东参加学校篮球队时,母亲把一个月的鹅蛋卖了,才买的。平常,向东是舍不得穿出去的。今天是第一次跟父亲去巡山护林,他兴奋地穿到脚上,在屋子里来回踱了几步,满意地笑笑,关上门,朝通往山下的土石公路走去。

不一会儿,姚向东来到三岔口。

三岔口往山坡的路边有两间简易的房子。房子下面的土石公路边有棵大樟树。大樟树树干粗似水桶。树冠枝枝丫丫往四面八方伸展。树冠很大,枝叶繁茂。中午的阳光升到山顶,树荫足有百十平方。树荫下是县城通往松江镇的停靠站。两间小房子也算是车站。房子里装了一部手摇电话机。镇上政府、学校、大单位里都有电话连着。从三岔口往上走,路变窄了。说是通往山里的路,其实只是长期从三岔口上山的人踏出来的一条小道。从这条小路顺着陡峭的山坡一直往深山里爬上去,就到了龙山顶。天坑就在龙山顶上。话亭设在停靠站是救急用的。人们从这里上汽车,有什么事忘了,从这个电话亭往镇上打个电话,一切就办定了。这个电话机的主人是松江镇林业站。巡林员一旦发现有火情、险情,只要走到这三岔口的电话亭,紧急情况马上就可以报出去。因为简易房里有电话机,人们习惯把这山脚边的两间房子称为电话亭。

姚向东到了三岔口,左望望,右瞧瞧,没有看到父亲的影子。他估计父亲先去林业站,从林业站再走到这里,还有一两里地。土石公路上，从陵阳县城方向开来一辆破旧的土黄色的公共汽车，在离大樟树不到百米的地方就减速了。土黄色的公共汽车的屁股后面扬起了一片土黄色的尘土。公共汽车摇摇晃晃地朝三岔口开过来，不一会儿停在三岔口的大樟树下。下客、上客，一阵刺耳的喇叭声，汽车又摇摇晃晃地往前开去。车后又是一片黄雾似的尘土。姚向东赶紧捂住鼻子，往上山方向的岔口连跑几步，躲进了电话亭里。

公共汽车开远了。土石公路上除了偶尔开过一两辆公共汽车，马车、驴车、手扶拖拉机也不多见。三岔路口静静的。从松江上吹过来的风带着早晨的凉意，让姚向东感到特别地惬意。他在电话亭里好奇地用手摸摸满是尘土的电话机，手抓住摇把，做了一个假摇电话的动作，自己也忍不住笑出了声。

电话亭外传来急促的脚步声。

姚向东透过电话亭没有玻璃的窗户朝外看。父亲已经来到了三岔口的大樟树下。向东急切地从电话亭里走出来，朝站在大樟树下东张西望的父亲大喊一声："爸，我在这儿！"

姚建华紧跑几步朝电话亭走过去，来到向东的身边，碰了碰儿子的膀子说："走！上山去！"

姚向东望着父亲那被山风吹成古铜色的脸庞，看看父亲腰带上的一捆麻绳，尤其是插在腰间的那把尺把长的大砍刀，一股敬意油然而生。父亲站在面前仿佛由一位巡林员变成了一名威武的战士。向东的眼前又浮现出叔爷那坚毅的脸庞。向东跟着父亲往山上走，目光盯着父亲背着的绳索和腰间的砍刀，心里在想：巡山背绳索和砍刀干什么呀？

正在纳闷时，父亲一边轻松地往上走，一边与向东推心置腹地聊起天来。

"向东，你真愿意当巡林员？"

"条条大路通罗马！"

"你记住这句话了？"

"这不是你说的嘛！"

"学篾匠到罗马？"

"对呀！"

"你知道罗马在哪儿呀？"

"知道！这次去叔爷那儿学篾匠时，从叔爷那里知道的。"

"罗马在哪儿？"

"罗马在心里。"

"在心里？"

"对！在心里。罗马不能在天上，它应该在心里。这是人的追求和信念。有了这个信念和追求，不论干什么事儿都不觉得苦，不觉得累，更不会觉得危险，而是心中产生的不尽的愉悦。"

"这一套一套的，从哪儿学的？"

"叔爷那里。"

"叔爷有文化？"

"不是文化。叔爷一辈子当篾匠，心中有翠竹，他一生快乐着。"

"听不懂。你小子晚上老是抄书，是《读报手册》上说的？"

嘿嘿嘿！姚向东用手吃力地拨开一丛密密的歪斜在路上的枯枝，轻松地笑起来。向东心里明白，自己在这儿给父亲打哑谜，父亲当然听不出自己话中之话。

山坡开始变得越来越陡了。大树间的小路上长满了厚厚的山草，一簇簇的棘条在山草和大树间横七竖八地生长着。小路变得弯来弯去，蜿蜒曲折地顺着丛林间的空隙缓缓上升。山草间开满了叫不出名字的野花。野花色彩多样：肉红、酒红、粉色、橡皮红，还有草黄色、水蓝色、紫红色，鲜艳的野花散发出的香气直往人的鼻腔里渗透。姚向东心情愉快，又和父亲聊起来。

"爸。你是什么时候开始当巡林员的？"

"你妈生你那一年。"

"快二十年了。"

"对！一晃快二十年了。"

"你为什么当巡林员？你不怕苦？你不怕累？你不怕危险？"

"不为什么！当年响应大队的号召，保护山林人人有责，先是当的义务巡林员。后来成立了公社林业站，就吃上了公家饭。"

"噢！"姚向东若有所思地点点头，"这近二十年你没有喊过苦累？你不怕危险？"

"没有。那是你妈说的，她是担心我。你妈就这么个人，心善着呢。"

"怪不得妈不让我当巡林员。她这些年为你担心，她不想下辈子再为我担心。"

"其实，巡山苦，巡山累，巡山危险，但我心里愉快着，罗马在心里，我心里喜欢当巡山员。"

"怪不得你偷偷地带着我巡山，你想的跟我一样。"

"儿子，不瞒你说，我喜欢你顽皮，但我知道你还有爱学习的优点。说句心里话，你不是书呆子。所以，我今天是冒着被你妈臭骂一顿的风险把你带上山来的。"

"爸，你怕我妈？"

"不怕。"

"你刚才不是说怕吗？你不是让我瞒着妈的吗？"

"你妈照顾你们三个孩子，拾掇这个家，还要在供销社工作，不容易呀！"

"那你……"

"不是怕，是爱！是不想让你妈操心思！"

"噢！"向东听懂了爸爸的话，从爸爸的话音里似乎感触到爸爸身上也有一些叔爷的影子。向东明白了爸爸的心思，更明白了爸爸在自己即将高中毕业的那些日子，给自己选择工作时，那么地操心。因为他那时不明白儿子的心思。当然，儿子那时也没有碰到叔爷。当父母的一辈子自己怎么吃苦，自己干什么不重要，只要干了，只要心里愉快就行，但子女当然应该往好里去。人往高处走，水往低处流。父母总是为子女好。关键是往高处走，走到哪里算高处？走不到理想的高处怎么办？父亲是通情达理的。为了自己往高处去，他带着家中的土特产找过城里的表妹，他让妻子找表叔给了自己一个学手艺的机会。荒年饿不死手艺人。虽然向东学到篾匠手艺，但他不愿意当篾匠，父母虽然不理解，但还是尊重他的意愿。父母支持他在读书无用论的氛围中读书。尽管父母不知道他整天抄写《读报手册》有什么用，但他们知道，也许那里面有通往罗马的路。

密密的丛林里传来潺潺流水声。远处的参天大树枝叶繁茂，天空的太阳透过树叶间隙倾泻千万条灿烂的光柱。丛林深处变得明亮起来。循着动听似歌的泉水声望去，在不远处的几块嶙峋的天峰之间，泉水从石隙中流出来，像一条白色的丝绸带子，往山崖上面悠悠飘落。

向东兴奋地脱口而出："山泉！"话音中明显带着一种惊奇。

"深山里山泉多着呢！"父亲朝向东挥挥手，"走，上去看看！"

向东跟着父亲拨开枝叶藤蔓一步一步朝亮莹莹的泉水流出的山崖爬去。

九

密林深处的山道弯弯曲曲地循着树隙和凸在丛草外面不规则的山石往高处延伸。这里是大山的深处。山上的常绿阔叶林居多，但还是有些树木的叶子晒不到阳光和长久的潮湿而枯黄掉落。大自然以自己的独特的规律让山林变得更加茂盛。叶子枯黄掉落，使山林间显得简洁明快，山风可以吹进丛林间，整个深山有着想象不到的透视感。已经升上峰顶的阳光透过树枝的罅隙扑泻而下，映着古木的虬枝和苍老的树皮，看起来像是一幅幅斑驳陆离的油画。向东抹抹头上密密匝匝的汗珠，尽管腿有些微微的发酸发胀，但还是一步不落地跟着父亲朝泉水叮咚的地方攀登上去。

虽然生在长在大山，但对于姚向东来说，这么深幽，这么神奇的丛林深处还是第一次来。要是一个人来到这深山老林里，再美的景色也挡不住因恐惧而咚咚咚的剧烈心跳声。现在有父亲在前面领路，姚向东的心宽敞多了。再说,父亲腰间的绳索和砍刀也给向东壮了不少胆。深山里有毒蛇,有野兽,也有跨越不过去的沟壑。砍刀对付野兽,绳索跨越沟壑。姚向东天生就有一股子犟劲,顽皮起来没有胆。要不是这股犟劲也会用在学习上,当父母的还真有些失望。现在走在深山里的姚向东被大山的神奇景致吸引住了。他看到头顶不远处的山崖间的泉眼,一股清幽幽的山泉顺着山崖的缝隙在林壑间淌过,留下一串叮叮当当的旋律,这是来自大自然的乐音,轻轻地叩击着向东的心扉。此时的向东在泉眼三四米外的一块山崖停住步,目光顺着泉水往下流淌的方向移动,很快这股溪流就消失在山草石隙中,留下一串天籁般的溪流声,像动听的音乐在向东的耳畔缭绕。此刻的姚向东望着清澈缓缓流淌的泉水,听着鸟儿的鸣叫,似乎整个大山陡然变幻出仙境般的美丽。他想起了"蝉噪林逾静,鸟鸣山更幽"这两句绝句,心中连连赞叹不已:妙!妙!妙!姚向东连说了三个妙。父亲打断了他的沉思,提议道:"口渴了?何不喝口山泉。"

"好呀!"姚向东从愉悦的沉思中回过神来,应了一声,连拽带爬,一跃登上了泉眼边的山崖。泉眼有筛子那么大,泉水从山崖间涌出来,发出沉沉的嗡嗡声。泉水顺势往山崖下流淌,有些地方落差有两三米,泉水落到底下的山崖上发出有节奏的叮叮咚咚的声响。

姚建华看到泉水对儿子这么有吸引力,顺手掬起一捧水,往嘴边一凑,咕咚咕咚地连吸几大口,抹了一把嘴唇说:"向东,泉水有啥好看的,山上多的是。山林越密,泉水越多。泉水越多,山溪就往下四面流淌。要是夏天山里下场大雨,那山水流淌声和蛙声交织在一起,那才动听呢!快喝吧,一会儿就到龙山天坑了。那里的景色会让你惊呆的。"

向东到深山密林里这是第一次。他朝父亲点点头,望着眼前特别诱人的清亮亮的泉水,弯下腰迅速地掬起一捧冰凉的泉水,喝了一口,一股甜甜的滋味瞬间流遍全身,顿觉从未有过的爽口悦心。他一连掬了几捧泉水,一口一口地品尝美酒似的,边喝还边咂咂嘴。

父亲望着儿子喝泉水的那股憨态,忍不住笑了。爽快的笑声在密密的丛林里传开来，回音缭绕。当父亲的看到儿子向东这么热爱大山，心中也舒了一口气。姚建华决定瞒着妻子带向东巡山，其实是让儿子知道巡山的苦和累，知道巡山的危险，让儿子知难而退。但建华想不到儿子到了深山被那股神奇的美景吸引住了。建华心里想好了，只能顺其自然。看着儿子向东对泉水流淌有些依依不舍，赶紧跳上另一块大石头，催促说："向东，走吧！到龙山天坑去！"

"离这儿还有多远？"向东抹抹嘴唇上的水渍。

"就在头顶上。再往上爬百十米，就到龙山天坑边上了。"姚建华跳下山石，顺着林间小路往上爬。

姚向东紧紧地跟在父亲后面。龙山天坑的神奇，早就听说了。上高中读书那阵子，几个调皮的同学约了好几次，想到山林里看天坑，看山高林密，听说还有野兽出没，可惜一直没有成行。今天父亲带路，巡山顺便赏景，真好。姚向东一兴奋也不觉累，紧紧地跟着父亲顺着山道往上攀爬。

山路越往上越陡峭，身后的泉水声慢慢消失了。姚向东吃力地往上登，浑身汗珠。山风一拂，向东身上的汗珠瞬间又消失了。走不上几步，又是一身汗。父亲走惯了山路，显得很轻松，不时还放慢脚步等等向东。向东是个不服输的孩子，他使出吃奶的力气往上登。有时不停地借助路边的树枝抓手，踏着山草丛中的翘石，一步一步往龙山天坑方向爬上去。

越往上林子越密，越往上山坡越陡。山路几乎被荆条藤蔓全覆盖了。姚向东每往上登一步都要喘口粗气。姚向东见父亲从腰间拔出砍刀，一路砍出一条小道。

前面的山顶透出大片灿烂的阳光。父亲抹抹额头上的汗珠，把砍刀往腰间一插，大着嗓门喊："向东，加油，龙山天坑快到了！"

"在哪儿？"姚向东吃力地往上登，也大着嗓门喊起来。

"大片阳光的地方！看到了吗？"姚建华停住步子，手往山顶大片灿烂阳光的地方一指。

快到龙山天坑边旁，有一个陡坡。姚向东使劲往上爬。父亲向他伸出手使劲地拽了一把。姚向东猛地一跃，登上了天坑边上的土石路。

姚向东停住脚，目光一扫，惊愣住了。龙山天坑不仅神奇，天坑边的景色还十分迷人，简直就是人间仙境。

龙山天坑位于群山之中。天坑在龙山的峰顶。龙山在峰顶有一大片起伏不平的旷地。龙山在这片大山里算不上高峰。四周群山起伏。父亲在一棵高大的野板栗树荫下站定，指着面前的天坑，滔滔不绝地说给儿子向东听。向东听得津津有味，目光顺着父亲的手势缓缓地移动。

"向东，你先看看龙山天坑四周的山峰。"

"看什么？"

"山峰好看吧？"

"很美！"

"山峰像什么？"

"像什么？"

"东南角那座山峰最高，像什么？"

"好像一头骆驼。"

"那叫骆驼山。"

"你再朝四周的山峰瞧瞧。"

"有意思。南边的那座山峰活脱脱地像条狼；东方的山峰像鸡；紧靠鸡的山峰像一头大象。"

"那叫鸡鸣山；那是象山！那是狗吠山……"

没等父亲说完，向东打趣地说："天坑四周全是野兽。"

"让你说对了。龙山北边山腰有条湖，叫黑鱼湖，靠湖边有一大片坡地，那里住了上百户人家。那个村子属松林大队，是松林大队的一个自然村。村里人都知道龙山上有天坑，也知道龙山天坑四周象形山，山以形得名，这一带也就称为野兽山。称龙山天坑四周高耸的山峰为野兽山还有一层意思，天坑深险，坑多野兽多，很危险。当然，黑鱼湖边的山民有胆子大的，不知从山腰哪里会钻到龙山天坑里打猎。虽然到龙山天坑打猎危险，但没有空手而归的。"

"你看天坑，很神奇吧！上头阳光灿烂，往下看，见到亮光的地方是坑壁陡峰和圈闭的崖壁。有些坑口陡壁足有十几米高。有些坑口往下呈不规则的坡形。龙山天坑属嘉陵江沿岸群山中比较大的天坑。长径近七百米，短径也有五百米，深达一百多米。坑边有坡的地方，凡是见到阳光的地方，都生长着茂密的灌林和山草，偶尔还会有几棵大树，树干遒劲，上面缠满了枯藤和爬藤植物。"说到这里，姚建华咽了口唾沫，朝坑边指了指说，"可不能往天坑边走得太近，万一有松动的石块，掉下去就完了！"

"嗯！"姚向东应了一声，目光在天坑边扫视着。山峰清凉。不知是山林中还是天坑里吹出来的山风，让向东心旷神怡，惬意极了。姚向东朝后退了一小步，用手轻轻地拨开挡在眼前的几竿翠竹，惊起了几只栖息在不远处榆树上的山雀。山雀留下一片天籁般的鸣叫声，朝天坑上空飞去，并在天坑的上空盘旋。姚向东的目光随着山雀的飞行轨迹好奇地移动。突然，天坑北边的密林中不知是什么野兽，呼呼呼窜过去，留下一片沙沙沙的声响。几只花白喜鹊从林子里腾地飞起来，也朝天坑上空飞去。山雀、花白喜鹊，似乎在天坑上空飞行表演，欢快地飞过来，掠过去。花白喜鹊盘旋了一会儿，喳喳喳地鸣叫着朝天坑南边的一棵大槐树飞过去。

姚向东定睛一看，那棵大槐树就生长在天坑的山崖中，上面许多小水桶粗似的树干已经悬在天坑上。有两根树干的丫杈处有一个很大的喜鹊窝。姚向东心里思忖，这些花白喜鹊往大槐树那边飞，那大喜鹊窝一定是它们的家。好奇心顿时让向东忘记这大槐树是在天坑边，这喜鹊窝是在天坑的上空悬着。向东朝父亲示意，并用手指指天坑南边那棵大槐树，不等父亲反应过来，三步并作两步沿着天坑边的小路快步朝大槐树走过去。

十

天坑边都是大大小小的树木和山草、藤蔓，还有一小片一小片的竹林，翠绿色厚厚的一簇，像一座座露营的小帐篷。天坑边其实没有路，山民打猎、采药材来到天坑，都会沿着天坑边转圈子。转圈子的人多了，慢慢地形成了一条在山草丛中时隐时现的小道。天坑边有几棵大树，特别是榆树，树干上挂满了串串翠绿色的榆钱。风一吹，串串榆钱有节奏地晃动，但一点声音也没有，只有飞翔在天坑上空的山雀和花白喜鹊叽叽喳喳鸣叫着，似乎在给榆钱的晃动配音。槐树有六七棵，高大挺拔，树干都有水桶般粗，树上缀满了绿色的青苔，树干上爬满了绕来缠去的藤蔓。南边的那棵大槐树长势特别茂盛，不知是风吹还是崖石的长期挤压，它那水桶般粗的树干往坑的上空倾斜着，有几根粗壮的枝干悬在天坑上空，最醒目的还是那枝干上青藤丛中的喜鹊窝。

姚向东沿着天坑边山草藤蔓缠绕的小路飞快地来到大槐树的旁边。身后传来父亲那熟悉的喊声："向东，注意安全！天坑边的路踏稳了，不要冒冒失失。"

天坑上空似乎传来隐隐的回声，把姚建华的喊话又重复了一遍：向东，注意安全！天坑边的路踏稳了，不要冒冒失失，不要冒冒失失。

回声清晰地响彻在向东的耳畔，但父亲的提醒并没有引起向东的警惕。

姚向东来到天坑边大槐树的崖石旁。崖石嶙峋，粗大的槐树发达的根系伸向崖石的缝隙中，像一个个坚实的锚，牢牢地咬住崖石。崖石的周边是茂密高大的竹林，竹竿粗细相杂，有的粗如碗口，有的细如笔杆，但都伸展着细长的枝叶，挤挤攘攘，争相生长。春天早已过去，已是仲夏时节，但竹林仍有不少竹笋顶破山草，钻出崖隙，争着沐浴灿烂的阳光。姚向东朝斜向天坑的几根树干仔细地打量着。这几根树干也有小水桶粗，上面虽有青苔，但青苔上缠满了藤蔓。

姚向东朝大槐树的根部使劲地用脚踢了几下，大槐树一动不动。几只刚刚钻进窝里的喜鹊似乎一点也没有感到树干的震动，没有一只从喜鹊窝飞出来。姚向东朝树干下方的天坑望过去。这里的坑边呈坡形，下面长满各种杂树，杂树也缠满了青藤，再往远处看，一眼望不到坑底。

姚向东朝喜鹊窝扫视来，扫视去，又用脚踢踢大槐树的树干，树干还是一动不动，只是树梢的槐叶飘向天坑的深处，一阵槐花的清香飘荡开来。喜鹊窝里的喜鹊似乎睡着了似的，一点儿动静也没有。这时，从不远处的一棵榆树枝杈上又飞来两只喜鹊，落到枝干上，喳喳叫着，顺着槐树悬在天坑上空的枝干蹦跳着钻进了喜鹊窝。掏喜鹊窝！这个念头在姚向东的脑海里刹那间兴奋地闪过。姚向东可不是第一次掏喜鹊窝。经验告诉姚向东，这喜鹊窝里肯定有喜鹊在孵蛋。要不，怎么用脚踢树干，一点动静也没有。姚向东头脑一热，看看这粗壮的树干，他决定爬上树干，爬到喜鹊窝旁边，掏些喜鹊蛋，也让母亲来个韭菜炒喜鹊蛋。第一天跟父亲出来巡山，给妈妈一个惊喜，也让弟妹解馋。他想到自己刚高中毕业回到家，母亲炒的那盘油渍渍的鹅蛋炒韭菜，看到弟弟妹妹那垂涎欲滴的眼神，坚定了掏喜鹊窝的信心。他要让弟妹解馋。

说干就干。

姚向东爬树掏鸟蛋可是熟门熟路。他爬上山石，纵身一跃，跳到了大槐树的树干上。大槐树的树干歪斜着伸向天坑的上空，下面呈坡形，又长满密密的树木和藤蔓。姚向东往下看，并不觉得有多深，一点也没有恐高的感觉。他用手紧紧地抓住树干和青藤，脚稳稳地蹬住横向天坑栈桥似的大槐树干，手脚并用，小心翼翼地往喜鹊窝爬过去。

姚建华一边提醒儿子注意天坑边的小路踩稳脚跟，一边拨开树枝竹叶，朝儿子向东走去的方向赶过来。姚建华知道天坑边有棵大槐树。这棵大槐树长得很奇特，不仅根深叶茂，而且根深扎在山崖里，树干像栈桥似的伸向天坑的上空。虽然树干离天坑边不到四五米远，树干下面有密密的树枝和藤草，但有恐高症的人，尤其山外来看景的人都会头晕。这棵大槐树的奇特之处不仅是歪斜到天坑的上空，更奇特的是上面竟然有一个硕大的喜鹊窝。林业站的领导还把天坑边大槐树作为一景，不时会给市里、县里来林业站检查工作的领导介绍。不少领导出于好奇，竟然不辞辛劳一饱眼福。姚建华每年都要带几批领导来天坑边的大槐树检查工作。他的心里明白，向东看到这横向天坑上空的大槐树，尤其是树干上的硕大的喜鹊窝能不好奇吗。姚建华赶紧朝大槐树根边的山崖跑过来。他刚站稳脚步，目光一扫，没有看到儿子向东，心里一愣，刚才明明看到儿子向东朝大槐树走过来的，自己还大着嗓门提醒儿子，怎么现在不见影子呢？

姚建华一惊，这小子会不会爬树掏喜鹊窝？他正想喊儿子的名字，但到口的话咽了回去。他透过密密的枝叶顺着大槐树的枝干朝喜鹊窝方向一瞥。

姚建华看到儿子向东正手脚并用朝喜鹊窝方向爬去，浑身的血液直往头顶涌，周边的空气仿佛凝固了似的。他呆愣住了。姚建华心里明白，此刻的儿子不是朝喜鹊窝方向爬，而是朝黑洞里爬。近二十年巡山的经验告诉他，深山里的大树因为常年难见阳光，树干上长满了青苔，爬满了绕来缠去的青藤、老藤。老藤还有些韧劲，青藤脆脆的。稍不注意，青藤一断，人就会从树干上摔下去。在山林里掏鸟窝摔到地上都危险。现在，眼前大槐树上的喜鹊窝可是在天坑的上方，天坑深百米，有二三十层楼那么高。向东要是手被青藤一缠，或者被树干的青苔一滑，从喜鹊窝的树干上掉下来，掉到天坑下面，非摔得粉身碎骨不可。这小子，真是初生之犊不畏虎，第一次到深山里来，就敢去掏喜鹊窝，而且敢往天坑上方的喜鹊窝爬过去。天啦！

姚建华目光紧紧地盯住缓缓移动的儿子的身影，心悬得老高。他几次张开嘴，想喊儿子，提醒他不要往前爬。但他怕一喊，惊着了儿子向东。姚建华浑身燥热，心悬到了嗓子眼，浑身直冒虚汗，身上的背心也被汗水湿透了。他站在裸露出崖石的山草丛中，脚上好像生了根似的，一步也不敢动。他感到头有些发晕，眼睛有些发花。他不停地眨动着眼睛,手紧紧地攥着,手心里明显地湿了。

从树林里吹过来一阵一阵的山风,吹到姚建华的身上似乎一点知觉也没有。不远处的泉水形成的小溪,正发出优美的淙淙叮咚声,仿佛是一曲正演奏的小曲,声音是那么地悦耳动听,但姚建华正全神贯注地注视着树干上缓慢移动的儿子向东,一点感觉也没有。

姚建华此时不但浑身燥热出汗,而且血压明显上升。

他尽量地不让眼睛眨巴,但控制不住。突然,他的眼睛一眨巴的瞬间,眼前的大槐树伸向天坑的树干上,喜鹊窝还在两根树干的丫口,但不见了儿子向东的身影。他揉了揉眼眶,目光仔细地在大槐树伸向天坑的树干上扫来掠去,仍然不见儿子向东的身影。只有两只花白喜鹊从喜鹊窝里探出头来,叽叽喳喳地鸣叫。人呢?没有听到声响呀?怎么说没就没呢?不好!姚建华刹那间反应过来,双手同时往大腿上使劲一拍,脱口而出:向东掉天坑里了。

他三步并作两步往大槐树根靠天坑的地方走过去,一手拽住天坑的一根树枝,探着脑袋往天坑里张望。天坑里靠坑边的地方呈坡形往下,一片杂树和荆条,再往下是缠来绕去的藤蔓,厚厚的一片。顺着藤蔓方向一直往下,就是黑洞洞的一片。天坑里似乎也有山泉,山泉似乎在流淌,潺潺的水声从很深很远的地方传到姚建华的耳畔,已经很微弱了。姚建华知道,这天坑近百米深,儿子掉进去,生还的希望渺茫。

姚建华松开拽着的手掌,往天坑边上的小路退了几步,这时姚建华心似乎静了一些。他想,这里的天坑边毕竟呈坡形往坑底延伸,坡地上长满了山草、荆条,尤其繁茂的青藤老藤盘根错节,像一层厚厚的地毯。儿子向东要是命大,从喜鹊窝的树干上滑下来后,掉到山草荆条里,再被青藤老藤缠住,那一定是祖上八辈子烧了高香。当然,山草荆条里到处是突兀的山石。山石有棱有角,从大槐树干上摔下去,摔到山石上,就是被藤蔓缠住不往天坑下面滚,也会被山石戳死。

山峰上方的太阳照着黑洞洞的天坑。山林里吹来的风一阵一阵的，天坑边的竹林竹竿摇曳，发出沙沙的声响。此刻，姚建华完全沉浸在悲痛的想象中。

他束手无策，两只手使劲地搓着，发出嚓嚓嚓的声音。他不停地叹气，下意识地摇头。突然，他好像在汹涌澎湃的河面上看到了稻草。他张开嘴，大声朝天坑方向呼喊：

"向东！"

"向东！"

"向东！"

"向东，你在哪里？"

姚建华声嘶力竭的呼喊声传向很远很远的地方。但天坑里仍然静静的；竹枝竹叶仍然在沙沙沙地作响；大槐树干上的喜鹊窝倒有些热闹起来，几只花白喜鹊从天坑上空盘旋着飞落到大槐树的树干，蹦蹦跳跳地靠近喜鹊窝，一眨眼也不见了。不一会儿又从喜鹊窝里钻出来，探头探脑地窥视一番，腾地飞上天坑的上空，留下一串动听的鸣叫。

姚建华大声地继续呼喊，没有儿子向东的应答，只有山洞里传来一阵一阵的回声：

"向东……"

"向东……"

"向东……"

"向东……你在哪里？"

姚建华已经用尽吃奶的力气在呼喊，一阵一阵从天坑崖壁上传来的回声让他彻底失望了。他是龙山天坑这一带的巡林员。他知道儿子摔进天坑意味什么，但他不能放弃任何一点希望。他目光乞求似的盯着天坑黑洞洞的坑底，停止了呼喊。他站在离坑边不远的竹林边上，脑子冷静下来，仔细地盘算着。自己光凭身上背着的这捆绳索是下不到坑底的，就是下到坑坡上，也不知道这坑坡是什么地形。从上面看，是一片茂密的山草荆条，是厚厚的青藤老藤，但谁知道这茂密的山草荆条下的漏洞在哪儿，一旦掉到漏洞里，就会像石块一样刹那间掉进坑底。再说这青藤老藤谁知道它的韧度，藤蔓一断，也只有一个结果：粉身碎骨。他喊破嗓子叫了半天，也没有一丝丝的回音，儿子向东看来是凶多吉少了。

姚建华摸摸背在身上的那捆绳索，想想妻子花红一直给自己的叮嘱，心里像刀子戳一般。他痛心地大哭起来，边哭边说："花红，我对不起你呀！我回去怎么向你交代呀！"

姚建华放声大哭。凄凉的哭泣声随着山风飘向山林中。姚建华又摸到了身上的那捆绳索，他决定把绳索系在大槐树根上，他不甘心，他要下到坑边的坡地上寻找，哪怕自己也摔到坑底粉身碎骨。

他把身上的绳索取下来，抽出绳头，往大槐树根上缠了两圈，打了个活结，并用手使劲地拽了拽。姚建华此刻的心情十分地复杂。人都是这样的心理，越是绝望的时候，越是往两头想。现在无非是生与死两个结果。姚建华知道儿子向东摔到天坑里那只能一个字：死。但他不死心。万一掉到坡地上，万一青藤老藤缠住了呢？现在摆在自己面前只有两条路，一是下山呼救，让专家救援队伍上山来救人；二是自己试试。当然，姚建华也知道这天坑的底部应该在黑鱼湖一带，那里是龙山的山腰，山腰处有大片山谷山坪，黑鱼湖畔有松林大队的几个自然村庄。到那里去请求山民帮助搜救也是一条路子。但从天坑到松林大队的那几个自然村要翻过一座山，要绕道十几里地才能到达。再说，姚建华知道，天坑底在黑鱼湖，但通往天坑的洞不大，也就是打猎的山民熟悉，让山民去搜救也很渺茫。

姚建华下定了决心，活要见人，死要见尸。还是自己先借助绳索下到坡地试一试，找不到人，那向东是百分之百摔进天坑底部去了。那只有赶紧下山，到三岔口电话亭打电话，让林业站向县消防队求救。

姚建华把绳索在大槐树干上扣紧后，使劲地用手拽拽。大槐树一动不动。姚建华把绳子的一端紧紧地系在自己的腰带上。巡林员的腰带也是保险带。姚建华也拽了几下，然后一手将绳索套在胳膊上，朝天坑边的一块突兀的崖石上跳上去。

十一

崖石微微一震动，崖隙中的一些沙土碎石纷纷掉落下去，掉到茂密的山草荆条上，发出轻轻的下雨般的声响。

姚建华的目光下意识地朝天坑望了望，浑身一抖，打了个寒噤。

姚建华站在天坑边往坑里突兀的崖石上，借助保险绳索的作用，身体微微往天坑边的上空探了探，顺着斜坡往坑下只看到十几米，黑洞洞的一片。为了救儿子，他想冒一次风险，跳到天坑边的斜坡上，仔细地寻找。如果满是青藤和树丫的斜坡上没儿子的身影，那一定是顺着斜坡，掉进天坑的底部了。这么高的高度掉下去，肯定是粉身碎骨。姚建华毕竟从事巡林工作，对山林遇险受到的安全训练不少次。他没有贸然跳到天坑边的斜坡上，而是缩回倾斜的身子，蹦到突兀的崖石边的草窝里。他从草丛中捡起一块一二十斤重的石块，又脚一蹬，跳上突兀的崖石。他要试一试，天坑边的斜坡上的树丫和青藤结实不结实。他心里估计，这些藤蔓兜不住一个活人。要不然，儿子向东从喜鹊窝的树干上掉下来，一定会掉在这长满青藤和树丫的斜坡上。绝不至于从喜鹊窝的树干上摔下来一点声息也没有。凭经验，姚建华估计儿子从喜鹊窝的树干上摔下后，一定是摔到了青藤上，然后顺着斜坡上的青藤往下翻滚，青藤和树丫兜不住一百多斤重的儿子的身体，藤蔓断了，儿子一定是被摔下高达百米深的坑底。否则，儿子被摔下去时，姚建华定会听到声响。天坑太深了，声音传不到天坑上空。

姚建华站在天坑边突兀的崖石上，将手中的大石头放到崖石上，系好安全绳，再次将绳索使劲地拽了几下。他要把这块石头摔下斜坡，看看这块石头能不能被藤蔓和树丫兜住。如果能兜住，也许儿子被摔晕了，此刻说不定还藏在天坑边的斜坡藤蔓树丛里，也许还有一丝希望。人在最绝望的时候，往往会往好处想，往往会求老天爷保佑，盼望绝处逢生。

姚建华朝斜坡上的青藤和密密的树草望了一眼，搬起那块一二十斤重的大石头，用力往斜坡上一扔，斜坡的青藤和草树丛里传来石头翻滚的沙沙沙声响。这种沙沙沙的声音很快就消失，过了几秒钟，似乎是从坑底传上来咚的一声。但这响声很低很低，注意力不集中，根本听不到。天坑深近百米，这么高的距离，加之坑底也是杂树和茂密的草丛，石头掉下去，当然没有大的声响传上来。

姚建华甩下石头后，全神贯注地倾听。他听到了石头砸到天坑底部咚的声响。这咚的一声似乎是一发炮弹落到了身边，把姚建华彻底炸晕了，把姚建华的一点点希望都炸没了。他心里明白，儿子向东从喜鹊窝树干上掉下去，首先摔到了天坑斜坡上的青藤和树草丛里，顺着树草丛里藤蔓翻滚，掉进黑洞洞的坑底。儿子向东没救了。姚建华绝望地望着黑洞洞的天坑，泪水哗哗哗从眼眶里流出来。他抬手擦了擦满脸的泪珠，带着最后的一丝希望，大着嗓门喊起来，带着哭腔的喊声从深不见底的天坑里传来一阵一阵的回音：

"向东……"

"向东……"

"你在哪里……"

……

一声一声的回声中，除了微微的山风和鸟儿的鸣叫，儿子向东似乎在天坑里睡着了，一点儿声息也没有。

绝望。

彻底绝望。

姚建华从天坑边突兀的崖石上跳下来，解开系在大槐树干上的绳索，迅速地一圈一圈地收起来，往腰带一挂。他在天坑边大槐树根旁的一丛草树茂密的路边上，来回地踱步。他焦急万分，欲哭无泪，踱步时的腿脚像不是长在自己身上似的。腿脚几乎是机械地抬起来，踏下去。姚建华巡林快二十年了，他知道儿子没了。儿子向东肯定没了。

但他到了此刻还不死心。他明白，眼前靠自己的力量是不可能去天坑里搜寻儿子向东的。从天坑到坑底,要绕过黑鱼湖,没有四五个小时,连黑鱼湖边都到不了。就是到了黑鱼湖松林大队的几个自然村,也不一定能找到通往天坑底部的山洞口。现在唯一的办法是尽快下山,赶到松江镇边的公路。那里是龙山天坑的山脚下,距离最近。公路与通往龙山天坑的上山小路交叉。那里有个三岔口,三岔口有个电话亭。到了电话亭,迅速向林业站报告,请求林业站领导向县里消防队求援。消防队里的绳索可以接起来,三百米也不成问题。从天坑边下到坑底,也只有经过训练的消防队员能做到。

死马当作活马医。容不得姚建华多想。他赶紧穿过天坑边的一片小竹林,顺着下山的路,几乎是连滚带爬地往下冲去。

树枝丫划破了脸上和胳膊上的皮肤,汗水一浸,钻心似的疼。他全然不顾。他心中只有三岔口,只有三岔口边的那两间平房,只有那两间平房里的那部手摇电话机。

他几乎是往山下滚爬着。山林中窜出了一只肥硕硕的兔子,与姚建华撞上了。姚建华鬼使神差般一脚,竟然踩到这只飞跑的山兔的头上,山兔蹦腾了几下,倾翻在草丛里。姚建华知道踩上了一只软绵绵的小动物,但他连看都没有看,拨开枝枝丫丫,往山下的三岔口奔去。

山林中的小道弯弯曲曲,崎岖不平。姚建华熟悉山道,不到一个小时的工夫,就从天坑顶部的龙山上来到山脚边的三岔口。

他迫不及待地跑进平房,拿起话筒。拿话筒的左手很快将话筒放到座机上,摁住电话机,右手使劲地握住摇把,呼呼呼地摇动着。

姚建华连摇了五六转,左手操起话筒,不等总机员说话,大着嗓门:

"喂!喂!喂!"

"你哪里?"

"我是三岔口电话亭!"

"你要哪里?"

"我要林业站!"

"哪里林业站？"

"林业站！"姚建华一急，脑子里一片空白。他忘记了，林业站县里有；松江公社有；松林大队也有。那时候县里、公社、大队都叫林业站。对于话务员的提醒，姚建华竟然没有反应过来。

话务员从话音里知道这个人一定有急事，话筒里传来急促的呼气声。话务员和缓地提醒道："县里、公社、大队都有林业站，电话接到哪里？"

"接公社林业站。"姚建华擦擦额头上的大汗，经话务员一提醒清醒过来。

平房里静静的。只有从山林里、松江上吹来的风，透过窗户又从门口吹出去。姚建华等着公社林业站值班的同志接电话。

姚建华全神贯注地倾听，额头上的汗水不停地流到脸腮上。此刻，姚建华的心里已经无法用语言来表达。接通林业站，请林业站领导请求陵阳县消防队支援，这是姚建华唯一的一根稻草。尽管他知道儿子向东生还的希望十分渺茫，但此刻容不得姚建华多想，哪怕就是一根稻草，他也要死死抓住。掉进龙山天坑的那可是自己的儿子向东。早上还有说有笑地吃早饭。想到这里，姚建华长长地叹了一口气，悔恨不已：人说没就没了，怎么向妻子花红交代呀！

"喂？你在哪里？"话筒里传来熟悉的声音。他知道接电话的是公社林业站的刘副站长。刘副站长叫刘建国，人很憨厚开朗，是个热心肠。

"我是三岔口电话亭。"姚建华迫不及待对着话筒大声叫道，"刘副站长！出大事了。"话刚出口，姚建华抑制不住心中的悲痛，竟然说不出话来，放声大哭。哭声凄厉低沉，让人听了汗毛直竖。

刘副站长一听就知道是姚建华。姚建华负责那一片的山林巡查。三岔口电话亭是那一片林业站的报警电话。他听姚建华只说了一句出大事了，就泣不成声，心里一怵，不知姚建华山林那边出什么大事了，赶紧把声音提高了八度提醒姚建华："别急！出什么大事了？慢慢说！"

话筒里传来一阵一阵的抽泣声。

十二

姚建华低声抽泣，想好的话好像卡了壳的子弹头闷在枪管里头。姚建华嘴唇嚅动，不停地抽泣喘着粗气。

刘建国副站长只听到一阵一阵低沉的抽泣声，心里急了，嗓门更大："喂！喂！喂！你说话呀！出什么大事啦！"

姚建华霎时惊醒过来，对着话筒急促地说："人没了！人没了！"

"喂？谁没了？你慢一点说。"

"儿子没了。"

"谁的儿子没了？"

"我的儿子。"

"你的儿子？向东？"

"向东！我的儿子向东。"

"怎么没了？你慢慢说。"

"掉天坑里了！"

"哪个天坑？"

"龙山天坑。"

"龙山天坑？你慢点说，怎么会突然掉天坑里去了？"

"儿子向东去年高中毕业后，一直没有一个正经的工作。先是跟憨厚的表叔爷学篾匠。手艺是学成了，但这小子不知道搭错了哪根筋，从表叔爷那里学了一手的篾匠好手艺，但就是不想做篾匠，非要将来当巡林员。你知道的，巡林员工作苦一点不要紧，但是大山里巡查，多危险呀！我妻子花红说什么也不肯儿子走我的路。但儿子很坚决，不知道跟叔爷学了几个月的手艺中了什么邪。我一想，现在工作难找，先跟我巡巡山，他知道苦，说不定会知难而退。谁知今天第一次带向东巡山，而且是瞒着向东母亲的，向东第一次跟上山就出大事了！"

"你别急！我马上向陵阳县林业站报告，让他们尽快请县消防队派人来，到天坑去寻找。他们有绳索，而且有攀高下崖的消防员。你等着，千万别离开电话亭。"刘建国终于听明白了，心里火急火燎似的。他在电话里安慰姚建华后，挂断电话，赶紧让总机接通陵阳县林业站，请求林业站协调县消防队给予支援。

他放下电话不到十分钟，办公室的电话丁零零地急促响起来。刘建国一直守在电话机旁。电话只响了第一串铃声，他就迫不及待地操起话筒。

还没有开口，话筒里就传来县林业站领导的关切话语："喂！你是松江林业站吗？消防队抢救搜救小组已经出发，估计不到一小时就会到达三岔口。"

"谢谢！谢谢！"刘建国没有想到上级办事这么快，连声道谢，心里似乎有了希望。他明白姚建华此时的心情。姚建华是站里的职工，他与职工的心是相通的。他正要挂电话，准备把这个好消息尽快告知姚建华，话筒里传来了领导的提醒："你们站里派两名职工到通往龙山天坑的三岔口等消防队。"

"是！是！"刘建国心情一激动，望了望窗外，没有跟县林业站领导再说客气话，就匆匆挂断电话，又迅速地摇起电话机的手摇柄，呜呜呜的响声过后，他操起话筒："喂！总机吗？"

"我是总机。"

"快接三岔口电话亭。"

"稍等！"

此时三岔口的两间平房里，姚建华瘫坐在桌角旁，目光死死地盯着桌子上的手摇电话机。姚建华的脸上布满了愁云，泪水不停地从眼眶里流出来。

电话亭里静悄悄的，只听到窗外树林里的鸟鸣。

"丁零零！丁零零！"一阵急促的电话铃声响起来。姚建华呼地从地上站起来，左手迅速地操起话筒贴到耳畔，大着嗓门急促地喊：

"喂！喂！喂！"

"你是姚建华吗？"

"对呀！"

"告诉你一个好消息，上级协调县消防队很快派出了搜救组，一个小时到达三岔口。你在电话亭边等。我随即赶过来。"

"谢谢！谢谢领导！"姚建华听到这个消息，似乎在黑沉沉的黎明看到了一丝曙光。他急切地挂好话筒，走到电话亭朝向公路的窗口。他目光朝窗外望去。窗外的不远处波光闪闪的松江抱着松江镇由西北往东南浩浩荡荡地流过去，流进一片茫茫无边的闪着光芒的世界里。姚建华知道，那里是松江镇的千溪湖。松江镇建在几座大山的坡地上。从电话亭窗口望过去，松江镇沿着松江的一大片民宅的屋顶上空，虽然快到晌午时分，但依然是雾霭缭绕，霞光寺上的琉璃瓦在午阳的映照下发出熠熠的光芒。扯着雪白风帆的大木船从千溪湖驶进松江，沿着松江镇往林业站方向缓缓前行。逆水行舟，帆船似乎固定在松江那闪着波光的水面上。

姚建华的目光从镇上东南角的千溪湖、霞光寺、松江上的帆船移到西北的小山坡上的林业站方向。山坡上满坡树林和山草，绿茵茵的一片。晌午的太阳在云朵里穿梭，不时洒下一片一片金色的光芒。林业站隐在茂密的丛林中。姚建华收回企盼的目光。他知道刘建国副站长从林业站走到三岔口电话亭，再快也得二十分钟。从县城赶来的消防搜救组从霞光寺方向沿着松江的土石公路过来。这是松江镇上的主干道。松江镇在没有汽车的年代里，就靠着松江走出去，走进来。现在有了这条沿山脚绕着松江镇的土石公路，进出松江镇方便多了。这条土石公路和松江像两条长长的兜带从北往南把松江镇兜了起来。

姚建华的目光盯着林业站方向，他迫切地希望见到刘副站长。此时，姚建华心中的巨大悲痛已经使他六神无主，他希望刘副站长迅速赶来给他拿主意。姚建华的目光从林业站方向的土石公路缓缓地往陵阳县城方向移动。他知道，县消防队搜救组的红色救火车会从霞光寺方向驶来。

土石公路不时驶过一两辆手扶拖拉机，突突突的响声伴着飞扬的尘土从窗户透进来，传到姚建华的耳畔。姚建华把头探出窗外，土石公路上并不繁忙，偶尔有几辆驴拉板车或从东往西，或从西向东沿着路边缓缓前行。偶尔会有一辆破旧的公共汽车鸣着高音喇叭从窗外的土石公路上飞快地驶过，车后扬起浓浓的尘烟。姚建华的心情无法形容。他恨不得土石公路上驶过的都是消防车。他把目光探向县城方向土石公路的尽头。除了满目的连绵青山和烟波渺渺的湖水，土石公路上偶尔会一片平静。霞光寺不远处湖边的公社木器加工厂高大的烟囱耸立着。粗大的像长长的导弹似的烟囱冒着缕缕烟雾，烟囱上从上到下一幅大红字标语十分醒目：将无产阶级"文化大革命"进行到底！姚建华望着烟囱上这幅巨大的红色字体的标语，仿佛看到了儿子满身鲜血地躺在龙山天坑底部的草丛里。他心里很不是滋味。他知道自己的儿子有文化，毕业后人家都受读书无用论影响，儿子向东偏爱读书。他一有空闲就学习，还不间断抄写《读报手册》。他就业无门，大学是有文化的地方，有文化的进不去，找工作难，难于上青天。不是进行"文化大革命"嘛！文化呢？姚建华似乎心里生起了一丝丝的怨恨，但他不知去怨恨谁。他只能怨恨自己，自己不该不听老婆的话，更不该偷偷地把儿子向东带来巡山，不带儿子来巡山，怎么会……

姚建华不敢想下去。他双手扒在窗沿上，目光四处眺望。心中悬着的一块石头好像越吊越高，石头也变得越来越沉。

仲夏时节，虽然有太阳，但山谷气候的松江镇多云天气居多。从松江镇四周大山深处飘来一朵朵厚厚的云彩，不时会遮住火热的太阳。太阳不时从厚厚云彩里冒出脸来，洒下一片明亮的阳光。公路上，镇上的屋顶，还有松江上来来往往的扯着雪白风帆的大船全沐浴在阳光里。但随着天空云彩的移动，又被云彩投下的阴影所涂抹，变得昏暗暗的一片。

姚建华目光死死地盯着土石公路。他盼望着松江公社刘副站长的身影出现在土石公路上,更盼望耳边响起哇呜哇呜的消防车声音。

姚建华在焦急中等待。

十三

"建华!建华!"电话亭外传来了姚建华十分熟悉的喊声。姚建华眼睛一亮。他熟悉这个声音。他知道这是松江林业站副站长刘建国。姚建华一边应答,一边飞快地跑出电话亭。

电话亭旁的通往龙山天坑的小路边,巨大的樟树下,刘副站长带着站里的巡林员小周正站在樟树的树荫里喘气。刘副站长和小周是跑步赶到三岔口,脸额上的汗珠还未擦掉。姚建华像抓到了救命稻草,急步走到刘副站长面前,伸出双手握住刘副站长的手,只是抽泣,一句话也说不出来。

刘副站长握住姚建华的双手,使劲地摇晃着说:"建华,别急,到电话亭里说。"说着,刘副站长拉着姚建华的手往两间平房的门口走过去。小周紧跟在后面。

"刘站长,出大事了!"姚建华走进平房里,哇哇哇地大声哭起来,边哭边说,"站长,儿子向东掉龙山天坑里了!儿子没了!儿子没了!"

刘副站长安慰姚建华,拉着姚建华在电话亭里长条竹凳上坐下来,拍拍姚建华的手臂说:"别急,急解决不了问题。再过半小时,县里消防队的搜救组来了,我们赶紧带他们赶往龙山天坑,他们会放绳索下到天坑底部搜寻!说不定摔到天坑底部厚厚的草窝里,只是摔晕了!"

姚建华停住抽泣连声感谢刘副站长。

刘副站长拉了拉姚建华的手,宽慰地说:"龙山天坑虽然深,但里面长满了树丛和山草,还有盘根错节的青藤和老藤,人要是不小心掉下去,说不定会被藤蔓缠住,藤蔓就像降落伞,会起到缓冲作用。

往好处想,心放宽些,说不定会出现奇迹。"说到这里,刘副站长似乎突然想起什么,一骨碌从竹凳上站起来,急切地问:"怪了!天坑边有小路,你带着儿子巡山,向东怎么会掉天坑里?"

"站长,你知道的。"

"知道什么?"

"向东这孩子你从小看着长大的。这孩子两头冒尖。学习很刻苦,成绩不错,但很调皮。掏鸟窝,到松江游水,这些危险活儿没让他妈少操心。"

"这我知道。"

"我带着儿子巡山来到龙山天坑边的小道。龙山天坑边有一棵不知道哪个朝代的大槐树。那棵大槐树长得很独特。根部深扎在天坑边崖石堆中,两根粗壮的树干呈七八十度角往天坑里倾斜,枝干悬在天坑的上空。枝干上有一个筛子大小的喜鹊窝。"

"我知道。县林业站的领导来松江公社视察调研,我还把龙山天坑边那奇特的大槐树作为旅游点请他们看过。后来,你知道的,林业站还把省里的领导带过来看过几次。这大槐树听说在省里林业系统还有些名气,你不也陪过多次嘛。怎么,你家儿子向东……"

"别提了!我是一时疏忽,没有提醒向东。向东是第一次到深山里来,也是第一次看到天坑这个大自然的奇观,尤其是天坑边歪斜着的大槐树上的喜鹊窝。这巨大的喜鹊窝引起了向东的兴致。估计他认为喜鹊窝里喜鹊蛋不少。于是调皮劲上来,没有跟我说一声,呼地蹿过去,迅速跳到崖石上,顺着大槐树树干朝喜鹊窝爬过去。"

"你是老巡林员,你怎么不制止他!"

"我发现他时,他已经爬到倾斜着的大槐树悬在天坑上空的树干上了。我浑身冒出冷汗,刚张开嘴,赶紧又把嘴闭上了。我怕我大声一喊,让儿子一惊吓,还未掏到喜鹊蛋就会掉到天坑里。我赶紧飞跑过去。刚跑到大槐树根部的崖石边,我抬头朝喜鹊窝的树干一看。我大吃一惊,树干丫权上喜鹊窝边几只花白喜鹊蹦跳着,只听见叽叽喳喳的喜鹊欢快的鸣叫,向东没影子了。我张开嗓门大喊,但一点应答也没有,只有天坑里传来一阵一阵的回声。"

"你没有在周围找找?掉到天坑里去了不可能一点响声没有。"刘副站长用疑惑的目光盯着姚建华。刘副站长心里有些纳闷,正常情况人发生意外时总会情不自禁地大声呼救。

"一点声音没有。"姚建华满脸狐疑,心里虽然感到不可思议,刹那间的工夫,人说没就没了,没有呼救声,只有喜鹊的叽叽喳喳的叫声。姚建华傻呆呆的目光盯着刘副站长。

"会不会在天坑边的树林里?"刘副站长觉得这事有蹊跷。如果真是从大槐树上掉进天坑里,那向东生还的希望太渺茫了,几乎没有生还的可能。刘副站长只能把事情往好处想。他提醒自己的职工把周边找找。其实,刘副站长这也是安慰姚建华。

姚建华语气肯定地说:"站长,我大着嗓门喊了几十遍,一点应答也没有。他不可能在天坑边的树林里转悠。再说,我明明看到向东在大槐树的树干上,我明明看到他小心翼翼地往喜鹊窝边爬。我急促地奔跑过去,也就是几秒钟的工夫。肯定掉天坑里了!"说完,姚建华哇哇哇大声哭起来。声音听起来有些揪心。

刘副站长听着姚建华的叙说,心里也在盘算。凭他几十年在林业站工作的经验,向东这孩子肯定是掉进天坑了。天坑那么深,向东掉进坑底落地的声音传不到天坑上面来。没有本能的呼叫,可能是从大槐树树干上滑下时,拽住了藤蔓,他还没有感到危险和恐惧。等到急速坠落时,他感到了恐惧,这时的呼喊声已经消失在天坑里了。没有其他办法,只有等待县消防队的救援。刘副站长知道,在大山里,别说掉进天坑里,就是掉进山谷,也很难有活命的可能。刘副站长心里想归想,但不能说。现在唯一能做的是安慰姚建华,让他的情绪稳定下来,集中全力去天坑搜救。

姚建华呜呜呜地哭泣,刘副站长的心里也一阵一阵地难过。中年丧子,这可是人生最大的痛苦。刘副站长知道,此刻能安慰姚建华的只有多想些救援搜寻的路子。

刘副站长皱起眉头在思索。他想起一个人,这个人是松林大队的支书朱红旗。朱红旗是自己的好朋友。好朋友不重要，重要的是松林大队有几个自然村在黑鱼湖的山谷居住。那里紧靠龙山天坑的底部。村里有些山民会打猎，曾去过龙山天坑的底部。天坑底部有树林，有坡地，还有涓涓溪流。坑底去的人少。据说有两个洞口，一般人还找不到洞口，只有松林大队那几个靠黑鱼湖边的自然村里的猎人熟悉。想到这里，刘副站长眉头开了。他赶紧站起身，拉住姚建华的手说："还有个办法。"

刘副站长的话还未说下去，姚建华顺势站起来，迫切地问："刘站长，还有什么办法？"

"我有一个好朋友。"

"谁呀？"

"松林大队的支书朱红旗。"

"朱红旗支书！找他有什么办法？"

"你忘了？"

"忘了什么？"

"你忘了朱红旗支书手下有不少自然村。"

"自然村附近有什么？"

"有山林。"

"哪里没有山林？"

"告诉你，大山里的那几个自然村属松林大队，归朱红旗支书管。"

"朱红旗支书管自然村，管不了儿子的生死呀！再说远水也救不了近火。"

"你这个巡林员糊涂了。"刘副站长掰起手指头说，"自然村附近有条形似黑鱼的湖泊。湖泊的鱼头方向就是龙山的东北方向的山腰，你别忘了，那里可是龙山天坑的底部。朱支书跟我说过不止一次，他们湖边的自然村里有不少山民会打猎。不少山民去过天坑底部，据说天坑底部很亮敞，里面的野味多着呢。"

"我明白了，你是让朱红旗支书发动自然村里的猎人到天坑底部寻找。"姚建华停住哭泣，深深地叹了一口气。手紧紧地拉住刘副站长的手,不停地晃动,嘴里喃喃自语,"谢谢!谢谢站长!"

"这也是一条路。救人要紧。救人要紧。"刘副站长说着,朝站在一旁的巡林员小周招招手。小周连跨几步从门口来到刘副站长身边。刘副站长拍拍小周的肩膀,下命令似的说:"从现在开始,你跟着建华,配合搜寻。"

刘副站长不等小周应答,朝建华摆了一下手,指着窗外:"你和小周盯住公路上的消防车。县消防搜救组的同志一到,立即带领他们抄小路上山,直奔龙山天坑。"

刘副站长说完,朝电话机旁跨了一步,左手按住话机的听筒,右手握住摇把,呜呜呜地使劲摇动摇柄,边摇边说:"我来联系朱红旗支书,让他尽快组织山里打猎的山民到天坑底部搜救。"

又增加一线希望,姚建华心里悬着的石头似乎轻了一些。他和小周趴在两间平房朝公路的窗口,目光紧紧地盯着土石公路通往陵阳县城方向的尽头。霞光寺附近不远处千溪湖边的公社木器厂高大的烟囱上那幅大红标语在眼前闪动:将无产阶级"文化大革命"进行到底!此刻的姚建华想到儿子生死不明,一种莫名其妙的怨恨在心头生起,爱文化的儿子没有读文化的地方,要不怎么会掉进天坑里?他心里有些莫名其妙的怨气,但这股怨气只能闷在心里。

太阳完全被厚厚的云彩遮住了,山峰四处飘荡着浓浓的雾气,松江镇上空没有了阳光,也变得阴沉沉的一片。

姚建华由急生怨,由怨生闷。此刻的姚建华最迫切希望听到的是那消防车哇呜哇呜的呼叫声。

土石公路上,一辆辆驴车、马车沿着公路往东往西驶过去。不时还会传来公共汽车或手扶拖拉机的喇叭声。拖拉机突突突的轰鸣声直往姚建华的耳朵里灌。

姚建华和小周焦急地眺望着土石公路通往县城的千溪湖方向。

十四

"喂!喂!喂!"刘副站长拿起话筒,急促地向总机呼叫。

"我是总机!你要哪里?"

"接松林大队。"

"稍等。"

刘副站长把话筒紧紧地贴在左耳畔。不一会儿,话筒里传来呼喊:"喂!你是谁?"

"我是松江公社林业站副站长刘建国。"

"找谁?"

"找你们大队支书朱红旗。"

"你稍等。我去喊他接电话。"

"谢谢!"刘副站长仍然把话筒紧紧地贴在左耳畔。他朝窗口焦急张望的姚建华和小周瞥了一眼,心里思索:姚建华丢了儿子,此刻的心情比刀绞都难受,都是有儿女的人,谁不理解。虽然看不见希望,但必须尽到最大的努力。活要见人,死要见尸。

话筒里传来熟悉的喊声:"刘副站长,怎么?打电话请我喝酒?老规矩,我带野味去!"

"朱支书,你就知道喝酒!"

"好好好!不喝酒!不喝酒我也托人给你带野味去,怎么样?"

"求你帮个忙。"

"帮忙?"

"帮大忙!"

"是不是上面来人,让我给你多准备些野味?"

"不是,但与野味有关。"

"既然不是,怎么又与野味有关?"

"长话短说,有急事求你帮忙。"刘副站长与朱红旗支书私交不错。朱红旗支书家住山里,儿子在松江中学读书,吃住在刘建国家里。朱红旗大队里有几个自然村在黑鱼湖一带，常常有山民在龙山天坑底部打猎，野味不少。朱红旗有时会给刘副站长带些山里的野味。有时在一块喝酒，朱红旗情不自禁地介绍山民打猎的情况，也常常在刘建国面前说到天坑底树草茂密，藤蔓缠绕，野味特别多。刘副站长知道朱红旗支书跟山里打猎人熟悉，于是开门见山。

"急事？快说。"朱红旗听刘副站长的口气急促，不再打趣。

"站里出大事了！"

"出啥大事？"

"我们站里有个巡林员，叫姚建华。估计你见了面应该认识。今天上午带儿子去龙山巡查，儿子掉天坑里了。"

"掉天坑里了？上午？"

"上午！"

"朱支书，我知道你们大队几个自然村在黑鱼湖边。黑鱼头方向有两个山洞通到天坑底部。喝酒聊天你跟我说过，山民打猎去过天坑底部，那里的野味多。我请求你找些猎人去山里搜寻。"

"站长！放心！你们站里的事就是松林大队的事，我立即赶往黑鱼湖最近的自然村。"

"什么村？"

"鱼头靠自然村。"

"跟你很熟走得很近的猎户钱正南是不是那个村？"

"是的。我去找钱正南，让他再找几个猎人一起去天坑底部搜寻。"

"人命关天！谢谢朱支书！"

"我挂啦！"

放下话筒，刘副站长长长地舒了一口气。他听朱红旗支书说过这个钱正南。这个钱正南正好就住在有洞口通往龙山天坑底部的那个自然村。刘副站长还知道这个钱正南与朱红旗支书家来往密切，关系不错。看来找朱红旗支书是找对门了。

公社林业站虽然直属县里林业站管理，但站里的林业管理工作与大队关系密切。刘建国副站长与松林大队支书朱红旗经常为山林保护方面沟通协调，一来二去，两人自然而然地混熟了。两人都喜欢喝一点酒，酒逢知己千杯少。酒桌上你斟我饮，几十年下来，两人成了好朋友。

朱红旗的家境刘建国全知。朱红旗四十出头，个子一米六五略高一点，但微微肥胖。圆圆的脸庞，黑黝黝的，在太阳光映照下，会泛起红光。山里人，虽然当个支书，但那个年代山上山下，只能靠双腿走，体格很健壮。朱红旗"文革"前在部队当过两年兵，还入了党。退伍回到松林大队后，正赶上全国闹饥荒的年代，整天为填饱肚子发愁。后来，"三年自然灾害"饿肚子的年头总算过去了。他结婚，一连生了三个子女。自从结婚生子后，朱红旗生活的路似乎走得顺畅了。"文革"爆发后，他经常戴个退伍回来的军帽，腰里扎根有五角星的皮带，挺神气，公社革委会头头看中他，任命他为松林大队支书。大儿子朱爱国，初中勉勉强强在松江中学读完。朱红旗当支部书记，上上下下有些关系，本来完全可以让朱爱国读高中。朱爱国读初中期间，就住在刘建国家里。刘建国心里清楚，这个朱爱国不是块读书的料子，平时很少看到朱爱国捧着书本读书。朱爱国的班主任以为刘建国是朱爱国的长辈，几次托他带信给朱爱国的父亲，说这个朱爱国不好好管教将来会给家里、学校带来麻烦。朱爱国的班主任说话很爽直，也知道朱爱国的父亲是大队支书，知道刘建国是朱爱国父亲的好朋友，几次路上碰到或专门到刘建国家家访时，提醒刘建国转告朱红旗支书，子女教育不是小事。有些话刘建国至今还记在心头：

"名字叫得挺好听，朱爱国。没有文化将来怎么爱国？"

"年纪轻轻的，在班上谈恋爱。心思全用到女生身上，书怎么读得进？"

"桑树从小护！"

"少壮不努力，老大徒伤悲！"

"朱爱国借宿你家，说明你与他父亲朱红旗关系不一般，你也有教育责任。你要提醒朱爱国的父亲。"

朱爱国班主任的这些话刘建国全听在心里。他知道这位班主任心直口快,说的话是一片好心。但那个年头,正是全社会不把读书当回事的年代。朱爱国虽然借宿在自己家里,但毕竟不是自己的儿子。班主任的有些话让自己转告,碍于朱红旗既是好友又是支书的面子,刘建国想把班主任的话直截了当地转给朱红旗,一直开不了口。当然,旁敲侧击地提醒朱红旗,酒桌上也没有好意思多说。直到朱爱国初中毕业后回到家,死活不肯上高中,朱红旗才知道问题的严重性。尽管那是"文革"后期,尽管读书无用论甚嚣尘上,做父母的嘴上不敢说,但望子成龙的思想还是深埋在心底的。

朱红旗一边在家做儿子的工作,一边到松江中学找关系,总算同意朱爱国读高中。回家跟朱爱国一说,儿子把上学说得像进劳改农场似的,说什么也不肯继续读书。朱红旗没办法,只能让朱爱国回到松林大队家里。朱爱国一个十四五岁的青春少年,回到山村没有正经事儿干,经常给朱红旗惹出一些麻烦来。这事刘建国知道。两人喝酒时,朱红旗少不了在刘建国面前抱怨。

但抱怨归抱怨,朱红旗与刘建国两人都想不出好办法。刘建国倒是提醒朱红旗,让他把支书的关系用到位,尽快让儿子朱爱国学门手艺,或找个工作。有艺好容身。但说归说,学什么呢?朱爱国又不是一个能定下心来的主。

后来,林业站接待上面来人,需要一些野味招待。刘建国打电话向朱红旗求援。第二天,朱红旗派两个山民送来了山鸡和野兔。刘建国接过山鸡和野兔,正要掏钱给来人,来人笑嘻嘻地摆手说:"我跟朱支书是好朋友,不收钱!不收钱!"

跟来人一块来的是一位十五六岁的山里姑娘,轻松地指着山鸡和野兔说:"山鸡、野兔山里多,我们鱼头村靠龙山天坑,天坑底部野味多的是呀!不稀奇!收什么钱呀!"说完,父女俩都爽朗地笑起来。刘副站长一看,心里全明白了。这是一对父女,是朱红旗的好朋友。既然是朱红旗的好朋友,再硬给钱就生分了。

后来见到朱红旗,说起这对父女。朱红旗兴致勃勃地给刘建国一一介绍。

十五

　　送野味的山民是松林大队鱼头村人。鱼头村紧靠黑鱼湖的鱼头位置，村后不远处的山坡上有两个不大的山洞。洞口满是树木和杂草，加之藤蔓的缠绕，稍不注意还找不着山洞口。这山洞口就是通往龙山天坑底部的进口。山民姓钱，名正南，也就四十出头的年纪，但因常年深山里打猎，经风雨久了，人显得比实际年龄大一些。钱正南古铜色的脸上显得有些憔悴，没有光泽，明显营养不良，但精神挺饱满。虽然不太胖，但举手投足劲足足的。钱正南是生在山里长在山里的山里人。祖上就是鱼头村人，祖上几辈子都会打猎，日子还算过得去。

　　钱正南在黑鱼湖一带稍有一些名气。他会打猎，猎枪打得比较准。五六十年代，粮食不宽裕，养猪养鸡鸭少。有些公社、大队割资本主义尾巴割得比较狠的，家家户户不准养猪养家禽。山民们的饭桌上常年见不到腥味。但钱正南家的饭桌上总会有些野味。那个年代山民们虽然穷，但纯朴。有些山民家里偶尔来了亲戚朋友，往往会跑到钱正南家来买些野味回家招待亲朋。说是买，其实钱正南人爽直、善良，从来不收村里山民们的钱。家里墙上挂着的山鸡、野兔，来人一开口，他会毫不吝啬地拿给村里人。后来，村里人都说钱正南人好，想选他当自然村的头儿。那时自然村的头儿叫组长。他说什么也不肯当。朱红旗到鱼头村认识了钱正南。钱正南烧了一盆山兔招待朱红旗，但说什么也不肯当这个自然村的组长。大队招待上面的来客，朱红旗自然就想到了钱正南家的野味。再后来朱红旗为了拉公社的一些干部的关系，就把钱正南家的野味全用上了。朱红旗给钱，钱正南不收，于是就利用职权从公社供销社搞些电筒、肥皂、香烟等紧缺物资送给钱正南。当然，朱红旗也是一分不收。一来二去，朱红旗跟钱正南关系处得越来越深。钱正南因打猎有名气结识了大队支书，又因大队支书朱红旗的光环在黑鱼湖一片有了更大的名气。

钱正南在黑鱼湖一带有名气，后来渐渐地在松江公社也有了些名气。刘建国知道松林大队有个钱正南，也是因吃朱红旗送来的野味认识的。

其实，钱正南出名，还因为钱正南家里有三朵金花。钱正南的妻子胡少香是个地地道道的山民。胡少香手脚麻利，住宅前后的院子种满了时令蔬菜。钱正南家里吃菜从不花钱买，相反，不少山民还会到她家的菜园子里拔菜。有时打招呼，有时不打招呼，但胡少香总是笑哈哈的。村民背后夸钱正南和胡少香是一对做好事的好夫妻。钱正南打猎，谁家想吃个野味来拿就是了；胡少香种的菜园子，谁都可以来拔菜。用胡少香的话说，看得起我胡少香才来拔菜。我胡少香扁担大的字一个不认识，谁看得起我呀！大家暗地里都说这钱正南和胡少香，是天生的一对，不是一家人不进一家门。

胡少香虽是山里妹子，但长得水灵。一米六五的个头，与钱正南个头相仿。女同志显高，钱正南与胡少香走到一块，总觉得钱正南比胡少香矮一些。胡少香虽然常年吹山风，但不知什么原因，皮肤白皙，头发乌黑。年轻时扎条大而肥硕的辫子，走起路来一翘一翘的，很是引人注目。村里头说闲话的人，总暗地里说钱正南与胡少香不配。也有俊小伙子想打胡少香主意，但沾不上边儿的，就背里说些难听的话。说胡少香是一朵鲜花插到了牛粪堆上。当年，胡少香的父母不这么想。女儿胡少香虽然出落得荷花般鲜丽，但女儿不识字，不能瞎攀高，还是嫁个本分人家过日子清静。钱正南爷爷那辈子名声就不错，到了钱正南父亲手里，家境虽然不宽裕，但日子过得去。家里的猎物村民沾了不少光。钱正南跟爸爸进山打猎，也练就了一手好枪法。钱正南有文化，是公家小学的毕业生，人缘也好。胡少香父母请了媒人一撮合，钱正南和胡少香就成亲了。

"三年自然灾害"刚过，山民们的日子都过得紧巴巴的。但日子穷归穷，生孩子不影响。不到五年时间，胡少香一口气为钱正南生下了三个女儿。生的都是女儿，胡少香心里有些过意不去，还想生第四胎。钱正南好说歹说才把胡少香劝住。那时日子毕竟不宽裕，三个女儿一张嘴都要吃饭，尽管穿衣服是大的穿了给二女儿，二女儿穿坏了缝缝补补给三女儿，但这日子过得不轻松呀！

1966年，"文化大革命"开始了。后来政府提倡计划生育，再后来，又有结扎的医疗措施。钱正南想来想去，生儿生女都一样，重男轻女的思想要不得，政府既然这样说，还是听政府的话好。老婆时不时想生个儿子，为钱家传宗接代，老婆老这样下去，会把脑子想坏的。钱正南下了决心，也没有跟老婆胡少香商量，一个人跑到松江公社卫生院做了输精管结扎手术。这事一直瞒着纯朴的妻子胡少香。胡少香一直做着生儿子的梦。在这漫长的儿子梦中，三个女儿渐渐长大了。三个女儿年龄相差不到两岁。大姑娘钱菜花十四岁，出落得如同刚出水的芙蓉。二姑娘钱桃花，脸上红润，真像一朵正在盛开的桃花。三姑娘钱杏花虽然才十一岁，但个头高挑，皮肤白皙，一头乌硕硕的头发，在阳光下会泛起油光。三个姑娘都身材高挑，皮肤细腻白亮，都把母亲身上最美的基因遗传下来。三个姑娘分别用菜花、桃花、杏花为名字，三朵金花也就自然而然地成了钱正南家的代名词。过去有些俊小伙子追求胡少香，曾背地里说胡少香是鲜花插到了牛粪上。现在三朵鲜花凑一块，不少山民情不自禁地调侃道："想不到胡少香一朵鲜花插到牛粪上，长出了三朵鲜花，看来这堆牛粪肥着呢！"说归说，这些当年的小伙子还是敬佩钱正南的为人的。

那一次，钱正南受朱红旗支书的委托带着大女儿钱菜花到公社林业站送野味，刘建国不但认识了钱正南这位好猎手，而且钱正南的大女儿菜花的泼辣大方也给刘建国副站长留下了深刻的印象。后来，经朱红旗支书多次介绍，刘建国不但知道了天坑底部在鱼头村附近；而且知道天坑底部树草繁茂，野兽出没；更知道了钱正南是出入山林、出入坑底的好猎手。刘建国灵机一动，在三岔口的电话亭里，他又想出了搜救主意。他把电话打到松林大队朱红旗支书那里，请求朱支书找些像钱正南这样的猎手到龙山天坑底部去搜寻。这让刚刚失望的姚建华又看到了一线希望。

刘建国副站长了解朱红旗支书。凭两人的交情朱红旗支书急匆匆地挂电话,说明他的心里也急着呢。钱正南是朱支书的好朋友,朱红旗放下电话,肯定通知钱正南召集人马去了。

刘建国的心稍稍定了定。他从电话机旁跨了一大步,走到姚建华和小周身旁。他见姚建华和小周头伸出窗外,正全神贯注地盯着土石公路通往陵阳县城方向。

平房里静静的。山风带着松江上的湿气从窗户外边飘进来,又悄无声息地从门口飘出去,飘向通往龙山天坑山道边的密密丛林里。

刘建国看到姚建华那焦虑不安的样子,这才想起来,有一件事忘记了。他急切地从裤袋里掏出一包已经拆封的大前门香烟,弹出一支,轻轻地碰了一下姚建华的胳膊。待到姚建华一惊掉转头来时,刘建国把烟递到姚建华嘴边说:"消防队搜救组一会儿就到,朱红旗支书也正在派人到天坑搜寻。冷静一点!"说完,刘建国掏出火柴,嚓的一声,划着了火柴,给姚建华点着烟。刘建国又给自己已经叼在嘴上的大前门香烟点着,狠狠地吸了一口,吐了吐粘在嘴上的烟丝说:"快一个时辰了。消防队搜救组快到了!"

姚建华一边吸烟,呆痴痴的目光仍然盯着窗外边的土石公路。

小周不抽烟,走出门外,朝大樟树下走过去,边走边说:"我到公路边等消防队搜救组!"

刘建国副站长点点头,又重重地吸了一口,吐出一团乳白色的烟霭。烟霭中飘出几只圆圆的烟圈,随着窗外飘进来的山风悠悠地朝门外飘出去。

十几平方米的三岔口电话亭静悄悄的,不时从山道西边的树林里传来一阵一阵的天籁般的鸟鸣声。

抽烟压不住两人心中的焦急。两人不约而同地在电话亭里急速地踱起步来。

十六

丁零零！丁零零！

电话机里传来急促的响铃声。刘建国和姚建华几乎是同时甩掉夹在手指上的半截香烟，同时扑向电话机！

刘建国伸出左臂，五指张开，一把抓住电话机的听筒，呼地提起话筒，紧贴到耳畔，大声呼叫："喂！你是哪儿？"

"松林大队！"

"松林大队？你是谁？"刘建国一激动，连老朋友朱红旗支书那熟悉的声音都没有听出来。

"我是朱红旗呀！"话筒的声音停顿了一下，显然有些埋怨，"怎么样，老朋友的声音听不出来？"

"朱支书！你好！"刘建国霎时明白过来，打电话的是松林大队支书。他赶紧将话筒朝耳畔贴紧了一些抱歉地说，"这不是心里急嘛！职工的儿子掉天坑里能不急嘛！天大的事呀！请支书谅解。"

"没事！我估计你们还在三岔口电话亭等县消防队搜救组，就把电话打来了。"朱红旗支书放高了嗓门，"我把组织猎人到天坑底搜寻的落实情况向你汇报一下。"

刘建国很感动，想不到朱红旗支书这么热心，落实这么快，对着话筒连声说道："谢谢松林大队大力支持！谢谢朱支书。"

"一家人嘛，谢什么！刘站长，钱正南和自己的大姑娘钱菜花天一亮就带上猎枪去了天坑底部打猎。我又组织附近十几个猎人去天坑底部搜寻。都电话通知了自然村的组长，接到通知都已经出发了！放心！"朱红旗在电话里把组织猎人去天坑底部搜寻的落实情况简要说完，就挂了电话。他说要亲自去天坑底部搜寻。朱红旗支书这个人刘建国了解，为人耿直，办事热心，但也有不少缺点。嘴馋一点，好酒，有时还借酒闹出一些桃色新闻来。山高皇帝远。朱红旗当过两年兵，脑子活络，见过世面，工作应付得不错。所以，支书这个位子一坐就是十多年。

想到这位山里的老朋友，刘建国心里别有一番滋味。

刘建国的林业站，设在松江镇的西北角，离镇上不远。松江公社地域很大，一条松江流经全公社，除了松江两岸的村庄和谷地，就是一座座大山，一片片山林。大队的管辖面积不少，一般的大队都有十几个自然村，散布在大山的山谷和溪流边。林业站是松江公社的大单位，与各个大队都联系紧密。站长跟大队支书联系多了，想不交朋友都难。

朱红旗支书第一次到林业站来，是提着两只野山鸡到林业站食堂的。他没说什么话，只是说，松林大队靠黑鱼湖，山高林密，别的东西没有，野味不少。当时刘建国是林业站的办公室主任，是他陪同站长接待朱红旗的。从站长与朱红旗的谈话中，他对朱红旗有个大概的了解。

朱红旗文化不高，小学读了几年，没有毕业，后来部队到松江招兵，他体检合格，到山东去当了两年兵。朱红旗退伍后又回到了松江公社松林大队。过了四五年，"文化大革命"开始了。他经常穿着旧军装，扎着旧武装带，还戴着洗得发白的军帽，往大街小巷一走，挺威武的。松林大队老支书被批斗下台后，他当上了松林大队的支书。他当过两年兵，外面的世界见过，脑子也挺活络。上面布置什么任务，他会响应伟大领袖毛主席的号召，全力以赴地去完成。他有一点做得比别的支书好。他总是不把事情做绝，总是把上面交给的任务做得恰到好处。也许当了两年兵，部队教育得好，他还记住了伟大领袖为人民服务的话。他当上支书后，除了响应上头的号召，他还注意为老百姓做些实事。谁家有个病人，他会组织年轻力壮的小伙子用门板抬到公社医院去；谁家偷偷地养几只鸡鸭，他也会睁只眼，闭只眼。特别是山民与外界沟通得少，只能靠山吃山。山里有野味，山里人摆弄猎枪的人也不少，他也会鼓励山民上山打猎，改善生活。钱正南就是这样跟朱红旗这位支书攀上朋友。朱红旗脑子活络，他把山民们的野味要一些送到公社领导家里，还给公社有权的供销社、林业站等食堂经常送野味。关系处好了，朱红旗除了自己得到便利和好处，他也不忘大队里的山民。他会从供销社搞来一些香烟、肥皂、牙膏等日常紧俏用品平价分配给山民。有些山民有子女到县城读书，他还能搞到一张凤凰或永久牌自行车票，这会让山民感激涕零。林业站管山林，松林大队会组织砍伐一些山木到外面去卖，林业站吃了松林大队不少野味，也只能睁只眼，闭只眼。黑鱼湖边几个自然村都修了山石路，自然村里也装了手摇电话机。说实在的，不是朱红旗跟林业站的关系，不卖些木头这笔钱松林大队根本就出不起。当然，林业站批准松林大队砍伐的是"朽木"。松林大队与林业站是皆大欢喜。

　　人们说到朋友，总是说酒肉朋友。这话对刘建国和朱红旗来说还挺确切的。每当刘建国与朱红旗喝酒，总是刘建国带酒，当然只能是当地的瓜干烧；朱红旗带野味。喝酒吃野味，这酒肉朋友也就交上了。后来，刘建国当上了松江公社林业站副站长，站长调到县城去了。林业站是刘建国主持，是一位不是一把手的一把手。刘建国在林业站说话还是顶用的。当上副站长给了松林大队不少便利。朱红旗也送来不少野味，特别是林业站的食堂经常野味飘香。两人的友谊借着野味越来越深。

　　后来，刘建国从不少渠道听到了朱红旗不少负面的事儿。开始刘建国说什么也不相信。因为刘建国去过不少次松林大队，那里的山民们对朱红旗评价不错。后来说的人多了，刘建国私下里存心一了解，还真有那么一回事。

　　在那个年代，朱红旗的事儿能大能小。说来说去，三件事：好酒、好色、爱占小便宜。刘建国了解朱红旗。他能把松林大队的事儿抖得开，左右逢源，说得通俗一点，他能为老百姓办点事儿。要说好酒，刘建国跟朱红旗没有少喝酒，这恐怕没有冤枉他。好色的事儿，刘建国不在松林大队，也弄不清真假。爱占小便宜，关键是这便宜有多小，有多大？严重不严重？谁不爱占小便宜？不管怎么样，刘建国听到朱红旗的负面信息后，碍于他与朱红旗老朋友的面子，他不好问朱红旗，但私下里做了一些了解。

俗话说，无风不起浪。山里交通闭塞，山民们走出大山见过世面的不多。有些事儿传来传去，传得走点样也不是怪事。反正总是有影儿的事。

鱼头自然村山民钱正南，喜欢打猎。钱正南算是鱼头自然村里一把好猎枪，就是在松林大队也有些名气。大队招待客人，朱红旗少不了到钱正南家里拿些野味。有时，上面临时来了客人，朱红旗支书会让钱正南救急到山里去打些野味招待客人。一来二去，朱红旗跟钱正南成了朋友。

钱正南人长得不胖，但很精神。四十出头，黑黝黝的脸庞略显得老一些。钱正南与朱红旗差不多的年纪，但朱红旗常在山外跑，脑子活络，脸上白皙，明显比钱正南年轻。钱正南是山里长大的，长到四十出头了，县城只去过几次，加之人憨厚爽直，朱红旗用起来顺手，两家走动起来自然频繁。

走动多了，大队里闲话就多了。钱正南的妻子胡少香，虽然大字不识一个，但一米六五的个头，头发乌黑，脸色白皙，一双黑白分明的大眼睛很是有神。胡少香人爽朗，说话声音脆。为人善良，总是笑哈哈地跟人说话，让人打心里喜爱。钱正南打猎，野味多，村民们多少沾些光，胡少香菜园子忙得勤，村民们常常来菜园子拔菜，从不说什么。这夫妻俩都是村里的好人。朱红旗是支书，钱正南与胡少香对他更是热情有加。外人看起来，朱支书与钱正南一家关系很不一般，总觉得这不一般的关系中会有故事。

胡少香在松林大队算得上是山里的一朵花。她与钱正南一口气生了三个闺女，取名菜花、桃花、杏花，十几年过去了，三朵花一朵比一朵水灵。钱家三朵花不但在松林大队有名气，松江公社知道的也不少。朱红旗有时招待松江公社大小头头，往往就在钱正南家摆酒菜，见过三朵金花的大小头头都惊诧不已。

当年胡少香嫁给钱正南，山里的一些俊少心生嫉妒，说是一朵鲜花插在牛粪上。现在见松林大队支书朱红旗与钱正南的关系这么密切，经常往钱正南家跑，尤其是在钱正南家摆酒菜招待上面来的大小头头,少不了敬酒。有时,朱红旗酒喝多了,会让胡少香来代替大队敬酒。钱正南不胜酒力,但胡少香喝个三五两不会醉。酒是助兴的,有了女人更助兴。大家喝酒的兴致更浓。有时胡少香会推辞,但朱红旗酒喝多了,忘了这是钱正南家。他把胡少香当作自己老婆了,揽住胡少香的脖子给上面来人敬酒。朱红旗拎着酒瓶,胡少香端着酒杯,一边听朱红旗介绍,一边笑嘻嘻地跟大家碰杯,刹那间就把桌上的头头们的酒兴推到了高潮。来人中不知道底细的,还以为胡少香是朱红旗老婆,非要让朱红旗和胡少香喝个交杯酒。朱红旗满脸酒气,也不扫上面来人的兴致,硬是拉着胡少香当众喝了交杯酒。这事传出去,闲话就来了,在松林大队越传越玄乎,似乎朱红旗与胡少香真的有一腿。

　　刘建国起初听到这事儿传得有鼻子有眼的,估计朱红旗生活作风有问题。但后来一了解,朱红旗与钱正南一家关系不错是真的,喝交杯酒也是有这事儿,但有一腿的事儿就没有影子了。朱红旗是松林大队支书,是个土皇帝,但还不至于与好朋友的老婆有一腿。兔子还不吃窝边草呢!朱红旗要是真的与胡少香有一腿,钱正南再憨厚也不会咽下这口戴绿帽子的臭气。后来,刘建国私下问了朱红旗,朱红旗哈哈大笑,一点也不生气地说:"山里人爱说些闲话,怎么可能呢?在山里,只要看到男的女的在一起,一准儿会往那些见不得人的事儿上想。不奇怪不奇怪。"当时,刘建国也跟着朱红旗哈哈大笑,笑得满脸绯红。刘建国脸上的红晕不知是酒精的作用还是觉得当面问好朋友这些私事心里内疚。朱红旗倒挺自然,端起酒杯爽朗地说:"不奇怪!刘站长,这在山里不奇怪!何况我是个支书呢!当然,也不能太随便,听你的,注意影响。"

　　朱红旗爱占小便宜这倒不假。朱红旗好酒好吃。上面来人招待些野味,这是天经地义的事。但上面到山里来的人不多。这个朱支书有个不太好的习惯,没事的时候,喜欢饭前到自然村里去转悠。他的嗅觉特别灵敏,往往会闻香而至。谁家有个大人小孩过生日烧两个菜,他往往会不请自来。说不上几句客气话,坐下来就喝酒。一次两次倒也没什么闲话,纯朴的山民不会往坏处想,总觉得支书看得起才到自家来。但次数多了，特别去的自然村多了，山民们私下一交流，感到朱红旗支书为大家办些事这该说好还得说好，但常到山民家撞酒撞饭，说得轻一点叫嘴馋得发痒，说得重一点，恐怕是占小便宜。

刘建国对朱红旗的负面闲话心里有了底。闲话也不是空穴来风，但也没有传的那么严重。尤其是与胡少香有一腿的事，虽然传得有鼻子有眼，但没有的事。当事人最清楚，钱正南知道自己妻子胡少香的为人。朱红旗倒是真把刘建国当作知心朋友，说了心里话，告诉了刘建国一个小小的秘密。朱红旗说，钱正南家里有三朵花，自己也有自己的小九九，将来自己的儿子摘一朵花，也算是近水楼台先得月。自己的大儿子朱爱国与钱正南的大姑娘钱菜花年龄相仿，朱爱国喜欢钱菜花。但年龄还没到谈婚论嫁的时候。万一将来两家成了亲家，我与胡少香有一腿，这面子往哪儿搁？

刘建国与朱红旗说开后，心里也爽朗些。毕竟与朱红旗是好朋友。朱红旗跟自己家人似的，没有把自己当外人。他家大儿子朱爱国就借宿在自己家里，他了解朱红旗。刘建国尊重朱红旗支书这位老朋友，但对朱红旗的大儿子朱爱国不敢恭维。

十七

钱正南是朱红旗支书的朋友，当然也是刘建国的朋友。钱正南经常受朱支书之托，带着大姑娘钱菜花到林业站送野鸡野兔，刘建国认识钱菜花。

刚才朱红旗把电话打到三岔口电话亭。朱红旗告诉刘建国，说钱正南带着大姑娘钱菜花一大早就去龙山天坑底部打野味了，其他自然村的一些打猎高手也正在往天坑底部赶去。刘建国听了松了一口气。他不知道为什么钱正南父女俩一大早就去天坑打猎，但他那颗悬着的心似乎降低了高度。有钱正南父女在龙山天坑底部打野味，说不定会碰到上午掉进天坑底部的姚向东。天底下也许会有些想不到的巧事。

也许姚建华的儿子姚向东命不该绝。往好里去想,姚向东在天坑边上的大槐树干上掏喜鹊窝滑下去时,一路被坚韧的枯枝和树丫挡绊,缓缓地掉进天坑底部。再往好处去想,掉下去落地的地方不是坚硬的石块,而是一片枯萎厚实的野草丛。野草丛里又长出密密匝匝的青藤和草蔓,真要是掉在草窝里,那不是掉在地毯上吗?真要是这样巧的话,最多摔晕过去,绝对不至于摔死。当然,万一掉在坚硬的石块上,那只能粉身……刘建国不敢想。刘建国越不想往坏处想,心里越不踏实。他知道钱正南的枪法那么准,更知道钱菜花那双明亮的大眼睛,在天坑底部搜寻猎物,这对父女那可是最佳组合。任何猎物都逃不出钱菜花的眼睛。只要发现猎物,任何猎物也没有钱正南的枪弹飞得快。想到这里,刘建国突然打了个寒噤,浑身惊出一身冷汗。万一猎物正在奔跑时,跑到掉在坑底部的已经昏过去的姚向东身边,钱正南把姚向东当猎物误打了,那后果不堪设想。今天钱正南家不知有什么喜事,这一大早父女俩就去龙山天坑底部打猎,他们可不知道天坑里掉下个姚哥哥,谁也无法通知他们。去早了是好事,早些发现姚向东可以早一些把姚向东救出来,但万一那一枪正好打在姚向东身上,姚向东岂不死定了。唉!刘建国长长地叹了一口气,听天由命吧。但刘建国脑海里浮现出钱菜花小姑娘的形象,似乎又有了些信心。

钱菜花是个典型的山里活泼的女孩子。第一次见到钱菜花时,她跟在她父亲的屁股后面,手里轻松地拎着几只野鸡野兔,嘴里好像还哼着什么小曲子,曲调听起来很熟悉。刘建国一下子想起来了。

> 麦苗儿青来菜花儿黄,
> 毛主席来到咱农庄。
> 千家万户齐欢笑呀,
> 好像那春雷响四方。
> 毛主席来到咱们村,
> ……

刘建国一边与钱正南打招呼，一边听着钱菜花嘴里哼着的那熟悉的歌儿，目光情不自禁地落到钱菜花的身上，心里还在想，这山里小姑娘，一点儿也不吃嫩。他目光从小姑娘钱菜花的脸上扫视到脚下，眼睛一亮，这山里小姑娘虽然穿着破旧，脚上的布鞋绣了一朵山茶花，虽然花瓣处已经露出了脚指头，但青春气息洋溢，活泼漂亮，让刘建国忍不住多看几眼。

钱菜花看上去个头不到一米四，但身材苗条。黑葡萄般的眼睛不大不小，高高的鼻梁，红红的小嘴，乌黑的秀发不长不短的在脑后扎了一根粗壮的辫子。白皙皙的脸上始终洋溢出喜人的毫无忧愁的微笑。从钱菜花不胖不瘦亭亭玉立的身材，刘建国猜不出眼前这位钱正南带来的山里妹子实际年龄，于是初次与钱正南见面，先留下了一段关于钱菜花的对话。

"你叫钱正南？"

"对，松林大队鱼头村的。"

"这是？"刘建国用手指了指钱正南身后的小姑娘。

"我家大姑娘。"钱正南说着拉住钱菜花胳膊往前推了一下说，"这是我家大姑娘钱菜花，快喊人！"

钱菜花朝刘建国一弯腰，吐出了一串甜甜的声音："叔叔好！我叫钱菜花，鱼头自然村里人。"

"钱菜花！多好听的名字。"

钱正南接过话说："三年自然灾害过去后，菜花开的时候，她出生了。给她取了个名字菜花。当时想，菜花开了，日子就会好起来。"

"还有这层意思，那今年是……"

不等刘建国说完话，钱菜花把野鸡野兔朝树根边一放，两只小手轻轻拍拍地回答："今年虚十三。"

"十三岁，长这么高了。"

"听爸说，从我生下来，这日子就好过多了，肚子吃饱了。"

"难怪嘴里总是哼着歌。"刘建国朝小姑娘瞥了一眼，对钱正南说，"上几年级啦？"

"小学毕业,她不肯读初中。"钱正南心里一直为钱菜花上学的事憋着气。钱菜花虽然年纪小,但像个男孩儿似的。在山里爬树,摘野果子,帮着妈妈打理菜园子里的活儿,像个大劳力似的。但一提到读书,钱正南就不知道哪根弦上歪了。她总是回得绝绝的,说山里活儿多,家里还有两个小妹妹,妈妈一个人累死累活吃不消。说的话句句有道理。上初中要到松江镇上去读,还要借宿,这也是一笔不小的开支。钱正南心里也明白,光靠自己打些野味,又没有集市去卖,往往谁家要来拿,从来也没有提过钱的事。钱菜花要是真的去了松江镇中学去读初中,这也不是小的支出。钱正南想到这些,心里又有了一些安慰,大姑娘虽然大小子似的不听父母的话,但心地善良,懂事。上中学的事一拖就拖了半年多。当然,钱正南也看到一点好苗头。这大姑娘不去上学,但她常常从朱红旗支书大儿子朱爱国那里把读过的书借回来,晚上点根蜡烛一看就是半夜。大姑娘房间里蜡烛的亮光给钱正南带来大姑娘未来前程微微的希望。

刘建国打量眼前这位性格活泼、外向的山里假小子说:"菜花,听爸爸的,到松林中学读初中。"

"不去!不去!太远了!"说着,一甩独辫子,"跟爸爸打猎,多好玩呀!"

钱正南长吁一口气,朝刘建国笑笑,说:"刘站长,野味刚打的,挺新鲜,我帮你打理一下?"

"不用!不用!"刘建国说着,拉住钱正南的胳膊,拽到一边悄悄地说,"正南,小姑娘不错,书要读呀!这小姑娘将来肯定有出息!"

"野小子,干不了大事情。"钱正南斜眼看了钱菜花一眼。

"老钱,送小姑娘上学有困难找我。"刘建国望着活泼可爱的钱菜花,感到眼前这位聪颖的小姑娘读了小学就辍学太可惜。

钱正南连连感谢,拉着钱菜花的手朝刘建国感激地点点头,往通往山里的小道走过去。父女俩离开林业站大院,身后传来小姑娘钱菜花那脆脆的歌声:

毛主席来到咱们村，
跟咱们农民来谈心。
一问咱们除四害，
又问咱亩产多少斤。
……

刘建国望着钱正南父女的背影，心里思绪万千，目光久久地盯着钱正南父女俩的背影，直到父女俩的背影完全消失在翠绿茂密的林海里，才收回目光。

十八

刘建国接到朱红旗支书电话，知道钱正南父女一大早就去了天坑底部打猎，心里一下子乱了，就像十五个吊桶打水——七上八下。父女俩一大早去了天坑底部，虽然为搜寻姚向东赢得了时间，但万一打猎时误伤了姚向东怎么办？刘建国想到这里，心里有些紧张。他朝焦急等待的姚建华瞥了一眼，只能把这些好的坏的猜测塞回到心窝里。他轻轻地走到姚建华身后，也把目光投向土石公路通往县城方向的尽头。

太阳从云层中钻出来，阳光洒向山峦起伏的群山，洒向一望无垠的千溪湖，千溪湖平静的湖面上泛起熠熠的银光。千溪湖边的霞光寺，古老建筑顶上的琉璃瓦在阳光的照射下反射出金色的光芒。

烦躁和焦急，让姚建华不停地双手搓揉，不停地长吁短叹。

刘建国这时一句话不说，只是侧耳静静地听着。他多希望远处传来哇呜哇呜的声音，那一定是县里消防队搜救组的消防车。但哇呜哇呜的警报声一直未响起来，刘建国只能焦急地等待。

刘建国不时抬起手腕，看看那块钟山牌手表。秒针走动的声音是那么清晰。到处静静的。公路上不时传来驴马车的嘚嘚嘚声，偶尔会传来拖拉机的突突突轰鸣声。

一小时已经过去了。仍然听不到哇呜哇呜的声音。

刘建国焦躁不安，不停地把手腕抬起来，又放下去。他感到这手表似乎停走了，指针蚂蚁爬似的移动。他看到姚建华那不停搓揉的双手，想安慰姚建华几句，但到嘴边的话又咽了下去。

刘建国知道，此时说什么话都是多余的。只有"哇呜！哇呜"的声音才能够让姚建华看到希望。

他陪着姚建华在焦急地等待。

带着热气的江风吹进电话亭里，刘建国的额头上渗出密密匝匝的汗珠。

忽然，吹进电话亭里的江风中隐隐约约可听到哇呜哇呜的声音。刘建国耳朵灵敏。他扒到窗框上，屏住呼吸，侧耳皱眉静静地听着远方传来的声响。听见了，哇呜哇呜的消防车特有的汽笛声传过来，声音越来越高。刘建国激动地拉了拉身旁的姚建华兴奋地说："建华，你听！消防车的汽笛声！"

刘建华和巡林员小周几乎同时兴奋地喊起来："消防车！肯定是消防车！"

说话的工夫，哇呜哇呜的汽笛声越来越响。从窗口朝公路上看去，路边的行人都驻足朝远处眺望。山里人在这土公路上一年到头也看不到这汽笛声声的红色消防车。听到哇呜哇呜的汽笛声都十分好奇。山民们都停住步子看稀奇似的盯着远处驶来的警灯闪烁的消防车。

刘建国赶紧拉着姚建华的胳膊，朝巡林员小周招手，大步跨出电话亭的门槛，来到三岔口的土石公路边。路边紧依山坡上，一棵水桶般粗的樟树，枝繁叶茂，像一把巨大的绿伞撑在那里。绿茵茵的树冠把土石公路遮住了大半边。正午的太阳照射在樟树的树冠上，阳光透过枝叶间隙在土石公路上投下了斑驳的悠悠晃动的树影。

三人来到土石公路靠电话亭一边。树荫下，阵阵江风从不远处吹过来，带来了一丝丝凉爽。哇呜哇呜的汽笛声给大家带来了希望。三人都忘记了心中的焦虑和烦恼，目光一条线地盯着远处闪着警灯驶过来的消防车。

刘建国抬腕看了看手表，从县城消防队开过来的消防救援车应该这个时间到。他朝公路上跨了两步，转身朝着消防车驶来的方向，抬起右手不停地挥动。姚建华、巡林员小周也跨上公路，站在刘建国的左右，三个人几乎大幅度同一频率地挥动着手。

消防车减速缓缓地朝三岔口驶过来。警笛的哇呜哇呜的响声越来越响，警车的红灯有节奏地闪烁着，越来越亮。

消防车往右边的山坡靠靠，缓缓地停靠在大樟树下。刘建国、姚建华和小周跑到消防车的车门口。消防车缓缓停下后，警笛声消失了。车门迅速打开，从车上飞快地跳下三个人。穿着橙色消防服的三名消防员个个精神抖擞，一脸焦急担忧的样子。两名消防队员肩上斜挎着一大捆搜救用的绳索，皮带上插着一把双面砍刀。一边带刃，一边带齿。这是森林救援专用工具，在山林中开路用的。领头的一名消防员穿着高靴，没等刘建国开口，就朝刘建国大着嗓门问："你们是林业站的？"

"对呀！"刘建国正要伸出手去给消防队搜救组的头儿打招呼，见搜救组的这个头儿心急火燎，赶紧缩回手说，"总算等到你们了！我是林业站的副站长，叫刘建国。"

消防队搜救组的这个头儿朝背绳索的两名消防员招招手对刘建国说："时间就是生命！走，先往龙山天坑去。"

刘建国一看消防员搜救组这股子热心，想好的一肚子感谢话全卡壳了。他推了推姚建华说："你前面领路！快！快上山！"

消防队搜救组的领头大步跟着姚建华，边走边对紧跟在身边的刘建国说："刘站长，县里林业站领导、消防队的领导都很重视。接到你们的报警电话后，迅速组织了搜救组，我们三名消防队员组成了搜救组。消防队的领导还专门派出了消防车。县医院的救护车随后就到。他们会派出担架随后赶到龙山天坑。"

刘建国听着，心里一阵激动，眼泪都流了出来。他想不到县里领导这么重视，更想不到消防队的消防员这么神速。刘建国跟着姚建华、小周,领着三名消防队员组成的搜救组往龙山天坑爬去。

姚建华是巡林员,对这一带的山道很熟悉。此刻的姚建华想到掉进龙山天坑的儿子姚向东,看看紧跟在后的刘副站长和县消防队的消防员,尤其是消防员斜挎在肩上的那大捆结实的救援绳索,心中一阵担忧一阵企盼,说不出什么滋味。他心里只有一个念想,尽快把消防队搜救组的消防员带到龙山天坑边。通往龙山天坑的山路有很多条。平常巡山主要防盗采林木,防森林起火,一般巡山不着急,在山道上交叉着走,这样巡视的山林面积广。现在时间就是生命,早一点让救援的消防队员赶到天坑边,儿子获救的希望就大一点。他想抄近道。通往龙山天坑有一条小路比较近,但山草厚密,路面不平,有些地方还要攀爬山崖。姚建华没有征询刘站长的意见。他知道此刻他们的心里与自己一样着急。

姚建华知道,抄近道可以省下一半的时间。平常从三岔口走到龙山天坑边约一个小时。抄近道估计半个小时。此时的姚建华心里想的就是把消防队员尽快带到天坑边。他从腰间抽出砍刀,一路砍伐挡在小路上的荆条和山草,硬是开出了一条小道。

救命如救火。大家一路手脚并用,一会儿在茂密的山草丛里穿行,一会儿在高陡的山崖上攀登。手上、脸上划破了一道道的血痕,经汗水一浸,针刺般地疼痛,谁也不叫一声。半小时的光景,在姚建华的带领下,刘建国和消防队搜救组的三名消防队员赶到龙山天坑边那棵奇特的大槐树根部山崖边。

大家气喘吁吁,脸颊上、额头上的汗水在天坑上空射过来的午阳照耀下,泛起了莹莹的光。刘建国顾不得手上脸上划痕的疼痛,也顾不得撸一下脸额的盈盈汗珠,挥手朝大槐树一指,对消防队搜救组的头儿说:"首长,姚建华的儿子就是从那棵大槐树树干上掉进天坑的。"

领头的拦住刘建国的话头,纠正道:"我不是首长。我是搜救组组长徐大民。叫小徐。救人要紧,别客气!"说到这里,徐大民组长朝身边的两名背挎着绳索的消防队员一指:"这是小彭!这是小梁!先请老姚介绍儿子怎么掉进去的。"

大家围拢在大槐树根一侧，听着姚建华介绍。当姚建华手指着侧斜在天坑山崖边的大槐树干上的喜鹊窝带着哭腔说到儿子爬到树干上时，徐组长打断姚建华的话说："别说了，明白了。救人要紧。"

大家围拢到徐组长身边。徐组长经验丰富，很快明白了怎么回事。他朝喜鹊窝指了指说："这喜鹊窝悬在天坑上面，树干上长满青苔，谁能掏到喜鹊蛋？这调皮蛋肯定是滑下去了。"说到这里，他语气和缓一些说："看这天坑边的山崖往坑里有一个斜坡，斜坡上又满是山草藤蔓，要是命大，掉到山草窝里最多摔晕过去。大家别急！"

谁也不插话，只听徐组长在布置："小彭小梁把绳索固定到大槐树根部，先探搜一下天坑边斜坡；如搜寻不到，把绳索接上，放到坑底，我带小梁下去，小彭在上面注意绳索安全！刘站长你们站在这里观察，千万别急！"

"行动！"徐大民像一名大指挥员，果断地朝大家一挥手。

十九

消防队员小梁、小彭大着嗓门应答："是！"

随即，两人一个箭步跳上大槐树根边的崖石。小梁、小彭动作娴熟地从肩上卸下盘成轮胎状的绳索，摆在崖石上。

组长徐大民朝大槐树根望了望，接着，猛地一跳登上了崖石，抬起穿着高筒靴的右脚，使劲地朝大槐树那水桶般粗的树干上踢了几脚。大槐树一动不动，只是高靴猛踢树干发出的声响把正在喜鹊窝边栖息的喜鹊惊飞起来，扑棱着翅膀朝黑洞洞的天坑上空飞过去，一边悠闲地盘旋，一边发出叽叽喳喳的鸣叫。一阵一阵的山风从密密的山林吹过来，遇到天坑里上升的气流，吹得大槐树叶不停地晃动。徐大民组长心里有了底，亲自指挥小梁、小彭解开绳索，在大槐树干上缠绕了两圈，并打了一个结，然后使劲拽了拽，这才下令往洞中放绳。

站在一旁的刘副站长、姚建华还有林业站的小周望着消防队员那熟练的动作,惊讶不已。三人一时插不上手,只能把目光移向黑洞洞的天坑。

徐大民拽起绳索,用脚跟蹬住大槐树干,整个身体往后仰,边仰边对刘副站长、姚建华说:"我和小梁先下到天坑崖边的斜坡上,斜坡对着喜鹊窝。姚向东当时滑下来,应该先掉在斜坡上。这下面都是厚毯子似的山草,还有盘根错节的新藤和老藤,藤蔓交缠在一起,姚向东掉下来时一定会起到缓冲作用。当然,不排除姚向东滑掉下来时,冲击力太大,藤蔓不结实,虽有一节节的缓冲,但还是一路滑落到天坑底部。但愿能掉在天坑崖边的斜坡上,说不定此时摔晕在山草藤丛里。但愿如此。"

刘建国、姚建华对徐大民的分析打心里佩服,一个劲儿地点着头。

徐大民把腰上的安全带又检查一遍,对小梁提醒说:"你把安全带检查一下,我先下到斜坡上,仔细搜索一下,如没有发现姚向东,我会系着绳索上来。"

"好的!"小梁一边应答一边检查身上的安全带,同时提醒小彭,"小彭,你密切关注系扣在大槐树上的绳扣!"

"你来盯着,我陪徐组长下去!"小彭知道下到坑里是最危险的,他也争着想下去。

"你年纪小,今年刚入伍。我和徐大民在消防队里干了快四年了,比你有经验。"

"服从命令!"徐大民把绳索系到自己腰上的安全带扣上,一边让小彭服从安排,一边朝斜坡上慢慢地垂下去。

大家的目光都紧紧地盯在徐大民缓缓下降的绳索上。

徐大民一点也不胆怯,相反朝大家摆摆手,对刘副站长说:"让姚向东父亲呼喊向东的名字,说不定会出现奇迹。"

姚建华听到徐大民说的话,亮开嗓门大声呼喊:

"向东!向东!"

"向东,你在哪里?"

"消防队叔叔来救你了!"

"向东!"

……

天坑里传来一阵一阵的回音。回音随着山风飘向密密的丛林里。

大家既失望又企盼着奇迹的出现,目光全落在缓慢下降的绳索上。

天坑大槐树山崖边的斜坡并不深。不一会儿,徐大民就踏到茂密的山草,山草里的凹凸不平的石块隐藏在草丛和藤蔓中。徐大民小心翼翼地把脚踩到石块上,并伸脚朝四周探了探才站稳下来。凭他几年抢险救人救火的经验,他首先四处张望评估着这块斜坡。斜坡从天坑边的山崖往坑里呈四十度的角往下延伸,不到三十米就看不到山草和树藤了,估计看不到山草和树藤的地方就是斜坡的边缘了。斜坡到大槐树的树干高度不会超过四十米。徐大民抬头望着横斜在天坑边上空的大槐树干,望着大槐树树丫的喜鹊窝。他仔细地一看,惊出了一身冷汗。从喜鹊窝上空掉下来,一百来斤重的姚向东,虽然有盘缠交错的青藤缓冲,但掉到斜坡,凭着姚向东自身的重力也会顺着斜坡往下滚,但愿能被藤蔓缠住,但这种可能性很小。坡度会让姚向东的身体增加下滑的速度。徐大民不能把自己的情绪表露出来。上面刘副站长、姚向东的父亲都望着自己,他们都在等着奇迹。

徐大民用手抖了抖绳索,大着嗓门,仰头喊道:"斜坡不大,我仔细地再搜寻一遍,万一踩空了,你们拽绳子往上拖,我再使劲攀绳向上。"

"注意安全!"小梁、小彭,还有刘副站长、姚建华和小周几乎是异口同声地对着天坑吼起来。

"注意安全!"天坑里传来久久不息的回音。

徐大民在山草丛里趟着,一只脚站立后,另一只脚轻轻地在草丛里左右探寻。斜坡上的山草一簇簇、一丛丛,山草丛里长出一些荆条。徐大民一手揪住荆条,一手拽住绳索,一方块一方块地用脚探触,但十几分钟过去了,脚跟脚尖碰到的是坚硬的石块。他失望地来到斜坡的边缘,探出头朝天坑下面望去。天坑呈漏斗状,上面大,下面小,从天坑边往下,有不少的斜坡,斜坡长满了青藤,开满了野花。天坑顶上的太阳光洒向天坑，上部斜坡上各种叫不出名字的植物沐浴在阳光里，越往下看，越暗淡，那黑洞洞的地方应该就是天坑底部了。徐大民望着天坑那黑洞洞的底部，侧耳仔细地听听，哗哗哗响动的树叶声和天坑气流产生的微风中似乎还传来潺潺的流水声。徐大民转过身，朝斜坡靠天坑崖边的地方走了几步，仰头大喊："小梁、小彭，拉绳！"

站在大槐树根山崖上的小梁、小彭赶紧拽拉绳索往上拖。天坑山崖边斜坡上的徐大民也手脚并用攀绳往上爬。三下五除二，两三分钟光景，徐大民就跳到崖边上。他解开腰间安全带的绳索，急切地说："小彭！小梁！"

"到！"小彭、小梁爽朗应答。

"看来是掉进天坑底部了。赶快把两根绳索接头固定，准备到天坑底部搜寻！"

"是！"小梁、小彭熟练地固定绳索。

这边站在坑边盼望奇迹出现的刘副站长长长地叹了一口气。姚建华目光直愣愣地望着一无所获从斜坡跳上山崖的徐大民，想到儿子不见踪影，哇地大声哭起来，凄惨的哭声在天坑边的山林上空悠悠地回响。

徐大民再次用手拽了拽系扣在大槐树根上的绳索，将另一头固定在自己腰间的安全带上，朝天坑边跨了一步，朝小梁指指招呼说："我先下到天坑底部。我到达后解开绳索连晃几下，你把绳子拽上来，系好扣子随即下来。"

"是！"小梁望着眼前的天坑，跟待命冲锋的战士似的，啪地来了个立正。

徐大民沿着斜坡边缘缓缓往天坑底部下降。大家的目光全都注视着下降的绳索。

刘副站长一边劝姚建华不要过度伤心，一边向小梁、小彭请求任务。

小梁、小彭朝刘副站长摆摆手，示意大家静下来。

太阳已经升到天坑的正顶。灿烂的阳光照着密密的丛林。各种大大小小形状各异的翠绿色树叶在阳光映照下,泛起了绿莹莹的光泽。丛林里吹来的风在天坑边打着旋儿,吹过来,飘过去。凉爽的山风吹干了大家身上的汗渍,但没有带走大家的焦虑和烦躁。

大家的目光从绳索的上端往下端缓缓地移动,绳索下端的徐大民已经完全消失在天坑里。

绳索还在缓缓地下降。

二十

突然,绳索定格似的不动了。

站在崖边始终盯着绳索下垂的刘副站长一拍膝盖,兴奋地说:"徐大民组长已经降到坑底了!"

小梁、小彭悬着的一颗心放了下来。小梁轻松地呼了一口气说:"徐组长已经安全到了坑底。"说着,朝小彭指指,"你负责看绳索。我把绳索拽上来后,马上下去陪徐组长搜寻!"

小梁飞快地把绳索拽上来,认真地检查一遍两根绳索的固定扣后,把一端系到自己的腰部安全带上,往天坑底部垂降。小梁边下降边提醒小彭:"搜救结束还以晃绳为号,你请刘副站长他们帮你一起往上拽。"

"好!"小彭、刘副站长、姚建华还有小周几乎是异口同声。

"放心!我们会依托天坑边的崖隙树枝和崖石,尽量减轻下垂力!"小梁的声音隐隐地传来。这句话只有经过专业训练的小彭听得懂。

天坑四周树影晃晃,山风阵阵。

鸟儿好像也回巢午休似的,没有鸣叫。到处静悄悄的。

大家的目光盯着缓缓下降的绳索,心里都悬着。绳索的下端是小梁。大家都在企盼着下垂的绳索静止下来,小梁就安全到坑底了。

等。

大家只能静静地等。

刘建国瞅了姚建华一眼。只见姚建华坐在大槐树根边的崖石上，目光紧紧地盯着拴在大槐树根上的绳扣。刘建国理解自己的职工姚建华此时此刻悲伤和企盼的心情。毕竟是自己的儿子掉进天坑里。俗话说人生最苦的三件事：少年丧父；中年丧偶；老年丧子。中年丧子，摆到谁的身上也不是个滋味。刘建国这一上午整个心都悬着呢！他在为自己的职工担忧。

刘建国心里在盘算着，总是往好处想。朱支书说了，钱正南父女一大早就去坑底打野味了。听说钱正南这些日子有喜事，也不知道什么喜事。但愿自己的职工姚建华的儿子这次也能沾上喜事，能逃过这一劫，大难不死。但愿！但愿！刘建国心里暗暗地想。但愿此时此刻钱正南父女在坑底已经发现了姚向东，已经把姚向东救出天坑正送往医院。但愿……想到这里，刘建国的心里似乎看到了一丝丝希望。朱红旗从黑鱼湖附近的几个自然村抽调的猎人现在也应该到达天坑底部。徐大民、小梁应该到达天坑底部，三路会合到天坑底部。天坑底部也就几千平方米面积。这么多人就是一尺一尺地搜寻，不到一个小时就会有消息。

刘建国目光移到悬空下垂的绳索上。绳索已经垂到坑底，只是随着天坑中的气流悠悠地晃动。刘建国朝大家望望，手往天坑下一指说："徐大民、小梁都已到达天坑底部，现在是三路会合。钱正南父女一大早就去天坑底部打猎。到目前为止，我们没有听到枪声，这可保证姚向东绝对不会被误伤；黑鱼湖周边的几个自然村都属松林大队支书朱红旗管。他很支持，已经把这几个自然村的好猎手全派到天坑底部去搜寻了。现在，这些猎手应该正在天坑底部搜寻。徐大民、小梁是行家。三路会合，大家耐着性子等吧！特别是建华，你千万不要太悲伤，说不定此刻的姚向东正昏睡在厚厚的草窝里；说不定晌午时，钱正南父女到天坑已经将姚向东救走了。总之，什么情况都会发生。"刘建国嘴上轻松地说着，其实心里明白，姚向东从百米高的天坑上面掉下来，再多的藤蔓缓冲，也是凶多吉少。但此刻他只能往好里想，往好里说。

等待。

大家耐着性子焦急地等待着。

大家分坐在杂草丛生的崖石边上，不时把目光落到那棵大槐树干上的喜鹊窝上，然后在天坑上空扫来扫去。刘建国戴着的那块钟山表此刻发挥了作用。他不时抬腕看看手表。有时，他抬起手腕，目光死死地盯着钟山表表面。亮晶晶的有机玻璃表面在太阳光的映照下泛起了光芒。秒针在嘀嗒嘀嗒地移动，但在他的眼里好像凝固了似的。

等待的时间让人感到特别长，半个小时过去了。刘建国算算时间，应该有消息了。他的目光盯着那随着天坑气流晃悠的绳索。下面动静不大，但隐隐约约能听到从坑底传来的嘈杂声。

刘建国几乎想把耳朵竖起来，但嘈杂声很微弱，根本听不出什么意思。刘建国突发奇想，大家张开嗓门齐声喊，说不定昏倒在哪个草丛角落里的姚向东会被喊声震醒。人在绝望的时候，什么想法都想试一试。刘建国猛地站起身，朝姚建华、小彭、小周抬抬手。大家不知什么意思，也呼地站起来。刘建国朝着天坑把双手摆出喇叭状，大着嗓门喊道："姚——向——东——"

"姚——向——东——"大家齐声呼喊。

天坑上空只有悠悠的回音，没有任何应答。

大家一声高似一声地呼喊着姚向东的名字。

太阳微微西斜，阳光透过天坑边的树木和竹林，朝天坑里洒下无数粗粗细细的光柱。

一个小时过去了。

天坑里微弱的嘈杂声不知什么时候完全消失了。

大家停止呼喊，脸上露出了无可奈何的失望和茫然。

等待。静静地等待。

大家的目光全聚焦在下垂的绳索上。

突然，绳索剧烈地摆动起来。

姚建华兴奋地喊出了声："站长，徐大民他们上来了。"

小彭有经验，他望着无规律地摆动着的绳索说："大民和小梁肯定有消息。他们两人不知是谁，正在往上攀绳。"

大家几乎停止了呼吸，目光盯着下垂的绳索。天坑边的崖石隙里长满了各种杂树，坑壁也不光溜，有些崖石露在杂草丛里。有经验的小彭宽慰大家说："往上攀绳不会有危险。他们可以借助崖壁上的树藤。"

大家才松了一口气。

不一会儿工夫，小梁先爬了上来。姚建华迫不及待地拉住小梁的胳膊，着急地打听。小梁摇摇头，把姚建华的手臂拉开，随即伸出手抓住下垂的绳索，使劲地摆动。不一会儿徐大民的头发出现在大家的视线里。几分钟工夫，徐大民也轻轻地一荡，跳到大槐树根边的崖石上，重重地叹了一口气，一屁股坐到草窝里说："见鬼了！真是见鬼了！"

刘建国、姚建华、小周和两个消防队员围拢在徐大民身边，听到徐大民说的话，一脸的茫然，十分纳闷。

急昏了头的姚建华以为徐大民在天坑底部真的见到鬼，急切而又担忧地问："坑底有鬼？"

"鬼倒没有，但事情很蹊跷。"徐大民长长地喘了一口气，疑惑不解地说，"姚向东明明是从喜鹊窝旁的树干上掉下去的，但朱支书派去的猎人有二十多人，加上我们俩，一尺一尺地搜寻，就是不见姚向东的影子！奇怪！真是奇怪！"

徐大民把天坑底部搜寻情况简要地说了一遍。越说越感到奇怪，大家也越听越纳闷。活要见人，死要见尸，就是不见姚向东的影子。姚建华听了，一颗心悬得更高。

徐大民和小梁陆续下到坑底后，朱支书派来的猎手足有二十多人，正在坑底搜寻。徐大民看看天坑底部，足有几千平方米大。天坑上方的太阳照射下来，坑底并不黑暗。坑底到处都是厚得像地毯似的山草，山草丛中有几条小溪潺潺地流淌着，不知流向何处，但那清澈澈的溪水映着天坑上方的阳光泛起无数的光芒。天坑壁上崖石嶙峋，缝隙中长出各种叫不出名字的杂树和野草。有些野草开着绚丽的花儿，透出一丝丝的香气。当徐大民落脚在厚厚的山草上时，心里一喜，姚向东从天坑往下掉时，盘根错节的藤蔓会起到缓冲作用。坑底这厚厚的草丛会让姚向东死里逃生。但愿如此，除非……徐大民不愿往坏处想，很快与朱支书派来的猎手会合。不一会儿，朱红旗支书也赶到了。他让徐大民当指挥。徐大民也不谦让，很快组织猎手们兵分十几路，两人一组，重点搜索大槐树干的下方。

大家尽心尽力，手拨树条，脚蹚过杂草，一尺一尺不留死角地搜寻。半个小时很快过去了，就是没有见到姚向东的影子。

徐大民和大家都很失望，也感到很奇怪。见不到姚向东的影子，只有一种可能：姚向东的尸体会不会被野兽叼到哪个角落里？

但在场的松林大队的猎手都直摇头。一个年纪大的猎手若有所思地说："山里有狼不假，但叼走尸体，肯定会有踪迹，而且会有血腥味，现在没有闻到血腥味。"

徐大民当即决定，死马当作活马医，他组织猎手们扩大天坑底部搜寻范围，但仍然一无所获。经与朱红旗支书商量后，决定撤回。

徐大民简述了坑底搜寻情况后，突然吃惊地说："还真是见鬼了！坑底没有见到姚向东的影子，一大早就去坑底打野味的钱正南父女也不见了踪影。"

一听徐大民说到钱正南父女，刘建国这才想起朱支书说的话，诧异地问："大民，钱正南父女能去哪儿呢？"

徐大民两手一摊："我也不知道呀！"说完，徐大民招呼小梁、小彭把搜索绳卷好，对大家说："都不要急，先回去等消息！说不定……"

说不定钱正南父女俩一早就到坑底打猎，正好发现了姚向东，说不定此刻正往医院里送。刘建国总是要往好处想。说着，刘建国拉着姚建华的胳膊，一路随徐大民往山下走去。

大家的心全悬了起来，企盼与失望的念头不时在脑海里交替浮现着。

二十一

朱红旗当上松林大队支书，一干就是十几年。朱红旗见多识广，脑子活络。领导交办的事想得周到，上头的头头脑脑都比较满意。修路、装电话，为大队山民买些肥皂、香烟等紧俏产品，大家也都会说朱支书的好。但朱支书好吃好喝，尤其是看到山民中漂亮的妇女，说话把不住门儿，虽然没有出格，但也引起了群众的反感。但那个年代山民对自己的支部书记也只能敢怒不敢言。何况，在那乱得一塌糊涂的年代里，朱支书做的事说的话儿总体上摆得上台面。那个年代吃饱肚子就不错了，朱支书也是人，嘴能不馋？当着漂亮女人的面，说上几句打情骂俏不把门的话茬儿，也在情理之中。男人，谁没有七情六欲。古人都说食色性也，男人好色也是天性。朱红旗是大队支书，虽然看到漂亮女人路走得有些晃，但毕竟没有往上扑，这应该说在那个年代还是个好官。

其实，朱红旗这个人好胜才是他最大的性格特点。他为大队的山民们办的好事，修条路，装个电话到自然村，通通关系走些门路搞些平价的紧俏物资，只要一听到大家当面或听人说山民们背地里说自己好，朱红旗的心里就会乐得痒痒的。尤其是有人托他办事，他会尽力去努力协调。当初，他与刘建国交上朋友，也就是刘建国作为办公室主任，曾托朱红旗支书搞些山里野味。朱红旗感到常有人求他，心里很高兴。钱正南是个好猎手，家里常有些野味，朱红旗总会要些野味来送去林业站。这一来二去，不但与刘建国交上朋友，跟钱正南也结下了情谊。这次刘建国请求朱红旗派猎手去天坑底部搜寻落坑的职工姚建华的儿子，他二话不说，首先想到钱正南。钱正南一早已去天坑坑底打猎，他赶紧又找了黑鱼湖周边自然村二十多位猎手去坑底寻找。他落实完人头后，随后赶到坑底与县消防队搜救组会合。

两次拉网式搜寻，不见姚向东的影子，与消防队搜救组徐大民分手后，朱红旗独自一人快步往鱼头自然村赶去。

他心里满是疑团。活要见人，死要见尸，但人是掉进天坑里了，偏偏不见影儿。钱正南带着女儿一大早就去了天坑坑底打野味。这是钱正南妻子胡少香亲口对朱支书说的，不会有假。朱红旗也知道钱正南为什么事一大早去天坑坑底打野味。上半年重庆石油勘探局陵阳勘探队在松江招工。经朱红旗力荐，钱正南已经正式录取为勘探队职工，吃上公家饭这可是大喜事。钱正南当然得庆祝一番。去天坑底部打些野味这是必需的。但是，活见鬼了。这么多人在天坑坑底搜寻，没有见到钱正南父女。在去天坑的路上大家也没有见到钱正南父女。这对父女一大早就去坑底打野味，人到哪儿去了呢？会不会已经打了野味回家去了？朱红旗抬头一看，正是日头当午，不到时间呀！

朱红旗急火火地来到鱼头自然村，直奔钱正南家。刚推开钱正南家的竹篱院门，胡少香已经从里屋走出来。一见朱红旗支书，胡少香笑吟吟地问："哪阵风又把你吹来啦！是不是上头来人要做派饭？"

"不是。"朱红旗跨进院门，三步并作两步直奔里屋，边走边喊，"钱正南！钱正南！"

"不在家！"胡少香拽住朱红旗的衣襟说，"不是已经告诉你了，他和大闺女菜花一大早就去天坑打猎了。"

"没有回来？"朱红旗东张西望，一脸疑惑。

"没有呀！"胡少香心里一愣，朱红旗支书火急火燎地找钱正南，不会出什么大事吧？胡少香满脸狐疑地直愣愣地盯着朱红旗。

朱红旗怕胡少香着急，轻松一笑说："没事。"说完，一转身跨出院门，又踅回来交代胡少香："正南回来，让他给大队部打个电话找我。"

"好！"胡少香望着消失在山道上的朱支书背影，心里疑惑重重，总觉得有些不对劲，但又想不到哪里不对劲。

其实，朱红旗支书听到钱正南不在家的消息后，心里更觉得不对劲。钱正南父女俩会去哪里呢？难道去了深山老林？不太可能。天坑坑底去的人少，野兽出没频繁，那里的山鸡野兔不但数量多，而且特别肥。他一大早一定是去了坑底，但父女两人呢？那么多人在天坑底搜寻，不但不见姚向东的影子，连钱正南父女俩也没有碰到。坑底也就几千平方米大，说句话也能听到声音。怪就怪在不见钱正南父女的影子。

朱红旗几乎是跑步朝大队部赶去。他要去大队部等消息。大队部有值班电话。

钱正南一大早确实带着女儿钱菜花去天坑坑底打野味了。

这些日子钱正南一直沉浸在去石油勘探队上班的兴奋之中。陵阳石油勘探队属重庆石油勘探局。主要是沿松江一带勘探石油。去石油勘探局当上工人，也就是端上公家饭碗了。这对已到不惑之年的钱正南来说，那是撞上喜神了。这也是个机会。陵阳县石油勘探队需要沿松江一带山谷湖河放炮找石油，要招一些地形熟悉的山里人。钱正南是松林大队的猎手，平常打些野味，山民没少沾光。加之妻子种菜又是一把好手，山民们吃菜到他家菜园子里很随便，这夫妻俩一荤一素待山民们不薄，是大好人。山民们一推荐，钱正南自然成了唯一候选人。加之，钱正南家与朱红旗支书交情不浅，朱支书力荐也是一个原因。当然，朱支书心里还存了个心眼。钱正南家大姑娘钱菜花长得水灵，梳着一条粗粗的独辫子，走起路来，独辫子一晃一晃的，像只活泼的松鼠，好看极了。虽然读完小学不想去松江中学读初中，但机灵、聪明，山里女娃野气中透出丝丝倔强不甘落后的气质。菜花心中充满了好胜，这有些像朱红旗的性格。朱红旗有个大儿子叫朱爱国，年龄与钱菜花相仿。前几年读松江中学初中一年级后，借宿在刘建国家里。朱爱国虽然学习不怎么样，但情商高。在初中期间追过不少女孩子。朱红旗察言观色，估计钱菜花也是他儿子朱爱国的女朋友。因为在朱爱国上初中期间，常常会在星期天看到钱菜花跑到家里来玩，而且不时还会从儿子那里拿走一些课本和作业本。朱红旗知道钱菜花读到小学毕业，说什么也不肯到松江镇上去读初中。他劝过钱正南，但钱正南往往无可奈何地手一摊，说这大姑娘什么都好，就是脾气倔，谁的话都听不进她耳朵里。钱正南埋怨中往往带着夸赞的语气，说菜花年纪不大，想着家里的事儿比他自己还想得多。她说去松江上初中，要借宿，要花不少钱。家里还有两个妹妹桃花和杏花，需要人照料，妈妈整天忙来忙去，没有闲的时候。她不上学在家里，多少能帮家里干些活儿。钱正南也知道因为与朱支书家里交往多，菜花与朱支书家儿子爱国也来往不少。虽然没有去松江中学读初中，但常常会去爱国家里借些书回来读，爱国学校里布置的作业，菜花全拿过来做了。其实，钱正南知道朱爱国这孩子玩心重，学习不上紧。菜花有时还帮助朱支书儿子做作业。当然，这一点钱正南从来没有对朱红旗说过，主要是怕伤了朱支书的自尊心。

朱红旗就冲着两家这些年的交情，冲着钱正南人缘好，更冲着儿子惦着正南大姑娘钱菜花，当然要力荐钱正南。

钱正南如愿以偿。不但钱正南一家子高兴，松林大队的山民们也都替钱正南高兴。他能去陵阳石油勘探队端公家饭碗，他要感谢山民们的纯朴，感谢朱红旗支书力荐。他拿不出什么好东西来感谢大家，只能去打些野味招待大家。钱菜花不去读初中后，也常常会闹着跟父亲去山里打猎。钱正南每次都说不住大姑娘钱菜花，只能带在身边。钱菜花聪明，泼辣能干，很快就成了钱正南的好帮手。

早晨，重重叠叠的山峰还笼罩在一片晨霭之中，不远处的黑鱼湖面上升腾起缭绕的雾气。屋前屋后的树丛中，早起的鸟儿天籁般的鸣叫声像一首动听的交响曲，伴着不远处雄鸡啼鸣声传向远处的深山密林里。钱正南和女儿菜花早早起了床，带上几张薄薄的葱花大面饼，走出菜园的竹篱门，朝鱼头村外满是树林的山里走去。

胡少香站在里屋门口，目送着钱正南父女俩渐行渐远的背影，大着嗓门叮嘱道："天坑底野兽多！注意安全！"

"放心！"钱正南、钱菜花父女俩总是会轻松地答一句，让胡少香放心。然后父女俩头也不回地往大山深处的通往龙山天坑底的洞口的小道走去。

二十二

　　黑鱼湖像一条长长的黑鱼横卧在龙山半山腰两山的坡底。鱼尾在西北，鱼头在东南。钱正南家的鱼头村就坐落在鱼头两边的坡地上。从鱼头自然村再沿着山坡谷地往东南方向走不到三百米的路，往东北方向有一条土石公路通往陵阳县城。每天，县城通往乡村的公共汽车有两班，上午一班，下午一班。鱼头自然村东北方向的土石公路边有一停靠站。停靠站只是在路边的一棵大香樟树干上钉了块铁皮，上面用红油漆写了三个字：鱼头村。树干四周散落不少不成形的石块，这是附近山民们候车的凳子。从这儿还有一条羊肠小道通往山林密密的山坡上。

　　山坡上长满了竹子和杂树。山草密布的羊肠小道边上有一个两三米大小的洞口。洞口四周山石上长满了绿色的青苔、野蒿和芳草，足有两米高的洞顶上，一大片绿茵茵的青藤直垂下来，加之洞口附近竹子和杂树茂密的叶片重重叠叠，几乎完全遮住了洞口。路过羊肠小道的行人不仔细辨看寻找，就是到了洞口附近也不见得会发现这个洞口。

　　洞口下方有一块几十平方米的宽敞平台。平台是裸露凹凸不平的岩石，上面寸草不生。这是通往龙山天坑底洞口的显著标志。鱼头村的山民们都知道这儿有个山洞，山洞里面不远处有一个大天坑。钱正南常常钻进龙山天坑底部去打猎，这洞穴，特别是龙山天坑坑底再熟悉不过了。

　　他带着大姑娘钱菜花，拐上通往山里的羊肠小道。早晨山里空气新鲜，景色宜人。父女两人一个很快要离开大山端上公家的饭碗，一个跟着父亲到坑底打猎，充满了好奇，此刻的心情都十分惬意舒畅，几乎同时哼起了那个年代最流行的歌曲：

　　　　东方红，太阳升，
　　　　中国出了个毛泽东。

他为人民谋幸福，

呼儿嗨哟，他是人民大救星。

他为人民谋幸福，

呼儿嗨哟，他是人民大救星。

毛主席，爱人民，他是我们的带路人

……

小道弯弯，树木茂密。父女俩哼着这首发自内心的当年的流行歌曲，不知不觉已经来到了洞口外面的平台。平台四周全是芳草和青藤，没有路。钱正南拨开茅草和杂树枝条，一个箭步跳上裸露的平台，伸出手拉住钱菜花的手臂，使劲一搂，钱菜花顺势用力一跃，也跳上了平台。父女俩站稳脚，没有急于进洞，而是极目往东南方眺望。早晨山里的景色迷人极了。黑鱼湖上腾腾的雾气四散缭绕，东边层峦叠翠的山峰上的雾霭让高远天边火红的朝霞映出绚丽的画景。

钱正南望着东方美丽的山景，望着不远处黑鱼湖平静湖面上倒映的山峦，深深地吸了几口新鲜空气，拉住钱菜花的胳膊转身往洞口走过去，边走边提醒菜花："洞里潮湿，地面凹凸不平，一定要注意脚下，注意安全！"

"爸！你每次都要说上五六遍。知道！你放心！"菜花有些不耐烦，但心里明白，到洞里要多长个心眼。

钱正南嗔怪地说："不说不说，注意脚下。"说完，长长地叹了一口气。其实，钱正南对菜花不上初中，心里一直惦记着，但没有办法，只能让菜花跟着打猎，让她吃些苦。打猎是个苦差事。苦吃够了，说不定什么时候想通了，还是要去读书。想归想，钱正南知道女儿的倔强脾气，只能顺其自然。自己很快要去县里石油勘探队上班，这次带女儿出来打猎，就是让她知道，到山里打野味不容易，有危险。钱正南想借这次坑底打野味的机会教育女儿，自己一个人千万不能任性，更不能一个人在山林里钻来钻去。

走到洞口，钱正南把洞口垂下的青藤用手往左右拨了拨说："菜花，你看这洞口常年阴暗潮湿，山石不平，石块上长满了青苔，很滑。脚下一不注意，会摔个大跟头。跌到草地上算你运气好，跌到石头上非跌得头破血流不可。"钱正南绘声绘色，有意说的很危险。

钱菜花可不是胆小鬼，也不是被危险吓得住的人。她一点不胆怯，小心翼翼地跟着父亲，一步一步往洞中走进去。

钱菜花跟在父亲身后小心翼翼地摸进洞，顿时感到一阵习习凉风扑面而来，精神为之一振。从洞口青藤间隙透进洞中的光亮，让钱菜花眼花缭乱。菜花是第一次到通往龙山底部的山洞。爸爸在家中常常说起天坑底部的奇妙景色，像逛风景时请的滔滔不绝的导游。每当爸爸打猎回到家，说起天坑底部的景色，说起通往天坑底部的洞口，菜花听得津津有味的同时，总是缠着爸爸去天坑底部打猎带上自己。爸爸一句天坑危险就推托过去。今天，总算带上了菜花来到天坑底部的洞口。

百闻不如一见。通往天坑底部的这截洞穴越往里越宽敞，从顶部的小洞口还会射进来一束束光亮。洞内乱石嶙峋，真是"山峻高而蔽日，下幽晦而多雨"，各种各样的奇形怪石自然堆砌着，曲曲折折，阴森可怕。特别是附近传来叮咚叮咚的泉水声，脚下还有一条小溪流不知从哪个方向流过来，又沿着脚下的石缝往天坑坑底流过去。

菜花跟在父亲身后走到不足几十米的洞穴，抬头朝前一望，左手方向一大片光线从天上射下来，到处亮晃晃的，好像到了一大片丘陵似的野山坡，足有一两个足球场大。父亲朝野山坡一指说："前面就是龙山天坑的坑底。"菜花目光顺势一扫，眼睛一亮，想不到右手边还有一个大厅的洞穴。

菜花做梦也想不到这大山深处竟然有这么美丽的洞穴。在天坑底部的亮光映衬下，洞口矗立着一个巨大的峻岩，犹如一位威武的警士守卫着这美丽的洞口，令人望而生畏。父亲知道女儿好奇，连忙停住了步子。菜花朝洞中打量起来，连连咂嘴。洞厅虽然不算大，但洞内的石花、石葡萄、石珊瑚、石笋、小石柱、石塔、石帽等自然组成了精美小巧的雪花长廊，宛如一座地下水晶宫。石花一朵朵、一簇簇地绽放在潮湿湿的洞壁上,虽不像牡丹那样高贵,但如白雪一般纯洁素丽。那圆润透亮的石葡萄,让菜花馋涎欲滴,不禁想摘下一个尝尝这种生长在岩洞里的特殊葡萄的味道,是酸是甜还是另有一番滋味,菜花充满了无尽的遐想。

菜花被这洞厅里的景致吸引住了。父亲扛着猎枪往天坑底部走过去。菜花依依不舍地望了一眼那别有一番情趣的从天而降的大拱弧形的岩顶,这才想起打野味的事儿,赶紧收起恋恋不舍的目光,随着父亲走进了龙山天坑的底部。

从洞穴中走进天坑底部,豁然开朗,眼前一大片丘陵开阔地。龙山天坑位于龙山的一座山峰下,洞天高阔,气势雄伟。整个天坑底部足有两三个足球场大。映入眼帘的是成片成片的蒿草,枯萎的蒿草丛中又长出了绿滴滴、密匝匝的草叶,黄绿相间,像一块一块彩色厚重的大地毯。山草丛间不时会窜出一两只雪白的兔子,呼的一声草响,刹那间就消失得无影无踪。一簇一簇的草丛分界线是密密的杂树,从天坑上方透进的亮光映照下,树影婆娑。茂密的树丛里不时会飞出一两只羽毛鲜丽的山鸡。山鸡扑棱着翅膀往天坑亮光处高飞,但盘旋一圈后,又落进树丛里。小山丘似的草树下,是坚硬的岩石。菜花被眼前的景色吸引住了。她极目朝坑中四周扫视。天坑的崖壁上长满了青藤和杂草,大石缝中会斜着顽强地生长着一些榆树、刺槐和荆条。崖壁的山草树丛里不时会响起叮咚叮咚的滴水声。

钱正南把猎枪从肩上轻轻地取下来,压上子弹,端到眼前,眯起左眼,做了一个瞄准的动作对菜花说:"别东张西望了!准备打猎!"

"好!"菜花收回目光,爽朗地应答道。

"你的任务是观察。你年轻,视力好!注意观察草丛中、树枝里的野味。"钱正南大步往前走,走了三十多米,跳上一个长满山草的草丘,朝菜花瞅了一眼提醒道,"对了!要注意脚下有蛇!"

"知道了!"菜花听爸爸这一提醒,心里一怵,赶紧走到爸爸站着的草丘上,四处张望起来。她希望能尽快发现猎物,也好证明给爸爸看,自己这一趟没有白来。

钱菜花的目光仔仔细细地在坑底扫了一遍，没有发现山鸡和野兔。她抬头朝天坑上头望去。天坑有百米高，坑底往上部看得不太清楚，亮光羼和着雾气，上空一片朦胧。天坑上空传来一阵一阵喜鹊的欢叫声。青藤像瀑布似的从天坑崖壁上左缠右绕地垂下坑底。突然，耳尖的菜花似乎听到了一声惊叫声，好像是人喊叫的声音。伴随着惊叫声还传来窸窸窣窣的重物缠着藤蔓下坠的声音。等到菜花反应过来时，这惊叫和缠藤的响声已经完全消失了。洞中一片沉静，只有天坑上空的花白喜鹊在一会儿高一会儿低地盘旋着，留下一片叽叽喳喳欢快的叫声。

菜花感到很纳闷。刚才是什么惊叫声？不像山里的动物发出的声音。更让菜花纳闷的是伴随着惊叫声，好像还有重物从天坑上空坠下的响声。菜花用手推了推爸爸的胳膊问道："爸！刚才有人惊叫，你听到了吗？"

"好像有人惊叫。"此时的钱正南也听到惊叫和响声。凭经验不像是猎人遇到野兽时发出的惊叫。从惊叫声的由低向高，霎时消失来分析，倒好像有人从天坑上头掉下来了。钱正南也不敢肯定。他抬头往天坑上空一看，一群喜鹊正在天坑上空盘旋。天坑上头东北角方向一棵大树两根粗壮的枝干斜向天坑里。枝丫处影影绰绰有一硕大的喜鹊窝。在天坑上空盘旋着的喜鹊飞向大槐树，在枝丫上栖息下来。凭钱正南多年在深山密林里狩猎的经验，那声惊恐的叫声似乎来自东北角上空密密匝匝的藤蔓中。

不知道是什么物体发出的惊叫和响声。父女俩都十分纳闷。钱正南把猎枪往肩上一扛，朝菜花招招手说："走！到那边看看去！"

菜花跟着父亲踩着厚实实的山草，朝天坑东北角方向走去。

二十三

天坑底部比较潮湿。低洼处还有些积水。天坑上面透射下来的光线一照,镜面似的锅盖大小的水塘反射出亮晃晃的光芒。有好几条小溪流从不同方向由高往低缓慢地流淌。有些小溪流淌进小水塘,水塘满了溢出来,又流向杂草杂树丛生的低洼处。

　　天坑底部东北角方向地势相对高一些。从天坑上面的崖壁往下呈梯形,虽然坡度不大,但斜坡上杂草、荆条丛生,藤蔓缠绕,厚实实的像一条巨大的绿黄相间的毯子垂到坑底。父女俩走到东北角,到处都是一人高的山草,人走进山草丛里,地上软乎乎的,像泡沫似的。长年累月,年复一年,这些山草疯长之后,枯萎下来。第二年春天,和煦的春风一吹,又从枯黄的草根丛中生发出大片的草芽,长出密密翠翠的青草。

　　正是仲夏。

　　青草丛中,五彩缤纷的野花盛开着。菜花顾不上欣赏天坑里的美丽景色。她侧耳细听,如果是人从天坑上面掉下来,一定会有声响。她希望能听到呻吟声。但草丛和杂树的枝条在夏风吹拂下悠悠地晃动,发出窸窸窣窣的声响,随着汩汩流淌的溪水声飘向远方。菜花相信自己的耳朵,刚才这个方向肯定有人惊叫过。菜花目光在草丛里扫来扫去。每走一步,菜花都用脚在草窝里踢踢。但除了踢到硬邦邦的树桩和有棱有角的石块,把脚指头踢得生疼起来,不但没有见到人影,连个山鸡、兔子都没有发现。也许太阳还躲在深山高峰的后面,还没有升到天坑的上空,山鸡、兔子等野味也在树丛里、山洞里睡早觉。天坑底部宽敞的一片山地只有穿洞风呼呼地拂着山草和荆条,到处静静的。菜花一边用脚探寻,一边用目光搜寻,耳朵几乎是竖着倾听。

　　突然,菜花眼睛一亮。在离自己站立位置十多米的一大片草窝,有一小片草明显被什么重物压趴下去了,形成了一个长方形的凹坑。菜花顺着那片厚实的山草往天坑上方看去,正是天坑大槐树斜悬着的喜鹊窝下方不远处。虽然天坑上空的喜鹊窝有些模糊,但大致轮廓还是清晰的。菜花估计有什么重物从天坑上方滚下来了。菜花用手往草窝凹下去的地方一指:"爸!你看那边!"

钱正南循着菜花指的方向一看说:"一定是天坑上方什么重物滚下来了。不会是大石头吧?也许是野猪什么的动物从天坑边滑下来。"

"不可能!"菜花连声否定,"不可能是大石头!肯定是什么动物。说不定是人。"

"不可能是人!人怎么会从天坑上空掉下来呢!"钱正南说什么也不相信。钱正南去过龙山天坑的上面。天坑边离崖壁有一米多远的地方是一条小路。谁也不可能滑进坑里。他们父女俩怀着极大的好奇心,三步并作两步,走到离那草窝两米多的地方,一下子愣住了。草窝里躺着一个十七八岁的男子。头往南,脚往北方向,整个人都没在草窝里。一只不知鞋子甩到哪里去了的光脚,血淋淋的脚指头露出草窝。钱正南站立在一块小石头上,用手朝草窝里的青年男子一指说:"菜花,你看!怎么会有人呢?"

"是个人!"菜花也站立下来,似乎有些胆怯的样子自言自语,"奇了怪了!这人从哪儿来的?天坑上面掉下来的?"

"难道有人谋害?"钱正南有些疑惑不解。从天坑上空怎么会掉下一个人来呢?除非有人要害这个青年,将他从天坑上边推下来的。

菜花虽然只有十四岁的小小年纪,但心地善良,富有同情心。她紧跨两步走到草窝凹陷处,对父亲说:"不管什么情况,救人要紧!"

"对!先救人!"钱正南走到草窝凹陷处,把猎枪往一边的荆条树上一靠,弯下腰,伸出右手,在那青年男子的鼻孔处轻轻一放。钱正南的手指明显感到那小伙子微弱的鼻息,赶紧抬起手,对菜花说:"这位小伙子还活着。肯定是从上面摔下来的。"

菜花听父亲一说,顿时惊诧不已,也弯下腰伸出右手的两个指头,学着父亲的样子,在小伙子鼻孔处试来试去。小伙子鼻孔里微弱的气息游丝般地翕动。菜花心里一激动,连声说道:"活着!活着!"说到这里,站起身,十分纳闷地对父亲说:"那么高的地方摔下来,居然还有气息?不可思议!不可思议!"

菜花边说边仰头望望天坑上部那棵斜悬在天坑上方的大槐树干,尤其是那大槐树上硕大的喜鹊窝。

父亲用手指指天坑上方的大槐树，目光顺着坑壁缓缓从上往下扫视："菜花，这里的坑壁很特别，呈梯形往下。斜坡上长满了厚厚的山草，坑壁上到处是盘根错节的老藤和青藤，重物会顺坡下滑，有青老藤蔓的缠绕，起到了很大缓冲作用。要是从天坑上空的喜鹊窝树丫上直接摔到坑底，不粉身碎骨那就奇怪了。看来这小伙子命大，是藤蔓和枯草救了他！快！救人要紧！"

钱正南让菜花配合，仔细地检查了这位小伙子的伤势。小伙子穿着一双胶底白球鞋，但左脚上的胶底球鞋不知缠到草窝哪里去了，光着脚的五个指头都在流血。大概随着斜坡往下滚动时，一只鞋被青藤缠掉了。有些青藤上长满了刺，脚指头被刺了不少血眼，虽然针孔大小，但不停地往外渗血。菜花再撸起小伙子的长裤，腿上也被藤刺刺了不少血点子。钱正南把小伙子的左右胳膊抬了抬，自言自语地说："还好，胳膊没有骨折。"只是长袖衬衣刺破了不少地方，胳膊上红一块，紫一块，有些地方像被蚊子叮咬过一样，一片一片的红点子。

菜花也学着父亲的样子，抬起小伙子的左腿左右晃动，还算自如，但膝盖处烧饼大小一块蹭烂了，血肉模糊，殷红红的挺瘆人的样子。菜花放下左腿，又抬起右腿左右晃动，似乎也没有骨折。但右腿从脚趾到膝盖上蹭破皮的地方大大小小有十几处。红一块，肿一块，有些地方还在往外渗血。

父女俩一查看，小伙子从天坑上方摔下来，算这小伙子命大，还有气息。初步检查下来也没有明显的骨折，只是摔晕，还处在深度昏迷当中。钱正南二话不说，自己弯下腰把小伙子扶起来，在菜花的协助下，把小伙子扶到自己的背上。钱正南两脚一使劲，把小伙子稳稳当当地驮了起来。钱正南试着往洞口方向走了两步，朝菜花摆摆手说："把猎枪扛上，你在前面探路，赶快往外走！送医院抢救！"

菜花一听，迅速拿起猎枪，并熟练地退出猎枪中已经上了膛的子弹，塞进子弹袋中，把猎枪往肩上一扛，走到父亲的前面，与父亲保持一米的距离，一步一步往刚才进天坑底的洞口走过去。

走在前面探路的钱菜花小心翼翼地绕开溪流，避开大石头，一步一回头地望着吃力地驮着受伤的小伙子的父亲。她知道父亲常年生活在大山里，常常在密林里奔走打猎，练就了腿上功夫。但这小伙子身高一米七以上，虽然不胖，但至少有一百五六十斤。背驮着小伙子的父亲虽然一步一步稳稳地走着，但明显感觉有些吃力的样子。父亲的额头上渗出了密密麻麻的汗珠，眉头微微上翘，喘气的声音明显地粗了。钱菜花望望伏在父亲背上的小伙子，整个人像一条装着棉絮的软麻袋。白皙皙的脸上没有一丝血色，眼睛紧闭着。两只胳膊毫无意识地下滑在腰旁，胳膊上渗出的血水一滴一滴地掉在草芽上。小伙子腿上，特别是脚趾上血肉模糊的地方红鲜鲜的，不停地往外渗血。菜花看在心里，感到这个小伙子怪可怜的。照现在这个速度，还有五六分钟走出天坑底部通往山坡的洞口。从洞口再走到土石公路边还要半小时。一切顺利，就算县里的公共汽车在鱼头村站等着，等到上了公交，送到县城医院至少两个小时。看来这小伙子凶多吉少。再说，腿上、胳膊虽然没有骨折，但被藤蔓和石头碰蹭得到处渗血，血流多了，也是命难保呀！想到这里，菜花心里一凉，这样下去，等折腾到县城医院，这小伙子即使不断气，也会奄奄一息。菜花虽然上到小学毕业后没有继续读初中，但从朱爱国那里借书借作业，加上自己刻苦努力，等于守在家里读着初中学业，从朱爱国做的作业来看，自己的作业做对的地方不比朱红旗儿子朱爱国的少。当然，菜花只是脾气倔强不服输。她是既要给父母分忧，又默默地读着初中的书。她心里总是要争一口气。她从课外书中知道，人体流血不能过多，否则会休克，甚至丢了性命。她不知道人体失血的标准，但她心里明白，还有几个小时才能将这位小伙子送到县城医院，当前关键是要止血。她知道父亲外出打猎，子弹袋里总会放上一卷纱布备用。她赶紧选了一块稍微干燥的草窝，停步向父亲招手，示意父亲停下来。

父亲停住步子，目光盯着菜花。菜花一个箭步上去，用手扶住父亲厚实的肩膀说："歇一下，正好给小伙子包扎一下，防止流血过多休克。"

钱正南一听，心里一亮，还是大姑娘菜花想得周到。钱正南在菜花的搀扶下,把小伙子轻轻地放到草窝里说:"快!把子弹袋里的纱布拿出来,帮他包扎一下,防止失血过多。"

菜花从子弹袋里取出一卷雪白的纱布,递到父亲的手里,伸出右手用两根指头在小伙子鼻孔处试了试,仍然有微弱的鼻息。她配合父亲首先把小伙子左脚的脚指头包扎起来,然后把腿上、胳膊上渗血的地方用纱布紧紧地裹着,并用医用胶布固定住。钱菜花望着刚刚包扎好的小伙子的腿和胳膊,从腿和胳膊上把目光移到小伙子的脸上。小伙子仍然处在昏迷中,脸上雪白白的,没有一丝表情。钱菜花对眼前这位陌生的小伙子产生了一丝丝的怜悯,这种怜悯心在菜花心中占据的空间越来越大。钱菜花心里说不出什么滋味。她希望眼前这位无论是什么原因掉进天坑坑底的小伙子能逢凶化吉,能死里逃生。她愿意尽力,她愿意陪着父亲尽力。她不知道救人一命,胜造七级浮屠,但她知道救人一命那是做好事,也许就是为人民服务吧。

她轻轻地把小伙子扶坐起来。父亲半蹲着,腰微微往前倾着。菜花拉住软塌塌的小伙子顺势扶到父亲的背上。

菜花仍然走在前面探路,父亲驮着受伤昏迷的小伙子一步一步往天坑通往外面的洞口走过去。到了洞口边,洞厅里那奇妙的石花在越来越明亮的光线映照下,变得特别的奇丽。但此刻菜花刚见到洞厅里这些石花时的好奇心荡然无存。只匆匆扫视了一眼,菜花就把目光全注视到洞中的凹凸不平的地下,一步一步地用脚探着路往前走。菜花仔细地打量着地下的石块和溪流,引导着背着昏迷小伙子的父亲稳稳地走出山洞,来到洞口的平台上。

太阳已经从山峰与山峰之间的低矮的隙缝里不时露出脸来,洒下亮晃晃的光芒。不远处的黑鱼湖,附近的密密丛林,还有远处重重叠叠的山峦全部沐浴在灿烂的阳光里。

父亲驮着小伙子吃力地从平台上扶住竹枝走下来,顺着山坡往下走,很快来到岔路上。往东北那边走,是土石公路,县里的公共汽车上午有一班会路过鱼头村站。钱正南知道,这上午一班公共汽车说是上午路过,但没有准儿,时早时晚。钱正南停住步子,望望东方群峰谷中正在冉冉升起的太阳,凭经验估算时间,此刻应该是上午快十点钟了。等车宜早不宜迟,这可是救命的事儿。钱正南加快了步子往车站走去。

菜花扛着猎枪陪伴在父亲的身边,不时用手帮助父亲支撑一把。这段路不太远,但父亲驮着个大男人还是吃力的,菜花想替换父亲,但心有余而力不足。

此刻,小小年纪的钱菜花,望着父亲一步一步吃力迈开的步子,再望望毫无知觉地伏在父亲身上的小伙子,腿上、胳膊上的纱布由雪白变成了殷红色,心疼极了。她既心疼父亲,也心疼那位不知来自何处的小伙子。钱菜花脾气倔强,但心地很软,这显然十分对立的性格似乎不能同时在一个人身上出现,但钱菜花就是这么个性格,倔强中充满了怜悯,怜悯中充满了善良。菜花伴着驮着小伙子的父亲一步一步来到鱼头村临时停靠站。刚歇下步子,就听到远处传来了公共汽车的喇叭声。

父女俩一阵惊喜,没有放下小伙子,公共汽车唛的一声,已经刹车停了下来。几位乘客下来,看到钱正南驮着个病人,赶紧手忙脚乱地帮了钱正南一把。钱正南在几位乘客的帮助下,把小伙子放到并排的两张座椅上。

"嘀!嘀嘀!"公共汽车鸣着喇叭沿着土石公路从鱼头村往县城方向驶去。

二十四

公共汽车摇摇晃晃地在土石公路上颠簸着往前行驶。公路两边的山坡上翠绿色的一片。这里是野兽群山的中部,一条大峡谷从群山中穿过。黑鱼湖是山谷平缓处形成的湖泊,足有一里地长,两边坡谷平缓,形成了一块一块的山田。这里是群山的中部,气候相对于山下的松江镇要低六七摄氏度。山里气候低一些,农作物也相对晚上半个月成熟。

　　黑鱼湖边山田里的油菜已经快收获了，山腰间的黑鱼湖周边的山田和不太陡的山坡上的梯田里的油菜花正在盛开。钱菜花站在小伙子躺着的座椅旁，一手扶着椅背，两腿挡在座椅的边边上，正好像婴儿床边的扶栏挡住小伙子那缠满纱布的正在晃动的腿，目光透过窗口朝外张望着。钱正南蹲在座椅旁，不时用手抚摸一下小伙子的额头，担心和惆怅全写到了脸上。

　　小伙子躺在座椅上，仍然处在昏迷状态，只能随着公共汽车的颠簸而不停地晃动。钱菜花的目光盯着窗外，她不忍心把目光落到这可怜的小伙子身上。

　　窗外，山田里、坡地上的油菜花争相开放。漫山遍野的油菜花仿佛要将整个山峦、山谷淹没。美艳香飘的油菜花迎着仲夏的阳光随风摇曳。金黄色的花朵带着微微热气涌动的山野间，瞬间点燃起一大片一大片的金黄，每朵花都似倔强的村姑，诉说着冬天寒风的凛冽，山野泥土的芳香，散发着任性的气息。钱菜花想想自己的名字，扭头望了一眼蹲在那里全神贯注地盯着小伙子的父亲，心里涌起了一丝丝的自豪。菜花美丽金黄，香气四溢，父亲给自己起了这个名字，不错！钱菜花对窗外山田里、梯田上一片片的油菜花情不自禁地欣赏起来，担忧的眉头舒缓开来。但目光一收回来落到座椅上小伙子身上，心马上又悬了起来。

　　座椅上的小伙子一直昏迷不醒。山间的土石公路坑坑洼洼的，公共汽车只能缓慢行驶。钱正南父女俩心急如焚，但毫无办法。

　　昏迷！小伙子仍在昏迷中。

　　公共汽车沿途已经停靠了三四站。钱正南抬头朝窗外的山峰一看，太阳已经从不远处的山峰间露出了头，到处阳光灿烂，到处青翠欲滴，到处是大片小片的坡田里金灿灿的油菜花。钱正南算算时间，公共汽车再有半小时，应该就到县城。他在心里暗暗地为公共汽车加油：快点，再快点！父女俩心里都明白，此刻公共汽车的速度跟座椅上的小伙子的生命紧系在一起了。公共汽车早一点到达县城，早一点送到医院,小伙子的生命就多了一点希望。

公共汽车驾驶员应该尽力了。发动机不时加速的轰鸣声伴着车身剧烈的颠簸随着车后扬起的尘土往后飘去。父女俩的心一会儿放下,一会儿又悬起来。父女俩心里很矛盾。公共汽车一加速,速度快了,到医院的时间就会早一些,救治小伙子的希望就会大一些。但公共汽车一加速,车身就会剧烈地颠簸,躺在座椅上的小伙子就会晃动起来。父女俩不是医生,加之这位小伙子从天坑草窝里发现到现在一直处于昏迷状态,光发现身上全是血迹,但不知道腿脚手臂有没有隐形骨折。如果腿脚手臂骨折的话,汽车的颠簸将会加剧骨折的程度。当然,内脏也不知道有没有受伤。如果内脏受伤,汽车的颠簸将是致命的。父女俩心里矛盾极了,既希望公共汽车开快一点,早一点到医院,又希望汽车平稳一些。

父女俩的心随着汽车的加速和颠簸一会儿放下,一会儿悬起来。

公共汽车鸣了两声喇叭,沿着山坡下的土石公路平稳地行驶,拐了一个近乎九十度的大弯,到了平坦宽些的大马路上。汽车的速度明显地加快了,汽车也平稳多了。父女俩几乎是同时脱口而出:县城快到了。

父女俩的目光都盯着窗外,群山已经落到公共汽车的屁股后面。公路宽了,路面的石灰三合土压得特别平实。公路两边是一排整齐高大的杉树,东边天空上的太阳灿烂的阳光照在杉树上,翠绿色城墙似的一片,公路全在树影里,公共汽车里透进一阵阵清新的凉气。

钱正南抹了一把额头上细密的汗珠,朝驾驶室方向望了一眼。松江大桥就在前面。钱正南知道,公共汽车过了松江大桥,就进县城了。他突然一愣,县城公共汽车站离县人民医院还有几里路。把小伙子从公共汽车上驮下来,再找三轮车转送到县人民医院又要颠簸一阵。看着眼前这位始终昏迷不醒的小伙子怪可怜的,再折腾下去,命再大恐怕也保不住。钱正南不认识驾驶员,也不知道这城里的驾驶员好不好说话。他站起身,扶着椅背摇摇晃晃地走到驾驶员背后,硬着头皮说:"师傅!师傅!"

"什么事？就近下车？"

"跟你商量一件事？"

"就近下车？车站有规定，不能随便下客！理解！"

"不是就近下车。"

"你说！"驾驶员一边聚精会神地盯着松江大桥方向，一边语气和缓地让钱正南说下去。

钱正南松了口气，心里暗暗赞叹，这位师傅是好人。钱正南轻声地咳了两声，气喘得匀称些，这才用求情的语气说："师傅！是这样的，刚才背着的那位小伙子一直昏迷不醒。"

驾驶员头也不抬："是你儿子？"

"不是！"钱正南解释说，"今天一大早带着大女儿菜花到龙山天坑底部打野味，还没有打到一只野味，就在草窝里发现了这位小伙子浑身受伤。"

"怎么回事？"

"不知道！这位小伙子浑身受伤，一直昏迷不醒。救人要紧。我和女儿一看这位小伙子没有死，还有一丝气息，就把这位小伙子驮出坑底。"

"从天坑上掉下去的？"

"不知道！"

"还有气息，算他命大！救人要紧，说吧，让我干什么？"

"麻烦师傅把公共汽车直接开到县人民医院。时间就是命呀！抢时间送到县人民医院也许能救活！"

"你跟乘客打声招呼！"

钱正南一听，喜出望外，想不到城里的这位公共汽车师傅这么爽气。站在小伙子椅边用腿当扶栏的钱菜花听到了父亲与公共汽车驾驶员的对话，心头一喜，不等父亲开口，抢先朝公共汽车里的乘客介绍起躺在座椅上伤势很重的小伙子的遭遇。乘客们上车就注意到躺在座椅上的这位满身是血的小伙子。听钱菜花一介绍，知道这父女俩是见义勇为，目光一下子聚焦到钱正南父女身上，啧啧啧地夸个不停。

钱菜花喉咙脆声高，大着嗓门说："这小伙子从天坑底部发现到现在快两个小时了，一直昏迷着，不知是死是活。给大家添麻烦，请师傅将公共汽车直接开到县人民医院，耽误大家时间了！"

"救人要紧！"公共汽车里的乘客几乎是一条声地喊起来。

师傅按了一声喇叭，公共汽车驶上松江大桥，进入县城主干道陵阳路。师傅一路鸣着喇叭朝县人民医院方向飞快地驶过去。

陵阳路是陵阳县城的一条主干路。1974年上半年，原来的土石铺成的路面被挖去，改铺成了水泥路。路面平坦光溜，但路边的街面并没有拓宽。虽是水泥路面，但路面还很窄，两辆四吨重的解放卡车通过时，紧夹夹的。公共汽车行驶在水泥路面上，虽然速度快，但不太颠簸，钱正南父女俩此刻的心情舒坦多了。陵阳路尽头向右一转，就是县人民医院。按公共汽车现在这个速度，不到十分钟就会到达县人民医院。父女俩紧张的心情渐渐放松了。山里的人一年难得到县城逛一趟。钱菜花想起来了，去年中秋节前几天跟着父亲来过一次陵阳城。那时，陵阳路上正在铺水泥，到处乱糟糟的。钱菜花跟在父亲屁股后面，沿着路边店铺的人行道走，身前身后响起一阵一阵清脆的自行车铃声。

此刻，钱正南父女俩的目光都注意着窗外。陵阳路平坦了，路两边的店铺门面也整洁多了，尤其是店面店招粉刷重写过了，特别地醒目，又特别地似曾相识。菜花眼力好，记性强，从眼前晃过去的店铺、建筑全记起来了。

首先映入眼帘的是陵阳影剧院。门脸很气派，五六级长条台阶上有一平台。平台上三根罗马柱，有二层楼高，刷得雪白。罗马柱两边是两面高墙，高墙两边的上端由巨大的钢梁连接，不知是木板还是钢板装饰的店牌，白底上五个红色的正楷字：陵阳影剧院。影剧院的影字下面是一颗鲜红的五角星。这里菜花记得最深，她曾吵着要跟父亲进去看场电影《闪闪的红星》，但当时已到下午，父亲要往鱼头村赶，菜花只好作罢。影剧院晃过去后，接着是气派的两层楼，一溜五间的县药材公司、水产门市部，还有一座沿街的两层楼，门脸也挺气派，中国人民银行五个大字很醒目。再往前就是县里的新华印刷厂，印刷厂的隔壁是新华书店。马路不宽，但不拥挤。路上除了拖拉机，人力三轮车，就是来来往往的自行车，不时还会出现一两辆马车、骡车，挺引人注目。路上偶尔会有一两辆军绿色的解放牌卡车，不停地鸣着喇叭与公共汽车擦边而过。不远处陵阳路的尽头，有一座一百多米高的山峰，叫毛峰山。山上有一小亭，人称毛峰亭。山脚下就是陵阳路尽头。从陵阳路往左是毛峰东路，往右是毛峰西路。

公共汽车到陵阳路丁字路口，连鸣两声喇叭，缓缓地往右拐上毛峰西路。师傅提醒钱正南："陵阳县人民医院快到了，我直接开到大门口！"

"谢谢师傅！谢谢大家！"钱菜花和父亲几乎同时向师傅和乘客表示谢意。话音刚落，县人民医院大门已经出现在眼前。

二十五

县人民医院坐落在毛峰山脚下的毛峰西路上。医院大门一边一个砖头砌就水泥粉刷的门柱子。门柱呈长方形往上，有四米多高，顶端呈宝塔状。陵阳县人民医院的牌子白底黑字，挂在右边的门柱上。两扇木头大门，分别往门里面左右开。门不大，一辆救护车可以通过。没有院墙，大门左右全是一溜的单层房屋，只有窗户临街。

县人民医院大门外有一片宽阔的空地。空地上散落生长着一些杂树。大门左右各生长一棵水桶般粗的樟树，树冠像巨伞似的撑开着。树冠下的阴凉处乱停着一些自行车。师傅将公共汽车开到两棵大樟树间的空地上，车门直对着大门。

从大门往里看，雪白墙面的两层小楼是医院门诊室。公共汽车一停稳，钱菜花朝父亲摆摆手，往车门走去。菜花反应快，她要先下车，去门诊室推一辆担架推车到公共汽车门口，用担架推车平稳些，可以减少颠晃。

钱菜花在公共汽车门打开的一瞬间，从车踏板上跳下来，直奔门诊室。她向值班医生说明情况后，一名护士走上前来，和钱菜花一起推起一辆平板推车，出了大门，迅速地来到公共汽车门口。这时，钱正南正和几名好心的乘客小心翼翼地抬着昏迷的小伙子来到车门口。护士把平板推车往旁边推了推，让出一些空间。钱正南和几名乘客把昏迷的小伙子抬下车，小心翼翼地放到平板推车上。

几名乘客反身上车。钱正南、钱菜花向乘客和公共汽车司机连连招手致谢。随即，钱正南父女俩在护士引导下，一左一右推着平板推车，一路小跑直奔门诊室。

平板推车一直推进门诊室，在护士引导下，一直推到急诊病床边。两名值班医生将昏迷的小伙子从平板推车上平移到急诊病床上。一名医生熟练地给小伙子做心电图；一名医生把挂在脖子上的听诊器听筒掰开夹在左右耳朵孔里，右手拿起听诊器的传感器，轻轻地往小伙子胸部一放，不停地移动。接着，又用手翻了翻小伙子的左右眼皮，还拿起白褂口袋里的小手电筒照了照，轻轻地呼了一口气："病人昏迷，但生命体征正常。"说完，对身边的护士、医生说："清洗创伤口，准备包扎，防止感染。"

这名医生看来是门诊室负责人。他交代完后，这才侧过身对身边的钱正南父女瞥了一眼，问道："谁是病人家属？"

"不知道！"钱正南随口答道。

"什么？病人没有家属？你们……"

"我们是在天坑底打猎时发现的，一路没有停留，赶了近三个小时路才到达这里。"钱正南赶紧解释。

站在一旁的钱菜花看到门诊室负责人有些迟疑的样子，心里明白，抢着父亲的话说："医生，你把我们当这位小伙子的家属吧，请你们全力医治，医疗费我们负责。请放心！"

医生看菜花一脸的果断，心里有了底。他赶紧对钱正南父女说："你们见义勇为救人，我们一定尽全力！这个小伙子肯定是从高处摔下来，摔得很重，一直处于昏迷状态。不过血压稍低，可能是多处伤口出血,需要输血。还有,要等他醒来检查腿脚后才知道是否骨折。请放心,没有生命危险。当然,还要看他什么时候苏醒过来。"

"谢谢医生!一切听你们的。"钱正南朝医生连连点头。

清理伤口、敷药、包扎,一切进行得很顺利。这名医生想得很周到,很快安排打了破伤风针,并挂上葡萄糖液。昏迷的小伙子安静地躺着。

这时,来了一名护士,在小伙子指头上取了一点血,去做血型化验。敏感的菜花知道这是准备给小伙子输血。这位小伙子从那么高的天坑上边掉下来,真是命大了,只是全身摔破了不少皮,出了不少血。菜花感到很庆幸,当初自己想到了用纱布包扎止血,要不然这两个多小时折腾下来,恐怕身上的血都快流尽了。不幸中之万幸。输血是当务之急,这样血流加速,小伙子就会加快从昏迷中醒来。输血需要钱,出来打猎的,身上没带钱。再说家里不宽裕,就是知道要用钱,一时也拿不出。她眉头一皱,紧紧跟着护士走进血液化验室。她想好了,如果自己的血型相配,抽自己的血,既快又省钱。但愿能配对上,也许这是缘分吧!要不,这小伙子摔到坑底不碰到我们父女俩,说不定早就没命了。

也许真有缘分。菜花跟护士一说,护士挺支持。化验结果出来,小伙子和钱菜花的血型都是 A 型。父亲知道后,想想菜花还小,怕影响菜花身体发育。但菜花既倔又坚决,父亲拗不过菜花。很快,菜花身上的三百毫升鲜血一滴一滴地流进小伙子的血管里。

已是下午快两点光景。火红的太阳升上了毛峰山顶。

急诊室里静悄悄的。只有一台立式电风扇左右摇头,呼呼地吹着风。钱正南这才想起从早晨天微微亮出家门,到现在还未喝上一口水。他看到菜花正低头盯着躺在病床上的小伙子,心疼地说:"你先去门外馄饨摊上吃碗馄饨。"说着,从口袋里掏出一元钱塞到菜花手里。菜花肚子早已饿得咕咕叫,她知道父亲此刻也肯定是饥肠辘辘。她想让父亲先去吃馄饨,但父亲说出让她先吃的理由后,菜花转身出了急诊室,向医院大门外走去。

她了解自己的父亲，总是心里想着别人。现在，昏迷的小伙子已经得到及时抢救，一切都按部就班，小伙子什么时候苏醒过来，那只能等待。父亲要去邮局打电话，首先，要把电话打到鱼头村，向妻子报个信儿，一时半会儿父女俩在县城里救人回不来，让菜花的母亲不要操心。其次，这小伙子是哪里人，怎么掉下天坑的。小伙子虽然救上来了，但死活谁也说不准，自己也就是一个普通山民，担当不起这个人命关天的责任。他必须赶快向松林大队朱红旗支书报告这个情况。朱红旗支书脑子活络，他想得周到些，至少赶快查清这小伙子是哪儿的人，是怎么掉进天坑的，最好还要报告派出所，万一有人谋杀……菜花想到父亲的打算这么细致，赶紧走出医院大门，直奔左边大樟树荫下的馄饨摊，买了一碗馄饨，三下五除二，全下了肚子，汤也没喝几口，就赶回急诊室。

　　菜花回到急诊室。父亲也不耽搁时间，提醒菜花注意输血的针头不能移动。见菜花点点头，便放心地朝医院大门外走去。

　　走出医院大门，钱正南火急火燎地朝馄饨摊走过去。不远处的馄饨摊一张小方桌，几条长板凳空无一人。锅里的水沸了，冒出腾腾的雾气。钱正南的肚子咕咕直叫。他大步朝馄饨摊走过去，但突然停住了步子。他抬头看到太阳已经从毛峰山上的毛峰亭渐渐西斜。他没有手表，从太阳的方位判断此时应该两点多钟了。他得赶快打电话给朱红旗支书，让朱支书尽快找到小伙子的家人。小伙子从早上掉进天坑底部，离现在已经七八个小时了，家里人不晓得。此刻，这小伙子的家里人，一定急得到处找。想到这里，他没有朝大樟树下热气腾腾的馄饨摊走过去，而是向左一拐，走上陵阳路，直奔邮电局而去。

　　路边有一个烧饼摊，柴油桶改装的烧饼炉子。小小的案板上已经没有烧饼坯子，看来做烧饼的师傅也快要收摊子了。他看到烧饼师傅一边用毛巾擦擦额头的汗珠子，一边指着烧饼炉子上两只剩下的烧饼，大声吆喝："扫脚烧饼，一毛钱两只！"

　　钱正南一听，赶紧朝烧饼炉子走过去，顺手拿起一只热烫烫的烧饼，迫不及待地咬了一大口说："两只全给我。"说完，从口袋里掏出一毛钱递到烧饼师傅手里。

烧饼师傅丢下手中的毛巾,接过钱往袋子里一塞,顺手拿了一张报纸,把炉子上的另一只烧饼一包递到钱正南的手上。

钱正南手里拿着一只烧饼,又咬了一口,顺手接过师傅递上来的另一只烧饼,点点头径直往前走。

他一边咬烧饼,一边急步往前赶。前后左右的自行车不时打着响铃从他身边匆匆地擦过去。

看到新华书店的气派门脸了,钱正南知道新华书店对面就是邮电局。

钱正南咬着香喷喷的烧饼,大步往邮电局门口走去。

二十六

消防队搜救组徐大民在龙山天坑坑底与松林大队派出的二十多人搜寻队会合后,反复搜寻,没有见到姚向东的影子。徐大民、小梁顺着绳索爬上天坑,和姚建华、刘建国迅速下山等待消息。朱红旗带着山民沿着天坑底部通往山外的洞口满腹狐疑地返回鱼头村。他赶到钱正南家,也没有见到钱正南父女,心里更是焦急,赶紧往大队部赶去。

太阳已经顺着远处高高的山峰往西下滑。凭经验,山里人知道已经下午快三点时辰了。从群山里吹过来的燥热的山风中,渐渐有了凉气。朱红旗赶到大队部,倒了一大杯白开水,用大碗反复倒来倒去,凉了之后,咕咚咕咚全喝下去。他心里很纳闷。这姚向东从天坑上面掉下来,怎么不见影子呢?难道半空中被盘根错节的藤蔓缠住了?这种可能性几乎为零。这百十来斤重的一个大活人,藤蔓缠住最多是缓冲作用,往下滚得慢一些。完全让藤蔓缠住的可能性不大。但坑底这么多人搜寻了两遍,也没有见到姚向东的影子。现在只有一种可能,钱正南父女一大早到天坑底部打猎,发现了已经摔晕的姚向东。于是，父女俩迅速救人，肯定把姚向东背出山洞。山洞不远的通往县城的土石公路上不但有定时公共汽车，而且还有拖拉机、马拉车进城。父女俩会不会带着姚向东在鱼头村站附近搭便车去了县城医院？钱正南父女俩的为人朱红旗心里清楚，只要父女俩发现了姚向东，绝不会见死不救。朱红旗又倒了一大杯白开水，拉了一把椅子，坐到手摇电话机旁。他目光凝视着黑色的电话机，心里盼望着电话机的铃声急促地响起来。

但值班室里静静的。电话机像只乌龟似的趴在桌上一动不动。朱红旗端起茶杯，不停地用嘴吹着热气。

通信员小张走进来，看到朱支书又是喝水，又是不停地撸着额头上的汗珠，他估计朱支书心里一定有急事，要不然不会亲自守在电话机旁。小张走到电话机旁，用试探的口气问："支书，有急事？"

"有急事！等电话。"

"等电话？"

"对！"

"有事请讲，我去。我腿长跑得快！"

小张这一说，朱红旗才想起来，忙乎了一阵子，中午饭还没有吃呢！光喝开水不顶用。肚子正在闹革命呢。他站起身对小张说："你腿跑得快，中午饭还没有吃。到山坡下的小店看看，有什么吃的。"

"小店里除了汽水，没有吃的东西。"小张随口说道，见朱支书皱起眉头，突然想起自己中午带的小面饼还剩下两块，对朱支书说，"我那里还有两块中午吃剩下的小面饼，不知……"

不等小张把话说完，朱支书手摆了一下，急切地说："快拿来！肚子正在造反呢！"

小张走出值班室，赶到自己办公桌前，拿起铝制饭盒，迅速来到朱支书面前。小张把铝制饭盒往桌子上一放，打开盒盖，端起铝制饭盒，急急地递到朱支书面前说："就两块小面饼，先垫垫饥吧！"

朱支书大概已经饿得不行了，也顾不得面子。他顺手从饭盒里抓起一块小面饼，张开嘴咬了一大口，边咀嚼边把目光盯到电话机上。

他大口吃饼,焦急地等待着电话铃声的响起。朱红旗知道,他的好朋友公社林业站刘副站长此刻心情更焦急。毕竟是刘副站长职工的亲儿子。

灿烂的阳光透过茂密的枝叶洒向值班室,值班室地上留下斑驳的树影。山风吹得树叶发出沙沙沙声,鸟儿在树丛中鸣叫。

"丁零零!丁零零!"朱红旗正津津有味地咀嚼着很有筋道的小面饼,不一会儿工夫,只剩下不到巴掌大一块捏在左手两指尖。突然间急促的电话铃声响起。朱红旗先是一愣,很快反应过来,丢下手中的小面饼,迅速抄起话筒,连声大着嗓门喊起来:

"喂!你是哪里?"

"我是总机!"

"总机?"

"有你的长途电话。朱支书!"

"哪里的?"

"县城打来的!"

"接过来,快!"朱支书一听是县城打来的,脑子反应很快。他估计钱正南父女一早打猎一直不见踪影,说不定真让自己猜着了。很可能钱正南父女俩去天坑底部打猎发现了姚建华的儿子姚向东,于是立即把姚向东驮出山洞口,直奔县城医院去了。朱红旗脑海里闪过一丝喜悦,心里自信地认为,只要是钱正南从县城打来的长途电话,那一定与姚建华儿子姚向东天坑遇险有关。想到这里,朱红旗有些急不可耐地催促道:"总机,快点接过来。"

电话接通了。

话筒里传来吱吱吱的杂音,杂音中偶尔会蹦出一两个字,但听不清什么意思。这可把朱红旗急坏了。他啪的一声放下话筒,用左手使劲按住话筒,右手拼命地摇着话机的把柄。呜呜呜的声音让朱支书额头上急出了一层密密的汗珠。

电话又接通了。朱红旗高着嗓门对话筒大喊:"喂!喂!喂!刚才声音不清楚,总机,你们是不是接错插头,怎么串音呀!"

"好了！"

"喂！你是……"

"我是钱正南呀！"

"正南！你在哪儿？"

"我在县邮电局。"

"急死人了！你一大早就和菜花出去打猎，怎么到了中午也不见踪影？少香在家着急呢！"

"支书，你咋知道少香急呢？"

"出事了！林业站有人掉天坑底了。组织一帮猎人去找了一上午，活不见人，死不见尸，连个影儿都未见到。人没有找到，你们父女又失踪了，我这当支书的，能不着急嘛！"

"我正要给你汇报这事。刚才请总机把长途电话打到鱼头村，半天没有人接电话，赶快把电话打到大队值班室来了！"

"快说。急死人了。"

"今天一大早去天坑打猎，想好好地谢谢大家。谁知，刚和菜花走到天坑底部，就听到天坑东北角一声响动。走过去一看，竟然是一个小伙子从天坑上部摔下来。小伙子当场摔晕过去，但还有气息。"

"小伙子多大年纪？"

"十七八岁左右。"

"对上号了！"

"什么对上号了？"

"正南，你做了一件大好事。现在这小伙子在哪里？"

"在县人民医院急救室。已经得到救治。伤口已经清创包扎，也输了血，目前还处于昏迷状态。这小伙子命大！摔到草窝里了！"

"好！好好好！"

"医生已经说了，小伙子没有生命危险。菜花在医院里看护，我赶紧出来给大队报个信儿。人命关天呀！"

"正南，你做了一件大好事！县消防队派人到天坑底搜寻，我们大队几十个猎人上午也去天坑底搜寻，但都没有见到小伙子的影子。

让你父女俩救到县人民医院去了。真让我猜到了！肯定是你俩一大早去天坑底，把小伙子救走了。"

"碰巧了！"

"那位小伙子是林业站巡林员姚建华的儿子姚向东，估计跟他父亲巡山不慎摔下天坑了。姚向东的父亲急死了，我得赶快给林业站打电话报个信儿。"

"我挂电话啦！"

"正南，好事做到底。你和菜花在医院看护好小伙子，我通知林业站，让他们连夜派人去县人民医院。先代表刘副站长、小伙子的父亲姚建华谢谢你！"

"谢什么！谁见了都会救。"钱正南随即挂了电话，心里松了口气，赶紧付了长途电话费，急步赶回县人民医院。钱正南的心里有了底，小伙子有了来头，是公社林业站职工的儿子。林业站副站长刘建国是熟人。他回到急诊室，赶紧把这个消息告诉姑娘菜花。

父女俩一直悬着的心总算彻底放了下来。

这个时刻，林业站副站长刘建国、巡林员姚建华还有站里的小周在三岔口送走县消防队搜救组，赶紧赶回林业站。

刘副站长和姚建华的心悬得很高，都快到嗓子眼了。刘副站长想尽了词语来安慰姚建华，但心里连自己都说服不了。奇怪！真是奇怪！一个一百多斤重的大活人，从天坑上面摔到天坑底，竟然几十个人找了一上午不见影儿。

姚建华蹲在墙角，使劲地揉着眼角，不时传来一两声凄凄的抽泣。

刘建国让小周给姚建华倒了一杯水，亲自端着送到姚建华面前说："建华，先喝点水。没有见到人，说明还有生的希望。往好处想！往好处想！"

姚建华不停地抽泣，声音十分凄惨。刘建国理解此时姚建华的心情。他想起钱正南父女现在也没有消息，会不会……想到这里，他赶紧安慰姚建华说："建华，钱正南父女到现在还没有消息。朱红旗支书说了，一有消息马上打电话过来。来，坐到凳子上等电话。"

小周搀扶着姚建华坐到长条凳子上，刘建国把开水杯递到姚建华手里，也在长条凳上坐下来。

三个人的目光全盯着电话机。

屋子里静静的，静得一根针掉到地上都能听得清楚。

三个人都急切地盼望电话铃声急促地响起来。

"丁零零！丁零零！"一阵急促的电话铃声响起来。刘建国呼地从长条凳上站起来，伸出右手一把操起话筒，连声喊起来："喂！喂！喂！你是哪里？"

"松林大队，朱红旗！"话筒里传来朱支书激动的嗓音。

"朱支书！有消息啦！"刘建国一听是朱红旗的嗓门，估计钱正南父女有消息。钱正南父女是姚建华儿子姚向东唯一的好消息了。刘副站长迫不及待地问："姚向东找着没有？"

"找着了！"朱红旗支书兴奋地说。

"在哪儿？"刘副站长急切地问。

这时正在长条凳子上坐着的姚建华听到话筒里传来找着了的消息，腾地从长条凳子上站起来，一步跨到刘建国跟前，抢过话筒："喂！向东在哪儿找到的，现在在哪儿？"

朱红旗支书把情况简单地说了之后，建议刘建国赶紧想办法找辆手扶拖拉机，把姚建华夫妇送到陵阳县人民医院。

听到这个消息，姚建华喜出望外，迅速要往家里赶，姚建华想尽快把孩子们安排好后，带着妻子李花红往县人民医院去。

二十七

姚建华听到儿子已经被钱正南父女一早就救走了的消息，一颗石头从心中落下来。还在县人民医院急诊病房，而且还处于昏迷中，姚建华心中的石头又悬了起来。儿子现在怎么样？姚建华恨不得一步跨到县人民医院急诊室。

姚建华听从刘副站长的安排，连连向刘建国点头致谢说："站长，让大家烦心了！我现在就赶回家。"

"小周！这几天你陪着姚建华，有个照应！"刘建国望着跨出门外的姚建华，用手推了推小周的膀子。小周一听，赶紧跨出门，紧跟在姚建华身后走去。

姚建华家离林业站不远，在一块山坡地上。初夏时节，正是万物生长的气候。树林葱绿，竹林青翠。姚建华家的菜园子让妻子李花红打理得生机勃勃。整个园子里像一个五颜六色的小花园。南瓜藤在菜园子里生根，但藤蔓却不安分地越过篱笆，爬到坡地里，开出一排喇叭似的南瓜花。菜园里，蝴蝶似的丝瓜花，星星似的西红柿花，开得金灿灿的，紫色的茄子花，白色的辣椒花也不甘示弱，争先恐后地开放了。菜园里，黄的、紫的、白的花儿点缀着碧绿的菜叶，像碧空中的星星，又像一床绿色地毯镶嵌着五颜六色的花儿，不但美丽，而且散发出阵阵清香，引来了只只蝴蝶和群群蜜蜂。蜜蜂和蝴蝶似乎没有看到主人的到来，更没有注意到今天归来的主人的那张惆怅期盼的面庞。蜜蜂边歌边舞，显得格外逍遥自在，蝴蝶也随风翩然起舞。菜园子东北方向的小池塘，斜阳映照下的金色塘面上几只白鹅在欢快地嬉水。

姚建华心事重重地跨进菜园子，径直往门口跑过去，边跑边喊："花红！花红！"

没有应答。姚建华估计妻子还没有下班。此刻的姚建华心里矛盾极了。儿子摔下天坑，这天大的打击，他一个人已经难以支撑，他多么希望尽快见到妻子花红。但他又怕见到妻子李花红，见了面自己怎么说，开不了口呀！虽然已经是不幸中的万幸，儿子已经被山民救到县人民医院，虽然听电话里朱支书说，医院说姚向东已经脱离了生命危险，但儿子姚向东还处在昏迷中，要是有个三长两短，怎么跟妻子交代。妻子可是坚决反对儿子接自己班的呀！妻子不允许带儿子巡山玩，妻子在儿子高中毕业后，介绍儿子去表叔那里学篾匠，目的其实很清楚，她是母亲，她不想让儿子有危险。高中毕业一年快过去了。虽然儿子多次提出想跟建华去巡山，去散散心，但姚建华一次也没有满足儿子的欲望，为的就是怕儿子去巡山万一有个三长两短。人要倒霉，喝凉水也会塞牙。第一次瞒着妻子李花红带儿子去巡山，第一次巡山儿子就出了这么大的事。现在昏迷不醒，万一醒不来怎么办？姚建华越想越后怕，万一有个三长两短，怎么对妻子说？姚建华的心悬了起来，越悬越高。

通往家门口的小路上传来了脚步声。姚建华一扭头，见妻子李花红已经到了院门口。他把满腹的焦虑和担心压到心里，脸上装出一副轻松的样子对妻子说："花红，今天下班这么早？"

"你不也早下班了吗？"妻子李花红一见巡林员小周也在菜园子里，有点纳闷，"小周，你怎么来啦？"说完笑嘻嘻地朝小周瞅了一眼，目光扫视着菜园子说，"建华，摘些瓜果蔬菜让小周带回家！"

"嫂子！不麻烦了！"小周朝姚建华使了个眼色，示意姚建华赶快告诉嫂子，一会儿要赶到三岔口电话亭。瞒是瞒不住的，小周心里很清楚。

建华看到小周使来的眼色，心里明白，得赶快告诉妻子。但又不能如实告诉真情，他担心妻子会受不了。姚建华转身朝妻子迎过去说："儿子向东出了点事，现在县人民医院急诊室。一会儿刘副站长借来的拖拉机，连晚和我们往县城赶。我们赶快去三岔口等拖拉机。"

李花红兴致勃勃下班刚到菜园子门口，就听到儿子出事的消息，真是晴天霹雳，霎时脸色泛白，嘴张了几下，一句话也说不出来。

姚建华佯装镇静地说："摔伤了几处皮肉，现在县人民医院，听说没有什么大碍！"

"嫂子！"小周也装作轻松地说，"赶快去三岔口，刘站长借的手扶拖拉机等我们去县城医院看向东呢！"

"到那就知道了！"姚建华拉住妻子的胳膊，一路小跑走下山坡。小周紧紧地跟在姚建华夫妻俩身后。

三人都不说话，很快来到三岔口电话亭边的大樟树下。只站了不到三分钟工夫，突突突的拖拉机轰鸣声从西边传来。

大家不约而同地朝西望去，一辆沾满油泥的手扶拖拉机已经缓缓地驶到路边的大樟树下。驾驶员坐在毫无遮挡的座椅上,两只手紧紧地握住呈"八"字形的操纵杆,目光紧紧地盯着前方。拖拉机停在大樟树下,突突的单缸发动机的咆哮仍在吼叫。手扶拖拉机已经挂上了车厢。刘建国从车厢里跳下来,朝姚建华妻子招呼说:"快上车吧,嫂子。"

姚建华搀扶着妻子爬上手扶拖拉机车厢。车厢里放了两张长条板凳。刘建国招呼大家坐定,朝驾驶员挥了挥手:"出发!"

这辆手扶拖拉机是刘建国从地里临时借来的,车厢是挂上的。刘建国在拖拉机突突突的咆哮声中提醒大家坐稳。

大家坐在不停颠簸的长板凳上,谁也不说话,目光盯着前方的路。李花红不停地用手揉眼眶。夕阳照耀下,李花红眼眶显得更加泛红。

擦黑时分,手扶拖拉机驶上了松江大桥,上了陵阳路。路灯已经亮了。陵阳路上自行车、马车、拖拉机、人力三轮车来来往往。正是上下班时间,路上特别繁闹。陵阳路尽头毛峰山上的毛峰亭,装饰灯不停地闪烁。拖拉机行驶到毛峰山下,驾驶员特别大声提醒大家坐稳,然后放慢速度,往右一拐,很快就开到了陵阳县人民医院大门口。

手扶拖拉机停稳后,驾驶员跳下座位,招呼大家下车。刘建国、姚建华、李花红、小周急急下车后,刘建国给驾驶员递了一支烟,让驾驶员在车上休息一会儿,他领着姚建华夫妇,带着小周径直跨进人民医院大门,直奔急诊室。

急诊室里,日光灯的蜂鸣器呜呜呜呜地响着。到处是白色。墙上、床单和桌凳、被单全是白色。白色的灯光映照在小伙子苍白的脸上,微微闭着的眼睛显得特别病态。钱正南站在床头,菜花坐在一张靠床边的杌凳子上。父女俩目光紧紧地盯着小伙子苍白毫无血色的面容,他们都希望出现奇迹,希望小伙子微闭着的眼睛能蠕动一下。

小伙子的眼睛还是没眨动一下。

父女俩目光从苍白的脸庞移到悬挂在上方的点滴瓶上,白色的药液顺着细小的透明胶管一滴一滴往下输进小伙子的体内。菜花的目光从透明胶管移到手臂上，又从泛白的手臂移到小伙子的右手。小伙子右手张开着，掌心向下贴在雪白的床单上，五个手指全部笔直地伸开，一动不动。菜花听急诊室医生护士说，昏迷的病人苏醒的前兆是手指或眼角会微微颤动。菜花不认识眼前这位自己和父亲亲手救出来的小伙子，但菜花同情眼前这位小伙子的不幸遭遇。从那么高的天坑上摔下天坑底，竟然大难不死，竟然正巧碰到那么早就进天坑底打野味的父亲和自己，这也许就是天意吧！菜花的目光落在那平放在雪白床单上的五根手指，心里默默地祈祷，但愿奇迹能再次降临到这位不幸的小伙子身上。

突然，菜花眼睛一亮。她惊奇地发现躺在病床上的小伙子中指和食指微微颤动了一下。菜花赶紧喊站在床头的父亲看。父亲俯下身子，目光盯着小伙子的右手五根手指头，足足盯了有五分钟，但小伙子的五个手指像胶水粘在雪白的床单上，一动不动。

钱正南抬起头，朝菜花瞥了一眼，嗔怪地说："你眼看花了！一动不动。"

钱菜花一听，用手指揉揉眼角，目光又落到小伙子的五根手指上。突然菜花从机凳上站起来，大叫一声："爸！你看！"

钱正南一看，小伙子的右手中指和食指微微地动个不停，大着嗓门说："醒了！醒了！"

菜花再看看小伙子左臂，看看左右眼角，也在微微地抖动。她激动地扭身站到门口，大着清脆的嗓门朝门外大喊："医生！医生！病人醒了！快来呀！"

门外传来一阵急促的脚步声，脚步声中夹着激动的说话声："我说是吧！醒了！这下放心了！"

"向东！"这是姚向东母亲那激动的呼喊！

"向东！"

"向东！"

夹杂的脚步声伴着呼喊向东名字的声音传进急诊室，传到钱正南和菜花的耳边。钱正南听了，觉得声音很熟悉。菜花听了感到有些纳闷，怎么来了这么多医生护士，正要抬头朝门外看个究竟，一群散发着汗渍味的农村打扮的人呼地冲了进来，霎时把急诊室病床围了起来。

菜花正纳闷时，只见父亲握着一个壮年男子的手，使劲地摆动着不停地问："刘副站长，你怎么来了？"菜花一见，心里一愣，这不是松江公社林业站的刘副站长嘛！自己去林业站送过野味，见过几次。他是父亲的好朋友，难道这位上午从天坑里救出来的小伙子是刘副站长的儿子？嗨！怎么有这么巧的事！

菜花正在猜测中，一男一女两个中年人正在急诊病床前不停地在小伙子的头额、手臂、脚腿处轻轻地抚摸，脸上露出难以形容的痛苦状，嘴里不停地轻声呼喊着："向东！"

"向东！姚向东！"

"向东！"

"向东！"

进来的人几乎都在轻声地呼唤着姚向东的名字。怪了！真是奇怪了！刘副站长的儿子怎么会姓姚呢？

菜花正在纳闷，听到了刘副站长与父亲的对话，全明白了。

"正南，你是我们林业站的大恩人！"

"此话怎讲？"

"你救的这位小伙子是我们林业站巡林员姚建华的大儿子。今年十七岁，去年高中刚毕业，名字叫姚向东。"

"碰巧了！今天一早带着大姑娘菜花去天坑底打野味，一枪未发，就听到轰响声，循声一看，是这位小伙子从天坑上方摔了下来。救人要紧，于是和菜花把这位小伙子救到这里来了。"

"我代表松江林业站谢谢你们父女俩！"说到这里，刘副站长有些激动地喊道，"建华！花红！还不赶快谢谢救命恩人！"

姚建华、李花红站起身。刘副站长把钱正南往姚建华、李花红面前推了一步，顺手拉住菜花的胳膊说："这是钱正南！这是正南大姑娘菜花！两个大好人呀！"

啪的一声，姚建华、李花红几乎是同时跪到地上，两掌合拢，激动地说：

"谢谢大恩人！"

"谢谢大恩人！"

钱正南赶紧拉起姚建华、李花红说："碰巧了！去天坑底打野味。谁见了都会救的！不用谢！"

正说话间，一名身穿白大褂，脖子上挂着听诊器的医生，身后跟着一名护士走进急诊室，径直往病床走过来。

二十八

大家见医生、护士来了，赶紧给医生护士让道。菜花还一个劲儿地给医生护士介绍说："刚才眨眼睛了，手指也动了好几下。"

医生护士走到病床前边。护士朝大家摆摆手，示意大家安静。医生则把挂在脖子上的听诊器取下来，把两个听诊器头戴在左右耳朵上。然后右手用手指捏住听诊探盒在小伙子的胸部移来移去。就在这时，小伙子的五个手指全部弯曲起来，一会儿又舒展开来。接着，眼睛微微睁开来，眼珠好奇地慢慢地移动。小伙子两条腿竟然也弯了起来，大家看到这个情景，全惊讶地脱口而出："醒了！醒了！"

医生收起听诊器，对大家说："小伙子已经醒了，请大家放心，危险期已经过去了！"

李花红迫不及待地朝医生护士合掌致谢，边说边问道："医生，我们是松江公社的，有拖拉机在外面，今晚可以让孩子回松江吗？"

"不行！不行！"医生解释说，"小伙子刚刚苏醒，这拖拉机一颠，谁能保证这孩子安全。再说，明天还要做全身检查。如果没有大碍，转到普通病房，估计一周就会康复！"

"谢谢医生！"刘副站长、姚建华夫妇还有钱正南父女几乎是一条声地说。大家都松了一口气。刘副站长是当领导的，当即做了安排。

他对姚建华说:"你们夫妻俩留下来照看向东,明天要是没有太大问题,花红回去照顾向方、向红。"

"今晚怎么办呀?"李花红着急地说。

刘副站长笑笑说:"来之前我交代妻子了,让她把向方、向红接到我家,放心!"说到这里,刘副站长对钱正南父女说:"最要谢的是你们父女俩!大恩不言谢!一会儿跟我们拖拉机回松江。这样,我们先去吃晚饭,吃完晚饭回松江。"

姚建华夫妇连连感谢,一直把刘副站长、钱正南父女、小周送到拖拉机旁。

大家的心都放下来。坐在拖拉机上的刘副站长一行依依不舍地望着人民医院的大门。菜花朝姚建华夫妇不停地摆手。在路灯的映照下,钱菜花像一朵插在花瓶里的艳丽鲜花随风摆动。李花红望着菜花摆动的手,情不自禁地脱口而出:"这姑娘多水灵呀!"

手扶拖拉机咆哮般的突突声渐渐远去,姚建华夫妻俩回到急诊病房。

两人轮换着到大门口樟树下的馄饨摊吃了一碗馄饨。姚建华夫妇坐到杌凳上,目光紧紧地盯着脸色微微泛起红晕的向东,心里悬着的那块石头渐渐地放下了。

向东眼角流出几滴温热的泪水。李花红拿着带来的毛巾,轻轻地擦去向东眼角的泪珠,顺眼从头看到脚。看到儿子到处都包扎着纱布,有些纱布上还渗出了殷红的血迹,心头一酸,开始埋怨丈夫,姚建华只是轻声地赔不是。

"向东这孩子调皮,你是知道的。"

"知道!"

"你当巡林员危险,让人整天担着心思!"

"是的。"

"儿子高中毕业,工农兵大学这条路轮不上,有个手艺也挺好的。有事做了,他就不会去掏鸟窝,玩水了。"

"说得对!"

"你要听呀！"

"我听你的！"

"你听了吗？"

"听了！"

"那我问你，向东到我表叔那里学了篾匠，回来咋又不想做篾匠呢？"

"我不知道呀！"

"你不知道？"

"我真不知道。"

"你不知道怎么今天带他去巡山？"

"他想去玩玩。"

"我跟你怎么说的？一次也不能带他去巡山。他调皮，不知危险，再说玩出兴头来了，真要去当巡林员怎么办？"

"我想他非要去，带一次，免得老缠着我。"

"你带他去，跟我说了吗？"

"跟你说向东去得了吗？"

"看来你骨子里是想父业子传了。"

"我不是这个意思，但现在这个形势，向东也没啥好工作去做。"

"巡山多危险！"

"谁知道向东去巡山，第一天就摔坑底了。倒霉的事让我碰上了。不说这事儿！"

"说，怎么不说？"

"不幸中的万幸！向东这孩子虽然调皮，但也很爱学习，你不见他天天晚上都在抄写《读报手册》吗？"

"抄《读报手册》有啥用。你没听外面说读书无用吗？还是有手艺强。有手艺就有饭吃！这个理儿谁不知道。"

"听你的，向东出院后，让他当篾匠，专门编箩筐去卖。"

"唉！真险！那么高摔下去，还能捡回一条命，将来向东出院后要好好谢谢人家！"

"出院后我俩带着向东专程去鱼头村谢谢那父女俩!"

"看那菜花,照顾得多细心,走时连连摆手,依依不舍的样子,菜花这姑娘心善!将来好好地谢人家!"

"向东大难不死,必有后福。向东将来出息了,千万不能忘了菜花。听医生说向东下午输的血是抽的菜花的。"

"山里姑娘淳朴!一定要好好地谢谢人家。"

"要感谢的人很多,松林大队支书朱红旗、刘建国副站长、小周还有县消防队徐大民带的搜救组。"

"向东这条命是大家捡来的!不能忘恩!"

"不能忘恩!"

……

姚建华夫妇俩一夜没有睡。姚向东这次命大。第二天一大早完全清醒过来,看见爸妈坐在病床边的杌凳上,眼睛里泪花闪闪,什么话也说不出来。上午,来了几个医生给姚向东全身做了检查。姚向东除了身上六七处擦伤破皮外,没有大碍。尤其昨天下午及时输血后,今天精神也好多了,关键是休息养伤。

一家三口在急诊病房里抓住医生的手连连表示感谢。下午,姚向东被安排到普通外科病房。李花红也于下午赶回林业站家里。

一周之后,姚建华带着姚向东坐公共汽车回到松江林业站家里。

当晚,姚建华夫妇从菜园子里摘了不少茄子、丝瓜、西红柿来到刘建国家,说明来意后,刘建国满口答应姚建华夫妇带向东去鱼头村,当面向钱正南父女致谢。姚建华夫妇向刘建国请教带什么礼物,刘建国哈哈大笑:"我和正南是好朋友,正南和朱支书也是好朋友,什么都不要带。"

晚上,姚建华夫妇想来想去空手去致谢不是个理儿。带东西去致谢,又想不出带什么东西合适。最后,还是姚建华在家里翻箱倒柜找出了两瓶竹叶青。姚建华看到竹叶青酒,想起来了。去年为儿子找工作给城里的表妹带去的这两瓶酒,表妹说什么也没有收。表妹只收了些土特产。第二天一大早,李花红又从鹅棚里抓了两只大鹅,把两只大鹅的脚用碎布条一扎。夫妇俩一人拎着两只大鹅,一人拎着两瓶扎在一起的竹叶青酒,喊上姚向东,高高兴兴地往三岔口大樟树走过去。

姚建华一家三口刚在大樟树下站定,刘建国随后赶到。姚建华见到刘副站长,激动的心情全浮现在脸上。他赶紧拉住儿子的手,拽到刘副站长面前说:"还不快谢谢刘副站长!"

"谢谢站长!谢谢站长!"姚向东在医院观察治疗期间,父母把发生的一切全告诉了向东。向东明白,自己这条命是大家给的。刘副站长不仅上下协调人员救援,而且亲自参加救寻,吃了不少苦。向东边向刘副站长致谢,边恭恭敬敬地鞠了三个躬。

刘建国赶紧用手扶住姚向东:"向东,你的救命大恩人是钱正南,还有正南的大姑娘钱菜花!一会儿好好谢谢人家。"

"刘副站长也是大恩人!"姚建华、李花红、姚向东一家三口几乎是异口同声。

"嘀!嘀!"土石公路上传来了公共汽车的喇叭声。公共汽车缓缓地行驶到大樟树下,停了下来。刘副站长、姚建华一家三口鱼贯上了公共汽车。

刚刚坐定,汽车鸣了一声喇叭,喘着粗气儿往松林大队方向开去。

二十九

松林大队鱼头村是黑鱼湖边的一个自然村。钱正南父女的家就在鱼头村。从三岔口这里到鱼头村也就隔着高耸的龙山。鱼头村在龙山西北方向半山腰的山谷里。土石公路绕来绕去大约有两个小时的公共汽车路程。

公共汽车在山间的土石公路上颠簸着往前行驶。一会儿爬上山坡,一会儿又从山坡上滑行下行。土石公路弯来弯去,公共汽车像一条蛇似的蜿蜒行驶着,不时鸣着喇叭。窗外,到处是茂密的树林,树林中不时会出现一簇一簇的翠竹。有些山坡上,山村勤劳的人们学大寨，因山制宜起了大大小小的梯田。梯田里的玉米和高粱绿茵茵的一片，把翠绿欲滴的山坡点缀得更加秀丽。早晨的山野里，清香的泥土气息不时地随着山风扑面而来。现在的刘建国副站长、姚建华、李花红夫妇，还有姚向东心情轻松极了。毕竟是大难不死，毕竟是九死一生。苦难后的快乐是最轻松的。何况此刻是大苦大难后的快乐，这对于姚建华夫妇，对于大难不死的姚向东，心情的舒畅那是无法用言语来表达的。大家的目光盯着窗外美丽的景色，脑海里像录音带回放似的思索着。姚向东的心情最复杂，他的心中还留着许多悬念。这么高的天坑，从上面摔下去，居然捡了一条命，这条命不知怎么捡来的。他知道，到了鱼头村，见到救命的父女俩，这些悬念就会解开了。公共汽车行驶在高低不平的山道上，想快无法快起来。姚向东的目光盯着不断缓缓移动的山景，脑海里也浮现出一个个问题。他拼命地回忆，但越想越觉得不可思议。

"天坑一百多米高，从大槐树干上一滑，只知道碰碰磕磕往下滚，一会儿就昏过去了，什么也不知道。究竟掉在哪儿了，怎么会大难不死？"

"天坑底下什么样子？"

"钱正南父女俩怎么把我从龙山天坑底下的山洞背出去的？我可是一百几十斤重的小伙子呀！"

"钱正南长啥样？钱菜花长啥样？"

姚向东想到这里，脸上似乎有些微微发红，心里感到有些羞涩。大姑娘救了我这个小伙子。世间都是英雄救美人，我倒好，让美人救了。按照世俗，英雄救了美人，美人往往会爱上英雄，往往会以身相许。我一个小伙子，让大姑娘救了，我怎么办呀。再说，这钱菜花长啥样儿？相互之间看得上吗？看不上怎么办？姚向东想到这里，着急地在心里责备起自己：今天是去给钱正南父女这对大恩人致谢的，想哪儿去了。现在都什么年代了，"四旧"全扫光了，大家的思想都革命了，什么英雄救美人，美人救英雄的，想歪了。姚向东的脸上浮现出有些滑稽的微笑。

公共汽车沿着土石公路缓缓行驶，连拐了几个弯坡，公路变得有些直了。这里是龙山的山腰处。山腰下方是一大片坡谷地。一条长长窄窄的湖面展现在大家的眼前。这条湖最宽处不超过三十米，一直往南延伸。公路在山腰顺着湖岸往前伸展。黑鱼湖两边的坡地，散落着一小片一小片的住宅。姚向东没有来过这里，很好奇地问父亲。

"爸！这是什么湖？"

"黑鱼湖。"

"想不到这半山腰还有这么大一条湖，很美！"

"你看！这条湖像什么？"

"像……像镜子。"

"错！像什么？"刘副站长接过话茬。刘副站长了解向东。虽然调皮，但脑子聪明。

"像条鱼！"姚向东朝湖的全景扫视了一眼说。

"什么鱼？"姚建华和刘副站长异口同声地问。两人其实都是留了个小心思。姚向东从百米高的天坑摔下来，虽然没有大碍，但脑子会有影响吗？向东平常聪明伶俐，应该看得出来。

"黑鱼！"姚向东朝湖的前面不远处指了指说，"那边大一些，像鱼头。这湖长条形，应该是像一条黑鱼。"

"对！当地人都叫这条湖黑鱼湖。"刘副站长、姚建华心里一喜，向东这孩子虽然从几百米高处的天坑摔下来，但脑子没有受影响，脑子不傻，反应快着呢！

刘副站长指指前面的黑鱼头说："那里就是鱼头村！救你的父女俩就是那个村子里的人！"

"天坑底部有个山洞，鱼头村离那个山洞不远。"姚建华对儿子说，"算你命大！天坑底部野味多，鱼头村的钱正南是那一带的好猎手，常到天坑底部去打猎。也许是天助你！钱正南这些日子有大喜事，他让县石油勘探队招去当工人，过不了几天去报到。他是个性情中人，这次有机会去端国家饭碗，他要感谢山民们的推荐，还要感谢大队支书及大队干部的关心协调，那天一大早带着大姑娘菜花去打野味准备招待大家。一枪未放,就在坑底草窝里发现了你。向东!你命大,见到钱正南父女俩好好谢谢人家!"

"知道!"姚向东一边应答,一边欣赏黑鱼湖的风光。

早晨的黑鱼湖,静静的,宛如一面放倒在山谷里的明镜,清晰地映出蓝的天,白的云,红的花,绿的树。坐在公共汽车里俯视黑鱼湖,只见湖面上泛起了一片青烟似的薄雾。湖边的山坡上,树木阴翳,树叶繁叠。远望群山:狼嚎山、狗吠山、象山、骆驼山、鸡鸣山,只隐约辨出灰色的山影。湖边的芦苇、菖蒲长得很茂盛。靠湖岸处很浅,丰茂的水草在清澈的湖水里晃悠着。芦苇、菖蒲里不时飞出几只水鸟,在水草丛里戏水。水鸟欢快的嬉水声打破了绿水盈盈的湖面的孤寂和冷清。公共汽车继续往东行驶,山腰下黑鱼头的岸边一棵棵东歪西斜的柳树映在湖面上。婀娜多姿的细长柳叶如同少女洗过的秀发,在波光反射中轻轻地飘动,如同梦幻一般。这柳枝飘荡真似黑鱼的须一般。

想不到大恩人家就坐落在这风光秀丽的黑鱼湖畔。这里湖水浩渺,连绵不断的山峰倒映在湖面上。姚向东惊叹不已,没有见到大恩人父女,倒先爱上了大恩人家的山和水。

太阳从远处的山峰中探出头来时,公共汽车停在了鱼头村站。刘建国和姚建华一家三口下了车。

刘建国在鱼头村钱正南家吃过饭。他认识钱正南家。他昨天就和朱红旗支书约好了,今天在钱正南家吃个午饭。姚建华一家要好好感谢大恩人,认个门。

当时,朱红旗在电话里满口答应。

鱼头村站不是在鱼头村口。鱼头村离通往县城的土石公路还有一段山路。鱼头村是松林大队的一个自然村,几十户人家散落在黑鱼湖头部岸坡上。下了公共汽车,有个三岔口,向右拐是一条山间小路。小路顺着山坡延伸,很难行。起先还可以循照一条送毛竹的简易山道低一脚、高一脚而行,再上一小山坡,拐一个小弯儿,就只有一条幽僻的石阶小路了。这条小路顺着坡势,曲曲弯弯,越来越宁静,只有阵阵山风穿过林间枝叶发出的沙沙沙响声。小道的两边有梯田，大块的梯田有一分多地；小块的梯田只有巴掌大小，像大盆景，里面开满了金黄色的油菜花。再往前走，就是一片绿色海洋般的竹林，穿过竹林，地势趋于平缓了。

"汪汪汪！汪汪汪！"狗的狂吠声从不远处升起袅袅炊烟的山林里传出来。刘建国循声一指，说："鱼头村快到了。"

姚建华、李花红、姚向东紧跟着刘建国副站长，大步往前走，很快来到了鱼头村村口。朱红旗支书一早就从松林大队赶过来。他站在村口一块露出地面很高的山石上，见到老朋友刘副站长带着姚建华一家走过来，急忙从山石上跳下来，连跨几步迎住刘副站长说："你们这么客气，获救的就是那位小伙子吧？"

刘建国握住朱红旗的手点点头，对姚建华一家介绍说："这就是朱支书！他一直帮我们协调搜救的事，向东，这也是你的大恩人呀！"

向东走到朱红旗支书面前，一个九十度的鞠躬："谢谢支书！谢谢支书！"

"不要谢我！"说着用手拍拍姚向东的肩膀，惊叹地说，"九死一生，险啦！要不是钱正南父女，"说到这里，朱红旗顿了一下，朝不远处的一座农家院子一指，"走！谢大恩人去！"

李花红从刘建国手里接过两只白鹅，嘎嘎嘎的鹅叫声伴着大家的脚步声打破了鱼头村的宁静。

大家兴高采烈地朝钱正南家菜园子篱笆门走过去。

三十

钱正南一家听朱支书一早来说，公社林业站副站长刘建国带着被救男孩父母上午要来谢恩，很是惊讶。钱正南对朱支书解释说，这事谁见了都会救，还让人家跑那么远的路赶过来。钱正南心里有些过意不去，举手之劳，他让朱支书赶快打电话，不要专程来致谢。朱支书与钱正南一家来往密切,说话也随便。他让钱正南不要见外。人家从山那边早已出发了,中午好好弄两个野味,大家热闹热闹。

钱正南是个山里厚道人。支书一说,他赶紧让妻子胡少香准备午饭。此刻,听到嘈杂的脚步声由远而近,赶紧招呼全家人来到菜园子篱笆门外迎接。

钱正南与胡少香几乎是并排站着,后面一溜站着的是钱家的三朵金花:菜花、桃花、杏花。菜花今年十四岁,已经发育成大姑娘了。菜花虽然生长在山村,成日雨淋日晒,就是淋不萎,晒不黑,脸盘白白净净,眉眼清清亮亮。梳着一条独辫子,乌黑发亮的辫子只是在梢尾扎了个红头绳,像只肥硕的松鼠窝伏在脑勺后面。脸上露出天真的微笑,微笑中充满了倔强,倔强中充满了友善。桃花、杏花依次比菜花小两岁,白嫩而红润的小脸上镶着秀气的鼻子。杏花、桃花个儿不高,圆圆的小脸,短短的小辫,乌黑漆亮的眼睛和那纤巧的嘴角,含着天真的微笑。菜花穿着一件碎花格子的衬衣,藏青色的长裤,虽然洗得掉色,但在篱笆围栏上开满黄色的丝瓜花和紫色的扁豆花映衬下,给人以新颖、健康的美感。

在钱正南家菜园子门口,朱支书把刘建国、姚建华、李花红一一介绍给钱正南夫妇。姚建华夫妇向钱正南、胡少香连连点头,不停地鞠躬,不停地致谢。最后,朱支书把姚向东拉到钱菜花姑娘面前说:"小伙子!就是她和父亲把你救出天坑的。"

一个少女,一个少男。此时此刻竟然互相对视着,说不出话来。大家的目光也都落到了菜花和向东身上。

山里的空气特别清新,天空的太阳特别明亮灿烂,光亮中透着仲夏炎热的气息。

菜花生活在山村里,陵阳县城算上这次和父亲把姚向东救到人民医院,也就去过两次。她看到眼前这位活泼帅气的小伙子,心里一愣。眼前的姚向东跟那天和父亲从天坑里救出来的小伙子完全变了个人。那天,躺在急诊室病床上的小伙子,脸无血色,嘴角微闭,一直处于深度的昏迷状态。那天的小伙子浑身多处擦伤,腿上、胳膊上的雪白的纱布渗出殷红的血斑。输血架子上挂着的输血袋,一滴一滴的鲜血顺着胶皮管,通过手臂上的针头流进小伙子的血管里。那可是菜花献的血呀。想到站在自己面前生机勃发的帅小伙的血液里流着自己的血,菜花的心里充满了一种异样的滋味。菜花怎么也想不到,十几天过去,那天昏迷不醒的小伙子,竟然变成了一个朝气蓬勃的帅气青年出现在自己面前。她高兴,高兴的是父女俩那天把小伙子从天坑中救出来没有白忙。救人一命,胜造七级浮屠,也算是父女俩学了一次雷锋。不好意思的是,自己是个大姑娘,竟然救了一个帅小伙子。怎么想,心里似乎都有点难为情。菜花竟然找不到合适的话语打招呼,只能天真地微笑着望着这位出现在眼前的帅小伙子。

姚向东自从苏醒后知道是一对山里父女救了自己,心里早就一直想象这救自己出天坑的父女俩的形象。他暗暗下决心,身体恢复出院后,见到父女俩,一定要好好地谢谢大恩人。自己这条命是父女俩从天坑里救出来的,就是一辈子做牛做马也报答不了这父女俩的大恩大德。姚向东的心目中,救自己的这父女俩,父亲一定是身强力壮,皮肤黝黑,有一手打猎的好手艺。跟父亲外出打猎的小姑娘,肯定长得很粗壮,脸圆圆的,肯定也是黑黝黝的,眼睛不会小,但一定是水灵灵的。要不然怎么会在天坑那茂密的草窝里发现自己呢!反正,姚向东想象中救自己的小姑娘不管是什么模样,自己都会感激,都会喜欢。姚向东毕竟十七岁的小伙子了,情窦初开,正是处在对异性充满无限遐想的年龄。

姚向东一见到钱菜花,顿时被菜花的貌美惊呆了。山里的妹子竟然长得这么水灵,皮肤这么白皙,想不到救自己的还真是一位美丽的少女。可自己不是英雄。姚向东望着微笑着的钱菜花,嘴唇抖了几下,才蹦出几个字:"谢谢你救我!"说着想伸手与菜花握手致谢,但一想到这么多大人在旁边,一种说不出的滋味涌上心头,羞涩感占据了上风。向东微微抬起头凝视着钱菜花,抬起来的右手又悄然放了下来。他点头致谢后,转了个话题自我介绍说:"我叫姚向东,今年十七岁,去年从松江中学高中毕业。"

钱菜花鼻子微微一翘，给人一种俏皮的感觉细声细语地说："我叫钱菜花。小学毕业后，初中没有上，跟父亲学打猎，跟母亲学种菜，今年十四岁。"

这一对白，不仅菜花和向东情不自禁地笑起来，也把站在一旁的双方父母，还有朱支书、刘副站长引得哄堂大笑。笑声过后，只有朱支书的脸上露出了一些不易察觉的危机感。朱支书心中闪过一种不祥的预感。听向东、菜花的介绍，看看向东、菜花的长相，倒是天生一对。也许是天意。要不是向东摔进天坑，要不是正南带菜花去天坑打猎把向东救出天坑，向东在山南，菜花在山北，八竿子也打不到一块。现在向东、菜花认识了，今后一来往，少男少女，干柴烈火，谁也说不准会发生什么事儿。朱支书想到自己的儿子朱爱国，想到儿子学习也好，品行也好，都不争气，心中泛起了隐隐的这种不安。但这种不安很快变淡了。自己跟正南家什么关系，这次又安排钱正南端上了公家的饭碗。朱红旗支书没有想下去，赶紧与钱正南招呼刘建国和姚建华一家进屋。

姚建华把两瓶竹叶青酒往桌子上一放。刘建国也把两只白鹅放进屋门檐下的箩筐里。钱正南一见，拉住姚建华的手说："老兄，来就来呗，还带什么东西！"

正在一旁张罗着倒茶的胡少香也嗔怪地说："救人碰巧了！谁碰到不救！这是缘分！还让你们破费！"

胡少香的话音刚落，钱正南拉住朱支书的膀子说："你跟刘副站长说，东西不能要！酒要拿走，鹅拿回去还要下蛋呢！一家也就三四只家禽，他们拿来两只鹅！不行！绝对不行！"

"好！我来说说！"朱支书点点头，朝刘副站长笑笑："刘副站长，你全听到了！人来了，心意到了！东西要让建华带走！"

刘副站长一听，没有征求姚建华夫妇的意见，就一口回绝："朱支书，你说说正南，人家是出自内心的真诚谢意！酒拿走，鹅拿走，噢！正南还招待一顿饭，这不是骂人嘛！"

"不说！不说！"朱支书朝大家摆摆手，"我是支书，我说个意见，大家听听好不好？"

刘副站长、钱正南、姚建华夫妇一齐点头："听朱支书的！"

"酒中午喝！鹅带回去！养几只鹅不容易，平时下蛋，过年过节还派上用场呢！"朱支书手一摆，"就这么定了。"

在松林大队，支书是最大的官。山高皇帝远，外面再闹腾，到了村里掀不起多大的浪。村民们听毛主席的话，跟大队支书走。支书在大队里说话是管用的。

太阳当头照。灿烂的阳光把鱼头村外的山林、竹园照得翠滴滴地泛光。鱼头村旁的黑鱼湖面上一片金闪闪的光芒。

钱正南招呼朱支书、刘副站长一行围着长方桌坐下来。姚向东坐在钱菜花的右手边。桌子上坐不下，杏花、桃花一人端着一碗饭，饭上头夹了几块肉，坐在不远处的小竹桌上。姚向东站起身，对钱菜花说："我不喝酒，还得休养一段时间，我也坐到小竹桌上去吧！"

菜花一看长方桌确实挺挤，于是也站起身对父亲说："你们喝酒，你们大人坐一块热闹，我们小孩坐一桌也热闹。"菜花说完，站起身抬腿离开座位，走向竹桌边，顺手拉了一张小竹凳给向东说："你坐这儿，我让我妈也盛两碗菜来。"

坐定，喝酒，农家小屋里气氛热闹起来。一个主题，就是感恩！感恩就是喝酒。屋子里碰杯声咣当、咣当地响着。姚建华夫妇敬了钱正南夫妇，敬朱红旗支书。敬了朱红旗支书，又敬刘副站长。不到一个小时，两瓶竹叶青快见瓶了。大家的脸上全红通通的。窗外的阳光透进屋里，喝酒的人一个个红光满面，脸颊上汗珠蠕蠕地流淌。

向东和菜花三姐妹坐在小圆桌上，向东除了向长辈们致谢后，就陪着菜花三姐妹埋头吃饭。小竹圆桌像一片河塘面的荷叶，菜花三姐妹像三朵荷花盛开着。向东个头高挑，像荷秆撑在荷叶旁，三朵荷花簇拥着。

刘副站长不知酒有没有喝多，突然冒出了一个主意。他也不跟姚建华夫妇商议，也不跟钱正南夫妇征求意见，拎着酒瓶把六只酒杯里全斟满酒后说："我有个建议。"

刘副站长说着，目光落到小竹圆桌那边。刘副站长望着钱家三朵金花，端起酒杯说："正南家三朵金花，姚建华两个儿子，我提议把向东……"

钱正南不等刘副站长说下去，打断了他的话："使不得！使不得！"

"什么使不得？向东命都是你们父女俩救的，给你正南少香做干儿子，那是缘分。"说到这里，刘副站长碰了碰姚建华的胳膊问："怎么，这个主我能做吗？"

"听刘副站长的！"姚建华夫妇连连点头。

"大家没意见，就干了这一杯！"刘副站长一仰脖子，把杯子的酒全倒进了嘴里。大家都站了起来，一口干了杯中酒。刘副站长先用手指着向东说："过来！快叫干爸、干妈！"

向东走过来，挺拘束地搓着手，嗓门不大，但声音很脆亮："爸！妈！"

钱正南夫妇脸上浮出了兴奋的笑容，钱正南心里别提有多高兴。农村人封建，重男轻女，家里什么都好，就是没有个儿子。现在认了向东当干儿子，心里可舒坦了。

在钱正南夫妇心里干儿子也是儿子。两家从此联系密切起来。

向东与菜花的交往也多起来。

三十一

姚建华夫妇在刘副站长带领下，把儿子姚向东带到鱼头村，带到了救命恩人钱正南父女面前致谢，酒桌上姚向东还认正南、少香为干爸、干妈。钱正南父女天坑救人的事儿在鱼头村迅速传开来，传遍了松林大队。朱红旗又让松林大队写了一份通讯稿，送到松林公社广播站一广播，整个松江公社都知道钱正南父女救人的事迹。

朱红旗支书脸上很有光彩。朱红旗出去当过几年兵，见多识广，脑子活络。松林大队出了钱正南父女天坑救人的事情，他作为松林大队支书当然是个很有面子的事。再说，钱正南是村里的好人，更是自己的好朋友。正南救的是松江公社林业站刘建国副站长职工姚建华的儿子。刘副站长也是自己的朋友。姚建华儿子姚向东掉进天坑，把正南、建国与自己串到了一起，朋友关系更加密切。本来，菜花救了姚向东，朱支书心里还担着心思，这美人救帅男，万一恋上了，自己儿子朱爱国打菜花的主意，恐怕是要泡汤了。想不到，这刘建国出了个主意，让姚向东认钱正南、胡少香为干爹、干妈。这酒桌上一认干爹、干妈，菜花与向东就成了哥妹俩。山里风俗不作兴哥妹通婚，想到这里，朱红旗心里宽了些。虽然菜花、爱国年龄还小，还说不到嘴上，但自己对钱正南不薄。这次，全大队就分一个推荐招工名额，自己到公社力荐给了钱正南。钱正南一家有了正南端上国家铁饭碗，一辈子日子都不会发愁，日子会越来越好。

太阳西斜。

蓝晶晶的天空飘着朵朵白莲花般的云彩。山坡林子里的小鸟叽叽喳喳地叫着，朱红旗支书听着这天籁般的声音特别悦耳。送走刘建国、姚建华夫妇和钱正南父女从天坑救出的姚向东，山村又安静下来。高挑壮实的姚向东手里拎着退回去的两只白鹅的嘎嘎嘎叫声还在朱红旗耳畔缭绕。朱红旗暗暗地一喜，退了白鹅好，依着钱正南为人，今天要是收了姚家两只白鹅，说不定过上几天会让菜花给姚家送去两只野味。两家一来往，岂不越来越密切。当然，哥妹不当婚，但毕竟是干哥妹。走动多了，谁能说得清。想到这里，本来就多喝了几杯酒，况且这竹叶青是烈性酒，朱红旗的脸上更加红了，心跳得越来越快。

山风从密林中吹出来，带来了淡淡的凉气。朱红旗浑身打了个冷颤。他望望西斜的太阳，抬手看了看手腕上的钟山表，对钱正南说："时候不早了。祝贺你们为松林大队争光。今天你们家可是三喜临门。"

菜花不等父亲开口，插了一句："哪有三喜呀？"

"怎么没有？"朱支书转过头，扳起了指头说，"菜花，你爸当上了石油勘探工算不算一喜？你们父女俩天坑救人算不算一喜？"

"还有一喜呢？"钱正南夫妇迫不及待地问。

"认了个帅气的小伙子当干儿子这不算一喜？"朱支书说着哈哈大笑，满嘴的酒气在静谧清新的空气中弥漫开来。

菜花笑了，但脸上露出了羞涩的神情。

送走朱红旗支书，钱正南一家都沉浸在喜悦的心情中。钱正南夫妇感情很深。结婚后，一口气连生了三个姑娘，这在闭塞贫穷的山里有些美中不足，常常让人瞧不起。山里人思想封建。没有儿子不能传宗接代。俗话说：不孝有三，无后为大。没有儿子的家庭是无后，无后被视为最大的不孝。钱正南是个老实人，当然想要个儿子。胡少香连生三个女儿，吃尽了苦头。他心疼老婆胡少香，更担心再这样生下去，来个五朵金花，怎么养得起。加之破"四旧"了，旧观念也摆不上台面了。毛主席说，妇女能顶半边天，生儿生女都一样。钱正南是个听国家话的人，主动让老婆胡少香到公社卫生院结扎。那时，公社广播站一广播钱正南破除封建思想，送老婆到公社卫生院主动结扎，钱正南又出了一次名。这次，姚建华夫妇来致谢，带来了两瓶竹叶青酒，带来了两只大白鹅，算是大礼了。但也只能把白鹅退了。他心里明白，都是过日子的人家，白鹅再养些日子就会下蛋了。白鹅一下蛋，家里的盐、糖就全有了。钱正南说什么也不肯收。但钱正南夫妇怎么也没有想到会得到姚家意想不到的大礼。姚建华夫妇大儿子姚向东认自己当干爸。钱正南夫妇心里很高兴。生了三朵金花，虽然三朵金花长得很美，但毕竟是女儿家，家里什么都不缺，就缺个儿子。想不到姚建华夫妇给自己送来了干儿子。干儿子也是儿子，亲闺女说到底还是女儿。女儿总要长大，总要出嫁。嫁出去的姑娘泼出去的水。将来老了，还得靠儿子。再说，有了干儿子，也算有儿有女了，在村里的名声好听了。钱正南夫妇俩一想到帅气的小伙子，一想到叫爹叫妈那甜甜的声音，心里就像吃了蜂蜜似的甜滋滋的。

钱正南夫妇想到朱红旗支书说的三喜临门，心里暗暗佩服已经喝足了酒离开自家小院的朱红旗支书。朱支书毕竟是当支书的，当干部得有几把刷子，得会总结。我们就与朱支书差一截子，我们就没有想到三喜临门。

钱菜花听到朱红旗支书说的三喜临门，最高兴的是有了一个被她和父亲救起的帅气的小伙子当哥哥了。那天，菜花在急诊室里守护着，一想到摔伤的小伙子的腿上、脚趾、胳膊上到处伤痕累累，血迹斑斑，特别是苍白的脸上没有一点血色，眼睛微闭，当时的菜花不知什么原因，心里总是一阵一阵地酸楚。也许一个十四五岁的山里少女，看到一位十六七岁的青春少年摔成这样，自觉不自觉地产生的一种本能的怜悯之心。当时守护在急诊室病房的钱菜花，心里只有一个愿望，她盼着眼前这位可怜的小伙子尽快从昏迷中苏醒过来，她盼着小伙子苏醒过来后告诉自己掉进天坑的不幸遭遇；她更盼望小伙子醒来后告诉自己是哪里人，做什么事儿的。反正那一刻，倔强而又善良的菜花满脑子的同情心。当医生说昏迷的小伙子需要输血时，她很明白，父亲袋子里没有钱，最好能输自己的血。经过血型配对，竟然这么巧合。菜花的血型与昏迷小伙子血型相配。菜花的鲜血一滴一滴地输送进姚向东的血管里。

菜花当时抢着配血型，抢着给姚向东输血，她想的是省钱。她一点也没有往别处想。现在想想，姚向东苏醒了，身体也没有大碍，而且从这次见到的神志看，完全换了一个人，一个活泼帅气的大小伙子出现在自己家里，还成为自己的哥哥。不可思议，哥哥的血管里流淌着妹妹的血。想到这里，菜花的脸自然而然红了。姚向东的形象深深地留在脑海里。

几天之后，钱正南在鱼头村家里连续三天请了松林大队朱红旗支书和他的班子成员、松林大队各自然村的村组长到家里吃野味。地瓜干酒加上咸的鲜的野味，把来喝酒的老老少少喝得昏昏沉沉。大家开心，钱正南就开心。钱正南开心，一家人全开心。

选了个太阳朗朗天，钱正南带着行李去省石油勘查公司驻陵阳石油勘探队报到。菜花和母亲胡少香一直送到土石公路鱼头村站。钱正南带着藤条箱和一只装满换洗衣服的化肥袋上了公共汽车，菜花和母亲目送着公共汽车开得不见影儿才往回走。

父亲是家里的顶梁柱，也是家里唯一的男人。父亲去县石油勘探队工作，端上了铁饭碗，这是喜事，本应是高兴的事儿。但菜花看着母亲胡少香的眼角竟然有几滴泪珠，蠕动着沿着脸腮往下流。菜花此刻知道，父亲去县里上班每个月能回来几次也不知道，家里这一摊子大事小事全落到了母亲的肩上。菜花是个懂事的姑娘，她跨前一步，与母亲并排走着，边走边说：

"妈！"

"哎！"

"爸这一走，也不知一月能回来几趟。家里的担子全落到你肩上！"

"没事！你们都逐渐长大了！"

"桃花、杏花还帮不了家里大忙，自己管好自己！我会……"

不等菜花把话说完，胡少香打断菜花的话说："家里的事儿有我。你爸走时跟我商量了，你一定要去读初中。"

"读初中？家里的这摊事儿怎么办？你一个人？"菜花连连摆手，"不行！不行！"

"虽说现在读书无用，但读书以后总会有用的。听爸的话！"

"我不上学。"菜花语气缓和一下劝起了母亲，"妈！家里的事不能让你一人去做。再说，我不是常常从朱爱国那里把书本和作业拿过来学嘛！不上学也能学到知识。"

"上学不上学不一样。"

"这不一定。朱爱国住在刘副站长家里，天天按时上学，有些作业题，我能做出来，他还做不出来呢！"

"别瞎说！菜花，你也十四岁的大姑娘了，听爸妈的话，上学去，至少把初中读完。"

"我已经快一年不上学了，人家松江中学也不要呀！"

"告诉你，先不要对外说。这次刘副站长和姚建华夫妇来致谢，他们都说到你上学的事。"胡少香朝菜花瞥了一眼说，"你和你爸救了人家，人家总要感恩。姚建华托刘副站长找老同学帮忙，想让你插上初二班。"

"找的谁呀？"

"高华庆。松江中学副校长。高华庆是刘建国副站长的同学。高校长帮忙，这事准能成。"

菜花不是不想读书，她是个孝顺的姑娘。她不上学是想帮家里做些家务活。她是大姑娘，她挑了担子，桃花、杏花将来才能有机会读初中、高中。现在听父母一说，心里很激动。她当然想读书，但她没有表态。

"听话。等消息吧！"胡少香边说边朝菜花瞅了瞅。

菜花和母亲回到家。

父亲离开了家。家里到处静静的。

父亲是家里唯一的男子汉，也是家里的主心骨。父亲到县城石油勘探队上班，菜花和母亲的心情一样，一种莫名其妙的忧虑和失落感在心里徘徊。路上，母亲转达了父亲的交代。父亲一直不让自己丢掉学业，只是自己性格倔强，想想家里这么多事儿，不想自己一人在外读书而让父母没日没夜为家里的吃喝拉撒辛苦操劳。这次父亲离家上班，还没有忘记自己上学的事。父亲肚子里的墨水不多，但心里装着别人的事儿多。何况自己是他的亲女儿呢。读书是好事，菜花明事理。菜花不是不想读书，她是舍不得父母。她不上初中回家后，一直借朱爱国的书本学习。菜花心里有一股子倔劲，她想来个甘蔗两头甜。既帮父母挑起家务的担子，又悄悄地自学完成初中的课程。听母亲说，刘副站长还有姚向东的父亲都关心这件事，菜花心里有些动了。但一想到父亲上班去了，家中母亲一人带着两个妹妹，这不是让母亲更加难嘛，菜花犹豫不决。

菜花在犹豫中忙碌着。

三十二

六月过去，七月来了。

骄阳似火的七月，大山里的气温比平原地带低上六、七摄氏度。菜花的家在鱼头村，这里火球似的太阳从东方地平线升起来，一直让重重叠叠的山峰挡住，阳光不到晌午时分，照不到鱼头村。菜花家的菜园子一上午不会让日头直射。

上午，菜花跟着母亲一起忙菜园子。父亲上班去了，家里有母亲打理，忙而不乱。早晨，杏花吃过早饭，背着书包到离鱼头村不远的松林小学读书。菜花就会拎着竹篮子来到菜园里。熟了的番茄采上一些，嫩的苋菜割上几把。最有趣的是摘丝瓜、茄子。丝瓜、茄子沉甸甸地悬着，菜花手里拿着一把小剪刀，往往左手握住丝瓜或茄子，右手用剪刀沿蒂柄一剪，翠绿色的丝瓜、绛紫色的茄子拿在手上像一件艺术品，十分惹人喜爱。俗话说，吃鱼没有取鱼乐。看来摘瓜割菜也是一件乐事儿。菜花乐呵呵地帮母亲采摘丰收果实，不一会儿，菜篮子就装满了。菜花把装满果蔬的篮子往垄边一放，又跑到门口，拎起一只木桶，朝菜园外边的池塘边走过去。

菜花站在靠池塘水面的石头上，弯下腰熟练地把水桶往水里一按，迅速拎起已经装满水的木桶，一步一步沿着碎石台阶朝菜园子走过去。

突然，村口的路边传来狗吠声。几只散养的芦花鸡扑棱着翅膀从村口路边往自家菜园子这边蹦飞过来。鸣叫狗吠声里传来脚步声。

菜花吭哧吭哧地拎着水桶往菜园子走过来。听到脚步声，眼睛朝路边瞅了一眼。一个高个子小伙子身上背着、手里还拎着不少东西正在路口东张西望。菜花加快步子，把水桶拎到菜园子篱笆门口，轻轻地放下水桶，目光又一次朝路口一瞅。

她目光扫过去的一瞬间，心里一愣，这小伙子在哪儿见过，很面熟。她正想跑过去看个清楚，那小伙子已经拐上通往自家菜园子的小路，一声很响亮的喊声传过来：

"菜花！"

"菜花——"

喊声的回音还在山坡上空萦绕，那小伙子已经来到了菜园子篱笆墙边。菜花一瞅眼前的小伙子，眼睛一亮，这不是一个多月前从天坑底救出来的那个小伙子吗？菜花没有应答，而是朝正在苋菜地垄上拔草的母亲招招手："妈！你看谁来了。"

菜花把搁在右肩上的独辫子往背后一甩，抬手抹抹额头上的汗珠，顺手把刘海理了两把，这才朝小伙子迎上去。

"菜花妹子，我是姚向东呀！"小伙子嘴很甜，笑嘻嘻地跟菜花热情地打招呼。

菜花见到被自己救的小伙子，反感到有些不好意思，脸上露出羞涩的神态，声音低低地应道："知道你是姚向东，你怎么来啦？"

"我怎么不能来呀？这是我的家呀！"姚向东一点不吃嫩，也许这条命是钱家父女救的，这恩情比海深，比天高，说什么也不为过，也没有什么不好意思的。姚向东说着把拎在手里的两只竹篮子和一只斗笠、一只淘米箩放在篱笆墙边，大着喉咙对刚直起腰的胡少香亲切地叫道："干妈！干妈！"

胡少香搓着手掌上的泥土，睁大着眼睛盯着姚向东，倒反而有些不好意思翕动着嘴唇。毕竟是一个月前才认的干儿子，心理上还有距离。胡少香没有应答，但赶紧往菜园子篱笆门走过来，边走边热情地对姚向东说："向东，快进屋子！"

菜花仔细地打量着眼前的姚向东。看到姚向东手里拎着一大堆竹器，又是竹篮子，又是淘米篮子，全是山里人家用得上的家什。菜花估计姚向东带上这些东西来，又是谢恩的。上次谢恩带来的两只白鹅给退了回去，这次换个花样。菜花已经听说了，向东的母亲是供销社职工，这些东西在松江供销社买方便。看来眼前的这位小伙子脑子灵活，这是想着法子谢恩。菜花脑子里闪过一个念头，这小伙子心眼好，人不坏呀！能想着别人，而且想得那么细。突然，菜花看到姚向东肩上还背着东西。走近一看，是三只帆布书包。菜花有些纳闷了，是不是这些东西也是"谢恩"？菜花朝向东一笑："又来谢恩啦？"

"不是！"姚向东被菜花这一问，听不出菜花说这话什么意思，随口应道。

"不是？带这么多东西干什么？"菜花这句话，把姚向东问得脸庞泛起了红晕。

姚向东正要把三只帆布书包从肩上拿下来，抬起的手生生地悬在半空中，目光羞涩地望着眼前这位稚嫩的山里妹子，心里微微地颤动。姚向东不知是因为眼前这位貌美如花妹子的容貌还是咄咄逼人的语气让他自己摸不着底，心里竟然有些胆怯。

姚向东仔细地打量着眼前的曾经和其父亲把自己从天坑底救了出来的山里妹子。钱菜花虽然只有十四岁的年龄，但山里妹子成熟早，长得像个大姑娘似的。菜花长着一张白皙的圆脸，白里透红。尤其是这时候已是晌午时分，太阳爬上山峰，炙热的阳光斜晒过来，脸上的红晕更是惹人喜爱。菜花梳着一条硕大的独辫子，看上去乌黑乌黑的。她头上一左一右地在独辫子两边夹着发夹，把头发紧紧地拢着，显出男孩子一般的生气。菜花大大的眼睛，很有神，什么时候都是水灵灵的，像会说话似的。菜花身材匀称，上身穿着一件白绿相间的碎花格子的衬衫，还是长袖的。长裤子是军绿色，已经洗得褪了色。菜花已经发育，胸部微微隆起，臀部稍稍上翘，给人一种顺眼的美感。当然，也有不足之处，嘴唇薄一些。但大人说嘴唇薄的人会说话，眼前这位救命恩人妹子还真应了这句话，会说话，说起话来让人接不上话茬。刚才菜花问自己带这么多东西干什么。向东还真让菜花问住了。

当然是来谢恩的，但菜花一问，自己心里一急，偏偏说不是，没有实话实说。其实，这次姚向东到鱼头村来，也是父亲关照的。上次，从鱼头村回来之后，高中毕业不到一年的姚向东，经历过龙山天坑一劫，仿佛一夜之间长大了，成熟了。回到林业站家里后，他听爸妈安排，去了松江公社供销社当了临时工。姚向东学过大半年的篾匠，叔爷不但教会了他编竹器的技巧，还把隐藏的秘密告诉了他，让他知道人间那些不可想象的复杂事儿。他曾发誓也要做些险活儿，总要有人去做险事。回到家里，他不去发挥手艺，而想跟着父亲去巡山。想不到第一天就出了大事。好在老天有眼，阎王爷没有收他去。逃过一劫，似乎让姚向东朦朦胧胧明白了一些事情。世间的事不能由着性子，工作的花样万万种，不能说哪一种是好工种，哪一种是坏工种；更不能去凭想象哪里危险哪里不危险。青年人走出学校，首先得调整好心态，得干好当下，得顺着潮流去走。自己已经学了一手竹艺，听父母的，先干起来再说。由着性子，会惹出想不到的乱子来。

到了供销社当临时工，想不到自己的竹编手艺有了用武的地方。供销社主任会用人，让他名义上是供销社仓库管理员，其实，姚向东的工作是编竹筐，这些农家必备的家什往供销社柜台一放，很快就售空了。供销社主任想不到向东编的竹器这么抢手，跟向东一商量，又给向东招了三个临时工来打下手，当学徒。姚向东没有想到自己学的手艺派上这么大的用场。于是，他征得供销社主任的同意，把叔爷也请来竹器车间，当了一名技术顾问。一个月下来，为供销社赚了一笔钱，更重要的是方便了群众生产生活。这事让松江公社分管农业的副镇长知道后，专程到供销社把主任表扬了一番。供销社主任乐了三四天。

姚向东领到了一个月工资，还额外得到主任特批的五元加班费。自己的劳动有了报酬，姚向东心里的高兴劲儿就别提了。他领到工资回家后，如数交给了母亲。

妻子李花红接过儿子递过来的钱，眉头一皱一合计，又塞到向东手里。母亲用商量的口气对向东说："这些钱去买些东西全部送到鱼头村去，先孝敬你的干爹干妈。"

姚向东朝母亲感激地笑笑。于是买了三只帆布书包，这是给钱家三朵金花上学用的。另外，又赶夜编了几只竹筐、淘米箩，赶早来到鱼头村。当然，这次来姚向东还要代表父亲告诉菜花一个好消息，下半年插班上初二的事已经初定下来了。只有面试最后一关了。

姚向东站在菜园子外面，把三只帆布书包从肩上拿下来，正要招呼菜花来拿自己编的竹器，听到胡少香的催促声："菜花，看什么呢，还不让向东进屋喝茶。"

菜花与向东的对视目光霎时拉开了。菜花拎起用绳子连着的竹器，自言自语地说："买这么多竹器让你破费。"说着，领着姚向东进了菜园子篱笆门，边往屋里走边用手指指姚向东手里拎着的书包："买三只书包干什么?"

菜花嘴快,姚向东还没有回答竹器的事儿,又问起了书包。

姚向东一脚跨进堂屋,把书包往长条桌上一搁,来了个简明扼要:"竹器自己编的,不花钱。书包是我这个月在供销社当临时工挣的。你们三个姐妹一人一只书包。"

"我不上学了,不要书包。"菜花用感激的目光盯着姚向东。

"我这次就是来告诉你,你插班上学的事儿有眉目了。"姚向东说着,拉过一张竹凳,一屁股坐上去,竹凳发出咯吱咯吱的响声。

胡少香端着一碗早上泡的大麦茶往姚向东面前一放,关心地望着干儿子,疼爱地说:"路上渴了吧?快喝些大麦茶解暑!"

三十三

姚向东什么话也没说,端起干妈递过来的兰花大碗,咕咚咕咚一口气把碗里的大麦茶喝了个精光,放下兰花大碗,抹了抹嘴唇上的茶渍,这才从凳子上站起来,朝干妈连连摇手说:"谢谢!谢谢干妈!"

胡少香望着眼前帅气中夹着天真稚气的姚向东,心中喜悦憋不住挂上眉梢。她和正南认了个干儿子,这意外之喜让她和正南兴奋了个把月。俗话说得好,好人有好报。这不,自己的丈夫和女儿天坑底救人,做了一件天大的好事。救人一命,胜造七级浮屠。老天爷给了好报,给家里送来了个干儿子。想到这里,胡少香想起《红楼梦》戏里唱的一句话,"天上掉下个林妹妹"。这不,我们家可是天上掉下个帅哥哥。胡少香想到天上掉下个帅哥哥,差点忍不住笑出声。眼前这位干儿子可是从天坑上方掉下来的,实打实的是天上掉下来的帅哥哥。胡少香望着姚向东大口喝茶的神态,脸上露出了喜滋滋的笑容。

菜花心里明白,爸妈连生了三朵金花,当然盼着有个儿子。现在天上掉下个帅哥哥,能不高兴吗?菜花望着来送篾器和书包的姚向东，心里也是喜滋滋的。但菜花自己也说不清这种莫名其妙的兴奋来自何处。姚向东是自己和父亲救上来的这不假；姚向东的血管里流着自己的血这也不假；姚向东已在一个月前认自己的父母做干爸干妈这也不假。但这都是应该做的，都是顺理成章的事情，自己的兴奋感从哪来的呢？菜花望望帅气的姚向东，心中闪过一丝想法，少男少女，异性相吸。菜花想到这些，脸上泛起了微微的红晕。

她给姚向东兰花大碗续上水，然后拎起放在一旁的篾器没话找话地说："向东哥，这是竹筐？这是淘米箩？"

"傻丫头，篾器没见过。"胡少香听到菜花的询问，感到有些掉面子，赶紧批评菜花。胡少香知道姚向东虽是干儿子，算是家里人，但也不能让自己的亲闺女在刚认不久的干儿子面前掉链子。其实，胡少香看不透自己闺女的心思。菜花这是有话没话地找话跟姚向东搭讪。

姚向东一点也不介意，他只是笑笑，指指篾器说："菜花妹子，你说得对。这是竹筐、竹篮子，随便叫。"

"多少钱一只？这么多篾器，要不少钱吧？"菜花放下手中的竹器问。

"不要钱！"姚向东嘿嘿一笑。

"不要钱？哪来的好事？有人学雷锋？"菜花走到向东的旁边，用手指指向东面前的兰花大碗，示意向东喝茶，诧异地说道。

"自己编的！"姚向东站起身，拎起一旁的竹篮、淘米箩晃了晃说，"自己编的要什么钱？"

"你是篾匠？"胡少香在一旁准备午饭，听到姚向东与菜花的对话，大着嗓门吃惊地瞄了一眼姚向东问。

"去年刚学的篾匠，跟我妈表叔学的手艺。"姚向东解释说，"最近，供销社组建了一个竹器加工车间，我把表叔爷请去，还招了三个学徒。我们编的竹器在供销社门市部出售，销路很好呢！"

菜花咂咂嘴，欣赏起姚向东的竹器手艺，连连夸赞："竹器编得精致！谢谢你！"

"谢什么？"姚向东顺手拿起桌上的三只帆布书包，对菜花说，

"这是我在供销社编竹器一个月发的工资买的。"

"让你破费！这怎么行呢？"胡少香从厨房走过来，拿起书包仔细看看说，"向东，这不好！她们都有书包。"

菜花也着急地拿起书包，翻了翻，标签还在。于是，菜花放下书包建议说："向东，退了吧！你亲自编的篾器就是最好的谢意。再说，你已认了我父母当干爹干妈了，都是一家人了，还客气什么？退了！退了！"

"退了！一定要退了！"胡少香也着急地说。

"书包出门，概不退换。"姚向东找了句商家的行话搪塞道。

"你妈在供销社当营业员，你骗谁呀！"菜花朝向东笑笑。

"你怎么知道的？"姚向东诧异地问菜花。

菜花放声大笑起来："你没有摔傻吧？你爸妈上次到我家来，不是她亲口说的嘛！"

"噢！"姚向东一副理屈词穷的样子。他目光盯着桌子上的三只帆布书包，一时找不出话儿说。都说薄嘴唇人嘴厉害，眼前的这位干妹妹菜花一句一句地顶着自己，还真不好对付。自己要是真的把这三只书包拿回供销社退了，自己心里怎么也过意不去啊！再说，爸妈那里怎么交代呀！爸妈临行前反复交代，做人不能忘本，要知恩图报。要知道，这不是普通的三只书包，这是自己辛苦一个月劳作所得换来的，这是自己的心血，是对钱正南父女的感恩。拿回去了，这心里岂不永远失落。自己这条命都是钱正南父女给的，这一个月的工资算什么。再说送上三只书包，也不是简单的物品，它是祝愿钱家三朵金花学习向上的物品。何况，目前菜花初中失学快一年了。爸爸的意思要支持菜花上初中，要好好读书。爸爸妈妈在家反复商量了。两人一个在林业站当巡林员，一个在松江公社供销社当营业员，都是端的公家的饭碗，手上活便钱多一些。反正父母对向东反复说的一句话是，要知恩图报。向东想到这句话，心里下定了决心，这书包无论如何也不能拿回去。

菜花望着语塞的姚向东。姚向东的目光盯着桌子上的三只帆布书包，脑海里飞速地旋转起来。他得说出合情合理的理由将三只帆布书包留下来。

太阳升上了远处山峰的顶上，火球似的太阳洒下灿灿的光。姚向东透过窗户，透过敞开的大门，看到外面菜园子里的瓜果蔬菜生机勃勃，山坡上的丛林葱翠浓郁。不远处的黑鱼湖上波光粼粼，岚霭悠悠地萦绕在山间。鱼头村是个美丽的地方。这里山连着天，水连着山，山水草木都在淳朴自然的生态环境中灵动着。姚向东知道，干妈胡少香也好，菜花妹子也好，她们是喝这里的水、吃山里的果子长大的，淳朴自然，没有充足的理由这三只帆布书包是留不下来的。

突然，姚向东眼前一亮，说服菜花读书，这书包自然就不好推托。菜花拿了书包，两个小妹子也得拿着。向东知道菜花父母的心思。想到这里，向东大着嗓门亲切地喊道："干妈！"

"哎！来了！"胡少香双手在围裙上搓搓，赶紧应声过来。

"干妈！有个好消息还没有告诉你。菜花插班上初二的事，我爸和刘副站长跟松江中学校长已经协调好了，就等松江中学通知考试、面试。"

"让你爸费心，让刘站长操心了！"胡少香连连感激地对向东说。

"菜花住宿的地方也解决了。我爸表妹家在松江镇上。有个女孩读书，今年十四岁，在松江中学就读。菜花住到她家正好有个伴。"向东说着朝菜花瞅了一眼。

他看到菜花脸上那复杂的表情。一会儿充满了兴奋，脸上泛起了微微的红晕；一会儿浮现出担忧，脸上露出一丝丝的忧心。菜花那是为母亲操劳家务照顾两个小妹而担忧。

胡少香、菜花除了感谢，找不出让向东把三只帆布书包拿回去退了的理由。向东悬着的心渐渐地放了下来。其实，这个时候，胡少香、菜花都不便表态。能不能插班上松江中学读初二，万事俱备还欠考试、面试这个东风。再说这么大的事，干妈总要等干爹回来商量。

吃过午饭，干妈非得让向东带上一篮子瓜果蔬菜。向东知道家里的菜园子里也不少。但推让几下，向东还是收下了，这毕竟是干爹干妈的一片心意。姚向东拎着一篮子瓜果蔬菜来到鱼头村临时停靠站，上了通往松江镇上的公共汽车，兴致勃勃地在土石公路的三岔口下了车，一路哼着歌儿往林业站家里走去。

> 公社是棵常青藤，
> 社员都是藤上的瓜。
> 瓜儿连着藤，
> 藤儿连着瓜。
> 藤儿越肥瓜越甜，
> 藤儿越壮瓜越大。
> 公社的青藤连万家，
> 齐心全力种庄稼。
> 手勤庄稼好，
> 心齐合力大。
> 集体经济大发展，
> 社员心里乐开花。
> ……

三十四

姚向东手拎着沉甸甸的菜篮子，心里也乐开了花。

林业站大院不远处的山坡上是一片平房，那里是林业站职工的家，姚向东的家在那片平房的最东头几间。门前也有一小片竹条编成的篱笆。最东头的山坡下面是小池塘。刚踏上山坡的沙石小道，池塘里鹅子那嘎嘎嘎的叫声已经传了过来，与姚向东那欢快的歌声交织在一起。

> 公社是个红太阳，

社员都是向阳花,
花儿朝阳开,
花朵磨盘大。
不管风吹和雨打,
我们永远不离它。
公社的阳光照万家,
千家万户志气大。
家家爱公社,
人人听党话。
幸福的种子发了芽,
幸福的种子发了芽。

  姚向东欢快地哼着这首流行歌,歌词与此时此刻姚向东的心情交融在一起,心中荡起一种说不出的愉悦感,眼前仿佛飘动着一簇簇菜花。姚向东拎着从鱼头村干妈那里带回来的一篮子瓜果蔬菜,来到自家园子竹篱笆门口。他轻轻地放下装满瓜果蔬菜的篮子,目光循着嘎嘎嘎鹅叫的声音落到泛起光芒的池塘水面上。

  姚向东没有推开菜园子的竹篾门,而是掉头往池塘边走去。他站在池塘边一块从山土里伸出来的石头上,望着池塘里欢快、可爱的两只悠闲浮动的白鹅,心中浮现出菜花那可爱的形象。这两只白鹅是一个月前作为礼物带到鱼头村去感谢钱正南父女的救命之恩的。但钱家说什么也不肯收下,只好又带回来。现在,眼前的这两只白鹅多么自由自在呀!微风吹动的池塘水面上,两只大白鹅在水面上悠闲地游动着。橘红色的嘴,圆圆的脖子,浑身雪白雪白的,像披了一件白色的棉袄,尾巴神气地向上翘着,像个尖尖的三角形。两只白鹅形影不离,模样优雅,像新郎新娘子似的,在波纹连连的池塘水面上浮动,发出一声声愉快的叫声。看到池塘水面上的两只白鹅仿佛在举行婚礼似的缓缓地移动,姚向东心里一愣,脸上莫名其妙地泛起了红晕。姚向东能感受到脸上有一股热乎乎的气息,他说不清这股热腾腾的气息来自何方。他隐隐约约地感到自从离开鱼头村后,心里就有一种说不出来的甜蜜感觉。

姚向东目光盯着池塘水面上浮动的两只可爱的白鹅。忽然,一只白鹅头、脖子深深地往水里扎,雪白的尾巴翘得高高的,像一朵盛开的荷花。接着,头和脖子从水里钻出来,发出一声声欢快的叫声。另一只白鹅也重复着同样的动作,也发出欢快的叫声。两只白鹅的叫声交织在一起,面向蓝蓝的天空轻轻移动的白云,放声歌唱,雪白的羽毛漂浮在碧绿的水面上,红色的脚掌划着清波,就像船桨一样。姚向东读过不少课外书籍,特别是唐诗三百首,他能一口气背上几十首。他望着碧波上浮动的白鹅,想起了唐代著名诗人骆宾王七岁时写的《咏鹅》这首著名的诗,在心中轻轻地哼起来:

鹅,鹅,鹅,
曲项向天歌。
白毛浮绿水,
红掌拨清波。

池塘水面上的白鹅脖颈弯弯,向天欢快鸣叫着,姚向东的心里触景生情,仿佛看到了菜花那白皙讨人喜欢的脸庞,仿佛看到了菜花那薄薄的嘴唇弹出一首动听的曲子。姚向东的心里突然冒出了一个他自己也不敢相信的念头:将来和菜花能像这池塘水面上浮动的一对白鹅多好啊!

姚向东沉浸在甜甜的联想中。

火红的太阳渐渐西斜,渐渐地靠近了远处西边的山峰。林子里吹过来的风带来了一阵一阵的凉气,姚向东望着池塘水面上两只欢快叫个不停的白鹅,脑海里菜花的形象浮现着:那白皙的脸庞,那薄薄的嘴唇,那肥硕的粗黑的独辫子……

"向东!"

"哎!"姚向东听到有人喊自己的名字,赶紧应答。他转过身,往山坡上一看。父亲姚建华站在自家菜园子竹篾门口，拎起自己从鱼头村菜花家带回来的那篮子瓜果蔬菜，正朝池塘这边喊自己的名字。父亲的脸上浮现出兴奋的笑容。

姚向东三步并作两步跑到父亲身边，看到父亲乐呵呵的，赶紧问道："爸！你怎么乐滋滋的呀？"

姚建华没有回答儿子的问话。他打开菜园子的竹篾门，一边往菜园子里走，一边朝手里拎着的菜篮子问："这满篮子的瓜果蔬菜哪来的呀？"

"鱼头村的呀！"姚向东应声回答。

"胡少香种的那菜园子不比咱们家菜园子差。"姚建华说着，朝自家菜园子里满畦的瓜蔬扫了一眼说，"我家菜园子里什么菜都有，向东，人家送给你，你就往家里拎呀。"姚建华边说边推开堂屋门，把篮子往门口旮旯一放，说："上午去鱼头村还顺利吧？"

"顺利！"姚向东一五一十把去鱼头村钱家的情况说给父亲听，最后似乎有些遗憾地说，"爸，就是那三只帆布书包送得不顺利！"

"姐妹仨，一人一只。向东，感恩是应该的！你应该说服菜花和菜花她妈！"姚建华一听，心里有些着急。

"我反复说了，关键是菜花已经休学快一年了，她反复强调用不上书包。"姚向东一边说，一边拿起桌上的早上泡好的大麦茶陶盆，顺手倒了两大碗凉茶，递给父亲一碗，自己端起一碗，边大口喝茶边把目光落到父亲那笑呵呵的脸上。

父亲喝了一大口大麦茶，抬起左手轻轻地擦了擦嘴角上的水渍，不解地问道："向东，你没有给菜花和菜花她妈说到菜花上学的事？"

"说了。松江中学副校长高华庆是刘建国副站长的同学。我说你和刘副站长已经找了高校长。并告诉她们母女俩，住宿也解决了，姑妈家在松江镇上，家里有一个小女孩，也是在松江中学读初中，菜花住过去正好有个伴。我还告诉她们母女俩，万事俱备，就等学校笔试面试这一关。菜花母亲很高兴，就是菜花舍不得母亲和两个妹妹。但书包还是收下了。菜花心里还是想读书的。"姚向东说到这里，愣了一下，似乎有些担心，"不知道东风能不能刮过来？"

"能！"姚建华又喝了一满口大麦茶，把大碗往桌子上一搁说，"向东，告诉你，东风刮过来了。高校长已经打电话给刘副站长了，说后天下午一点半请菜花到松江中学笔试、面试。"

"真的？"姚向东兴奋地脱口而出，"爸，怪不得你脸上总是笑嘻嘻的。"

"人逢喜事精神爽呗！"姚建华哈哈哈地笑起来。门外山坡树梢上的几只花白喜鹊叽叽喳喳地鸣叫，和不远处池塘里的白鹅嘎嘎嘎的叫声交织在一起。姚建华停住笑声，语气深长地对兴奋不已的儿子向东说："向东，你高兴说明你有感恩之心。你掉进天坑，那可是九死一生啊！是正南父女把你从天坑底部背出山洞，送到县城人民医院，让你捡了一条命。人可要有感恩之心。我们帮不了菜花家什么大忙，但我们不能看着菜花这姑娘失学。你通知菜花，后天上午坐公共汽车到三岔口下，你去接她，带她去松江中学。"

姚向东点点头。

姚向东吃过晚饭后，跑到林业站值班室，给鱼头村打个电话，把好消息告诉了钱菜花，并约好后天上午在三岔口接菜花。

笔试，很顺利。菜花不到一个小时就把初一班的期终试卷答完了，并得了满分。这让初二班的班主任很是惊讶。高华庆副校长也感到不可思议。在面试时，高华庆副校长和班主任不停地思考着同一个问题，他们纳闷的是钱菜花初中没有读过一天，初一的期终试卷怎么会考满分呢？

面试问答挺有意思。姚向东坐在隔壁办公桌，中间隔着一道敞开着的门。姚向东目光注视着窗外翠绿色的山坡，竖着耳朵全神贯注地听着里间的面试对话。

"你叫什么名字？"

"钱菜花。"

"今年多大了？"

"十四岁。"

"外面那大青年是你救的？"

"对呀！"

"从哪儿救的？"

"天坑底部。纠正一下，是我爸和我从天坑底部救出来的。"

"学雷锋，好样的！"

"谁见了都会救的。只是让我们父女俩碰上了。"

"不说大青年的事。人家为了感恩，找了不少关系让你插班。我们学校研究了，你是学雷锋的积极分子，不能让学雷锋的好人辍学。今天让你笔试、面试是学校决定的。想不到你笔试考了一百分。不可思议。"

"你们不相信我？"

"不是不是！"

"我没有作弊！"

"没有说你作弊！"

"那什么意思？我家里妈妈一人还带着两个妹妹，本来就是不想上学，是外面……"

"别说了。菜花你误会了。"

"听话听音。"

"我们学校在读的学生考一百分的也不多，你一天初中也没有到学校读过，怎么会把初一的期终卷子考满分呢？"

"没有在学校读过，不等于没有在家读过。"

"在家读过？你辍学在家一直在自修初中的课本？"

"对呀！你们初中三年级（一）班有没有一个叫朱爱国的？"

"有这个同学。上半年已经毕业了，对了，你们松江大队朱支书的儿子，不过成绩不敢恭维。"

"我就跟他学的。"

"跟他学的？怪了！怪了！差生能带出你这么好的学生？"

"我借他的书自学的！"

"了不起了！了不起呀！欢迎你来松江中学插班读初二。"

坐在外屋的姚向东松了一口气，他是松江中学毕业的，高校长和参加面试的班主任熟悉，连连表示谢意。高校长还拍拍姚向东的肩膀说："向东，大难不死，必有后福！菜花聪明，是个好姑娘，你可不能忘本呀！"

"怎么会呢！"姚向东领着菜花出了校长办公室的门，又扭头朝高副校长和参加面试的班主任摆摆手，往林业站方向走去。

三十五

路上，姚向东不时地望望钱菜花。姚向东对眼前这位比自己小三岁还多的山里小姑娘有点刮目相看了。姚向东心里暗暗赞叹：不简单！不简单呀！白天忙乎着家里的活儿，晚上还要自修初中的课程。就凭从朱爱国那里借来的课本和笔记，竟然把初一班的课程学得这么好。眼前的这位山里小姑娘不仅人长得水灵、漂亮，而且肚子里有货，更是自己的救命大恩人。姚向东领着菜花往林业站方向走，一路两人各自想着心事，竟然默默无语。

毕竟两人认识不久，面对面接触就三四次。此时此刻，两人似乎都有说不完的话要与对方交流，但又找不到话茬儿。

沙石路上的板车、骡车、手扶拖拉机不时从两人身边有快有慢地驶过去，留下一片飞扬的尘土。

姚向东终于找到了一个话头。姚向东知道自己能有今天，没有钱菜花父女俩的全力相救是不可能的。自己这条命是钱家父女俩给的。自己的血管里还流着钱菜花的血呢！怎么感恩都不为过。送上自己编的篾器，用自己第一个月做工挣的钱买了三只帆布书包送给钱菜花三姐妹；现在又协调让菜花有了插班读书的机会。尽管读书无用论在社会上流行；尽管女孩子读初中的不多，但自己的爸妈总是想方设法要感恩。自己已经认了菜花爸妈做干爹干妈，身边的菜花就是自己的干妹了，有什么不好意思的。姚向东打破了沉默："菜花，祝贺你！"

"谢谢你爸妈！谢谢你！也谢谢刘副站长和高校长！"

"谢什么！见外了。一家人嘛！"

"又是送篾器，又是送书包，又是协调插班上学，又是找借宿的地方，让你们家费心了。"

"以后就是一家人了！有什么事你不方便尽管讲。"

"向东哥，有一件事还真想麻烦你。"

"什么事？"

"我想去一趟陵阳城。上学的事我想跟爸爸商量一下。"

"要得！你爸爸去勘探队也快一个月了，应该去看看，应该告诉他上学的事！"

"我一个人不敢去县城。"

"我陪你去。"

"什么时候去？"

"选日不如撞日！明天上午去。今天你住到我姑妈家，顺便熟悉一下情况，认识一下姑妈家里人。"

"也好！"插班读书是家里的大事，总得让父亲知道。

"我也想去看看干爹。明天坐早班车去。晚上我会给干妈打个电话，告诉她你今晚不回村里了，让你妈放心。"

"谢谢向东哥！"

沿着松江边走不到百十米，便是松江大桥。姚向东领着钱菜花往右缓缓地一拐。两人走上松江大桥。松江是一条大山峡谷里的河流，顺着山势时而湍急，时而平缓地流淌着。到了松江镇这段，河流相对平缓。姚向东朝前面不远处一指说："走过松江大桥，便是松江镇上的主大街了。姑妈家就在大街的一条巷子里。"

菜花朝姚向东手指的方向望去，脚步停下来。松江大桥虽然不高，但站在松江大桥的桥面上，古老的松江镇尽收眼底。松江镇街首沿着松江的北岸坡谷由东往西伸进两边的山谷里。街道与松江顺着弯曲山势，但呈平行状延伸。姚向东知道钱菜花是大山深处鱼头村人，虽然跟父亲来过松江镇，但都是在镇西北头山坡上的林业站逗留，并没有到过松江镇上。要不，上松江大桥，钱菜花不会好奇到停下步子四处张望。

看到钱菜花那好奇的目光在松江两岸扫来扫去，姚向东也停下了步子。他拉了拉菜花的胳膊，示意菜花往松江大桥的栏杆边靠了靠，当起了菜花的导游。

姚向东亲切地喊了一声："菜花妹，你看东北方向那一望无边的水面，烟波浩渺，像一面巨大的镜子似的扣在大山脚下。"

钱菜花循着姚向东的手指方向望去，惊奇地问："向东哥，山谷里怎么会有大海？"

"不是大海，是湖。那里是松江镇上有名的千溪湖。"姚向东哈哈大笑，边笑边说，"菜花妹，咱们桥下的松江就是从千溪湖那边流淌过来的。"

夕阳的余光映照在不远处的湖面上，反射出无数道金色的光芒。湖岸边高耸的群山倒影在悠悠地晃动。湖面靠松江大街的东北边有一座不大的小岛，小岛上的几座寺庙建筑屋顶上的琉璃瓦也反射出金光，与湖面上的金光交相辉映，很是壮丽。菜花用手朝寺庙建筑一指："向东哥，那些金光闪烁的建筑是什么地方？"

"霞光寺。今后你到松江中学读初中，有的是时间，我会陪你去看看。"

菜花生在大山深处，长在大山深处，也就是跟着父亲去了一趟陵阳县城。上个月送姚向东去县人民医院，都是匆匆而去，匆匆返回。城里的繁华并没有在脑海里留下特别的印象。眼前的松江镇没有逛过一次。想不到这松江镇还有浩浩茫茫的大湖，还有湍湍流淌的江水，还有流光溢彩的古寺，还有沿着松江岸边建造的各形各状的民宅。钱菜花长长地舒了一口气，心里产生了一种从来没有的满足感。她望望松江古镇的景致，再看看正兴致勃勃地给自己介绍古镇风貌的向东哥，心里产生了说不出滋味的愉悦感。钱菜花的脸上浮现出一种发自内心的喜悦。她心里暗暗地赞叹：好地方！松江镇是个好地方！中午去松江中学路过这里，一点感觉也没有。不奇怪，当时心里总想着校长和班主任考试的事。现在书面考试、面试全通过了，浑身轻松了。父母这一年多老是在自己的耳边唠叨，就是一个主题，让自己去读书，但自己不知怎么老是想着家里的事儿，老是想着给父母分担一些苦累和负担。这次，遇上了一大帮热心人，自己说动心就动心。其实，菜花心里清楚，小学毕业后，自己并不是厌学。虽然没有去上初中，但一直坚持自学。朱红旗支书的儿子朱爱国虽然成绩不好，但他高自己两个年级，读过的书都给了自己。自己晚上在煤油灯下一本正经地从初一的课本读起，学习的兴致一直不减。但生活在大山深处，读小学是在村里，见不多，识不广，只知道爸妈不容易，还有两个小妹妹，心里一软，就放弃了到松江镇读初中。这次出来参加插班考试，也就怪了，像有根绳子牵着似的，说出来就出来了。望着眼前松江镇的风光，钱菜花喜滋滋的。她不知道是爱上了松江镇的风景，还是爱上了自己从天坑底与父亲一起救上来的帅哥哥。

松江从千溪湖流淌过来，并不湍急，流到松江中学围墙边缓缓地拐个弯，沿着通往县城的土石公路，穿过松江大桥，继续平缓地往山谷里流去。

姚向东抬头望望早已隐到山峰背后透出的光芒，对钱菜花说："一会儿直接去我姑妈家，明早我来接你。"

钱菜花点点头，跟着姚向东，走下大桥的台阶，来到松江镇的古街上。姚向东领着钱菜花径直往姑妈家走去。

松江古街这个位置最初叫沙坝场，或许是由于松江常年流淌冲刷而积累了不少黄沙慢慢淤积而得名。后来由于松江河道固定下来，人们依江靠山建起了住宅，于是又改名松江街。"文革"兴起后，改成了东方红大街。虽然改了名，但人们还习惯叫松江古街。称古街名副其实。松江古街从明朝至今，已有近千年的历史。通往县城的土石公路一路崇山峻岭、云雾环绕，人烟稀少，但山清水秀，林木葱茏。松江从陵阳县城穿城而过后，一路浩浩荡荡地流淌，来到松江古街地段，豁然开朗。这里地势相对平坦。松江岸边的古街是一片一片古老的瓦房，瓦房之间不时会冒出高大挺拔的古树。古街最引人注意的是街道的路面，它是由一块块方正的青石板拼成，石板表面有光，清晰可见岁月刻画出的或深或浅的印痕。古街两边是年代已久的木结构房屋，有些古屋精美的雕花窗经历阳光和风雨，已经变得古旧而沧桑。沿街靠江岸的古宅，有不少原始特色的吊脚楼。

姚向东领着钱菜花走在古街上，不一会儿来到古街中段的街边三间平房前。这是红砖新砌的并排三开间门脸房。姚向东领着钱菜花走进房子里。

房子里一排木柜台。柜台的墙上挂了不少竹篾器。钱菜花眼睛一亮，这不是向东带给自家的那些淘米篾、竹篮子吗？菜花自言自语道："这些篾器好眼熟呀！"

姚向东哈哈大笑："菜花妹子，这里是松江供销社古街门市部，这些篾器都是我们编的。"

"你们编的？"菜花吃惊地问。

"对呀！"姚向东指了指挂在墙上的篾器说，"我到供销社当了临时工，还招了三个徒弟。我学过篾匠，懂竹编手艺。"说到这里，姚向东大声喊道："妈！你看谁来了。"

"哎！"随着一声应答，从里间走出一位中年妇女，双手操起围裙不停地擦着手，大着嗓门问，"向东，谁来啦？"

菜花一见，是向东妈，赶紧走过去："阿姨，你好！"

李花红是松江供销社的营业员，最近轮值到古街门市部。一见走过来的是钱菜花，心里一阵激动，这是儿子的救命恩人呀。她知道下午菜花上学校的事，赶紧走出柜台，拉住菜花的手问："怎么样？通过啦？"

"通过了！满分通过！"姚向东抢着回答。说完，姚向东告诉母亲，明天陪菜花去城里石油勘探队见她爸，商量菜花插班上学的事。今晚，菜花就住到姑妈家，正好熟悉一下住宿环境，认认人。

李花红一听，看看快到下班时间了，说："向东、菜花，吃过晚饭再去姑妈家好吗？"

菜花好奇地东张西望着，紧紧地挨在向东的身边。她突然间有一种害羞感涌上心头。看到向东母亲这么热情，再望望向东那一副主人的样子，也只能听向东的了。她没有表态，只是朝向东望了望。

姚向东说："妈，回家煮饭这来去又得个把小时……"

不等姚向东把话说完，李花红朝儿子向东瞅了一眼说："傻小子，菜花那么远来，我请菜花吃重庆小面！"

菜花点点头，姚向东也连连点头。姚向东知道重庆小面是排在重庆火锅之前的美食。松江古街上街边的面摊不少，尽管店面破旧，有的面摊还没有桌凳，但吃的人不少。当然，那个年代人们肚子也没有油水，吃上一大碗当地小吃重庆小面，那也算是请客了。

李花红关了店门，领着向东、菜花朝松江供销社古街门市部不远处的面摊走过去。

三十六

在临街的面摊店里每人吃了一大碗重庆小面。尽管面摊店没有餐桌和凳子，但蹲在店面门口的石板路边吃着小面别有一番风味。带着浓浓辣味的小面汤汁吹着从江面上飘来的有些燥热的风，三人吃得很香，都是满头大汗。李花红怕儿子向东和菜花吃不饱，提议道："要不要再来一碗重庆小面，你们两人分分。"

菜花听到向东母亲说到"你们两人"四个字，脸上霎时火辣辣的。菜花抹了一把额头上的汗珠，轻轻地往面前的石板地上一甩，然后连连摆手："饱了！饱了！"

向东知道菜花的性格，倔强中透着善良，她的心里想别人的事始终会比想自己的事儿多。她不愿意给别人添麻烦。这次能出来面试插班已经是天大的面子了。向东妈招待吃上一碗重庆小面，已经让向东妈破费了，不能再吃第二碗。向东看看天色已不早，对母亲说："我们去姑妈家，早点把菜花安顿下来。"

向东的姑妈叫姚建秀。丈夫在东北的大庆油田当工人，每年休假一个月。姑妈家有个闺女,今年也是十四岁,读初二。家里有人拿工资,生活条件不错。向东姑妈家的房子离供销社古街门市部不远。三人出了面摊店铺,再往东走了不到四十米,往左一拐,进了一条南北走向的小巷子。巷头不远三间红砖平瓦盖的房子,坐北朝南。门前有一口古井,古井不远处有一棵银杏树,树龄估计在百年以上。银杏树干足有碗口粗,枝繁叶茂。

向东姑妈家的住宅没有院子。李花红领着儿子向东和菜花走到古井旁,大着嗓门喊:"建秀!建秀在家吗?"

姚建秀听到喊声,从屋里走出来,身后跟着走出来的是她的闺女刘娟娟。姚建秀一见向东身边有些害羞、长得白净净的小姑娘,不用猜,亲热地走上前,拉住菜花的手赞叹地说:"菜花,多亏你呀!你爸是向东的大恩人!你也是向东的大恩人!"

菜花本来心里有些担忧,心里一直在想,向东的姑妈不知长得啥样,也不知是否热情。毕竟是向东的姑妈,不是向东的亲妈。但初次见面,向东姑妈的热情打消了菜花的顾虑。菜花微笑着点头致谢:"添麻烦了!今后住你家,少不了麻烦!"

"这说哪里话。一家人嘛!再说,你们父女可是我家向东的救命大恩人!"姚建秀说着,拉着菜花的手转身往屋里走。向东和母亲紧跟在后面。挺懂事的姚建秀闺女刘娟娟亲热地与向东母子二人打过招呼后,走到菜花跟前问母亲:"妈!我叫菜花姐,还是妹?"

向东抢着说:"小妹,菜花与你同龄,她生日大你半年多呢!叫姐!"

"姐!"菜花听到刘娟娟的喊声,有些不好意思,只是微笑,没有应答。

姚建秀早已把菜花的床铺打理好了。姚建秀带着李花红、向东、菜花来到刘娟娟房间。房间开间大,两张单人床,两张小桌,小桌上各摆着一盏白炽台灯。姚建秀听到哥哥说了向东和菜花的事,早就做了安排。

一切都顺当。向东满意,菜花满意,娟娟见到菜花,多了一个伴,更是满心欢喜。娟娟从厨房里端来一铜盆煮玉米招待向东和菜花。一家人都围在八仙桌前，啃起了香喷喷的玉米棒子。

第二天一早，向东到姑妈家接走菜花，两人直奔土石公路三岔口，赶上开往陵阳县城的头班车。

向东和菜花并排坐着。公共汽车不停地颠簸着，有时碰到土石突兀的地方，汽车一蹦一跳的。两人虽然并排坐着，但腿与腿之间还保持几厘米的距离。汽车一颠一跳，向东和菜花的腿脚都颠簸得碰到一起。温热的感觉传导到两人的心里，两人都有一种说不出的滋味，但这滋味似乎甜丝丝的。

谁也不说话。

两人的目光都从不同方向盯着窗外远处起伏的群山，近处葱绿的山坡，但两颗心似乎已经连到了一起，似乎随着同一频率在轻轻地跳动。

沉默。只有窗外的山风一阵一阵吹进车里，让人感到了丝丝的凉爽。

向东的目光虽然盯着窗外，但心里一直想着坐在身边的菜花。他想起昨晚与菜花母亲通电话的事儿打破沉寂："菜花，昨晚打电话给鱼头村了。"

"我妈接的电话？"

"对呀！"

"我妈怎么说？"

"你妈很高兴，电话里不停地夸你，说你有孝心，懂事理。"

"真的？"

"真的。你妈说，你听爸妈话去插班读书就是最大的孝顺。现在你爸也是公家人了，也拿工资了，让你不要惦记家里，让你放心。"

"还说什么？"

"还说征求意见，这事做得对。不过，让你不要担心，你爸听到你考了好成绩一定会高兴，一定会支持。"

"还说什么？"

"还说有我陪你去县城看你爸,她就放心了!"说到这里,向东有意把声调抬高了一些,目光停留在菜花那羞涩发红的脸上。

菜花听到她妈的这句话,脸上微微地发烧。菜花有意扯开了话头:"向东,你高中毕业,肚子里墨水不会少。你知道我爸干什么工作吗?"

"石油勘查呀!"

"怎么勘查呀?"

"这倒不知道。"

"我知道。"

"你知道?"

"前些日子我爸从县城勘探队里打了个长途电话,先是打到松林大队部,向朱红旗作了汇报。后来电话转到了鱼头村,我妈去接的电话。"说到这里,菜花顿了顿,"听我妈说,我爸去报到后,一直在勘探队的培训班学习。"

"新招的工人肯定要培训。"向东理解地点点头问,"培训什么呀?"

"我妈当晚接完电话很兴奋,晚上跟我们姐妹仨唠叨了好长时间。"菜花说到这里,咽了一口唾沫,"反正那工作既光荣,也很危险。"

"怎么危险?"向东有些紧张地望着菜花的脸问。

"放炮!"菜花薄薄的嘴唇一翘,"放炮,就是打仗。打仗危险不危险?"

"这么危险?"向东正要追问下去,菜花接着向东的话说:"危险但光荣!我爸很喜欢这工作。"

"怎么光荣?"

"我爸告诉我妈,他为人民找石油!"

向东不再问下去。向东知道,菜花也说不清。反正一会儿到县城,找到石油勘探队,见到菜花她爸,就什么都明白了。

虽是数伏的夏天,山里的晨风夹带着凉气吹进车厢里,向东和菜花坐在不停颠簸的公共汽车上,凉爽的风和即将见到亲人的兴奋,使两人都很舒心和惬意。

姚向东透过驾驶室的玻璃,看到了通往县城的松江大桥。汽车驶上松江大桥。姚向东用胳膊碰碰菜花的胳膊说:"看,这是松江大桥。这条江一直流到我们松江古镇。我们古镇也有松江大桥,只是不能通汽车。"

菜花的目光透过玻璃窗,落到滚滚流淌的松江江面上说:"向东哥,上次和我爸救你,就曾走过这里。过了大桥就是陵阳县城的主干路陵阳路。"

"你知道,陵阳路水泥路面,平坦光溜。这条主干道很长,一直通到尽头那座山。山虽不高,只有一百多米,但山石嶙峋,草木葱绿。山上还有一个小亭。山叫毛峰山,亭子叫毛峰亭。这里可是陵阳城里人闲暇时候游玩的好地方。"说到这里,公共汽车已经驶上陵阳路。姚向东朝毛峰山一指:"你去毛峰山玩过吗?"

"没有,看到过。上次送你去县人民医院路过毛峰山。县人民医院离毛峰山很近。"菜花实话实说,语气中带着丝丝遗憾。上次太匆忙了,当晚就坐拖拉机回松林大队了。

"有时间我一定带你去看看。"姚向东说着,公共汽车已经放慢了速度,缓缓地在一片空地上停了下来。

汽车到了陵阳县城终点站。姚向东领着菜花走到公共汽车站出站口。一帮三轮车夫围在出站口,一片嚷嚷声:坐三轮车请上车!便宜!便宜呀!

三十七

姚向东和钱菜花并排走出公共汽车出站口,脚跟未站定,五六个三轮车夫围上来,几乎是异口同声地问:"到哪儿?便宜。"

姚向东一听,心头一喜。刚才正愁着菜花爸爸工作的石油勘探队不知在哪儿。坐三轮车去,三轮车夫知道。陵阳县城是个小县城。坐上三轮车直奔石油勘探队,免得拉着菜花满县城兜圈子找。想到这里,姚向东拉住最靠近自己的一辆三轮车笼头问:"喂!去石油勘探队认识路吗？"

"认识！认识！"那辆三轮车的车夫把三轮车往路边一拉，招呼姚向东和钱菜花上车。

很快就要见到爸爸了，菜花的心里很是激动。过去爸妈一家人团聚在一起，什么也不觉得。最近，爸爸离开鱼头村快一个月，菜花的心里想念爸爸，很不是滋味。这次到县城来见爸爸，有哥哥向东领着，什么事儿也不要自己烦，跟在干哥哥向东后面走就是了。

姚向东踏上踏板上了车，一屁股坐下后，连忙伸出右手，拉了菜花一把。菜花往向东左手边空隙一坐。三轮车的座位不太宽，坐一个人宽宽敞敞，坐两个人有些挤。菜花在向东身旁紧夹夹地坐下后，两人肌肤的余热互相都能感受到。菜花是个山里小姑娘，心里一愣，身体本能地收缩了一下。但车的座位空间就那么大，只能两人紧紧地靠在一起。姚向东已经感觉到了菜花心里不自然的感受。但这个时候说什么话好呢？不说最好。再说，两人是干兄妹，心里不去多想，也没啥。陵阳城里又没有熟人，就是碰到熟人，干兄妹出门也说不出什么话儿。

三轮车夫骑上车，招呼道："坐好！出发啦！"随即，响起了一串清脆的响铃声。

"还没谈价钱呢！到石油勘探队多少钱？"姚向东打破沉默。

"一元！老价钱，不欺人的！"三轮车夫一边踏着三轮车，一边大声答道。

"五角钱！"菜花嘴快，大声砍价。

姚向东一愣，瞅了身边的菜花一眼。想不到这山里小姑娘还价这么狠，对半砍。

"姑娘，都是这价钱。"三轮车夫腾出左手拿起搁在笼头把上的灰黑色毛巾，擦了一把汗说，"从这儿沿着陵阳路走到尽头，左拐还有三里多地到，再说你们两人呀！一元钱不贵！"

"一元！就一元！你慢慢踏！"姚向东朝菜花望了望，爽快地答应了。

陵阳路铺的水泥路面，三轮车走在上面还算平稳。到了毛峰山脚下，这里是丁字形路口。往右通往县人民医院，往左通往石油勘探队。三轮车拐向左边的石板路，不停地颠簸起来。坐在三轮车上的姚向东和菜花好似坐在弹簧上，上下左右摇晃蹦跳。有时向东整个身体会倒伏到菜花身上，菜花也不由自主地在向东身上擦来碰去。两人心里都不好意思，都不是滋味，但又说不出口，只能任凭三轮车一高一低地摇晃摆动。这晃来晃去，天气又热，两人心里都不好意思，毕竟是少男少女，姚向东脸上渗出了黄豆粒大的汗珠。菜花见了，连忙掏出一小块花白手帕，轻轻地递到向东手上，没有说话。

向东接过手帕，擦了一把额头上的汗珠，心里一激动，脸上又渗出一层汗。姚向东把手帕还给菜花，大着嗓门冲三轮车夫道："什么路呀！"

"向西叫向阳西路，朝东叫向阳东路。向阳东路到尽头向左一转就看到石油勘探队大门了！"三轮车夫吃力地回答。

"我不是问你什么路，我说这路怎么这么颠？再这样颠下去快散架了！"姚向东埋怨声很高。

"坐稳！我骑慢一点。快到了！"三轮车夫知道，这条路是石板路，不平。坐三轮车就跟坐摇床似的。三轮车夫不停地安慰道。

三轮车行驶到向阳东路，虽然路颠簸，但毛峰山的景色很宜人。从山坡上吹过来的风带着丝丝清凉。向阳东路的东边是一片隐隐约约的群山峰影。随着三轮车吧嗒吧嗒地往前行驶，不远处出现了白色的带子。那是松江。嘉陵江流到陵阳城不远处的山谷，从那里分出一条支流，绕着陵阳城外的山谷，从南往东，从东往北再往西，浩浩荡荡流过去。

快到向阳东路尽头，已经看到松江东岸几排灰砖砌成的火柴盒样的房子。三轮车夫又操起毛巾擦了一把汗说："看到啦！那几排公家的砖瓦房就是石油勘探队的。快到了。"

三轮车过了一座砖砌拱桥，来到松江岸边围墙脚下。砖砌的围墙上爬满了绿茵茵的青藤，青藤叶丛中开出一簇簇淡黄色的小花。三轮车顺着爬满青藤的围墙来到一座大门口。大门很气派，一边一垛红砖柱子，两扇铁条大门，刷着黑色发光的油漆。

三轮车停下来，向东和菜花下了车。没等向东掏口袋，菜花早已把攥在手里的一元纸币递到了三轮车夫手里说："谢谢！谢谢！"

三轮车打着响铃向拱桥上骑去。向东和菜花径直来到大门边传达室门口。一位五十多岁模样的大爷目光紧紧地盯着向东和菜花，夹克左上角"石油勘查"四个白色的楷字很醒目。不等向东和菜花开口，看门大爷和气地笑笑问："找谁？"

"正南。钱正南。"菜花抢着回答。

"怎么没听说过这个人。"看门大爷疑惑的目光在向东和菜花脸上扫来扫去。

"一个月前刚参加工作。"向东赶紧解释。

"噢！想起来了。这批新招的工人到勘查点培训去了。"看门大爷遗憾地说。

"什么时候回来？"菜花有些着急地问。

"下午在爆破点培训完就回来。估计要在点上吃中饭。"说到这里，看门大爷抬头望望墙上的挂钟，"应该下午一点半钟左右。"

"唉！"向东和菜花几乎同时叹了一口气。姚向东顺着看门大爷的目光朝挂钟一望，还不到十点。还有三个多小时，这么长时间怎么过，向东心里有些焦急。

看门大爷是位热心人。看到眼前这两位少男少女焦急的样子，顺手朝西南方向一指："毛峰山上有毛峰塔，离这儿又近，你们去玩玩。"

看门大爷提醒了向东，自己这条命都是眼前这位山里小姑娘给的，一直没有好好地表达自己的谢意。陪菜花去毛峰山逛逛，顺便表达自己的谢意，中午找个小饭馆炒两个菜慰劳一下自己的救命恩人。

菜花没有选择，既然请向东领自己到勘探队看父亲，只能听向东的安排。两人走上石拱桥，到了桥顶上停住步子，目光从桥下滔滔的松江水移向左边的毛峰山。

毛峰山是陵阳县城里的山。山只有一百多米高，但山峰险峻，怪石林立。沿着毛峰山脚下的向阳东路，山坡上长满青翠的毛竹和油光光的山松。山顶上一座砖砌的塔，外地来的人都叫毛峰塔。这座塔建于明代崇祯七年，是吏部稽勋清史郎中郡人刘观阳集资建造的。这刘观阳之所以在毛峰山上高达近二百米的主峰建造毛峰塔，主要报恩还愿。因此，毛峰塔又名报恩塔。

望着毛峰山上的报恩塔，向东和菜花都有了兴致。两人下了石拱桥，沿着向阳东路靠毛峰山脚边的一条小道一路往西。不一会儿来到上山的路口。山脚下有一条人工开凿的石梯山道通往主峰。山道弯弯，蜿蜒曲折的山道，穿过茂密翠绿的竹海松林，来到山腰处一大片桃林。火热的太阳照耀着翠绿的桃林，桃树上缀满了小青桃儿。惹人喜爱的青桃青里透红。这些可爱的快要成熟的桃果，躲在万绿丛中探出小脑袋，朝向东和菜花张开了笑脸。两人兴致盎然地欣赏着翠色中微红的桃子，依依不舍地往毛峰山峰上登去。

山道不仅弯曲，而且凹凸不平。向东一路照顾着菜花，走到险处，会伸出一只手拉菜花一把。当两只热烘烘的手拉在一起时，两人霎时像通了电似的，一股说不出的甜蜜刹那间涌向脑门。

拐过几十道陡坡和险崖，登上了主峰。山顶不开阔，馒头尖似的。人们凭山形给这座山起了个毛峰山名，还真的名副其实。山峰有一块不太大的开阔地，报恩塔就建在这块开阔地上。

报恩塔雄伟壮观，矗立在面前似一柄利剑直刺天空。远处隐隐的群山，峰峦叠嶂；近处的天上云彩走马灯似的移动。太阳不知什么时候从莲花般的云朵里透出火辣辣的脸庞，洒下一片炙人的灿灿的光辉，宝塔、青松、山石全沐浴在耀眼的阳光里。两人在毛峰顶上的报恩塔下，极目远眺，别有一番景致。山北是陵阳古城那一片一片古宅群，房舍之间不时会冒出一两棵参天大树。松江像一条白色的绸带捆住了陵阳古城。嘉陵江与松江交汇，浩浩荡荡地流向更远的地方。陵阳古城的西边是一片相对平坦的坡地，玉米、高粱绿油油的一片连着一片。再往远处看，除群峰的线条，就是隐隐的天地线。

菜花虽然生长在大山深处，对山太熟悉了，但站到毛峰山巅所看到的壮观景色,她还是第一次。山外的世界真精彩,她激动地对站在身边同样极目远眺的向东说:"向东哥,谢谢你把我领到山外精彩的世界来!"

"读书,外面的世界会更精彩。"向东收回远眺的目光,打量着沐浴着阳光的菜花,"大家都支持你读书,你爸爸一定会高兴你这次笔试考了满分。"

"谢谢你!"菜花此时感到这次插班读初二是向东哥让她改变了主意。

"应该感谢你!没有你和你爸,就没有我的今天。"说到这里,向东用手朝报恩塔指指,"菜花妹,你知道毛峰山上的这座宝塔为什么叫报恩塔吗?"

"不知道!"菜花目光盯着报恩塔那雄伟的塔身,一脸茫然。菜花知道了读书的重要。向东读了初中读高中,他一定知道。孝顺父母是对的,但读书更重要,多读书长知识才能更好地孝敬父母。

姚向东朝宽阔的天空望了望。太阳已经升上了头顶。两人吃完午饭赶到石油勘探队,菜花父亲应该回来了。姚向东估摸着,对菜花说:"你以后在松江中学读书,见面时间多,到时再慢慢讲给你听。"

"现在就讲,在报恩塔下讲报恩塔,身临其境。"菜花与向东一天的接触,彼此熟悉多了,语气中带有撒娇的意味。

"菜花妹子,一句两句说不完。你爸一点多钟回勘探队大院,万一又有工作安排出去了,这一趟陵阳城不是白来了吗?"

想到插班上学的事要征求父亲的意见,菜花依依不舍地瞥了报恩塔一眼,跟随向东沿着崎岖的山道往下走去。

一路上,向东问菜花:"菜花,你生长在大山里,上了毛峰山巅有什么想法?"

"眼界开阔了。"菜花不假思索地回答。

向东不失时机地联系菜花上学的事开导说:"登高才能远望。登得越高望得越远。知识就是山峰。书读得越多,知识就越多,人的眼界就越开阔。"说到这里,向东挺有信心地说:"今后有机会,我们还要上大学,读更多的书。"

菜花似懂非懂地点点头。菜花虽然不知道知识有这么重要,但菜花明白知识放在肚里没有坏处。小学毕业不上学,不是自己不想上初中,是看到父母那么艰难,看到家里那么穷。厨房里的盐糖都是用鸡蛋去供销社换的。自己到松江镇上读初中,那要花家里多少钱呀。菜花不想给父母添麻烦。但菜花不读初中,并没有放弃学业,她一直从朱爱国那里借来读过的初中课本学习。遇到朱爱国也说不清的题目,菜花还会跑到其他村里向读初中的学生请教。现在,读初中的念头更强烈了。她要见到爸爸,她要尽快见到爸爸,把准备插班上学的事儿告诉爸爸,听听爸爸的意见。其实菜花心里清楚,爸爸是个开明的人,一直想让自己继续读书。现在住宿解决了,面试书面考试都通过了。爸爸听了肯定会高兴的。其实,菜花让向东陪着来县城看爸爸说是征求意见,其实就是把插班上学的事儿告诉爸爸,让爸爸高兴。

三十八

上山容易下山难。

沿着人工顺着山势开凿的石梯,向东不时拉住菜花胳膊沿着陡峭的石梯往山下走。山坡上到处是茂盛浓密的松林,到处是青翠欲滴的竹海,各种杂树、灌木把山坡覆盖了。往山下走,只看到脚下几米的石梯。不远处的林子里传来涧溪里溪水潺潺流动的动听响声,但是草深林密,只听泉水响,不见泉水流。林子里的鸟儿从树丛里飞出来,叽叽喳喳地鸣叫着,迎着头顶热烘烘的阳光往高远的天空飞去。

姚向东带着菜花兴致勃勃地下了山,在山脚边一家"肥肠干饭"小吃店坐了下来。姚向东点了两份肥肠干饭。肥肠干饭刚端上小条桌,就把菜花吸引住了。那肥肠上撒上了葱花和香菜,香气四溢,令人垂涎三尺。

姚向东和菜花狼吞虎咽地吃完肥肠干饭,沿着向阳东路靠山坡的小道，不一会儿来到拱桥上。两人眼尖，一眼看到勘探队大门口停了一辆草绿色的解放卡车。车厢没有篷盖，站在车厢里的人纷纷从车厢里往下跳。

菜花一眼就看到自己的爸爸站在车厢的前端，正往车厢后部走。她赶紧大着嗓门喊："爸爸！爸爸！"

姚向东循声望去，是菜花爸爸钱正南。两人都很激动，飞快地跑下石拱桥，不一会儿来到解放卡车的车厢旁边。

钱正南刚从车厢里跳下来，脚还未立稳，一抬头，看到自己的姑娘菜花，菜花旁边还站着自己从天坑里救上来的向东。钱正南有些纳闷，一步跨到菜花和向东跟前，心里有些着急地问："你们怎么一起来啦？"钱正南知道，松江古镇到县城这条山道不好走，菜花和向东没有着急的事不会找到石油勘探队来。再说，向东怎么会陪菜花来呢？再一想，钱正南释然了。向东不是自己的干儿子吗，他陪干妹子来看看也属正常。

"干爹！告诉你一个好消息！"向东抢在菜花前面说。

"什么好消息？"钱正南目光盯着姚向东。当时救姚向东时，钱正南和菜花心里明白，这姚向东从天坑顶上摔下来，肯定是九死一生。想不到，一个多月恢复得这么快，一点后遗症也没有，一个活脱脱的帅小伙子。从那次姚建华全家来鱼头村感恩，钱正南就看上了这帅小伙子，当时还认了干亲。想不到今天是这帅小伙子陪自己的闺女来县城。钱正南咂咂嘴自言自语："懂事！懂事！"

菜花望着父亲被太阳晒得有些发红的脸庞，高兴地说："我书面考试通过了，住宿也解决了。安排在向东姑妈家。都是向东爸，还有刘副站长协调找的关系。开学就上初二班。这下你满意了吧？"

"满意！满意！"钱正南拉住姚向东的手连晃了几下说，"感谢你爸！感谢刘副站长。"说到这里，钱正南望望天上的日头着急地说，"没吃午饭吧？走！我带你们去吃肥肠干饭！"

向东和菜花几乎同时哈哈大笑："吃过了，刚吃的肥肠干饭！"

菜花还声音低了八度，悄悄地对爸爸说："下次妈带妹妹来县城看你,你一定要让她们吃上一碗肥肠干饭!真香!"

钱正南看着天真的闺女忍不住笑着说:"肥肠干饭!一定让她们吃个饱!"

大门不远处有一棵大榕树。树冠像巨伞似的,地上投下一片树荫。钱正南朝那边的大榕树一指说:"到树荫下说说话。"

姚向东、菜花跟着钱正南来到大榕树下。嘀嘀!嘀嘀!几声喇叭响过之后,汽车扬起一片尘土开走了。钱正南指指那片尘土说:"下午三点半还有培训,不进宿舍了,就在这儿说说。离开你妈,离开你们,好想念呀!"

"妈妈和我们三个姐妹都想念你。你在这儿干的什么工作?比在山里种地打猎辛苦?"菜花从小懂事,心疼爸爸。

"具体培训什么呀?干爹!"向东也不放心地问。

钱正南四处望望,挺神秘而又自豪地说:"看过电影《董存瑞》吗?"

"看过,董存瑞炸碉堡!"向东和菜花几乎是异口同声。

"我就是做爆炸工作。"钱正南一点也不隐瞒,实话实说。

向东和菜花的脸上同时露出吃惊的神色。

"别紧张。"钱正南兴致勃勃地比画着介绍起石油勘查工作的原理。

石油勘探队用的一种地震勘探爆破的地球物理勘探方法,主要是利用地震波在弹性不同的地层传播规律研究地层构造和找油、气的方法。用炸药爆破和其他人工方法在地层中产生弹性波,使它经过地下岩层的不连续性面的反射和折射,传到地表。然后采用专用设备进行检测,以便分析地层的构造,从而探明该地层有否矿藏或油层。山坡、河边、田野里都要钻井放炮。深的上百米,浅的七八米。介绍到这里,钱正南顿了顿,声音响了些:"我是爆破工,负责装填炸药,这个月一直在培训。放心,安全。"

姚向东和钱菜花几乎同时松了一口气。

江上吹来的风带来一阵一阵清凉。石油勘探队坐落在松江与嘉陵江交汇处的江边。江边是一片繁华的水陆码头,码头边的江面上不少船只来来往往，有些停靠在码头边的船只正在紧张地上货下货。远处的码头边，不少往来于码头的纤夫、搬运工打着赤膊，正来来往往地忙碌着。挑着各种小吃的小商贩在码头边叫卖，一片高高低低的嘈杂声。

钱正南突然指着挑着担子的小商贩说："他们卖的是用来充饥的'望子'，是猪血、豆腐、时令蔬菜混合制的，比较便宜。码头上的纤夫、搬运工，一两毛钱能吃上一大海碗充饥。你们在店铺吃的肥肠干饭比'望子'好，'望子'是肥肠干饭的前身。"说着，钱正南指了指靠大榕树不远的商贩，"要不要来一碗'望子'尝尝？"

两人几乎是同时摇了摇头。菜花问父亲要了电话联系方式，看看时间不早，便和向东一起向父亲告别。

两人扭头走上拱桥，身后传来钱正南的叮嘱声："别忘了把我的电话联系方式告诉朱红旗支书，别忘了告诉刘建国副站长！"

姚向东和菜花同时停住脚步，转过头朝钱正南摆摆手说："知道了！放心！"

两人正要迈开步子，又传来钱正南的喊声："菜花！爆破的事别告诉你妈。"

"知道！"向东和菜花再次朝钱正南摆摆手，扭头走下拱桥，走上向阳东路，一路步行往公共汽车站走去。

身后石油勘探队大门柱子上的高声喇叭响起来。先是通知参加培训的工人集合，随后传来嘹亮的歌声：

> 锦绣河山美如画
> 祖国建设跨骏马
> 我当个石油工人多荣耀
> 头戴铝盔走天涯
> 头顶天山鹅毛雪
> 面对戈壁大风沙
> 嘉陵江边迎朝阳

昆仑山下送晚霞
天不怕，地不怕
风雪雷电任随它
我为祖国献石油
哪里有石油
哪里就是我的家

红旗飘飘映彩霞
英雄扬鞭催战马
我当个石油工人多荣耀
头戴铝盔走天涯
……

　　菜花心里开心，情不自禁地跟着高音喇叭哼起来。姚向东陪菜花来陵阳城里看父亲，逛了毛峰塔，吃了陵阳城里有名的小吃肥肠干饭，见到了自己的救命恩人菜花的父亲钱正南，一切都顺利。看得出来，当干爹听到菜花考试成绩好，秋天有书读的消息时，脸上高兴得像怒放的春花。

　　沿着向阳东路往西走，到了陵阳路口，姚向东突然停住步子说："菜花，县人民医院就在前面不远吧？"

　　"对呀！"菜花朝向阳西路一指说，"去看看！"

　　姚向东点点头。姚向东心里明白，那里是自己生命又一次扬帆的地方。自己摔下天坑，是菜花和她爸把自己送到这里。自己是在这里从昏迷中醒来的。

　　姚向东和菜花来到县人民医院。姚向东伫立在医院大门口，静静地望着急诊室里来来往往穿白大褂的医生、护士，好久好久没有说一句话。

　　"进去看看你住过的急诊室病房。"菜花提醒姚向东。

　　姚向东深情地望着菜花白里泛红的脸庞，深深地鞠了一躬对菜花说:"菜花,干爹和你救我的这个大恩永远记在心里。"

"老提这事,见外了!"菜花轻松地笑笑说。

向东和菜花几乎同时含情脉脉地对视着,许久,两人都不好意思地笑了。

坐上陵阳县城通往乡下的公共汽车。姚向东陪菜花坐到鱼头村,看着菜花下了车后,不停地朝边走边扭头望望公共汽车的钱菜花挥挥手,心里顿时感到空落落的。公共汽车沿着黑鱼湖岸边的土石公路朝松江古镇方向开去。

站在路边的菜花望着载着向东在雾尘中渐渐远去的公共汽车,尽管考试通过了,住宿解决了,见到父亲了,一切都心想事成,应该高兴,但不知怎么回事,菜花感到心头有一股酸楚味儿,而且越来越浓。菜花感到丢了什么东西似的,有些失落感。

菜花离开临时停靠站,沿着高低不平的山石小路回到家,太阳已经落到西边群峰中。晚霞满天,映红了翠绿的山川,映红了镜面似的黑鱼湖,映红了菜花家那生机勃勃的菜园子。

三十九

芦花鸡伴着菜花脚前脚后蹦蹦跳跳,发出咯咯咯的欢快叫声。

菜花回来了,妈妈高兴,两个妹妹也高兴。桃花妹妹还挺懂事地拉着菜花的手说:"放心吧,我也长大了,你去镇上读书,爸爸到县城当工人,家里有妈,有我。"

菜花望着桃花那稚嫩白皙的脸庞,感激地笑了。

1975年下半年,对于菜花一家不平静,但很顺心。天坑打猎救起了姚向东,父女俩当了一回恩人,大队书记朱红旗表扬,松林大队的村民脸上都有光。当然,爸爸钱正南最实惠,天上掉下个干儿子,菜花自己也有了一个帅气的哥哥。爸爸还到县城的石油勘探队当起了石油工人,端上了公家的饭碗,这应该感谢朱红旗支书,他是真帮了忙。自己又考试通过，可以插班上初二了，刘副站长、姚向东一家出了不少力。但从朱红旗儿子朱爱国那读过的那些课本也帮了大忙。想到这里，菜花心里陡然生起一些隐隐的不快。朱爱国去年夏天初三毕业，成绩太差。朱爱国不想读高中，辍学在家。现在菜花自己插班复学，但一直借书给菜花的朱爱国初中毕业不上学了。菜花是个心地很软的山里妹子，她暗暗地为朱爱国惋惜。但人各有志。虽然两家走得近，虽然菜花与朱爱国来往也不少，但朱爱国不知怎么想的，就是厌学，谁说了也不听。山里的年轻人不知什么原因，脾气都有些犟。菜花小学毕业后，看到家里那么多事儿，尽管自己爱读书，但硬是犟着不肯去松江镇上读初中。朱爱国父亲是支书，家里生活过得有滋味，不知这朱爱国不想去读高中心里怎么想的。朱爱国不去镇上读高中，这让朱支书很没有面子。

菜花同情朱爱国。她把朱爱国介绍到姚向东竹器编织车间学篾匠。菜花介绍的，虽是临时工，毕竟在松江公社供销社当学徒，也算捧上了公家的半只饭碗。朱支书高兴，朱爱国也乐意去了。

1975年下半年平静地过去了。

1976年不平静。

开国领导人周恩来、朱德、毛泽东相继去世。7月28日又发生了唐山大地震，举国上下沉浸在极度的悲痛之中。悲后有喜。10月6日，以华国锋为首的党中央一举粉碎了祸国殃民的"四人帮"，全国人民奔走相告，欢欣鼓舞。

10月的天空，白莲花般的云朵中，火红的太阳洒下灿烂的光芒。大江南北，长城内外沐浴在温暖明媚的阳光里。

松江古镇各个角落的高音喇叭里传来《祝酒歌》那嘹亮、豪迈的歌声：

美酒飘香啊歌声飞

朋友啊请你干一杯

请你干一杯

胜利的十月永难忘

杯中洒满幸福泪

来来来来来来来来

来来来来来来来来来

十月里响春雷

八亿神州举金杯

舒心的酒啊浓又美

千杯万盏也不醉

手捧美酒啊望北京

豪情啊胜过长江水

胜过长江水

锦绣前程党指引

万里山河尽朝晖

来来来来来来来来

来来来来来来来来来

……

    姚向东的松江供销社的篾器编制车间越来越红火。朱爱国到了篾器车间学篾匠，姚向东很高兴。虽然不熟悉朱爱国，但爱国的父亲朱红旗支书与钱正南、刘建国都是好朋友。再说，朱爱国是钱菜花介绍来的。姚向东很当一回事儿，专门把朱爱国派到叔爷的手下，当起了关门徒弟。自己去叔爷家学篾匠，叔爷再三说自己是关门徒弟。这次是向东反复向叔爷求情，才收下了朱爱国这个关门徒弟。

    朱爱国来到篾器编制车间，一开始还有兴致，可是，几个月一过，常常迟到早退，有时一天也不见朱爱国的影子。上班编竹器，不定心思，残次品经常有，惹得叔爷常常发脾气，这让姚向东左右为难。

    朱爱国是支书的儿子，又是自己救命恩人菜花介绍的。他决定与朱爱国谈谈心。朱爱国小自己两岁，年纪相差不大，沟通起来应该容易。

一天中午。一场雷暴雨下过之后，天没有完全放晴。天空黑白相间的云彩摆着各种各样的造型悠悠地浮动。太阳不时从云彩中露出笑脸，不一会儿害羞似的又隐入厚厚的云层里。

姚向东和朱爱国在供销社食堂吃过中午饭，相约来到松江码头附近的江边小道上散步。刚下过一场透雨，松江江水上涨了许多，码头上的水泥阶梯淹进水中好几级。混沌的松江水哗哗哗流淌。岸边一片翠绿。再朝山峰上望去，雾霭缭绕，白茫茫的一片。

两人沿着松江边的小路缓缓地朝前走，谁也不说话，似乎都在想着自己的心事。姚向东瞥了东张西望的朱爱国一眼。朱爱国跟自己个头差不多高，脸庞圆圆的，双眼皮，眼睛很有神。白里透着红晕的皮肤不怎么像山里长大的孩子。说句心里话，朱爱国第一天到供销社篾器编制车间上班，姚向东第一眼看到朱爱国，心里没有一点厌恶感。尽管朱爱国报到之前有熟悉的同学提醒自己，说朱爱国是干部子女，学习成绩差不算，还很霸道。熟悉的同学还特别提醒向东，朱爱国心里在暗暗地恋着钱菜花。姚向东听在心里，并没有当回事。菜花才十四岁，年龄还小，朱爱国也就大菜花两岁。这次摔到天坑里，是菜花父女把自己从天坑底救出来。朱爱国的父亲朱红旗与菜花父亲钱正南私交不错，两家走得勤些，子女来往多一些也算正常。

姚向东绝对没有想到朱爱国长得一表人才，但肚子里墨水不多。没有墨水可以往里装，让姚向东想不到的是，这个朱爱国不愿意往脑子里装墨水，当然，装也装不进。反正这几个月相处下来，感到朱爱国有些不对劲。朱爱国学篾匠的事儿不见长进，松江镇上的三朋四友交了不少。有时朱爱国会与这些三朋四友喝得酩酊大醉，嘴里哼着一些不三不四的小调。特别是朱爱国腿上穿的那条喇叭裤，不知从哪儿买来的，走路像两把不着地面的扫帚，走快了会掀起一些微微的风，把篾花篾屑掀得飘起来。姚向东虽然对朱爱国有些看不惯，但想想朱爱国是菜花介绍来的，再说自己摔进天坑里，朱爱国父亲出了不少力。听说当时朱爱国父亲朱红旗亲自带着松林大队二十多个猎人到天坑底搜寻。知恩图报是人的天性。姚向东很少批评朱爱国，碰到不愉快的事儿总是往好处看。

江水哗哗哗地流淌。

山风呼呼呼地吹着。

太阳在天空时隐时现，山风带来了一阵一阵的凉爽。姚向东打破沉默说："爱国，来了这几个月，总想两人聊聊心里话。"

"心里话？"朱爱国有些疑惑地停住步子，目光飘忽不定地在姚向东脸上扫来扫去。

"对呀！"姚向东和蔼地笑笑，"说心里话，我的救命恩人是菜花父女，但你父亲也是我的救命恩人！"

"我父亲？"朱爱国迟疑地顿了一下，"我父亲又没有救你。"

"爱国，你不知道。我跟父亲巡山摔进天坑后，父亲急得团团转。"说到这里，姚向东朝朱爱国微笑着说，"我父亲找到林业站领导刘建国，刘副站长与你父亲是至交。你父亲立即发动松林大队几十个猎人到天坑底搜寻！"

"人命关天！"朱爱国朝姚向东瞅了一眼，"谁都会着急的！"

"你父亲亲自去了天坑！谢谢你！谢谢你父亲朱支书。"

"过去了，都过去了。"朱爱国轻松地一笑，"也谢谢你呀！让叔爷教我学篾匠。"

"菜花家与你家是常来往的。菜花是个山里好姑娘，她介绍的，我肯定欢迎！"姚向东说到这里顿了顿，目光落到朱爱国脸上。

朱爱国心里明白姚向东想说什么，也不想隐瞒，来了个直截了当："向东，让我说心里话吗？"

"说心里话呀！"姚向东想不到朱爱国这么直爽。

"我不太喜欢学篾匠！"朱爱国说完，连咽了几口唾沫，没有说原因。朱爱国知道，姚向东对松林大队，对鱼头村的山里人都不熟悉。这次跟自己的父亲巡山摔进了天坑后，让菜花父女从天坑救了上来，才对鱼头村有些接触。朱爱国听自己父亲说，那次姚向东一家在林业站副站长陪同下到钱正南家谢恩，父亲也在酒桌上。姚向东当场认了钱正南、胡少香为干爹、干妈。钱正南一家三朵金花，个个长得水灵灵的,就缺少个儿子。姚向东去认了干爹干妈,这钱家真是天上掉下个帅小伙子,高兴得不得了。自己青梅竹马的菜花有了个干哥哥,而且这天上掉下来的干哥哥长得挺帅气的,又有文化。当时,朱爱国听到这个消息,心里很不是个滋味,但说不出是什么滋味。当晚,朱爱国专门去了一趟鱼头村,以送课本的名义旁敲侧击地问了菜花。菜花嘴快,压根儿没有往别处去想。在朱爱国面前,菜花绘声绘色把天坑打猎救人的事儿说了一遍。边说边自豪地夸起了自己的父亲。说父亲正南在天坑底发现了昏迷的姚向东,当即做了简单的包扎后,硬是一步一步把姚向东背出天坑山洞,背到鱼头村公共汽车站送往县城。菜花说着有些自豪:"向东的血管里还流着我的血呢!这小伙子命大,从上百米高的天坑顶上摔下来,除了摔破了皮,啥事没有。大难不死,必有后福。"菜花说着,语气中的自豪感越来越强:"我爸挺喜欢他的。"

听到菜花的夸赞,朱爱国心里有些沉重。他隐隐约约地有些担心,但又说不出担心什么。认干爹干妈,输血救人,一切都是挺自然的。菜花是姚向东的救命恩人,菜花的父亲也是姚向东的救命恩人,菜花当然发自内心地感到自豪。

后来,听说菜花要去松江中学读书。这一切都是姚向东家里打点协调的,朱爱国的心里像压上了一块石头,更加感到沉重。菜花去松江古镇读初中,姚向东家就在松江古镇的西北林业站里,而且菜花借宿在向东的姑妈家里。当年,朱爱国在松江中学读书,借宿在林业站刘副站长家里。晚上空余时间会很多。菜花与向东都在松江古镇上,晚上空余时间一多,接触时间会多起来。日久生情,谁也不能保证。自己心里爱着钱菜花,虽然没有提出过,但菜花经常向自己借课本,说明菜花心里也有自己。钱菜花业余自学,自己把课本借给菜花的那份热情,菜花虽然未到情窦初开的年龄,但菜花一定能感受到。姚向东学习成绩好,惹老师喜欢。虽然社会上读书无用论泛滥,但听说这个姚向东晚上一直在学习,还抄起了半寸厚的《读报手册》。这个菜花也是个爱学习的人。尽管不上初中辍学了,但初中的课本她常从自己这里借去自学。菜花与向东，这志趣……朱爱国想想自己，一看到书，头就疼，心里很不是滋味。朱爱国也曾想学习，也想去读高中，但静不下心来。朱爱国初中毕业后，就这么在山里晃荡着。

钱菜花父女救人，让朱爱国有了危机感。当菜花决定去松江中学读初中时，朱爱国也曾动了去松江中学读高中的念头。但一看到家中那些借给菜花读过的初中课本，他的头有些发晕。他有自知之明，他不是读书的料子，但自己可以做其他事。家里人让他去学门手艺，瓦木匠太苦，当个篾匠，还算轻松些。但朱爱国的自尊心很强，自己是支书的儿子，去学个什么手艺，让人们瞧不起。从学校初中毕业回到村里，朱爱国听不进父母的话，既不想去读高中，又不想去学一门手艺，一时没有主张，只能是吃吃玩玩，到处晃悠。

菜花提出让朱爱国去松江供销社篾器编制车间学篾匠。听到菜花的这个想法，朱爱国头摇得像拨浪鼓。菜花本想做个好事。自己救的人母亲李花红是松江公社正式工，松江供销社领导人头熟。姚向东虽然是供销社的临时工，时任松江供销社篾器编制车间临时负责人。向东编的篾器很受山里人喜欢。把朱爱国介绍到姚向东手下当学徒，荒年饿不死手艺人。菜花完全是一片好心，也是对朱爱国经常借书给自己自学的回报。但朱爱国不领情。菜花不甘心，到供销社去当学徒，毕竟端上了公家半只饭碗。她让朱爱国考虑几天。当时朱爱国碍于两家的亲密关系，嘴上答应，但心里一百个不愿意。

回去睡了一觉醒来，朱爱国来了个一百八十度的大转弯。朱爱国想得很现实，菜花到松江古镇上学去了，自己还在大山里，以后见面的机会自然会少了。到松江供销社篾器编制车间去学篾匠，见到菜花的机会多。当然，自己毕竟是个男子汉，时不时可以照顾到菜花。这感情说不定会越来越深。事不宜迟。毕竟菜花是一片好心，是为自己好。朱爱国第二天上午就找到菜花家。他向菜花说了自己想去松江供销社学篾匠的想法。朱爱国还告诉菜花，自己的父亲也很支持。菜花听了连连点头，但心里感到有些惊讶。昨天朱爱国还把头摇得像拨浪鼓似的，今天怎么心血来潮这么快就把主意改变了？改变就好，毕竟朱爱国对自己关心不少。没有他提供的初中课本，自己业余学习也跟不上。虽然朱爱国成绩出奇地差，但朱爱国只要自己懂点知识，他总会热情地讲给自己听。再说，朱支书一家对钱家不薄。虽然，父亲把打猎的猎物送了不少给支书家，但村里人也沾了不少光。支书不一样呀。天高皇帝远。别看朱红旗是山沟沟里的小支书，权力大着呢！谁家就是出去要饭，没有松林大队的证明，也出不了松江公社呀！何况，前些日子上面来松江招石油勘探工，就一个名额，凭着朱支书的人缘关系，他把这个名额从镇上要过来了。朱支书极力推荐，这个名额给了自己的父亲钱正南。父亲此时端上了公家的铁饭碗。各自然村的人都羡慕着呢！当然，父亲钱正南人好，做的好事多，山里人朴实，都为父亲高兴。朱爱国在回忆中想着当时决定到供销社学篾匠时，心里就浮现出菜花的形象，心里有一股说不出的滋味。

姚向东见朱爱国边走边低头沉思，没有打断朱爱国的思绪。

向东与爱国并排小步往前走。当朱爱国说到不喜欢学篾匠时，姚向东纳闷地问："爱国，不喜爱学篾匠你怎么来学徒的？"

朱爱国吞吞吐吐没有回答。

姚向东更加纳闷。他换了个话题说道："爱国，我有个建议。"

"你说。"朱爱国望望姚向东。

"你年龄还小，建议你应继续读高中。现在读书无用，不等于将来无用。"姚向东语气很诚恳。

"向东，不是我不想读书，是读不进去！"朱爱国吞吞吐吐说出了心里话。

"你爸是支书，家里条件不错，不读高中有点可惜。"姚向东说到这里声音有些高，"爱国，刘副站长与你爸也是好朋友，他同学是松江中学的副校长高华庆，你只要想去读高中，肯定没问题。"

朱爱国沉默了好一会儿，才从嘴里蹦出两个字："谢谢！"

两人沿着松江边的小路继续往前走。山风带着清脆的鸟鸣声吹过来，一阵一阵的凉意吹到姚向东身上。姚向东望着并排走着的朱爱国。虽然朱爱国说的真话,但姚向东捉摸不透朱爱国真正的心思。姚向东边走边自言自语:"既然不喜欢,还来镇上学什么手艺?"

谁知朱爱国听到姚向东的自言自语,朝姚向东瞥了一眼,脱口而出:"为了菜花呗!"话音刚落,朱爱国感到自己说漏了嘴,脸上霎时泛起了火热的红晕。

为了菜花?姚向东听了心里一惊,感到有些莫名其妙。他不知道朱爱国说这话什么意思。也可能朱家与钱家关系密切,朱爱国到镇上来是为了照顾钱菜花。但转念一想,感到不合时宜,他能照顾什么呢?姚向东陷入了沉思。

四十

姚向东不知道菜花与朱爱国是什么关系。只知道两家走得特别近。这次自己摔进天坑,刘副站长找的就是朱爱国的父亲朱支书。朱支书脑子活,人缘关系不错。朱支书听说要去天坑底救人,把松林大队的猎人全动员起来,自己还亲自带着猎人去了天坑。当时,朱支书还托人到处通知菜花父亲钱正南。钱正南在松林大队使得一把好猎枪,龙山一带,特别是天坑底常去打猎。但那天钱正南带着菜花一早就去了天坑底打猎,一枪未放,在天坑就发现了自己。这朱支书当时带人到天坑底没有搜寻到人,还专门去了钱正南家。当时朱支书就猜测,恐怕钱正南去天坑比较早,说不定人已经被钱正南救回家了。谁知,到了钱正南家一看,钱正南父女没有回家。听刘副站长说,当时朱支书很着急,守在松林大队部电话机旁一直在等消息。

想到这里,姚向东眼睛一亮。钱正南能去石油勘探队当上工人,端上公家的铁饭碗,没有朱支书帮忙肯定搞不定,两家关系可想而知。但姚向东转念一想,两家长辈间的来往密切,不等于子女非要往婚配上靠。再说,菜花还是个小姑娘,就是有想法,朱爱国也只是剃头挑子一头热。菜花向自己推荐朱爱国学篾匠,也可能出于同情。菜花是山里长大的小姑娘，人长得漂亮、机灵，而且有一颗特别善良的心。可惜，这朱爱国不怎么学好，书不想读也就算了，还经常跟松江镇一些不学好的小青年来往。朱爱国学篾匠不专心，心定不下来。姚向东想想这些日子与菜花的接触，想想自己对菜花似乎也有一种说不出的滋味。将心比心，朱爱国与菜花青梅竹马，朱爱国有这个想法应该是情有可原。只是朱爱国真对菜花好，真想去关爱她，甚至从山里头来到镇上学篾匠也是为了菜花，这可是朱爱国脱口而出的心里话。看来朱爱国恐怕对菜花真有那层意思。

想得越多越说不清楚。姚向东安慰自己：还是顺其自然吧。好在"四人帮"倒台了，社会在变，人心也在变，说不定朱爱国会往好处变呢。姚向东总是往好处想。

姚向东心中曾冒出一个念头。他想直截了当去姑妈家找菜花，当面问她，对朱爱国怎么想的，也直截了当地表露一下自己的心思。如果菜花与朱爱国青梅竹马，已经结下深深的情谊，如果菜花真正地对朱爱国有意，自己一定会支持她爱下去。姚向东甚至心中暗暗下决心，一定要把朱爱国往好的路上引，这也是为了自己的干妹妹，自己的救命恩人钱菜花。如果菜花与朱爱国仅仅停留在一般的密切交往中，这种交往是纯洁的，那自己就向菜花透出自己的心扉。菜花爸是自己的恩人，菜花也是自己的恩人，而且自己的血管里还流淌着菜花的血。自己也应该吐露出自己的心声。待到菜花长大了，让她自己去选择。反正姚向东心里已经想好了。对于钱菜花来说，自己就是供销社门市部柜台上的竹器，只要菜花选中了，尽管拿走。自己这条命是菜花父女给的，什么时候拿走都行。姚向东心里这么想，但想到菜花才十三四岁，而且还在读书，他把这个念头又深深地藏到了心底。

姚向东对朱爱国还是一如既往地关心。只是朱爱国经常会给叔爷闹出点动静，害得姚向东常常私下里给叔爷赔不是。姚向东知道叔爷是个正直的人，是个有着不寻常故事的老人，姚向东打心眼里佩服叔爷，他不想让叔爷不高兴，于是就变着法子让叔爷理解朱爱国。有几次，叔爷对姚向东老是为朱爱国辩解不理解，说了姚向东几句，话还有些重。

叔爷说:"向东啊!你怎么老向着朱爱国?"

向东轻声回答:"他还小!"

叔爷有些吃惊:"十五六岁,还小?"

向东沉默。叔爷叹了一口气说:"我们那时候提着脑袋……"叔爷没有说下去。只有向东知道叔爷家山坡上竹林里的秘密,也只有向东知道,叔爷的心里堵着一块大石头呢!解放以后,运动一个接一个,什么时候能去掉这块石头,叔爷的心就舒畅多了。姚向东心里曾冒出这个念头,也许自己有一天有了这个机会和权力,会帮叔爷去掉心中的这块石头。也许这个念头就是一个梦吧!但叔爷不管怎么批评自己,姚向东既护着朱爱国,又不能让叔爷生气。

感恩之心人皆有之,自己不能没有这个念头。有了这个念头,姚向东与朱爱国之间处得还是融洽和谐的。但朱爱国这小伙子拎起来不像个粽子,放下来不像块糍粑。在供销社篾器编制车间表现好了一些,但在镇上经常会跟一些不三不四的小青年来往,经常会闹出一些小乱子来。有时,人家会把状告到供销社领导那儿,都是姚向东去说情打招呼,把事情摆平。菜花几次遇到姚向东,都替朱爱国打招呼,给姚向东赔不是。姚向东看得出来,菜花年纪虽小,但心里很明白,脸上明显有一种说不出的沉重感。菜花心地善良,她父亲与爱国的父亲是至交,两家来往这么密切。全松江公社就一个端公家饭碗的名额,朱红旗支书把这个名额要到松林大队,又把这个名额给了自己的父亲钱正南,这是多大的情呀!再说,朱爱国对自己那么关心,菜花时时刻刻都能感受到。菜花心里希望朱爱国学习,希望朱爱国学好。但人各有志,一个山里小姑娘怎么能说服一个支书的儿子呢。菜花很单纯,她只能代朱爱国受过,向姚向东赔不是。就像姚向东为了对菜花的感恩,为了对朱爱国父亲的感激,而代朱爱国受过,给叔爷赔不是一样的心情。

朱爱国终于出事了。

一天傍晚。

天麻麻黑。姚向东刚端起饭碗，还没扒上一口饭，门外传来了急促的脚步声，脚步声中传来急促的喊声："向东！向东！"

"向东在家吗？"菜花已经到了菜园子篱笆门口，急促地问道。

向东一听，是菜花的声音。心里一愣：出什么事啦？菜花这么急赶来找自己。他赶紧放下碗，筷子往桌子上一搁，跟父母打了个招呼，开门走了出来。见到菜花那急促喘着粗气的样子，赶紧安慰说："别急，进屋慢慢说。"

"出事了，出大事了！"菜花几乎是哭着说。

"出什么大事啦？别急。"姚向东拉住菜花的胳膊，"还没有吃饭吧，先……"

菜花打断姚向东的话："向东哥，朱爱国出大事了！"

"朱爱国？"姚向东心里一惊，这小伙子一直不安分。姚向东目光盯着菜花问："朱爱国怎么啦？你慢慢说。"

"朱爱国被镇上派出所抓去了！"菜花说着，用手抹了抹眼角的泪水。

"犯什么法啦？"

"打架！"

"跟谁打架？"

"我也不清楚。"菜花挺单纯，她对向东说，"朱爱国的父亲是支书，又是我爸的至交。到供销社学篾匠，是我给你推荐的。现在不学篾匠又不学好，闹出这么大的事来，怎么向朱支书一家交代？"

姚向东想不到菜花想得这么多。现在情况不清楚，朱爱国是供销社的临时工，临时工也是供销社的人。犯了法，供销社肯定要管。说不定此刻供销社的领导已经被喊到派出所了。姚向东当机立断，拉住菜花胳膊，下了小山坡，往派出所走去。姚向东边走边安慰菜花："别急，到派出所看看。先弄清楚为什么事打架，跟谁打架，伤得重不重。"

松林派出所在古镇的最东头。向东和菜花还未走到镇派出所门口，就看到供销社王主任从派出所大门走出来，身后跟着垂头丧气的朱爱国,朱爱国的身后还跟着两个跟朱爱国年纪相仿的小伙子,也耷拉着脑袋,眼睛望着脚下的青石板缓缓地移动着步子。

姚向东赶紧迎上去:"主任,这怎么回事?"

主任见到姚向东,把朱爱国往姚向东面前一推:"向东,你回去问你这个徒弟。"

菜花看到朱爱国出来了,脸上的愁容消失了不少。她朝朱爱国跟前跨了一步,有些责怪地问:"那两个人是谁呀?长得凶巴巴的!"

没等朱爱国说话,那两个垂头丧气跟在朱爱国身后的人悄悄地溜走了。

姚向东领着朱爱国来到路边一花台旁,朝王主任连说了几个对不起。送走了主任,向东急切地问朱爱国:"什么事呀!非要动手?"

"那两个人呢?"菜花也着急地问。

朱爱国低头不说话。

昏黄的路灯照在青石板上泛起昏黄的光,青石板上映下了三人朦朦胧胧的倒影。

不知是从不远处山坡上还是古镇边的松江上吹来的风,带来一阵一阵的凉意,让大家头脑都渐渐冷静下来。

此时,朱爱国看到姚向东带着菜花来派出所,心里涌起了一股说不出的滋味。他感激菜花心中似乎装着自己,但嫉妒向东和菜花一起来派出所。朱爱国心里不知道是菜花喊的姚向东,还是姚向东喊的菜花。朱爱国蜷缩着身体,花台上的一棵茂盛的石榴树黑影正好罩着朱爱国。

姚向东想问朱爱国到底发生了什么事。姚向东刚张开嘴,附近路灯杆上的高音喇叭响起来。这突如其来的震人耳膜的高音喇叭声把姚向东、朱爱国、菜花吓了一跳。

大家几乎是同时屏住了呼吸。

"嘀!嘀!嘀!嘀!嘀!嘀!"刚才最后一响,是北京时间二十点整。

接着是播音员那熟悉的声音,在松江古镇上空回荡:"中央人民广播电台,中央人民广播电台,现在是新闻和报纸摘要节目。"

四十一

姚向东好像有什么预感似的。粉碎"四人帮"不到一年,他已经感受到春天的气息越来越浓了。听到中央人民广播电台的正点广播,他停止向朱爱国的询问,站在花台边上,静静地听着高音喇叭的广播声。

朱爱国直起腰,一句话不说。菜花仰着头望着路灯杆上的喇叭。

"……1977年4月,教育部在北京召开全国高等学院招生工作会议,决定恢复已经停止了十年的全国高等学院招生考试,以统一考试、择优录取的方式选拔人才上大学。……"

听到高音喇叭里播出全国将恢复高考的消息后,姚向东兴奋得浑身的热血直往上涌,双手情不自禁地鼓起掌来,嘴里喃喃自语:"读书有用了!读书有用了。"

朱爱国看到眼前的姚向东像变了个人似的,心里想不明白,听到恢复高考的消息,姚向东为什么像吃了兴奋剂一样高兴。朱爱国厌学,整天沉不下心来,还不时与一些不三不四的人弄出一些事儿来,姚向东心里想的什么,脑子里一直在做什么好梦,朱爱国当然不知道。

朱爱国初中毕业,没有上高中。初中一毕业,就回家闲混去了。那个年代,朱爱国满脑子瞧不起读书的人,在他的心目中就是一个想法,书不能多读,读书无用。高考从1966年中断之后,直到1977年才恢复高等学院招生。过去高等院校招生不凭文化,说得挺好听,自愿报名,群众推荐,领导批准,学校复审,实质是助长了开后门的歪风,丧失了公平竞争的原则。这种招生办法带来的后果是学生不读书,社会上流行读书无用论。朱爱国是受害者。父亲是大队支书,是土皇帝,还读书干什么?读好读坏一个样,严格地讲读好读不好一个样。读好书下场不一定好,知识越多越反动,知识多了还要挨批。反正想上大学又不需要文化考试，谁还有心思去读书。朱爱国就从心里不想去读书。现在听到广播里说到恢复高考，上大学要考试了，心里似乎感觉不对劲了，要不然眼前的姚向东不会这么高兴，连站在姚向东身边的菜花脸上在路灯映照下都浮现出掩饰不住的笑容。看来恢复高考对上了爱学习人的路子了。姚向东爱读书，钱菜花虽然辍学在家不读初中，但一直借自己的初中课本自学，后来还插班读初二。但朱爱国转念一想，觉得国家的改革没有那么简单，也不可能什么人都能去参加高考。想到这里，朱爱国轻轻地问正在聚精会神听广播的姚向东："向东哥，什么人都能参加高考？"

姚向东没有答复，只是用手指指路灯杆上的高音喇叭。

高音喇叭里声音洪亮："恢复高考的招生对象：工人农民，上山下乡和回乡知识青年，复员军人，干部和应届高中毕业生……"

条件很宽，姚向东松了一口气说："我赶上机会了，但学业荒了一年了，不知道能不能考得好。"说到这里，姚向东语气诚恳地对朱爱国说："爱国，论智力，你不比别人差。你的机会比我好。你应该去读高中，读三年书去参加高考，那肯定是三个指头捏田螺——笃定笃定又笃定了。菜花机会更好了，已经复读了，等到菜花你读完高中去参加高考，文化底子更厚了。"

朱爱国点点头。

菜花也点点头。

姚向东见朱爱国听进了自己的劝告，这个时候再去问打架进派出所的事，有点不合适。再说，菜花还在旁边。姚向东找了个话题说："我得早点回去，把这好消息告诉爸妈。广播里面已经说了，再过一个月就要举行全国高校统一考试。我满打满算也就一个月复习迎考时间。"说到这里，姚向东朝天空的月亮望望说："我有个提议，不知能不能说。"

朱爱国沉默，菜花也沉默。

姚向东见朱爱国和菜花不说话，清了清嗓子说："反正你们都是我的恩人，都是朋友，有话我直说，今后大家都把心思用到学习上，怎么样?"

"都是读书无用论害的。"朱爱国想想自己的初中学习成绩,长长地叹了口气。

菜花在昏黄路灯映照中的月色下轻轻地点头,目光落到姚向东的脸上。眼前被自己救过命的帅小伙子,此刻似乎变得更帅气了。想到一个月后姚向东就要参加高考了,如果考上大学,那以后就不能常见面了。想想这些日子与姚向东的相处,虽然在一起的机会不多,但总是感觉到姚向东的影子时不时在自己眼前晃动。想到姚向东去高考,想到姚向东考上大学会离开山村,钱菜花的心里产生了一丝丝莫名其妙的失落感。

月色淡白,路灯昏黄,江边古镇的青石板上泛着幽幽的青光。姚向东、朱爱国、钱菜花朝三个不同方向往住宿的地方走去。

时间过得很快。一切都顺利进行着。

一天下班,松江公社邮电所通知姚建华去邮电所领一封挂号信。姚建华下班后,径直赶到公社邮电所。邮电所工作人员让姚建华在一本登记簿上签上名字后递给他一封白色信封的挂号信。姚建华心里一喜。他知道儿子参加高考填的通信地址是松江公社林业站转姚建华收。这一定是儿子姚向东的大学录取通知书。姚建华惊喜地把挂号信正面翻过来,映入眼帘的是一排鲜红的大字:重庆师范大学。姚建华手里拿着那封挂号信,头也不回地一口气跑到家门口的菜园子篱笆门旁,这才停下步子,大着嗓门,压抑不住心中的喜悦喊道:"向东!开开门!"

屋子里正在往桌子上端一盆煮玉米的李花红,听到菜园子外面丈夫的大嗓门,埋怨地说:"我们家的门什么时候关着?自己不会推门。"说着,李花红放下手里的一盆煮玉米,对在桌旁正在盛大麦粥的向东说:"去,看看,你爸喊什么喊!"

向东盛好一碗粥,轻轻地往桌子上一搁。然后转身朝菜园子里走去。刚出堂屋门,就看到父亲推开菜园子的篱笆门,满脸洋溢着喜气朝自己走过来。

姚向东看到了父亲手里白色醒目的信封，心头一喜，莫非是录取通知书？这些日子，自从没日没夜地复习了一个月参加考试后，心里一直悬着。脑海里不时盘算着：考了多少分呀？能不能达到分数线呀？志愿不知填得对不对路。当时为了保险，还特意填了重庆师范学院。教师专业是招生鼓励类的。现在想想，既然是国家鼓励类的，大家一窝蜂地都填师范当老师，会不会把自己挤掉呀？考是考了，反正能不能被大学录取，心里没有底。这些日子，姚向东吃饭不香，睡觉也不实，也没有心思去篾器编制车间上班了。听叔爷说这些日子朱爱国也不去上班了。钱菜花倒是去向东家里找过姚向东几次。其实钱菜花也没啥事儿，只是让姚向东放宽心些。钱菜花虽然是山里姑娘，虽然年纪小，但心里装的东西不少。她晓得安慰向东，这让姚向东在焦急的等待中感受到甜甜的暖意。

没等姚向东走到父亲面前，姚建华就停住了步子，举起左手拿着的那封信，朝姚向东面前晃晃问："看，这是什么？"

"挂号信！"

"什么挂号信？"

姚向东一个箭步上前，迫不及待地从父亲手里抢过那封挂号信，扫了一眼，忍不住笑出了声："爸！妈！我被大学录取了！"

"别喊！进屋说。"姚向东与父亲一前一后走进屋里。看到姚向东手里的白色信封，李花红疑惑地看着建华、向东父子俩那满脸的笑容，已经猜了个八九不离十：一定是向东考上大学了。

弟弟向方、妹妹向红一人手里拿着一个玉米棒边啃边笑盈盈地围了上来。

这顿晚饭，喝的是大麦粥，啃的是玉米棒，炒盐黄豆搭粥，一家人吃得香喷喷的。

窗外的山坡上，一大片的翠竹在山风吹拂下发出欢快的沙沙声。栖息在竹枝丛中的麻雀一会儿飞出竹林，一会儿又飞进竹叶丛中，发出天籁般的鸣叫。麻雀欢快的鸣叫声和屋子里建华一家人的欢声笑语糅和在一起。月亮升起来了，山村沐浴在一片银色的光亮里。

李花红想到人们常说的俗话，大难不死，必有后福。向东这孩子从摔进天坑到今天拿到录取通知书，满打满算不到三年，上大学了，将来是国家的人了。人要晓得感恩，想到这些，李花红给丈夫建议，在镇上的松江酒楼摆上几桌，把朱红旗一家、刘建国副站长一家、钱正南一家还有高华庆副校长全请过来，好好地敬他们几杯酒。姚建华一听，当即赞同，并选定了请酒的日子。

姚向东向父母建议，酒宴要请叔爷，要请供销社的王主任。

酒宴气氛热烈。向东考上大学了，这消息像长了翅膀在松江镇上传开来，大家脸上都有光。

酒宴结束后，姚向东喊住朱爱国和钱菜花。在松江酒楼一间空置的包厢里，三人坐定后，姚向东朝朱爱国、钱菜花笑笑，诚恳地说："感谢你俩的父亲救了我，也感谢菜花！"

"祝贺你！"朱爱国与钱菜花几乎是异口同声地说。

姚向东连连点头："爱国、菜花，我希望几年之后，你们都跨进大学的校门。"说到这里，姚向东站起来，走到菜花面前握起拳头说："有自信，才能有成功！"姚向东又朝爱国面前跨了两步诚恳地说："爱国，你一定要上高中，大学的门敞开着呢。再说，你还有三年时间努力，只要有自信，一定会跨进大学的校门。"

菜花接过向东的话头："向东哥，你复习迎考的日子，爱国已经办妥了上高一的手续。过年后就去松江中学读书。"

"好好好！"姚向东连说了三个好字。姚向东亲切地拉住朱爱国的手意味深长地说起了自己的体会："爱国、菜花，我比你俩年龄大些，这次又考上了大学。其实，俗话说得好，打到鱼舱板都会说话。我想说点自己读书的体会，供你俩参考。"

"说！说！"菜花催着，爱国也不停点头。

窗外的山坡上，满坡翠绿的山林。中午的阳光特别灿烂，照在翠绿的树枝树叶上，泛起碧玉似的光泽。鸟儿在树林里鸣叫着，特别是酒楼窗外的几棵槐树上，几只花白喜鹊吱吱喳喳的叫声萦绕在姚向东、朱爱国、钱菜花的耳畔。姚向东在朱爱国、钱菜花面前缓缓地踱着步子说:"人活着,一定要看到未来,未来是美好的。人一定要强化自信。多看、多想、多忆自己的长处和潜力,就能激发自己的信心,就能自觉地去读书。"说到这里,姚向东顿了一下:"每一个有杰出成就的人,在其生活和事业的旅途中,无不以坚强的自信为先导。可见,信心孕育着成功,信心能使你创造奇迹。拿破仑说:'在我的字典里没有不可能这一字眼。'正是这种自信激发了他无比的智慧与潜能,使拿破仑成为横扫欧洲的一代名将。在现实中,自信不一定能让你成功的话,那么丢失信心就一定会导致失败。成绩不好,不是输在知识能力上,而是败在信心上。"

朱爱国、钱菜花都似懂非懂地听着,还不时点点头。其实,姚向东向朱爱国、钱菜花大谈信心的话题,他是有切身体会的。读了初中,读高中,读书无用论一直占上风,高等院校招生不看成绩,让他的心凉了半截。但他对知识有信心,对未来有信心。当年父亲去陵阳县里找人想推荐上大学,门儿都没有,一阵失落之后,姚向东一边学篾匠一边学文化,他心里有信心,文化总有一天会用得上。特别是碰到叔爷,知道叔爷的遭遇,向东除了无能为力地表示同情,更为叔爷对党的信念的执着所感动。他充满信心地等待着,当高音喇叭宣布恢复高考的信息后,他情不自禁地鼓起了双手。姚向东成功了,他在命运的转折关头画了一个圆满的句号。

信心铸就了成功。姚向东要把自己的自信和成功与朱爱国和钱菜花分享。朱爱国听了,一定会有所触动;钱菜花一直在学习,她听了之后信心会更足。姚向东出于感恩之心,他要把自己的成功体会作为鼓励恩人们前进的动力。当然,姚向东出于对朱支书的感激,这份感激落到了朱爱国身上。朱爱国喜欢钱菜花,姚向东已经隐隐地感受到,但朱爱国厌学,不争气,姚向东看到这一点。姚向东希望朱爱国能从阴影中走出来。

三人都兴奋地望着窗外,望着远处茫茫的群山和天空中那灿烂带着温热的亮光光的太阳。

该说的说了,路还得靠自己走。三人兴高采烈地离开了酒楼,走在松江古镇的青石板上。

四十二

"四人帮"倒台后,社会仿佛注入了大量的氧元素,人们的脸上都是喜气洋洋的,变得越来越活跃,变得越来越忙碌。

一切都在变,变得让人措手不及,来不及思考。菜花读上了初二;朱爱国又跨进了学校的大门,拿起了高一的课本;姚向东连做梦都不会想到,自己被重庆师范学院录取了,成了将来端国家饭碗的大学生。春节一过,姚向东就要离开松江古镇去重庆读书了。他有些依依不舍。

篾器编制车间解散了,叔爷年前回到自己的松江边的院子。院子的山坡竹林深处有他的思念和牵挂。姚向东最放心不下的是叔爷。

腊月。过年前十天开始数夜。腊月二十四是送灶。相传这一天灶王爷上天。送灶前家家户户打扫卫生,准备年货忙过年。姚向东跟父母商量,送灶前两天,他要去看叔爷,顺便在供销社备些年货,去了再帮叔爷把屋子掸掸尘,收拾收拾,也让叔爷过个干干净净的年。看望师傅是大事,父母为儿子越来越懂事感到很欣慰。父亲和母亲还提醒他,过了年就要去重庆读书了,过年期间,还有一件大事不能忘。不等父母张口,姚向东嘿嘿笑着抢嘴说:"去鱼头村,看干爹、看干妈、看菜花,给恩人拜年。"

姚建华、李花红兴奋地点头,脸上浮现满心欢喜的笑容。

腊月二十二,送灶的前两天,姚向东带着从供销社批来的一包京果、一包麻饼,还有一斤炒花生果、二斤猪肉、一条不足二斤重的花鲢,高高兴兴地来到叔爷家。

叔爷一看姚向东带了这么多东西,脸色沉下来,语重心长地说:"我知道你妈和你们家的一片好心,但这些年货都是要凭票的,我这老头吃了这么多好东西,你们家的年怎么过?"

姚向东急了，赶紧解释："妈妈在供销社工作，方便些。"

"这就更不对了！"叔爷语气明显重了些，"回去告诉你妈，可不能利用职权谋私呀！"

姚向东见叔爷生气了，目光讷讷地看着叔爷那古铜色的脸庞，有些语无伦次，不知怎么解释。

叔爷把姚向东带来的东西全放到桌子上，挑了一包京果、一斤花生朝灶台上一放说："向东，其余都拿回去！好多有孩子的人家都等着鱼和肉过年呢！"

姚向东目光盯着叔爷。他估计叔爷会发火批评自己。叔爷语气变得平和起来，但又不容商量。恭敬不如从命。姚向东朝叔爷理解地笑笑连连点头。

叔爷满意地笑了。

姚向东轻松了。他走到灶门口，拿起扫把准备帮叔爷打扫院子。谁知叔爷一把抢过姚向东手里的扫把，轻轻地往灶门口一搁说："坐下来，喝口茶！"

叔爷把姚向东拉到桌旁的条凳上坐下来，从灶台上拿起竹壳热水瓶给姚向东倒了一碗冒着热气的白开水，往桌上一放，自己也挨着姚向东坐了下来，然后用手指了指那碗白开水："向东，你大老远来看叔爷，只能招待你喝白开水了！"

望着桌上叔爷挑出来让自己准备带回去的肉鱼等年货，姚向东的眼眶红了。他明白叔爷的心思，自己考上大学了，在叔爷的心里，考上大学就是去做大事了，做大事可要想着大家，可要像桌上大碗里的白开水一样清白，一样始终热气腾腾的。姚向东什么话也没有说，端起桌上的一大碗白开水，咕咚咕咚一仰脖子，把大碗白开水喝了个精光，然后用手抹抹嘴角上的水渍，放下大碗，连声说道："谢谢叔爷！谢谢叔爷！"

叔爷点点头，一脸的喜悦。

姚向东看到叔爷高兴，心里也很惬意。他从凳子上站起来，又要去拿扫帚。叔爷伸手一挡说："年一过，你就去重庆读书了，以后见面的日子就少了。坐下，陪叔爷说说话。"

姚向东坐下。姚向东知道叔爷最大的乐趣就是给自己信得过的人讲过去的事儿。特别是"四人帮"粉碎以后，叔爷一说起过去的事儿，尤其说到他和妻子当地下党交通员的事儿，那激动的心情全浮现在脸上。当然，说到妻子当年身负重伤倒在竹林里，他往往会停下来不说，目光呆呆地朝窗外望过去，死死地盯着房子后面的山坡上不远处一片青翠的竹林。想到这里，姚向东有意问叔爷："你妻子执行任务负伤牺牲后，为什么不申请烈士？"

叔爷长长地叹了一口气："那时候，我与组织是单线联系，而且我和妻子都是松江区大队的临时交通员。我的上级是松江区大队的保卫科长章德林。我们是单线联系。每次任务都是章德林科长单独交代我们。妻子牺牲，我曾几次去松江区大队打听，想找章科长汇报，但找不到章德林科长。后来听说章德林科长失踪了，反正松江区大队没有章德林。我的交通员生涯结束了。我思念妻子，更思念我的上级章德林科长。"

听到这里，姚向东焦急地问："叔爷，你咋不向上级组织反映？"

"向谁反映？当年是秘密工作，是单线联系。"叔爷有些着急。

"向松江区大队反映情况。"姚向东说。

"松江区大队编入野战部队，从此杳无音信。"

"那你应该向陵阳当时的党组织反映。"

"谁认识我呀？"

"总不能闷在心里，一闷几十年呀！"

"比起那些死去的烈士们，比起自己心爱的妻子，我这不活得好好的吗？"

姚向东理解叔爷。他在叔爷家学篾匠时不止一次听叔爷说过，如果是一个真正的好党员，就应该充满信心地把信仰留在心中，就不应该给党组织添麻烦，更不能给人民添麻烦。

姚向东敬佩的目光落在叔爷慈祥的脸上，心中升腾起一股说不出的满足感。比起叔爷夫妻俩，我们这一代多幸运呀！现在考上大学了,眼前的路宽着呢。但走在宽敞的路上要时时刻刻想着别人。突然,姚向东的脑海里浮现出一个念头,他要代叔爷去申诉。他要把叔爷那段苦楚的经历告诉组织,让叔爷那颗干旱的心灵也能沐浴到党的阳光和雨露。他想征求叔爷的意见,但转念一想,依照叔爷的脾气,他绝对不会让自己写信申告。在他的心里,个人的事儿是小事,千万不要给党组织添麻烦。姚向东想到粉碎"四人帮"后,好多事儿都已经平反了,叔爷的事儿写信给县里党组织,说不定党组织会重视起来,会派人去外调,说不定哪一天会在什么地方找到那位松江区大队的保卫科长章德林。要真有那么好的运气,叔爷的妻子就没有白白地牺牲。叔爷这一辈子藏在心里最大的心愿也就了结了。想到这里,姚向东站在叔爷的角度心里热血沸腾起来。他决定离开松江古镇前,一定要写一份报告给陵阳县委办公室,把叔爷的冤楚反映上去,不能让叔爷既流血又流泪。

离开李家村,叔爷一直把姚向东送到村头。姚向东停住步子,说什么也不让叔爷往前走。

叔爷也停下步子,朝姚向东手里被退回的年货指指说:"告诉花红,这些东西最好还退给供销社。"

姚向东不停地点头说:"放心!叔爷,我一定让妈退回供销社去!"

叔爷满意地笑了。

叔爷望着姚向东的背影,大着嗓门说:"向东,上大学要好好读书,很多的娃娃们还等着你当老师教呢!"

姚向东转过身,大着喉咙:"叔爷!你放心,我一定好好读书!好好做人!"

太阳升上了中天,灿烂的阳光普照着满山的翠竹。一阵一阵寒冷的山风吹过来,姚向东感觉不到一丝丝的冷气,心中热乎乎的。

春节前,姚向东怀着对叔爷满腔的敬意,给县委主要领导写了一封信,把叔爷的情况原原本本地写到信中,表达了一位即将去读大学的青年对党的崇敬和信仰,更表达了对叔爷的敬重。

他亲自去了松江镇邮电所,将这封挂号信寄给了陵阳县委办公室转县委主要领导。过了年，自己就要去重庆师范学院读书，这一去就是三年。为了能保证县委及时联系，姚向东征求钱菜花意见，让她做这封信的联系人。钱菜花听了姚向东讲述叔爷的苦楚和经历，乐意做姚向东的联系人。姚向东在信的落款上注明联系人钱菜花。

因为叔爷申诉的这封信，两人决定今后保持联系，但两人心里也许想得更多更多。毕竟一个少男，一个少女，保持通信有了理由。

姚向东过年之后去重庆师范学院读书时，朱爱国读上了高一。钱菜花自从插班上了初二，在初二班上的成绩一直冒尖。

三年一晃过去了。转眼到了1980年放寒假。姚向东给钱菜花去了一封信，告知自己回松江镇的日期。

当然，姚向东一直盼望陵阳县委能与钱菜花联系。要是有联系的话，叔爷落实政策的事就有眉目了。但直到姚向东放寒假回到松江镇，那封为叔爷申诉反映情况的信都石沉大海。还有半年大学毕业。姚向东想好了，等到毕业有时间了，再亲自去县里好好地反映叔爷的事。

姚向东寒假回松江过年的消息，钱菜花告诉了朱爱国。

姚向东回到家的第二天，朱爱国和钱菜花一起来到姚向东家里。

四十三

到姚向东家去，是钱菜花约的朱爱国。

朱爱国听说姚向东放寒假从重庆回到松江镇，钱菜花又约自己一起去看姚向东，心里很高兴。朱爱国惊奇的是钱菜花竟然约自己一起去姚向东家，这有些出乎意料。两人一起去看姚向东，这不等于公开了两人的关系吗？朱爱国想到这些，心里甜丝丝的。说实在的，在姚向东考上大学之前，朱爱国能隐隐约约地感到姚向东偏向钱菜花，关心钱菜花，他说不准这是姚向东向钱菜花表达的一种爱慕还是感恩。但自己与钱菜花青梅竹马，两家的大人又走得那么近，自己心里爱上了钱菜花，虽然因为菜花年龄小从来没有说出口，但他相信钱菜花会感受到自己的那份发自心灵的爱意。当然菜花父女救了姚向东，在姚向东的心里钱菜花父女就是自己的大恩人，怎么向钱家表达自己的心意都不为过。钱菜花在鱼头村不止一次向朱爱国说起天坑救人的事，而且还说到被救的那个人是个帅气小伙子，文化水平挺高，特别是说到这个帅小伙子不但学得一手好篾艺，而且还在夜晚坚持读书学习。特别说到帅小伙子夜里常常挑灯抄书。足有寸把厚的《读报手册》已经在抄第二遍了。每当说到被救的帅小伙子手抄《读报手册》时，钱菜花的脸上总会露出羡慕不已的光泽。朱爱国心中隐隐生起一种烦躁和不安。他担心，这个钱菜花会不会暗暗地爱上姚向东。两人都爱学习，志趣相投呀！但转念一想，不太可能，钱菜花小学毕业不久，年龄还小。但后来姚向东家里协调松江中学的校长，动员钱菜花插班上了初二，还把钱菜花的住宿也解决了，而且住到了姚向东的姑妈家里，两家走得越来越近，像亲戚似的。特别是后来钱菜花还把朱爱国介绍到供销社姚向东那里学篾匠。当时的朱爱国心里真不是个滋味。但转念一想，还是听了钱菜花的话，到姚向东的篾器车间学篾匠。朱爱国心里打起了自己的小九九。学不学篾匠倒无关紧要，关键是到了姚向东的身边，至少知道姚向东的想法。当姚向东找朱爱国谈话时，朱爱国毫不隐瞒地对他说出自己到镇上来学篾匠是为了钱菜花。说这话时，朱爱国目光紧紧地盯着姚向东脸上表情的变化。但姚向东脸上似乎很平静。但是，这种捉摸不透的心思在朱爱国心中徘徊不久就慢慢淡化了。高考恢复后，姚向东考上了重庆师范学院，离开了松江古镇，离开了钱菜花。眼不见，心不烦。再说姚向东是大学生了，菜花才是个初中生，门不当，户不对。朱爱国的心慢慢地平静下来。

　　菜花读初中，朱爱国读高中，一切都是那么自然。

　　转眼一晃近三年过去了。

　　姚向东是钱菜花父女救上来的小伙子，钱菜花去看看读书回来休假的姚向东，这是人之常情。再说钱菜花和姚向东还是干兄妹呢！姚向东是自己的篾匠师傅，师傅远道回家乡，去看看也是人之常礼。让朱爱国想不到的是钱菜花竟然主动约自己一起去姚向东家。这让朱爱国想不到，真有点喜出望外，朱爱国心里特别高兴，这是一次向姚向东非正式亮明自己与钱菜花恋情的机会，是一次不动声色亮相的好机会。

其实，钱菜花约朱爱国一块去看姚向东，另有一番想法。姚向东走后几年里，钱菜花与姚向东一直有通信联系，虽然通信次数不多，但朱爱国知道钱菜花与姚向东通信。朱爱国心眼小，常常旁敲侧击地询问信的内容。钱菜花倒是很坦荡，把姚向东帮叔爷申诉的事儿告诉朱爱国，并说自己是申诉人叔爷的联系人。当然，两年多过去，县里一点关于叔爷的消息也没有。钱菜花与姚向东通信是为叔爷的事情，朱爱国听明白后，心又放了下来。

这两年多的时间，钱菜花读书用功，初中毕业，顺利考上了高中。朱爱国心思不放在读书上。到了松江镇，镇上的繁华让朱爱国读书的兴趣更淡了。他经常与一些学习成绩差的同学到镇上喝酒。差生中有一个家里条件好的，还不知从哪儿弄来了一台手提式录放机。这帮差生经常会在课余时间拎起手提式录放机来到学校后山的小树林里，边放音乐边乱蹦乱跳。朱爱国是跳舞的积极分子，特别是那条扫帚似的裤腿，在舞伴里特别地引人注目。朱爱国邀请过钱菜花好多次，但钱菜花每次都婉言谢绝，一次也没有参加。朱爱国没有心思学习，考试很多科目挂起了红灯。高一升高二，怎么考也过不了。朱支书找了刘建国副站长，刘建国又找了自己同学松江中学的副校长高华庆，几经协调，才升到了高二。但高二一路红灯，高华庆副校长只好让朱爱国重读高二一年。朱爱国的父亲对自己的父亲钱正南很关心，让自己的父亲端上了公家的饭碗，这个恩情不能忘。朱爱国虽然学习成绩差，虽然常做一些出格的事，特别是上次打架斗殴还进了派出所，但朱爱国对钱菜花还是很关心的。菜花知道，那时辍学在家，朱爱国读过的初中一年级课本全给了自己。当然，朱爱国处处护着、关心着自己，钱菜花虽然年龄小，但心里还能隐隐约约地感受到一种说不出的味儿。她不知道这是爱护，还是爱恋。但不管是爱护还是爱恋，钱菜花的心里还是希望朱爱国能往好处走，能往高处跑。她希望朱爱国好好学习，将来也像姚向东干哥哥一样参加高考，也能考上大学，走出松江古镇。现在，朱爱国高二复读一年后，总算跌跌绊绊地升上了高三，总算有了参加高考的机会。

钱菜花希望朱爱国考上大学。现在姚向东干哥哥回来了，这是个让朱爱国受到教育的好机会。钱菜花约朱爱国一起去看姚向东，是要让朱爱国一睹大学生的风采，激发起朱爱国上大学的内在动力。钱菜花知道，只要有了内在动力，朱爱国才会把心思用到学习上。朱爱国只要把全部心思用在学习上，他才能远离恶习，才能走上正道。哪怕将来考不上大学，但只要走上正道，前途就会是光明的。在钱菜花朦朦胧胧的思绪中，无论是姚向东，还是朱爱国，都是自己的干哥哥，都是有特殊关系的人。钱菜花说不清与姚向东、朱爱国是什么样的关系，但自己的心里有向东和爱国的位置，她希望向东、爱国都往好处走。

姚向东从重庆回到松江镇家里。

第二天，松江中学下午的最后一节下课铃响过之后，朱爱国就急急匆匆地来到了钱菜花班级门口。钱菜花一出教室门，朱爱国就迎上去，两人出了校门，沿着松江边的土石公路往前走。过了松江大桥，爬了一小段弯弯曲曲的山坡土石路，来到林业站的宿舍区。

熟门熟路，两人很快来到了姚向东家菜园子篱笆门边。

进入腊月，寒冬季节，天上的太阳早已落到西边山峰的后面，余光斜照在人身上并不感到一丝丝温热。

嘉陵江一带的冬天并不寒冷。一阵一阵的北风从山林里吹过来，发出沙沙的声响。天空一堆一堆的黑色云朵随着越刮越大的北风在飞速地移动。姚向东家菜园子的西北角是一方池塘。池塘埠头上的青石缝中的绿苔依旧，几只老鹅站在青石板上东张西望，不时发出一阵阵嘎嘎嘎的叫声，似乎在提醒屋里的主人：家里来客人了。池塘里三五成群的白色老鹅悠闲地游动。钱菜花想起几年前姚向东一家到鱼头村感恩时带去的两只老鹅。那时两只老鹅可是大礼，父亲当时硬是给姚向东家退了回去。这几年的工夫，世道似乎变了，白鹅多了，一群一群地在池塘里嬉戏，池塘平静的水面上荡起了一圈一圈的涟漪。

钱菜花和朱爱国驻足在篱笆门边。

两人几乎是同时亮起了嗓门："向东！你回来啦！"

响亮的喊声惊得池塘里的白鹅扑棱着翅膀，发出嘎嘎嘎的叫声，山林深处传来悠悠的回声。钱菜花把目光落到山林里。小山村的天空灰蒙蒙的，随着天空黑白云朵的飘动，偶尔也会看到远山苍穹的蔚蓝和高远。山坡上的竹林依旧被绿色覆盖，在冬令时节也是一片葱郁。一排排林业站的宿舍那灰色的瓦房掩映在起伏的山坳绿树中。菜园子里面是姚向东的家。平房的墙上爬满了藤蔓植物，屋顶上往南飘动的炊烟冉冉上升，消失在后山坡朦胧的山林里。

钱菜花和朱爱国正要张开喉咙喊第二嗓子，堂屋门吱呀一声开了。姚向东一步跨到菜园子里，高高兴兴地边往篱笆门走，边说："来了！来了！"

姚向东一眼看到朱爱国和钱菜花站在篱笆门外，显得很亲切，心里也感到高兴。姚向东心里很清楚，自己是个大学生，条件好了。当年朱爱国赶到镇上供销社学篾匠其实是为了菜花，这是朱爱国亲口对自己说的。现在，菜花和爱国结伴来看自己，这不用说，两人的关系挑明不挑明不知道，但至少有那层意思。姚向东心里高兴，他俩毕竟是青梅竹马，两家毕竟是至交。

姚向东三步并作两步走到篱笆门前，打开篱笆门，伸出右手紧紧地握住朱爱国的手说："你们来啦！外面天气冷，快进屋。"

姚向东握着朱爱国的手不停地晃动着，朝钱菜花连连点头说："菜花，昨天中午到了县城，先去看了干爹。"

"我爸怎样？"钱菜花不等姚向东把话说完，打断姚向东的话头。

"干爹身体好，精神也好。还请我吃了一碗肥肠干饭。"说着，姚向东领着朱爱国、钱菜花来到屋里。三人围着桌子坐定后，姚向东风趣地对钱菜花说："你爸端上铁饭碗，那可是人逢喜事精神爽啊！"

钱菜花一听，放心地笑了。朱爱国笑了笑对姚向东说："你上了大学，也是人逢喜事精神爽呀！"

三个人都哈哈大笑。窗外从松江上吹过来的北风透进屋里,让人感到一阵一阵的凉气。姚向东望望朱爱国,看看钱菜花说:"远在重庆读书,很想念你们。"

听到姚向东这句话,朱爱国瞅了钱菜花一眼,心里咯噔一愣,看来这姚向东的心里始终装着钱菜花呢。钱菜花听到姚向东这句话,心里也咯噔了一下,脸上不自然地泛起了红晕。姚向东倒没有注意到朱爱国和钱菜花的脸部表情微小的变化,用关切的口吻问:"你们哪一年参加高考?"

"我明年夏天。"朱爱国低声地说道,明显底气不足。

"我是后年也就是1982年的夏天。"钱菜花说着,用手推推朱爱国的胳膊,"爱国,高考你开头炮,我紧跟其后。"

"预祝你们榜上有名。"姚向东说着站起来,走进屋,拿出四包茶食,递给爱国和菜花各两包说,"这是重庆特产江津米花糖、赶水萝卜干,带回去尝尝。"

爱国和菜花接过精巧包装的江津米花糖和赶水萝卜干,连声感谢说:"让你破费!"

"助学金省下来买了些重庆特产。米花糖口味挺好,又甜又酥又脆;赶水萝卜干脆嫩爽口,鲜香麻辣中带一点回甜。大家尝尝。"姚向东说着,和大家聊起重庆大学生活,朱爱国和钱菜花充满了好奇和企盼。姚向东乘势鼓励爱国和菜花刻苦读书,争取在未来的高考中榜上有名。

天色将晚时,姚向东的父母下班回家,说什么也要留爱国和菜花吃晚饭,但爱国和菜花执意不肯。两人拿着向东送的江津米花糖和赶水萝卜干跟姚向东告辞。

姚向东把朱爱国和钱菜花一直送到山坡下的土石路边。天阴沉沉的,北风一阵紧似一阵地吹拂着山坡上的竹林发出沙沙响声。天空不知什么时候飘起了雪花。

雪花像小蝴蝶漫天飞舞。姚向东站在路口朝朱爱国、钱菜花挥挥手:"下雪了,路滑,慢慢走。"说着,喉咙高了八度:"爱国,照顾好菜花，把菜花送到家里！"

"放心！"朱爱国高着嗓门一边回答，一边提醒菜花，"注意脚下！当心滑！"

"爱国，你自己当心脚下滑。"钱菜花说不清楚为什么要提醒朱爱国脚下滑。其实，雪才刚刚飘飞，地上不湿更不滑。嘉陵江一带的天气不冷。一般冬天很少下雪。今年算赶上了。快过年了，下起了第一场雪。菜花感受到向东和爱国两个大哥哥对自己那种特别的关爱，这种关爱暖流似乎已经流进了心灵的深处。她希望两个大哥哥都往高处走。但在菜花的心里，她担心着朱爱国。刚才朱爱国提醒自己注意脚下滑时，钱菜花也提醒朱爱国脚下滑。其实，两人说的不是一个意思。

雪花越飘越密。亚热带的松江古镇一般冬天很少下雪。今年冬天有点冷。不大一会儿工夫，大地一片白茫茫。树上白了，屋顶上白了，地上也白了。松江古镇的景色由翠绿变成了素雅的白色。

四十四

雪色中的松江大地的山峦、河流、古宅别有一番景致，独特的雪景让钱菜花和朱爱国兴奋不已，一边下山，一边兴致勃勃地欣赏着。

春节过后不久，姚向东回重庆。

朱爱国自从陪钱菜花去看了姚向东后，心里很不平静。姚向东还有一学期就走上工作岗位了。国家对大学生包分配，那可是响当当的铁饭碗。看得出来，钱菜花是姚向东的救命恩人，这让朱爱国隐隐地感觉到姚向东对钱菜花似乎还有另一层意思，当然，这层意思也可能是自己想得多了，姚向东毕竟认了钱菜花父母做了干儿子，那姚向东与钱菜花就是干哥妹。干哥妹之间亲密一些情有可原。看来是自己想得太多了，有时候朱爱国自我解嘲。这种自我解嘲也不是没有依据。这次，陪钱菜花去看姚向东，似乎姚向东把自己和钱菜花已经看成了一对，言谈举止中都能隐隐约约地感受到。当然，姚向东年长成熟，也可能自己给他表白过，他面子上过不去。说不定心里还装着钱菜花呢。说句心里话，这钱菜花也已经是十六七岁的大姑娘了。女大十八变。这几年，菜花姑娘出落得越来越水灵，越来越漂亮。自己与菜花青梅竹马这么多年，两家走得近，两人也走得近，但自己从来没有向菜花表示过自己的心境。看来是表达的时候了，两人都到了懂事理的年龄了。姚向东离开松江去重庆后，这些日子朱爱国一直寻思着怎么向菜花表达自己的爱意。他想好了，说不出口就写信。朱爱国说干就干，晚上写了一封信，白天找了个时机，溜进钱菜花的教室里，悄悄地塞进了钱菜花的书包里。

朱爱国知道，再过五个多月就要参加1981年的高考了。他的心里烦着呢。自己几斤几两心里很有数。但想到姚向东没有怎么复习也考上了大学，自己说不定也会碰上运气。考上大学太重要了，有了铁饭碗去追钱菜花可能底气更足一些。但自从把那封带着自己心愿和爱意的信塞进钱菜花的书包后，朱爱国心里就像打翻了一只五味瓶子，什么滋味都有，什么滋味都说不上来。又要复习迎考，又要想着钱菜花收到信的反应，朱爱国心里烦，烦得饭吃不好，书也读不进去。

钱菜花收到朱爱国的来信并不吃惊。她知道朱爱国的心思，但她恨铁不成钢。爱国喜欢自己，菜花心里有数。但朱爱国玩心重，心思不用到学习上，有时还会约些不三不四的人喝酒打闹。钱菜花是个山村里的小姑娘，虽然见的世面少，但是心中的是非还是有把尺子的。她常常为朱爱国担心思，也时常利用姑娘的优势有意引爱国往正路上走。姚向东考上重庆师范学院后，菜花插班上初中。菜花利用这个时机也动员朱爱国上高中，鼓励他参加高考。虽说不上是爱情无形的引力让朱爱国重新走进课堂，但钱菜花以姚向东为榜样重新走进课堂，让朱爱国很受触动。当然，朱爱国的父母更是喜出望外。儿子上高中就有了考大学的机会，有了考大学的机会，就有了端上公家饭碗的机会。这次寒假姚向东回到松江镇，钱菜花有意约朱爱国一起去看姚向东，目的也就是让姚向东言传身教，让朱爱国有一个学习的榜样，从而把心思用到学习上。

钱菜花收到朱爱国的信虽不吃惊，但心里有些担心。朱爱国再过半年就要参加高考了，这个时候哪还有心思写情书。这是朱爱国第一次向自己表达心中的爱恋。但菜花心中有数，自己与爱国，虽是青梅竹马的好友，虽两家走得那么近，但自己心中并没有他。相处与相爱是两码事。爱情这东西谁也说不清，不知是哪个大家曾经说过，爱情就是一怪物。非常亲密的一对男女，不一定走进婚姻的殿堂。少男少女亲密相处，能否走进婚姻的殿堂更是谁也说不清楚。此时，钱菜花想到朱爱国正在复习迎考，自己无论怎么答复回信，都会让他分心。钱菜花掂着朱爱国写给她的信，不知怎么回复朱爱国。这么多年相处，朱爱国直接说出自己的想法，这还是第一次。菜花心里很清楚：说两人之间不合适，朱爱国对自己的一腔热情一定会像浇了一盆凉水；同意两人先谈起来，朱爱国那里还有心思复习迎考吗？

想过来，思过去，一晃三天过去了。虽然在学校操场两次迎面碰上朱爱国，但钱菜花没提信的事儿。钱菜花看得出来，朱爱国心事重重，一脸的烦躁。

钱菜花心地善良，看到朱爱国心事重重的样子，知道朱爱国的心里一定在想着那封塞进自己书包里的信。自己一天不给他表态，恐怕朱爱国一天也安定不下来。这种状态去参加高考，别说成绩本来就不太好，就是成绩好的同学，这种状态去参加高考，十有八九会考砸了。钱菜花心里想，不管怎么说，朱爱国是自己青梅竹马的好伙伴，父辈们又处得那么亲密，现在是朱爱国参加高考复习的关键时刻，这个时候，我不能给他泼凉水，怎么答复都要达到一个目的，要让朱爱国定下心来。只有定下心来，才能好好地去复习迎考。高考这可是人生的转折点。不管朱爱国考上考不上，但不能还未参加高考就乱了阵脚。他把那火热的信塞给她，就等于把球塞到了她的手里，这个球怎么投出去让朱爱国定下心来，钱菜花心里犯难了。答应他，这可是终身大事呀！不答应他，那就意味着他会心神不定地去参加考试，结果可想而知。怎么办？怎么办？钱菜花常常一个人时，不停地自己问自己。

烦恼的时候,钱菜花想到了远在重庆的姚向东。姚向东是大哥哥,又是大学生,见多识广,何不听听向东哥的意见。

写信说不清,再说有些话也不好意思落到纸上。钱菜花去了松江公社邮电所。中午时分,线路不忙。邮电所七转八转,花了足足一个小时接通长途电话。钱菜花羞涩地与姚向东通了电话。想不到,姚向东给菜花出了个好主意。以年龄还小为由。这个理由既让朱爱国暂时不把心思放到恋爱上去,又不感到两人的关系没有希望。朱爱国听到这个理由不会往坏处去想,说不定自己会想当然:菜花年龄大了,也许两人的关系就顺理成章了。

姚向东给钱菜花的这个点子真管用。钱菜花约了个时间,与朱爱国一说。朱爱国是个聪明人,什么话也没有说。两人还像以前一样亲密相处,只是朱爱国把自己的爱意放回到自己的心窝里。他觉得菜花说得对,两人年龄还小,再说自己正在复习迎考。高考是大事,好青年应该有信心,有志气,不能丢下大事去谈情说爱。再说,高考这一关,每个人都有每个人的运气,千万不能自己看不起自己。姚向东在考上大学谢恩宴后,专门给自己和菜花说到信心。信心是成功的基础。怎么说,自己也应该集中精力去搏一搏。菜花说得对,年龄还小。再说,自己爱她,就应该相信她,就应该把她说的话听在心里。何况菜花过两年也要参加高考。高考过后再去谈婚论嫁不迟。那时候,菜花还不到二十岁呢。想到这些,朱爱国烦躁的心慢慢地平静下来。

朱爱国把心思用到了复习高考上。钱菜花一颗悬着的心放了下来。

1981年的盛夏特别炎热。松江流域一连二十多天没有下雨,到处热浪滚滚。每天上午,松江古镇的晴空万里无云,天是湛蓝深远的,太阳像火球般地烤着大地,阳光是那样地强烈刺眼,天上地下全处于一片耀眼的光明之中。灿烂的阳光洒到千溪湖面上,泛起了万点金光,仿佛一颗颗晶莹的小星星,顽皮地向人们眨着眼睛。夏日炎炎,连小鸟都不知躲藏到什么地方去了。路边的草儿都晒蔫了。一些似云非云,似雾非雾的霾气,低低地浮在松江古镇的空中,使人觉得呼吸不畅，有些憋气，人们的心情也在这炎炎的热浪里变得低沉起来。

8月中旬，1981年高考陆续揭榜。

朱爱国名落孙山。也许这是预料之中的事，但钱菜花的心里还是不好受。她决定等朱爱国心情平静下来后，去找爱国。她要鼓励朱爱国去上高考补习班，1982年再考一次。

朱爱国知道自己高考落榜后，心里像浇了一盆凉水，冰凉冰凉的。他把自己的铺盖收拾后，回到了松林大队自己的家里。他伤心极了。他不知道埋怨谁。自己这三年的高中算是白读了。父母让自己读书，向东和菜花让自己读书，学校也让自己读书，但是自己是读书的料吗？这三年算是白读了，关键是丢面子了。看人家姚向东当年考上大学在松江古镇上多有面子。现在姚向东读完大学快分配就业了，这个时候自己落榜了。今后的路怎么走？炎热的夏天朱爱国一直焦躁地等待揭榜。谁知揭榜就是落榜。三年高中是竹篮打水一场空。

到处热浪滚滚。朱爱国窝在家里，心里更热更急，急就上火。一上火病了。朱爱国一连发高烧三天三夜。朱爱国被送进了松江镇卫生院。第四天，烧才慢慢地退下来。

钱菜花听到朱爱国生病住院的消息，赶紧买了一串葡萄来到朱爱国的病房。钱菜花坐在病床边上。朱爱国见到钱菜花来有了些精神。两人的目光对视了好久，轻声地聊起来。

"病了？"

"着凉了，感冒发烧。"

"还发烧吗？"

"退烧了。现在精神好多了。"

"这么热的天，怎么会着凉呢？"

"唉！"

"心里着凉了吧！还为高考落榜的事？"钱菜花知道，朱爱国生病是因为高考落榜这盆凉水泼的。心里一失落就会上火，心里一上火朱爱国能不生病？这点事儿钱菜花心里清楚。

朱爱国轻轻地摇头。钱菜花知道，朱爱国这是要面子。钱菜花帮朱爱国化解心中的郁闷，说道："既然参加高考，那就一颗红心两种准备，有考上的，就有考不上的，这很正常。爱国哥，再读一年高考补习班，明年还可以再考！"

"不不不！我不是上大学的料！"朱爱国两手撑着床褥，身子往上挪了挪说，"谢谢你来看我。放心，我会做我喜欢做的事。"

菜花听了，心里为朱爱国担忧。朱爱国生在村支书家庭，喝蜜糖水长大的，吃不了苦。他喜欢做的事，菜花心里清楚，那是没有出路的事儿。菜花从床沿站起来，劝说道："你还记得姚向东大哥考上大学后给我俩谈的话？"

"记得。"朱爱国随口说。

"谈的什么？"

"信心！"

"对呀！信心！只要有信心去拼搏，就有可能迈进大学的大门！"

"菜花，我啥都知道，但我定不下心。说到底不是读书的料。"

钱菜花很失望。她指了指病床柜子上的葡萄说："多吃些水果，定下心来把身体养好！"说完，扭头朝门外走去。

朱爱国深情的目光望着钱菜花，心中泛起一股说不出的滋味。他爱钱菜花，说不想努力那是假的。但朱爱国知道自己几斤几两，这书就是读不进去。要娶菜花，就得听菜花的。当年菜花辍学回鱼头村，朱爱国读完初中就回到鱼头村。谁知冒出个天坑救人，天上掉下个帅哥哥。在帅哥哥一家帮助下，钱菜花又插班读书。在钱菜花劝说下，朱爱国硬着头皮重新上高中。谁知三年高中读下来，大学梦破灭了。他喜欢钱菜花，但命运又那么不顺当。三年高中算是白上了。再复读，再做一次大学梦，那肯定又是一次黄粱美梦。朱爱国下决心不再做大学梦了。钱菜花喜爱自己，自己不一定非要上大学。这次高考落榜住院，钱菜花来医院看望，说明钱菜花心中至少还有自己。

朱爱国从小任性惯了。他目光盯着走出病房门的钱菜花的背影，咂咂嘴：听天由命吧！但钱菜花那清纯白皙的脸庞，那黑白明亮的大眼睛，那肥硕硕的独辫子始终在眼前浮动。朱爱国心里很清楚，他爱着菜花呢，上次写了一封信已经表白过自己的爱恋之情。钱菜花不会感受不到。虽然她以年龄小为由暂时不谈为好，但菜花说得在理。要不然，菜花不会在自己高考落榜、生病住院为难时刻来医院看望。菜花让自己复读再考，这是为自己好。但自己任性惯了，定不下心来。为了爱情，自己应该定下心来复读，但自己下不了这个决心。朱爱国爱着菜花，什么理儿都懂，但就是没有毅力去坚持做下去。他叹了口气：还是听天由命吧。

四十五

从朱爱国病房出来，看到朱爱国那落魄的样子，菜花心里有些失落。姚向东上了大学，给大家树了一个榜样，也让大家看到了亮光。菜花不能理解的是朱爱国为什么不坚定信心朝亮光的方向走。与朱爱国青梅竹马十多年，父辈又走得近，现在随着年龄的增长，菜花的心中不时会出现朱爱国的模样。作为进入青春期的山里妹子，她说不清为啥对大哥哥们总有一种特别的情感。姚向东考入重庆师范学院，菜花羡慕不已，这不仅因为姚向东是被自己救出来的，也不仅仅是姚向东喜欢朝亮光处走。总之，对姚向东羡慕之中别有一番情感，有时甚至会感到姚向东是一座大山，是自己的依靠。上次收到朱爱国塞到自己书包中的情书后，菜花不知如何处理，第一个想到的是打长途电话求教姚向东。朱爱国这次高考落榜，不仅仅是朱爱国难过，其实，菜花晚上也偷偷地抹眼泪。菜花希望朱爱国克服任性，干什么事情定下心来，更希望朱爱国向亮光的地方走，真正走到亮堂堂的地方。菜花插班读上初中，她主动做朱爱国的工作，总算让朱爱国重新上高中读书。虽然留了一级，但高中算是毕业了。大学落榜了，菜花好像自己落榜似的，她要劝朱爱国再复读一年，再试一次。菜花是为朱爱国好，她知道朱爱国底子薄，书读不进去，但只要坐下来复读，心会慢慢地定下来。要不然，像朱爱国这样任性的青春小伙子，谁能说得准走上什么样的路。总之,菜花的心中有朱爱国的位置,但菜花自从救起天坑中的姚向东后,她自己不知道朱爱国在心中究竟是什么样的角色。菜花有时感到很茫然。信心太重要了,姚向东说得对。菜花记得姚向东关于信心的那些理儿。菜花总想给朱爱国这只有些瘪的皮球打气。但现在看来,这只皮球的进气孔小了些,气难打进去。菜花不死心,她说不清为什么不死心。

不能让朱爱国自暴自弃。菜花是个心地善良的山里姑娘。朱爱国、姚向东这两个哥哥,尽管一个学有所成,一个玩心太重,但两个都是大哥哥。朱爱国的父亲对钱家有恩,自己跟朱爱国青梅竹马;姚向东是自己和父亲从天坑底救上来的,真是天上掉下来的帅哥哥。菜花隐约感受到这两个大哥哥对自己是那么地关爱,关爱中似乎还有另一层说不出的意思,随着年龄的增长,这种来自两个大哥哥的关心,菜花的感觉越来越强烈。她希望两个大哥哥比翼齐飞。她丢不下朱爱国。她要跟朱爱国再谈谈。爱情的力量不知有没有作用,她要说服他去复读再高考。一天傍晚,满天晚霞烧红了半边天空,松江的流水泛起了红红的光芒。菜花在学校吃过晚饭,沿着松江边的土石公路往林业站方向走过去。

刚走上松江大桥,就看到桥东头不远处的江边码头上很热闹。码头有一片不大的水泥路面堆场。有多名少男少女正在搂腰搭肩不停地晃动。收录机里刺耳的歌声一阵一阵地飘过来:

  我们的家乡

  在希望的田野上

  炊烟在新建的住房上飘荡

  小河在美丽的村庄旁流淌

  一片冬麦,(那个)一片高粱

  十里(哟)河塘,十里果香

  哎咳哟嗬呀儿伊儿哟

  咳!我们世世代代在这田野上生活

为她富裕为她兴旺

　　……

　　菜花停住了步子，爽朗嘹亮的歌声吸引住了菜花。这旋律，这歌词，多么美啊！听到这动听的歌儿，自己好像置身在天籁般悦耳的山林里。菜花情不自禁地朝码头那片水泥堆场望过去，少男少女尽情地舞动着美丽的身段。突然，菜花记起来了，过去在什么电影中看过，这是在跳舞。但菜花转念一想，国家不是禁止男女搂搂抱抱跳舞吗，怎么敢公共场合跳得这么欢？管不了这么多。优美的旋律里动情的歌词吸引了菜花。菜花不停地重复着一句话：在希望的田野上。她突然灵机一动，这首歌教育朱爱国最有针对性。在希望的田野上，只要有信心，谁都会走在希望的田野上。

　　菜花想把这首歌学会。但她不敢走到码头水泥堆场那边去。男男女女抱抱搂搂很不雅观，她不好意思。好在那收录机的音量开得很大。桥头上、路边上，还有一些店铺的营业员都走出来，探头探脑，充满了好奇的目光几乎都落到了码头堆场上。

　　菜花记忆力好。她站在桥头上，目光盯着堆场，嘴里跟着哼起来：

　　　　我们的未来　在希望的田野上
　　　　人们在明媚的阳光下生活
　　　　生活在人们的劳动中变样
　　　　老人们举杯（那个）孩子们欢笑
　　　　小伙儿（哟）弹琴　姑娘歌唱
　　　　哎咳哟嗬呀儿伊儿哟
　　　　咳！我们世世代代在这田野上奋斗
　　　　为她幸福　为她争光
　　　　为她幸福　为她争光

　　舞曲一遍一遍地放，钱菜花边哼边记，不到五六遍，钱菜花竟然一字不差地哼了出来。菜花兴致勃勃地下了桥，径直往林业站刘建国副站长家走去。

朱支书与刘副站长两人交情好，而且都会喝酒，上了酒桌就是好哥们。上初中时，朱爱国就借住在刘副站长家。复上高中后，朱爱国还住到刘副站长家。反正刘副站长没有子女，两家像一家人似的，朱爱国虽然不怎么争气，但刘副站长和夫人都喜欢朱爱国，说穿了，当儿子护着呗。这次高考落榜后，朱爱国离开松江中学，没有回松林大队家里，就在刘副站长家里住了下来。听说朱爱国感到高考无望，想在松江镇上找点事儿做。

菜花估计朱爱国晚上会在刘副站长家，找到刘副站长家，结果扑了个空。听刘副站长说，这些日子朱爱国挺忙的，准备在镇上做点事。反正政策慢慢放开了，个人也能开个小店什么的。听刘副站长一说，菜花心里更着急了。这个朱爱国真不想朝亮处去走，开什么小店，想走到资本主义邪路上去，想当资本主义的尾巴。想到这些就想到"文革"街上游行的队伍，想到那些戴着高帽子游街的人。菜花一急，心里下决心，一定要劝朱爱国去复读，就是复读考不上，也不能走资本主义小道上去。找个公家活儿干起来不也挺好嘛。只要他复读再考，考不上我也不会……菜花心中有自己的想法。她听刘副站长说，朱爱国可能在猪三酒馆谈码头装卸的事，于是往猪三酒馆赶过去。

猪三酒馆其实招牌是松江小酒馆。开酒馆的是松林大队卖肉的张升财。钱菜花认识张升财，也知道张升财的小酒馆。小酒馆就在松江供销社古镇门市部的江边上。两层小楼。原来楼上住着人家，楼下开了一个重庆小面店。后来"四人帮"倒台了，政策也松了，允许私人开店了，当然雇工不能超过七人。张升财脑子活络，加上又跟朱红旗支书家一直不和。主要是"文革"期间，朱红旗支书把张升财的肉铺子收到了松林大队，张升财的财升不了，心里一直记着朱支书的仇。政策一松动，他到松江镇上租下了这栋二层小楼。楼下还是经营重庆小面，楼上装饰了两间包厢，可以摆酒席。店招也由松江小面店改成了松江小酒馆。镇上酒馆只有三家，张升财这个小酒馆算是一家。随着改革开放，镇上的经济活跃起来，张升财的这个松江小酒馆生意红火起来。

路灯杆上的高音喇叭正在报时：刚才最后一响是北京时间八点整。明亮的月亮在厚厚的云层里一会儿钻出来，放出亮晶晶的光泽，一会儿又躲进发黑的云层里，天空变得昏暗朦胧，只有松江古镇上的青石板在昏黄路灯的映照下，泛起丝丝的亮光。

前面就是松江小酒馆。菜花三步并作两步来到松江小酒馆的台阶上。她停住了步子。她想是在门口等朱爱国，还是闯进酒馆包厢，直接去找朱爱国。现在已经八点多钟了，酒也应该喝得差不多了。菜花稍稍迟疑了一下，想到朱爱国要在镇上开店，要搞码头装卸，心里一急，径直往楼上走去。

刚到二楼，张升财迎面走过来，见到钱菜花，心里感到纳闷：这钱菜花可是钱正南的大闺女。钱家不仅母亲长得俊，还有三朵金花。钱菜花算是最美丽的一朵。钱菜花到酒楼来干什么？张升财对朱支书不感冒，对钱家也不友好。他正想询问钱菜花来酒馆干什么，钱菜花大方地问张升财："朱爱国在这里吗？"

张升财顺手朝东头一间包厢指了指说："在包厢里，喝酒呢！"说完，正要下楼，突然想起了什么事儿，又停住了步子。这个时候菜花找爱国，肯定是两人早已好上了。张升财知道朱支书和钱正南两家走得近。朱支书的儿子朱爱国跟这么漂亮的小姑娘恋上了这是天大的好事儿。怎么好事都让朱支书揽上了，张升财心中生起了隐隐的醋意。他没有下楼，而是走到包厢不远处的一间杂物室里。

走廊东头包厢里传来划拳吆喝的嚷嚷声。钱菜花着急地走到包厢门口，朝包厢里一张望，一片混乱。七八个小伙子个个都喝得酩酊大醉，一个个神魂颠倒的样子。除了几个仍在划拳，大声嚷嚷着要罚酒，其余几个也不闲着。有个矮个子拿着个酒杯，一步一个踉跄，身体明显站不稳，忽东忽西，身不由己，像个不倒翁似的，脸上神情恍惚。有个胖子，眼睛瞪得大大的，已不知身在何处，手直舞，脚直踢，突然，身子往前一倾，哇的一口，肚子里的酸辣汤直泻一地，一股浓烈的酸辣味中夹杂熏人的气味从包厢里飘出来。包厢里太混乱了,钱菜花不敢进包厢去找朱爱国。她站在离包厢门口一米多远的地方,目光在包厢里探照灯似的搜寻着。她想大嗓门喊朱爱国,但转念一想,这里面嘈杂声一片,个个酒酣耳热,神魂颠倒,谁听得清楚呀。东头桌角边趴着一个人,手里还拎着一只酒瓶,会不会是朱爱国?钱菜花往门口走了一小步,正想看仔细,突然,酒楼的灯光全灭了,到处黑漆漆的一片。

停电了。

那时,大山里的村镇停电是常事。钱菜花也没顾得上多想,赶紧往墙边靠了靠。包厢里传来一阵阵狂怒的咆哮,咆哮声中透出一股浓郁的酒味:"他妈的!怎么停电啦!"

"谁拉的闸,我砍了你的手!"

"猪三,快送马灯来!"

钱菜花知道猪三是张升财的诨号。张升财在松林大队就是卖肉杀猪的,大家叫他猪三,他也不生气。现在到镇上开酒馆,这猪三的诨号当然会在镇上传开来。何况,这小酒馆来吃饭的没有一个是省油的灯。想到这里,钱菜花心里有点气,朱爱国怎么会跟这些人混在一起,太不像话了!

到处黑洞洞的,但窗外的路灯闪烁着昏黄的光。

想想朱爱国跟这些不三不四的人混在一起,钱菜花对朱爱国失去了信心。她转身准备离开小酒馆,心里气呼呼地想:喝了这么多酒,脑子全糊了,还怎么谈?听得进去吗?

钱菜花一转身,朝楼梯口走过去。

四十六

钱菜花转身刚跨出一步,迎面急匆匆地走过来一名服务员,一手拎着一个擦得亮晶晶的马灯。灯来了,钱菜花只好停住步子。菜花拦住服务员,托她去包厢挂好马灯,顺便叫朱爱国出来一下。

服务员点点头,进了包厢,把马灯往天花板上垂下来的铁钩上一挂,连声说:"朱爱国,外面有个小姑娘找你!"

包厢里传来一阵嬉笑声,笑声传来一些不堪入耳的污言秽语。

走廊上也挂上马灯,虽然灯光朦胧,但看人还是看得清楚的。

包厢门口,一个年轻小伙子手里拎着一个酒瓶,走路蹒跚,跌跌撞撞地走出包厢门。钱菜花一抬眼,先是一惊,这不是朱爱国吗?朱爱国也看到了钱菜花,眼睛一亮,菜花怎么找到这里来了?昏蒙的灯光里,菜花像一朵刚出水的芙蓉。朱爱国拎着酒瓶,目光发呆地盯着菜花,嘴里不停地喃喃自语:"美!太美了!怎么这么好看呢!"说着,朱爱国手里的酒瓶啪的一声滑落在地上,打了个粉碎,一股浓烈的酒气在走廊里弥漫开来。

生气归生气,但钱菜花心地善良。看到朱爱国醉成这个样子,菜花的心软了。本来是来找朱爱国谈谈,让他复读再参加高考,现在朱爱国这副丑态百出的样子,也很可怜。再说,毕竟这朱爱国高考落榜心里不痛快。本来父亲是支书,社会上盛行读书无用,他不想读高中。结果复读高中,读书又有用了。读书有用了,自己的成绩读不上去,他能不着急不伤心嘛!一个人伤心的事越多,喝醉酒的次数就越多。

想到这里,菜花迎上前去,关切地问:"爱国,怎么喝这么多酒!"

"你是谁呀?"朱爱国目光迷离,跌跌撞撞靠到菜花身边。看来朱爱国酒喝得过量,醉得不轻,连自己喜欢的人都认不清了。

"我是菜花呀!听说你在镇上做生意,特地赶来的。"菜花望着醉得没有人样的朱爱国,心中生起一股怒气。这个朱爱国,就是不知道哪里亮堂。哪里亮堂应该往哪里走呀,他偏不。现在这个样怎么劝他放弃经商去复习再考。他醉得不轻连自己都认不出来了。

"你不像,菜花没有你漂亮。"朦胧的灯光下有一股朦胧美。朱爱国醉眼里已经认不清眼前这位山里青梅竹马的妹子是谁了。他的眼里只有美人。此刻,在酒精的作用下,朱爱国浑身的热血都沸腾起来。特别是看到菜花那黑白分明的大眼睛,尤其是胸部两个高高的馒头似的突兀出来的乳峰，有一种无限好奇而神秘的感觉。

菜花长长地叹了一口气，心里思忖，看来对朱爱国是帮不了了，这就是一堆扶不上墙的烂泥。看到朱爱国醉酒的这个熊样，菜花是气恨交加。自己一个小姑娘，这个时候能做什么呢，只有回避。菜花狠狠地吐了一口唾沫："去，找你的漂亮妞吧！"菜花正要转身，突然，小酒馆所有的灯光亮了。菜花眼光一扫，从杂物室里溜出来一个人影，一闪又不见了。看上去，有点像张升财。这个张升财在自己的酒馆里神出鬼没的干啥？菜花的心中闪过一个念头，莫非刚才跳闸是张升财做的鬼事？反正刚才小酒馆停电时，窗外的路灯一直亮着。张升财这人在松林大队就名声不好，爱耍个小聪明，鬼点子多着呢。

电来了。灯亮了。小酒馆里到处亮堂堂的。钱菜花知道，面对一群醉汉，自己什么也做不了。朱爱国连自己是谁都认不出来，那赶紧走吧，不要跟朱爱国这帮酒鬼混在一起搅出什么事来，谁也说不清。

菜花转过身子，才迈开右脚，脚还没有落地，冷不防肩上探过一只手，死死地扒住自己的肩，一阵粗粗的喘气声中混杂着酒气的男性气息瞬间笼罩了她。菜花的身体不由分说被拽进了那个男人宽阔的怀里。菜花扭头一看，是满脸酒气、眼珠发红的朱爱国。菜花色厉内荏地喊道："爱国！你干什么？你想干什么！"

谁知，这一喊，菜花被朱爱国拉进怀里后箍得更紧了。菜花边挣扎边喊："放手！你疯啦！"

这一喊，惊动了包厢里的酒鬼们，纷纷跑到走廊上看热闹，污言秽语一句接一句：

"这妞漂亮！"

"爱国，箍紧她！"

"手！手往里伸呀！快抓小白兔呀！"

……

菜花羞得满脸通红，只顾喘着粗气，拼命地摆动着身体挣扎。但朱爱国像一条山坳里的菜蟒，菜花越挣扎，箍得越紧。就在这时，菜花听到胸前纽扣绷掉的声音，一只火热的手掌伸进了自己的胸部，乱摸乱捏。

张升财听到喊声，带着几个服务员迅速地围了上来。张升财手里拎着一把菜刀，大着嗓门吼道："朱爱国，你干什么，竟敢在大庭广众之下侮辱黄花闺女，你知道犯法吗？"

朱爱国看到张升财手里亮晃晃的切菜刀，顿时惊出了一身冷汗。菜花看到张升财突然出现在面前，心里一惊，这个张升财怎么带着服务员来得这么快呀。菜花正要替朱爱国说话，意思是朱爱国喝醉酒了，但小酒馆的门外已经传来了哇呜、哇呜的警笛声，派出所的民警已经骑着警用摩托车来到了酒馆门外。菜花又气又急，这朱爱国醉酒失态才发生，怎么派出所的民警这么快就来了？

听到哇呜、哇呜的警笛声，看热闹的醉酒伙伴都跑进包厢里。朱爱国也吓得把手从菜花的怀里抽了出来，松开菜花，跌跌撞撞地溜进了包厢。

菜花哇的一声哭了起来，双手蒙住脸。她一个山里走出来的小姑娘，什么时候见过这个场面。菜花望着围上来的张升财和服务员心里羞得恨不得找个裂缝钻进去。这时的张升财满脸的兴奋，装得一副救命恩人似的吩咐服务员："快把菜花扶到楼下包厢里，给她倒杯开水，压压惊！"

菜花被刚才突如其来发生的事整蒙了，头脑里一片空白。她踉踉跄跄地跟着两个服务员走下楼梯，来到一小包间里。刚刚坐定，就听到张升财陪着民警边走边说，那对话清清楚楚：

"朱爱国调戏菜花？"

"这么多人看见，还有假？"

"严重吗？"

"严重！朱爱国像疯子似的，左手箍着钱菜花，右手伸进菜花的怀里乱捏乱摸！对了，钱菜花胸部纽扣绷掉了两个，我捡来了。在这儿呢！"

"光天化日之下竟敢调戏小姑娘。"

"非严惩不可！"

从对话中听得出来,张升财正陪着民警押着朱爱国往警车上走。看来这个朱爱国,这次是难逃一劫了。钱菜花听得出来,张升财这是火上浇油,连自己胸部绷掉的两个纽扣张升财都捡起来交到民警手里。张升财这是把朱爱国往火堆里推。当然,朱爱国也是自找的。谁让你去想做生意发大财?谁让你找这些不三不四的人去喝酒?谁让你非要到猪三酒馆喝酒?喝酒就喝酒,非要喝得失去理智,非要喝得疯子似的。钱菜花想到自己在酒馆走廊上被朱爱国使劲地箍着时那受辱的样子,心里气得发堵,从牙缝里蹦出两个字:活该!但想到这个张升财也太缺德了!先是拉闸停电,连民警都提前通知了。这个猪三真缺德。猪三再缺德,也怪你朱爱国不知道自己的父亲与这猪三有怨呀!非要往枪口上去撞。朱爱国倒霉!活该!

朱爱国被押送到松江镇派出所关了起来。押送朱爱国的民警又返回酒馆,连夜让菜花做了笔录。

半夜时分,菜花才流着眼泪,昏昏沉沉地回到自己的宿舍。

菜花躺在床上,低声地抽泣,刚才发生的一切简直像做了一场噩梦。本想去做朱爱国的工作,让他往有亮光的大路上走。想不到他醉酒失态,犯下大错。最可恨的是那个猪三,他落井下石,做了许多不光彩的事儿,把朱爱国诱进了他猪三的陷阱。他这是寻机报复朱支书。

房间顶上的天窗玻璃黑乎乎的。月亮不知什么时候悄悄地躲到云里去了。突然,天窗玻璃被闪电照亮,接着是一声炸雷,哗哗啦啦的暴雨声从窗缝门隙里传进屋里。一阵一阵的狂风不知从山林里刮出来的,还是从松江上吹过来的。反正狂风裹着暴雨一声急似一声吼着。

雨在哗哗地下。风在呼呼地刮。

松江古镇在暴风雨中度过了一个疯狂的下半夜。菜花半夜没有入睡,心里像是被这夜色沉沉中的暴风雨冲刷着,久久无法平静。她想了许许多多。菜花姑娘没有见过大世面,朱爱国突如其来的举动让菜花如同掉进了冰窟里。她害怕天亮,她希望这暴风骤雨一直不停地下着。她甚至想到了死。她想跑到松江大桥顶上纵身跳进松江里,一了百了。但当她的眼前浮现出张升财那狡黠的面孔时,她改变了主意。

朱爱国再坏，他毕竟喝醉了酒。这个猪三乘人之危，落井下石，太可恶了。

鸡叫头遍时，风停雨止。朝霞把天窗玻璃抹红了。

菜花的心稍微平静了些。她想起了姚向东。姚向东毕业后，应该正在等待分配。菜花心里想好了，这事得赶快找到姚向东。朱爱国再坏再混蛋，他毕竟酒喝多了。朱爱国不想读书，但还想着在古镇上干点事儿，这出发点不能算坏到哪里。改革了，开放了，前面的路究竟怎么走，着急也弄不清楚。但张升财的嘴脸太险恶了。事情已经发生了，千万不能让张升财钻了空子。这家伙肯定会到派出所添油加醋。真是那样，朱爱国判个十年八年也很难说。

四十七

菜花知道，自己是当事人。她要把事情实事求是地说清了，她还要举报猪三的不正常举动。但她不知怎么说。她想到了姚向东。

菜花心软，想想朱爱国被关在派出所里，她恨不得上午就能联系上姚向东。

菜花想，如果姚向东到陵阳县分配工作，他一定会到父亲那里去。父亲肯定会知道姚向东在什么地方。打长途电话说不清楚。吃过早饭，钱菜花赶到土石公路的三岔路口，搭上去陵阳县城的公共汽车，心情沉重地往陵阳县城赶去。

初秋时节。

窗外，远山层峦叠嶂。早晨的太阳已经升起来，但始终躲在大山的后面，阳光映红了天空的朝霞。山谷里，山坡上的坡田里秋色一片。高粱像一个个醉酒的大汉，风一吹，醉醺醺的，东倒西歪；谷底的水田里，金黄色的稻穗儿搭肩咬耳挤在一起；绽开的棉桃儿，像少妇似的敞开了外套露出雪白的内衣，一簇簇一团团像银色的海洋。坐在公共汽车上，钱菜花无心欣赏车窗外秋色中丰收的景象，耷拉着脑袋陷入沉思中。

菜花心中没有数，这朱爱国醉酒状态下调戏自己究竟应该定多大的罪，究竟要判多少年。当然，会不会教育一下就放了呢？钱菜花恨朱爱国，恨他不按方向走道儿。怎么考不上大学就像瘪了气的皮球。瘪了气也就算了，还跟这些不三不四的人混在一起，要干什么大事。吃个饭，喝个酒也就算了，你朱爱国非要与这一帮人喝得酩酊大醉，喝得失态，无法控制自己，以致大庭广众之下惹出这么大的事儿来。再说，这个朱爱国实在不动脑子，在哪儿吃饭喝酒不行，非要在猪三小酒馆喝，自己不知道这个张升财是什么货色，跟自己父亲的关系处得那么紧张，难道朱爱国自己心里不清楚？菜花想到这里心里就堵得慌，怪谁呢？张升财不是东西。难道与自己青梅竹马的朱爱国就是个好东西？菜花恨朱爱国，但心里恨归恨，她不能见死不救呀。毕竟两家父母走得那么近，毕竟朱爱国对自己有那层意思。朱爱国其实不知道菜花的心思。菜花对朱爱国好，给朱爱国面子，甚至处处想着朱爱国，读高中去参加高考这都是钱菜花反复劝说的功劳。这次去猪三小酒馆找朱爱国，也是想劝朱爱国，让他落榜不失态，去复习班读上一年再参加高考，谁知这个朱爱国喝成那个熊样，干出那样令人恶心的事儿来。菜花一想到昨晚上猪三小酒馆的事，心里直想吐，脸上烧得热烘烘的。事情已经发生了，朱爱国也进去了，怎么办呢？

钱菜花低着头，越想越急。朱爱国的父亲是松林大队的支部书记，是有头有面的人物。好事不出门，坏事传千里。朱爱国被抓进派出所的事情恐怕早已传遍松江镇了。再说，那个张升财的大嘴谁堵得上呀。此刻，朱红旗支书知道儿子关在派出所，肯定是热锅上的蚂蚁。好在朱支书人活络，肯定会四处托人。林业站副站长刘建国肯定是朱支书第一个找的人，找到刘建国，刘建国肯定会找到松江中学的同学高华庆副校长。朱红旗肯定会把电话打到自己父亲钱正南那里，说不出口也得说。调戏的对象毕竟是自己有恩的钱正南的闺女。钱菜花想到这里，心里清楚，这事自己是受害者，但自己知道朱爱国是在醉酒状态下失态，追究到什么程度关键是自己的态度。但那事是在大庭广众之下发生的，中间又横着个心术不正的张升财，这事就变得复杂了。凭着菜花这个一直在大山里长大，又没有见过世面的年轻小姑娘，心里没有底。菜花恨不得一步跨到姚向东的面前。他是个有文化的人，又读过大学，见多识广。

菜花希望一路颠簸的公共汽车能开快些。但山区的公路弯来弯去，想快也快不起来。她急，但急也没有用。她只能坐在位子上，低着头随着公共汽车不停地晃动着。

湛蓝的天空中飘移着朵朵白云。太阳已经爬上了山峰。秋天的阳光把山里的树木，坡地上高粱、棉花等丰收的庄稼涂上了亮丽的色彩。坡地边的小水塘在秋阳的映照下，折射出无数璀璨的光芒。钱菜花没有心思赏景，只是不时朝车前挡风玻璃看。

陵阳县城的松江大桥就在前面。菜花知道，公共汽车开过了松江大桥，就到了县城的主干道陵阳路。公共汽车站就在陵阳路上。

出了公共汽车站，钱菜花坐上人力三轮车，直奔石油勘探队。人力三轮车沿着陵阳路一路往南，到了毛峰山脚下，往左一拐，上了向阳东路，不一会儿就来到了石油勘探队的门口。

钱菜花跟传达室师傅说明来找人的。师傅很热情地问："你找谁？"

"钱正南。"

"认识。"

"他今天在吗？"

"在呀！这些日子石油勘探队刚完成一项野外作业任务，昨天就全部返回休整了。"

"在哪儿？"

"这很难说。现在是吃午饭时间，说不定在食堂，也可能在宿舍。"

"宿舍在哪儿？"

"怪了，今天钱正南一上午挺忙的。我已经给他传了几个电话了。在你之前，还有一个小伙子来找他，刚进去不久。姑娘，你进了大门一直往前走，到了路尽头，往右一拐，你会看到两排红砖灰瓦的平房。前面一排的最西头一间就是钱正南的宿舍。"

传达室师傅很热心，钱菜花连连点头感谢。按看门师傅指的路，她一会儿就来到了前排最西头的一间宿舍门口。

门虚掩着，从门缝里传出来对话声。父亲的声音听得很清楚，但另一个小伙子的话音听起来有些熟悉，猜不出是谁。

菜花没有急于敲门，她静静地站在门口。

"你咋回来啦？"

"我回到陵阳已经快一星期了。"

"回来咋不到石油勘探队来？回来干什么？"

"我大学毕业了。组织上分配我到陵阳县当教师。我读的是重庆师范学院，专门培养老师的学院。"

"当老师好！"

"当不了老师了。"

菜花听到这里，知道姚向东大学毕业回来了。但想不到姚向东此刻会在爸爸这里。真是心想事成。菜花正想找姚向东，他姚向东就在眼前。菜花想到朱爱国昨天醉酒失态被抓进派出所的事，迫不及待地抬手要推门。但转念一想，先听一听姚向东分到哪里，再敲门进去也不迟。

"怎么当不了老师了？"听得出来父亲有些着急，"向东，是不是你也犯错误啦！"

屋子里传来哈哈哈的笑声："干爹！我犯啥错误？"

"那你学的老师，政府为啥让你当不成老师？"

"是这样。我上周末到了县人事局，把档案递给局里。局里让我等。我找了个小旅社就住了下来。我来找过干爹，你们去野外作业去了。前天，人事局说我会写文章，把我分配到陵阳县委办公室当秘书。昨天报到，手续办得挺顺利，也有集体宿舍。这不，今天一早就赶来看干爹。"

"哎呀！你们这些年轻人，现在活络起来，让人担心。"

"担什么心呀？"

"朱红旗你认识。他儿子朱爱国你也熟悉。你知道吗？昨晚被镇上派出所抓去了。"

"朱爱国高考落榜我知道。落榜再读,再读再考呗!干什么出格的事啦?"

"说不出口。我已经接了几个电话了。门口传达室师傅让我去接电话,还问我家里发生什么事啦。我说得出口吗?"

"什么事说不出口?"

"朱爱国醉酒,当众人面调戏人家小姑娘。"

"调戏人家小姑娘,喝了多少酒呀?"

听到这里,钱菜花再也忍不住了。她知道父亲没有说出那小姑娘的名字,那是说不出口。朱爱国是什么人?他父亲朱红旗支书对钱家不薄呀,这个朱爱国虽然任性一些,但凭朱支书与钱家的关系,凭着当年就是一个端公家饭碗的石油工人招工名额,朱支书硬是给了自己,这朱爱国再不好,也算是半个儿呀!他调戏的竟然是自己的大姑娘,而且在大庭广众之下。钱正南也隐隐感觉到面前的这位被自己救出来的小伙子也挺喜欢钱菜花,他怎么说得出口呢。

钱菜花抬起手,嘭的一下推开门,一脚跨进门里,见到父亲和姚向东正在商量着,哇的一声大哭起来。揪心痛苦的哭声一顿一挫。姚向东先是看到钱菜花一阵惊喜,还未来得及问候,就听到钱菜花的哭声。姚向东感到莫名其妙。但转念一想,也不奇怪,自己青梅竹马的好朋友犯下错误进了派出所,当然会伤心。想到这里,姚向东拉了一张凳子,朝菜花面前一放,轻声地说:"坐下,别急。你怎么来啦?"

钱菜花把凳子朝一边推了推,停住哭声说:"我就是来县城找你的。听说你分到县城,但不知你分到哪个学校。我估计你肯定会告诉我爸,于是坐早班车赶到县城,第一站先到父亲这里打听你在哪儿。想不到你就在这里。"

钱正南知道菜花的心里难受不是一句两句话能说得清楚的,尤其在姚向东面前更有些不好开口。钱正南从面盆里绞了一个手巾把子,递给菜花,安慰说:"姑娘,别急!这一早上我已经接了几个电话，都是关于朱爱国的事。正想跟你干哥向东商量呢。"朱爱国的父亲是朱红旗支书，自己能到勘探队当上一名体面的石油工人，没有朱红旗帮忙……这恩情自己记着呢。刘副站长也打电话来了。菜花插班读初二的事，他帮的忙也不小。说实在的，没有刘副站长同学高华庆副校长，菜花就是成绩再好，也插不了班。这朱爱国与自己闺女菜花从小在一起，有没有感情不知道，但处得不错这是事实。眼前的这位帅小伙子又是自己和闺女从天坑底下救上来的。看得出来，这小伙子对自己闺女也挺好的，当然，有没有那层关系谁也说不清。自己大闺女菜花毕竟是个山里小姑娘，毕竟年龄还小。你说这关系，偏偏发生了朱爱国醉酒调戏菜花的大丑事，而且在大庭广众之下，朱爱国已经被派出所关了起来。钱正南心乱如麻，眼眶里流出了着急而痛苦的泪水。

姚向东在一旁不停地安慰菜花，还拿起桌子上的毛巾给菜花擦眼泪，边擦边说："菜花，我知道你和爱国好！"

"你不知道！"菜花停住哭声，大着嗓门说道。这一声，把姚向东吓了一惊。姚向东的目光愣愣地盯着菜花红通通的眼珠，不知道说什么好。

但姚向东比菜花大几岁，也见过世面。他冷静一想，菜花的话似乎另有一层意思。想起过去和菜花独处的时候，菜花看自己时那充满渴望的眼神，尽管当时菜花才十四岁，但姚向东能从菜花的眼神中感受到一丝丝的蜜意。姚向东想起两人坐公共汽车来陵阳城看望干爹时，两人坐在两张紧挨着的座位上。当两人滚热的大腿触碰时，那种触电似的感觉至今还深深地留在记忆里。尤其是触碰时的那一瞬间，菜花似乎浑身一颤，那投向自己的眼神里充满了无限的向往。姚向东没有想下去，只是轻轻地安慰道："菜花，天无绝人之路，朱爱国这事我们一定要帮到底。不为别的，总要为一个公道。他毕竟是醉酒戏弄小姑娘。"

听到姚向东提到小姑娘，菜花竟然没有勇气向姚向东表白，那个小姑娘就是自己。菜花心里难过，哇的一声又放声哭了起来。

钱正南站起，轻轻地拍拍菜花的肩膀说："这不是有向东嘛！他分到县委办公室当秘书了。县委办公室路子广些。咱们不开后门，但也要为朱爱国求个公道。不管多大的错，对朱爱国也要实事求是！"

姚向东也大声劝菜花："黑就是黑，白就白，黑白总会分明。我已听爸说了，朱爱国是醉酒，现在的关键是受害者，是那小姑娘。"

"那小姑娘就是我呀！"菜花忍不住说了出来。菜花心里明白，姚向东是自己的干哥，也没有什么好隐瞒的。再说，黑就是黑，白就是白，张升财那个猪三怎么缺德也没用。干哥在县委办公室当秘书，总不能连个公道都主持不了。想到这里，钱菜花把昨晚发生的事一股脑说了出来。

姚向东听了，连声安慰菜花说："神经病就是杀了人也不负法律责任，朱爱国那是在醉酒状态下干的丑事，你不要往心里去。关键是你的态度。那个猪三他再想挑事，你应该相信政府，更要相信派出所。"

菜花的心灵窗户一下子让姚向东几句话擦亮了。菜花擦了擦眼角边上的泪痕，长长地叹了一口气，连连点着头。

站在一旁的钱正南悬着的心也放了下来。姚向东读过大学，肚子里的东西多，这事让他来协调。想到这里，钱正南一直皱着的眉头缓缓地舒展开来，提议道："先到我们食堂吃午饭，去把肚子填饱，回来再商量。"

姚向东拉着钱菜花的胳膊跟在钱正南的身后朝食堂方向走去。

四十八

吃过午饭，钱菜花的心情仍然很沉重。姚向东理解钱菜花。菜花是从山里走出来的一个大姑娘，在大庭广众之下被醉酒的朱爱国调戏，这面子没有地方搁。这事摆到哪位大姑娘身上心里都不好受。何况这个朱爱国跟菜花又是青梅竹马，两家又走得那么近。朱爱国的父亲让自己的父亲端上了国家的饭碗，这个恩情说什么也不能忘记。菜花的心里是难受的,这种难受在菜花的心里有一种说不出的味道,何况菜花姑娘是心地善良的山里妹子。菜花已经把自己的名誉放到一边,她想的是朱爱国的处理。如果从重判刑,让朱爱国坐牢七八年,社会上的人,松林大队的乡亲们怎样看待自己的父亲?怎样看待自己?菜花不是爱爱国,她要帮爱国。她更恨猪三小酒馆的张升财,毕竟朱爱国是醉酒犯下的事。严格地讲,这事儿的发生,张升财是脱不开干系的。要不是他私自拉闸断电,也不会闹出这么大的事儿来。

父亲、向东还有菜花三个人商量来商量去,只有一条路可走了。向东已经分到县委办公室当秘书了,虽不是什么官儿,但居高临下好说话。只要把朱爱国醉酒犯事的事儿说清楚,只要菜花不去追究,这事儿说不定会往好里去。姚向东望望菜花心事重重的样子,怪可怜的。他不知道这事能不能办得顺当,也不知道能不能把朱爱国从派出所里捞出来,但为了不让菜花担心思,他夸下了海口说:"干爹!干妹子!这事包在我身上。我下午就去上班。我给松江公社书记打电话,给他们说清原委,让他们实事求是处理!"

钱菜花不知姚向东分到县委办公室当秘书是个多大的官。菜花见过最大的官就是朱爱国的爸爸朱红旗。一个大队的支部书记,土皇帝似的,权力可大呢。大队上面有公社,公社上面是县政府。向东在县委办公室,县委办公室这个官儿不小了,菜花心里琢磨:看来这事儿有希望了。菜花只求个公正。向东说的话她听在心里,朱爱国虽然是醉酒犯事,但这事可大可小。现在由县里的干部出面协调,看来往小里去处理有希望。就是那个猪三在里面添油加醋瞎捣鼓,但我是当事人,谅他张升财也翻不起大浪来。在县里官儿眼里,他猪三就是一条小泥鳅。

菜花焦躁不安的心情平静了一些。本来菜花想回去,向东考虑菜花是当事人,朱爱国的事没有处理好,回到镇上不知情的人会说闲话。向东认为,等朱爱国醉酒犯事处理明朗化了,菜花身上的黑锅也就可以卸下来。钱正南也觉得有道理,一个小姑娘承受不了那么多的委屈。钱正南也劝菜花在勘探队住下来。当然,细心的向东还想到了另一件事。明年钱菜花要参加高考，复习这么紧张，尽管菜花成绩好，但让朱爱国这事一搅菜花哪有心思去复习呀！留在父亲勘探队这里，心可以静下来去复习。

钱菜花听向东和父亲安排，在父亲这里住下来。她焦急地等派出所对朱爱国的处理消息。

姚向东正式到县委办公室上班后，忙着协调朱爱国醉酒犯事的事。让姚向东想不到的是这件事很快处理到位。朱爱国公共场所酗酒，而且酗酒犯事，拘留十五天。这个处罚应该是最轻的。朱爱国回到鱼头村，他父亲朱红旗松了一口气，但面子没了，肯定会让人说三道四。不久，松江公社免去了朱红旗松林大队支部书记的职务。

菜花是受害者。同学也好，老师也好，大家都理解，都表示同情。这让菜花的心灵也得到一些抚慰。但菜花心中的阴影不是一天两天能消除的。回到松江中学后，菜花忙于紧张的高考复习。松江古镇上朱爱国这起醉酒犯事的事儿慢慢地淡化了。

社会上人们常说的一些俗话儿，不由你不信。人们常常忌讳的是触霉头。说人要是触了霉头，倒霉的事儿会一件跟着一件。这说法应到了钱菜花的身上。社会上还流行着一句俗话，说大难不死，必有后福。这句话也应到了姚向东身上。姚向东高中毕业后，先是跟着叔爷学篾匠，后想当个林业站的巡山员。谁知，第一天跟父亲姚建华去巡山，就掉进了龙山天坑里。掉进百米深的龙山天坑里，那就是三个字：死定了。可姚向东命大福大，一路藤蔓缠绕，起到了缓冲作用，摔到天坑底部，不偏不倚掉进一个软厚厚的草窝里。掉下草窝后，又遇到了去天坑打猎的钱家父女，姚向东得救了，而且没有留下任何后遗症，真是奇迹。从1975年初夏姚向东摔进天坑底部被救上来后，姚向东这些年走过的路真应了那句话，大难不死，必有后福。先是高考恢复，他如愿以偿跨进了大学的门；后是毕业后，他读的是重庆师范学院，本应该到县城分配当老师，可人事局要会写文章的，把姚向东分到县委办公室当了个县委办公室的秘书。更让姚向东想不到的是，这小小的县委办公室秘书，却是权力大大的。自己的救命恩人父女俩碰到难事让自己想办法，竟然不费事地给圆满解决了。钱正南父女俩是自己的救命大恩人，帮他俩解决点困难，帮上一点忙，自己的心里也宽慰些。反正对姚向东来说，就是一个字：顺。人顺着心情就舒畅，心情一舒畅事儿办得更顺。

钱菜花自从发生了朱爱国醉酒犯事的事后，一直不顺。钱菜花的不顺让姚向东一直担着心思。菜花是自己的救命恩人，自己的血管里还流着菜花的血液。菜花这几年倒霉的事一件接一件，菜花心里难受，向东心里也不舒坦。当然，向东虽然没有对菜花表白过，但向东的心里始终装着菜花，这一点菜花似乎也能隐隐地感受到。

1982年的夏天高考，菜花如期参加了文化统一考试。姚向东心里挺踏实的。他知道菜花天资聪慧，成绩好。上次到松江中学参加初二插班考试，菜花竟然考了个满分。这次高考一定是三个指头捏田螺，笃定又笃定。可是高考张榜后，菜花总分低于分数线九分落榜了。听到这个消息，姚向东有些不可思议。他还特意打电话给陵阳县教育局长核实。经局长核实，菜花总分确实低于录取分数线九分。向东向教育局长要了一个县城高考补习班的名额。

姚向东在钱菜花高考落榜后，专门去了一趟鱼头村，他劝菜花要经受住落榜的打击，振作起来，要有信心，争取1983年夏天再考一次。姚向东还让干妈胡少香做工作。在姚向东的关心下，钱菜花重新振作起来，并来到县城上了高考补习班。

谁知钱菜花刚上高考补习班不到两个月，父亲在石油勘查实施爆破作业时，操作不慎被山坡上震松滚下来的石头砸死了。父亲意外身亡，这对钱菜花是天塌下来的大事。处理完钱正南的后事后，姚向东苦劝钱菜花继续读高考补习班。但这一次菜花的犟劲上来了，她没有听姚向东的苦劝，从县城高考补习班回到鱼头村，她要陪伴母亲胡少香操持家里的事儿。妹妹桃花、杏花还在读小学和初中。菜花觉得自己也许就是这个命。复习需要一个好的心情，但老天爷不让自己静下心来。成绩再好，静不下心来怎么参加高考。母亲刚刚失去丈夫，家里还有桃花、杏花，自己算成年了，自己不忍心丢下母亲妹妹，再说也静不下心来。菜花把姚向东对自己的那一份关爱深深地藏在心里。

　　回到鱼头村,不顺心的事儿也不放过菜花。家里的事儿她和母亲一起操持,一家人总算从失去丈夫、失去父亲的阴影中慢慢地走了出来。又一件事让菜花陷入了痛苦之中。朱红旗支书被免职了,朱爱国被刑事拘留十五天,这事应该算是过去了,谁知过了两年多,全国刮起了"严打风波",朱爱国又被松江派出所的民警抓了去,并且送到陵阳县城看守所。让松江古镇所有人都想不到的是,朱爱国被判处死刑,并在1983年元旦那天,在县城公开审判后,被执行枪决。朱红旗一家陷入极度痛苦中,钱菜花和母亲,还有两个妹妹也感到不可思议,也都陷入悲痛之中。虽然感到不可思议,虽然不太相信是事实,但是报纸上登了,高音喇叭里也广播了。反正朱爱国没了。

　　姚向东没有想到会这么快执行枪决。那天县城的公审大会执行死刑的有十一个人,朱爱国是其中之一。听到朱爱国被判处死刑的消息后,钱菜花在县法院门口跪了一天,替朱爱国申冤,但无济于事。菜花只能以泪洗面。姚向东想不通,朱爱国只是醉酒调戏小姑娘,何况这小姑娘早已原谅了朱爱国。再说,朱爱国的案子也早已拘留十五天结案,怎么又翻出来了?怎么判得这么重呢?但是,姚向东虽然在县委办公室工作,"严打"的风暴像夏天的台风刮来了,谁能挡得住呢?姚向东只是县委办公室的一个小秘书,并不是菜花眼中的大官儿。全国性严打台风刮过来,只能是随风刮去了。姚向东想到了菜花,想到了朱支书,更想到刘建国副站长,还有自己的父亲。他决定回一趟松江镇,去一趟鱼头村。他要带着自己的父亲,他要请刘建国一起去鱼头村。

　　安抚无济于事。阴影笼罩在朱红旗支书和钱菜花两家人的心头。

　　姚向东想想这几年钱菜花身上经历的这些倒霉、痛苦的事儿,他真担心钱菜花是否能撑得下去。猪三小酒馆的朱爱国醉酒调戏,接着是父亲工伤身亡,再接着是青梅竹马的朋友朱爱国被"严打"。这些事儿全落在钱菜花身上,她哪有心思参加高考?不参加了又怎么考出好成绩?她能撑下来就不错了。想想这几年自己与菜花相处,虽然是干哥妹，自己处处关心着她，但总是有分寸，总是恰到好处。毕竟菜花有自己青梅竹马的好友。姚向东知道朱爱国在追菜花，也知道菜花在心里并不喜欢朱爱国。两人之所以一直友好地相处，是钱菜花心肠软，知道两家父辈好，朱家对钱家有恩，她要感恩。姚向东不想打破朱爱国与钱菜花之间的平衡。现在这几年发生了这么多苦难。菜花是一个善良的姑娘，尽管薄嘴唇会说，但菜花在自己的面前从不袒露自己心中的苦楚。她甚至在朱爱国醉酒调戏她，给她带来了那么大的羞辱和痛楚，她是一个人从松江镇赶到县城来打听向东在哪里。她不知道怎么处理这件事，她要找到向东。要让向东去帮爱国。当朱爱国被减轻处罚后，看得出来菜花的心里平静了不少。菜花心里想着别人，姚向东也看得出来。菜花心中也想着向东，向东心灵感应得到。

自古红颜多薄命。菜花才二十刚出头，长得白净漂亮。圆圆的大眼睛，肥硕硕的大辫子，薄薄的嘴唇，说起话来语速很快，也很在理。但是，现在的钱菜花沉默了，那股子山里姑娘活泼单纯，说话呼呼啦啦不留底儿的劲儿消失了。姚向东想想钱菜花在这几年所经历的磨难，常常对着天花板发呆。姚向东脑子里不停地闪现出一个念头：要与菜花一起来承担这些苦难，让菜花从阴影中走出来。姚向东想到了叔爷，叔爷对自己牺牲的妻子一往情深，他是榜样。前些日子听县里领导说章德林还健在，他在海南岛的一个部队疗养院。姚向东很兴奋，他一直在心里惦记着叔爷的事。他要把叔爷的事儿调查清楚后公之于众，要给叔爷落实政策。想着自己是县委办公室的干部，有这个机会去过问叔爷的事。他想到叔爷的遭遇，就想到竹林深处叔爷的妻子。想到叔爷思念的妻子，姚向东就想到自己的救命恩人钱菜花。

四十九

姚向东决定去一趟鱼头村。

1984年的春节一过，姚向东就准备抽个休息日去松江，然后约了自己的父亲和刘建国副站长，去鱼头村看望朱书记和钱菜花两家人。因为春节过后一直忙于人民公社改为乡或镇的工作，一拖就是两个多月。

春天到了。

万物复苏。嘉陵江流域春天来得早一些。松江两岸的杨柳已经翠绿一片。大山里的落叶树木已经吐芽，竹林、松柏仍然是绿茵茵的。林中的鸟儿在树枝上跳过来蹦过去。还有不少叫不出名字的鸟儿成双成对地飞翔，在树枝叶丛里嬉闹，发出天籁般的鸣叫。

姚向东买了八盒中华鳖精，分成四份，用一个化肥袋装起来，把袋口一绞，拎在手里，一早就上了去松江的公共汽车，八点半不到，就到了松江镇土石公路的三岔口。这里姚向东再熟悉不过了。那两间平房，平房的手摇电话机，还有平房外面山脚边的大樟树。摔进天坑的那一天就是从这里上山的。姚向东拎着化肥袋下了车，直奔自己家。

由于事前打过长途电话，姚建华和刘建国早已在林业站值班室等。

姚建华和刘建国一人一只搪瓷缸正在喝茶。姚向东拎着化肥袋，走到乡林业站值班室门前，停住步子，大声喊道：

"爸！刘站长！"

姚建华和刘副站长同时扭过头，惊讶地望着满头大汗的姚向东说："这么早就到了松江？起大早了吧？"

姚向东拎着化肥袋，一脚跨进值班室，把化肥袋子往桌腿边一靠，抬手抹了抹额头上的汗珠说："不算起早。上午要赶到鱼头村，不早一点到松江怎么行呢？"

姚建华满意地朝儿子一笑，心里知足得很。想想儿子上初中高中那阵子，多调皮呀！现在考虑事儿成熟多了。当年，要不是调皮怎么会掉进龙山天坑里去呢？姚建华望着向东，突然把目光落到桌腿旁儿子拎回来的化肥袋，有些纳闷："向东，谁让你带化肥回来？"

刘副站长也用脚轻轻地踢了踢说："向东，这化肥袋里装的什么呀？"

姚向东正要解释，父亲对刘副站长笑笑："向东这孩子现在懂事多了。他母亲菜园子苗多,他给母亲带化肥。刘副站长,化肥水浇菜肥着呢!"

"老爸!先给你纠正一下。刘建国副站长已经转正了。文件已经下达一周了,怎么还叫副站长?"姚向东朝父亲笑笑。

"刘站长!不知不为过!恭喜!恭喜!"姚建华连连拱手给刘建国打招呼。

"没事!副的一干就十几年了,习惯了。对了,这次人民公社改为乡或镇,还是向东从县委办打电话给镇上书记,把'副'字去掉了。其实,去不去都一样,把林业站事儿做好就行!"刘站长说得很轻松,但脸上还是掩饰不住心中的兴奋。

"对!对!对!"姚向东赞成地点头,伸手拎起桌腿边的化肥袋往桌子上一放,从化肥袋里拿出四盒中华鳖精,递两盒给刘站长说:"这是补品,吃了强身健体!"说着,又把另两盒递到父亲手里:"这两盒是孝敬爸妈的。"

姚建华、刘建国接过中华鳖精,在手里摆弄起来。好精致的包装盒,这玩意儿还是头一回见到。刘建国仔细打量一番说:"建华,我有个小小的建议,向东孝敬我俩的补品情意领了,还是带到鱼头村去吧!送两盒给朱红旗支书;两盒送给胡少香。这两家都是我们十多年的好朋友。你说现在……"

刘建国说到这里,喉咙里好像有一口痰给堵上了,哽咽着说不出话来。

刘建华把两盒中华鳖精往桌子上一放:"向东,还是带到鱼头村去吧!"姚建华竟然止不住流出了眼泪:"老天不公呀!朱家、钱家这几年家境惨呀!唉!"

姚向东一看,赶紧拎着化肥袋,把口朝下,往桌子上一倒说:"这儿有四盒,给朱支书和菜花家准备的。"

"不行!不行!"姚建华、刘建国几乎是异口同声,说着把向东给他们的另外四盒中华鳖精麻利地装进化肥袋说"全带去!"

姚向东拗不过刘站长和父亲,拎着装着八盒中华鳖精的化肥袋,跟在父亲和刘站长身后，急急地往三岔口走去。

公共汽车在大山深处的土石公路上一路颠簸缓缓地往前。车前不时会窜出一两只山鼠和野兔，一晃就钻进了路边的山草丛里。快到鱼头村了。窗外，黑鱼湖在阳光照耀下泛起耀眼的波光。山坡上茂密的树林已经是翠绿色的一片。紧挨着土石公路的山脚是茂密的山草，山草丛里开着五颜六色的花儿，一阵阵的清香透过开着的玻璃窗，公共汽车里香气扑鼻，沁人肺腑，好像打碎了一瓶法国进口香水。

姚向东、姚建华、刘建国三人始终沉默着，目光不时在窗外扫几下，但马上又把目光收回来，低头沉思。窗外，诱人的满山春色似乎没有一点儿吸引力。

姚向东看看父亲，再看看刘站长，他心里明白，他们在想着朱红旗老支书，想着被炸死的钱正南，想着胡少香一人带着三个闺女这日子怎么过。

姚向东更想着苦命的钱菜花。

到了鱼头村站下车，三人先去看望胡少香一家。胡少香家就在鱼头村，看了胡少香，三人再去朱红旗家。朱红旗家在松林村部所在的村里。

姚向东、刘建国、姚建华三人刚跨出钱菜花家的菜园子篱笆门，钱菜花紧紧地跟上来说："我也要去朱红旗家送送朱卫国和桃花。"

姚向东一听，愣了一下。他知道朱卫国是朱红旗的二儿子，是朱爱国的亲弟。桃花是菜花的二妹，他俩在一起？他俩要出远门？

姚建华、刘建国也愣了一下。

钱菜花一解释，大家明白了。这几年，钱家朱家掉进冰窟里了，但两家走得很近。特别朱爱国被执行死刑前，钱菜花在县法院大门口跪了一整天，朱家很感动。虽然菜花的申诉没有起作用，但菜花一个大姑娘已经尽力了。要恨，也只能恨那个天杀的张升财。"严打"风暴刮起来后，是他去公安局搅的粪坑，硬是让朱家钱家不得安宁。

朱家钱家遭难，子女受苦了，子女间的走动也多了起来。卫国与桃花走得近，菜花不但不阻拦，还支持桃花。菜花也说不清自己心里怎么想的，朱卫国脑子活，人勤快。听说南方放得开，于是跟桃花一合计，决定去深圳打工。朱红旗老支书想想自己这么落魄，支持儿子去深圳，这边菜花跟母亲一合计，也支持桃花。两人都高中毕业，也算成人了。山沟里闹出这么多的事儿，再蹲下去也熬不出头来。这些日子正准备出发呢。

姚向东跟在菜花后头，姚建华和刘建国一左一右沿着山间的小路往前走。快到松林村东头那片小树林时，看到一簇人背着大包小包正往通往县城的土石公路边走。

钱菜花眼尖，指着前面不远的小树林说："朱卫国和桃花他们。"说着加快了步子，很快来到了小树林。

看到朱红旗老支书满脸胡楂，一副憔悴的样子，姚建华、刘建国几乎奔跑上前，三双手紧紧地握在一起，越握越紧。三个老兄弟谁也不说话，只有林中的鸟儿叽叽喳喳地鸣叫着。

这边姚向东和钱菜花也朝朱卫国、桃花迎上去。钱菜花拉住妹妹桃花的手有些埋怨："桃花，今天就出发！怎么也不告诉家里？"

桃花哭了："这一走也不知什么时候回来。卫国哥说了，不混个样子就不回来了。要不，那猪三张升财不笑死呀！"

"桃花，姐姐想你！千万不要忘了写信给姐！"钱菜花忍住心中的阵阵酸楚，眼泪像珍珠似的直往地上掉。

姚向东也紧紧拉着朱卫国的手说："卫国，到了南方，要多动脑子，那边开放。要照顾好桃花。"姚向东出于关心，反复叮嘱卫国。

大家把朱卫国、桃花送上去县城的公共汽车，返回到朱红旗的家里。

没有啤酒，也没有烧菜，只是每人下了一大碗面条，每碗面条上煎了两个鸡蛋。

中午的太阳高高地挂在蓝蓝的天空。灿烂的阳光把光芒照射到山村的角角落落。暖暖的风吹到身上带着一阵一阵的惬意。

吃过面条，坐在桌边喝茶。几个老朋友朱红旗、姚建华、刘建国说是聊会儿，但一直没有说几句话。大家都在闷着喝茶。沉闷的气氛在朱红旗老支书的堂屋里笼罩着。朱红旗的小女儿朱腊梅也十五岁了，长得像个大姑娘，挺懂事地不停地给大家续水。

趁着大家喝茶的空隙，姚向东把钱菜花喊出门外，来到朱红旗老支书家屋后的小竹林里。

从黑鱼湖上吹过来的风把竹叶吹得沙沙响。破土而出的竹笋借着春风春雨呼呼呼地直往上蹿，一派生机勃勃的样子。

竹林往里面不远处有一块八仙桌大的空地，空地里冒出了高高矮矮的竹笋，像长矛似的直戳天空。姚向东拉着菜花的胳膊来到这块竹林里的空地上。两人身边全是刚冒出地面的竹笋，高的高，矮的矮，从不远处看上去，两人好像进入了竹尖陷坑里。

两人不说话，都低着头。

姚向东松开手，望着钱菜花那布满忧伤的脸，想想眼前自己的救命恩人，心里涌现出一阵阵酸楚。菜花姑娘进入成年后，经历的苦难太多太多。青梅竹马的朋友朱爱国醉酒调戏自己，本来已经拘留处理，但"严打"风一刮，朱支书的老冤家猪三去县上一折腾，竟然判了个死刑。要知道虽然这个朱爱国不争气，但朱钱两家可是至交，何况朱爱国醉酒调戏的是菜花自己。福无双至，祸不单行。父亲才端上公家饭碗几年，工伤去世了。父亲是家中的顶梁柱，失去顶梁柱的家，天就塌下来了。这种打击对菜花一家是多么地残酷，这是常人无法体会到的。由于家中接连出事，菜花虽然成绩在班级冒尖，但1982年、1983年两次高考都落榜了。姚向东自己的工作倒挺顺利，不但分到县委办公室这个大衙门，而且经过几年的努力，已经当上县委办公室的副主任了。他一直关注他的救命恩人钱正南一家，也一直关注钱菜花。他对钱菜花从感激，到感恩，再到爱恋。但朱爱国来到松江供销社竹器编制车间学艺，而且又是菜花介绍的，他的出现让向东进入两难境地。这个朱爱国人倒挺直爽，他告诉姚向东到供销社学篾匠，为的是菜花。朱爱国与菜花青梅竹马，而自己与菜花认识交往不多。爱一个人应该成全一个人。于是，姚向东把心中对菜花的感恩、爱恋埋藏到心底，真正当起了钱菜花的干哥哥。

现在一切全变了。父亲没了，男朋友没了，菜花挑起了钱家的大梁。姚向东的心中时时记起这句话，爱一个人就应该成全一个人。现在的菜花心是冷的，需要加温。但自己不知道怎么开口。菜花的心地软，她想着别人。你如果让她觉得来施舍她，她会感到浑身不舒服，她的心会更冷。

姚向东看看山峰上的太阳已经西斜，该是返回松江镇的时候了。他关心地对菜花说："有件事想征求菜花你的意见。"

"什么事？"菜花渴望的目光盯着姚向东随口问。

"是这样的。县教育局杨才才副局长是我的校友。他让我推荐一些松江镇的高中毕业生当小学民办教师。我觉得你合适。"姚向东轻轻地说。其实，自从钱菜花高考两次落榜回到鱼头村后，他就处处在打听给钱菜花找个体面工作。自己是陵阳县委办公室的秘书，现在已经是办公室的副主任了，信息渠道来源广。

"当民办教师好是好，但我不能离开鱼头村，不能离开我妈和小妹。"钱菜花迟疑了一下说。

"我早已想到这些事。小妹过了夏天就要去松江镇中学读初中，还住我姑妈家里。为了照顾你妈，你可以先去松林小学当民办教师，晚上可以从松林村回家，这样就能照顾到妈。"姚向东说着，朝菜花摆了摆手，"你先不要回答我，回去跟妈商量一下。选个星期天到县城，我陪你看场电影散散心。"其实，姚向东的爱恋之情已经表达得很明显，但又很婉转。那个年代，小伙子、女青年约着看电影，都是茶壶里煮饺子，心里有数的事。

菜花心里很感激，她轻轻地点了点头。

五十

春风吹得竹叶沙沙地响。几只小鸟在竹枝叶丛上蹦过来跳过去，留下叽叽喳喳的鸣叫声。山草丛中烂漫的山花清香一阵一阵飘过来。

姚向东和菜花走出那小片布满竹笋的空地，走出竹林。钱菜花脸上浮现出一缕看不见的轻松。菜花的轻松，让沉重紧张的姚向东心里也松了一口气。姚向东明白，这也许就是爱的力量吧！他决定趁热打铁。

钱菜花是高中毕业生，成绩也冒尖，加上教育局的杨才才副局长给松江镇一推荐，钱菜花当民办教师的事成了。钱菜花来到松林小学当上了民办教师。虽然每月才拿回家十二元津贴，但这工作体面，又不离开母亲，菜花满意，母亲胡少香也很满意。第二个星期天，钱菜花想起向东的约会，一大早就去鱼头村坐上去陵阳县城的公共汽车。

姚向东当上县委办公室副主任后，在县委大院分到一套三十多平方米的套房。这在县城已经是很宽敞的了。要知道机关里不少干部小两口结婚几年还住在单身宿舍。向东还未结婚就有了套房，这意味着向东什么时候都不用为婚房发愁了。

拿到钥匙，姚向东就搬进了套房。一大早，姚向东正在新分的房子里忙着打扫整理。突然，门外的篮球场上传来了喊自己名字的声音，听声音还挺熟悉。姚向东丢下手里的抹布，赶紧走到门口，抬头一望，喜出望外。喊自己名字的不是别人，是菜花。向东三步并作两步，来到菜花身边说："菜花，你怎么来啦？"

钱菜花下了公共汽车，坐上三轮车来到县委大院，直奔机关干部的单身宿舍。姚向东的单身宿舍铁将军把门。钱菜花摸了摸门锁，掉过头就往篮球场跑过来。菜花知道篮球场四周都是机关宿舍，这会儿向东会不会串门去了？菜花站在篮球场上敞开喉咙喊着姚向东的名字。

谁知，只喊了两声，姚向东就来到自己身边。听到姚向东的问话，钱菜花反倒愣住了，不知如何回答。

不等菜花回答，姚向东又问了一句："菜花，你来县里咋不打个电话？"

"乡下不方便，再说你约我来看电影，电话里也不好说呀！"菜花嘴快，也不兜圈子。

"不好意思！让你扑了个空。"姚向东看到菜花脸上沉重的脸色逐渐消失，心里也掩饰不住喜悦说，"看，我邀请你来看电影，这事倒忘了。"

"我可没有忘。"菜花嗔怪地说着，用手指了指姚向东的单身宿舍，"向东，怎么一大早就串门去啦？"

"噢！忘了告诉你一个好消息！"

"是不是又提拔了？"

"不是！不是！"

"哥哥你进步，妹子开心着呢！"

"不是提拔，但比提拔还好的好消息！"

"说呀！什么好消息？"

"组织上给我分了一套房子，两室一小厨房，近四十平方米呢！"

"分了大房子？"

"对呀！我昨天已搬到大套房里了。"

"怪不得让我在单身宿舍扑了个空。"

"走！你来了正好，帮我把房间整理整理。"姚向东说着，拉着菜花的胳膊来到自己的套房里。

菜花撸起袖子，拿起抹布，和向东一起在新搬的套房里整理起来。

两人边整理边打扫卫生，还不时聊上几句。

"干妈身体现在好些吗？"

"好些了。过去是腰痛、腿痛、头痛，浑身都喊痛，常常躺在床上一连几天不起床。"

"现在还经常躺在床上？"

"现在这几个月，每天都起来活动活动，腿脚方便多了。就是常常喊头痛。"

"菜花，你肩上的担子不轻呀！干妈经受丧夫的打击，精神垮了，她能不躺床吗？现在的关键是你先要振作起来。春节前跟你说的话，看来你听进去了不少。你振作了，你妈就会振作起来。老躺床铺肯定会腰酸背痛，这几个月干妈好多了吧？"

"就是头痛。"

"干妈还没有从失去亲人的伤痛阴影中走出来。脑子想多了，睡不好觉，肯定会头痛。我去人民医院专门问了专家。他们说慢慢会好起来的。关键是你，你是钱家大姑娘。"

"我听你话，现在精神也好多了。"

"前些日子去你家，看得出来，你的心里很沉痛。"

"你看出来啦？"

"都写在脸上呢！"

"写在脸上？"

"对呀！你知道我为什么会约你出来看电影吗？"

"知道！让我开心！"

"你开心就好！你像现在这个样子，当哥的也开心。"

"开心就好！哥，我已经去松林小学上班了。每天早出晚归。妈这些日子也不喊腰酸背痛了，还常常到松林村子里转上几圈。我当上民办教师，她挺开心，天天在家唠叨你，说让我要好好地感谢你。"

"谢什么，你成绩拔尖，现在到处缺教师。我只不过给教育局杨才才副局长说了一下。"

"你是县里人，说话管用！我妈让我一定要谢谢你！"

"别客气。县里人也要守规矩。菜花，你成绩好，要不是家里发生变故，你肯定上大学去了！"

"我认命。不过，老天爷让我有了个好哥哥。"

"菜花，你高兴当民办教师，当哥的高兴。其实，干什么工作不重要，心中愉快就好！"

"愉快！你约我来看电影，这不来了嘛！哥，我知道你为什么约我看电影。"

"你知道啥？"

"你想让我高兴呗！其实，你和刘站长、你爸离开松江村后，我心灵关闭的窗户就慢慢地敞开了。你说得对，人要有信心。有信心就开心。"

姚向东连连点头。向东目光朝屋里扫视了一圈，抬腕看看手表说："都快十二点了，我们去电影院买票，然后吃碗重庆小面，不能让妹子饿肚子呀！"说着，拉着菜花的胳膊往门外走。姚向东只要与菜花一块走，拉胳膊引路已经成了习惯动作，平时，菜花也没有什么感觉。反正，与向东是干哥妹，哥引路拉一下胳膊，随后就松开手。今天不一样，向东拉住菜花的胳膊一直走到门外面，这才松开手去锁门。锁好门，姚向东转过身，朝大院一指说："这大院原来是部队的一个团部。1979年对越反击战，这个团开到云南前线去了。这个团后来留在前线。这个大院靠县委县政府办公机关近，现在就成了县委家属大院。你看，篮球场，全是水泥的。穿过篮球场，从两个大花圃之间的小路上走过去，就是家属大院的门。门很宽敞，能开汽车进来。"

"我来时看到了。"菜花为自己的干哥哥住在这么大的院子里感到自豪，"哥，这里都是大干部住的！你不简单！"

"什么大干部，我就是个办公室副主任。走，到电影院买票去！"姚向东说着习惯性地拉住菜花胳膊往大门外走去。

向东拉住菜花的胳膊，菜花心里生起了一种异样的感觉。刚走到大门口，迎面走过来一位腹部有些凸的中年人。姚向东下意识地松开菜花的胳膊迎上去："刘书记好！"

"有对象啦？"中年人是陵阳县分管党群工作的副书记，姚向东的顶头上司。

"这是我干妹。"姚向东指指菜花说。

"干妹？"

"菜花，县里的刘书记。"姚向东指着刘立平副书记。

菜花害羞地站在一旁，低着头："刘书记好！"

刘立平副书记望望姚向东，又看看菜花，哈哈地笑了起来，边笑边说："姚主任，手不要松开呀！当心干妹跑了。"说完，朝大院里面走去。

菜花脸红一阵，白一阵。菜花听得出刘书记的弦外之音，害羞极了。姚向东若无其事地又拉住菜花的胳膊："菜花，放松点，你可不能怪我呀，城里大，不拉住你我怕你跑丢了。"

菜花忍不住哈哈大笑。姚向东看到菜花这么开心，也笑了。姚向东这些日子从来没有像现在这么高兴。

姚向东请菜花到城里来看电影，其实就是表达自己对菜花的一种心境，这种心境说不出口。当然，还有另一层意思，姚向东请菜花看的电影的名字叫《卖花姑娘》，这是一部朝鲜影片，1974年就介绍到中国放映。这部电影主人公在困境中奋斗不息的精神感动了无数中国观众。两人走到电影院门口。姚向东松开菜花胳膊说："你站这儿别走开。我去买电影票。应该有余票。看完电影你还可以回鱼头村。"

"好！"菜花点点头。

菜花站在马路边，东张西望地看着路上的行人和来来往往的自行车、三轮车。偶尔还会有一辆军绿色吉普车鸣着喇叭开过去。菜花好奇的目光盯着吉普车，一直到看不见吉普车的影子。

五十一

姚向东走到售票窗口，朝里面说了几句话，又返了回来说："一张余票也没有了。先吃饭吧！"

"什么电影？"菜花看看墙上的电影海报，有《卖花姑娘》、有《被爱情遗忘的角落》，还有《闪闪的红星》。她不知道姚向东哥哥请自己看什么电影，随口问道。

"《卖花姑娘》，是朝鲜影片。挺感人的。"姚向东说着两手一摊，抱歉地说，"票卖光了。早给电影院打个电话就好了。"

"《卖花姑娘》我们学校组织看过了，下次来看吧。下次来，先给你打电话。"菜花轻松地一笑，"下次来看《被爱情遗忘的角落》。"

"好！好！好！"姚向东连说三个好，又拉住菜花的胳膊往小饭店走，"吃重庆小面，肉丝的。"

菜花是个聪明的姑娘，当她听说姚向东请她看《卖花姑娘》，她心里全明白了。这几年，自己经历了这么多的苦难和不顺，姚向东让自己来看《卖花姑娘》，无非是让自己学习花妮，面对逆境不灰心，要勇敢地生活下去。菜花姑娘的耳畔似乎响起了《卖花了》那电影插曲优美的旋律，眼前浮现出卖花女柔弱的身影和凄惨的命运。父亲早亡的花妮性格倔强，母亲被迫在地主家碾磨米，而花妮宁愿饿死也不愿去地主家做工。出身贫寒的花妮受尽了白眼。妹妹顺姬被地主婆烫瞎了双眼，哥哥哲勇因烧地主家柴房被关进了监狱。瞎眼的顺姬为减轻姐姐的负担偷偷上街卖唱，花妮知道后非常难过。当她千辛万苦把自己卖唱得来的钱送到母亲跟前时，母亲已经去世多时了。万念俱灰的花妮外出找哥哥，千里寻兄换来的是哥哥已死的噩讯。为了瞎眼的妹妹，花妮绝望返乡。孤苦伶仃的顺姬每日在村口哭喊着妈妈和姐姐，被狠心的地主婆以阴魂附体为由扔进山沟里。历尽万苦回家的花妮为寻妹妹被地主囚禁在草棚里。出狱之后参加了革命军的哲勇哥哥返乡复仇，曙光终于照到了花妮一家……想到这里，菜花眼角渗出一粒粒晶莹的泪珠。苦难压不垮花妮，自己……菜花没有想下去，但菜花明白了干哥姚向东的良苦用心。一切已经过去了，菜花不想再回忆这过去的苦难，于是边走边建议："向东哥，下次换部电影。"

"好呀！"姚向东拉着菜花胳膊往毛峰山脚下的一家饭馆走过去。小饭馆门脸不大，但朝南的桌子边迎面是毛峰山。两人坐定后，姚向东要了两碗重庆小面，特意加了一盘辣子炒肉丝。等面条的空隙，姚向东用征询的口气对菜花说："你下次定好时间，我把电影票购好。你喜欢哪部片子？"

"刚才电影院门口海报上有一部电影，叫什么？"

"《闪闪的红星》。"

"也看过了！"

"《被爱情遗忘的角落》。"

"对！就看这一部。"

姚向东想不到菜花姑娘喜欢这部爱情片，连连点头。

面条上来了，两人有滋有味地呼啦呼啦地吃面条。姚向东不时向菜花碗里夹辣子肉丝。

窗外，不远处的毛峰山青绿一片。春天的太阳缓慢地在山峰蓝天白云中移动，洒下明媚的阳光。山坡树林中一片片桃花盛开着，清新的花香从山坡上飘下来，似乎飘到了饭馆里，与肉丝的清香掺和到一起。山峰顶上的毛峰塔在春天阳光的映照下飒爽英姿。

两人一边吃面条，一边欣赏着毛峰山上的宝塔那熠熠生辉的雄姿。菜花上一次和姚向东去石油勘探队看父亲的空隙，上过毛峰山。她记起来了。毛峰山上的这座宝塔叫毛峰塔，但听向东说，毛峰塔又叫报恩塔。但当时时间紧，向东没有讲报恩塔的来历。想到这里，菜花放下筷子说："向东哥，毛峰塔为啥又叫报恩塔呢？"

姚向东吃完碗里的最后一口面条，也放下筷子。他用手指了指毛峰山顶的宝塔说："毛峰山上原来的宝塔是宋代陵阳的官府建的，全是木头的，共五层。后来，元朝一场雷电山火，宝塔烧光了。塔基一直荒凉了几百年。

"重建毛峰塔是清初，有一段传奇色彩的故事在陵阳一带流传。

"相传清初泸州有一个不起眼的青年，名陈阳阳，是一个一直不得志的青年。他几次赴京赶考，均未及第，心中一直闷闷不乐。为了解闷消愁，就外出游山玩水。游到陵阳县，来到毛峰山顶上。绿树掩映中的一座古庙吸引了他。他不顾旅途疲劳，沿着毛峰山陡峭的山间小道来到庙门前。这是毛峰山的毛神庙。寺中老僧法号泸州和尚。陈阳阳在寺庙的一棵大榕树下的石凳上歇了一会儿，突然想到寺庙里去见见大和尚，请他点拨一下，为什么自己屡次进京赶考均未及第。见到泸州和尚，陈阳阳恭敬有礼。

"这个泸州和尚知识渊博且平易近人，一点架子也没有，两人很谈得来，总之很有缘分。当谈到赴京赶考未中第时，泸州和尚非常同情地问道：'你还记得当时考卷上的题目及你所写的文章吗？'

"陈阳阳望着泸州和尚点点头。

"泸州和尚从香案上拿出纸和笔递给陈阳阳：'你认真地回忆一

下,写在这张纸上。'

"陈阳阳记忆力很好。他认真地回忆当时在考卷上的作文,并一字一句地默写下来,递给眼前这位德高望重的大师,心中充满忐忑。

"泸州和尚接过那张纸,挺认真地在纸上扫来扫去,皱起眉头。泸州和尚不说话,拿起红笔在纸上圈圈点点后,把改过的文章递到陈阳阳的手中说:'你这篇文章功夫还不够,很难及第呀!'陈阳阳接过泸州和尚圈点过的文章,目光扫了几下,眼前顿时一亮,当即求拜泸州和尚为师。这位大师一点也不谦虚,当即收了这位徒弟。当日,这位大师还陪同陈阳阳登上毛峰顶。陈阳阳在毛峰顶上极目远眺,嘉陵江、松江浩浩荡荡在毛峰山的东边交汇后,向不同方向流淌在大山深处。山谷里的田野、村庄,还有陵阳城呈现在眼前,心中顿时异常舒畅。陈阳阳离开毛神庙不到一个月,又来到了毛神庙正式向大师求学。经过两年寒窗,在大师指点下,陈阳阳信心大增。两年后,进京赶考,一举高中进士,后封官为都督。上任不久,他就想起毛神庙中的泸州和尚,顿生报恩执念。过了些日子,陈阳阳备了厚礼来到毛神庙,问了庙中的僧人才知泸州和尚已经仙逝。陈阳阳为了报答大师的指点之恩,最后作出决定,用自己的俸禄,恢复重建毛峰塔。几年之后,毛峰山上的宝塔高高耸立起来,这就是陈阳阳对泸州大和尚的思念和报恩。人们后来把毛峰塔改成报恩塔。这就是毛峰山上报恩塔的由来。"

说完之后,姚向东深深地吸了一口气:"菜花,陈阳阳知恩图报,值得敬佩。"

菜花笑了,笑得特别开心。她站起身一边往门外走,一边深有感触地说:"陈阳阳在毛峰山上建起报恩塔,你姚向东不也在我们钱家人的心中建起了报恩塔嘛。"

"菜花,我真的做得不够!没有你们父女的救命之恩,我哪有今天;没有你的血液在我的血管里流淌,哪有当今的幸福。这幸福应该与你分享!"姚向东跟在钱菜花的身后,走出饭馆大门,朝公共汽车站方向走去。

"你的幸福，钱家分享得太多了。"菜花边走边感叹道，"向东，我们钱家，尤其是我菜花每当遇到困难你总是伸出援助之手，尤其是你帮助我们钱家走出了磨难的阴影。"

姚向东停住步子，拉住钱菜花的胳膊恳求地说："我也想建一座宝塔。"

"你哪来那么多钱？"钱菜花直愣愣的目光盯着姚向东。

"我要在你心中建起一座亮光四射的宝塔！"姚向东拉紧了钱菜花的胳膊问，"可以吗？"

钱菜花现在可不是上小学的山里妹子，已经是二十出头的大姑娘了。她从姚向东火辣辣的目光中，感觉到了姚向东的弦外之音，也看到了姚向东对自己的爱恋之情，只不过不好意思说出口。姚向东说要把这座感恩之塔建在自己的心里，菜花能隐隐约约地感受到这意味着什么。自己自从救起这位帅小伙子后，心里就有了姚向东的影子，而且这影子的轮廓越来越明显。现在的姚向东可不是当年的小伙子。现在他是大学生，是县里办公室的官儿，在县城里还有一套房子，自己这条件……想到这里，菜花有些自卑，她没有摇头，也没有点头，只是轻轻地一笑，仍然让姚向东拽住胳膊朝公共汽车站走去。

一路无语。公共汽车的喇叭声，马拉车的鸣叫和三轮车、自行车的清脆铃声响成一片。

五十二

送走钱菜花，姚向东心里顿感空落落的。她是自己的救命恩人，她的父亲把自己从天坑底背出山洞，沿着崎岖不平的山道又背到鱼头村车站，再送到县人民医院，这要多大的毅力呀。自己的血管里还流着菜花的血。菜花父女俩对自己的大恩用什么也无法偿还。自己想着菜花爸，想着菜花一家，唯有像陈阳阳那样在毛峰山上建一座报恩塔。但自己应该把这座报恩塔建在钱菜花的心里，才能表达自己的谢意。但自己说了，不知菜花有没有理解，钱菜花没有表态。也许，钱菜花压根没有理解自己对她的爱的深奥的表达方式。

这不奇怪。自己是大学生，见过外面的世界。回到县城后，运气特别好，又分到了县委办公室工作。菜花高中毕业就回到大山深处的鱼头村。菜花都二十出头的人了，也许就到过县城几次，要她理解自己这拐弯抹角的含蓄表达恐怕有难处。当然，从这几年的接触中，菜花对自己还是挺亲近的。要走路时，我不是用语言表示方向，而是用手拽她的胳膊。每次拽菜花的胳膊，她都表现得那么轻松，似乎没有一点害羞和紧张感。也许在菜花的眼里，我这位天上掉下的林哥哥，就是哥哥。干哥妹手拉手很自然的事，这在城里与山沟里没有太大的区别。自己今天说到毛峰山上的陈阳阳建的报恩塔时，出自内心向菜花表达自己要在她的心中建一座报恩塔。按理说这个已是表达得再清楚不过了。说白了，自己想娶她，想演绎出美女救英雄、英雄娶美女的传奇故事。可是，漂亮的山里妹子菜花似乎没有响应。送菜花上了公共汽车后，姚向东心里一直有个谜解不开，他不知道菜花心里究竟是怎么想的。

也许菜花看不上自己，这绝对不合乎常理，也绝对不可能。那就只有一种解释，菜花失去了自信，自己看不上自己。这倒是摆得上桌面的理儿。菜花自己，菜花一家在短短的五六年里经历了太多的不顺，经历了太多的磨难，经历了大起大落。父亲端上了铁饭碗，家里有人拿工资生活，可是家里的这根顶梁柱断了。父亲走了，走得那么突然，让钱菜花一家陷入了深深的冰窟里。这些常人无法忍受的磨难一件一件落到菜花身上，高考落榜，青梅竹马的伙伴醉酒调戏自己，让自己抬不起头来。虽然菜花原谅朱爱国，虽然菜花到处为朱爱国求情，但"严打"的风暴还是把朱爱国刮得无影无踪，这让钱菜花心里的阴影更深更黑，有时甚至不能自拔。姚向东及时给了菜花哥哥般的温暖，菜花才慢慢地缓过神来。菜花当上了民办教师，但跟自己来比，当然差了好大一截子。当年，菜花与朱爱国处得近，姚向东心里清楚，菜花不爱朱爱国，她和朱爱国亲近是因为两家走得近，那才是真正的哥妹关系。朱爱国爱上了钱菜花，那是剃头匠的挑子——一头热。朱爱国跟自己表白过，姚向东心里清楚。姚向东喜欢菜花，但姚向东有分寸。姚向东从考上大学离开松江古镇那一刻起，他的心里就有了菜花。他与菜花约定通信，但有一个很自然的借口，说是叔爷的申诉信送到县里了，如果有消息，会联系钱菜花。姚向东有意把钱菜花作为申诉信的联络人。这对钱菜花来说，帮干哥哥做点儿事也是天经地义的。再说，菜花对当年与父亲从天坑救出的小伙子的才华打心眼里敬佩。菜花听姚向东说过，叔爷是个无名英雄，叔爷的年轻妻子是新中国成立前为党献身的，但由于上线找不到，至今还埋在竹林深处，是个无名英雄。叔爷爱他的妻子，几十年过去了，一直单身过日子。姚向东在重庆读书期间，虽然与菜花通信不多，但言语中隐隐地表达自己的爱意。现在看起来，菜花是把自己的爱意当作哥妹之情了。该是表达自己心愿的时候，不能老是隐讳下去，自己快二十五岁的人了，菜花也二十出头。再说，县委的副书记刘立平是自己的顶头上司，是个热心人，老是旁敲侧击地打听自己的感情生活。今天上午已经看出来了，言语中明显开着自己与菜花的玩笑。但刘立平副书记不知道自己与菜花的传奇关系。自己说菜花是干妹，那是真话。刘副书记不太相信，诙谐一句也情有可原。

　　姚向东站在县城公共汽车站大门口，目送着公共汽车朝松江大桥方向开过去，直到公共汽车扬起的尘土完全消失，姚向东还伫立在站门口。一股酸楚的失落感涌上心头，姚向东的眼眶湿润了。那可是自己的恩人呀！我是男人，我怕什么呢？丢面子，就是菜花断然拒绝自己，自己是她救过的人，还是她的干哥哥，丢什么面子？姚向东心里下了决心，待到钱菜花下次来县城看《被爱情遗忘的角落》这部电影时，他要把心中的爱全吐出来，他要让菜花感受到自己是真诚的，是出自内心的，不仅仅是为了报恩。

　　钱菜花回到鱼头村后，姚向东天天等着菜花的电话。有时送报纸的来后，他会装得若无其事地在一大堆来信中翻寻，他希望那沓大大小小信封的来信里有一封钱菜花给自己的来信。

他盼着钱菜花来信约定来看电影的时间。他得去电影院购票。他更盼望电话铃声。有时电话铃声响起来，姚向东会和秘书抢着接电话，弄得秘书有点丈二和尚摸不着头脑，不知道姚向东为什么这么喜欢接电话。

一个星期过去了。

又一个星期过去了。

姚向东有些急了。其实，钱菜花回到鱼头村后，也盼着过周末，她好去县城看《被爱情遗忘的角落》，这是与姚向东约定好了的。但每到周末，钱菜花的心就怦怦怦地跳个不停。她知道姚向东让自己去县城看电影的良苦用心，他是间接地表达他对自己的爱。姚向东是大学生，见多识广，见过大世面，他不想把对自己的爱作为报恩，他是不想让自己有负担。说句实在话，菜花不是小姑娘，二十出头的人了。粉碎"四人帮"后，看过不少男男女女的电影，她知道姚向东心中的意思。英雄救美，美人投入英雄怀抱，这比较自然。但美人救帅男，帅男娶美人似乎有点说不出口。总之，菜花想想自己是一个民办教师，就这条件。姚向东是个大学生，而且是县里的官儿，这差距太大了。说不定姚向东老想着报恩的事，这才一时冲动。人贵有自知之明，钱菜花是一个善良的人，想别人的事比想自己的事多。要不，朱爱国醉酒调戏自己，让她丢尽了面子，她还千方百计去找姚向东为朱爱国说情。当"严打"风暴来临，她跪到县法院大门口一整天为朱爱国求生。虽然没有效果，但可见菜花的善良之心。菜花想好了，如果姚向东主动打电话来，自己就去。其实，菜花的心里早已有了姚向东，但她不想让姚向东为了报恩来爱上自己。爱应该是无条件的，只有无条件的爱才是真诚的。如果姚向东真诚爱自己，自己没有理由去拒绝。爱的本质是给心爱的人幸福。姚向东喜爱自己，感到幸福，菜花也做好心理准备。当然，菜花想得更远，她早有了自己的打算，即使与姚向东结婚生子，但是哪一天姚向东感到自己不幸福时，她会主动离开姚向东。

菜花不想主动打电话给姚向东，但心里又焦急地等待着校长办公室里传来让自己接电话的喊声，松林小学只有校长办公室有电话。

菜花走后第三周，姚向东等不及了，上班第一天就给松林小学打去电话。两人约定周日上午十点看电影。中午，姚向东吃过午饭，匆匆忙忙预购了两张《被爱情遗忘的角落》电影票。

星期天是个晴朗的天。嘉陵江畔春末夏初的天气已经有些热了。姚向东上身穿一件当时流行的淡蓝色T恤衫，下身是西装长裤。这是姚向东第一次约姑娘看电影，他得给菜花一个穿着整齐的印象。星期六上午，他专门逛了一趟陵阳县第一百货公司，给自己置办了这身行头。姚向东想得很简单，第一次向菜花摆出自己对菜花的爱，而且准备开门见山，不再拐弯抹角，穿着整齐这是对菜花的尊重。他还特意给菜花购买了一件紫红色碎花半身长裙，是比照一位身材与菜花相仿的营业员尺码购买的。给姑娘买衣服对姚向东来说也是第一次。

星期天早上。姚向东吃过早饭，准备去县公共汽车站接菜花。这是下了几年的决心，今天要向菜花正式表白，姚向东心情有些激动。

刚出门，还未走到篮球场，办公室秘书徐凤霞风风火火地迎面走过来。徐凤霞毕业于重庆大学中文系，去年分到县委办公室文秘科当秘书。姑娘长得有模有样，圆圆的脸，核桃似的大眼睛，眉毛特别浓，不知有没有描黑，应该是天然长成，给人一种女汉子形象，因为机关女干部不流行化妆。但徐凤霞穿着得体，服饰有档次。徐凤霞最大的特点是见人不吃嫩，说话直挺，声音好响。后来才知道，徐凤霞的父亲是干部，但是是哪里的干部，多大的干部，谁也没有问过。徐凤霞来到县委办公室一年多，乐于帮助人，与大家相处得很是融洽。倒是办公室的年轻小伙子有时为徐凤霞的直率而暗暗担心，生怕被徐凤霞黏上了，招架不住。姚向东是个聪明人，他看主任都敬她三分，自己当然也尊重徐凤霞。谁知这个徐凤霞误会了姚向东的一片好心，有时会做出一些稍稍出格的举动让姚向东心里有压力。姚向东的心里毕竟有朵菜花盛开着。

姚向东见徐凤霞大步迎面走来，他有意往篮球场边的花圃走过去。他想避开徐凤霞，绕个小弯出门去公共汽车站。谁知这个徐凤霞一早就是来找姚向东副主任的。徐凤霞朝低着头往花圃走的姚副主任扬了扬手,大着嗓门:"姚主任,这么早往哪儿走呀?"

"散散步,闻闻花香!"姚向东只好停住步子说。

"星期天干什么呀?"

"不干什么。"

"最近,有一个电影很好看的。"

"什么电影?"

"《被爱情遗忘的角落》。姚主任,我请客,一块去看电影。"

"不!不!不!"姚向东想不到徐凤霞会约自己去看电影,难怪平时向自己汇报挺多的,看来这个徐凤霞对自己还有那层意思。姚向东一惊,额头上竟然渗出了密密匝匝的汗珠子。

"你紧张什么呀。不看就不看,我自己去看,还省张电影票呢!"徐凤霞落落大方。

姚向东知道这个徐凤霞有背景,得罪不起,赶紧解释:"家里来人了,我得去公共汽车站接人。"

"你忙你的。等你有时间去看《被爱情遗忘的角落》,当心被爱情遗忘了!"徐凤霞说完,银铃般的笑声传遍了整个大院。

姚向东赶紧迈开大步出了大门,朝公共汽车站走过去。心里想着徐凤霞刚才的邀请,姚向东走在马路上还有些心有余悸。今天约菜花就是去看《被爱情遗忘的角落》,你说这个徐凤霞,一大早插上一杠子,这算什么。好在有惊无险,姚向东走着走着,心情慢慢地平静下来。

五十三

陵阳县公共汽车站出口处就是大门,但没有门。两边红砖砌的柱子,上面是螺纹钢焊的拱形门牌,八个大红字很醒目:陵阳县公共汽车站。陵阳县城不大,就这一个公共汽车站,长途的、短途的公共汽车都要从外面开进来，从这里开出去。大门左边的墙上有两个醒目的白体字：出口。右边的墙上写着进口两个字。姚向东在出口处的墙边候着。

九点刚过，从出口处走出来一群旅客，在熙熙攘攘的人群里，姚向东一眼就看到钱菜花。钱菜花在人群中挺挑眼的，白皙的脸庞不像山里的妹子，粗壮的独辫子甩在脑后。上身穿一件长袖碎花衬衫，裤子是直筒的。一双塑料透明的白色凉鞋也挺抢眼。虽是农村打扮，但气质不凡。姚向东朝钱菜花摆摆手迎上去。

钱菜花手里拎着一只精巧的提篮。姚向东一眼就看出来了。这只提篮是自己亲手编的，还有篾盖子。姚向东顺手把提篮从菜花手里接过来。提篮很沉，姚向东随口问："菜花，提篮装的什么？这么沉？"

"我家院外几棵桃树结了很多夏桃，很脆很甜。妈妈知道我来你这里，赶早摘了一篮子带给你和你的同事们尝尝鲜。"菜花与向东并排走着，边走边说。

"鲜桃！真正的鲜桃！"姚向东高兴地说，"谢谢妈！我们先去电影院看电影，中午回到宿舍品尝鲜桃！"

菜花点点头。两人从汽车站径直来到电影院门口。两人进了电影院。座位在中间第十二排，两个座位挨着。姚向东刚把提篮放好，放映大厅的灯全熄了，优美的音乐在大厅里缭绕，银幕上出现了片头《被爱情遗忘的角落》。

向东伸出手，紧紧地抓住菜花那柔软而湿热的手，轻轻地说："菜花，你没有被爱情遗忘，记住，有我在呢！"

菜花的手被姚向东握住的一瞬间，整个身体像触了电似的一抖，手掌本能地挣扎了一下。但姚向东那男孩有力的手把菜花的手紧紧地抓在一起。再说，电影放映大厅黑洞洞的，除了银幕上的话外音和缭绕的音乐，没有声响。菜花的手就这样被姚向东紧紧地抓在手里，一动不动。手与手的接触，就像两根电头接在一起。顿时，两人像过了电似的。这些年来，菜花也好，向东也好，以哥妹相称，从来没有这么亲密的肌肤接触过。姚向东和钱菜花在一起时，最习惯的亲密动作就是拽住钱菜花的胳膊，无论是私下里还是公共场合，姚向东从来不避讳，菜花也习惯成了自然。两人心里都是这样想的：干兄妹嘛！但两人心里都有一丝丝说不出口的甜蜜感觉。

今天从拽胳膊到手握住手，而且是长时间地在这黑暗暗的放映厅里手握住手，这有点像小公园里一对亲密的恋人手挽手在逛公园，谈情爱。姚向东心里明白，自己主动地在这黑暗暗的电影放映大厅里与菜花手抓住手，这是在向菜花表白，我爱你，菜花。菜花没有挣扎着把手松开，说明菜花心里有自己。这也不奇怪，自己是菜花父女从龙山天坑底救出来的，自己的血管里流着菜花的血液，她当然喜欢自己。只是菜花有些不自信，这些年路走得不顺，碰到了不少磨难。只要自己是真诚的，条件好坏不是主要的，只要两颗心能相通，爱就是不可阻挡的。姚向东其实心里一直有着菜花的位置，其实这种位置不仅是感恩，更重要的是爱恋。他爱菜花的心地善良，更爱菜花有一颗时时想着别人的心。今天这种手抓手的表白，应该是发自内心的，菜花一定会从心灵深处感受得到。

从电影院出来，姚向东仍然与菜花手拉手往外走。姚向东注视着灯光下的菜花眼角处有明显泪痕。姚向东不知道菜花是为电影中主人公沈山旺、菱花的大女儿存妮、二女儿荒妹的苦难爱情遭遇在流泪，还是为自己第一次直露的表白而激动流泪。出了大厅，菜花抬手擦了擦眼角，轻声地感叹："太惨了！太惨了！"

姚向东接过菜花的话茬说："山沟里闭塞，人们除了忙活儿，人的原始本能受到压抑，甚至受到传统的无情约束和打击。荒妹无法摆脱的耻辱和恐惧，不能重演。"

菜花点点头。

过了陵阳路，姚向东没有走大路回县委宿舍大院，而是领着菜花拐进了一条窄窄的小巷子，走到陵阳县人民公园。

陵阳县人民公园是带状公园。公园沿着松江岸边有一条精致的鹅卵石小路。路边绿树成荫，沿着江边有不少绿化小品，树林中还不时发现一丛丛的翠竹。

初夏时节。

姚向东与菜花手拉手走在树丛中的小路上。草丛中的蛐蛐嘶着嗓子唱着歌。茂密的枝叶中有飞鸟扑打着翅膀的声音，旋起的风惊动了安睡的叶片。翠竹枝叶不停地摇曳，沙沙声此起彼伏。靠江边的花圃里生长着几棵石榴树。初夏，正是石榴花开的季节，绿叶衬红花，美丽极了。远望，它像一片熊熊燃烧的烈火，又像黄昏升起的红艳艳的晚霞。姚向东朝石榴花开的地方指指，加快了步子。钱菜花紧紧地跟在姚向东身后。

两人来到石榴树旁。

姚向东从石榴树上摘下一朵开得最艳丽的石榴花，轻轻地往菜花脑后那条粗大的辫子扎红头绳的地方一插，左看看，右望望，激动地说："菜花，你真漂亮！"

菜花有些害羞，头不自觉地低了八度。姚向东往菜花面前一站，两人面对面，距离很近，鼻息双方都能感受到。姚向东知道，菜花总感到自己条件不好，与自己似乎有点门不当，户不对。所以姚向东总会时不时地夸赞菜花美丽。当然，姚向东也是说的大实话。钱菜花确实美，背地里松江中学的师生都称赞是校花。

姚向东看到菜花目光盯着面前满树的石榴花，脸上漾起了自信的微笑。姚向东不失时机地伸出双手拉住菜花的双手，语气坚定地说："菜花，我爱你！"

"爱我？"菜花害羞地笑笑。

"嫁给我吧！"姚向东拉着钱菜花的双手轻轻地晃动着说，"我爸喜欢你！我妈喜欢你！我的弟妹都喜欢你。"

钱菜花松开手，目光直愣愣地盯着姚向东："我是民办教师，你是国家干部，咱俩只能当干哥妹，恋爱结婚不合适。"

"怎么不合适？"姚向东有些着急。

"门不当，户不对！"钱菜花语气挺认真。

"门当户对，那都是传统观念，落后！"姚向东又伸出双手，再次拉起菜花的双手，急切地说："菜花，我只问你几句话。"

"你说！"钱菜花与姚向东的双手仍然拉在一起，并没有松开的意思。

"我坏不坏？"

"不坏！"

"喜欢不喜欢？"

"喜欢！"

"什么时候喜欢的？"

"打从龙山天坑里把你救出来那一刻起，我就喜欢上你了。"

"这就足够了！听着，我告诉你，我也喜欢你。自从知道我的血管里流淌着你的血液那一刻起，我就喜欢上你了。"姚向东说着，松开双手，快速地用双手揽住钱菜花的腰，把钱菜花拥在自己温热的怀抱里。

两人紧紧地拥抱在一起，谁也不说话。

石榴树边有一小池塘。中午的太阳透过茂密的枝叶，照在静静的池塘亮晶晶的水面上，使人觉得无比地暖和。从松江上吹来一阵微微的风。微风吹过，划过水面，泛起层层星星点点的波纹。池塘里的青蛙在伞似的荷叶上，为草丛中的蛐蛐伴奏着。

姚向东今天直接表白，温暖了钱菜花已经冰凉了好久好久的心。他为钱菜花能从苦难的阴影走出来而高兴。他下定决心要娶钱菜花为妻。

两人从兴奋不已的拥抱中松开膀子后，这才感到肚子已经饿得咕咕直叫。姚向东赶紧拎起放在石榴树根边装满鲜桃的提篮说："菜花，到我宿舍去，我去食堂把饭打到宿舍吃。"

菜花在姚向东面前一直很顺从，这也许就是爱。爱的方式有千种万种，但心灵相通那是爱的基础。其实，钱菜花从天坑底把姚向东救出来后，两人心灵之间爱的导线就牢牢地接上了。

吃过中午饭，姚向东从橱子里拿出那件紫红色的碎花半身长裙，递到菜花手里说："这是我亲自为你挑的一件当前流行的裙子，相信你会喜欢。"

菜花接过碎花半身长裙，瞅了两眼，眼圈明显红了："向东，我真不值得你爱，我是一名民办……"

不等菜花把话说完，姚向东伸出右手挡住菜花的嘴："不许再提门当户对的事。爱是不讲条件的。心灵相通就要勇敢地去爱。"

钱菜花望着眼前穿着柔软的淡蓝色T恤衫的姚向东，男性过去的呆板、单调、循规蹈矩的影子不见了，姚向东那阳刚的身形展现在菜花的视野中。

姚向东在菜花的眼中变得越来越高大，菜花在姚向东的眼中变得越来越美丽。两人没有理由不去爱。两人的爱从心底里搬到了面子上，爱得那么炽烈。

五十四

陵阳县委办公室与松林小学相隔几十里山路。虽然山道弯弯，但有一条土石公路，花上一个多小时从鱼头村就能到达陵阳县城。姚向东工作很忙，前个月主任调到陵阳县委组织部去工作，姚向东这个副主任当上了县委办公室的"主持"，虽然心里思念着钱菜花，但工作忙得团团转，一直抽不开身去鱼头村看钱菜花。思念只能留在信笺上。

钱菜花在小学当民办教师，倒不怎么忙，母亲胡少香一个人种地还要操持家务，一有空闲她得帮母亲做些农活和家务，有时星期天去陵阳县城看姚向东，不巧的时候姚向东因跟县里领导下乡或去上面开会还见不上面，不但见不上面，还进不了姚向东宿舍的门。

通信成了两人感情联系的纽带。两人有一个共同的兴奋点。只要送报纸的来了，手上工作再忙，也要看看报纸里夹着的来信中有没有自己熟悉的字迹。

一天上午，钱菜花上完第二节课，刚走到办公室门口，教导主任周网年大着嗓门喊："钱菜花！"

"来了！来了！"钱菜花赶紧跨进办公室，径直走到教导主任桌前。

周主任手里拿着一封信，在钱菜花面前晃了晃。钱菜花瞅了一眼，落款是一排鲜红的印刷体，印刷体字下方写着内详。钱菜花心里一阵兴奋，她知道这是姚向东的来信。

周主任把信递到钱菜花手里，诧异地问："钱老师，你有朋友在县里？"

钱菜花接过周主任递来的信点点头说："我哥哥！"

"没听说你有哥哥呀？"周主任诧异的目光盯着钱菜花泛起红晕的脸腮。

"干哥哥！"钱菜花转身走向自己的办公桌。刚放下手里的粉笔盒和课本，周主任跟了过来："干哥哥在县委办公室当秘书？"

"是办公室副主任！"钱菜花一提到姚向东，心里总是有些自豪感。

"副主任，除了主任就是副主任，你干哥不简单！"周主任若有所思地问菜花，"你干哥跟主任关系铁不铁？"

"没有主任。前些日子，他们的主任升官调走了。"钱菜花把手上的粉笔灰掸了掸说，"他的同事叫他'主持'。不知道'主持'是什么官？"

周主任哈哈大笑说："主持就是县委办公室的代理一把手。有权！"

"菜花，松林小学的校舍你是知道的，这么破旧。我们校长、老师都怕过夏天。夏天气候变化大，一刮起大风，打雷下雨，大家的心就吊起来了。什么时候干哥回松林时，把他领过来看看。"周主任想得很实惠，既然是菜花的干哥，他看到干妹子学校这么破旧，他这个县官不可能不管。

钱菜花连连点头。周主任一走开，菜花就迫不及待地撕开信封，抽出信笺，咣当一声，一把钥匙掉到办公桌的玻璃台板上。菜花拿起玻璃台板上的钥匙，仔细瞅了一眼，心里想，寄把钥匙干什么？菜花展开信笺，姚向东那熟悉的字体出现在自己的眼前：

花妹：您好！

　　来信收到。知道你来到陵阳，摸了门锁返回，心里很不是滋味。来回颠簸几个小时，水没有喝上一口，实在抱歉。这些日子，全国都忙着改革开放，变化可大呢。特别是邓小平主席在深圳画了一个圈后，那里高楼大厦平地起，一片生机勃勃，气象万新。我们县城也改革开放了，都忙起来了。我这个办公室副主任，又是个主持，忙得屁股不沾凳子，请你一定要理解。今随信寄来一把我宿舍的钥匙。有空来陵阳时不至于摸门锁。

　　……

　　想念您，菜花！
　　向干妈问好！

向东
1985 年仲夏

　　读完姚向东的来信，菜花两个指头捏着那把钥匙，目光扫过来扫过去，心里的思念升腾起来。她没有想到姚向东想得这么周到，专门给自己寄来了他宿舍的钥匙。宿舍的钥匙寄给自己，这意味着什么。这意味着一家人似的。想到这里，钱菜花的脸上泛起了红晕，浑身感到燥热。她把钥匙收好，决定周末有时间就去县城，就是见不到干哥哥，至少能到他宿舍，帮他把宿舍卫生搞搞。钱菜花想得很朴实，自己文化不高，帮不了向东什么大忙。他信中说了很多的国家大事，县里的大事，自己虽然似懂非懂，但知道这些大事儿都是为老百姓好，都是想让老百姓过上好日子。向东在忙着，自己作为他的心上人，也要尽点儿力。帮他把宿舍打扫打扫，这可是自己的强项。再说，爱一个人，只要尽力就是爱。做不了大事，干点小事，尽到自己的力就是对向东的爱。

　　当晚，菜花写了一封回信，第二天上班路过村里的邮箱，轻轻地投了进去。

这些日子，繁杂的办公室工作让姚向东忙得焦头烂额，但读到菜花那朴实无华，充满思念的来信后，心中的烦恼总能得到抚慰，焦躁的心情总会慢慢平静下来。

想不到，好景不长，这种平静被慢慢打破了。

其实，几个月前姚向东准备去公共汽车站接菜花，约好上午去看电影。刚走到篮球场上，碰到了徐凤霞。姚向东知道徐凤霞是个漂亮直率的姑娘，文采在办公室也能算得上一支笔，关键是听说她父亲是个大官，但不知道在哪儿当官，心里没有底，遇事不敢驳徐凤霞的面子。但姚向东做梦都没有想到徐凤霞这么直爽，竟然约自己去看《被爱情遗忘的角落》这部电影。姚向东看看风风火火的徐凤霞，想想自己上午就是约菜花去看这部电影，心里一着急，虽然话说得有些婉转，但还是留了一道缝，说是有机会陪她去看。谁知这个徐凤霞竟然把姚向东打马虎眼的承诺当了真。过了些日子，当办公室无人时，徐凤霞一个人来到姚向东办公室，以送审稿子的名义与姚向东聊起来。临走时，丢下两张电影票说："周末晚上六点半，电影院里见！"

姚向东拿起电影票，站起身，正要找理由推迟，谁知徐凤霞已经风风火火地跨出了主任办公室的门。姚向东捏着两张电影票，手里像捧了一颗炸弹似的，愣站在那里好久。他想到自己的救命恩人，想起了已经跟钱菜花挑明的恋爱关系，这种情况下，又和自己办公室的部下徐凤霞双双去看电影，万一被熟人撞见了，自己就是浑身都是嘴也说不清楚，何况自己的心里装着菜花呢。姚向东的心里像十五只吊桶打水——七上八下，他不知如何是好。不去赴约，说不定就把徐凤霞给得罪了。且不说她是办公室的笔杆子，得罪了徐凤霞，这工作开展起来没有那么顺手。再说，她的父亲还是一个不小的官儿，自己还是个"主持"，正在这节骨眼上，想到这里，姚向东长长地叹了口气，收起了电影票。

那天晚上，姚向东硬着头皮提心吊胆地去电影院陪徐凤霞看了那部《被爱情遗忘的角落》电影。姚向东已经陪菜花看过这部电影。这部电影情节复杂，故事感人，而且悬念迭起，但坐在徐凤霞身边的姚向东提不起半点兴趣，他的心里想得太多太多，心脏的搏动比以前任何时候都剧烈。他想起陪钱菜花看这部电影时，自己的手在黑暗中碰到菜花的手，两只手刹那间就紧紧地握在一起，浑身顿时像过电似的。此刻的姚向东规规矩矩地将两手交叉放在胸前，目光紧紧地盯着正前方的银幕，胸窝里、胳肢窝渗出了汗，明显感到有些黏湿湿的。徐凤霞不时地说起电影里的事儿。姚向东只有一个字：嗯！

两人在黑暗的电影大厅里很守规矩地看完了《被爱情遗忘的角落》。其实，徐凤霞主动地约姚向东来看电影，尤其是看《被爱情遗忘的角落》，她是看看姚向东对自己什么态度，心中有没有自己。在日常工作中，姚向东对自己挺关照的。特别是对自己给领导写的讲话，姚向东在办公室召开的会议上，总是表扬多。说得最多的话就是人家凤霞姑娘从大学分来才一年多，文章写得很上手，大家都要向徐凤霞学习。每当听到姚向东主持说到这句话时，徐凤霞的心里总是暖洋洋的。徐凤霞最感到温暖的是姚向东主持提到自己的名字，总是不提姓，直接说"凤霞"二字，这让徐凤霞感到特别亲切。

徐凤霞羡慕姚向东的才华，也喜欢姚向东那帅小伙子的身材。她特别喜欢姚向东的文笔，清新流畅，看问题不转弯抹角，给人一种旗帜鲜明的直感。直率也是徐凤霞的性格，徐凤霞的心里暗暗地有了姚向东的位置。

徐凤霞二十三岁大学毕业分到县委办公室。由于是文秘工作，而且主要写信息上报，写领导讲话稿，姚向东是分管文秘工作的副主任，两人接触越来越频繁。日久生情，徐凤霞对姚向东的好感不断升温，这一点姚向东已经隐隐地感受到了。但姚向东没有朝男女关系上去想。他毕竟来自大山深处的松江古镇，虽然读了几年大学，但那时刚刚"文革"结束，一切还都在条条框框里行事，见不到什么新鲜的事。他想当然地认为，徐凤霞作为自己的部下，对她的顶头上司敬重一点，关心一点，这是人之常情。他还告诫自己千万不能往歪里想。再说，那时自己的心中只有钱菜花的位置。他深深地爱着自己恩人钱菜花，而那些年，那些日子，菜花遭受磨难的心灵创伤最需要抚慰。

姚向东怀着感恩的心，把自己每一点温暖都洒到钱菜花的心坎上。姚向东做到了，并且是不动声色地做到了。钱菜花感受到了姚向东的这份爱。当那天在松江边的公园里，两人紧紧地拥抱在一起的时候，姚向东一直担心菜花拒绝的心终于放了下来。

那天回到新分的宿舍，啃着菜花带来的胡少香刚从自家菜园旁的桃树上摘下的甜桃，心里舒服极了，心里也平静多了。

谁知这种平静被徐凤霞突如其来的举动打破了。虽然只是陪徐凤霞看了一场电影，但姚向东的心里像平静的千溪湖上刮起了不大不小的风，风吹得平静的千溪湖面上有了浪花。当然，这种紧张感姚向东也会自我安慰。现在改革开放了，男女相处开放多了。跳舞到处可以看到，不但县里有舞厅，有些小年轻还拿着手提收录机，在广场上放舞乐，跳交谊舞，跳拉丁舞，跳说不出名字的舞。男男女女手拉着手走在街上一点也不害羞。穿衣服更是开放了，蓝灰色的海洋不见了，姑娘穿起了连衣裙，烫起了各种风格的发型，连自己那天去陪菜花看电影，都特意穿上了T恤。想到这些，姚向东感觉到陪自己的女部下看场电影，也没什么大惊小怪。再说，一场电影，黑乎乎的大厅里一坐一个多小时，始终都是规规矩矩的，自己对得起自己的心上人菜花。

徐凤霞看完电影后，对姚向东更是油然而起一种特别的钦佩感。一个半小时的电影，姚向东一动不动，君子风度，值得爱。徐凤霞认准了自己没有爱错。

徐凤霞心里有了姚向东，她决定一直爱下去。

五十五

徐凤霞出身于干部家庭，风风火火的什么事都顺当，从小就养成了一个性格，想到的事就会坚定不移地做下去。用山里人的话说，这姑娘有蛮劲。当然，徐凤霞也是个有文化、有头脑的人。其实，她约姚向东去看电影也是试试姚向东的底。徐凤霞想得很简单。他如果已经有了心上人，不会轻易陪自己去看电影。他既然赴约去了电影院，说明姚向东的心里有自己。徐凤霞没有想到自己是干部家庭，爸爸是行署的官员，管着姚向东上级的上级的上级。她一点也没有从姚向东的角度考虑，只是凭感觉想当然。姚向东现在是办公室的主持，他怎么会有胆量扫了徐凤霞的面子，更不敢把干妹钱菜花说出来。虽然自己已向钱菜花表达了爱慕之情，但毕竟没有正式确定恋爱关系。何况，把菜花亮出来，菜花是农村人，是个民办教师，自己似乎也没有什么面子。姚向东的心里被徐凤霞搞得乱七八糟的。面对徐凤霞的爱情攻势，姚向东只能匆匆应付招架，矛盾的心态让姚向东的心处于极度疲惫状态。有时，姚向东也想与徐凤霞摊牌，告诉他自己有恋人了，而且这个恋人是自己的救命恩人，但姚向东想到自己的仕途正是顺风顺水的时候，而且这个时候还是个关键时期，自己是办公室的副主任，是个"主持"。万一得罪徐凤霞，徐凤霞把事儿给自己的父亲一说，这"主持"恐怕会一直主持下去了。姚向东始终下不了这个决心。

徐凤霞凭着自己的直觉，觉得姚向东挺尊重自己，倒有些公开化了，这让姚向东有些措手不及。前些日子在机关食堂排队打饭，姚向东把韭菜炒肉片打好后放到餐桌上，又去排队打米饭。回头一看，韭菜炒肉片全剩下肥肉片了。看着菜碗里韭菜没有增加，但肉片增多了，当然全是肥肉片。姚向东有个吃肥肉的习惯。小时候在家吃饭，家里很少有猪肉吃。逢年过节时，烧了红烧肉，全家只有他一人吃大肥肉。那个年代肉紧张，第一顿吃下来，菜盆里全剩下大肥肉。第二顿吃饭无人下筷子，剩下来的大肥肉姚向东全包了。看到菜碗里的大肥肉片，姚向东虽然感到有些奇怪，但也不说破，只是攥起几块肉片丢进嘴里津津有味地嚼起来，边嚼边自言自语："谁干的好事？用肥肉换我的瘦肉。"

整个饭堂里一片哄笑声。大家不看姚向东，目光全落到正在扒饭的徐凤霞身上。姚向东刹那间全明白了，是徐凤霞当着众人的面干的。也只有她干得出来。自己大小也是县委办公室的"主持",看来她一点也不把自己放在眼里。但转念一想,她这是对自己的爱呀。不知情的人以为徐凤霞干的玩笑事儿,拿肥肉换瘦肉。何况,肥肉多,一盘菜里瘦肉能有几块,自己能吃肥肉,别人不知道,徐凤霞怎么知道自己爱吃肥肉呢?按理说,徐凤霞是不会搞这个拿肥肉换瘦肉的恶作剧的。

姚向东一边嚼着油亮亮的肥肉片,一边想徐凤霞怎么知道自己爱吃肥肉呢。光从食堂里吃饭是看不出一个人饮食的特别嗜好的。姚向东开动脑筋想,终于恍然大悟。原来有一次秘书们通稿晚了,肚子咕咕叫。自己曾经讲过一个笑话。说是炎热的夏天,猪肉有十天时间是低价促销的。班里四五个同学凑钱买了三斤低价猪肉抬石头。猪肉是盐水煮的,切成大块。大家围着一个石磨盘,三下五除二就把骨头、瘦肉消灭了。盘子里剩下足有一斤肥肉块,油光闪闪的特别诱人。有个矮个子同学站起身,手朝盘子指指说:"这么多肥肉块,谁能吃下去,抬石头的钱不用出!"

其他同学一起跟着附和。姚向东望了望盘子里的肥肉块,想了想,又吃肥肉又不出钱,这等好事,别人干不了,自己能行。姚向东目光盯着盘子里的肥肉,不动声色地附和。

"谁来消灭这些大肥肉?"大家一条声地嚷起来,只有姚向东愣着不说话。

"向东,敢不敢吃?"

"向东,这可是又吃粽子又蘸糖的好事!"

"向东,你喜欢吃肥肉呀!"

"太多了,太多了!不行不行!你们哪个来?"

沉默了好一会儿,姚向东拿起筷子搛起一块颤颤晃悠的肥肉丢进嘴里说:"我来试试。"

"不能试!吃不了钱全你付!"那个矮个子同学有些咄咄逼人。

"吃!"姚向东一句话不说,一块一块的肥肉丢进嘴里,咽进肚里,把几个抬石头解馋的同学看得目瞪口呆。不一会儿工夫,盘子光了，盘底剩下一汪油汤。

就在同学们惊讶不已的时候，姚向东竟然端起盘子往嘴边一凑，把剩下的油汤全部喝进嘴里。姚向东放下盘子，抹了抹油渍渍的嘴唇说："对不起，大家出钱！"

第二天上午第一节课，姚向东举手去了六次厕所。几个知情的同学忍不住笑出了声。老师一问，大家全知道姚向东打赌吃肥肉的事。当然那个年代小伙子能吃肥肉不丢人。

那天给秘书们讲这个笑话时，徐凤霞在场。难怪她会在食堂用肥肉换自己盘中的瘦肉，也只有她徐凤霞做得出来。当时，自己自言自语地打探谁干的，大家只是望着徐凤霞笑。后来这肥肉换瘦肉的事被大家传来传去的，倒演绎成了一个幽默的恋爱故事。姚向东想到自己的大恩人，与自己正在热恋中的钱菜花，心里很不是滋味，总好像自己偷了人家东西似的内疚不已。

徐凤霞看到姚向东没有当众埋怨自己的恶搞，心里特别舒畅。因为徐凤霞心里明白，虽然姚向东爱吃肥肉，虽然自己这是投其所好，但当众把自己碗里的肥肉拨到姚向东的碗里，还用自己的筷子把姚向东菜碗里的瘦肉挑走，这是不礼貌的行为。除非两人关系密切，除非是恋人之间、夫妻之间。难怪事后传来传去，整个机关都知道姚向东与徐凤霞两人之间有那层意思。

徐凤霞无所谓，传就传吧，笑就笑吧，反正自己心里有姚向东。再说，现在改革了，开放了，机关也不能成为被爱情遗忘的角落。

姚向东嘴上没法说，解释什么呢？姚向东心里明白，自己是办公室的"主持"，也算是分管领导。这个时候去解释，越解释越说不清楚。除了找徐凤霞当面摊牌，把钱菜花的事儿告诉她。但姚向东想想徐凤霞的面子，想想自己还是个"主持"，万一得罪了，还真不好收场。姚向东下不了摊牌的决心，既然下不了决心，就只能让自己在这难堪的油锅里煎熬。

菜花姑娘是一个山里的妹子，是个善良的姑娘。她不知道社会上已经发生了翻天覆地的变化，更不知道人们的观念正在悄悄地发生变化。她只知道为别人着想。菜花经历了那么多的磨难，向东好不容易把她那颗冰冷的心慢慢地焐热。菜花要是知道有个大官的女儿，又是大学生正在追向东，她肯定不会去闹，但她的心灵上将又会飘来寒冷的雪花。她倔，她会把一切苦难咽进肚子里。姚向东想到这里心里不好受，但也自我安慰，自己与徐凤霞没有做出格的事，更没有去谈什么恋爱。只是改革开放了，思想解放了，城里的男女相处不顾忌周围人们的感受罢了。

自我安慰只能是自己哄自己，姚向东心里已经感受到了徐凤霞那炽热的爱。

直率的徐凤霞姑娘终于把两人的关系挑明了，她写了一封信，趁人不注意，放到姚向东的办公桌上。

下班时，姚向东把徐凤霞的信带回宿舍。姚向东迫不及待地拆开信，雪白的信笺上，只有短短的几行字。

向东哥：
　　我爱你的谦虚待人，爱你的聪明才华，更爱你的奋发斗志。
　　吻你！
　　　　　　　　　　　　　凤霞

没有落款日期，看来这封信徐凤霞早已经写好了，但一直没有拿出来，这是在向自己摊牌。吻你！这两个字太刺激了，这是把心交给自己了。姚向东着急了，到电影院看电影，吃肥肉，那只是同事间交往，就算亲密些，也没有什么。现在也是自己向徐凤霞摊牌的时候了。他拿出信笺，拿出钢笔。姚向东决定摊牌，决定告诉徐凤霞他与菜花的传奇故事。但是，姚向东的心里乱极了。他写一张纸，揉成一个团，扔进纸篓里。纸篓里的纸团快满了，他仍然写不出自己满意能自圆其说的回信。

夜已深了。远处松江边上的陵阳造纸厂放气的笛声悠悠地传过来。姚向东拿起徐凤霞写给自己的信,把信笺装进信封后,放进左手边的抽屉里。

他决定不回信,他用冷水洗了把脸,头脑似乎清醒了许多。他上床睡觉,但一点睡意也没有。他静静地躺在床上,脑海里闪现出菜花那白皙的脸庞,大大的眼睛,尤其是那条粗硕乌黑的独辫子。

姚向东睡不着,眼角溢出了温热的泪珠。

五十六

第二天。

虽是周末,但陵阳县委副书记刘立平上午去基层乡镇调研,指定姚向东陪同。

早上八点多钟,姚向东坐上刘立平的灰黄色的军用吉普车下乡去了。

大约十点钟,钱菜花拎了一小提篮葡萄,兴致勃勃来到县委宿舍大院的门口。

门卫拉住钱菜花。

钱菜花停下步子说:"大叔,我找县委办公室的姚'主持'。"

"姚主持?没有这个人!"门卫大叔一听连连摆手。

菜花听向东说过是个"主持"。她以为"主持"是个官名,而且肯定会比副主任大一级。谁知门卫说不认识,她赶紧跟门卫解释:"姚副主任就是姚主持。我哥哥!"

"早说呀!姚向东跟县委刘书记下基层了。你来得不巧。"门卫抱歉地说。

"我没有什么事。给他带了些葡萄,放到他宿舍,一会儿就走。"菜花把拎在手里的小提篮在门卫面前晃了晃。

门卫放行。菜花来到姚向东新分的宿舍门口,把小提篮往门口轻轻一放,掏出钥匙,熟练地打开门,提起小提篮走了进去。

菜花轻轻地掩上门，把小提篮往厨房锅台上一放，掀起小提篮的篾盖，将两串沉甸甸红得发黑的葡萄放进搪瓷盒里。她目光扫了一下全屋，客厅也好，厨房也好，还有房间都比较凌乱。地是水泥铺的，估计好几天没拖地了，上面积了一层灰。菜花知道姚向东当这个办公室的"主持"不容易，周末忙得不在家里。菜花有些心疼。本来想丢下葡萄赶上午班车回鱼头村，看到向东宿舍这么乱，拿起拖把、抹布大干起来。宿舍也就三四十平方米，不到半小时就收拾得干干净净。菜花舒了一口气，看看手腕上的表，还不到十一点，她索性坐到办公桌旁的椅子上歇一会儿。

菜花心里想，也许姚向东会回来吃饭，到时还能说上几句话。过了十二点，向东要是不回来，就去公共汽车站旁的小吃店吃碗肥肠干饭，然后去汽车站赶下午一点钟的班车，下午回到鱼头村不迟。

在办公桌前的木椅上坐定后，她随手拉开小抽屉，想找本书看。谁知，刚拉开抽屉，一封信出现在自己的眼前。本来没有什么，干哥的抽屉里不是书就是信。但信封不是制式的，信封上的字体很娟秀，特别是"向东哥亲拆"五个字引起了菜花的好奇。菜花虽是山里妹子，虽然没有见过世面，但也是二十出头的姑娘。特别是这些年经历了那么多的磨难，姚向东以一个男性特有的温热暖和了自己那颗冻僵的心，这个暖和的过程让菜花感受到了男女之间爱慕带来的愉悦和兴奋。从温暖的言语，到拉胳膊，到石榴树下的爱的表白。说实在话，钱菜花不想嫁给姚向东，不是姚向东不好，而是姚向东太优秀了，运气太好了。尤其天坑大难之后，一直很顺，真的应了那句话，大难不死，必有后福。考大学，进机关，当主任，一步一个脚印地往高处走。而自己这些年走背运，大学考不上，不是姚向东帮忙，恐怕现在还在山里和妈妈一块儿翻地。好歹混上个民办教师，这民办教师与县办主任相差太多了。但这些年，菜花感受到姚向东对自己那份爱的炽烈，也感受到姚向东为了让自己接受他的爱的良苦用心。

菜花拿起信，仔细地端详着信封上娟秀的字迹。菜花估计是姚向东的小妹写来的，要不怎么称哥呢！再说不是制式的，街上买来的，肯定是向东小妹向红写来的。菜花随意掏出信笺，展开一看，大吃一惊。她轻轻地念道：

向东哥：
　　我爱你的谦虚待人，爱你的聪明才华，更爱你的奋发斗志。
　　吻你！

凤霞

"凤霞！"
"凤霞！"
"凤霞！"

菜花心里一愣，怦怦怦地乱跳起来，她连声念着凤霞这个名字，心里在猜测，凤霞是谁？不用猜了，凤霞肯定不是姚向东的妹妹。姚向东的妹妹在松江中学读高中。表妹？不对呀，表妹还吻你？不用说，这是哪个城里妹子爱上向东了，说不定还是向东机关里的大学生呢。从信中的短短几句话看得出来，这个凤霞妹子似乎与向东朝夕相处，彼此很了解，对向东特别仰慕，仰慕而生爱，看得出来这是一封城里姑娘写给向东的情书。

有姑娘追求向东哥，菜花的心慢慢地平静下来。自己是山里妹子，向东现在是城里人了，而且是一个不大不小的官儿。自己一直清楚自己有几斤几两，知道自己与向东不配。但向东为了报恩，或者是对自己遭遇磨难的同情，非要爱上自己。菜花心里明白，向东是真心的，她不想拂了向东哥的一片好心。当然，自从两人在石榴树下手拉手的那一刻起，菜花就想好了，爱情是让对方幸福，如果有一天，向东感到与自己在一起不幸福，或者有哪个条件好的城里漂亮姑娘爱上向东，自己会毫不犹豫地悄无声息地离开他。想到这里，菜花迅速地将信笺叠好，轻轻地装进信封，放回到抽屉里。

菜花把抽屉推好，长长地叹了一口气，不知是什么原因，反正心里一酸，泪水溢出了眼眶。她掏出手帕擦了擦，决定立即离开姚向东的宿舍。

她不想碰到姚向东，她怕控制不住自己的情感。

她拎起空的提篮，正要出门，看到办公桌旁的纸篓里有半篓子纸团。她想顺便带走，倒进路边的垃圾箱，她感到奇怪，怎么这么多的纸团呀！菜花顺手拿起一个纸团展开一看，上面也是几行字：

凤霞：你好！

你写的信收到。谢谢你对我的夸赞。我没有你说的那么优秀。你也是大学生，也是机关干部，在我们办公室也算得上是支笔杆子。再说，听说你爸是个大官，我爸是个巡林员。门不当，户不对呀！记住，忘了我吧！

祝好！

向东

菜花从这个揉成纸团的信笺上知道徐凤霞是个大学生，是向东的同事，还是个大官的女儿。向东倒是有自知之明，但向东为什么不提我呢？不提与我已经有山盟海誓呢？菜花猛然醒悟了，向东哥聪明，他是不想得罪这个拼命追他的下属，而且这个女秘书也不能得罪，她的爸爸是个大官。向东要想在机关里混下去，上面千万不能得罪。

菜花想当然。她又从纸篓里拿出几个纸团展开，扫了几眼，都是一个内容。这些纸团可不能随便乱倒掉。菜花把展开的纸团又揉成团扔进纸篓。桌子上只剩下一张姚向东写给徐凤霞的回信。

这么多回信，写一封揉成团扔掉，连续写了这么多封信，都揉成了纸团。菜花理解姚向东，他没法回信，他说不清楚。他不知道怎么回信好。一边是漂亮的女大学生，又是笔杆子，跟他志同道合，更重要的是这个徐凤霞是个大官的女儿；一边是把自己从龙山天坑里救出来的大恩人，自己的血管里还流着她的血，更重要的是向东一直怀着感恩的心与菜花相处，刚刚鼓足勇气表白，谁知才几个月，半路上杀出个程咬金，这个招姚向东没法接。

想到这里，菜花反而急了。她总是为别人着想，她深知姚向东此时比较难堪的处境。这个时候恐怕只有自己这个干妹妹能帮他。要不，姚向东的心里会像浇了油似的，一天不决策，姚向东一天不得安宁。自己是表明心态的时候了。

菜花把向东写给凤霞扔掉的那张信笺展开后，拿起笔筒里的钢笔在信笺下面空白处写了几段话：

向东哥：

今天来看你，不巧，听门卫说你下乡了。妈妈带了几串刚摘下的葡萄。葡萄放在搪瓷脸盆里，很鲜很甜的。打扫卫生时，以为是你妹子写来的信。就想当然地看了。以为妹子请你办什么事，我想看一下，顺便帮她办。谁知是个不熟悉的人写的，打搅了，请你理解。

想帮你把纸篓里的半篓纸团倒掉，怕有秘密，展开一个纸团一看，还真有秘密。纸团没有倒掉，你自己处理。但我这里说几句，都是心里话。

向东哥，虽然我和父亲从天坑底救了你，但你一直对我们一家，尤其是对我无微不至地关心。我的心里永远记着呢。但这里我要说一句：爱是不能用来感恩的。请你相信菜花，我永远都是你的好妹子，把我忘了吧！

我在山里当个民办教师已经心满意足了。我和妈妈在一起，和小妹杏花在一起，我感到幸福。以后，乡下有事找你，你能帮忙我就很高兴了。

相信缘分！

菜花

菜花在信笺的空白处密密麻麻地写了一大段话，把抽屉打开，把信笺放到徐凤霞写给向东的信封上，然后从口袋里掏出那把钥匙，轻轻地往信笺上一放。

菜花松了一口气。她把抽屉推上，拎起姚向东编的小提篮，走出门，顺手把门关上，并用手推了推，头也不回地走过篮球场，穿过花圃间的小路，出了机关宿舍大门，往公共汽车站方向走去。

傍晚时分，姚向东回到宿舍。他呆呆地坐到办公桌前，想到徐凤霞的来信，想想中午刘立平副书记把自己拉到旁边说的悄悄话，心里更是翻江倒海。刘副书记说，徐凤霞的爸爸是行署的组织部长，原来在陵阳县当县委书记，前两年调到行署当上了管干部的官。刘副书记虽然没有明说，但他说徐凤霞的爸爸徐立银是个组织部长，很了解干部，对姚向东很了解，说向东有才。从刘副书记的话中姚向东听得出来，徐凤霞这个风风火火心里藏不住话的姑娘肯定把自己的事向她爸爸说了。这让姚向东更加为难了，不与徐凤霞交往，自己这个"主持"恐怕是庙里的和尚一直当下去了。与徐凤霞交往，钱菜花怎么办？难道在钱菜花刚刚温暖的心上又撒上一把盐？菜花大恩人呀，是自己追的她呀！何况自己也是以爱报恩呀！与徐凤霞好，对钱菜花不公平，更不地道！自己不是恩将仇报吗？

姚向东走到了人生的十字路口。绿灯、红灯都在闪烁。往左还是往右？向前还是向后？

他拉开抽屉，看到一把小钥匙。他顺手拿起来，有些纳闷：咦！这不是宿舍的钥匙吗？再一看，自己揉得发皱的信笺怎么会从纸篓里跑到抽屉里来啦？下面还写满了密密麻麻的字。姚向东把钥匙当的一声丢到桌上，拿出信笺，一口气读完，长长地叹了一口气，泪水哗哗地从眼眶里流出来。

姚向东愣在那里。

窗外，黑沉沉一片。昏黄的路灯光把篮球场、花圃映得模模糊糊的一片。突然，一通闪电过后，一声震耳欲聋的炸雷把姚向东震得浑身一颤。接着，窗外响起了哗啦啦的雨声。

风呼呼地刮。

雨哗哗地下。

姚向东目光盯着窗外风雨交加不时被闪电划破的沉沉夜色。

姚向东望着不时闪烁的雷电，望着窗户外风裹着暴雨发出的呼啦呼啦的响声，心里自言自语，路就在脚下，怎么前行？

姚向东似乎又一次掉进天坑里。他真的掉天坑了。

这是感情的天坑。

中部

一

初夏的傍晚，太阳刚下山。

从嘉陵江上吹来的风，一阵比一阵强劲。飕飕的风沉浸着爽人的凉气，夹着新生的绿叶和初开的花儿的清香飘到机关大院里，又从窗缝隙中透进姚向东的宿舍。

清香味儿闻起来让人无比地愉悦。此刻，姚向东随县委副书记刘立平去基层乡镇调研刚回来。他包还未放下，眼睛朝厨房瞅了一眼，看到厨房灶台上的面盆里红彤彤有些发紫的葡萄，心里一愣：菜花过来了？肯定是菜花，她有自己宿舍的钥匙。

姚向东把包往桌子上一丢，走到厨房灶台边，随手拎起一串沉甸甸、红艳艳泛着荧光的葡萄串，咂咂嘴：多诱人！肯定是菜花送来的。

姚向东顺手扭下一颗葡萄，连洗都未洗，顺手丢进嘴里。他有些迫不及待地咀嚼起来，鲜鲜甜甜的滋味瞬间浸满了口腔，一直甜到心头。姚向东下意识地环视一下宿舍，似乎在寻找菜花的影子。但姚向东心里清楚，今天菜花送葡萄过来扑了空，真对不起她。自己一早就随刘副书记下乡调研，她上午来没有见到自己肯定很失望。这些日子，由于自己的主动，两人的距离逐渐拉近了，菜花心中自卑的那道感情栅栏也渐渐地拆除了。姚向东心里明白，自己这条命是钱家父女给的,这个恩情拿什么也还不清。特别是近几年钱菜花遇到了很多难处和挫折,姚向东的心里特别难受。好在这一切似乎都要过去了。自己的真诚打动了菜花凉冰冰的心。今天送葡萄来,葡萄不值钱,但那么远的山路不好走。坐在公共汽车上颠簸得厉害,人不好受。这可是菜花的一片心。偏偏事情不凑巧,让菜花扑了个空。

姚向东很懊恼,没能与菜花见上一面。因为自己的心里也藏着许多事儿,他想把自己心窝里的话全掏出来。他知道菜花是山里妹子,心地善良,纯朴,脾气也执拗。最近,自己碰到的事儿必须直截了当地告诉她,让她相信自己会处理好情感上的事儿。姚向东要明明白白地告诉钱菜花:自己的心里只有菜花!

说句实在话,就在姚向东与钱菜花热恋的这关键当儿,半路上杀出个程咬金,县政府办公室的秘书徐凤霞爱上了姚向东。都是二十多岁的少男少女,谁爱上谁都是正常的事儿。问题是这个徐凤霞有点特殊,她是行署组织部长的女儿,既是大学生,人又聪明漂亮,而且性格爽朗,爱起来一点也不含蓄。倒是姚向东心里有鬼似的很不自然,像个大姑娘似的腼腆,说起话来有点吞吞吐吐。这不怪姚向东,姚向东心里已经有了人。菜花是山里妹子,虽然没上过大学,没见过世面,但菜花救过自己的命。虽然菜花有自知之明,在两人的关系上总是哥妹相称,自觉不自觉地保持着一定的距离,但姚向东主动,主动到想尽了一切办法。现在姚向东总算拉近了与菜花的距离,这半道上冒出个徐凤霞。徐凤霞的父亲徐立银与县委刘立平副书记曾共过事。今天去基层乡镇调研,刘立平旁敲侧击,或明或暗地说到了徐凤霞。傻子都能听得出来,刘副书记的话中之意。坦率地讲,徐凤霞的各方面条件都比自己强,要让姚向东推辞这事儿,会让刘立平副书记下不了台,自己也找不出理儿。要说自己已经有了心中人菜花,这个时候把菜花说出来似乎也不妥当。姚向东想来想去,反复权衡。自己现在是县委办公室副主任,还是个"主持",无论如何也不能把刘副书记得罪了。虽然不知道刘副书记会怎么想,但刘副书记说到徐凤霞,也是为我好,也是高看了自己。姚向东想来想去,只好来了个缓兵之计，刘副书记说到徐凤霞时，姚向东总是腼腆地红着脸笑笑，显出一副害羞的样子，不置可否。

姚向东装出来的害羞样子，反而歪打正着。刘副书记见了心里似乎有了底。刘副书记想当然地认为，凭着徐凤霞的人品条件配上姚向东的智慧才华，那可绝对是龙凤配。这两人的好事看来是三个指头捏田螺——笃定！徐凤霞的父亲徐立银部长过去是自己的顶头上司，是老领导，老领导的事当然只能办成，不能办砸。

刘副书记心里高兴。

姚向东心里紧张。

姚向东心里最担心的是菜花。菜花是个纯朴的山里妹子，把自己从天坑里救出来，但钱菜花和她爸爸从不把这事儿摆在心里。两家关系处得密切，主要还是姚家主动。这些日子菜花经历了不少常人难以忍受的挫折和磨难。朱爱国酒后猥亵被"严打"、父亲钱正南工伤去世、菜花考大学又榜上无名。这些磨难，不是一般农家少女能承受的。姚向东出于感恩或者出于同情，用一颗滚烫的心去温暖菜花。好不容易让钱菜花从阴影里渐渐走出来，好不容易悄悄地拆除了钱菜花挡在姚向东面前的篱笆。这个时候，冒出个徐凤霞。钱菜花要知道这事，钱菜花能承受得了？这是多大的压力。不能让钱菜花再承受那心灵的痛苦了。姚向东想好了：一是要保密；二是尽快妥善处理好与徐凤霞的感情纠葛，不能得罪刘立平副书记。刘副书记可是一片好心。

说归说，想归想，但姚向东心里清楚，这是一件湿手拌米粉十分棘手的事。窗外，飘进来一阵凉风，他打了个寒战。他突然想起办公桌抽屉里的信，心里一惊。徐凤霞的来信还在抽屉里。姚向东快步走到办公桌旁，瞅见桌边纸篓里自己扔了不少写了字的纸团。钱菜花上午送葡萄，已经顺便把宿舍的卫生打扫了。她没有把纸篓里垃圾倒掉？菜花是个细心的山里妹子，她不会轻易地把纸篓里的纸团扔掉的，她一定会展开来看。要是展开来一看，那就糟糕了。姚向东从厨房大跨几步来到客厅的办公桌旁后，目光落在纸篓里，他看到了纸篓里的纸团，心放了下来。但目光朝办公桌上一扫，刚放下来的心又刹那间悬了起来。他目光死死地盯着办公桌的抽屉。姚向东知道，抽屉里有徐凤霞的来信。想到这里，姚向东浑身惊得起了鸡皮疙瘩：要是钱菜花抹桌子，把抽屉打开，看见徐凤霞的那封信……

想到这里，姚向东的脑子嗡的一声，血压也似乎在瞬间高上来，视线有点模糊，额头上渗出了密密匝匝的汗珠子。姚向东左手撑着办公桌面，右手急切地伸过去拉开抽屉，展现在眼前的是一把钥匙，钥匙下面是一张揉得皱皱巴巴的信笺，上面写满了字。姚向东迫不及待地拿起那把熟悉的钥匙，轻轻地丢在桌面上。他展开那张搓揉过的信笺，上面写满了他熟悉的字，这是菜花写给自己的留言。姚向东再往抽屉一看，徐凤霞写给自己的信封静静地躺在那里。姚向东心里明白了：菜花什么都知道了。

姚向东双手捏着皱巴巴的信笺，目光盯着信笺上的字迹，轻声地读出了声，滚烫的泪珠从眼眶里溢出来，一滴一滴泪珠掉在信笺上。信笺上留下一个一个黄豆大的湿印。

二

姚向东手上的信笺在簌簌抖动。

姚向东的嘴唇无法控制地在微微颤动。他的目光在满是湿印的信笺上移动。

向东哥：

今天来看你，不巧，听门卫说你下乡了。妈妈带来几串刚摘下来的葡萄。葡萄放在搪瓷脸盆里，很鲜很甜的。打扫卫生时，以为是你妹子写的来信，就想当然地看了。以为妹子请你办什么事，我想看一下，顺便帮她办。谁知是个不熟悉的人写的，打搅了，请你理解。

想帮你把纸篓里的半篓纸团倒掉，怕有秘密，展开一个纸团一看，还真有秘密。纸团没有倒掉，你自己处理。但我这里说几句，都是心里话。

向东哥，虽然我和父亲从天坑底救了你，但你一直对我们一家，尤其是对我无微不至地关心。我的心里永远记着呢。但这里我要说一句：爱是不能用来感恩的。请你相信菜花，我永远都是你的好妹子，把我忘了吧！

我在山里当个民办教师已经心满意足了。我和妈妈在一起，和小妹杏花在一起，我感到幸福。以后，乡下有事找你，你能帮忙我就很高兴了。

相信缘分！

菜花

读到这里，姚向东声音哽咽了，泪水像决了堤似的从眼眶里往外流。滚烫的泪水像蚯蚓似的爬满了脸腮，不停地滚落到信笺上，又从信笺上散落到地上。知道了，一切都知道了。姚向东后悔不已，为什么不把这封徐凤霞的来信收藏起来，为什么不把那写了揉成团的纸及时处理掉。自己爱菜花的心虽然没有变，但徐凤霞的来信可是事实，这事儿是需要时间来处理的。现在怎么办，怎么向菜花解释，怎么来安抚菜花那颗刚刚温暖的心。

姚向东的脑海里就像汽油桶里丢了一根点燃的火柴棍，轰地燃烧起来，整个脑子里都快爆炸了。一边是菜花受到这突如其来的打击，虽然信中言语是那么平静，但将心比心，此刻的菜花心里不跟刀绞似的难受才怪呢！一边是徐凤霞，怎么了结，是个十分棘手的事儿，任何简单粗暴都会伤了徐凤霞那颗单纯炽热的心。这需要时间。

刹那间，姚向东似乎又掉进了天坑，掉进了爱情的天坑。

屋里静静的，静得一根针掉在地上都能听到响声。

日光灯柔和的光亮堂堂的。镇流器像蜂鸣器发出哑哑哑的声响。

姚向东恨不得现在就当面给菜花解释，但菜花早已回到了鱼头村。不要说乡下的电话难打通，就是打通了，山野里黑灯瞎火的，菜花那插了刀的心头上肯定难以忍耐。别看信上说得这么平和,这事摆在谁的心上能不难过。她不会接电话,就是接电话,电话里也说不清呀!直接与徐凤霞摊牌,但这个时候也开不了口。何况,上午刘立平副书记刚说到自己与徐凤霞的事,其实就是挑明了。这么晚了,找到刘副书记,让刘副书记下不了台?让徐凤霞没面子?姚向东面对着这么棘手的事儿,急得直搓手掌,束手无策。

姚向东望着桌上皱巴巴的泪水打湿了的信笺。信笺上相信缘分四个字映入他的眼帘。他情不自禁地默默地在心里念叨:相信缘分!相信缘分!

姚向东默默地重复着"相信缘分"这四个字,脑子似乎清醒了些。他突然感到自己虽然是个大学生,是县政府办公室的小领导,但处理事儿似乎还不如菜花。菜花这四个字说得在理:相信缘分!自己只要心里有菜花,只要真心地爱着菜花,让时间来抚平菜花心灵上的创伤,让缘分来催开幸福的情花。想归想,菜花怎么离开宿舍,怎么坐上公共汽车回到鱼头村的,菜花心中的痛苦姚向东此时此刻尚无法想象出来。

夜幕拉得严严实实,窗外到处黑洞洞的。

起风了,一阵一阵的风儿吹进宿舍里,把办公桌上的那页信笺吹落到地上。姚向东赶紧把信笺从地上捡起来,走到窗户前,抬头望了望黑沉沉的天空,紧紧关上窗户。他傻愣愣地伫立在窗户前,目光盯着黑沉沉的窗外,眼前出现了菜花那垂头丧气的样子。他的心里一阵绞痛,抬手拍打自己的胸脯,嘴里喃喃自责:都怪我!怪我!

窗外,黑乎乎的夜空中一道闪电把篮球场的投篮板、路灯杆,还有花圃里的花花草草瞬间照得十分清晰,但一刹那间又消弭在锅底般的夜空中。

一声炸雷之后,狂风卷着暴雨哗啦啦地直往下泻。姚向东蒙蒙傻傻地站在窗前,目光凝视着玻璃窗外风雨交加的夜空,心里担忧:菜花把钥匙丢下走了。菜花看到凤霞的来信,她心里肯定不是个滋味,凭她倔脾气,肯定上午就离开陵阳城回鱼头村了。她这一走,那心头的创伤何时才能熨平？姚向东心里像针刺似的。望着窗外呼呼吼叫的狂风，听着哗啦啦的雨声，姚向东在心里祈祷：但愿菜花是乘坐的中午班车。要是赶上中午的那班车，晚饭前肯定到鱼头村了。要是赶不上中午的班车，坐晚班车，此刻肯定会遇上大风大雨了。唉！姚向东懊悔、担心，长长地叹了一口气。

姚向东自我安慰，想什么也没有用，只能指望老天爷保佑菜花。好人有好报。姚向东心里盘算好了。明天一上班，先给松林小学挂个长途电话。电话说不清，但先得了解菜花是怎么回去的，只要人安全到家，只要没有遇上晚上的狂风暴雨，以后的事儿好说。到了周六，啥事不安排，赶到鱼头村去，当面向菜花说清楚。自己心里没有鬼，自己心里真心诚意爱着菜花，没有什么事情说不清楚。再说，天大的事儿还比掉进天坑里危险呀！自己当年不是被钱正南、钱菜花救上来了吗？现在算是遇上大麻烦，但再大的麻烦也没有掉进天坑里的麻烦大。

不过，此刻的姚向东心里清楚，虽然不是掉进龙山天坑那样生死攸关，但这次掉进了感情的天坑，左右为难，说白了，左右不是人。

姚向东在雷声雨声风声中躺到床上，翻来覆去睡不着觉。他担心着菜花。菜花知道凤霞的事儿，肯定是晴天霹雳，肯定难以承受这突如其来的打击。尽管她的留言说得那么轻松，但菜花是个争强好面子的人，她心里一定很难过，她是倔强脾气，她会把这些难受闷在自己的心里。这些日子自己费了那么多的心思才把菜花的心温暖过来，现在凤霞这封信比冰水还冷。菜花一定是昏昏沉沉地丢下钥匙，昏昏沉沉地离开机关大院，昏昏沉沉地坐上山区的公共汽车回鱼头村。这一路要走街串巷，要坐公共汽车，要走一大截山路，菜花心事重重的，会不会……

姚向东担着心思，久久不能入睡。

他盼着天亮。

三

　　陵阳城不大。松江北岸是山区。山沟沟里的鸡鸣城里能听到。鸡叫头遍，姚向东朦朦胧胧地进入梦乡。但他睡得不踏实，梦里不时长叹一声，从梦中惊醒，但很快又迷迷糊糊地睡着。

　　直到一阵猛烈的敲门声，才把他从梦中惊醒。他一骨碌坐起来，被子掀到一边，大着嗓门："谁呀！敲门不能轻点！"

　　"我，凤霞呀！"门外传来分贝很高的应答声，银铃般的笑声从门窗缝隙中传进屋里。

　　听到凤霞的声音，姚向东大吃一惊。这么早，凤霞来敲自己的门干什么。莫非昨天刘立平副书记跟我说了那件事儿后，已经告诉凤霞了？唉！都怪自己态度暧昧，肯定是让刘副书记误会了。刘副书记见我一副害羞的样子，以为我姚向东巴不得呢，只是不好意思说出口。他怎么知道我心里有菜花。说不定凤霞是来跟自己摊牌的。凤霞是个什么样的姑娘，大官的女儿，城里长大，又是大学生，条件好得没法说的。再说，凤霞风风火火的，喜欢直来直去，不像自己在感情问题上玩深沉。凤霞会直接问我什么态度。凤霞做得出来。凤霞要是真的当面问我，我还真答不出来。唉！哪壶不开提哪壶。

　　姚向东一边穿衣裳，一边大着嗓门："小徐，这么早有啥事呀？"

　　"还早呀？快八点了！"徐凤霞大着嗓门提醒姚向东。

　　姚向东一看床头柜上的闹钟，大吃一惊，再不起床，赶不上上班了。他赶紧对着窗外高着嗓门："小徐，我马上来。"

　　"我没事儿。只是吃过早饭路过这里，敲敲你门喊你起床。"门外，脚步声由近至远。

　　徐凤霞走了。

　　"谢谢！"姚向东下了床，正准备去开门，听到徐凤霞渐走渐远的脚步声，松了一口气。原来以为凤霞来了，哪壶不开提哪壶。现在放心了，徐凤霞没来凑热闹。

姚向东没心思刷牙，只是把手巾在自来水龙头上冲湿，胡乱地抹了把脸，就急匆匆地离开宿舍。他没有去办公室。他怕去了办公室，被一些琐碎事儿缠着出不去。他现在需要做的第一件事，就是赶到邮电局。他要尽快挂一个长途电话到松林小学。他要尽快与钱菜花通上电话，否则，他一分钟也放不下心来。

出了机关大门，往左一拐，走进一条不太宽的小巷子里。陵阳县邮电局在陵阳大道上，离机关有两华里路。姚向东抄小路斜插过去。小巷大小石块铺就的路面，宽窄不一。宽的地方有七八米，窄的地方不超过两米。宽的地方不少人家都在自家门前用碎砖碎石砌上花台。花台里长满了各式各样的花花草草，不时在花草丛里会栽上一两棵石榴或小叶黄杨。正是初夏时节，花圃里的五色梅最引人注目，开着黄色、红色、橙黄、紫色、白色的花，五彩缤纷。花圃里的树、花高矮不一，品种繁杂，有玫瑰、百合、月季、兰花、木芙蓉、瓜叶菊、虞美人……有的花苞吐蕊，有的争相盛开，芬芳四溢。花丛里蜜蜂嗡嗡地飞舞，在鲜艳的花蕊上停留下来，尽情地吮吸着湿润的汁水。美丽的花蝴蝶吸人眼球地飘飞着。花丛里不时长出一株不太高的挺拔的石榴树。碧绿的枝叶丛中露出一团一团火红的石榴花。姚向东没心思去欣赏小巷里的花圃，他不停地避让着行人和自行车，很快绕过两条巷子，斜插到陵阳大道上。

出了巷口，刚走上陵阳大道，就看到不远处一幢三层小楼。那幢楼的二楼有醒目的招牌：陵阳县邮电局。

姚向东三步并作两步，穿过人群熙攘的大街，来到邮电局大门口。他大步跨进营业厅长途电话营业处。

他填写长途电话受理单，交到营业员手中后，在营业厅靠墙边的一排长木椅上坐下来。他低着头，双手托住下巴。

他静静地等待接通电话。

他微闭着眼睛，脑子里在快速地思索。他要找出最合适的语言来向菜花解释。因为事情来得太突然了。想想自己苦口婆心地劝说菜花心安理得地接受自己，想想菜花一直是在推托，她要把自己当大哥哥，并没有把自己当成恋人，尤其觉得现在的自己是县政府办公室的官，又是大学生。菜花不想把恩情当成爱情。在自己真诚的表白、主动的亲近下，菜花才慢慢地接受了自己。谁知，这半路上又冒出个徐凤霞。菜花的心理反差太大了。

姚向东的心里感到很苦涩。自己在菜花的眼里肯定是一个虚伪的形象。一边对菜花说着"我爱你"的肉麻情话，一边又与自己的部下勾搭上了。虽然在留言信笺上，菜花语句轻松，但姚向东能看出菜花心中的苦楚。菜花是个纯朴善良的山里妹子，她能理解自己的处境。菜花是姚向东的救命恩人，菜花知道姚向东要报恩。但姚向东是个国家干部，他面对的是大官的女儿，他有他的难处。姚向东心里想好了，不管菜花怎么看待自己，自己必须旗帜鲜明地向菜花表达自己的爱，必须把事情的来龙去脉好好地给菜花说清楚。姚向东心里明白，徐凤霞追求自己是无辜的，自己也不能轻易地伤害徐凤霞那颗炽热的心。自己心里只有自己的救命恩人钱菜花，绝不会为一官半职而丢去自己的良心。当然，徐凤霞心直口快，通情达理。只要把菜花与自己的故事说清楚，凤霞一定也会理解的。

自己掉进了感情的天坑里，必须想办法爬上来。

姚向东陷入深思。邮电局大厅里嘈杂的人声他似乎一点也听不到。他在想，他在思索着，电话接通后怎么开口。

营业大厅外的大街上车来车往。汽车的喇叭声，毛驴车轮碰触地面发出的刺耳声，三轮车、自行车悦耳的响铃声交织在一起。陵阳大道是陵阳县城的主大街，这时又是上班高峰，街道上一派繁忙景象。

虽是九点左右时间，太阳早早地升起来后，不知躲到哪里去了。天空阴沉的一片。昨晚，一场雷暴大雨，按理说雨过天晴，今天应该是一片太阳朗朗的艳阳天。但天空布满了厚厚的云彩。棉絮般的云朵与铅灰色的云块都好像赶着上班似的，匆匆地在天空中飞渡。街道的上空不时飞过三五只燕子，穿梭般地飞过来，掠过去，留下一片叽叽喳喳的鸣叫。初夏的风带着丝丝的温热从大街上吹进营业厅。姚向东长长地吸了一口气，目光从门外大街上收回来，注视着长途电话营业窗口。

姚向东急切地等待着营业员的叫号。

四

营业厅北墙一溜木板隔开的小电话间，共有六个电话间。每个隔间的小门上标上大红的数字。从左往右，共六号。

姚向东把目光从长途电话营业员窗口落到这排小电话间上。不时从营业员窗口传来叫号声，不时有人匆匆地走到所叫号码的电话间旁，拉开小门，急切地走进电话间。姚向东低头看看手中的红牌牌，上面印着六。他几乎是竖起耳朵，等待叫号。

姚向东掂掂手中的印着阿拉伯数字的六号牌，心里虽然乱极了，但想想六字号牌，心头缓缓地得到了一些安慰。六字，好吉祥的数字，六六大顺，但愿菜花能听得进自己的解释，但愿菜花能消除那难以想象的误解。

"六号！听电话！"长途电话营业员高着嗓门喊。

姚向东把号牌凑到眼前，扫视了一下，把号牌塞进上衣口袋，大着嗓门应道："来啦！"说着匆匆地往六号电话间走去。

姚向东拉开小门，抬腿跨进六号小电话亭，轻轻地把小门掩上，扣上闩子，然后取下挂在墙壁上的电话听筒，激动地对着话筒喊：

"喂！喂！喂！"

"喂！听见吗？"

"听得见！"

"菜花！我是向东呀！对不起呀！昨天一早跟随刘副书记去基层乡镇调研，到晚上才回到宿舍。让你扑空了。你送来的葡萄都尝到了，又鲜又甜……"姚向东先套起了近乎。他早已想好了，只要和菜花通上电话，先说上一大堆客套话，让菜花感受到自己的热情，然后再解释。电话解释不清楚，周六亲自到鱼头村去解释。谁知，话才打开匣子，对方打断了自己的话：

"喂！你找谁呀？"

"什么？你不是钱菜花老师？你是谁呀？"

"我是教导主任周网年！"

"周主任！"

"对！周主任！"

"你咋不说清楚呢？"

"你也没有让我说呀。"

"噢！对不起！"姚向东轻轻地嘘了口气，冷静下来说，"周主任，听错了，对不起！麻烦找一下钱菜花老师！"

"对不起！钱菜花老师正在上课。"

"我这长途电话挺难打的，能不能……"

"你是谁？"

"我是姚向东！钱菜花的干哥哥！"

"噢！明白了！"周网年主任似乎听出了弦外之音，忍不住笑出了声，"你等一下，我去代她上课，换她来听电话。"

周网年主任听明白了。这个姚向东是菜花父女从天坑里救出来的那个松江镇上的帅小伙子。现在出息了，读了大学，听说还当上了官。对了，听菜花说，这帅小伙子怪有良心的，正在主动跟菜花搞对象。学校里危房要修，没钱。托钱菜花找的就是这个姚副主任。这官虽不算大，但整天跟在县长、县委书记屁股后头转，权大着呢！想到学校的危房改造，周网年主任搁下电话筒，几乎一路小跑来到二（一）班教室门口。周主任在教室门口站定后，见钱菜花正在讲台上领读。周主任抬手朝菜花示意。

钱菜花正在讲台上给同学们领读课文，眼睛的余光瞄了门口一下，见是周主任，心中一愣：正在上课，周主任找我有啥急事？钱菜花赶紧把课本往讲台上一搁，朝同学们微笑道："停一下！"说着走向教室门。

钱菜花往教室门口走，周主任往讲台跑。两人快擦肩时，周主任轻声地说:"钱老师!你的长途电话。"

"长途电话?"钱老师停住步子,疑惑地问。

"去了不就知道啦!"周主任走到讲台,拿起书,扭头对钱老师狡黠地笑笑说,"他来的!快去接呀!"

钱老师明白了。她知道一定是姚向东看到自己的留言了。一定是他打来的。菜花想不去接电话,接了挺尴尬的。姚向东怎么解释她不管,但自己说什么呀!恩情归恩情,人家谈个女的,也不能说什么呀!再说,从信上可以看出来,是那女的追姚向东。虽然向东向自己山盟海誓,但我们俩又没有把婚约订下来。现在社会开放了,婚姻自由了。菜花知道,向东是自己的大哥哥,虽是干哥哥,但比亲哥哥还亲。他越是向自己表白,自己心里越是过意不去。这长途电话,有时信号不灵光,解释不清楚,也说不清楚呀。但菜花转念一想,不去接电话,姚向东肯定会误会,以为我看到徐凤霞给他来信,自己吃醋了。姚向东这么早打来长途电话,心里肯定更加着急。再说,周主任要是知道我不去接电话,他要问起来,我怎么解释呀!周主任知道我和姚向东的亲密关系。想到这里,钱菜花一溜小跑,穿过长满巴根草的平坦操场,来到教师办公室门口。

教师办公室大门口不远处有一棵高大的槐树,树干很高,枝繁叶茂。早晨的太阳照在绿碧碧的树枝叶片上,泛起晶莹的光泽。往东伸展的大枝丫,高过办公室屋顶,覆盖着半个办公室。最高处的枝丫上有一糠筛大的喜鹊窝。早晨的阳光灿灿地闪亮着。三五只花白喜鹊绕着大槐树轻松地飞过来,飞过去,留下一片叽叽喳喳欢快的叫声。

钱菜花在大槐树下站立下来,轻轻地舒了几口气。她想冷静一下。昨天兴致勃勃地去陵阳城里给向东送新采摘的葡萄,谁知无意中看到了徐凤霞写给向东的信。她想不到,她做梦都想不到,怎么会是这样。她不相信向东会变心,但信在那里,凤霞信中的爱慕之心跃然纸上。再说,纸篓里那些揉成的纸团,可以看到向东到了感情的十字路口。他没有明确拒绝徐凤霞,也许他无法拒绝,也许他像对待自己的情感一样,他开不了口。

钱菜花自从看到那封徐凤霞写给向东的信后，说心里不烦那是假话。菜花的心里像打碎了一只五味瓶子，酸甜苦辣咸一齐涌上心头。她生在山窝窝里，天坑、黑鱼湖、鱼头村的山坡山岗是她常去的地方。城里的乾坤大着呢！她摸不着边呀。心里烦，心里难受。但她单纯，心胸宽。她当时留言时就想好了，离开向东。她和向东是门不当户不对，强扭的瓜不甜。但想归想，这些年与向东相处，向东的形象已经在菜花的心里烙上了印记。这不是一天两天说抹去就能抹去的。菜花心里烦，烦得头昏脑涨。昨天是昏昏沉沉地往回赶路，但总算平安地回到鱼头村。

钱菜花心里急，额头上急出了一层汗。她抬手撸撸额头上的汗珠，镇静地轻轻咳了两声，大步跨上办公室的三级砖砌台阶，迈进办公室，直往全校唯一的一部电话机走过去。

几位正在改作业的老师朝钱菜花笑笑点点头。大家心照不宣，这电话是县城里的官儿打来的。这是钱菜花老师的干哥哥。说是干哥哥，其实就是钱老师的男朋友。大家脸上狡黠的笑容让钱菜花心里很难受。钱菜花想好了，她不想把心中的不愉快和同事们分享。她故作轻松地拎起话筒，大着嗓门："喂！你是谁？"

"向东哥呀！"

"向东哥，你好！"

"这么早打长途电话，有什么急事吧？"

姚向东从听筒里听得出来，菜花的语气里一点儿也没有生气的味儿。菜花的声音似乎很自然，似乎不像自己想象的那样难受。他赶紧对着话筒把自己想好的一段开场白，噼噼啪啪地一句连着一句说出来。

菜花不说话，只是不停地重复三个字："知道了！知道了！"

话筒里传来姚向东一连串的问话：

"信你都看到了？"

"你千万别着急呀！你听我解释。你知道徐凤霞为什么给我写信吗？"

菜花沉默。

"你送来的葡萄是妈妈菜地里长的吗?好甜好鲜。"

"你那天什么时候离开宿舍的呀?"

"你怎么把我宿舍的钥匙丢下来啦?"

"你心里难受,你听我慢慢说。你知道我的处境吗?"

菜花仍然沉默。

同事们看到钱菜花老师握着听筒,只是听,不说话,有些纳闷,但不便问,只是埋头改作业。

办公室里静静的。只有听筒里传来叽叽喳喳的话语。但钱菜花用手掌捂住了听筒,只有菜花自己听得清楚。

"菜花,你说话呀!"

菜花急了,脱口轻声轻气地说道:"这里是办公室!"

姚向东一听全明白了。钱菜花在办公室里接电话,教师办公室都是同事,说话不方便。怪不得菜花老是沉默。看来只有周末去一趟鱼头村,这事儿不当菜花面说,没法说得清。姚向东想到前些日子菜花提到过学校危房改造的事,灵机一动说:"菜花!周末我去松林小学,看看危房,你让周主任陪我看看。"

听到向东提到危房改造的事,菜花赶快给自己解围:"向东哥!我代表周主任谢谢你!"说完,把电话挂了。

钱菜花快步往外走,大家显然没有听出个所以然,但知道钱菜花与姚向东的那层关系,都会意地笑了。

五

姚向东挂了电话,心事重重地回到了办公室。他心里暗暗地下决心,周六无论有什么事儿都得往后推,必须尽快见到钱菜花。要不,姚向东心中始终压着一块石头。其实,姚向东心里明白,钱菜花心里压着的那块石头才大呢,一直压得菜花喘不过气来。只是菜花要强,硬撑着。

姚向东刚刚在椅子上坐下来，虚掩着的门被人从外往里轻轻地推开，一位漂亮的小姑娘出现在门口。姚向东疑惑地注视着推门进来的小姑娘，似曾相识，好像在哪里见过但又想不起来。小姑娘二十出头的年纪，身材苗条，皮肤白皙。特别是一左一右两条粗硕乌黑的辫子随着中跟鞋踩在木地板上发出的哒哒哒声一摆一摆的。姑娘手里端着玻璃茶杯，茶杯上套着红黑相间的塑料编织的精致套子。套子上有一朵玫瑰花图案。这图案怎么这样眼熟呢？姚向东眼睛一亮，这不是自己办公室喝水的茶杯嘛，怎么到这陌生的小姑娘手里了？

　　姚向东正要询问，小姑娘一点不见外，大大方方地叫了一声："姚主任，你好！"

　　"你是？"姚向东从椅子上站起来，目光注视着眼前的小姑娘，脑海里放幻灯片似的飞快地搜索着。

　　门外传来急促的脚步声，人未跨进门，银铃般的笑声已经在办公室里荡漾开来。

　　徐凤霞快步跨进向东办公室，手朝小姑娘指了指，爽朗地笑着说："这就是吴景燕，新分来的大学生。组织部刚刚送过来报到，你不在办公室，我接待的。"

　　"噢！想起来了，部长跟我说过，给办公室配一位文字秘书。"姚向东拍拍脑袋，伸出手，接过吴景燕手里的茶杯说："小吴，欢迎你！"

　　徐凤霞朝姚向东指指说："这是姚主任！"

　　"姚主任好！"吴景燕嘿嘿一笑，"姚主任多多关照！"

　　徐凤霞不失时机地夸赞道："姚主任，这小吴可是重庆师范学院的高才生，字写得好，文章也写得好。校报的记者！"

　　"欢迎！欢迎！我们办公室正缺笔杆子，"姚向东放下茶杯，伸手握住吴景燕的手，谦逊随和地说，"相互学习！"

　　姚向东松开手，对吴景燕说："凤霞也是个大笔杆子，你跟着凤霞，那可是双杆子女将。"

　　徐凤霞、吴景燕大着嗓门笑起来。姚向东也哈哈大笑，边笑边瞅瞅吴景燕，眉头皱了皱，若有所思地说："我好像在哪儿见过你。"

"你们是校友。小吴晚你四年，今年刚毕业。"徐凤霞说着，掰起手指头，"对了，姚主任毕业那年，吴景燕入学，你们见不到呀，怎么会面熟？"

"想起来了。"姚向东恍然大悟。

"我也想起来了。"吴景燕说，"我上三年级的上半年，学院请来了四名毕业生给我们讲社会实践。当时我是学院的校报记者，采访过你！"

"对！对对对！"姚向东感慨地说，"想不到是你。欢迎欢迎！"说完，姚向东端起茶杯抿了一口，嗔怪地说，"小吴，给你立条规矩，不可以给主任倒水，抹桌子拖地都是自己的事。"

吴景燕脸有些红了。徐凤霞赶紧朝姚向东瞟了一眼："姚主任，你出去办事，怕你回来口渴，是我让小吴给你泡的茶。"

"各人自扫门前雪！自己的事儿自己做！"姚向东说完，轻松地哈哈大笑。

徐凤霞笑了，吴景燕也跟着笑起来。

徐凤霞、吴景燕离开办公室后，姚向东轻轻地掩上门，嘴不停地啧啧："巧！真巧！校友分到一个办公室来了。"

姚向东的脑海里从刚才轻松的氛围中很快进入忧虑模式。刚才去邮电局与菜花通了长途电话。电话是通了，但等于没有说到话。钱菜花所在的松林小学就只有一部电话。电话机在教师办公室。钱菜花什么话也不方便说。好在松林小学危房改造报告已经打给教育局。菜花受教导主任周网年委托，让自己去催一催。这是个去松林小学的机会，考察一下松林小学的危房，正好与菜花好好地交交心。想到这里，姚向东心里松了一口气：急也没有用，不急也没有用，反正要等到星期六去松林小学见钱菜花。

窗外，太阳已经升上高高的天空。阵阵夏风带着微微的热气和浓郁的花香飘进办公室。姚向东翻着台历，直到星期六才停住。

今天是星期一，连头带尾还有六天才能去松林小学给菜花当面解释。姚向东想到徐凤霞写给自己的那封信，想到信中凤霞那直率的话语,想到刘副书记的旁敲侧击,这一切都是美好的。尤其新来的重庆师范的这位校友,这位纯朴无瑕的小姑娘。凤霞是发自内心的爱。可凤霞怎么也想不到,向东的心里早已布满了鹅黄色的菜花。让凤霞想不到的是这一切菜花都毫无心理准备地无意间知道了。这不外乎在菜花的心头上插了一把尖刀。我怎么给菜花解释?我怎么去面对徐凤霞?姚向东有点自我安慰:这一切可对天发誓,我可没有脚踏两只船。我是真心爱菜花。凤霞有文化,通情达理。先跟菜花交心,讲清事情的来龙去脉,再去找凤霞解释。凤霞是有文化的人,又出身大家,她会理解我的。

姚向东盯着台历,嘴里喃喃地念叨:星期六!星期六!

六

钱菜花接完姚向东的长途电话,走出办公室,直奔教室。

她的步子轻松多了。从电话中听到向东那焦急的语气,菜花有些着急。但碍于当时在办公室,几个同事看上去在埋头改作业,其实都在竖着耳朵听呢!自己与父亲天坑救人的事儿整个松林大队都知道。自己能到松林小学来当个民办教师,大家也知道是自己的干哥哥帮的忙。干哥哥自从天坑被救,真是大难不死,必有后福。这句话应验了。姚向东先是考上大学,后来是分配到城里县衙门里当官。现在当上县政府办公室的副主任,还是个主持。反正松林大队的乡邻乡亲都知道,自己的干哥哥在城里当上大官了。菜花是个沉得住气、懂事的人,她知道此刻的姚向东肯定是看到自己的留言,肯定急得像热锅上的蚂蚁团团转。要不然,不会一上班就给自己挂长途电话。他是要解释,他这是担心自己。但家丑不可外扬,这事儿不能在同事中传开来。无论向东爱自己还是爱凤霞,这可是向东的自由。反正向东周六来松林考察学校危房,到时自己会把留言上的话再说一遍,我不能让干哥哥为难。想归想,菜花心里清楚,这几年来向东哥已经在自己的心灵深处留下了深刻的印记。

菜花来到二（一）班教室门口。周主任丢下课本，朝菜花迎上来："钱老师，电话接到啦？"

"是向东。"

"怎么这么快？"

"长途电话，费用贵着呢！"

"噢！明白！明白！"周主任意味深长地笑笑。

"周主任，向东哥周六来看危房，让我告知你！"

"你没有代学校谢谢他？"

"说了！放心，他有个同学在县教育局当副局长，他能说上话。"

"我先走，你上课！也谢谢钱老师！"

钱菜花知道，自己来到松林小学当民办教师，校长和周主任很给自己面子。其实，菜花明白他们这是看在向东的面子上。想到这里，菜花想到昨天上午在向东宿舍里看到的凤霞那封信，心里涌起一股酸楚的滋味。

日头升上中天，洒下一片灿灿的光亮。

菜花吃过午饭，一个人来到学校西边的那片小树林。穿过竹林是一片长满荆棘的山岗。荆棘丛中不时冒出一两块光溜溜的沙砾石头，有大有小，有模有样。在靠山岗的边边上有一块石头，像不太规则的长条板凳。条石很长，一溜坐上七八个人不挤。春天或秋天，天气宜人，教师们中午休息，往往会三五成群地来到石岗上，在条石上坐下来，俯视着松林小学的全貌，心情轻松地聊天。荆棘树草丛里不时会飞起一些羽毛艳丽的鸟雀，偶尔也会蹿出一两只灰茸茸的兔子，刹那间就在灌木草丛中消失得无影无踪了。

来的人多了，这山岗因条石出了名。大家都叫条石岗，也有叫条石坡的。条石的东西各有一棵老榆树，枝繁叶茂，像两把巨型的遮阳伞。

太阳升上中天。雪白的棉絮般的云朵在蔚蓝的天空中飘飞，不时在绿碧碧的荆棘草丛上投下一片一片的阴影。钱菜花来到条石边，在条石的中间坐下来，目光俯视，松林小学全貌尽收眼底。

松林小学位于黑鱼湖的尾部。这里有一片十几亩地的山坪，四周是高高低低、大小不一的山岗。山岗上一簇簇的翠绿色的竹林，一片片绿油油的马尾松。学校大门正对着黑鱼湖的尾巴。沿着黑鱼湖边有一条土石公路一直通到学校大门口。学校建于"大跃进"年代。依着山坡像四合院围墙似的教室，每个拐角口有一条不太宽的小路通往山岗。沿山坡全部是用大大小小的山石驳坡。有一条很宽的石砌下水渠一直通往黑鱼湖。学校建起来二十多年，至今没有维修过。学校打了几个报告给县教育局，但都是石沉大海。松林大队虽然没有钱，但有的是人。朱红旗支书经常会带着村民上山砍树采石，但只能墙坏补墙，屋漏补屋。操场上的巴根草长得茂盛，绿茵茵的一片草地很松软，像铺了一层柔软的绿地毯。操场的东边有两个树干做的投篮架，西边是一溜石砌的乒乓球桌。钱菜花望着这山沟里破败的小学，一阵心酸。自己在这里读了六年小学，当时挺愉快的。后来认识了姚向东，到松江镇上去读了高中，又去县城转了几转。想不到外面的世界这么大，外面的世界真精彩。

钱菜花长长地叹了一口气，她的眼前又浮现出徐凤霞给姚向东那简短的信。菜花把目光投向不远处波光粼粼的黑鱼湖面上，思绪回到昨天上午看到徐凤霞给向东信笺上的那几行字：

    向东哥：

      我爱你的谦虚待人，爱你的聪明才华，更爱你的奋发斗志。

      吻你！

                         凤霞

钱菜花想到这里为当时的失态感到有些可笑。好在向东不在跟前，好在自己很快清醒过来控制住自己的情绪。当时，菜花看到吻你二字时，头脑里轰的一声，像汽油桶里丢了一根火柴。菜花当时心里升腾起一股怒气，愤愤地想：好你个姚向东，想不到你长着两副面孔。这些年，我心里一直感激你。我从心里感到你姚向东是个知恩图报的人。但我钱菜花是个有自知之明的人，我知道大恩不言谢，更不能让你向东以身相许。我压根儿就没有想过我们父女救上来的人会成为乘龙快婿。我是个山里妹子，长得还算过得去。有人打着我的主意。朱红旗的儿子朱爱国他是想着我的，要不是节外生枝，要不是严打，也许我和朱爱国早已成了一家人。真是那样姚向东就是我的干哥哥，是我的好哥哥。可是，命运总是不尽如人意，命运会捉弄人。我推来推去，竟然没有推掉。你向东一片诚心，什么暖心的话都说了，什么感人的事都做了。我一个山里妹子，又没读过大学，还有什么架子好摆，只好顺命。母亲高兴，远在深圳的二妹子，还有家里的三妹子杏花都满意，我心里也有些兴奋。前段时间，你姚向东又托人帮我找了份民办教师的工作，自己还有什么不满意的。可是，你这个姚向东，居然脚踏两只船。不管徐凤霞与姚向东关系发展到什么程度，但这个徐凤霞把"吻你"两个字都写上了，还能说什么呢？菜花当时把徐凤霞的信笺往地上一掼，站起身，拎起那放在灶台上的篾篮子，转身就往门口走。她心里发誓：再不到陵阳城里去，再不想见到姚向东！

七

当时，菜花心里一憋屈，血压骤然上升，脸上明显感到火辣辣的难受。她右手拎着那精致的篾篮子，手臂不由自主地颤抖。篾篮子跟着菜花的手臂晃动起来。

菜花来到门口，正要伸出左手去拉门把手，右手上的篾篮子抖个不停。菜花的目光落到做工精巧的篾篮子上，突然浑身像触了电似的惊醒过来。这篾篮子多精致呀！这是向东亲手编制的呀！菜花的眼前浮现出姚向东第一次到自家手里提着篾篮、淘箩的情景。我今天怎么啦？因为一个不相识的女人给向东写了信，我就失态，我情况没有了解清楚气呼呼地打道回家，我就……菜花伫立在门口，她没有去拉门把手，她在回忆过去与向东一起那甜蜜的时刻。记得当时自己知道门不当，户不对，曾一而再，再而三地拒绝。但向东哥他是铁了心地追自己。也许他是以身相许，以报天坑救命之恩。但自己当时接受向东求爱时，心里曾想过的真谛：爱是为别人幸福。既然向东这么执着地爱自己，要是自己一直拒绝下去，岂不是给向东哥带来终身痛苦。人民公园那一幕，菜花这些日子一直幸福地回忆着。现在，向东有人追求他，只要他愿意，只要他幸福，自己离开他向东就是了。这件事儿不值得自己去与向东撕破脸皮，更不值得自己生这么大的气。是的，要是这个凤霞真的爱上了向东哥，凤霞也没有错呀！向东哥这么优秀，追求的女孩会少吗？一家女还百家求呢！现在向东帅气有才气，没有百家女求，那才是怪事！想到这里，菜花心里慢慢地平静下来。菜花拎着竹篾篮子，转身又到了厨房。菜花将篾篮子轻轻地放在灶台上，目光瞅了瞅这精致熟悉的篾篮子，仿佛向东就在自己身边似的。她似乎感受到一种说不出滋味的温暖正慢慢地浸润着自己的身体，渗透到血管中。她不想隐瞒心里的秘密。其实，龙山天坑救出了帅小伙子姚向东，她把自己温热的血输到了向东的血管里，那一刻起，菜花见到姚向东始终有一种异样的感觉。也许，那就是爱，但菜花把这种说不出滋味的感觉始终埋藏在心里。菜花是个心地善良的人，她往好处想，心里慢慢地平静下来。

菜花走出厨房，来到小客厅。她弯下腰，轻手轻脚地捡起飘落到纸篓旁的信笺。她把徐凤霞写给姚向东的信平放到玻璃台板上，用手轻轻抹平，目光盯着那一行字。好久，好久，菜花轻松地叹了一口气，目光转向客厅的窗户。

小客厅窗户不大，但玻璃擦得很亮。响午的太阳亮堂堂的，小客厅里一片灿烂的阳光。菜花的心里此刻虽然想着凤霞的事，但慢慢想开了，心里敞亮起来。

菜花给姚向东在废纸团上留言后，轻松地丢下宿舍的钥匙，带着那熟悉的篾篮，离开了姚向东宿舍。人就那么回事。你度量大些，你想得到的东西主动地丢了,你会感到无比地轻松,感到愉悦,感到大地的宽阔、天空的明亮。此刻的菜花理智多了。当然,说丢掉就丢掉,姚向东的形象说从心里抹去就抹去,也没有那么简单。

菜花拎着篾篮,绕过花圃,穿过篮球场,走出机关大门。

说丢下就丢下,没那么简单。

说不想就不想,没那么容易。

菜花离开姚向东的宿舍,虽然已经把宿舍钥匙和姚向东一起丢下了,但心里抹不去姚向东的影子。她想起偶然看到的不知底细的徐凤霞给向东的求爱信。想到徐凤霞,想到姚向东,她心里总不是个滋味。向东在废纸团上留下不少话,这说明他在犹豫,他没有明确表态拒绝。看来向东肯定有难处。菜花脾气倔,度量大,她选择了离开姚向东。其实,菜花对向东追求自己一直是这个态度。只是前些日子才松了口。现在半路上杀出个程咬金,菜花只能相信缘分,相信命运了。当然,少男也好,少女也罢,谁不追求美满的爱情呢。此刻的菜花心里像大山梯田上的一片盛开的鲜艳菜花,香气飘溢着的油菜田里突然吹来一阵山风,黄灿灿的簇簇花刹那间纷纷被山风吹落,随着一阵阵山风的吹拂,艳黄的菜花变得残缺枯萎,失去了娇艳迷人的光泽。

菜花黄了。

菜花没有黄。

菜花出了机关大院大门,往左拐进一条巷子。她前段日子跟向东去汽车站,去电影院,都是走近道。这里是陵阳城里的一条有名气的古街。古街与穿城而过的松江弯曲着平行、蜿蜒,只有两公里。路面以褐色的长条石铺就,各色店铺密密麻麻,行人熙熙攘攘。"大跃进"后,陵阳城修了一条宽阔的陵阳大道。陵阳大道从松江大桥一直往南,穿过城中心,直到毛峰山脚下,成丁字路。往右拐,是向阳西路;往左拐,是向阳东路。自从修了陵阳大道后,古街上不少店铺迁到了陵阳大道上。古街渐渐冷落下来。但往日的繁华依稀可见,一些传统的当地颇有名气的小吃小店很多。人们按地理位置,将古街分为南街、中街、北街。街上有些店铺搬迁到陵阳大道，有些地方会空出一些闲地，街边的居民们因地制宜修成大大小小的花圃。菜花沿着古街由南往北走，不一会儿来到古街的尽头北街。从北街往左一拐，就是绿树院巷。走出绿树院巷就是陵阳大道。长途汽车站在陵阳大道的西边。

路过绿树院巷好几次，菜花有些熟悉。和向东几次抄近道去陵阳大道，都走过绿树院巷。绿树院巷是一条东西走向的街巷，与陵阳大道呈丁字形。中段有一座著名的寺院，叫北禅院。北禅院内有一株古老的槐树，巷因树得名。此槐树高达十多米，虽树干中空，但绿叶婆娑，如冠如盖。向东带菜花来过北禅院。菜花记得那时是自己最倒霉不顺的时候，父亲走了，大学也未考上，一直追自己的好朋友被"严打"了。菜花想想，心里一阵酸涩。那时的心情糟透了，想死的心都有了。但来了一趟北禅院，在北禅院里烧三炷香，叩了三个响头，还在老槐树树丫上系上红绸布条。说来也怪，后来心情竟然渐渐地好起来。

菜花拎着空空的竹篾篮子，加快步子，很快来到北禅院门口。她跨进北禅院的大门，径直来到老槐树下。她望着眼前神奇的老槐树，虽然树干有一个水桶似的朽蚀的空洞，但树干悬垂于空中，有一树杈还搁在高高的院墙头上，绿叶油光光的一片。向东介绍过。这棵大槐树新中国成立前曾遭遇一次雷击。当时，有一条比扁担还要长，比碗口还粗的大菜花蛇被雷击毙，就垂挂在树丫上。后来，陵阳城里信佛的男男女女把老槐树视为神树，至今还有不少善男信女给老槐树烧香、挂红。

菜花凝视着老槐树，目光在树丫飘逸的红绸条上扫来扫去。她曾在向东的陪同下挂过一条红绸。但目光扫来扫去怎么也找不着了。菜花失望地叹了一口气，转身离开老槐树，走出北禅院，往陵阳大道方向走。突然眼前一片开阔地。开阔地上停了不少自行车三轮车。开阔地的东边有俩石柱，上面横架着一块长长的木板，人民公园四个大字映入眼帘。菜花想起来了。那天，姚向东把自己从松林大队约到陵阳城里看电影《被爱情遗忘的角落》，尽管电影中的主人公遭遇十分凄惨，但自己那天可谓是最幸福的人儿。黑洞洞的放映大厅里，向东的手与自己的手拉在一起，那浑身就像过了电似的。后来就来到眼前的人民公园。公园里有一小片石榴树，树上开满了鲜红鲜红的石榴花。向东亲手采下一朵插到自己那条粗大的辫梢上，向东第一次亲口对自己说出"真漂亮"三个字。应该说，石榴树下自己与向东的真心相通了。人民公园很大，里面有亭台水塘，还有一些古树名木，碎石铺就的小径弯来弯去，一直延伸到松江边上。松江边上有一个更气派的大门，那是东门。菜花记得，那天向东兴致勃勃地领着自己在人民公园里逛了好久，留下了不少掏心窝的话。想到这里，菜花拎着空空的轻飘飘的竹篾篮子，心里一愣。那天我可是拎着沉甸甸一篮子夏桃。竹篾篮还是这只竹篾篮。这是向东哥亲手编的。但现在竹篾篮里空了……菜花不忍心想下去，把目光从人民公园四个大红字上收回来。这里是人民公园的西门。菜花头也不回地沿着绿树院巷往西走，出了绿树院巷，走上陵阳大道，不一会儿来到陵阳长途汽车站。

坐上通往松江镇的中班长途汽车，菜花把竹篾篮子往座椅下一塞，目光紧紧地盯着窗外。虽然菜花的心里有些失落，但想到与向东相处的甜蜜的日子，她有些满足了。自己是个山里妹子，又没有读过大学。自己本来就不想高攀，现在有人追求向东，只要向东幸福，自己应该想得过去。

菜花想得过去，目光注视着窗外。

八

长途汽车一路鸣着刺耳的喇叭声，穿过松江大桥，开上通往松江镇的土石路，山道不平，不时会有些小坑。土路依山而修，时而弯弯曲曲，时而上坡下坡，长途汽车像喝醉酒似的，摇摇晃晃。

菜花目光盯着窗外的山景。

山里的汽车道由石块和泥土铺成。沿着高高的山坡蜿蜒向前。陵阳县城通往松江镇，一路是山山相连，层峦叠嶂。汽车道顺着山势前行。山道弯弯，弯弯相扣，绕来绕去，而且坑坑洼洼，破烂不堪。公路上除了骡子，马车，就是独轮车。偶尔有辆长途汽车通过，一路上坡下坡，不停地鸣着喇叭，引得路边的骡子和马声嘶力竭地叫唤。骡子的叫唤、汽车的喇叭声伴着独轮车吃力的"吱呀、吱呀"的撕裂声传向大山的沟沟壑壑，引来大山深处高高低低的回声。

钱菜花坐在靠窗的位置上。玻璃窗半拉开着，阵阵的山风伴着晚季菜花的清香飘进车厢里。菜花嗅着窗外飘进来的淡淡的清香气，目光盯着窗外不断变换着的美丽山景，心里透亮多了。她似乎忘了徐凤霞写给姚向东的那封信，似乎忘记了那废纸篓里纸团上姚向东犹豫不决的杂乱留言。这些留言全扔进了废纸篓，看来向东哥心里也在左右为难。自己应该谅解他。这些事儿怎么去想姚向东也不过分。人家女孩子怎么会给你向东写上这么肉麻的信？你姚向东如果平时直截了当地说你的心里有菜花，人家女孩子也不会那么冒昧地给你向东写信。当然，你向东有你的难处。菜花想到向东对自己这些年的好，要说报天坑救命之恩也应该报了。自己也应该为向东哥着想。菜花想到这里，感到世界上男女之间的事儿最说不清楚了。自己与向东本来干兄妹相称，挺自然的。可向东哥偏要处处为自己着想。让自己到镇上读中学，为朱爱国犯事费了那么多周折。特别自己的父亲因油田突发事故走了，向东哥几乎把我菜花的家当成他向东自己的家了。这些年，不知道自己怎么那么倒霉。大学没考上，向东在县里给自己安排地方复读。还请了县里有经验的老师开了不少次小灶。但自己复读后还是没参加高考。向东心里比我菜花还急，想着法子安慰我。应该说向东哥是把心都掏出来了。他是出自内心地用爱来温暖我菜花的。我菜花心里明白：自己是山里妹子，又没有考上大学，也没有正式工作。人家向东是重庆师范学院的高才生，是县城里的官儿，两人的条件差着好大一截子。我菜花心里清楚，他向东哥真心诚意地向我示爱，说到底，还是在感恩。他向东这是要报答我父女龙山天坑的救命之恩，这是要报答我菜花在血液急缺时主动献血的救命之恩。我菜花可不能接受，不能让向东哥为报恩而以身相许。再说，门不当，户不对，菜花一直婉拒。但最终菜花经不起向东哥猛烈的爱情攻势，只能在心里默默地幸福地品尝着向东哥的热烈爱。现在，向东哥有了新情况，也许这个徐凤霞不好对付，也许出于工作的反复权衡，向东哥下不了决心。他心中早已有一朵山野里的菜花，但现在面前的这朵城里的玫瑰，看来他是无法拒绝。爱美之心人皆有之。要不然，他不会在废纸篓里丢下那么多的废纸团。我菜花感激向东哥，我菜花这些日子也爱着向东哥。爱，意味着想着对方。想到这里，菜花觉得自己的留言是对的。

菜花轻松地叹了口气。

长途汽车行驶在崎岖不平的山石土路上，左右摇摆，有时一跳一跳地前进。菜花虽然震得有些腰酸背痛，但她想着向东哥给自己甜蜜的爱和无私的帮助，心里满足了。上午看到徐凤霞的信，一时的不愉快全抛到脑后去了。她似乎自己把自己解脱了。自己的干哥有幸福的事儿，自己应该高兴才是。菜花忘记了不愉快，虽然被汽车颠簸得腰酸背疼，但她似乎感觉不到似的，目光眺视着窗外初夏美丽的山景。

菜花的目光透过车窗，满眼尽是山，尽是绿色，仿佛进入了山的王国，绿色的海洋。远处，连绵不绝的山群一个接着一个，就像一片片绿色的毛毡铺向无际的天边。近处，墨绿翠绿的马尾松郁郁葱葱。村民们沿着山坡巧夺天工修筑的梯田一片连着一片。山路边一条条淙淙流淌的小溪，在阳光下泛起白色的光亮。这些小溪流是从深山的里面流淌出来的，犹如绿色的毛毯裹着银色绸带，潺潺流水声时高时低，就像轻音乐灌进车厢里。

远处是隐隐起伏的山群。蓝蓝的天空中飘着朵朵白莲花般的云朵。近处，山腰间的层层梯田，梯田里的油菜花烂漫盛开，满眼的金黄色尽染山野。汽车通过的山道，山坡上山脚下的层层梯田里油菜花在灿烂的阳光下恣意绽放。满眼望去，满山坡的金黄散发着夺目的光彩，像金色的颜料尽染漫山的光华，似天边的云锦飘落在遍野绿色的山间。

看着山上山下梯田里的油菜花，菜花有些入迷了，眼睛一眨不眨地注视着窗外一块一块黄绿相间层次分明的挂毯。阳光下的片片油菜花闪烁着金色的光芒。油菜花是奔放的。山风吹过，涌起一股一股金色的波浪，在阳光的照耀下闪过来一波又一波的亮光。梯田里的菜花，清新、自由、沁人心脾的香气与热烈、灿烂、无以言表的色彩调和成一把熊熊燃烧的火焰，把钱菜花脑海里的烦恼烧得精光。菜花随着颠簸不停的长途汽车穿梭在浓浓的油菜花香弥漫的山野，思绪回到了儿时的鱼头村。

　　家里的四周是小片小片的竹林。竹林间是大小不一的山地。每到初夏时节，山地里油菜花开了。油菜花在山路旁、竹林间露出灿烂的笑脸，微风一吹，层层翻滚美丽极了。菜花回忆着童年幸福的时刻。早晨的阳光洒遍了山野，爸爸和妈妈总是带着自己和两个妹妹在油菜花地里玩起捉迷藏，弄得一家人满身满脸的金黄色，搅得菜花地里浓郁的清香飘向黑鱼湖，飘向雾雨成烟、山野朦胧的深山密林里。菜花望着移动着的梯田里黄色的波浪，似乎看到一家人欢快地在油菜花海洋里奔跑，爸爸、妈妈、桃花、杏花欢乐的笑脸在花丛中时隐时现。

　　突然，紧靠山路边的梯田里的油菜花丛中飞起了一只漂亮的山鸡。山鸡扑棱艳丽的翅膀迎着东边的太阳飞过去，落到另一片梯田的花海里。看到山鸡，钱菜花想起了自己慈祥的父亲。记得自己十岁那年，也是初夏，也是这阳光灿烂的早晨，父亲和母亲带着姐妹仨来到菜园后山坡上的一大片油菜花地里。油菜花正在相继开放着，碧绿秆子上的朵朵油菜花，有的含苞待放，有的迎风初绽，欢乐地摇曳着。妈妈对我们姐妹仨说："看，谁能把花朵上那蚕豆粒大小的小黑点找出来？"

　　"我知道那是……"我的手朝不远处的花簇一指，话还未说完，妹妹桃花脱口抢过话头："那是苍蝇！看趴在花丛上！"

　　爸爸妈妈哄然大笑，我也忍不住笑着拉起桃花的小手，指指趴在花苞上的蜜蜂说："是蜜蜂，不是苍蝇！"

　　桃花小，分不出蜜蜂和苍蝇，跟在大人后面傻笑。

　　爸爸声音高了些，指着从花苞上飞起来的蜜蜂，边笑边说："看，蜜蜂在采蜜呢！"

妈妈拍拍桃花衣袖上沾着的金黄色的花粉说："桃花，你听到嗡嗡声了吗？"

"听到了。"

"嗡嗡叫的就是蜜蜂。"

"那不一定。苍蝇也会有叫声。"桃花性格耿直，喜欢认死理。有时遇到做错的事儿，就是心里服，嘴上也不认错。菜花心里清楚，自己这姐妹仨，虽然年纪不大，但性格早已看得出来。自己性格倔强，但心地软，能认理儿，遇事儿只要想下去，总会想得开。但也有想不开的时候，那就是得多想别人。自己不怕吃亏吃苦，但心里不忍亏了别人。桃花嘴犟，得理不饶人。只有小妹杏花，温顺听话，像父母的跟屁虫似的。

爸爸知道桃花，赶紧打圆场说："也有苍蝇会飞到菜地里的。但那几只绕着花苞飞的真的是蜜蜂。"

那天上午，爸爸竟然出人意料地从油菜窝里逮了一只硕大的山鸡。中午，全家人吃了一顿美美的山鸡炖鲜笋。

想到这里，钱菜花眼前的油菜花丛中变幻出父亲钱正南的笑脸。父亲的笑脸红扑扑的，脸上的笑容像梯田里的金色油菜花。

不知何时，长途汽车在鱼头村站停靠下来。钱菜花从座椅下抽出篾篮子，走下汽车。她的眼角湿润了，脸颊上有泪痕，菜花用右手揉揉眼角，轻轻地擦拭着脸腮上的泪痕。

菜花想念父亲。

菜花望着远处的公交车，拎着篾篮，大步急切地朝自家屋子走去。

第二天，向东把长途电话打到松林小学。办公室里有人，说不上话。向东聪明，说周六来学校考察危房，其实是要当面给自己解释徐凤霞的事。下午两点，妈妈打电话让菜花回家早点。菜花不知什么事儿，请了假朝鱼头村走去。

九

已是下午三点光景。

红红的太阳落进西边大山里。天空的云彩多起来。一朵朵白云、一块块黑云在天空中比赛似的飘移。山背后斜射出来的阳光照在黑云朵白云朵上,给云朵镶上一条条灿烂的金边。

菜花急步往家走,心头的那些烦恼虽然让梯田里金色菜花那灼热的火焰烧得无影无踪,但一想到爸爸,一想到徐凤霞给姚向东的那封信,脑海里似乎飘来了一块厚厚的云。

虽说想开了,虽说心里命令自己不去想徐凤霞的那封给向东的信,但菜花心里有些失落。

她步子跨得更大。她知道妈妈、小妹在家等着自己回去。去向东那里送葡萄,这是妈妈的主意,也是自己的决定。可是……菜花想好了,不能让妈妈知道自己与向东没有见上面,更不能让妈妈知道半路上杀出个徐凤霞,那样妈妈会伤心的。

菜花擦擦眼角和脸庞的泪痕,轻松地吸了一口浓浓的菜花香气,打起了十八分精神,快到家门口不远处的路口,竟然哼起了《毛主席来到咱农庄》那首歌。歌声越唱越响亮:

麦苗儿青来菜花儿黄,
毛主席来到咱们农庄,
千家万户齐欢笑呀,
好像那春雷响四方。

菜花唱到这里,拐了个小弯,走上通往自家大门的鹅卵石小路。她要把欢乐的歌声带给妈妈。她要让妈妈知道自己与向东好,让妈妈有盼头。想到这里,她把音调提高了八度:

毛主席来到咱们村，
跟咱们农民来谈心。
细问咱生活怎么样呀，
又问咱亩产多少斤？
……

菜花边高着嗓门唱歌，边大着步子往自家门前走。她要让母亲在屋里听到自己欢乐的歌声。母亲听到这高昂欢快的歌声，不但知道菜花回来了，而且还知道菜花高高兴兴地回来了。自从爸爸出事走了，妈妈这日子是怎么熬过来的，只有妈妈自己心里知道。父亲走了，丢下了自己姐妹仨。一个比一个小。妈妈能从阴影中走出来，完全是姐妹仨撑着妈妈。姐妹仨如花似玉，虽然各有各的个性，但都挺懂事对妈妈百依百顺，让妈妈看到希望。再多的不顺心，再多的烦心事儿也只能塞进心窝里。此刻，菜花估计妈妈在屋里一定听到了自己的歌声，一定会从堂屋里奔出来，穿过菜园子中间那条小道，到菜园门口迎接自己。

菜花快到菜园子门口，停住歌声，抬起头的同时，听到堂屋门吱呀一声打开了。菜花也没看清楚谁，就大着嗓门喊道：

"妈！我回来了！"

"姐！菜花！"迎面从堂屋里走出一个时髦的年轻女子，大着嗓门边喊边从菜园子中间小路一路小跑冲到菜园子栅栏门口，呼啦一声，拉开栅栏门，伸手拉住菜花的胳膊使劲地晃来晃去，激动地说，"姐，听妈说你昨天去向东哥宿舍送葡萄，今天打个电话让你早点回来。"

菜花站定，仔细一瞧，喜出望外。站在自己面前的是二妹子桃花。菜花明白了，母亲让自己早点回家，原来是给自己一个惊喜。她不敢相信自己的眼睛，认真地打量着自己的妹子桃花。一晃快三年了。朱卫国跟桃花去深圳闯荡，心里一直挂念着。年年盼他俩回鱼头村过年，年年都盼到一封让人失望的来信。信中总是说，深圳那个地方忙,忙得请不到假回家乡看看。

菜花打量着桃花。眼前的桃花可不是那年从山村小路上走出去时的那个样子了。头发烫了大波浪,穿着花格子绿黄相间的连衣裙,颈项里有一条细细的项链,在云隙中透出来的阳光照映下闪烁着金色的光泽。再看看脚上的塑料凉鞋,鞋跟有四五厘米厚。桃花洋气了,桃花像盛开的桃花。妹妹变了,菜花心里很清楚,南方开放,深圳靠近香港,学香港爱穿戴打扮。菜花有些看不习惯,但桃花在自己的眼里洋气多了,漂亮多了。菜花拉住桃花的双手,赞叹道:"桃花,怎么去了一趟深圳,变得这么好看呀!"

"姐,深圳都是这样!"桃花笑嘻嘻地说,"开始卫国哥让我穿连衣裙,连衣裙买了几个月,我都不敢穿。后来看人家都穿连衣裙,我才穿上连衣裙,和卫国哥逛了一趟商场,你猜怎样?"

"怎样?"菜花有些急切地问。

"卫国哥又买了两件不同颜色的连衣裙。深圳那里的女人们流行穿连衣裙。"桃花说着,朝菜园子一指说,"姐,你看谁来了?"

"卫国!"桃花拉着姐的手走进菜园子,朝朱卫国迎上去。

在菜园子小路的中间,大家全停住步子。朱卫国有些不好意思朝菜花笑笑,轻轻地喊了一声:"姐!你好!"

"回来啦!怎么这么早回家啦!"菜花朝朱卫国笑笑,主动握住朱卫国的手,轻轻地一晃松开后说,"卫国,在深圳都好吧?"

"好!都好!"朱卫国看到菜花,心里有些不好意思。毕竟到深圳去闯荡,当时带着菜花的妹子桃花有点私奔的感觉。

其实,这几年生活的挫折和磨难让菜花越来越成熟。对当年朱卫国带着妹子桃花去深圳闯荡越来越理解。对眼前的朱卫国,菜花心里有一股说不出的滋味。看着眼前精神抖擞的朱卫国,菜花脑海里情不自禁地显现出来朱卫国哥哥朱爱国的形象。在这喜气洋洋的气氛里,朱爱国的形象只在菜花的脑海里闪现了一瞬间。菜花把目光落在朱卫国身上。

朱卫国这次从深圳回来帅气多了,也精神多了。古人早已说过,人靠衣服马靠鞍。自己的妹子桃花，从头到脚，一身的洋气。要是走到大街上自己见到，不一定能立马认出来。眼前的朱卫国，虽然出去时穿一身干净的确良，戴着一顶麦秆草编的草帽，脚上穿着解放鞋，脱不了山里青年人的土气。但现在眼前的朱卫国，一身笔挺的咖啡色西装，扎了一根红碎花的领带。特别是脚上那双大头皮鞋，锃亮锃亮的，脚前好像装两把小圆镜子似的。头发不像以前，乱糟糟地盖住额头。眼前的朱卫国头发有点发亮，梳着三七分头。这三年到深圳，可能是南风吹多了，脸皮有点黢黑，但五官清秀中带着一抹俊俏，帅气中又带着一抹温柔。他身上散发出来的气质好复杂！像是各种气质的混合，但从那些温柔和帅气中，又透出他特有的自信和坚强的毅力。

菜花把目光从朱卫国身上收回来，有些心疼、抱怨地对妹妹说："桃花，你和卫国从深圳回来，怎么不写信？"

"临时决定的。"朱卫国在桃花引导下，与菜花并肩往堂屋走过去，边走边说，"深圳打工很顺利。那里活儿多，只要肯吃苦，遍地都是钱。刚去两年多，我和桃花在建筑工地给人家打工。今年，我们自己当工头，承包了一个小建筑项目。"

桃花扭过头，有意自豪地对菜花说："姐，卫国自己当包工头。"

朱卫国有些谦逊地说："当个大的打工仔！这不，和桃花回家乡招些工人。"

菜花听了，感到朱卫国的身上散发着当年朱爱国那种敢追求的胆量和气魄。也许这兄弟俩出身在支书家庭，有天生的闯劲。想到这里，菜花用手抹眼角。

卫国、菜花和桃花还未进堂屋门，妈妈少香，少香屁股后面跟着杏花迎了上来。

妈妈腰上扎着兰花格子围裙，手臂上戴着护袖，一脸喜气洋洋地望着跨进门槛的菜花，两手在围裙上擦擦，诧异地问："菜花，你妹桃花和卫国回来你知道？"

"不知道呀！你打电话没说，瞒我呢！"菜花说着，笑眯眯地盯着妈妈屁股后面淘气的杏花："杏花，帮妈烧火啦？"

"没有。"杏花朝妈妈埋怨地瞥了一眼说，"卫国和桃花姐回来，妈妈灶上灶下忙得团团转，我插不上手。"

菜花目光盯着妈妈堆满笑容的脸庞解释说："我把葡萄送到向东宿舍，他正准备随领导下乡调研。我把葡萄放下后，就坐中班车回来了。回来后忙着备课，还没有来得及跟你细说。"

妈妈掸掸围裙上的草屑："我说让你早点回来，本来是给你个惊喜。想不到你接到电话就回家了。你妹桃花、卫国刚到家里喝了杯茶，还未聊上两句，你那'麦苗儿青青菜花黄'的歌声就从山坡竹林里飘过来了。桃花、杏花耳朵灵光，说是姐菜花回来了。果然是你。"

"桃花和卫国是临时回家招工。谁也没说。"菜花放下手中的蓝布挎包，拉开长条板凳，指着长条桌上的葡萄对卫国和桃花说："卫国，你俩是远客，快坐！"

"坐下吃葡萄！"胡少香张罗着给大家倒茶。胡少香一边倒茶，一边瞅了杏花一眼："杏花，快去把淘米箩里的那串葡萄也拿过来。"

杏花扭头就往厨房跑。菜花眼疾手快，拽住杏花的胳膊说："桌子上有两串葡萄，够吃。你快招呼姐姐桃花和姐夫坐。"

话音刚落，桃花嗔怪地瞥了眼菜花说："姐，我们还没有结婚呢！"

菜花一听，知道自己称呼卫国是杏花的姐夫，这姐夫叫早了些。菜花感到有些唐突，朝卫国笑笑，朝桃花挤挤眼。菜花以为桃花和卫国在深圳那边很开放，想当然地认为：既然两人结伴去了深圳，已经三年多了，还能不结婚？其实，菜花有些想当然了。想想自己与向东走到这一步了，还冒出一个徐凤霞。男女之间的事儿谁说得清？菜花没有想下去。桃花、卫国回来了，那是高兴的事儿。自己也从向东那回来。妈妈少香此刻心情可想而知。

菜花看到桃花、卫国坐下后，也靠着桃花身边坐下来，随手拎起桌上一串红彤彤发紫的葡萄串，连撕下几个小串，摆到桃花和卫国面前说："吃葡萄，先吃葡萄。"

杏花也坐下来。妈妈到厨房里去了，边走边说："我去打蛋茶。"

十

胡少香这些日子从来没有像现在这样开心。她感到倒霉的事儿似乎已经过去了。不顺的坎儿迈过去了。现在是心想事成。想桃花,桃花带着卫国从深圳回到鱼头村。菜花去陵阳城里送葡萄,其实这也是少香想让菜花与向东有个接触的机会。想不到,桃花卫国前脚到,没过半个时辰,菜花回来了。姐妹仨团圆了,当妈的当然高兴。再看着桃花、卫国那身打扮,光鲜亮丽,这辈子还真没有见过儿女们穿着这么光鲜。

胡少香高兴。她快步走到厨房,把蛋罐拎到灶台上,锅里水烧得半开后,一口气打了十只鸡蛋。她拿出过年炸的米花每人碗里抓了一把,做了香喷喷的米花蛋茶。姐妹仨一人两只鸡蛋,她自己不吃,剩下的四只全盛到一只大瓷碗里。

胡少香把装着四只鸡蛋的米花蛋茶放到卫国面前,热情地说:"卫国,快趁热吃!"

卫国把米花蛋茶碗往菜花面前一推说:"菜花赶路刚回来,姐先来。"

菜花用手一挡,心里有一股说不出的味道,但脸上堆着笑容:"卫国,你先吃,我不饿。"菜花从卫国的脸上看到了爱国的影子,又从爱国的影子中想到了向东,想到徐凤霞写给姚向东的那封信,心里一沉,但很快冷静下来。既然已经放下了,就不要去想那么多。也许,婚姻就是缘分。看看桃花,再看看卫国,当初两人说走就走,现在可是天生的一对。

卫国拿起筷子,朝桃花笑笑。这当儿,胡少香又端来两碗,在桃花和菜花面前各放一碗说:"菜花,陪桃花、卫国先吃,杏花的马上端来。"杏花一听,跟着妈妈到厨房去了。

朱卫国夹起一只荷包蛋,咬了一口,还未完全凝固的蛋黄糖丝似的往下坠。

菜花招呼桃花一起吃米花蛋茶。

杏花端着碗，来到菜花身边坐下来。

胡少香空着两只手，坐到桌角边上，掩饰不住喜悦的目光注视着大家。

卫国再夹第二个蛋时，见胡少香没有吃米花蛋茶，再看看自己碗里是四只鸡蛋，心里刹那间明白了。朱卫国心头一暖，夹起第二只鸡蛋，诙谐地说："我多吃多占了！"

杏花挺懂事，把米花蛋茶推到母亲面前，说："我还未动筷子，你吃一只，我吃一只！"

菜花、桃花急了："妈，你这是省蛋待客呀！"姐妹俩知道刚动过筷子的碗，夹给母亲不太好，于是几乎同时站起身说："我去厨房给妈做去！"

胡少香急了，两只手抄起围裙，下意识地揉揉围裙下摆说："好，我自己去做！"说着，站起身把蛋茶碗朝杏花面前一推："杏花，听话，陪哥哥、姐姐先吃。"

山野的风带着初夏的清香味儿从窗户吹进来，又从门口吹出去，带来丝丝凉爽。

大家开开心心，吃完米花蛋茶。胡少香收拾完桌子，又摆上两串鲜亮发紫的葡萄。大家边品尝葡萄边聊起来。

桃花走出鱼头村，一晃三年。南方的深圳是中国改革开放的最前沿，几乎每天都有新鲜事儿。此刻的桃花一张开嘴，就兴奋地说开了。像收音机装上了磁带，按下了开关，收也收不住了。菜花、杏花还有母亲少香都把羡慕的目光落到桃花身上。

卫国不说话，脸上露出发自内心有些得意的笑容。深圳就是深圳，山沟就是山沟，这是没法比的。卫国也有自己的打算，再奋斗几年，兜里的钱多了，让爸妈，还有菜花杏花都去深圳，让大家都过上舒服的好日子。

卫国不说话，他让桃花放开说。他要让桃花把深圳那边迷人的地方都说出来，让大家都羡慕、喜欢。

桃花说得眉飞色舞。

"深圳男女青年打扮可时髦了。长发、油头、蛤蟆镜、白衬衫、蝙蝠衫、霹雳服、喇叭裤、擦得锃亮的中跟皮鞋，这可是深圳那边帅小伙的标准装备。"说到这里，桃花用手指了指卫国说，"你们看到卫国以为是有钱人了，以为这身打扮最时髦了。其实，在深圳大街上走的小伙子们，哪个不是卫国这身打扮。没有一套西服，上街逛是走不出去的。"

听到这里，朱卫国哈哈大笑，从长条凳子站起来，指着桃花对菜花、杏花说："桃花在深圳最保守了。去了一年，让她去烫头，她死活不肯去。这身花连衣裙去年就买了，在家里常常试来试去，还穿上连衣裙在小客厅里来回走步子，就是不肯走出大门去。"说到这里，卫国有些自责地说："说到底，还是怨我，兜里瘪，刚去打工混个肚子饱没问题，但想潇洒一下，兜里有些慌。不过，从去年下半年，我也包下小工程，也请一些工人一块去做活，这样，兜里钱多起来了。今年，我正式当了项目部经理，这次回来就是招工的。也就是当个项目部经理，请老板吃饭，桃花穿上了这件连衣裙。"

桃花羞涩地笑了。

菜花望着桃花与卫国这对幸福的人儿，心里由衷地高兴。妹子过上了好日子，当姐的咋能不开心呢。菜花心里的不愉快全抛开了，目光盯着桃花身上的花格子连衣裙，伸手摸了摸衣摆说："桃花，你穿上这件连衣裙，真美！"

"你不穿连衣裙也很美！"桃花笑笑说，"深圳那里人时兴打扮。白天拼命干活，晚上拼命去玩。而且玩的花样很多。跳舞的，打保龄球的，吃烧烤火锅的，不到半夜不回家睡觉。"

朱卫国打断桃花的话头，坐到长条板凳上问菜花："陵阳城里有歌舞厅吗？"

"好像没有。"菜花说着，皱起眉头想了想，"陵阳城里有一家电影院。可以坐在木头椅子上看电影。"

"落后！真落后！"朱卫国说，"深圳可热闹了。大街上不是商场，就是饭店，一条街上有好几家歌舞厅。"

菜花听了，有些不解，脱口说道："唱歌就唱歌，都集中到一个厅里干什么！"

"外行！"朱卫国哈哈笑了起来，又诡秘地瞅了桃花一眼对菜花说，"姐，不光唱歌，那里好玩着呢！都是少男少女，用我们山里人的话说，就是少男少女会疯。桃花，我说给你姐、妹子听听，新鲜事物好奇，也让她们共享。"

"说说，不妨事儿。"桃花见姐充满好奇，朝卫国笑笑。

朱卫国津津有味地说开了："歌舞厅，是从香港传到深圳来的。深圳改革开放了。开放了，青年人爱时髦。特别是全国各地来到深圳的男男女女。白天忙着干活儿，在深圳那儿挣的钱也多。晚上没事儿，歌舞厅成了去深圳少男少女们炙手可热的娱乐场所。我和桃花刚去深圳，看到不少同事下了班去歌舞厅跳舞，感到好奇，甚至还有些担心。里面灯红酒绿，花花绿绿的，那音乐的声音也似乎是没有吃饱饭的人唱出来的。不是张开喉咙吼出来，而是从喉咙深处哼出来的旋律，低沉沉的，软绵绵的。人到里面会变坏。后来，在深圳混熟了，我和桃花总感到人在深圳闯荡几年下来，连歌舞厅都没有认真地玩一把，将来回到鱼头村，回到松林大队山沟里，跟乡亲们没有话说。有一天晚上，我和桃花去了趟歌舞厅。真是开了眼界。"

"记得很清楚，入口处有人收钱卖票，门厅负责检查票盖章。穿过一段不长不短灯光暗淡的走廊，便看到中央的大舞池，舞池两边有些卡座和散座。舞厅上面是小舞台，是唱歌和领舞用的，侧面有个酒吧台和点歌台。点歌是按曲收费，吧台售卖酒水零食。台上唱歌，台下跳舞。夜灯初上，歌舞厅里飘荡着含情脉脉的曲调、激昂奔放的的士高，闪现着激情的迪斯科步伐、优雅的国际舞姿，人们唱着跳着欢愉着。当然，老板会不失时机地黑灯，方便恋爱中的少男少女亲密接触。"

听到这句话，菜花心里一愣。已经放下的事情又缓缓地浮现在脑海里。她想到了姚向东，想到了徐凤霞写给姚向东的那封信，脸上的期盼和好奇渐渐消失了。

桃花注视着姐姐脸上的细微变化,心里想:自己和卫国在深圳这么好的地方,看到这么多的文化新潮,姐姐在山沟里……桃花没有想下去,打断朱卫国的话头说:"卫国,给妈妈和姐姐妹妹的礼品呢?快拿出来看。"

"看,只顾吹牛了,忘了。"朱卫国说着,走到房间里拎出一只大皮箱,摆在桌子上打开。桃花首先拿出一条羊毛围巾递给母亲,然后又从箱子里取出两件连衣裙,一件鹅黄色,一件浅红色。桃花分别递给菜花和杏花说:"这颜色不知道是否喜欢?"

菜花接过鹅黄色连衣裙,抖开欣赏着:"漂亮,就是太艳了,穿不出去!"

杏花接过浅红色的连衣裙,在身上比画着,满意地笑笑:"太漂亮了!哇喜欢!谢谢姐姐!谢谢姐夫!"杏花性格直爽,人小但挺大方。

桃花愣了下,疑惑地朝杏花笑笑:"姐夫?"

一家人欢快地笑了。

两只燕子不知什么时候从窗户飞进屋里,在屋梁上绕两圈,又从窗户飞出去,飞向山坡后面的密密绿绿的竹林深处,留下一片叽叽喳喳的欢快叫声。

天上的云朵似乎少了。灿烂的太阳光照进屋子里,屋里亮堂堂的。

十一

从桃花的眼神中,菜花心里清楚,卫国与桃花虽然一起走出山村,在深圳闯荡也闯出了一些名堂,但肯定还没有结婚。小妹杏花叫姐夫时,桃花的眼神告诉了菜花。菜花没有当面问,但心里想好了。这次桃花从深圳回来,无论如何得找个机会跟妹妹聊聊,说说心里话。

晚上,胡少香把朱红旗和他爱人曹仁兰请到家里,一家人欢欢喜喜地吃了顿饭。曹仁兰双目失明,大家不停地给曹仁兰揽菜,谁也不提爱国的事。席间，桃花与卫国咬咬耳朵，然后拽拽卫国的胳膊。卫国给父亲朱红旗和母亲各搛了一块野鸡块，爽快地笑笑，说起了深圳那边的新鲜事儿，大家听得津津有味。突然，卫国放下筷子对父亲说："爸，这次我们回家时间很短，也就七八天时间。桃花和我想让你和母亲跟我们去深圳玩几天。"说完指着母亲，朝父亲眨眨眼。朱红旗是个机灵人，知道儿子和未来的媳妇孝顺，这是要带母亲去深圳治眼病。卫国知道母亲的脾气，出远门要路费，治眼病要花费，她肯定会心疼钱，肯定不愿意给子女添麻烦。

桃花也不失时机地烧了一把火："婶婶，深圳那边挺好玩，火车票很便宜的。"

菜花知道曹仁兰是为爱国走了伤心不已，才哭瞎了眼睛。想到爱国，就想到向东。

菜花沉默不语。

桃花注意到了菜花的表情。桃花知道，虽然菜花姐不爱爱国，但两家走得那么近，朱爱国又那么拼命地追姐姐。姐姐与爱国应该在若即若离的相处中有了不少说不出的牵挂。后来发生的事，在姐姐的心灵深处留下了创伤和遗憾。好在有了姚向东，让姐姐从阴影中走了出来。但不知姐姐与向东处到什么程度了。

吃完晚饭，胡少香带着菜花、桃花、杏花送到路口，直到朱红旗和爱人曹仁兰，还有卫国消失在雾霭蒙蒙的山影里。

胡少香在三朵金花的簇拥下往院子走来。菜花拉拉桃花的手说："我们到竹林那边走走？"

"好呀！"桃花离开鱼头村一走就是三年，跟姐姐有好多话要说。尤其是个人的事儿，姐妹单独在一起，可以放开说。

胡少香挽住杏花的手，推开栅栏门，扭过头，大声地对桃花菜花提醒说："早点回来，别跑远了。"

圆盘似的月亮升上了中天，皎洁的月色把山峦大地涂亮了。菜园的路边是一片起伏的山岗。靠路边有一大片竹林。月光洒满了竹林，路边映下悠悠晃动的婆婆竹影。朦胧的竹林中不时飞出一两只不知名的鸟雀，向着远处的天空飞去，直到见不到影儿，只留下一串悦耳的鸟鸣。

菜花走到竹林旁的碎石路上，停住步子，声音低了八度，关切地说："桃花，姐能问你个事吗？"

"问呀！妹心里还有啥事要给姐藏着掖着？"桃花轻松地一笑，"你先问，一会儿妹子也问你呢！"

竹林边留下姐妹俩的一问一答：

"桃花，你当时为什么跟卫国去闯深圳？"

"为什么？你是说，我与卫国私奔？"

"别说得那么难听。听我说，你和卫国去南方没有好好地跟家里商量。"

"唉！别提了！跟家里商量，朱家不同意，妈妈也不会同意。"

"外面当时传得可难听呢，说你和卫国私奔。"

"在家也没出路，还不如出去闯荡。"

"闯荡？"

"对呀！"

"你们至今没有结婚在一起？"

"真的没有！姐，我纠正一下，我和卫国当年出走山村，不是私奔，是结伴闯深圳。"

"姐姐能理解。那时爱国哥被严打，朱支书一家天塌了。我们的父亲又突遭遇横祸，连生活都难以维持。桃花，我理解，记得当时向东正好来到鱼头村，赶得巧，一直把你们送到竹林边。"

"姐，记得！"

"送走了你和卫国，全家人心里都特别沉重。深圳那边是个什么样子，谁也不知道。倒是向东哥有文化，看的报纸多，说那边开放了，路子宽了，我和母亲才渐渐地把心放下来。"

"姐！给你交个心里话。当年我和卫国去深圳，还是为了姐。"

"为了姐？"

"这话说完就了。当年，爱国追你，拼命地追你，后来发生爱国酒楼醉酒调戏那事情。爱国被抓了，再后来，爱国让小人算计，竟然被'严打'丢了性命。你说朱支书一家日子怎么过。我知道当年发生爱国酒醉调戏那件事儿，你虽然心中气愤，但你还是向着爱国家的，还请向东到处去打招呼。想不到后来'严打'，那个跟朱支书家有过节的张升财又使了阴招，朱爱国被'严打'了。当然，张升财不知会是这个结果。这对朱红旗一家是晴天霹雳。我知道你去法院跪求，你是当事人，又是黄花闺女，这需要多大的勇气。听说张升财也去县里反悔，但那阵风刮过来谁挡得住呀！一切都无济于事。朱红旗家理解你当时的心情，更是佩服你后来的举动。这是朱卫国亲口跟我说的。我们钱家与朱家一直走得很近，我心里特别难受。我当时就向卫国表达了自己的心扉。也是在一片小山岗竹林里，我们谈了很多很多，最后决定闯深圳。我知道在闭塞的小山村，又是村里有些声望的两家少男少女到外地去闯荡，这就是私奔。但那个时候，顾不了那么多了。只有我心里清楚，卫国在小竹林里对我说的话，我至今还记得清清楚楚。他说，不混出个人样儿，两人永远是兄妹。三年了，虽然走上坡路，但我们没有在一起。虽然那边灯红酒绿，但卫国和我都为混个人样儿在奋斗，在努力。请你相信我们！"

"桃花，姐姐有些误会你了。我以为你们走出去就在一起了！"

"说什么呢！姐姐！我和卫国常常说到你。卫国跟我说，菜花姐不结婚，我们不结婚！"

"妹子，姐要批评你们俩！"

"批评也是这样！这是卫国常挂在嘴边的话！"

"想不到这个卫国，脑子想得这么多。桃花，姐姐这里提醒你，婚姻讲究的是缘分。看你俩这么相亲相爱，小妹都看得出来，都直接叫卫国姐夫了！要不是看你的眼神，我也会……"

"真的没有结婚。这么大的事儿能不告诉家里？"

"你们可不要等我结婚后再结婚。缘分到了就办。"

"对了，我多嘴问一下，你和向东哥好吗？"

"好呀！向东哥人实在、聪明，而且还写得一手的好文章。"

"听说当大官啦？"

"不是什么大官，县政府办公室的主持。"

"主持是个什么官呀？"

"主持就是办公室里负责人。"

"负责人，有权！"

"给县里头儿们服务的，算不上什么官！"

"姐，你可得看紧点。这男人……"

"看紧干什么？我还不想和他在一起呢。"

"姐，你傻呀！"

"妹子，我什么文化，人家是大学生，是个县里办公室的官儿，这门不当，户不对呀！"

"什么门当户对！不是你和爸爸把向东哥从龙山天坑里救出来，他能有今天？"

"他倒是拼命地追我。"

"反正我提醒你看紧点。"

"这里又不是深圳，到处是歌舞厅，少男少女唱歌跳舞，日久生情。"

"不唱歌跳舞，不等于没有事儿。向东哥这么出色，追他的女孩不会少。姐，我提醒你，深圳那边这事儿比较多。少男少女海誓山盟，没几个月就分手了。"

菜花听了，长长地叹了一口气说："妹子，我相信缘分。"

"我相信你和向东的缘分。下午，我和卫国刚到家，妈妈就说你去城里了，还说送葡萄去了。我和卫国高兴。妈妈说到你和向东，脸上堆满了笑容。"

"我也相信你和卫国的缘分。"说到这里，菜花想到向东星期六要来松林小学，到时还不知向东如何解释。菜花心里早已想好了，向东有难处，绝不为难向东哥。想到这里，菜花提议："桃花，咱们现在就说好，谁的缘分到了谁结婚。"

桃花有些迟疑。菜花拉住桃花的手，面朝夜色中明亮的圆月说：

"答应我！"

桃花望着天空中的圆月，松开手，激动地拥抱着姐姐菜花，嘴里喃喃自语："缘分！相信缘分！"

"相信缘分！"菜花满意地笑了，自信的目光透过朦朦胧胧的夜色，盯着桃花的脸庞，心中油然而生一种说不出的愉悦感。菜花看到妹妹和卫国两人相亲相爱。两人很懂事。从深圳回到鱼头村，先来看望妈妈。菜花心里满足了，自己有个好妹妹。菜花在心里祝福卫国和桃花。

他俩有缘分。他俩走到一起，这就是缘分。

菜花想到朱爱国，心灵莫名其妙地得到一些慰藉。

十二

明月似水，星凉如雨。山间的夜雾清淡、透明。淡淡的氤氲，慢慢地拨弄着水的滋润，一点一点地在夜色中弥漫开来，空气中蔓延着云杉、五针松、青松、翠竹的清香，咖啡般浓浓地流溢着。

夜色中的鱼头村并不宁静。远处山峦丛密的树丛漆黑一片，山涧丛林中的清泉潺潺地流淌着，发出轻柔悦耳的天籁之音。不远处的黑鱼湖面在圆月的探照下，泛着粼粼玉色，一片冰霜般的微浪。

菜花拉着桃花的手往屋里走，两人的目光时不时望望山野的夜空。山野的夜空美丽极了：稀疏的白云，澹澹的明月，点点星星正调皮地朝着菜花和桃花眨巴着眼睛。快到堂屋门口时，菜花对桃花说："妹子，你和卫国什么时候离开松林？"

"估计十天左右。"桃花停住脚步。

"桃花，向东这周六到松林小学来考察危房，你跟卫国商量一下，抽个时间见个面。"

"好呀！我跟卫国说。"

"我是说，你们招工，向东在县政府工作，也许能帮上忙。"

"还是姐姐想得周到。"

"那就这样定了,周六中午我让妈妈烧桌菜,一家人吃个饭,高高兴兴的。"

"好。"

"别忘了请朱红旗支书和曹仁兰一起来。"

"请卫国父母包在我身上。"

晚上,明亮的月光透过房间的天窗玻璃把房里映亮了。

菜花和桃花睡在一张床上,一个头朝西,一个头朝东。也许一天的奔波劳累,姐妹俩谁也不搭话,静静躺着。窗外,从竹林里、树丛中飞出的夜鸟扑棱着翅膀鸣叫着;草窝里叫不出名的虫儿低声地吟鸣;山岗下面池塘里的青蛙旁若无人地放开嗓门有节奏地叫唤。

姐妹俩其实都没有睡意,两人各想各的事儿。桃花想着卫国,心里有些甜蜜蜜的。卫国跟他哥哥爱国一样,虽然不爱读书,但脑子活络,人聪明能干。去深圳才三年,口袋里就渐渐地鼓起来了。这次回来招工,要往大处干。卫国就是有胆量。当初跟着卫国去闯荡,这路走对了。三年了,虽然卫国对自己好,但两人不结婚总归是两人。姐说得对,相信缘分。但自己与卫国的缘分已经到了。姐提醒得及时。

菜花虽然知道,周六向东来松林小学表面上是考察危房,其实是给自己解释徐凤霞的事,但菜花心里已经把这事儿放下了。菜花想得很简单。本来自己就不想高攀,现在向东有人追求,只要有利于他的工作,只要有利于他的前途,只要有利于他愉快生活,自己没有什么想法。既然有缘分救了向东,成了哥妹,这是天意。现两人又有缘分走到一起也是天意。半路上杀出个徐凤霞,这应该还是天意。自己能想得开,但妈妈、桃花、杏花她们要是知道徐凤霞写信给向东的事,她们会担心。为这事儿菜花又担起了心思。尤其是桃花和卫国回来了,他俩肯定会想见见向东。再说,桃花也希望自己的姐姐早日成婚,她和卫国的大事也好抓紧办了。

想着想着菜花进入了梦乡。

周六。

早晨，初夏的太阳红彤彤的。松林小学大门前的黑鱼湖泛起金色的波波粼光。

离松林小学一百米左右的公路边有一棵高大的银杏树。树干水桶般粗，树冠足有三四十平方米。初夏的太阳照耀下，留下一片树荫。银杏树下是县城长途汽车的停站点。松林小学办公室在山坡上，从办公室的窗口可以看到那棵高大的银杏树。

周网年主任一早就与菜花约好了。周主任让菜花把上午的两节课调到明天。上午只干一件事：陪同周主任接待姚向东。周主任对姚向东的到来特别重视。他让钱菜花坐在办公桌前，目光注视着银杏树。只要长途汽车一到银杏树下，两人就去校大门口接。

早上，钱菜花一进教师办公室，刚放下蓝布挎包，周网年主任就迎了上来。

两人的对话挺有意思。

"钱老师早！"

"周主任早！"

"大家早！"周主任这么客气，菜花有些不适应，赶紧朝大家摆摆手。

"钱老师，上午你把两节课与刘老师调一下。你的课调到明天。"

"不要调。"

"要调。今天你要集中精力做好一件事。"

"什么事？"

"怎么？忘啦？陪我接待向东主任呀！"

"就这事呀，用不着这么认真。"

"要认真。人家姚主任可是县里的官儿。"

"不就是看看学校危房吗？"钱菜花轻松地哑哑嘴，"周主任，姚向东来了我陪你，让他在学校转一圈，不就完了。"

"钱老师！"周网年语气严肃起来，"菜花，我知道你俩关系，但那是你俩的私人关系。今天他是来看危房的，你我可是代表学校。"

钱菜花一看周主任认真起来，赶紧朝周主任点点头："周主任，听你的！"

"好！你上午调课后，坐办公桌前，盯着公路边的银杏树。只要早班长途汽车一到，赶紧喊我一起去学校大门口接姚主任。"

"这么认真，接大首长呀！"

"你有恩于他，我们知道，这是一回事！今天姚主任是来看危房的。这是学校的大事。"

"好！好！"钱菜花朝周主任笑笑，"周主任！听你的。"

钱菜花按照周主任的吩咐，坐在办公桌前不时透过窗口朝山坡下的公路望，心里有些好笑。周主任也太认真了。周主任不知道姚向东的真正目的。来看危房是个幌子，他办公室主任看了不算数，要教育局领导看了才行。当然，要通过姚向东找陵阳县教育局领导。菜花知道，向东是冲自己来的，是来解释那封信的。自己不管怎么样，还得帮姚向东打好这个幌子。自己与向东个人的事儿什么结果不重要，关键是中午一家人吃好饭，不能让家里人操自己和向东的心。向东是妈的干儿子，也是家里人。菜花不去往深里想，也不去想象向东如何解释徐凤霞那封信，更不去考虑自己和向东的个人大事。菜花有菜花的心思。她自己心中有向东。既然爱向东，向东怎么幸福自己都开心，顺其自然，这是缘分。菜花不时朝山坡公路边上的银杏树远望。

"当！当！当！"清脆的铃声响起来，山坳里传来低沉的回声。菜花知道，这是第二节课的上课铃声。她朝办公室东墙壁上的挂钟瞄了一眼。现在九点半，应该是陵阳县城头班长途汽车到银杏树下的时间。

菜花朝山坡下的银杏树看看，再朝远处公路眺望，不见长途汽车的影子。菜花其实心里也急着想见到向东，虽说是放下了，但对向东如何解释徐凤霞的那封信仍然充满了好奇。

从远处传来隐隐约约的汽车喇叭声。菜花的心激荡起来。她长长地吁了一口气，目光朝山坡下的公路尽头凝望着。公路的尽头飘起了白色的雾尘，汽车的喇叭声越来越响。当菜花看到那熟悉的淡绿色的长途汽车驶近银杏树时，她激动地站起身，走到周网年主任身边，轻声地说："来了。"

周网年丢下手中的笔，拉住菜花的胳膊说："快点，快点，到大门口去接。"

两人快步走出办公室，来到大门口，朝银杏树方向一看。长途汽车已经开离银杏树，有一个小伙子背着一只军黄色帆布包，正朝松林小学方向走来。

那小伙子穿着朴实，但脚上的皮鞋显然擦得挺亮。抬脚之间，锃亮的皮鞋面在阳光下泛起光泽。钱菜花看到那熟悉的身影对周主任低声说："是他。"

快到大门口，周主任抢先一步迎上去，握住姚向东的手："姚主任来啦！"

"你是周主任。"姚向东笑嘻嘻地握了握周主任的手松开后，急跨两步来到钱菜花跟前："菜花，你好！"

菜花轻轻地抿了一下嘴角："你好！"说着，朝周主任一指："向东，这是我们学校教导主任周网年同志。校长到县里参加学习班，周主任向你汇报。"

"谈不上汇报。"向东跟着周主任和菜花往学校操场方向走过去，边走边说，"周主任，我不分管教育，只是先来看看，回去要帮你们到教育局说说。有个同学在教育局当副局长，他分管学舍建设维护。到时，他们还会来考察。"

"谢谢姚主任。"周网年主任想到未来有钱修校舍，心中很高兴。

周网年主任领着姚向东走过操场，来到北边沿山坡一排教室旁，指指点点给姚主任说着。向东心不在焉，不时瞅瞅一旁的钱菜花，心中的一块石头还挂着。虽然，自从周一与菜花通了电话，听到菜花似乎有些轻松的回答，心里总算松了一口气，但菜花怎么想的，向东心里没有数。

松林小学北边靠山坡的这排教室最破败。土坯墙，有些地方有碗口大的洞。芦苇扎把盖的拱顶，虽然上面盖了大瓦，但有些地方年久失修明显有些歪斜。姚向东看在眼里，连连咂嘴。他朝菜花瞅了一眼问："菜花，听你说申请报告的事，送到教育局没有？"

"学校的申请报告早送去了！"钱菜花着急地回道。

"可几个月过去了，至今没有回音。"周网年有些着急，语气有些埋怨。

"周主任，你看这样行不行？我回去就找教育局杨才才副局长，让他尽快派人来核查一下。"说到这里，姚主任对菜花说："你让学校把教育局的报告给我们办公室一份。必要时，我会跟县长报告。这样力度大一些。"

"行！行！行！"周主任连说三个行，说完，诡秘地朝菜花笑笑，"菜花，你陪姚主任在山岗上转转，中午在学校吃个便饭。"

"周主任，向东事忙，饭就不吃了。"说到这里，钱菜花朝周主任摆手说，"你去准备报告，我陪向东哥到山岗上转转。对了，我妹子桃花和卫国从深圳回来了。中午妈妈准备了饭。我和向东一起回去吃饭。"

"好！"周主任握着姚向东的手，连连晃动，激动地说，"我代师生感谢你！"

"说哪里话！是县里工作没有做到位。"说完，向东熟练地拽住菜花的胳膊。

菜花顺从地让姚向东拽着胳膊，也不吱声，领着向东往条石岗走过去。路过教师办公室门前的大槐树，菜花朝一排办公室一指说："看，这就是我们办公室，还不如你们县委大院的汽车库房呢！"

向东张眼望望不吱声，跟在菜花屁股后面往条石岗走去。向东心里有些紧张，徐凤霞写信的事不知怎么给菜花解释。看着菜花一脸轻松的样子，向东心里更没底了。

松林小学虽然校舍破旧，但环境很美。四周是起伏的山峦，校门前是狭长的黑鱼湖，湖面水波浩渺，水鸟在湖面上自由自在地飞翔。操场上的巴根草长得特别茂盛，走在上面像走在地毯上似的。姚向东跟在菜花后面往条石岗走去。两人都沉默，各想各的心事。只有树丛中的鸟儿天籁般地鸣叫着，婉转动听。

十三

条石岗地势高。走过办公室前的老槐树,上坡的路没有台阶,只有人能踏脚的不规则的石头蜿蜒往上。人工踏出的小道两边长满了茂密的荆条和山草。初夏时节,小道两边开满了五颜六色的花儿。不安分的牵牛,温暖的郁金花,紫艳艳的薰衣草,还有各种叫不出名字的小花躺在青翠的草地上。山风吹来,蒲公英随风裂成漫天的小伞,在灿烂的阳光下缓缓地升起,缓缓地移动。

爬上不太高的山岗,山草丛中杂乱地生长着茂盛的云杉、五针松、马针松,树草丛间裸露一些不规则的沙砾。山岗北边有一条石,好像人工打磨过似的,能一溜坐上七八个人。菜花径直朝长条石走过去,轻声说:"向东哥,刚才你全看到了,学校条件差,到长条石上坐一会儿,好吗?"

姚向东一听菜花这么客气的口气,心里更加不自然了。菜花不把自己当家里人了。向东加快步子朝长条石走过去,边走边不停地点头说:"行!行!行!"

菜花来到长条石前,用手掌在长条石板上轻轻地擦了几下说:"只能坐这儿了。"菜花语气柔和,充满了歉意。

姚向东心里更不是滋味。他看着眼前的菜花,纯朴、憨厚,经历了那么大的事儿像没事人儿似的,心里油然生起了不能原谅自己的内疚感。他恨自己应该旗帜鲜明地回绝徐凤霞,绝对不应该有半点犹豫。现在可想而知,热恋中的姑娘,忽然发现了其他女孩给自己的男友写求爱信,而且信上说得那么直白,尽管自己的男友是什么态度还不知道,但姑娘的心中能容得下别的女人吗?菜花的度量大,从前几天通长途电话时菜花的口气、从刚才陪同周网年主任时菜花那轻松自然的心态,可以觉察出来。但这需要多大的勇气呀!现在两人相处,菜花仍然是这么的客气。换上别的性格刚烈、心眼小的女孩,此刻会抓住徐凤霞的信,不连问上十八个问题才怪呢!

姚向东一屁股坐在条石板上，赶紧放下挎包，用手掌擦擦条石板说："菜花，你也坐。"

两人坐定，谁也不说话。

两人的目光同时落到山岗下那片破落的校舍上。大门前的黑鱼湖尾巴比较宽。山风不大，湖面显得特别平静。阳光照在湖面上泛起粼粼的金色光芒。

两人突然间变得有些陌生。姚向东苦涩地想，自己这条命是菜花父女俩给的，自己的血管里流着菜花的血液。咱俩虽是干兄妹，胜似亲兄妹。但自己心里是爱着菜花的。这次来就是向菜花解释。徐凤霞给自己写信，那是一场误会。当然，自己在部下面前有些暧昧，没有旗帜鲜明。姚向东想好了，这次专程来松林小学，表面上是考察松林小学的危房，其实是找个借口来见菜花，来好好地向菜花解释道歉。现在，在这山岗条石板上两人世界，还有什么说不出口的呢。姚向东鼓足了勇气，他想直截了当，但话到了嘴边，还是咽了回去。

姚向东朝条石板两边的老榆树粗壮的长满疙瘩的树干一指："菜花，这老榆树有年代了？"

"反正先有老榆树，后有山岗下的松林小学。"菜花抬头看看高高的树冠说，"两棵老榆树就像两把巨伞，能给人遮风挡雨，夏天棚似的树冠，坐在条石上很阴凉。"

"山里的景色真美！"说到这里，姚向东话锋一转，"就是这里校舍太破旧了！"

"全校的老师都知道你来了，也给我撑了面子，拜托了！"说到校舍危房维修事儿，菜花有点激动，"周主任听说你来，上午不让我上课专门等你。"

"谢谢菜花妹，也谢谢周主任。回去之后我一定盯着这件事。放心，一定把事办好。再穷也不能穷孩子。"

"你是从龙山天坑被救上来的，就算是对大山里孩子们的感恩吧！"菜花感激地朝向东点点头。

"不说这事了。"姚向东从条石板上站起来，往前移了两步，面对着菜花，语句有点不连贯，"菜花妹子，我可不是专程为松林小学危房来的，我是……"

"不是为松林小学危房来的？那你反悔啦？你不想找你那教育局的同学帮忙？"菜花心里明镜似的。她知道，当时通长途电话时，因为在办公室里接的电话，办公室里有几个教师，有些话菜花说不出口。菜花从听筒里听到当时姚向东那急切的语气。姚向东聪明，想了个两全其美之策：考察危房是借口，向自己解释徐凤霞的信是他的本意。此刻，菜花不说破。菜花想好了，自己不会去为难向东哥。徐凤霞追他，一定有她的理由，姚向东没有旗帜鲜明地表态，一定有他的想法。今天，向东是冲着自己来的。周主任还有学校的老师们都知道自己与向东哥的关系。自己能来松林小学是姚向东帮的忙，自己在松林小学有面子，也是因为自己与向东哥的关系，自己满足了。自己有什么理由要求向东哥来解释？这次是他自己来的。他解释不解释，他怎么解释这是他的事。自己与向东还是干兄妹，还是家里人。

菜花闷在心里，只字不提自己在向东宿舍的留言，只字不提徐凤霞给向东的那封热辣辣的求爱信。

姚向东拍拍自己的胸脯，用手指着松林小学那排危房，信誓旦旦地说："菜花，这事你放心！我一定会把它办好！办到位。"说到这里，姚向东收回目光，挨着菜花在条石板上坐下来说："菜花，你应该知道，我是专为你来的。"

"为我？"

两人在老榆树下留下了敞开心扉的对话。

"菜花，你知道吗？"

"知道啥？"

"你哥急死了！这些日子吃不下饭，睡不着觉。"

"为啥？犯啥错误啦？"

"作风问题！"

"什么作风？"

"生活作风！"

"说啥呢！是不是徐凤霞那封信，让组织上知道啦？"

"不是！不是！是我没有说实话。"

"你跟徐凤霞好上啦？"

"没影子的事。"

"那你紧张啥？"

"菜花，我心里始终装着你。上次人民公园石榴树下我俩应该是心心相印了。可是，前一段时间，半路上杀出个程咬金。说心里话，我怎么能跟她又好上呢？那我不成了陈世美啦。我的问题是没有及时给你解释，让你误会了。你在废纸团上的留言我看到了，你大度。你越大度，我心里越不安。"

"不安什么？"

"没有及时给你解释。"

"解释什么？"

"我有我的难处。"

"向东，你不了解你这干妹子，我问你两个小问题。"

"你问。"

"在人民公园算是相恋吧？"

"对呀！相恋！"

"男女相恋应该为对方着想吧？"

"对呀！"

"这就对了。男女相恋应该希望对方幸福！"

"我希望你幸福！那天，你来宿舍，我正好随刘副书记下乡调研。当时，徐凤霞给我的信我看后就放在宿舍办公桌抽屉里。我想拒绝她，但我犹豫不决，担心伤害了徐凤霞。她毕竟是办公室的秘书，早不见晚见。再说，我要向你菜花检讨的是，我这人有私心。徐凤霞的父亲是行署的组织部长，是个管官的官，权力大着呢。陵阳县委副书记刘立平是徐凤霞父亲过去的同事。他旁敲侧击地在我面前说到徐凤霞的事。自己现在是个小官，还是个主持，要想转正，没有刘副书记点头那是不可能的事。自己下不了决心回绝，更不敢当面跟徐凤霞摊牌。所以你看到纸篓里那么多的纸团……"

"向东哥,别说了,我理解。忘了我吧!"

"菜花妹,你错了。我第二天给你挂长途电话,今天又专门赶到这里来,你应该明白我的心。"

"向东哥,我俩是真心相爱的。你只要幸福,我就幸福。放心,你宿舍的小钥匙已经留下了,我不会去打搅你。"

"菜花!我爱你!"

"我也爱你,我们是兄妹之间的爱!纯洁的爱!"

"我说了,你工作顺利,你生活幸福,就是我的幸福!"

"我这次回去,就约徐凤霞,我会给她讲述我俩之间的兄妹情,男女爱!我会请刘副书记去帮我解释。"

"千万别这样!"

"凤霞是个风风火火的辣妹子,她懂理。刘副书记也肯定会向徐凤霞父亲解释。"说到这里,姚向东深情地望着菜花那充满情意的目光,从口袋里掏出宿舍的钥匙,硬塞到菜花手里,激动地说,"原谅我,我会永远爱你!不仅仅是感恩!"

姚向东说完,把菜花就势揽在怀里,头靠着头,急促地喘着粗气。

菜花顺从地让向东拥抱着,闭紧了眼睛。

风在轻轻地吹。

鸟在喳喳地叫。

太阳从飘忽不定的云朵中透出红彤彤的圆脸,洒下灿灿的光亮,山岗上树木、灌木丛沐浴在温热的阳光里,郁郁葱葱。

十四

长条石两头高大的老榆树梢上,不知什么时候飞来了两只花白喜鹊。两只花白喜鹊一会儿腾空飞起,互相嬉逐;一会儿翅膀靠着翅膀地栖息在一根树梢上,留下一片叽叽喳喳的鸣叫。

从山岗不远处的松林吹来了阵阵山风，带着沁人肺腑的清香，吹到姚向东和钱菜花的身上，溢进了两人的心里。

姚向东不松手，也不说话，屏住呼吸紧紧地把菜花拥在怀里。此时无声胜有声。钱菜花能感觉到姚向东那急促的喘气声，心里涌起了说不出滋味的甜蜜。菜花的心里是矛盾的。自从把姚向东从龙山天坑救出来后，菜花的心中就有了姚向东的影子，而且这影子时时刻刻地在眼前晃动，挥之不去。也许这就是爱吧？但钱菜花总是有些内疚，总感到自己与向东虽然有天坑救人的缘分，但门不当户不对。又经不住向东这些年的真诚举动，在陵阳人民公园那棵火红的石榴树下，菜花终于松了口。菜花是单纯的山里妹子，既然向东一片诚心，既然向东把与自己在一起当作幸福，那为了向东的幸福只能答应。这次去陵阳偶然看到徐凤霞的信，起初，菜花心里很难受。但转念一想，爱不就是让对方幸福吗？只要向东高兴，自己有什么放不下的呢？现在，向东专程从陵阳城里赶到松林来，什么事儿都说开了，自己还有什么话说呢？

菜花不说话，两颗心在激烈地跳动。

花白喜鹊嬉闹的喳喳声把菜花从甜蜜的拥抱中惊醒。过去了，一切都过去了。菜花从向东怀里挣脱出来，认真地对向东提醒说："向东哥，你千万不能伤了凤霞姑娘的心。千万不能勉强！"

"我会把一个山里妹子宽广的胸怀说给凤霞听。相信，凤霞是个知书达理的姑娘！"向东说着，朝山岗下一指，"走吧，去周主任那里拿报告，我还要去鱼头村看看妈呢！"

"看妈？今天是去也得去，不去也得去。"菜花跟在向东身后，语气挺认真，而且充满了神秘感。

"必需的！必需的！"向东步子跨大了，踢得山道上的碎石乱滚。

"向东，告诉你一个好消息。"

"什么事？"

"桃花从深圳回来了，卫国也回来了！"

"这么大的事儿怎么现在才告诉我？"

"还不是……"

"别说了。你是铁了心认准我变心了。你把我当外人了,所以桃花从深圳回陵阳也不告诉我。现在应该告诉我什么时候回来的。"

"上个星期六下午回到鱼头村的。"

"我明白了,你那天从陵阳回来认定我是陈世美了。你看到了徐凤霞的信,把我宿舍的钥匙都丢下了。你认准了要离开我,但又不便公开。你是怕妈、怕家里人心里不愉快。所以,你装作若无其事的样子。你不告诉我桃花卫国回来了。"

"你有凤霞了,告诉你干吗!"菜花佯装生气地说。说完,忍不住大笑起来。

向东望望菜花满面笑容的样子,心里猛地感受到菜花那纯朴的自信、真诚的善良。向东停住步子,也挺认真地对菜花笑笑:"以后不准再提凤霞!"

"我以后去陵阳专门找她去!相信我俩将来会成为好姐妹!"菜花一脸的坦诚和自信。

两人边说边走,一会儿来到办公室门外的老槐树下。周网年主任手里拿着一只信封,早已站在办公室的门口。看到向东和菜花边走边笑地走过来,赶紧迎上去,把信封递到向东手里说:"姚主任,这是写给县政府的报告。"

向东笑嘻嘻地从周主任手里接过信封,朝菜花瞅了一眼,语气中充满了诙谐:"钱老师负责督办。"

说完,姚向东习惯性地拽住菜花的左膀子,对周主任说:"放心!一定尽力!"

"吃了中午饭再走。"周主任客气地要留向东吃饭,边说边搓手,"便饭!便饭!"

"我还要去看菜花妈呢!"姚向东拉住菜花胳膊朝大门口迈开步子。

菜花的胳膊从向东手中挣脱开来,对周主任说:"桃花回来了,卫国也回来了。妈中午忙了一桌菜,一家人吃个饭。"

"我就不客气了!桃花妹子和卫国从深圳回来,那是稀客。向东又从城里回来。快去吧！让你妈高兴高兴。"周主任满脸笑容，连连朝向东和菜花摆手。

"周主任，中午你也过来吧！"菜花朝周主任招招手。

"不客气！陪好姚主任！"周主任说完，转身往办公室里走去，身后传来了银铃般的笑声。

姚向东拽着菜花的膀子一路欢快地走着，出了松林小学大门，沿着黑鱼湖尾巴上的湖边小路，走了不到一百米，爬了一小段山坡地，上了通往陵阳城的土石公路。不远处是一棵高大挺拔的银杏树。那里是松林小学停靠站。银杏树枝繁叶茂，树冠足有半个篮球场那么大。初夏的太阳升上中天。热烘烘的阳光直射下来，山坡上马尾松、青松翠绿的针叶泛起了绿莹莹的光泽。太阳光照到银杏树上，投下了一大片斑驳的绿荫。松林小学停靠站笼罩在一片凉风习习的树荫中。

姚向东和菜花来到银杏树下，站下来。钱菜花抬头朝远处张望。土石公路上静静的，偶尔会驶过一两辆马车或骡车，路上扬起一片泛黄的尘雾。路过松林小学停靠站的长途汽车不准时。菜花收回目光，看看姚向东焦急地说："向东哥，这里到鱼头村家里也就是三里地。走过去，怎么样？"

"走！练练脚板！"向东说完，又习惯性地伸出手拽住了菜花的胳膊。菜花心里涌起了甜丝丝的滋味。想到才看完徐凤霞写给姚向东的那封信，心里那股憎恨、埋怨向东的心态，菜花感到特别内疚，自己误会向东哥了。向东哥不是那种人。此刻，菜花任由向东拽住胳膊，有说有笑地朝鱼头村走过去。

穿过松林村南边的一片小竹林，翻过几十米高的小山岗，就看到不远处的鱼头村上空的袅袅炊烟。

路边的景色很美。

远处高高的山顶掩在蒙蒙的雾气里，近处的路边，低垂的茅草丛中不时会冒出一两棵云杉，高高地耸立着。黑鱼湖面闪烁着光泽，从土石公路看过去，似乎整条湖都在缓缓地晃动，像一条游动的黑鱼。湖两岸的山坡上大大小小的梯田里开着金黄色的油菜花。山风好像把花吹得更香了。浓郁的花香，一直引导着向东和菜花朝着鱼头村方向走去。

一路上，向东不停地问，菜花不停地答。菜花早已把凤霞写给向东求爱信的事抛到脑勺去了。看到钱菜花纯朴轻松的神情，向东来松林村前沉重担忧的心情变得愉悦起来，脸上泛起了浓郁的喜气。

"菜花，卫国和桃花在深圳过得好吗？"

"好！好得很。"

"怎么个好法？"

"穿着光鲜，打扮时髦。卫国一身的笔挺西装，皮鞋头亮得能当镜子照。桃花洋气了，头发烫成了大波浪，穿着连衣裙，好漂亮呀！你看见了恐怕认不出来。"

"不至于吧！两人满打满算走了三年，发展这么快呀！"

"士别三日，当刮目相看。对了，南方那边钱好赚。他俩先去打工，后来卫国当包工头了。"

"卫国脑子活络，当包工头了，这不容易呀！"

"他们回来是招工的。中午见了你听卫国桃花说吧！"

"在陵阳住多久？"

"好像只住七八天。"

"噢！对了。卫国和桃花出走后，现在有孩子啦？"

"说什么呢！还没结婚呢！"

"还没结婚？"

"我那桃花妹子死心眼，说姐不结婚，自己不好抢头结婚。卫国听桃花的，加之忙于创业，两人都没有把结婚的事放在心上。"

"桃花也二十三四岁了。看来卫国桃花不结婚，责任在你这个当姐的身上。"

"说什么呢！结婚是大事，得慎重，跟我有什么关系？"

"有关系。菜花，我有个想法，还有几个月国庆节。国庆节我俩把婚事办了。"

菜花停住了步子，目光直愣愣地盯着向东的脸："向东哥，千万不能影响你的前途。"

"我们结婚了,你妹子桃花跟卫国的婚事就顺理成章了。我俩结婚了,在单位不会有误会。怎么会影响我的前途。再说,凤霞是个有文化的爽直姑娘,我只要说到你,说到我俩的缘分,她会支持,刘副书记和她爸都会理解的。"

菜花有些激动,沉浸在无比的幸福之中。她微微地点点头。

十五

向东拽着菜花的胳膊从土石公路上拐下岗坡,顺着一片绿茵茵的小竹林绕了个弧形,来到菜花家门前鹅卵石小路上,菜园栅门就在眼前。

菜园里一垄一垄的蔬菜生机勃勃地茁壮成长。红彤彤的西红柿像灯笼一样挂在枝条上,把菜园里缀饰得像节日的舞台一样。又尖又小的辣椒、又细又长的丝瓜、像灯笼一样鼓鼓的灯笼椒、表面疙疙瘩瘩的苦瓜、顶花儿带刺的黄瓜、小巧玲珑的圣女果、绿中带紫的苋菜,栅栏上爬满了青枝叶蔓,开着紫色的扁豆花。品种繁多的农家植物在菜园里密密麻麻而又错落有致地生长着,一看就知道菜园的主人是打理菜园的一把好手。

院子里除了飞舞的蜜蜂发出的嗡嗡声,静静的。菜花有些奇怪,早就跟妈说好了,今天中午请卫国一家来吃饭,向东也过来。

向东拉开菜园子的栅栏门,一脚跨进菜园里的小道,大着嗓门喊道:"妈!我和菜花回来了!"

菜花听到向东叫妈的亲切喊声,一股暖流激情澎湃地流进心头,那种甜蜜蜜的滋味不是一般常人能感觉出来的。菜花这些日子在情感上一波三折,虽然是误会,但这种误会深深地触动和侵蚀着菜花脆弱的心灵。

菜花紧跟在向东身后,也大着嗓门:"妈!向东来啦!"

厨房里隐隐约约传来胡少香激动的应答声。随后一阵杂乱的脚步声，卫国、桃花、杏花、腊梅全从堂屋拥进菜园子。向东朝卫国迎上去，拍拍卫国的肩膀："卫国，哪阵风把你吹回来啦？"

卫国伸出两只手，紧紧地握住向东的手说："想爸妈了！"

桃花在一旁点点头，朝向东笑笑，鲜艳的连衣裙在阳光照耀下随着微微的山风轻轻地飘晃。

卫国爸搀扶着卫国妈走出来。向东往前大跨一步，伸手紧紧地握住卫国父亲的手，声音高八度："朱支书，感谢你，我的救命恩人！"

"过去的事啦！"朱红旗松开手，连连摆摆手臂说。

向东懂事地紧挨着卫国母亲，关切地说："婶婶，眼睛好些了吗？"

"看不清。没事，红旗照顾着呢！"卫国母亲轻松地说着。她不想让大家为自己担心，更不想提起没了大儿子朱爱国的那段撕心裂肺的事。

菜花在一旁拉了拉向东的胳膊，轻声提醒："虽然看不清，但医生说了，大医院能看得好。这次卫国和桃花准备带父母去深圳。深圳看不好，就带婶婶去香港。"

向东目光凝视着卫国母亲，沧桑的面庞上眯缝着的皱巴巴的眼皮，心里一阵阵发酸。听菜花说卫国要带母亲去深圳治眼疾，轻轻地松了一口气。

胡少香从厨房里跑出来，站在堂屋门口，两手在围裙上不停地搓，大声招呼："菜花，把大家请到屋里来，先吃些葡萄。"

杏花在一旁拉拉这个袖子，拽拽那个衣摆笑嘻嘻地说："妈知道向东哥来，特意把卫国全家都请来了。大家团聚多开心呀！快进屋吃葡萄。"

杏花说完，拉着腊梅的手连蹦带跳地往屋子里走。

大家进了堂屋，兴高采烈地围着长条桌紧凑凑地坐成一圈。

长条桌上摆着两只竹篾元宝盘。元宝盘里摆放着诱人的红得发紫的葡萄。胡少香朝大家笑笑，指指桌上盘里的葡萄说："早上刚摘下来，自家长的，甜着呢！"说完，朝菜花瞅了一眼："菜花，你招呼大家尝尝。我到厨房里炒菜。"

菜花一听，赶紧站起身，用手推了推桃花的膀子说："你招呼大家，我到厨房里帮母亲一把。"说完，又朝向东笑笑："向东哥，卫国这次是来陵阳招工的，有什么事儿帮卫国出出主意。"

卫国手里正在摆弄着一架海鸥牌照相机。这架照相机是卫国和桃花离开深圳时在宝安机场买的。当时，在宝安机场候机时，卫国和桃花一合计，买了一架，正好作为礼物送给菜花和向东。向东在城里，这相机能用得上。再说，菜花和向东要结婚了，这照相机正派上用场。卫国摆弄了几下，把相机装进套子，递到向东面前说："不知道买什么礼物好，桃花和我一合计，买了架海鸥照相机，送给你和菜花！"

"这么贵重的东西，我们不能收。"向东拿起崭新的海鸥牌照相机，仔细欣赏了一会儿，又递到卫国手里。

桃花急了。她从卫国手里拽过相机，朝向东面前重重地一放："你们选日子结婚，这相机算我和卫国送你俩结婚的礼物。"

"太贵重了。你和卫国在南方打拼，吃了不少苦，还是留着你俩用吧！"向东把相机朝卫国面前推了推。

桃花急了："向东哥，我们已跟菜花姐说好了。她都同意了，你……"

"你姐同意我就同意！"向东一听，赶紧接过桃花的话头，说着，还把相机往自己面前拽了拽说，"我和菜花谢谢你俩！"

大家有说有笑有滋有味地吃着葡萄。向东拎起一串葡萄，摘了几小串放到卫国和桃花面前说："上周六，菜花送了几串。我拿到办公室请大家品尝，既甜又鲜大家齐声说好！妈妈种的葡萄又甜又鲜，大家快品尝！"

窗外，阳光灿烂地照耀着山坡上生机勃勃的小竹林。竹林边有些高大的云杉和翠绿的马尾松。不远处的梯田里，菜花金黄色的一片，随着黑鱼湖上吹来的微风，荡起了金黄色的浪波。窗外不太高的山岗上，一棵高大的云杉树梢上不知什么时候飞来了五六只花白喜鹊，开会似的叽叽喳喳地鸣叫着。云杉树下有些裸露的嶙峋的山石，石缝中有几处泉眼清清澈澈的，泉水从石缝中淌出来，发亮的泉水汇集成一股清澈的溪流，潺潺地流淌着，流进菜园下面的一汪碧绿碧绿的池塘里。

中午的团圆饭在喜鹊的欢叫声中开始。酒过三巡之后，定下了两件事：菜花和向东10月1日结婚。卫国和桃花春节结婚。朱红旗和爱人，还有胡少香心里敞亮了。

太阳热烘烘地当头照着初夏的山野，从深山中，飘来一阵阵轻风。风中夹着扑鼻的菜花清香。

大家沉浸在菜花清香的气味里，脸上浮现出舒心的笑容。

十六

午饭过后。

一家人兴高采烈地聊天。卫国和桃花是主角，说起了深圳那边的新鲜事儿，眉飞色舞。大家惊奇地盯着卫国和桃花，羡慕得眼睛放光，直吐舌头。

姚向东要赶回陵阳县城。他与大家打个招呼先走。菜花羞涩地朝大家一笑，跟在向东身后出了堂屋门。菜花送向东去长途汽车鱼头村临时停靠站。两人刚走到菜园的小路上，堂屋里传来喜滋滋的笑声，笑声中传来大家的期盼：十一吃喜糖。

姚向东转身朝堂屋里摆摆手，放开了嗓门："放心！十一请大家喝喜酒。"说完，姚向东把挎包正了正，习惯性地抬手拉住菜花的胳膊，走出菜园子，拐个小弯，上了土石公路。

一股香滋滋的甜蜜涌上了菜花的心头。

鱼头村停靠站在山坡拐弯处，没有特别的标志。赶车的人往路边一站，长途汽车就会紧靠路边停下来。菜花把向东送上长途汽车。汽车鸣着喇叭起步晃动。姚向东靠窗坐着，窗户打开着，两人的目光紧紧地对视着，随着汽车缓慢前进两人渐渐拉开距离。

汽车拐弯，车后留下一片黄澄澄的尘雾。菜花松了一口气，沿着土石公路边的草丛往家走。

公路边的巴根草长势茂盛，翠绿茵茵，厚实得像宾馆里的地毯。菜花踩着松软的巴根草，心里想想这些日子发生的事，嘴唇就不由自主地颤动起来，脸上露出了微微的笑容。她的脑海里像电影的字幕，有两个字不断地显现：缘分！缘分！缘分！

菜花读到高中毕业回乡了，知识面不宽。有些事忽上忽下，一会儿山重水复疑无路，一会儿又柳暗花明又一村。人生的路比咱们山里的小道还要曲折。有时像黑鱼湖边梯田坝上的风车，一会儿转上天，一会儿落下地。也许这就是缘分。事实让菜花心里慢慢地烙上了缘分的印记。

不由不信，菜花回想起刚才酒桌上定的事儿惊奇不已。前一段日子在人民公园，向东的真诚打动了菜花那近乎封闭的心。菜花为向东的前途着想，为向东未来的幸福着想。菜花觉得与向东门不当，户不对，不想连累向东哥。但向东铁了心，炽热的爱烘暖了菜花那颗冰冷的心。火红的石榴树下，菜花终于对向东敞开了自己爱的心扉。那时，菜花沉浸在爱的甜蜜中。

谁知半路上杀出个徐凤霞。徐凤霞写给向东的求爱信鬼使神差般地让菜花无意间看到了，不但看到了徐凤霞的求爱信，而且看到了向东丢了半纸篓的废纸团。这让菜花伤心不已，刹那间失去了爱的平衡。菜花想得很多很多。但有一点菜花不知道，菜花问自己：向东心里还有自己吗？菜花不知道，但菜花看了那么多向东扔进纸篓的废纸团，展开后看不到向东的态度，这说明向东碰到难题了。菜花想当然，既然向东犹豫不决，自己应该快刀斩乱麻。菜花想得很简单，只要向东哥幸福，还回到哥妹的日子也许更好。于是，菜花把废纸团展开后写了简短留言，并留下了向东宿舍的钥匙。向东看到钥匙，一切就明白了。菜花离开后，心里反而敞亮了。菜花想，也许这是老天早已安排好了的。要不然，怎么会有龙山天坑救向东呢。那是八竿子也打不着的事。这是天意!

谁知风车落到地面又缓缓地往上转。第二天一上班就接到了向东的长途电话。虽然在办公室自己不方便说话,但从听筒里听得出来,向东急得像热锅上的蚂蚁。菜花心又软了,也许自己误会向东哥了。俗话说,一家女百家求。又说,男大当婚,女大当嫁。人家徐凤霞写个求爱信也不算过分吧,都到谈婚论嫁的年龄了。再说,谁让姚向东那么优秀呢!人长得帅气,又有大学文凭,还是县城里不大不小的官儿,谁家女不求?但从电话里听得出来,自己误会向东哥了。要不,他不会周六又赶到松林小学当面向自己解释,向东一定遇到了自己解不开的难题。

桃花和卫国从深圳赶过来凑热闹。记得桃花和卫国从小竹林走出去时,大家都说两人肯定是私奔了。这几年以为桃花早已结婚了,谁知,他俩等我结婚。也对,我是姐。哪有姐不结婚,妹先结婚的。桃花懂事,卫国理解。这可将了我一军。偏偏自己与向东的婚事冒出个徐凤霞来。菜花没有底,那天遇到桃花和卫国说是等姐结婚后再结婚,菜花的心悬了起来。桃花和卫国虽然不是有意的,但给姐出了个不大不小的难题。

苍天在上。自己和向东有缘分,至少现在有缘分。向东来了,一解释,两人心通了。更想不到的是中午的饭桌上,老人们都在,不但自己的婚期定了下来,桃花和卫国的婚期也定在春节。也许,这是苍天安排,苦难过去了,幸福就到了。

母亲高兴,卫国母亲和父亲高兴得合不拢嘴。至于向东的父母,菜花心里更清楚,他俩心地那么善良,早就等着抱孙子呢。

菜花脚步有力地踩着厚厚的巴根草,嘴里轻声地哼起歌来:

    麦苗儿青青菜花黄,
    ……

太阳缓缓地落到西边的山峰。长途汽车过了松江大桥,沿着陵阳大道往南驶。傍晚的风带着热气吹进车窗里。向东浑身燥热,额头上沁出了密密匝匝的汗珠。他眼前不时浮现出徐凤霞信上那娟秀的笔迹,那热辣辣的话语。向东心中清楚,凤霞姑娘是个心直口快的才女,虽是大干部家的闺女,但不摆架子。要是徐凤霞是个自傲的姑娘,她不会这么直露露地来追求自己。再说,门不当,户不对呀!凤霞父亲是行署的组织部部长,是个管官的大官。自己的父亲是什么,是公社里林业站的巡林员,母亲是供销社的职工。不能比呀!凤霞追求我,说明她是心地纯朴的。她没有错。因为她做梦也不会想到我高中毕业后掉进龙山天坑的那一劫。她更不会想到,把我从龙山天坑里救出来的是一个山里妹子菜花。我的血管里流着菜花妹子的血呢!我爱着菜花。英雄救美人,往往美人会以身相许。现在是美人救少年,少年以身相许也是一段佳话呀。我得好好地跟徐凤霞聊聊,相信徐凤霞能理解我。怎么聊呢?姚向东想到徐凤霞写给自己的那封热辣辣的信,如果直截了当地告诉她,说自己不能接受,自己心里早已有人了,这多伤徐凤霞的心呀!反差更大了。徐凤霞写给自己的那封信,言语直爽,心直口快,没有半点绕弯子。自己要是直截了当地告诉她菜花的事,这不是当头给她浇了一盆凉水嘛!告诉她菜花的故事,自己也得绕个弯子。那样,徐凤霞一定会通情达理,一定会理解我和菜花的事儿。凤霞理解了,刘副书记也好,徐立银部长也罢,他们俩是大领导,度量胸怀比我们大,他俩肯定会听凤霞的。想到这里,姚向东心宽了。其实,姚向东已经想过多少遍了。徐凤霞是个知识女性,是个心直口快的好姑娘,她会理解菜花与自己的那段故事,她一定会支持我与菜花相恋的。要不,酒桌上自己怎么敢冒昧地提出与菜花结婚,并把婚期定在10月1日国庆节。菜花惊喜,大家惊喜。当时,酒桌上那欢乐的气氛深深地感染了姚向东。姐姐菜花婚期已定,妹妹桃花和卫国还有什么说的,跟着就把婚期定在春节。

一家人喜事连连,全沉浸在欢乐的气氛中。当时,向东拿出卫国送的海鸥相机,把那欢乐的情景定格在胶片中。大家来到门前的山坡,向东给大家照了不少合影和单人照片。卫国拿过相机,还单独给向东和菜花照了一张亲昵的照片。一卷胶片不一会儿就照完了。

长途汽车到站了,向东出了站,直奔机关大院。路过陵阳朝霞照相馆,向东把胶片交给照相馆冲洗。走出照相馆,向东一抬头,看到远处毛峰山上的报恩塔。他眉一皱,嘴里自语:有了!

十七

回到宿舍,姚向东把挎包放到办公桌上。简单洗漱后,到机关食堂吃饭。

太阳已经下山。红彤彤的晚霞烧红了西边半片天穹。大院里的树木花草抹上了一层绚丽的淡红色。晚风带着燥热的气息一阵一阵吹过来。向东穿过宿舍前边的篮球场,走进花圃里。他沿着花圃里的小径抄近道来到机关食堂门口。

向东想好了,他要约徐凤霞,把自己与菜花的天坑传奇故事讲给凤霞听。凤霞听了一定会理解菜花,一定会理解自己。这事不能再拖下去了。中午的酒席上,自己的话已经说出去了。今年10月1日与菜花结婚。自己是男子汉大丈夫,一言既出,驷马难追。向东想好了,明天约徐凤霞上毛峰山,把心里的话都说出来,不能让凤霞活在虚幻的爱的追求中。

刚走到机关食堂门前,凤霞手里拿着碗筷,风风火火地从食堂大门走出来。一眼看到姚向东,两步跨到姚向东面前,用筷子当当当地敲着搪瓷碗,嚷嚷着:"向东,你去哪儿啦?到你宿舍找了几次都没有见到你的影子。"

向东知道,此刻的徐凤霞心里比自己还急。她写给自己的那封直白的求爱信送到办公室桌上后,估计她的心就悬了起来。虽然我这人说话和气,尤其是对徐凤霞特别客气。对徐凤霞特别客气是有原因的。凤霞是办公室的大笔杆子,办公室不少大块头文章需要她去写。再说,她父亲是泸阳行署的组织部长,又是自己的顶头上司刘立平副书记的顶头上级。自己是办公室的"主持",说到底还是个办公室的副主任,能不能把主持拿掉,刘副书记很关键。自己存了个小心眼,领导怎么做,自己管不着也不知道。但机关里工作小心为好。小心驶得万年船。自己是徐凤霞的顶头上司,再说办公室的工作,徐凤霞也是个顶梁柱,从哪个角度看,自己都应该善待徐凤霞,说得直白一点,跟徐凤霞处好关系很重要。但姚向东想不到的是,徐凤霞文化水平这么高,想问题那么复杂,但性格又特别心直口快。她竟然把自己的客气当成对她的好感;把自己的关注当成对她的关爱。她竟然把求爱信送到了自己的办公桌上。她直来直去,自己不忍心拐弯抹角,也只能直来直去。姚向东知道,今天自己去了松林小学,去了菜花家里,徐凤霞肯定一天都在找自己。徐凤霞惦记着那封信。想到这里,姚向东用手指指徐凤霞手里的搪瓷碗,答非所问:"徐秘书,晚饭吃过啦?"

"明知故问。我问你今天去哪里了?"徐凤霞笑嘻嘻地瞥了向东一眼,语气咄咄逼人。

姚向东朝路边移了两步,轻声地说:"下乡了!"

"咋不吱一声?今天是周六,我约你去看电影。"徐凤霞步步紧逼。

"我去松林小学考察危房。"

"一个人去的?"

"一个人。"

"咋不带上我呢?"

"不方便!"

"有什么不方便?"

"一句话说不清。"

徐凤霞警觉起来,拉住姚向东的胳膊朝花圃里走了几步轻声问:"主任,考察学校危房有啥说不清?"

"我一个朋友在松林小学当民办教师,她托我找找陵阳教育局的关系,给他们学校拨些危房维修款。"

"什么朋友?"

"女朋友。"

"女朋友？"徐凤霞很诧异。昏黄的路灯灯光映照在脸上，淡淡的微笑消失了。

姚向东知道路边不是说话的地方。再说，这事儿不是一句两句说得清的。姚向东佯装着一脸笑容跟徐凤霞商量："徐秘书，明天有安排吗？"

"我一个秘书，有什么安排？"

"那好！明天我俩上毛峰山，游报恩塔。"

"好呀！"徐凤霞心里咯噔一下，这个姚向东，葫芦里卖的啥药？有什么话不能现在说清楚。女朋友，什么女朋友，是乡下相好的？托他去教育局拉关系要危房维修款，这可是大事。姚向东与这个女朋友没有相当的关系，女朋友开不了这个口。徐凤霞想当面问问，这个女朋友是谁？是什么样的女朋友？但看看满院子的路灯都亮了，天色不早，姚向东没有吃晚饭。明天反正要去毛峰山，到时在报恩塔下听姚主任细说。虽然自己写了那封热辣辣的求爱信，但如果向东已经有了女朋友，自己收回那封信就是了。不知者不为过。我可不知道他姚主任早已有了女朋友。但徐凤霞又一想，也许自己想多了，他姚向东是个官儿，虽不大，但名气不小，他怎么会找一个乡下的民办教师当女朋友呢。徐凤霞想到这里，朝姚向东淡淡地一笑，指指食堂大门说："快去吃晚饭，豇豆烧肉，还有红烧茄子，辣辣的味道好着呢！"徐凤霞有意把辣辣两个字说得特别重。

"明天见。"姚向东也朝徐凤霞笑笑，径直走进食堂。

第二天。天蒙蒙亮，姚向东就醒了。他在床上翻过来，覆过去，想着怎么给徐凤霞讲自己与菜花的故事。万事开头难。他不知道怎么开口说。但想来想去，从自己顽皮掉进天坑说吧。想到这里，他一骨碌坐起来，赶紧穿衣起床，洗漱后来到食堂吃早饭。

太阳已经升到云杉树梢上。姚向东和徐凤霞走出机关大院大门，沿着陵阳大道往南走。毛峰山在陵阳大道的南头。

两人很快来到毛峰山山脚下。毛峰山一百多米高，是城中的山，山峰峻险，怪石林立。这是丁字路口。陵阳大道到了毛峰山脚下，往右一拐，是向阳西路，往左一拐，是向阳东路。

这里姚向东最熟悉。西边是陵阳县人民医院。那里是给了他第二次生命的地方。要不是菜花父女把自己从龙山天坑救出来送到这里抢救，自己这条命早已留在天坑喂狼了。姚向东推推徐凤霞的胳膊，停住步子，朝西边不远处一排排建筑说："那是人民医院。"

"知道。"徐凤霞不知姚向东指指人民医院什么意思，站在山脚边朝人民医院门前的小广场看了一眼说，"医院落后。将来有机会要建一座现代化的大医院。像泸州人民医院那样。"

"一定会的。"姚向东语气很肯定，充满激情地说。说完，朝山顶一指："凤霞，趁着早凉，登毛峰山去。"

两人沿着山脚走。登山路口有两处。一处在向阳东路的中段山脚；一处在向阳西路紧靠陵阳大道和向阳西路的交叉口往西不到三十米。姚向东在前面领路，徐凤霞紧紧跟在姚向东身后，很快来到向阳西路上山的路口。山脚下有一条石梯山道通往主峰。山道弯弯，蜿蜒曲折。路边荆条杂草茂密翠绿。姚向东边走边给徐凤霞说起报恩塔。

"徐秘书，登过毛峰山吗？"

"没有。"

"到陵阳不登毛峰山等于没来陵阳。不知报恩塔，等于不知陵阳城。"

"有点悬了。"

"不悬！"

"陵阳景点多着呢！"

"你要知道，先有报恩塔，才有陵阳城！"

"不是毛峰塔吗？"

"报恩塔更有名气！"

"走！快点。上去看看！"徐凤霞心中一直想着姚向东周六去松林小学会女朋友的事。她的心一直悬着。她想听姚向东尽快地说说这个民办教师女朋友。但姚向东偏不提女朋友，张口闭口毛峰塔、报恩塔。徐凤霞不便追问，只好耐着性子听。好在上山的小道两边景色特别诱人。山腰处有一片桃林，翠绿绿的桃林在灼热的阳光照射下泛起迷人的光泽。桃树上缀满了青桃。青桃林四周生长着一簇簇翠碧碧的竹子，不少山雀在晃悠着的竹竿上跳跳蹦蹦。

姚向东一边照顾着徐凤霞登山，一边嘴里不停地介绍报恩塔。他语速不快，生怕徐凤霞听不清楚："毛峰山很美很峻。山坡上山顶上长满了青翠的毛竹和油光光的山松。山顶上有一座砖砌的塔，外地人来到陵阳城，站在任何位置都能看到毛峰塔。这座塔建于明代崇祯七年，是史部稽勋清史郎中郡人刘观阳集资建造的。刘观阳在毛峰山主峰上建毛峰塔，他是报恩还愿。因此，在陵阳城里毛峰塔又名报恩塔。"

"刘观阳是古代的官吏，知道知恩图报。看来，我们要向刘观阳学习。"

"向刘观阳学习？"

"对呀！"

姚向东点点头，加快步子领着徐凤霞登上山峰峰顶，来到毛峰塔下。姚向东很兴奋，从刚才徐凤霞嘴里说出"向刘观阳学习"这几个字，看来说到自己与菜花的故事，徐凤霞一定会同情，会理解，会……姚向东没有想下去。他和徐凤霞站定后，指指脚下这片山峰上的开阔地，再抬手指指开阔地上雄伟壮观的报恩塔，欣赏起来。

山风阵阵，带着清凉的气息，清凉的气息中，浓郁的果香沁人肺腑，令人心旷神怡。

十八

报恩塔像一柄利剑直刺高远的天空。蓝蓝的天空朵朵白莲花般的云朵悠悠地飘移着，太阳不知什么时候从云朵里透出火辣辣的圆脸，洒下一片炙热的灿烂光辉，宝塔、翠竹、青松、山石全沐浴在耀眼的阳光里。远处，群山隐隐，峰峦叠嶂。近处，山北是陵阳古城那一片片的古宅群，房舍之间不时会冒出一两棵参天大树。陵阳大道从北往南把古城劈成两半。松江像一条白色的绸带捆住了陵阳古城。嘉陵江与松江在城东南方向的群山谷里交汇后，浩浩荡荡流向远方。陵阳古城的西边是一片相对平坦的坡地，玉米、高粱绿油油的一片连着一片。突然，姚向东朝山北陵阳大道西边一指说："看到人民医院了吗？"

"看到啦！"

"我那女朋友就从那儿说起吧。"

"你女朋友原来是护士？"

"不是。你听我慢慢说。"

徐凤霞一脸的诧异，目光疑惑地盯着姚向东的脸庞，静静地听着。姚向东拉开了话匣子。

"我的女朋友，不，准确地说应该是我的未婚妻钱菜花，她是松林小学的民办教师。山下的陵阳人民医院是我俩相识的地方。她和她的父亲是我的救命恩人。徐秘书，往事不堪回首。那是1975年初秋，我从松江中学高中毕业后，就业无门，只好任着性子玩耍。山里长大的孩子到松江洗澡，去山里掏鸟窝。我的父亲是松江公社林业站的巡林员。有一天，父亲带我到大山里巡查，来到龙山天坑边上。天坑边上有一棵千年大槐树。大槐树几根主干从天坑边的树丛中伸向天坑的上空。枝干有腰粗，枝叶很茂盛。在大枝干的中部又叉出三五根粗壮的枝丫。喜鹊不知什么时候在上面垒起了一只筛子大的鹊巢。不时还有三五只花白喜鹊从窝巢里飞出来，在天坑上空悠闲地盘旋着。看到那么大的喜鹊窝，我的心动了，顽皮劲上来了。我趁父亲不注意，悄悄地攀上树干，顺着长满青苔、缠满枯藤通往喜鹊窝的悬在天坑上空的枝丫上爬过去。谁知树干上的青苔很滑，我脚一滑，没有来得及喊叫，就掉进了深不见底的龙山天坑里。"

"等我醒来时，菜花就在病床边。也是我命大，命不该绝。当时，钱菜花正和父亲在龙山天坑底打猎。他们父女发现了草丛中昏迷的我，不顾苦累，硬是把我从龙山天坑底背出来，又乘长途汽车把我送到陵阳人民医院抢救。钱菜花在医院血库血液紧张的情况下，因血型相配，给我输了三百毫升的鲜血。钱菜花父女俩硬是把我从死亡线上拽了回来。"说到这里，姚向东有些激动，目光仰视着高耸入云的报恩塔，一字一顿地轻声细语，"她父女俩是我的大恩人呀！"

徐凤霞是个聪明人，她完全听明白了。姚向东心中的恋人是钱菜花，这朵菜花早已开放在姚向东的心坎上，只是姚向东的这些故事一直深藏在他自己的心里。单从这点看，姚向东是个好男人，是一个有情有义的好男人，自己没有看错人。虽然前些日子冒昧地给他写了封赤裸裸的示爱信，但这不能怪自己鲁莽。不知者不为过嘛。想到这里，徐凤霞对这位姚主任心中爱慕的大恩人钱菜花充满了好奇。她轻声地咳了两声，清了清嗓子："姚主任，想不到你有这么多故事。前几天给你写了封信，不知收到没有？"

"早已收到了。"

"我请求收回。姚主任，原谅我的冒昧！"

"你写信是你的自由，这有啥原谅不原谅的。再说，不知者不为过嘛！"

"谢谢主任理解。"

"一家女，百家求。一家男，百家谈！正常，不要往心里去。"

"主任，自古以来，出了不少英雄救美，美女以身相许的故事。但你可是美女救男，你这帅男是怎么以身相许的呢？"

"徐秘书，说来话长。今天，我们在报恩塔说报恩，你这么理解我，我很感激。我知道你是一个心地善良的姑娘。当年，我被菜花父女从天坑救上来时，是一个身无分文的毛头小伙子。高中毕业，没有工作，自己不知怎么去谢恩。自己这条命是菜花父女从天坑里捡来的，这个人情债我一直背着，不知拿什么还呀！怎么报恩呀！父母也是整天想着给菜花一家报恩，但家里不宽裕，要算值钱的东西，也就是屋子东边池塘里养着的几只鹅。当时，我康复之后，父母提了两只鹅，带着我来到松林大队鱼头村，到菜花家里谢恩。菜花的父亲是当地有名的猎户，母亲贤惠漂亮，特别通情达理。两只老鹅退了回来，还管了一顿饭。我父母当时很尴尬，但灵机一动，让我认了菜花父母干爹干妈。父母当场让我喊菜花父母干爹干妈。我爽朗地喊了。一家人哈哈大笑,满屋子热烈的气氛。

"我与菜花成了干哥妹,我们的来往多起来。那时候,我和菜花的交往很纯朴。菜花姑娘是个爽朗的山里妹子,不但人长得水灵,心胸也特别开阔。做事总是大大方方。她有一个特点,不管做什么事儿总是替别人着想。说得通俗一点,她想别人的事总比想自己的事多一些。应该说,当时我的心里喜欢菜花,也就是喜欢她这种处处为别人着想的性格。但这仅仅局限于干哥妹这层关系。自从我天坑里捡了一条命回来后,我就想着报恩。那年,菜花小学毕业后,因家里条件差,就主动放弃了上初中的机会。为了报恩,我父亲托人找到松江中学校长,硬是动员钱菜花插班到松江中学读初中。说件事你听听,你就知道这个钱菜花有多大的度量。钱菜花的父亲钱正南与松林大队支书朱红旗是好朋友,两家人来往很密切。朱红旗有个大儿子叫朱爱国,与钱菜花是青梅竹马。朱爱国不爱读书,在这点上菜花不喜欢,但因为两家来往勤,菜花与朱爱国来往也很密切。读初中时,菜花辍学在家帮母亲做家务。但菜花一直自学初中的教材,这些课本全是朱爱国提供的。后来,两人长大了。朱爱国一直追求钱菜花,钱菜花一直不表态。我从重庆师范学院毕业分到陵阳县委办公室当秘书那一年,发生了一件事,这让我对钱菜花刮目相看,更有些不可思议。

"松江古镇上有个猪三酒馆。猪三是酒馆老板的诨名,老板大名叫张升财,也是松林大队人。'文革'期间,张升财跟朱红旗因在村里开肉铺有些过节。有一天晚上,朱爱国和一些镇上的酒肉朋友在猪三酒馆喝酒。酒喝大了,正好菜花去酒馆找朱爱国。由于猪三突然拉闸关灯,又掐着点儿打电话给镇上派出所,朱爱国当时酒醉失态调戏了钱菜花。这事发生后,朱爱国被带到派出所里。你知道钱菜花怎么做的?"

没等徐凤霞答话,姚向东感慨万分地说:"钱菜花乘长途汽车赶到县城找到他父亲和我,一定要让我们找关系,把朱爱国的事向派出所说清楚,尽可能从轻处理。菜花虽然心里有气,但她知道朱爱国,当时酒喝大了,不能控制自己。这事好办,当事人是菜花,要求是菜花提出来的。我在办公室工作,赶紧向有关部门说明情况,朱爱国被拘留十五天释放了。谁知刚松了口气,过了几个月严打风暴来了。这个张升财又去派出所旧案重提。朱爱国竟然被判了死刑。钱菜花在法院大门口跪着喊冤一天一夜,但终究没有能挽回朱爱国的一条命。"

"这个钱菜花不简单!"徐凤霞深深地吸了一口气,敬佩的目光瞅着姚向东连连点头,"你爱上了她!"

姚向东微微地点头:"有那么一丝丝说不出的感觉!"

"后来,菜花家中不顺。父亲在石油勘查大队放炮殉职了。菜花高中毕业高考落榜。她在叹息中回到了松林大队鱼头村。我是她的干哥哥。我有工作,有个一官半职,我的心里很难受。菜花父女救了我,他们父女是我的大恩人。菜花父亲走了,菜花是唯一在世的救我的恩人。我同情我这个干妹妹,我由同情产生了无数说不出滋味的想法。也许这就是爱吧。我主动接近她,有意无意地把我的温暖传递到她的身上。但这个钱菜花,对我来说像截绝缘体。她不导热。我在她的心目中始终是个大哥哥。这几年,我也算用尽了心思来亲近她。但直到前几个月,她动心了,她敞开了她的心扉。她说了几句话,一直深深地印在我的心里。她不想连累我。她说我是县里的官儿,又是大学生,她是乡下人,又没有好的工作,跟我在一起,那是门不当,户不对。她之所以同意与我相好,是被我那颗滚烫的心温暖了。我的心终于放了下来。"

"放下来就好!知恩图报真男人!我理解你!我希望收回我那封信,给你添麻烦了!"徐凤霞深感对不起菜花,抱歉地说。

"添大麻烦了!"姚向东脱口而出。

"怎么添大麻烦了?"徐凤霞眉头皱得老高,心里猛地一惊。

"上个星期六,我随刘副书记下乡。钱菜花从鱼头村送来一篮篮葡萄。她有我宿舍的钥匙。"

"她看到了我写给你的那封信?"

"看到了!"

"姚主任，给你闯大祸了！"

"都过去了。你别自责。这个钱菜花看了你写给我的信，给我留了几句话，还把我宿舍的钥匙放在留言条上。葡萄也摆在厨房的面盆里。"

"晚上回到宿舍，我急得团团转，一夜没睡好觉。第二天一上班，我先去邮局挂了个长途电话，谁知钱菜花像没事人儿似的，我的心总算放下一半。昨天，我去松林小学。当然，我找了个借口。菜花托我给松林小学申请危房维修，我说去考察。她和学校的周主任一起接待我。我找个机会把你那信的来龙去脉说给她听。她理解我，但说徐秘书能力强，有工作，坚持要离开我。我能答应吗？"

"你要答应，我也不答应！"徐凤霞语气严肃地说。

"事情凑巧。她妹妹桃花和朱卫国从深圳回来招工，大家在鱼头村菜花家吃饭。我来了个趁热打铁，宣示了我的决心。我们决定今年10月1日结婚。"姚向东说着，朝徐凤霞羞涩地一笑。

"祝贺！我会好好地给菜花送份礼。"徐凤霞把目光投向高高的报恩塔，忘记了此时自己的角色。

"礼就免了！"姚向东说着从裤袋里掏出一封信，递到徐凤霞手里，恳求地说，"帮菜花办件事。"

徐凤霞接过向东递过来的信，扫了一眼信封大红的落款"松林小学"，心里全明白了。她拆开信，掏出信笺。这是松林小学写给县政府修缮危房校舍的报告。徐凤霞把报告塞进信封，朝报恩塔走过去，边走边说："主任放心，我会代表县政府去教育局协调。"

"谢谢你！我代表菜花感谢你！我代表松林小学全体师生谢谢你！"姚向东伸出手紧紧地握住徐凤霞的手，不停地晃了晃。目光中对徐凤霞的真诚理解充满了谢意。

太阳早已升上中天。徐凤霞带着满腔兴奋随姚向东登上毛峰山的报恩塔最高层，顺着回廊走了一圈，繁华的街市，连绵的群山，白绸带似的松江尽收眼底。两人的心里敞亮无比，精神为之一振。两人顺着狭窄的扶梯一步一步往下走，腿上很轻松，步子越迈越稳实。

十九

　　阳光灿烂地照耀在陵阳大道上，夏天的风吹在身上暖烘烘的。中午时分。陵阳街上，显得有些冷清。两人在机关大门外的面店吃了一碗热干面，各自回到宿舍。

　　姚向东回到宿舍，轻轻地关上门，来到床前，和衣往床铺上一躺，重重地吁了一口气。他浑身轻松多了，这些日子心里悬着的那块石头放了下来。他估计徐凤霞会理解，但没有想到徐凤霞听了自己与菜花的传奇故事，对菜花无比敬佩。姚向东躺在床上，睁着大大的眼睛望着雪白的天花板，脑海里浮现出大山深处那一片片错落有致的梯田，那梯田里盛开着的鲜艳油菜花。在那金黄色的菜花丛中，露出了菜花那纯朴的脸庞，那黑白分明的大眼睛，还有那粗壮的扎着红头绳的大辫子。

　　姚向东兴奋地从床上爬起来，坐到床沿上，掐指算算，没有几个月就到10月1日了。自己得多费心，让菜花在那幸福的时刻过得幸福，让菜花开得更加金黄灿烂。

　　徐凤霞回到宿舍，只是把门轻轻地一掩。她拉开办公桌前的木椅，一屁股坐上去，两手托住头，两条胳膊肘顶着桌面，陷入了深深的沉思。徐凤霞怎么也没想到，自己崇拜的顶头上司姚向东，平时风风火火地工作，待自己亲如胞妹，身上竟然有这么曲折离奇的爱情故事。他心中开着一朵金黄艳丽的菜花，但始终只是开在他心中，我们这些同事甚至连一点花香都没有闻到。徐凤霞想起来了，好像在机关大院什么地方碰到过一个山里妹子找姚向东。姚向东说是乡下来的表妹，谁也没有往心里多想。姚向东是钱菜花和父亲从龙山天坑救上来的。救命之恩深深地印在姚向东的心坎里。想到这里，徐凤霞释然地一笑，自己冒昧，不知深浅地给姚向东写了那封热辣辣的求爱信。虽说这几年改革开放了，南方已经是一片新的天地了，跳舞、唱歌习以为常，男男女女拎着收录机在公园里一边听着轻松的音乐，一边深情如火地谈情说爱,但陵阳这里是大山深处,改革开放的春风才吹来。看来自己步子跨大了,公开地追求起自己的爱情。当然,这倒没有什么可自责的。关键是姚向东有故事,不但有故事,而且是那么曲折动人的故事。姚向东把自己领到毛峰山上的报恩塔下,第一次说到自己的秘密,这是对徐凤霞的信任,也是对自己求爱信的最好最有面子的答复。自己虽然打心眼里理解知恩图报的姚向东,但姚向东的形象在自己眼里显得更加高大。姚向东是个好小伙子,是一个值得铭记在心中的好男孩。从报恩塔下山的那一刻,徐凤霞就已经把姚向东印在自己的心灵深处。徐凤霞发誓,一定要像菜花那样,既然是爱,那就为爱的人好,为爱的人想,为爱的人奉献出自己的一切。徐凤霞想着想着,嘴里似乎有一股淡淡的菜花的清香。

菜花。多好的姑娘,多好的名字。10月1日,他俩要成婚了,我一定要成全他们,一定要让向东在那幸福的时刻享受着幸福的时光。徐凤霞是一个直爽务实的姑娘。她觉得菜花姑娘虽然没有读过大学,文化知识没有那么高,但菜花有着自己朴实善良的为人之道,这是自己学习的榜样。她和父亲把姚向东从龙山天坑救上来,这是天大的恩情。姚向东以身相许,她钱菜花就是欣然接受也不为过。允许英雄救美,美人以身相许,难道就不允许美女救帅男,帅男以身相许?但钱菜花不是那样的人。她与姚向东,哥妹相处这些年,姚向东上大学,当小官,一步一步走向幸福的彼岸。钱菜花没有想搭上姚向东顺风顺水的这条船。就是在姚向东多次将船儿靠到菜花的身边时,她硬是不往船上跨,直到前些日子,姚向东把船儿停在菜花的脚边,船儿不走了,她才跨上了船。谁知,她刚跨上船不久,竟然看到了我徐凤霞写给姚向东的直白的求爱信。半路上杀出个程咬金,菜花对姚向东有什么想法都不过分。她甚至可以狠狠骂姚向东:虚伪!小人!滥情种!忘恩负义!但菜花什么也没有说。她把废纸团展开,在上面留下自己的肺腑之言:她选择离开姚向东。她一直是这样想的,自己与姚向东门不当,户不对。她喜欢姚向东,那是因为姚向东是自己的干哥哥,无论什么时候只要干哥哥过得好,妹妹心里就会舒畅。她在留言中理解姚向东。最让姚向东感动的是宿舍的小钥匙。菜花把姚向东宿舍的小钥匙摆在留言上。这意思再明白不过了，从今之后不会来打扰姚向东。但是，姚向东不是个小人。我徐凤霞的条件好，是大学生，是公务员，人也长得不算丑，我还有一个当大官的父亲。他可是泸阳行署组织部部长，混出点出息来，那可是一个管官的官。对于姚向东来说，今后要想在党政机关混下去，这可是一棵好乘凉的大树。刘立平副书记受我父亲之托，已经旁敲侧击地给姚向东透过气。现在看来这个姚向东对自己客气、关心，那全是工作上的面子事儿。他压根儿对我没有动心，我给他写了那封直白的信，他一点表示也没有。昨天，我听到姚向东约我去毛峰山，游报恩塔，激动了一夜，估计姚向东被我的信感动了，他一定要向我表白。要不然，他只要三言两语，冠冕堂皇地给我回封信就行了。上毛峰山，游报恩塔，这是男女谈情说爱的最佳去处。谁知，他竟然十分坦率地给我摊牌了。他把与菜花的传奇故事原原本本地讲给我听。我激动，我感动，我的心中盛开出一朵金黄色的菜花。

徐凤霞在心中暗暗发誓：我要呵护这朵小花，让她越开越鲜艳。徐凤霞想到这里，浑身轻松，就像站在松江边上，迎面吹来了一阵凉爽的江风，心旷神怡。徐凤霞站起身，在房间狭小的空间里缓缓地踱着步子。她踱来踱去，就是在想一个问题，她要为向东做一点儿事，做一点让他俩开心而又很自然的事。菜花在松林小学当民办教师。松林小学是大山里的小学校，校舍危旧。学校知道菜花的干哥是县里的官儿，让菜花找姚向东。这是菜花的面子。一定要让菜花把面子做大。姚向东已经把松林小学的报告给我了。在姚向东的心中，把这事做好了，就是给足了菜花的面子，这是送给向东和菜花结婚的最好礼物。徐凤霞知道姚向东同学杨才才在陵阳县教育局当副局长，但估计力道不够。她决定请父亲给陵阳县领导打个电话。想到这里，徐凤霞想到两件事。一是母亲近来身体不太好，自己调到泸阳行署去，既可以照顾父母，又可以离开陵阳。不在姚向东身边工作，菜花和自己心里都会更清净。尽管互相都理解，但这样做也许更好，这样做与向东菜花的关系会更亲。菜花与向东10月1日就要结婚了。一个在山沟当民办教师，一个在城里工作，很不方便。自己去找刘副书记。二是向他汇报自己与向东的事儿，把向东与菜花的传奇故事讲给他听。刘副书记一定会理解。自己替姚向东求个小情，请刘副书记协调把钱菜花调到县里来。最好调到县机关附属幼儿园，这个面子刘副书记肯定会给。

想到这些，一种愉悦感缓缓地涌上心头。

徐凤霞抬腕一看手表，已经快六点了。夏天太阳下山晚。窗外仍然明晃晃的。徐凤霞赶紧洗了把脸，把刘海用梳子轻轻地梳着，对着镜子，她看到了镜面中自己那微笑着白净净的脸。

徐凤霞偶尔会在一瞬间想起自己写给姚向东的那封直白的求爱信，心中倏然地咯噔一下，但很快就会平静下来。她自己原谅自己，不知不为过。现在什么都知道了，她决心为向东和菜花做自己力所能及的事。徐凤霞明白，自己有这个资源，只要想去做，一定会办得到。她知道这样才对得起钱菜花，也算是对向东的爱的奉献吧！

当晚，徐凤霞在机关食堂吃过晚饭，直奔陵阳邮电局，给父亲挂了一个长途电话。想不到父亲支持她，理解她，还夸她孝顺，夸她凡事为别人着想。特别是父亲在电话中夸她长大了，会处理自己的事儿了。

当晚，徐凤霞睡了一个好觉，做了一个甜甜的梦。梦中姚向东和他认了干哥妹；梦中她自己调回泸阳行署去了；梦中菜花调到机关幼儿园当幼儿教师；梦中松林小学危房维修款拨下去了。

一觉醒来，徐凤霞回味着夜里的好梦，很兴奋，心里暗暗地想好人有好报，好人心想事成，但愿能事成。

后来徐凤霞想做的事真的梦想成真。

二十

翌日。

朝霞已经将玻璃窗抹红。虽然白纱窗帘拉着,但房间里早已透亮。

姚向东睡了个好觉。睁开惺忪的眼睛,见天已大亮,赶紧起床洗漱。

吃过早饭,他看看腕上的手表。离上班时间还早,就信步走出机关大门,往右一拐,来到陵阳古街上。心里一块悬着的石头落了地,愉悦感弥漫在整个脑海里。想到自己10月1日与菜花成婚,他想起了"有情人终成眷属"这句话。难怪菜花遇到挫折,遇到磨难时,总会用一句"天意"解嘲化解。看来,似乎有些道理。自己从近百米高的天坑上方的树丫上掉进坑底,居然没有摔死,甚至没有骨折,这不是上天保佑吗?难道不是奇迹?这次,徐凤霞给自己写了那么直白的求爱信,竟然鬼使神差地让菜花看到。现在菜花那么淡定。因为菜花相信命运,相信缘分。但事情奇迹般地逆转。徐凤霞听了自己与菜花的传奇故事,竟然也是那么淡定,想到这里,姚向东心里轻松,步子迈得很快,不知不觉地来到了人民公园的西大门。进了公园大门,他竟不知不觉地来到那棵火红的石榴树下。

朝霞的红光与火红的石榴花像一团火燃烧在姚向东的眼前。姚向东的眼前出现了菜花那红扑扑的脸庞。

站在火红的石榴树下,姚向东伫立许久,任凭清晨带着花香的新鲜空气缓缓地沁入肺腑中。直到街上繁闹的自行车铃声传过来,姚向东才返回机关。刚在办公桌前坐定,徐凤霞手里拿着一封信,身后跟着刚分来不久的大学生吴景燕。两人见门敞开着,没有敲门,径直走进办公室。

姚向东赶紧站起身。徐凤霞朝吴景燕指指说:"吴秘书主要联系你,接替我的工作。"

姚向东明白徐凤霞的良苦用心。她把吴景燕推到了自己跟前,无非是避免跟自己多接触，以免尴尬。姚向东理解地点点头。

吴景燕有些羞涩，担心地说："徐秘书，我怕做不好。"

"没事。只要肯努力，你肯定会干得好！再说，姚主任是大笔杆子，多留意点能学到不少写作技巧。"徐凤霞嘴角露出轻松的笑容，朝姚向东扬扬手中的松林小学申请危房维修款报告的信封说，"我上午去教育局协调松林小学危房修缮事宜。"

"拜托了！"姚向东朝徐凤霞点点头。此刻的姚向东看着徐凤霞手中的那只信封，对徐凤霞充满了崇敬。徐凤霞把菜花的事当作了自己的事，这需要多大的勇气和度量。

吴景燕趁徐凤霞与姚向东说事的当儿，走到办公桌前想给姚向东倒茶。向东眼疾手快，把茶杯往自己跟前一拉，微笑着摆摆手。吴景燕瞅瞅姚向东，停住了手。

徐凤霞和吴景燕肩并肩走出办公室。吴景燕有些不理解："这个姚主任，倒茶都不让。徐姐，你让我怎么服务？"

"听领导的。"徐凤霞笑笑说，"我去教育局，你刚来，多看看文件，熟悉情况。"

吴景燕点点头。

徐凤霞赶到陵阳县教育局，来到杨才才副局长办公室。杨才才是姚向东的同学，知道徐凤霞是县委办公室派来的，赶紧站起身，主动伸出手握住徐凤霞的手说："正等你商量。"

杨才才本来对松林小学危房修缮就很重视。松林小学写了报告，老同学姚向东专门打电话希望关照。想不到的是这件事竟然惊动了县里主要领导。要求以松林小学危房维修为试点，对全县中小学危房普查，全部修缮到位。县主要领导特别提醒教育局，这件事行署领导也很关注，说得很严肃：再穷也不能穷教育，再苦不能苦孩子。杨才才只知道上级重视，但没有想到会重视到这个程度。杨副局长不敢马虎，赶紧拉张椅子让徐凤霞坐下，还亲自倒了一杯水递到徐凤霞手上说："教育局很重视，专门开了党委会，在抓好松林小学危房维修同时，举一反三，抓好全县中小学危房修缮改造。我是组长，有什么要求尽管提。"

徐凤霞放下手中茶杯说:"报告也给我们办公室一份。你们这么重视,我没什么说的。这样,只是建议……"

杨副局长把桌子上的茶杯朝徐凤霞面前推了推:"你说!"

"建议派人现场考察测算一下,我陪你们去!"徐凤霞建议道。

"想到一块了!明天是星期二,上午我带维修科两位同志去松林小学。"杨副局长用征询口气继续说,"徐秘书,你看行不行?"

"行!明天我陪你们一块去。前些日子我们姚主任去松林小学只是看了看。你们这么重视,维修科同志再去现场实际一算,这维修资金落实就有底了!谢谢!谢谢杨副局长。"

"明天见!"杨副局长见徐秘书站起身,赶紧迎上去,把徐秘书一直送到办公室门外。

第二天,杨副局长带着两位维修科的干部还有徐凤霞秘书一行四人,上午不到十点就坐长途汽车来到土石公路边松林停靠站。

周网年和钱菜花早早地等在土石路边的银杏树下。昨天下午,姚向东听了徐凤霞的报告后,赶紧给钱菜花打了电话。电话中还神秘地说到考察组有一个女的。钱菜花已经猜了个八九不离十。姚向东的性格菜花清楚,性子急,人直爽。要不然,那封信也不会摆在宿舍办公桌的抽屉里。更不会有那么大的胆子竟敢在天坑边的树丫上掏喜鹊窝。电话里虽然没有明说,但菜花已经猜到了。

接到杨副局长一行之后,周网年把大家引到办公室,简单汇报之后,准备带杨副局长一行考察测算危房。钱菜花朝徐凤霞笑笑,对周主任和杨副局长说:"我认识徐秘书,我想带徐秘书到山岗上看看风景。你们考察测算。"

周网年知道钱菜花的干哥哥在县政府办公室工作。这危房修缮的事儿还是姚主任牵的头呢。徐秘书来了,菜花陪陪,自己正好领着杨副局长他们去现场测算。

徐凤霞心领神会,两人心照不宣地走出办公室,来到办公室门前的大槐树下。钱菜花停住步子,徐凤霞也站下来。钱菜花微笑着瞅瞅徐凤霞:"我们好像见过面。"

"想起来了,有一次你去机关找向东,我和刘副书记面对面碰到你们。"

"好像就那一次。"钱菜花想了想说,"印象不深。"

"一面之交。当时向东还说了谎,说你是他乡下的表妹。"说到这里,徐凤霞哈哈大笑,语气中充满了善意,"姚主任那是对我们保密!"

"真是妹妹,不是表妹,是干妹。"说到这里,钱菜花语气中明显护着姚向东,"姚向东性子直,不说谎的。"

"善意的谎言。其实谁也没有在意,谁也没有往心里去想。要不,也不会有我那封信。"徐凤霞拉住菜花的手,连连打招呼,"我太冒昧了,在家任性惯了。心里怎么想就怎么写。"

"没事的!"

"伤你心了!"

"哪儿的事。"

"好在我们三人都坦诚,都直爽性子!"

"直性子好!"

"我全知道了!你与向东的故事都可以写一本小说了,你俩的爱都快结果子了,我从中插了一杠子。对不起,菜花。原谅凤霞妹!"

"说什么呢!昨天下午姚向东又给我挂了个长途电话,电话里说有个秘书是女的,代表办公室来考察危房维修的,我心里就猜着了。这个女的肯定说你。刚才杨副局长一介绍,我全明白了。"说到这里,钱菜花朝西边的山岗一指,"走,到山岗上转转,大山里风景可美呢,学校的全貌尽收眼底。"

"好!"徐凤霞兴致勃勃地跟在钱菜花身后,沿着踩踏出来的小道往山岗上爬去。前方山坡有两棵高大的老榆树,像两把巨大的伞高高地撑在那里,绿滴滴的一片。几只花白喜鹊落在树梢上,欢天喜地地鸣叫着。

钱菜花领着徐凤霞踩着厚厚的山草,来到了老榆树下。老榆树下有一条石,足有三米长。钱菜花走到石边,用手擦了擦条石上的灰土,对徐凤霞说:"快坐下,姐有些话想跟你说呢!"

徐凤霞在长条石上坐下后,目光四处一转,长长地吁了一口气,吐着舌头说:"菜花,山里的风景真美呀!"

"山里条件差。你帮我们学校办这么大的事,听向东说,你还惊动你爸。谢谢你呀!"钱菜花说着朝长条石瞥了一眼,"瞧,让你坐这条石凳。"

"很爽!"说完,徐凤霞亲切拉住菜花的手,认真地说,"谢什么呀!我是来向你道歉的。我知道你和向东的传奇故事后,心里很内疚。姐,原谅我吗?"

钱菜花抽出手,朝徐凤霞嘴唇一挡:"这事不准再提。我还要求你两件事,不知你给不给姐面子?"

"说,只要能办到。"徐凤霞连连点头。

钱菜花诚恳地说:"我希望你认姚向东做个干哥哥,这样,我们三人就都是家里人了。"

徐凤霞一听愣住了。

钱菜花赶紧补充说:"我也给向东说了。他答应。"

徐凤霞从长条石上站起来,眼眶里溢出了泪珠,轻轻地点头:"我答应。姚主任是个好哥哥,你是我的好姐姐。"

"还有一件事求你。"

"说!"

"10月1日我们举行婚礼,你一定要参加。"

"不邀请也要参加!好姐姐,婚礼上见!祝贺你们!"徐凤霞说完,伸手握住钱菜花的手,使劲地摇晃。

两人视线全模糊了。花白喜鹊在老榆树树丫上欢快的鸣叫声在两人的耳畔萦绕。

天上没有一丝云彩,湛蓝蓝的一片。太阳火红火红的,山野里吹来的风有温温的热气。

二十一

卫国回家乡招工很顺利。山里的青年人听说南方深圳到处在修公路，建高楼，心里痒痒的，纷纷报名跟卫国到南方去打工。本来只招十五人，亲朋好友就报了近三十名。卫国挺为难，丢下谁都拉不开面子。但卫国脑子活络，跟他父亲一样，善于交际。他灵机一动，决定把报名的亲朋好友都带到深圳去。除了自己需要的十五名工人外，其余帮他们另找工作单位。卫国认识不少工程承包经理。他留了一个心眼，介绍一个工人多少还能得到一些介绍费。这是一举两得的事，既帮亲朋好友找了工作，自己还得些外快。卫国把这想法告诉桃花。桃花夸卫国脑子活，不过严肃地提醒卫国：深圳比较花，花花肠子要用到正道上。卫国苦笑着点点头。

卫国和桃花带着招来的工人，带着卫国父母离开陵阳，赶到重庆。从重庆坐火车赶往深圳。临行前，桃花回家看了母亲和小妹子杏花。桃花还约菜花来到菜园外边的小山坡上，姐妹俩聊了许多心里话。

弯弯的月牙挂在远处高高的树梢上。阵阵的湖风带着油菜花的清香飘过来，吸进嘴里甜丝丝的香气直往肺腑钻。姐妹俩站在山坡的小竹林边上，在淡淡的朦胧月色中，虽然彼此看不清对方的脸，但仍感觉到双方那激动不已的呼吸声。

日子好过了，两人都在思念着一个人，但两人都不愿说出来。父亲憨厚的形象在姐妹俩的脑海里清晰地浮现。姐妹俩都在想着同一个事儿：父亲钱正南要是活着那该多好呀！姚向东马上就要成为他的大女婿了。吃完向东与菜花的喜糖，卫国就要成为他的二女婿了。两人想着想着，心里默默地自己安慰自己，谁也没有说破。两人的目光中在淡雅的月色里似乎飞进了一只萤火虫，微弱的光亮在微微地闪烁。

桃花看着四周黑黝黝的山坡，从口袋里掏出一只红包，塞到菜花手里，深情地说："姐，我和卫国又要去深圳了，妈妈、小妹全靠你了！你和向东10月1日结婚，我和卫国不知能否赶回来……"

菜花把红包又塞回妹妹桃花手里，打断桃花的话头："妹子，我们结婚从简！工作要紧，不要赶回来。再说，这次能把卫国母亲眼疾治好了，也是我们钱家一大心愿。拜托你了！红包不能收，给卫国母亲治眼疾。"

桃花又把红包塞到菜花手里说："这是我和卫国的一点心意。结婚到处要用钱的，拿着。"

菜花不好意思再推，把红包塞进口袋，拉着桃花的手说："我和向东谢谢你和卫国。现在陵阳这边也搞改革开放，向东的工作比以前忙多了。"

"你要好好照顾姐夫！"桃花提醒说。

"放心！你和卫国忙，赚钱归赚钱，但一定要保重身体，相互照顾！"菜花点点头。

"你也放心。"桃花若有所思说，"卫国脑子活络，深圳可是花花世界，我会提醒他。"

"男人嘛！"菜花停顿了一下，哈哈哈地笑起来。桃花也笑起来。桃花不知道菜花怎么会笑得这么爽心。其实，菜花想到徐凤霞，想到这些日子戏剧性的变化，心里觉得老天爷在帮她。

她经历了许多挫折之后，现在感到面前的路越来越顺了。

第二天，菜花专门请了一天假，到陵阳长途汽车站为卫国和桃花送行。离开陵阳长途汽车站，妹妹又走了，虽然有些失落，但心里泛起了一阵一阵兴奋的浪花。

坐在返回松林小学的长途汽车上，望着窗外的美丽山景，嗅着从窗外飘进来的阵阵油菜花的清香，菜花的心情好极了。自从那天看到徐凤霞写给姚向东的那封信，心里很沉重，似乎天掉下来似的。但想不到这半路上杀出的程咬金，这么通情达理，这么有能耐，这么善良。真是柳暗花明。一切都过去了，而且好事连连。学校的危房维修款有着落了。县教育局领导带人亲自来测算，这么地重视前所未有。自己的面子在松林小学露大了。和向东的婚事定在国庆节。本来婚事黄了，现在又绿了，而且要开花了，世事难料，还真的难料。桃花妹与卫国等着自己与向东成婚，他俩春节就办婚礼。最高兴的是朱支书夫妻俩，还有自己的母亲胡少香。听向东说，这些日子县里连开大会，传达中央精神，都要解放思想，都要改革开放。向东透露，过些年，深圳做的事儿，陵阳都要做。想到这里，菜花有些不可思议，怎么这些好事儿都摊到自己身上了。也许这就是人们常说的天意。难道这个世界真有老天爷？老天爷是个什么样子，菜花想象不出来，但菜花的脑海里似乎又有些虚幻的影儿。

菜花想到这里，心中突然冒出一个念头。松林镇上有个千溪湖，千溪湖边有个半岛，半岛上有座寺庙叫霞光寺。听说这个霞光寺很神奇，也很有灵气。在松林中学读书期间，曾随姚向东走上松江大桥。两人看到远处的千溪湖，看到千溪湖上的琉璃瓦建筑。阳光照耀下，琉璃瓦金光闪闪。听向东说，那是霞光寺。霞光寺有传说，有故事。菜花想，找个空余时间去霞光寺拜拜菩萨，敬上几炷香，叩上几个响头，让菩萨保佑我菜花，保佑我全家路子越走越阔，越走越顺。

好日子过起来快。心情好的时候不觉得时间长。炎热的夏天过去，秋天到了。

立秋之后，连下了几场雨。一场秋雨一场凉。这些日子，菜花和杏花帮母亲把菜园打理得生机勃勃。屋子后山坡上的青枣树上挂满了青里泛红的大枣。枣树旁边有一棵高大的老柿子树，树枝树丫上青碧的柿子像绿色的小灯笼，有些枝丫都压弯了。菜园子里的秋扁豆长得鼓鼓的，红彤彤的，像一串串紫色的小鞭炮。辣椒叶子已经枯黄稀少，但红鲜鲜的大椒可爱地露着笑脸。菜园下面的小池塘里几只雪白的老鹅嘎嘎嘎地叫着，在平静的水面上悠悠地滑行。

秋天，天空高远。一群不时变换着队形的大雁往南飞去，留下一片欢快的鸣叫。菜花好久不去向东家了，她想着去看看向东父母，顺便去霞光寺烧香。菜花跟母亲一说，母亲很赞成，并让杏花陪着去松林镇。

选了个晴朗的日子，她和杏花带上母亲准备的山里特产。家里篾篮子多，都是向东在镇上自己编的。每只篾篮子装了一布袋青枣，两斤扁豆，还有一只菜鹅。母亲想得周到。到镇上去看向东父母不能忘了两个人。一个是松江镇林业站的刘建国站长，他可是菜花父亲的好朋友，当年救向东出了不少力。还有一个人，菜花在她家住了三年。她叫姚建秀，是向东的姑妈。

走亲戚对山里人来说，是件高兴的事儿。菜花一手拎着一只篾篮子，杏花拎着一只篾篮子紧紧地跟在菜花身后。

两人来到离村不远处的鱼头村停靠站。母亲胡少香不放心，随后从家里匆匆走出来，来到停靠站，一直把姐妹俩送上去松江镇的长途汽车。

二十二

长途汽车摇摇晃晃地来到松江镇的临时停靠站。

汽车停稳后，菜花招呼杏花，姐妹俩拎着沉甸甸的篾篮下了车。菜鹅随着篾篮的晃悠嘎嘎嘎地叫个不停。

菜花拎着两只篾篮，轻轻地往地上一放，示意杏花歇歇。

菜花站定后，目光四周扫了扫。这里是通往松江镇和大山深处的三岔路口。松江镇林业站坐落在西北不远处的山坡上。向东的家在林业站北端。菜花去过多次，熟悉。

停靠站旁的山坡路边有两间简易的房子，房子的南头有棵大樟树。大樟树树干粗似水桶，树冠树枝丫往四面八方伸展。树冠很大，枝叶茂盛。树上有一两只秋蝉，间隔一段时间，有气无力地鸣叫。菜花瞅了篾篮一眼，望望两间简易房子。她知道那里有一部手摇电话机，也叫电话亭，是救急用的。菜花灵机一动，给林业站刘建国站长打个电话，告诉他我来了，他肯定会到路口来接。这样，手里的分量会轻一些。

很巧，电话拨到林业站，刘建国接的电话。菜花领着杏花走到通往松江林业站的路口，刘建国已经等在那里。菜花把一只篾篮递到刘建国站长手里，笑哈哈地说："刘站长好！这是我妈让我带来的土特产。"

刘建国接过篾篮，客气地说："菜花，送到向东家去，他可以带到县里送人。"

"不送人。这是我妈养的菜鹅，吃池塘里螺蛳长大的，可鲜呢。这扁豆也是菜园里长的。"菜花说着，指指杏花手里的篾篮，"这儿还有两份呢！"

"谢谢！代我谢谢你妈！"刘建国说着朝山坡上望望，"我带你们去向东家！"

"不麻烦，认识。"菜花拉着杏花胳膊，拎着篾篮抄近路从小道往向东家走去。

菜花领着杏花气喘吁吁地来到向东家门前的菜园子。姐妹俩放下手中沉沉的篾篮子，长长地吁了一口气。

向东家是林业站分配的宿舍，坐落在林业站东北的山坡上。家家门前都有一块菜园子，竹篱笆围着。向东家紧靠东头，山坡下几十米的地方有一个小水塘。塘边有块不大的青石板铺就的埠头，挑水浇地就从这青石板上把池塘里的水运到菜园子里。

秋天，天空湛蓝蓝的一片。太阳的光洒到平静的塘面上，闪烁着有些耀眼的光。菜花望着菜园子一畦一畦绿茵茵的小葱和韭菜，想到不久的10月1日，自己就要与向东结婚了。大喜的日子就在眼前，这里就是自己的家。菜花一激动，大着嗓门喊道："爸！妈！"

山野间随着清凉的秋风传来轻柔的回声："爸——妈——"

菜花听到回声，一愣，脸唰地羞红了。还未过门呢，就喊爸妈了。菜花心里有些不自在。

"菜花姐！你来啦！"姚向方和姚向红一边应答，一边一前一后从堂屋里跑出来，直奔菜园子的栅栏门。向方高中毕业两年了，长得跟向东一样高个子。他拉开栅栏门。向红紧跟其后，见到菜花和杏花，喜出望外地说："哪阵子风把姐你们吹来啦？"

向方和向红一人拎起一只篾篮子前头走，菜花和杏花紧跟在其后。

今天是星期天,向东爸妈都在家,听到喊爸妈的声音,姚建华和李花红先是一惊,后是一喜。快过门的媳妇直接喊爸妈了,多亲近呀。两人一想也不奇怪,向东已经跟家里人说了,10月1日结婚,婚礼从简。这些日子,姚建华和李花红正处在兴奋之中。不久,媳妇就要进家门,媳妇进了家门,离抱孙子就不远了。这未过门的媳妇都直接叫爸妈了,姚建华和李花红一边招呼儿子向方和姑娘出门去迎,一边进屋换了件干净的外套走出堂屋门。

菜花和杏花看到向东父母也迎了出来,心里有些紧张。菜花来这里多次,与向东父母老熟人。菜花朝前连跨了两大步,来到姚建华和李花红面前,声音虽不高,但没有改口:"爸!妈!"

姚建华和李花红同时激动地点点头,伸出手拉住菜花的手,左看看,右瞧瞧,心疼地说:"放暑假帮妈劳动了?快进屋。"

菜花见向东父母这么关心自己,心里一热,眼眶里有些湿润了。菜花听懂了向东父母的弦外之音。

向方和向红领着杏花先进了屋里。

在堂屋的条桌边坐定后,李花红忙着烧蛋茶。菜花指着放在一旁的两只篾篮说:"爸!这是我妈养的菜鹅,还有刚摘的扁豆。一篮送给你们,一篮送给向东姑妈。吃过饭我和杏花妹子送过去。"

姚建华用手朝篾篮子指指说:"都是一家子了,带什么东西!"

大家吃着李花红刚做的蛋茶,七嘴八舌地聊起来。

"向方弟,找到工作没有?"

"没有。"

"我来帮你找向东。"

"别找向东,这些日子他忙着呢。"

"咋啦?亲弟弟的事不管?"

"都怪我不争气。大学考了两次没有上榜。"向方叹了口气,朝妹妹向红笑笑,"你明年高考,要加把油呀!"

"加油!"向红嘿嘿嘿地笑道,"一定加油,你考不上剩下的油都加给我吧。"

屋子里沉寂了。只有大家喝蛋茶的哧哧声。菜花、杏花不再吱声。姐妹俩都是落榜生，不好意思开口。

向方喝完最后一口蛋茶，把碗往桌中间一推，站起身，语气很自信："条条大路通罗马。现在改革开放了，卫国和桃花去深圳干得很好。我准备自主创业。"

"干什么？"菜花关切地问。

"成立松江竹器制品有限公司。"向方自豪地告诉菜花，"向东哥同意了。他说条条大路通罗马，鼓励我干。我已经在叔爷那里学了好几个月了。松林大队里竹子多，这是资源，将来能把企业做大。"

"我支持你！"菜花望望杏花对向方说，"杏花要不是在家陪伴妈妈，我让她跟你打工。"

大家都笑了。

吃过午饭，菜花拎着一只篾篮和杏花来到了松江老街上。菜花很熟悉向东姑妈家，上高中在那里住了几年。姑妈家离供销社古街门市部不远，往左一拐，进了一条南北走向的小巷子，就会看到一棵银杏树。树根不远处有口古井。古井边坐北朝南三间平瓦盖的房子，那是向东姑妈家。

刚走到银杏树下，就看到向东姑妈姚建秀正在井边洗衣裳。旁边那充满活力的大姑娘，不用猜，那是向东表妹刘娟娟。

菜花和杏花迎上去，一边拉着迎上来的刘娟娟的手，一边把篾篮递到姚建秀手里说："姑妈，妈让我送点乡下土产来。"

"这么客气！"姑妈笑着接过篾篮对娟娟说，"快进屋倒茶！"

"不了。"菜花拉着杏花的手说，"叫人！"

"姑妈好！"杏花甜甜地叫了一声。

姚建秀应答着对菜花说："都一家人了。别那么客气。娟娟没考上大学，在门市部站柜台。她爸前几年从油田调回来，安排在供销社。现在有政策了，可以顶替。"

"娟娟！祝贺你。"菜花拉着娟娟的手邀请娟娟，10月1日一定要参加她和向东的婚礼。

姚建秀和娟娟连连点头。

离开向东姑妈家，菜花拉着杏花的手，直奔霞光寺。最近，老天爷特别保佑自己，干什么事都顺着。今天要见的人，都顺利见着了，这是顺呀。菜花要了却心愿：去霞光寺烧香拜菩萨。

二十三

松江古镇的东南边是千溪湖，千溪湖靠古镇有个半岛，霞光寺就建在岛上。

菜花领杏花来到霞光寺。霞光寺坐落在千溪湖中的半岛上，但千溪湖边是山峦起伏的群山。霞光寺黄墙碧瓦，殿宇幢幢，钟鼓梵呗之声，悠扬不绝。霞光寺后面是高达二百米的六峰山。六峰山远看像座笔架，千溪湖就是一个巨大的洗笔池。在封建社会，万般皆下品，唯有读书高。谁家孩子读书，赶考，都不忘来六峰山一游，到霞光寺烧几炷香，祈求菩萨保佑。山门朝北。从山门进去，一条麻石铺就的小道一直往南，拐个大弯往西，右手就是霞光寺。

姚向东陪菜花来过霞光寺，听过向东介绍。霞光寺很传奇。寺庙建于唐代宝历年间，公元825年。重建于宋绍兴年间，公元1132年，后又被毁。到明朝初年经比丘尼募化，于万历十四年修建，名曰"觉灵寺。"

清康熙二十八年，康熙皇帝玄烨沿嘉陵江巡察，驻跸陵阳毛峰山，驰马六峰，游览了觉灵寺。玄烨看此松江环流，山涧千溪汇聚。尤其是这觉灵寺比较独特，湖山相映，神秘之气腾腾缭绕，忽隐忽现。康熙皇帝看此地"上有奇特山峰，下显真象龙脉"，生怕出了真龙天子，有碍于他的天下，便将觉灵寺赐予毛峰山腰的半山寺为下院，作为大德高僧年迈时修身养性之所。高僧圆寂后，觉灵寺改为霞光寺。霞光寺因井中喷金光而得名。高僧就葬于霞光寺后的山林中。

霞光寺虽是半山寺的下院，但在嘉陵江一代很有名气。"真象龙脉"之说给霞光寺铸就了神奇的光环。代代相传的寺院东北角那里有口水井。据说，那口水井每到夜色沉沉的时候，会从井里喷射出万道金光，霞光寺也因此得名。这不算奇，传说这口井里隐居着东海飞来的一条神龙，每当霞光寺法会经声悠扬，鼓乐铿锵之时，神龙会浮出水面，聆听经文梵音，口中喷出火焰。白天看不到，夜色中金光闪烁。在霞光寺西北角也有一口同样的井。据传说东海飞龙的一个侍从住在那里。还有更神奇的。在霞光寺藏经楼后面的佛堂中央，有一块比八仙桌略大一些的地方，每年都以大约一厘米的高度隆起，使铺在地面上的地砖自然升高，形成"馒头势"。过了十年二十年，霞光寺僧人们不得不掀开地砖，铲一次土。铲平后，过个十多年又悄然隆起。这种很奇特的地质现象，倾倒了无数善男信女。因为在他们虔诚的心里，"隆地"就是"龙地"。霞光寺方丈介绍说这就是"龙舌"，整个寺庙就建在龙头之上，寺门外院墙八字开好似"龙嘴"，远处千溪湖边有一半圆形的山丘横山就是龙嘴吐出的一颗明珠。寺东北角有一悬挂的巨石是"龙鼻"。寺前原有土地庙叫"龙印"，而庙前左右长着两棵千年血榉，那是"龙角"。左右两眼深井，那是"龙眼"。"龙身"压在六峰山下，"龙尾"则藏于千溪湖里。

菜花领着妹妹杏花，一路兴致勃勃地给杏花介绍，自己心中不知不觉地升起了一条活灵活现的飞龙。她在心里对佛的敬意陡然深了一层。她联想到自己经历那些顺利不顺利的甚至令人难以想象的事儿，看着眼前霞光寺神奇的龙地，她讲给妹妹杏花听时，有声有色，似乎眼前神龙在飞跃。当年，听向东哥介绍过。那时候年纪小，加之到处破"四旧"，没有引起多大的兴趣和关注。现在看看这神奇的龙地霞光寺，还真是那么回事。得好好地烧三炷香，许个愿。想到这里，菜花领着杏花来到大雄宝殿前的香炉台前，这里烛光闪烁、香烟缭绕。菜花在旁边的香房请了三炷香，买了一对蜡烛。杏花跟着，帮着姐姐打下手。菜花点烛，杏花拆去香上的包装纸。

菜花点燃红烛，插到香炉台上，然后从杏花手里接过三炷长香，在红烛火焰上点香。菜花把点燃的香插进了香炉台的香灰中，三炷香头燃起了袅袅的细细的烟雾，不断地盘旋上升。

菜花虔诚地朝着东西北三个方向各叩了四个头，然后对着大雄宝殿里供奉着的菩萨，站定后，双手合十，低着头，屏住呼吸，在心里暗暗祈祷：

"保佑婚姻幸福！"

"保佑向东工作顺利！"

"保佑全家身体健康！"

"保佑婶婶重见光明！"

"保佑向红高考上榜！"

菜花一口气在心中默默地许了五个愿。她还想再许几个愿，但转念一想，人心不能贪。愿许多了，也许就不灵了，但愿今天许的这些愿都能心想事成。

想到这里，菜花拉了拉杏花胳膊说："快，给菩萨叩头，许个愿。"

杏花听姐的，她赶紧对着大雄宝殿里的菩萨虔诚地双手合十，叩了三个头，嘴里默默地念叨着。

霞光寺是嘉陵江畔有名气的寺庙。虽是半山寺下院，但香火很旺。这些年改革开放后，来霞光寺烧香拜佛的人多起来。奇特的事和物给霞光寺铸就了一道神奇的光环，方圆几百里都有人专程来霞光寺作佛事。外省还有不少虔诚的善男信女包车行程几千里来霞光寺作法会，看奇景。

下午三点多，太阳朗朗地照在霞光寺大雄宝殿的琉璃瓦上，金光闪闪。菜花和杏花叩了头，许了愿，沿着大雄宝殿的石阶，拾级而上，跨过高高的门槛，伫立在大门旁。佛殿之中，香烟袅袅，烛光曳曳。在彩灯的闪烁映衬下，佛像金光闪闪，庄严慈祥。侍立两侧的菩萨、罗汉或站，或坐，或卧，神态各异，到处是神秘的气氛，令人凛然而生敬意。突然，一位大和尚身着黄色的僧袍，斜系百寿主衣，率领一行穿黑色僧袍，斜系水红衣的僧众鱼贯进入大雄宝殿。

赶巧了，霞光寺僧众活动完全按照"仪规""戒律"行事，似乎在上佛课。菜花和杏花看得好奇，索性在一旁的绿簿上签字捐了一笔香火钱，心中仍在默默地祈祷，目光盯着僧众。在菜花的眼里，这些僧众都是老天爷派到人间来的使者。只有虔诚地拜佛，人的一生才会顺利，才会心想事成。

僧众或手执引磬、铙子、铃子、手鼓、木鱼、禅钟等乐器，或手捧手炉、香花碟子等法器，两两相对，站班而列。大和尚主持洒净拈香。引磬一声，众乐齐作。僧众在悠扬有节的梵音奏鸣声中，唱赞念诵《楞严咒》《忏悔文》等经典。大雄宝殿之中，乐声叮咚和鸣，时缓时急，经声时高时抑，起伏悠扬；僧众信徒叩头拜佛，行礼如仪，一派庄严肃穆的气氛。菜花置身于此，一种心灵的震撼之感油然而生。她想到刚才许的五个心愿，仿佛看到了老天爷，心中充满了无限的希望。菜花领着杏花心满意足地走下大雄宝殿，又反身朝着大雄宝殿深深地望了一眼，双手合十叩了三个头，这才带着杏花走出霞光寺，直奔三岔口长途汽车停靠站。

秋天的天空高远而明朗，絮白色的云朵在夕阳的照耀下匆匆地飘移。从北边的山谷里传来一阵雁鸣，瞬间就飞到头顶高远的天空中。大雁往南飞，一会儿排成人字形，一会儿排成一字形。小学课文上写的，天空中也是这个样子，菜花心中飞起一群希望的大雁。

秋风送爽，充满希望的日子过得特别快。

这些日子菜花的心里特别敞亮。自从带着妹妹杏花去霞光寺烧香许愿，似乎老天爷真的显灵，好事连连，还真是心想事成。

离开霞光寺不到十天，姚向东的"主持"去掉了。县委正式任命姚向东为县委办公室主任。原来三十几平方米的房子，换成了两室一厅，家里有了带抽水马桶的卫生间。本来还轮不到向东换房子，但听说机关里有一位局长调行署去工作，家搬到泸阳去了。房子空出来后，向东当上主任又要结婚，刘副书记一出面，房子搞定了。这还不算巧，巧的是调走的那个局长老婆是机关幼儿园的老师，她也随爱人调泸阳，机关幼儿园缺一名老师。这个刘副书记想到姚向东的爱人，于是出面协调，菜花在10月1日结婚前调到了机关幼儿园。天天和向东在一起，虽然没有办婚礼，但菜花的心里像盛开着的油菜花。

向东这些日子升了官，换了房，不久又要办婚礼，心里应该是甜蜜蜜的，但有一件事让他有些苦恼。菜花不放心，反复打听。姚向东照直说了，这些日子徐凤霞正在办调动。理由是母亲身体不好，要回泸阳照顾母亲。她爸是泸阳行署的组织部部长，调动不成问题。关键是姚向东心里盘算着，这个徐凤霞调回泸阳，恐怕不单单是为了照顾母亲。她们家的条件还轮不上徐凤霞回去照顾。姚向东明白了徐凤霞的良苦用心，她是为了菜花，她担心跟在向东后面干事儿，菜花心里自觉不自觉吃醋，这也是人之常情。一个曾给丈夫写过热辣辣的求爱信的漂亮女子当部下，早早晚晚跟前跟后的，菜花心再宽敞，也难免会有想法。凤霞想得远。姚向东约徐凤霞谈过几次心，想挽留徐凤霞。向东也说了菜花的为人，凤霞心里认同，也知道菜花是从村里走出来的纯朴大度的姑娘，但凤霞还是铁了心。菜花听了很感动，很敬佩徐凤霞，要亲自找徐凤霞挽留，但被姚向东都劝阻了。

徐凤霞说了几句话，姚向东记在心里。环境影响人，时代造就人，人是会变的。我希望你俩幸福地活下去，永远不变。

姚向东把徐凤霞的这几句话说给菜花听，菜花若有所思，微微地点点头。她想起了在霞光寺许的愿，许多愿望都心想事成，也许这是苍天的安排吧！徐凤霞有文化，想得复杂，也许她想得对，也许这是苍天让她这么做的。不管怎么说，徐凤霞是向东的妹子，我也是向东的妹子，自己和凤霞是干姐妹。如果有一天环境变了，如果有一天苍天安排我不能给向东带来好运和幸福，我也会默默地离开向东，去一个向东和大家都找不到的地方。菜花心里陡然冒出来一个奇怪的想法，连自己都感到有点不可思议。

她只能在心里敬佩凤霞妹子。

二十四

立秋过后，天气渐渐凉了。

8月底，一场秋雨把天空冲洗得湛蓝湛蓝的，天上的云朵白絮似的飘移。排成人字形或一字形的大雁在蓝天白云间飞翔，留下了一片叽叽喳喳的鸣叫。

一场秋雨一场凉，秋天的山风吹在身上凉爽爽的。

菜花沐浴着秋天艳丽的阳光，走在通往松林小学的山道上，任凭山风轻轻地吹拂，浑身惬意极了。人逢喜事精神爽，何况是这秋高气爽的日子。

自从和妹子杏花去霞光寺烧香拜佛之后，菜花喜事连连。自己未来的丈夫向东"主持"去掉了。前不久，办公室主任高升调走了。向东被陵阳县委正式任命为县政府办公室主任。菜花听同事说，办公室主任天天陪伴着县长，官职虽然与县里的局长们平级，但办公室主任可是局长的头，权力大得很呢，能做得了县里头头的半个主。想到这事儿，菜花心里佩服徐凤霞。这姑娘了不起，度量大着呢。听了向东与自己的故事后，主动提出调离陵阳县，离开姚向东。她这是不声不响在成全向东和自己的姻缘。菜花听到徐凤霞要调离陵阳的消息后，当时心里想，估计姚向东这个主持恐怕要像大庙里的和尚一直当下去，这也不奇怪。徐凤霞父亲是泸阳行署的组织部长，是个管官的大官。他一发话，谁还敢把姚向东主持去掉。谁知，这个徐凤霞人还未离开陵阳，姚向东"主持"已经去掉了，当上了县政府办公室主任，名正言顺了。这应该算是件大喜事，得好好地谢谢凤霞妹子。凤霞这几天要离开陵阳，菜花心里想好了，得和向东一起去送送凤霞。

向东当上办公室主任后，没过几天，县里给向东分了一套房子，两室一厅一厨一卫。不知是向东运气好，还是人缘关系顺畅。反正，给向东同时下命令的一张纸上，有一个局长调行署机关工作，房子空出来了，老婆也随调去泸阳城里工作。县里刘立平副书记很关心向东，那位局长空出来的房子分给向东。最大的喜事是局长家属是县级机关幼儿园的老师，这老师的位置空出来了。刘副书记与杨才才副局长一协调，让钱菜花补缺。9月1日开学，钱菜花就到城里来上班。姚向东和钱菜花10月1日结婚，刘副书记知道。刘副书记出面一协调，什么事儿摆不平。钱菜花心里知道，这些好事儿都离不开县里领导的关心，离不开凤霞妹子的宽容大度。但钱菜花还想到另一层意思，也许老天爷暗暗帮助向东和我。当年，姚向东掉天坑里去了，偏偏那个时间自己陪父亲去天坑底部打野味，偏偏一枪未发就发现天坑上面掉下来个帅小伙子，这就是天意。俗话说得好，大难不死，必有后福。这姚向东真是有后福了，连自己也跟着享福。反正，菜花心里想好了，自己是真心爱着向东的，但这个爱是为了向东更愉快，更顺畅。只要向东顺利，自己就跟着。万一有一天自己不能给向东带来顺利和幸福，自己就离开他，没什么大不了的。上次，在向东宿舍看到徐凤霞写给姚向东的求爱信。菜花知道徐凤霞比自己能干，想主动离开向东。但向东解释，铁了心地追求自己，自己只能顺着向东，现在看来是对的。向东高兴我就高兴，天上的菩萨眼睛睁得大大的看着呢！再说，徐凤霞不知内情，她是度量大如海的好姑娘。看到那封信时还真误会了向东和凤霞。凤霞可是不知不为过。现在，一切都过去了。霞光寺拜佛显灵了，当然首先要心诚。

　　菜花走在秋风飕飕果蔬飘香的山道上，心里滋润极了。自己一个山里的妹子，当上小学的民办教师，那已经心满意足了。谁知，还未和向东举行婚礼，自己又从山沟沟里调到了陵阳城里工作。想到这里，她抬手撸撸被山风吹乱的额前刘海，抬头望望高远天空中飞翔的大雁，加快了步子朝松林小学走去。

　　放暑假了，学校里冷冷清清的。校门前的黑鱼湖面上泛起莹莹的光线，不时传来一阵波浪碰岸的噗噗声。

　　钱菜花站立在大门前，目光四面环顾。秋柏苍翠的群山重重叠叠，宛如海上起伏的波涛，汹涌澎湃，雄伟壮丽。朦胧的远山笼罩着一层轻纱,影影绰绰,在缥缈的云烟中忽近忽远,若即若离,就像是几笔淡墨,抹在蓝色的高远的天边。黑鱼湖面上晃动着群山倒影,动漫画似的,美丽极了。钱菜花深深地吸了一口清新的带着秋香的空气,整个身子舒坦地松软下来。

钱菜花有些依依不舍。想想不久就要离开这读书、教书的地方,心里不是滋味,眼眶湿润。

她在大门前伫立了许久,醉心地听着各种山鸟天籁般的鸣叫声。

许久,她才跨进大门,走进操场。

她一眼看到操场两边的教室全变样了。教室还在那个位置,但土坯墙改成了青砖,茅草顶修铺上大瓦。大瓦是咖啡红,在秋阳的照射下,熠熠有光。青砖墙上一行大标语,斗大的字:再穷不能穷教育!再苦不能苦孩子!看到那几个字,钱菜花眼眶里的泪水溢出来,像晶莹的露珠顺着滚烫的脸腮蚯蚓似的缓缓地移动。此时此刻,她不想离开这个美丽的地方。但想到是向东,是凤霞帮了松林小学,让松林小学成了陵阳县小学危房改造试验点,自己应该感激向东,是他给了自己天大的面子。菜花下决心到了向东身边,一定要好好地伺候向东,一定要好好地感谢凤霞。听向东说,凤霞还请自己的父亲给陵阳县的书记专门打了电话。要不危房维修款不可能拨得这么快,危房维修款也不可能拨得这么多。听向东说,全县的小学危房都在摸底调查。再穷不能穷孩子,再苦不能苦教育。这句话是凤霞父亲打电话给陵阳县委黄万和书记说的。

办公室门前的大槐树巨伞似的,投下一片斑驳的晃动着的树荫。钱菜花眼尖,一眼看到教导主任周网年站在树荫下,手里拿着一封信。钱菜花心里一激动,三步并作两步走到周网年主任跟前,亮开嗓门喊道:"周主任!"

周主任迎上来,紧紧地拉着钱菜花的手说:"菜花来啦。"

"让你久等了,谢谢周主任!"钱菜花伸出双手握住周主任的手,不停地晃动。

"放暑假了,学校里没人,你这些日子忙结婚,忙房子,忙调动,时间宝贵，不能让你等。再说，要说感谢，我代表校长和全体老师、全体同学好好感谢你钱老师，感谢向东。"周网年说着把手中的一封信递到钱菜花手里说，"这是调令，都给你办好了！"

"谢谢周主任！"钱菜花接过信封，连连致谢，说话间，目光环顾一周，有些激动地说，"想不到校舍修得这么好，这么快！"

"大领导重视！给足了钱。村民们义务劳动，能不快吗？"周网年用手指指操场两边的教室说，"旧貌换新颜！谢谢钱老师！谢谢姚主任！"

"说哪里话！见外了，周主任！"钱菜花摆动着手里的调令，笑嘻嘻地说，"谢谢周主任！看看这里的美丽风景，想想校长、主任和同事同学们，我真依依不舍。"

周网年主任摇摇手说："客气话不说了。办公室里放暑假，没有打扫卫生，就在大槐树下跟你说件事。"

"尽管说。"钱菜花笑着，圆圆的大眼睛炯炯有神地盯着周网年。

"你们什么时候结婚？"

"10月1日。"

"婚礼在松江镇上还是陵阳城里？"

"向东说了，婚事从简。双方父母在陵阳城里吃顿饭就算婚礼。"

"这么简单？"

"向东说了，改革开放，县城的建设春天来了。我告诉你，第一个大动作就是拓宽陵阳大道。听说正在抓紧招商引资，要用三年时间，在陵阳大道上建设十大建筑，迎接新中国成立四十周年。"

"庆祝新中国成立四十周年，还有好几年呢！你俩的婚姻可是大事！"

"向东说了，个人的事再大也是小事！"

"钱老师，我转达一下校长和我，还有全体老师同学们的祝贺。校长说了，告诉钱菜花，举办婚礼时，请不请校长和我，都要去凑热闹！"

"周主任！你和校长都不必客气！"

"校长要代表全校师生谢谢姚主任！"

"你转告校长，不要见外。待有时间，我会把向东带到镇上请全体教师吃顿饭，以表感激之情！"

周网年主任满意地笑笑："应该感谢你和姚主任！"

周网年把钱菜花送到大门口，两人来到亮晃晃的黑鱼湖畔，钱菜花指着波涛汹涌的黑鱼湖说："我是喝黑鱼湖的水长大的，我永远忘不了家乡。这几年变化太大了，改革的春风吹得真快！公社大队都改成乡镇和村。行署都改成市里市管县。我有个小提议……"

周网年打断钱菜花的话："说，我们尽力办。"

"主任！"钱菜花说着，抬起手指着大门上方的校名松林大队小学说，"现在大队都改村了，建议校名改一下。"

"提得对！校长也说了。"

"但是，改为松林村小学，说得通，有点普通俗气。这不是我说的，是向东说的。"

"向东有文化，又在县里机关工作，见多识广。他有什么好的建议？"

"他也没有什么好的建议。他建议改成松林村××小学。他说这个××有松林村的特色。"

"有道理！现在有些小学、中学都是以名人名言名景命名的。我们松林村没有名人名景，但总有特色。我们听听全体老师的意见。"

"叫什么名字你们定。向东说了，这次婚礼从简节约下来的钱，全部捐给小学修缮大门。"

"你们已经帮大忙了，千万别客气！"

"周主任，听向东的。代向校长和全体老师问好。"钱菜花说完，手里掂着装着调令的信封，兴致勃勃地朝鱼头村方向走去。

二十五

　　太阳已经升上中空，洒下一片温热的阳光。通往自家鱼头村的沙石路不太平坦，偶尔会驶过一两辆手扶拖拉机，突突突的机鸣声有些刺耳。从县城驶过来的长途汽车一个小时一班，公路上很难看到公共汽车，倒是小毛驴板车悠闲地走在道路的边边上，不时发出一两声毛驴——欧——欧啊——欧啊——的叫声，既有点像小孩的哭泣，又有点像拉的破手风琴发出的声音。虽然听起来不那么悦耳，但菜花心里装了太多的喜事，听起来倒也别有一番滋味。这是山沟里独特的景象和声音，以后到了城里恐怕很难听到了。

　　菜花放慢了脚步，踏在路边厚厚的松软的巴根草上，听着小毛驴独特的叫声，不知不觉地来到了鱼头村的小山岗。碧绿青翠的一片小竹林就在眼前。顺着这片竹林往左拐个小弯，就看到自家那熟悉的竹篱笆院子的栅栏门。

　　心里开心，脚下有力。钱菜花迈着大步很快来到那熟悉的鹅卵石小道，前面就是篱笆院门口。胡少香正在菜地里摘辣椒。她听到沙沙沙的脚步声，把摘下来的一大把红彤彤的辣椒往篾篮子里一丢，直起了腰，两手轻轻地拍一拍，擦擦沾上的露珠和尘土，揉揉腰，往篱笆门方向一侧颈，看到菜花，脸上漾满了笑意说："菜花，这么快就回来了啦？"

　　"妈，我回来啦！"菜花说着，吱吱咔咔地拉开菜园篱笆子的栅栏门，举着那封信，走到胡少香跟前调皮地晃晃问，"这是什么？"

　　"信封！"胡少香望着大姑娘手里的信封，心里想，菜花这些日子被一连串的喜事乐坏了。拿着个信封，还在母亲眼前晃晃显摆。自己虽然识字不多，但信封谁不认识。胡少香脱口而出："信封！"

　　"不是信封！"菜花故弄玄虚，脸上意气风发，红润润的脸庞在艳丽的秋阳映衬下，像一朵盛开的牡丹花。

　　"不是信封是什么？"胡少香伸手要拽菜花手上的信封。

菜花手一缩,掰开信封口从里面抽出一张纸,在母亲面前动了两下说:"不是信封,是调令!"

"调令?什么调令!"少香听不明白,诧异的目光盯着菜花喜气洋洋的脸庞,不解地问。

"妈!就是这张纸,我从今天起可算是城里人了。"菜花自豪地说,"向东帮了大忙。当然,也是运气,要不然不会这么快调到城里去。"

"运气?"胡少香听姑娘的口气,好像冥冥之中还有老天爷帮忙。她知道菜花这姑娘本来天不怕地不怕,性子开朗直爽。这些年经历了太多的磨难。特别是菜花父亲钱正南工伤事故殉职之后,菜花这姑娘开始信佛了,她在鱼头村家里堂屋朝南的墙上请木匠打了个神龛,摆上钱正南的遗像,摆上了香炉和烛台,逢上初一、十五,她总是点上蜡烛,燃起三炷香,叩上三个头。每叩一头,间隔总有两三分钟,低着头默默地祈祷。想到这里,胡少香感到现在的干儿子未来的女婿是县里的大官。钱菜花能调到县城里去工作,恐怕不单单是运气,向东才是关键。胡少香拉着菜花的手说:"就调动这事儿,恐怕光运气不行。没有你向东哥,你往哪儿调?"

"妈!我没有否定我哥向东的功劳。没有他那位同学在县教育局当副局长,一个民办教师从山沟沟里调到县机关幼儿园去当老师,这事儿想都不要想!"菜花说到这里,语气顿了顿,"运气也有呀!要不是爸爸带着我从龙山天坑底部把向东救出来,我们家怎么会认识向东哥呢?你说,你说这是天意吧?"

胡少香心里明白,要不是正南和菜花从龙山天坑底把向东救出天坑,自己哪来这么优秀的干儿子,大姑娘菜花也不会遇上这么好的哥哥。真是天上掉下个帅小伙。想到这里胡少香似乎心领神会,朝兴高采烈的菜花点点头。

菜花把调令叠好,塞进信封,挺神秘地把头凑到母亲的耳朵旁,轻声说:"这次调动除了向东哥,老天爷还真帮了大忙。"

胡少香听菜花一说,大吃一惊,有些不敢相信姑娘菜花会说出这样的话。调动的事儿怎么会惊动老天爷呢？胡少香愣了一会儿，想知道老天爷怎么会帮助菜花调动呢。胡少香想来想去想不明白。她生在山沟沟，长在山沟沟。山沟沟里的人见识少，信佛烧香不足为怪。菜花高中毕业了，这些年遇到不少坎坷和磨难。朱支书的大儿子追求菜花，竟惹出天大的麻烦，不仅菜花在松江镇上没有面子，更想不到的是朱爱国竟然被严打了。这件事在菜花心中留下了难以磨灭的阴影。朱爱国虽然成绩不太好，虽然调皮放任一点，但人不坏呀！说实在的，当时菜花心中虽然没有爱国的位置，但朱爱国的父亲与菜花的父亲钱正南走得近，亲如兄弟。村上人都知道，两家像一家似的。菜花与爱国青梅竹马，早不见晚见。谁知就因爱国喝醉酒调戏了菜花，这事儿是爱国失态了，但也罪不该死呀。谁知上面严打像台风刮来了，爱国说没就没了。这件事儿闹得满镇满城都知道。菜花心里烙上了内疚的印记，钱家莫名其妙地欠了朱家一笔永远难还的债。菜花父亲钱正南从山沟到了县城石油勘探队，吃上了皇粮。这对于山沟里的山民来说不亚于上了天。可是工作时间不长，在一次放炮事故中丢了性命，这等于是从天上掉到水底下。大姑娘常跟父亲到山沟沟里去打猎，父女感情深，想不到父亲也说没就没了。一家人谁不伤心呢。菜花请木匠做了神龛，家中有了祭拜正南的地方，这也很自然。但从那以后，菜花似乎变了，她开始信佛。什么事儿说着说着总是跟老天爷连起来。胡少香理解大姑娘菜花，也没有往心里去。现在听菜花说到这次调动挺神秘，还有老天爷帮忙，胡少香有点好奇，在菜园里与菜花低声对起话来。

"菜花，调动怎么还有老天爷帮忙？"

"说来挺神秘。"

"怎么神秘？"

"运气！"

"又是运气。看来我家姑娘时来运转呀！真的！"胡少香好奇的目光盯着菜花。

菜花目光扫了扫生机勃勃的菜园。母亲打理的这片菜园也是一派喜人的景象，各类蔬菜长势喜人。卷心菜把自己的身子裹得严严实实，生怕冻坏了似的；花菜则像一位害羞的小姑娘，躲在绿色的菜叶中间；菠菜长得郁郁葱葱，一根根你不让我，我不让你；萝卜的叶子是对称的，从根上长起，一直向上，等到叶尖时，叶子就成了一大片，红色的茎衬着绿色的叶子，显得亭亭玉立。篱笆墙边黄黄的南瓜扭着滚圆的身子像个大车轮；紫色的茄子挂在枝上荡秋千；红红的小辣椒像一串尖尖的小红帽。菜花把目光移到母亲脚边的篾篮子里，半篮子红彤彤的辣椒像一团火似的。菜花知道，自己的母亲是多么勤劳。但有些年份这菜园子里的蔬菜也不全是生机勃勃的。碰到了霜冻、冰雹、台风、暴雨，菜园里的蔬菜就长不起来了。想到这里，菜花指指母亲脚边的篾篮子里红红的小辣椒说："妈！看今年家里的菜园，多红火！"

"今年的蔬菜长势喜人！风调雨顺呗！"

"这就是运气！"

"我信！你说说你这次调进城里挺神秘的，老天爷帮忙，哪个老天爷？怎么帮忙的？"

"妈！你知道教师调动有多难吗？"

"不知道！"

"从城里往下调，说调就调。要是从乡下往城里调，那几乎不可能！"

"你不是要和向东结婚嘛！有理由呀！"

"有理由的多着呢！"

"有理由也不行？"

"城里教师超编，乡村特别是大的山沟里严重缺教师，乡里教师能往城里调难呀！"

"你哥不是大官吗？"

"是呀，也许近水楼台先得月，但也得有空缺呀！"

"空缺？"

"对呀！这就是机会。向东有点权，他同学杨才才副局长又盯着，就等空缺！这就是运气！"

"你等着空缺了？"

"妈！告诉你，有些乡下教师调城里解决夫妻分居，解决家庭困难，等上三年五年都没有空缺。我这次运气好。我与向东定于10月1日结婚，县里领导都知道。八月初，向东当上了主任，主持去掉了，也就是一把手了。谁知，与他一张纸下命令的一名局长调到了泸阳市里去工作，空出了一套两室一厅一卫一厨的房子，县委刘副书记出面，这套房子分给了向东。房子已经粉刷过了，婚房有了。最神奇凑巧的是这位局长的爱人也随调泸阳市。局长爱人在陵阳县级机关幼儿园当老师。她调离陵阳，空缺有了。所以一个月内就从山沟沟里调动到城里了。这不是运气？这不是老天爷在暗中帮忙？"

胡少香听得直吐舌头，感到有点不可思议，被大姑娘菜花说得云里雾里的，不由自主地连连点头。

"妈！"钱菜花亲切地喊了一声妈，顺手拎起装着红红火火辣椒的篾篮子，朝堂屋走过去，边走边说，"我得去给爸爸叩三个头，谢他在天之灵保佑！"

"走！给你爸叩头去！"

二十六

胡少香中午特地烧了个扁豆鸭子。再过一个月，就要中秋节了。黑鱼湖一带山民有中秋团圆吃扁豆烧鸭这道菜的风俗。扁豆是从自家篱笆墙上现摘下来的，紫红的扁豆特别饱满，鲜亮鲜亮的。扁豆角虽然有点扁，但扁豆粒子特别圆挺，象征着红红火火，圆圆满满。今天是大姑娘喜上加喜的日子。人家都是双喜临门，菜花是四喜临门。再过一个月就要与向东成婚，这可是人生最大的喜事。分了大房子，当了大主任，到了大城市。想到自己姑娘菜花这些年一直走背时的艰难日子，现在终于时来运转，胡少香心里特别高兴，提前烧了个只有中秋节才吃的扁豆鸭子。

中午，喷香的扁豆鸭子刚一端上桌，满屋子弥漫着诱人的香气。中午的阳光照耀着窗外山冈上的一片竹林，竹林栖息着大批的山雀，叽叽喳喳地鸣叫着。看来这些山雀已经嗅到了扁豆鸭子的香气。

吃午饭时，菜花望着桌上的扁豆鸭子，想起中秋团圆全家欢乐的日子，父亲的音容笑貌浮现在自己的眼前。菜花眼眶瞬间红了。她站起身，轻轻地走进厨房，从碗橱里拿出一只小小的碟子，来到饭桌前。胡少香和杏花都明白，心中都同时想到一个人，但谁也没有说破。菜花拿起筷子，从大碗里夹起一块鸭脯肉，放到小碟子里，又撷起一个红红的扁豆角，往鸭肉上一搁，端起小碟子来到神龛前。菜花轻轻地用手擦了擦神龛前的小台子，把碟子摆上去。目光凝视着挂在墙上的父亲遗像，双手合十，连叩了三个头。胡少香、杏花都注视着神龛，注视着神龛墙上钱正南的照片。

菜花回到桌前坐下来，揉了揉眼角，拿起筷子分别给母亲和妹子杏花各撷了一块鸭肉说："妈！杏花妹子，我这一走，你们要吃苦了！"

"菜花，放心去城里。人往高处走，好事！"胡少香也给菜花夹了一块鸭肉块说，"吃饭！"

"姐！我会照顾妈的！"杏花也给菜花夹了一块鸭肉块，笑嘻嘻的，白里透红的脸腮上，露出两个小酒窝。杏花边笑边不停地说："姐，放心去吧！"

看着妹妹杏花笑容可掬的脸庞和那羡慕不已的目光，菜花想起了向东说的话。菜花想了想说："妹子，向东哥说了，考不上大学没事的，条条大路通罗马！当初向东哥就业无门时，他爸就这么说他的。向东哥说了，待我们忙过结婚大事后，给你在城里找份工作，方便再把母亲接到城里去！"

胡少香和杏花听了都笑了。胡少香用筷子指指杏花："丫头，还不快谢谢你姐！"

"谢谢姐！"杏花给菜花姐撷了几片紫红色的扁豆角。

吃过午饭，菜花拎着向东送给她的篾箱子，坐上通往陵阳城的长途汽车。

出了长途汽车站，钱菜花拎着装满换洗衣服的篾箱子，径直来到了陵阳县教育局。她找到杨才才副局长，办好到县级机关幼儿园报到的介绍信，乐滋滋地拎着竹篾箱子，迈着轻快的步子，劲抖抖地往新分的房子赶去。

新分的房子在县级机关大院的东北角。那里是机关的一片宿舍区。宿舍区离向东现在住的单人宿舍不到一百米。穿过篮球场，绕过几排两层高的机关办公楼。办公楼的东边是一片茂密的高高的水杉林。杉树林中有一条两米宽的石砖铺就的林荫道，往右一拐，就看到宿舍区。宿舍区共有三排住宅楼，每排三层，每层五个单元。每个单元住两户，门对门。

秋天的天气早晚凉。下午四五点光景，太阳还未下山，菜花拎着篾箱子，从县教育局一路赶过来，浑身都冒汗。新分的房子她来过不少次了。自从拿到钥匙后，因向东住的单人宿舍要腾出来交给别人住，只好抓紧时间整理清扫。为了赶时间来城里打扫，还请人粉刷一新。上周搬家后，菜花抓紧整理衣物。10月1日结婚，菜花和向东一合计，又添置了一张大床、一张五斗橱、一张大橱。这些日子松林小学放暑假，菜花已经将向东新分的房子布置得挺喜气了。

房子虽然旧，但一粉刷，添了几件红红的家具，床上也铺上了红红的垫毯，红绸缎子的被子。特别是床上那一对淡红色的枕巾，枕巾上的一对鸳鸯花图栩栩如生。床头柜上的台灯很有创意。白炽灯泡被向东涂上了淡淡的红漆。夜晚台灯一开，虽然不亮堂，但房间里映得红彤彤的。

想到房间里那红红的艳丽色彩，想到自己袋子里去县级机关幼儿园报到的介绍信，想想晚上又要见到向东哥了，虽然上周还在一起，但这次不一样，这次来到了自己新的大房子了，再也不用向东出去借宿了。菜花加快步子，穿过杉树林的林荫小道，来到了靠松江边的最后一排宿舍楼。

新房在五单元三层东户，对门是陵阳县工业局刘方明局长。向东熟悉刘局长，菜花来了不少次，只是一次也没有见过面。

菜花打开门，把篾箱子往客厅一放，赶紧把大小房间和客厅的窗户打开。她来到厨房，找到抹布，手脚麻利地把桌椅和床抹了一遍，又用拖把把铺着方块塑料地板的地面抹去一层灰，屋子里顿时亮堂多了。

太阳下山了。夜色渐渐降临。菜花看看墙上的壁钟，已经下午六点半了，向东还没有回来，她坐到桌前的椅子上，她想歇一会儿。但刚刚坐下不久，椅子还未焐热，她又站起来。屋子没纱窗，菜花赶紧关上门，然后打开灯。刚粉刷的洁白的墙面和新置的家具，灯光下，整个屋子里亮堂堂的。

菜花这辈子还没有住过这么大的新房子。她一间一间地看，心里激动不已。特别走到未来的新房里，一片红彤彤的颜色，尤其是那枕巾上的两只活灵活现的鸳鸯，她的眼前浮现出徐凤霞姑娘那秀气的脸庞，那黑白分明的眼睛，那乌硕硕的辫子。多好的姑娘呀！多大的度量，帮我办调动，自己却准备离开陵阳。想到那次在向东宿舍偶然看到了徐凤霞写给向东的求爱信，自己心中那一瞬间涌起的醋意，菜花心里很是内疚。但这一切都悄悄地过去了。好人偏偏让我遇上了，徐凤霞姑娘的形象在菜花的眼前变得越来越高大。瞬时，菜花的脑海里浮现出一朵红彤彤的牡丹花，这牡丹花应该属于徐凤霞妹子，徐凤霞的心比这房间里的色彩还红呢！

菜花心里早想好了，一定要在凤霞离开陵阳前去送送她，一定要说说心里话。虽然自己有时自我解嘲，顺也好，不顺也罢，这是老天爷安排的，烧烧香，叩叩头，心里顺畅些。但是人还是要想开些，要多为别人想，别人急于想做的事，尤其自己心爱的人想做的事，应该满足他。爱不是自私的，爱应该是无私的付出，凤霞做到了。

想到这里，菜花一屁股坐到了床边红红的垫毯上，目光凝视着枕巾上的一对鸳鸯，心潮澎湃。再过一个月……她心里一个咯噔，幸福的日子咋来得这么快呢？她想起向东那个习惯动作，动不动就拉着自己的胳膊……菜花没有想下去，心里甜蜜蜜的。

外面传来钥匙开门的声，菜花没有听到。

向东下班前接到县教育局杨副局长电话，说是到幼儿园报到的介绍信已经开给了菜花。向东知道菜花从乡下来了，心里乐呵呵的。这些日子好事不断，自己当上了主任，分上了大房子，菜花的工作调到了城里，大喜的日子也一天天临近。向东想想自从菜花父女把自己从天坑救上来后，自己真的是应了那句俗话：大难不死，必有后福。但菜花却经历了那么多磨难，但终于走出来了。还有一个月就要结婚了，向东下决心要把自己全部的爱献给菜花，要让菜花幸福。向东看了一些爱情的电影，男人女人结婚是最幸福的。他似乎感到这事儿不难办，结婚后，听菜花的。想到那次菜花看到徐凤霞的求爱信，度量竟然那么大，现在想想都觉得菜花了不起，菜花值得自己去爱。这种爱绝不是简单的感恩。

这些日子，向东想到菜花就心潮澎湃，想到菜花那白皙的脸庞，那圆圆的大眼睛，尤其是夏天单薄的衬衣掩不住胸脯那两只馒头似的乳峰，向东不时会想入非非。向东甚至想得有些天真。结婚只是个形式，在一起那是实实在在。自己爱菜花，就应该早早地跟菜花在一起，把自己的心跳与菜花的心跳紧紧地连在一起，两人的心要同一频率跳动。向东想到这些，有时甚至不能自已。也许这是青春期男人应该有的冲动，这是人的本能。向东记不清在哪本小说中曾读到过一句名言：人不能战胜的只有自己的情感！向东这段时间对这句话感悟颇深。10月1日就要与菜花结婚了，这些日子常常出现莫名其妙的冲动和兴奋。

向东开了门，把公文包往客厅椅子上轻轻一放，又轻轻地关上门，蹑手蹑脚地往大房间走过去，但心怦怦怦地跳个不停。

向东要给菜花一个惊喜。

二十七

向东在大房间门口停住脚步。

大房间里,顶上的日光灯亮晃晃的,白色的灯光被房间里红红的垫毯、红红的被子、红红的枕巾映红了。菜花坐在床沿,浑身沐浴在红红的光亮中。日光灯泛红的光亮下,菜花静静地坐在床沿,目光望着向南的玻璃窗,眼珠一动不动。

向东明白此时此刻菜花的心情,她肯定沉浸在从未有过的幸福之中。

向东不想打扰菜花,目光落到菜花的身上,随着菜花目光的方向往外看。夜色已经渐渐降临,不远处的松江依稀可见一条白色的带子,不时从松江上传来一两声沉闷的汽笛声。向东的目光从窗外收回来,从侧面看到菜花那突兀的胸部轮廓线,随着有节奏的呼吸微微起伏,一种说不出的美感在向东脑海里弥漫开来。他产生了抑制不住的冲动,恨不得把自己的手温柔地放到菜花的乳峰上,随着她的呼吸伴着乳峰的起伏而颤抖。

向东情不自禁地想入非非,满屋里的红色光亮激起了他无限的漫无边际的想象。他迈开步子,轻轻地喊道:"菜花,你来啦?"

听到向东的喊声,菜花从即将结婚的喜悦思绪中回过神来,腾地从床沿站起来,激动地说:"向东哥,下班啦!"

"下班晚了些。"向东说着来到菜花面前,伸出双手按住菜花的双肩,深情地吸了一口气说,"菜花,坐!坐!坐!"说完,右手拉亮了床头柜上的台灯,接着又拉灭了镇流器吱吱吱响个不停的日光灯说,"台灯好!我要跟你说话呢!"

台灯的白炽灯泡已经被向东用红油漆涂上,发出的光虽然不太亮,但红彤彤的。日光灯一拉灭,屋子里红红的一片,显得十分的温馨和神秘。

向东把菜花按坐在床沿后,自己站着,两只有点发烫的手分别拉着菜花的手，嘴里自言自语地说："菜花，你真美！"

菜花听了有些不好意思。菜花明显感受到向东的手是那么烫，像加了热的电阻丝。红红的光亮映照下，向东的脸庞红红的，呼吸急促，一股热气一阵一阵地弥漫到菜花脸上。

菜花紧紧地拉着向东的手。好久，菜花松开一只手，把到县级机关幼儿园报到的介绍信从口袋里掏出来说："你要好好地谢谢刘副书记、徐凤霞妹子，还有杨才才副局长，调动的事办妥了！"

"办妥了？"向东明知故问。他早已接到杨才才副局长的电话，知道过几天菜花就去幼儿园上班。但此时此刻，向东全身的血液都在沸腾。向东接过菜花递上来的介绍信，轻轻地往床头柜上一丢，两只手又紧紧地按住菜花柔软的双肩说，"好人有好报，这些日子顺着呢！真的感谢你！"

"感谢我？"菜花一听，以为向东猴急猴急的，说错了，说反了。

"当然应该感谢你，我心爱的菜花！没有当年你和你父亲把我从天坑里救上来，怎么会有我的今天。没有我的今天，也不可能有现在这样芝麻开花节节高的顺当日子。"向东望着有些诧异的菜花那红润润的脸庞。

"这也许是命运吧！"菜花心跳加速。

"不说命运！"向东望着菜花那双黑白分明的大眼睛，血液在急速地流动。向东知道，自己的血管里流着菜花的血液。过去是干哥妹，向东曾经单独与菜花在一起的时候不止一次地在心里冲动不已，但那时只能拉住菜花的胳膊。今天，向东不知哪儿来的勇气，也许是在这房间里红彤彤的氛围中，向东把菜花当作新娘子了。向东双手从菜花肩上放下来，又急切地握着菜花的双手，轻轻地握着，好久，好久。向东目光盯视着菜花那红光满面的脸庞上那双迷人的眼睛，压制不住心中的冲动，握住菜花的双手轻轻地顺势往后推。菜花也半推半就地被推倒平躺在床上，两条腿还是悬挂在床沿。向东松开手，顺手脱下菜花脚上的鞋子，自己整个身体缓缓地压在菜花身上。

朦朦胧胧的喜庆的红色光圈里，向东粗厚的嘴唇紧紧地贴在菜花的嘴唇上。

菜花没有反抗，眼睛微微闭上，心里幸福地想，再过一个月就要举行婚礼了。再说，婚礼从简，节约下来的六百多元费用已经决定捐给松林村小学建大门，取新名字。这也等于向外界正式公开了两人的夫妻关系。早一天、晚一天，自己都是向东的人。爱就是无条件地给予。只要向东高兴，随着他的兴致吧。

窗外，松江上波浪涛声在夜色中听起来很响亮。月亮不知什么时候升起来了，皎洁的月光把夜色中的大树、房舍染出了蒙蒙的轮廓。窗外的墙根边不知名的秋虫欢快地鸣叫着。

菜花毫无节奏地欢快地呻吟着。

菜花与向东都有了第一次。

台灯关上，日光灯亮了。

两人害羞地互相望望，都笑了。

天已黑下来。两人的肚子咕咕叫，向东提议去食堂看看。食堂关门了，就去街上吃晚饭，顺便去外面走走。

两人手拉手出了门，刚下到二楼，迎面碰上应酬回家的县工业局刘方明局长。向东认识，赶紧松开手，拉住刘局长的手，热情地说："刚搬到你家对门。"

"知道！"刘局长喝了些酒，说话有些结巴，"姚主任，这是……"

"菜花！未婚妻！"向东有点不好意思，赶紧推推菜花的肩，"菜花，这是刘局长！"

"刘局长好！"菜花轻声地与刘局长打招呼。

"刘局长多关照！"姚向东朝刘方明局长摆摆手。

"你们散步去？去吧！去吧！"刘局长说着，往三楼台阶走上去。

姚向东轻声一笑，心里想：散步去？饭还没有吃呢。想到这里，想想刚才床上的事儿，心里有些内疚，甚至还有些后悔。男人就这样，当时一冲动，十匹马也拉不住。冲动过后，想想会自责，但一会儿又过去了，好像什么事儿都没有发生似的。向东拉住菜花的手，大步往食堂走去。还好，食堂还没关门。姚主任是办公室主任，食堂是办公室管着。大师傅看到向东和菜花来了,赶紧招呼向东菜花坐下来。不一会儿工夫,给每人上了一碗荷包蛋阳春面,还特意端上来一小碟麻辣酱。

两人吃得满头大汗,放下筷子,你望望我,我望望你,心照不宣地笑了。

向东站起身,跟食堂大师傅打声招呼,又拉起菜花的胳膊。两人吃得热乎乎的,额头上沁出了汗。走出食堂大门,两人来到花圃间那小道上。

菜花突然想起什么事儿,停住了步子。她目光朝篮球场边的单身干部宿舍望过去。

向东也停住了步子,关切地说:"菜花,时间还早呢,到松江边散散步去。"

"不!我想去看看凤霞妹子。"菜花用手朝单身干部宿舍方向一指说,"凤霞妹子不知走了没有?"

"没有。应该是明后天去泸阳市报到。"向东想了想说,"改日吧,我跟她约一下。"向东想想刚刚不久在新房里与菜花的激情一幕,现在去见凤霞妹子,心里有些不好意思。

菜花是山里来的姑娘,心直口快地说:"约什么呀,现在就去看看。万一明天一早走了呢!"菜花想到那天在向东宿舍看到凤霞的那封求爱信,担心凤霞妹子会不辞而别。这符合凤霞妹子的性格。她不想给别人添麻烦。尽管她通过她父亲给向东和菜花办了不少好事,毕竟是青春少男少女,毕竟写给向东的求爱信让菜花看到了。她理解凤霞。菜花坚持要去给凤霞送行,对向东说:"凤霞也是你的干妹子,我们一家人呀!走!凤霞明后天去泸阳报到,给她送行去。"

向东松开了菜花的手,朝篮球场边的那排单身干部宿舍楼走过去,边走边说:"凤霞是个好妹子,你也是个好姑娘!"

"我是好姑娘吗?"菜花俏皮地一笑说,"理解!凤霞给你写的那封信,我刚看到时不理解。现在想想,人这一生为别人着想些,一定会幸福!我选择离开你,但老天爷不让你离开我!再说,少男少女,谁没有七情六欲。我很快就理解了凤霞写的那封信。向东，你要对凤霞好，我不会吃醋的！再说，她离开了陵阳，但老天爷会在天上看着，她一定会幸福的！走！看看凤霞妹子。"

菜花的热情、开朗，抹去了向东心头的那一丝丝担心和尴尬。他朝那排单身宿舍走过去，他知道最西头的那间宿舍亮着灯，模糊的玻璃窗里隐隐约约有一个人影在晃动，凤霞在宿舍里。

秋天的夜晚静悄悄的，月亮在满天的星星簇拥下发出柔和的光亮。

二十八

凤霞这些日子心情舒坦了。

自从写给向东的那封求爱信被菜花看到后，凤霞的脑海里瞬间像晃过一道耀眼的闪光，耳朵顿时如同春雷滚滚。消息是向东告诉凤霞的。向东与菜花的传奇爱情故事让凤霞那少女脆弱的心灵受到了巨大的震撼。但凤霞当时激荡不已的心情慢慢地平静下来。她听了向东的劝说，不知不为过。少男少女，成天在一起工作，谁心里不迸发出一些爱情的火花。火花激出去了，但能不能点着，点着的条件成熟不成熟，那可不是一厢情愿的事。凤霞在心里自我解压，不知不为过。谁知道你向东与菜花还有那段生死之恩呢！谁知你向东的血管里流着菜花的血液呢！谁知你们干哥干妹相处了几个年头呢！向东对自己的传奇故事隐藏得好深呀！一点儿蛛丝马迹也没有。深山里藏了个钱妹妹，害得她冒昧地给向东写了那封直白的求爱信，偏偏这封信又无意中让菜花看到了，让她出尽了洋相，丢尽了面子。好在大家都性格直爽，都说开了，没有往心里去。为这事儿，这些日子凤霞心里总不是个滋味。好在一切都过去了，凤霞被菜花对向东的恩情和真情所感动。凤霞动用了自己的各种关系，让向东和菜花圆了梦，10月1日向东与菜花举行婚礼的消息传出后，凤霞把能想到的事儿都想到了。向东"主持"去掉了，当上了办公室的一把手；菜花所在的松林小学危房改造得到落实，这给菜花上足了面子。为这件事凤霞让父亲徐立银亲自给陵阳县委书记黄万和打了电话。向东10月1日与菜花成婚，自己还在向东手下工作不太合适。凤霞抓紧办理离开陵阳的调动手续。现在调至泸阳的手续已经办妥了。好在自己的父亲是泸阳市委组织部部长。前些日子行署改成市管县了。父亲职务没有变。近水楼台先得月。凤霞很快调到泸阳市泸东区委宣传部工作，择日报到。当然，也有借口，母亲身体不好，调回家里照顾母亲。这是一举两得的事。对组织上有调动理由；对菜花来说，自己调走是顺理成章的事情。这样菜花心里会舒坦些。10月1日向东与菜花的婚礼从简，不举行仪式，不宴请亲朋。凤霞本来是要给向东和菜花准备一份礼物，但想来想去，一切既然从简，也就一切顺其自然吧！

凤霞决定，明天离开陵阳去泸阳报到。吃过晚饭，此刻正在宿舍里收拾行李。

凤霞一边整理行李，一边哼着歌儿，心情很好。毕竟不知不为过。什么事情谈开了想开了就顺当了。姚向东是个好主任，要才有才，要德有德，长得还那么帅，自己在姚主任手下工作很顺心顺手，自己追求他也很自然。现在说开了，想不到那个山沟沟里的钱菜花度量那么大，凤霞当时还真的被菜花的心境感染了。先是菜花提出一个小小要求，让凤霞认向东干哥哥。凤霞当时愣了好一会儿，心里有些为难。这个菜花姑娘，让我认向东干哥，就不怕我以后……当时，凤霞没有认真想下去，点头答应了。想不到自己的一封冒昧的求爱信，爱没有求到，求来了一个干哥哥，一个干妹妹。想到这些事儿，凤霞心里暖洋洋的。向东与菜花婚礼从简。凤霞决定提前离开陵阳。正好，工业局刘方明局长下属的陵阳酒厂有卡车去泸阳卖酒，搭个顺便车。一切都顺当，人逢喜事精神爽。凤霞一边整理行李，想到第一次约向东看的电影《被爱情遗忘的角落》，心里甜丝丝的。当脑海里幽幽地响起那悲痛的《角落之歌》的主旋律时，凤霞的眼眶湿润了，嘴唇微微地颤动，轻轻地哼起来：

谁知道角落这个地方
爱情已将它久久遗忘
当年它曾在村边徘徊
徘徊
为什么从此音容渺茫
嗯——嗯——
谁知道角落这个地方
春天已将它久久遗忘
当年它曾在山口停留
停留
到何时它再愿来此探望
嗯——嗯——
嗯——嗯——

后面"嗯——嗯——"哼了十几遍，还在重复地哼着，眼眶滚烫的泪水溢出来，顺着脸颊缓缓地往下滴落。此刻的凤霞真的为电影中的人物动情了。这个存妮，不知像自己呢还是像菜花？

突然，传来笃笃笃的敲门声。

凤霞赶紧放下手中正在叠的衬衣和裙子，抬手擦了擦脸上的泪水，轻轻地走到门口，拉开门闩，还未来得及打开门，门外传来了熟悉的喊声：

"徐科长在吗？"

"在！在！"凤霞一听是姚向东的声音，心里一激动，吱呀一声拉开门。

姚向东一脚跨进门，看到徐凤霞正在整理行李，大大方方地说："凤霞妹子，咋啦？把哥当外人啦？整理行李也不请哥来帮忙？"

钱菜花紧跟在姚向东身后，看到床上散乱的衣裳，着急地说："凤霞妹子，听说你要去泸阳报到，我和向东来看你！整理行李这粗活儿让姐来干。"

凤霞一边把向东和菜花让进屋子，一边打招呼："没啥东西整理，一会儿就整理好了。"徐凤霞想不到向东和菜花这么晚了还来看自己，手忙脚乱地拉了两张椅子，连连招呼向东和菜花坐下来。

向东和菜花坐下后，凤霞就着床沿一坐，解释说："本来晚两天走。正好刘方明局长下属的陵阳酒厂有卡车去泸阳市送货，搭个顺便车！"

"什么时候？"向东问。

"明天上午九点。"凤霞说着，站起身，要到桌子上拿水瓶倒茶。向东抬手一拉说："徐科长，对了，还是叫凤霞妹子亲切！"说到这里，向东嘿嘿一笑对着菜花："菜花，你说呢？"

"叫凤霞妹子亲近、亲切！"菜花连连点头。

"凤霞妹子，都是自家人，干哥干妹子客气啥。"向东站起身说，"我和菜花来看看你！这样，水不倒了，我们帮你整理行李？"

"帮你整理行李。"钱菜花说着，站起身一步跨到床前，拎起一条裙子就准备叠。

"自己的行李自己整熟悉。谢谢干哥干姐。说到这里，我还有一个请求，不知向东哥菜花姐能否答应？"

"答应！答应！"向东和菜花几乎是异口同声。

"你们婚礼从简，我支持；你们把婚礼节省的费用给了松林小学，我佩服。但我有一个请求，你们结婚之后，有空的时候到泸阳看看，向东哥一定要带着菜花。"凤霞最后一句话语气很重。

"一定！一定！"向东敬佩的目光盯着凤霞。

"谢谢！谢谢凤霞妹子！"菜花心里涌起了一股暖流。凤霞不愧是大城市长大的大干部家里走出来的，度量这么大。自己主动离开了心爱的人，还邀请向东和自己去泸阳看看。凤霞是个好姑娘。刹那间，菜花想起来了在霞光寺敬香的情景。自己心里默默地许了不少愿，忘了一个愿，应该让老天爷保佑凤霞妹子早点找一个如意郎君。此刻，菜花心里默默地为凤霞妹子祈祷。钱菜花想起在霞光寺许的愿，心里有点后悔。

凤霞满意地笑了，边笑边说："祝你们新婚快乐！"

向东和菜花点点头，两人的脸庞在日光灯映照下，红通通的。

向东拽拽菜花的胳膊，对凤霞说："明早来送行，祝一路顺利。"说完，转身朝门外走去。菜花挣开向东的手，往前一步，双手拉住凤霞的手，泪水从眼眶里涌出来："妹子，谢谢你！"

"一家人不说两家话。"凤霞抬手帮菜花擦去眼角的泪珠说，"祝新婚快乐！"话音刚落，凤霞的眼圈红了。

向东突然想起什么，又转过身，语气中充满了感激："凤霞妹子，大家都舍不得你离开陵阳，但你母亲身体不好，照顾几年，母亲身体好些，再调回来。"

"我也想着大家呢！代向大家问好！"凤霞心里有些发酸，但话还是说得那么脆亮。

"我们在陵阳盼着你回来！"菜花闪着泪花的目光里透出一丝丝依依不舍的深情。

"陵阳的建设、发展等着你呢！"向东说着有些激动，"改革开放的春风已经吹到了陵阳城。陵阳大道要拓宽，大道两旁要建十大建筑，迎接新中国成立四十周年，还有三年多点，时间紧呀！"说到这里，向东恳求她把一件事放在心上。向东知道凤霞父亲是大干部，人脉广。向东感激地对凤霞说："我和菜花的事惊动了你父亲。谢谢你！另外，还拜托你，帮我们陵阳招商引资，多介绍一些客商过来。十大建筑需要老板来投资。拜托了！"

"放心！我是陵阳走出去的干部，再说还有哥姐在这里。一定放在心上。"凤霞把向东和菜花一直送到了花圃的碎石小道上，这才依依不舍地转身往宿舍走去。

月亮升上了中天，皎洁的月光洒满了大地。

二十九

第二天上午。

菜花陪向东送走凤霞，回到新分的房子里。向东上班去了，菜花一个人坐在铺着红色垫单的床沿，目光盯着朝南的玻璃窗。透过玻璃窗，一抹红彤彤的阳光透进房间里，房间里红色的一片。

房间里充满了喜庆的红色，尤其是床头柜上那盏台灯，涂上红漆的灯泡在菜花眼里渐渐地变大，大得像一盏夜晚点亮的红灯笼。想到昨天傍晚向东回来后，关掉天花板上的白炽日光灯，拉亮了床头柜上的这盏红色的台灯。在那喜庆的红色灯光中，顿时浑身的血液在加速流动，脸上明显地发烫，不知不觉中，向东与自己有了第一次，到现在菜花还沉浸在当时极度的兴奋中。想到这里，菜花似乎明白了向东把灯泡涂上红漆的用意。男人，鬼点子多。在这红彤彤的热烈气氛中，自己已经成为向东的人了。

菜花深深地吸了一口气，眼前浮现出凤霞临别时的眼神，那眼神中充满了对自己的祝福，也充满了对向东的敬佩。向东是个帅小伙，又有才。凤霞与向东相处几年，怎能没有感情。凤霞打开驾驶室的门，往车上的脚踏蹬上一步，扭过头来的那一瞬间，眼眶红了，充满了泪水。凤霞坐进驾驶室，朝向东和送行的同事们缓缓地挥挥手，一句话也没说出来。

凤霞走了，菜花心里有一种说不出来的滋味，失落感油然而生。

时间过得快。

顺畅的日子过得更快。

转眼金色的秋天过去了。秋天是收获的季节。10月1日虽然婚礼从简，但这一天过得特别有意义。菜花和向东回到鱼头村。先是去松林小学把婚礼省下来的六百元费用捐给松林小学修大门。菜花和向东亲自把钱交到周网年主任手里。松林小学改名了。周网年把新校名告诉向东，向东连连点头："松林村感恩小学，这个名字起得好。人都要懂得感恩。"中午,向东和菜花把母亲胡少香和小姨子杏花,请到松江镇上的一家酒馆,向东父母和弟弟向方、妹妹向红,还有林业站的刘建国站长、松江中学的高华庆校长,向东的姑妈姚建秀、女儿刘娟娟,欢聚在一起。说是婚礼,其实对于向东来说,对于菜花来说,那就是感恩。当时,菜花在心里盘算着,自从天坑上空掉下个帅小伙姚向东,一晃近十年了。要说感恩,相互之间的深情那是无法用语言表达的。菜花明白了一个道理,人要走正道,做善事。俗话说,人在做,天在看。再困难再曲折的路总会走得过去的。

结婚后,菜花在县级机关幼儿园上班。向东忙工作虽然顾不上家里的活儿,但菜花勤快,家里收拾得顺顺当当,向东不要说工作忙,没有时间,就是有时间家务活儿也插不上手。

婚后甜蜜的生活让菜花始终处于高度的兴奋之中。这期间,菜花收到两封来信。一封是桃花写来的。她代表卫国,还有朱红旗支书和伯母曹仁兰祝福菜花新婚快乐。信中告诉菜花一个好消息。伯母这次到深圳看眼病,很顺利。先是在广州最大的羊城医院诊治。医院专家诊治后,说伯母的眼睛一定能重见光明。后来,卫国通过朋友找到了香港的眼科专家专门到深圳南海医院做手术,现在已经恢复视力了,正在康复中,估计十月底回到松林大队。听到伯母曹仁兰视力恢复的消息,菜花一块心病消除了。当年伯母哭瞎了眼睛,是为大儿子朱爱国冤死而伤心。尽管自己也是受害者,但起因在自己身上。菜花这些年一想到朱爱国的冤死,心里总不是滋味。她恨张升财,但听卫国说过几次,张升财当时也是鬼迷心窍,现在后悔得不得了。每年三个节日,端午、中秋和春节,他总要提着大包小包到朱红旗家忏悔。朱支书想想都是从"文革"过来的人,那时候谁也说不清怎么想的,总是斗来斗去的。再说张升财也只是出出过去在村里受的气,他做梦也想不到这"严打"会打得这么狠,想想,那个年代,也没啥事情干,人都闲得要死。张升财还是勤劳人。他杀猪卖肉,不想走集体的路子。朱支书当然要管,这过节就结下来了。朱支书后来大队改村后,不当支书了,静下心来也有了不少的想法。刚开始,张升财进不了家门；后来进得了家门，带来的大包小包必须带回去；再后来朱红旗与张升财有了谈心的机会。随着改革开放的春风吹进山沟沟里，人们的思想观念在悄悄地发生着变化，朱红旗慢慢地接纳了张升财。

另一封是凤霞妹子写来的。信寄到了幼儿园菜花收。菜花收到信，正要拆，转念一想，这个凤霞姑娘，不愧是在城里长大的，文化又高，想得真复杂。她恐怕还惦记上次写给向东的那封信，看来怕我这个新认的姐吃醋。也真难为凤霞了。她跟着向东后面工作几年，心里一直暗恋着向东，但始终没有说出口。谁知，鼓起勇气写了一封求爱信，偏偏让我无意中看到了。其实，凤霞是无辜的，严格地讲是感情的受害者。她和向东都是大学毕业生，笔杆子都硬得很，他们两人结合那才真是天生的一对，但她不知道向东与我有着一段奇特的经历。向东抱着感恩的心态始终温暖着我的心。这些年，自己还是有自知之明的，但再有自知之明，再厚的冰块也会被向东那执着的爱温暖融化的。怪只能怪向东，他应该与凤霞相处中察觉到蛛丝马迹，他应该把他与我奇特的故事讲给凤霞听。他没有。也不能全怪向东。他一个小山沟沟里考出去的大学生，幸运地分到了陵阳县机关工作。这是一个大的平台，姚向东要想在这个大平台上有作为，有进步，他必须努力去工作，去和谐地处理好各方面的关系。凤霞的热心，向东早就感觉到，但他知道，凤霞的父亲曾在陵阳当过县委书记，现在又是泸阳市委组织部部长，是个管官的大官。向东不敢给凤霞挑明了与菜花的关系。再说，这些年向东与自己一直是亲密无间的干哥妹。自己一直感觉救了姚向东，这是天意，姚向东再怎么感恩，也不能让姚向东把身子搭进来。不管怎么说，姚向东是高考之后第一代大学生，是县里机关的官儿，自己高考落榜，父亲又走了，家在农村，没有什么收益，自己与姚向东家比，那绝对是门不当户不对。两人都知道对方的心思，都不愿去说破。这种亲密无间纯洁的干哥妹关系一直维持到去年。好不容易菜花与向东走近了，走得超越了干哥妹关系，半路上杀出个程咬金。凤霞能不尴尬吗？好在自己和凤霞都是心直口快的人，都是度量大的人。在相互的谦让中，凤霞成全了向东和自己。

这是凤霞调离陵阳城写来的第一封信,她没有直接写信给向东而是写给菜花收,这是信任菜花。菜花是聪明人。她想得比较实在。信不能拆,菜花得交给向东。

幼儿园放学后,菜花带着凤霞的来信,早早地回到家里。她烧了几个菜,刚刚端上桌,门上传来钥匙开锁的声音。菜花赶紧走过去,拉开门,顺手从向东手里接过公文包,甜甜地问:"向东哥,今晚没有应酬?"

"县里有一个接待,我让新来不久的吴景燕去安排。"姚向东说着,轻轻地关上门,诙谐地说,"一周都没有陪你吃晚饭了,想你呢!"姚向东说着,手往菜花右肩一搁,低下头,给了菜花一个闪吻。

菜花把向东的公文包放到桌角,顺手从自己的提袋里掏出一封信,递到向东手里说:"凤霞来信了,快拆开看看。"

"急什么?吃过晚饭再看。"向东说着,看了看信封,把信又递到了菜花手里,似乎想起什么,皱了皱眉头,"菜花,写给你的,你拆开看!"

菜花诡异地笑笑:"吃饭!吃过晚饭一起看!"

菜花知道,这些日子向东应酬多了。应酬要陪领导、陪客人喝酒,每天晚上回来都是醉醺醺的。也怪了,酒容易上瘾。没有陪客时,向东回来吃饭似乎提不起精神。今天不知向东回来不回来吃饭,菜花做了两手准备,烧了几个菜。

两人坐下后,菜花没有盛饭,试探地问:"向东,喝两杯?"

"不喝!今天派吴景燕去,就是不想多喝酒。再说,刚结婚,还得封山育林!"

"封山育林?"

"酒喝多了对下一代不好!盛饭!"

"吴景燕是谁呀?她能陪好吗?"

"接替凤霞的新秘书。重庆师范学院毕业的高才生。"

"你们是校友?"

"对呀!"

"以前就认识?"

"不认识。"

"她去能陪酒吗?"

"半斤不醉!让她锻炼锻炼!"

"噢!"菜花心里愣了一下。她没有多想,到厨房盛来两碗饭,刚放到桌上,突然打了一个嗝,肚子里翻江倒海地往上涌。她赶紧往卫生间跑去,门未来得及关,对着洗脸盆哇地吐了一口酸水,连声打起饱嗝来。

三十

钱菜花突如其来的作呕,让正要拿筷子吃饭的姚向东有点措手不及。怪了,刚才还有说有笑好好的,怎么说着说着就犯病了呢。什么病来得这么快呀!会不会是刚才说到吴景燕能喝半斤酒,吴景燕代表我去陪客,钱菜花吃醋了?不可能呀!钱菜花与吴景燕只匆匆见过几面,没有交往,菜花不熟悉吴景燕。再说,让吴景燕秘书代表我去安排接待,我腾出空来可是陪老婆菜花,菜花能不理解?怎么会往别处想呢。不太可能是这事!钱菜花不是这种人。上次凤霞那封赤裸裸的求爱信,菜花看到后吃了几天醋,后来处理得多大方,多得体。姚向东心里纳闷,这菜花一直好好的,突然会犯什么病呢?怎么说呕吐就呕吐?姚向东想来想去,百思不得其解,一颗心刹那间悬了起来。

姚向东丢下手中的筷子,急忙站起身来,一个箭步冲到卫生间。只见钱菜花的脸色苍白,低着头打嗝不止,不时往洗脸盆里吐出黏稠的唾液,镜面上映出了菜花脸上那痛苦不堪的神态。

钱菜花见向东焦急地站在身后,不等向东问,连连朝向东摆摆手说:"心里作泛,要吐,又吐不出来,难受极了!"

姚向东束手无策。他站在钱菜花身边,抬起右手轻轻地拍着钱菜花的背,着急地问:"菜花,是不是这两天着凉啦?会不会吃到什么不干净的东西啦?都怪我,自从两人在一起后,这工作忙得团团转,也腾不出时间来照顾你,家里一摊子事儿全让你打理。肯定是累了!"

"不累!"菜花打嗝的间隙长了一些,缓过来一口气,安慰向东说,"你吃饭去吧!我吐一会儿,打嗝就会好起来。"

"菜花,还是到医院去看看放心!"姚向东轻轻地拍着菜花的背,心疼地说。

菜花又连吐了几口酸水,脸色有些从白泛黄,心里的气也渐渐顺了。她让向东去给自己倒杯温开水漱漱口,心里突然明白过来,会不会是怀孕啦?她想起结婚前一个月的傍晚。对了,也就是自己拿到去县级机关幼儿园介绍信的那天傍晚。当时,向东不能自已,自己想,离 10 月 1 日结婚也就是一个月,于是就半推半就地依了向东。这就有了终生难忘的第一次。难道那一次就有了?不应该呀!如果从 10 月 1 日那天算起,现在还不到一个月,不可能有怀孕的反应呀。对了,这个月大姨妈没有来,看来真的怀上了。怀孕反应一般是两个月以后。怪不得这几天有些挑食。今晚特地烧了几个菜,虽说是给向东改善伙食,其实自己想吃这吃那。想到这里,钱菜花的心里一阵惊喜,但她不便说出口。她没有把握,毕竟这是第一次。菜花喜欢办事靠谱。没有绝对把握,她绝对不会先说出来。她想好了,明天有时间去一趟医院,简单查一下就知道了。到时再告诉向东也不迟。关键是这时间早了一个月,明眼人掐指一算会看得出来,向东免不了会让人笑话。管不了那么多了,但愿真的怀上,那可是喜事儿。

向东不知所措,听菜花要温开水漱口,赶紧到厨房里倒了一杯热开水,拿来一只大瓷碗,把杯子里的开水慢慢地往大瓷碗里倒,杯子与瓷碗之间有了一条小瀑布。姚向东耐着性子,一边倒,一边对着"小瀑布"轻轻地吹气,加速开水的冷却。来回倒了三次,开水变温水。姚向东端起装着温开水的杯子,赶紧跑进卫生间,把杯子递到菜花手里,急切地说:"赶紧漱漱口!这样嘴里清爽会好受些!"

菜花不打嗝了,脸色有些蜡黄。她接过向东递过来的杯子,仰起脖子喝了一大口,咕咚咕咚在嘴里漱漱,哇的一声吐进洗脸盆里,轻松地叹了口气,又仰起脖子喝了一口,吐到洗脸盆里后,对着向东说:"舒服多了,你别担心!"

"最好还是去医院看看!"姚向东虽然觉得菜花缓过气来,但还是不太放心,提醒菜花说。

菜花放下手里的杯子,在镜子前照照,对姚向东说:"你看,脸色不泛白了,不用去医院。"说到这里,边往客厅走边说,"向东,我明天上班抽个空到机关诊所看看,估计没有什么问题。"

"心里难受吗?"向东在餐桌边坐下后,拿起筷子递到菜花手里说,"挑你喜欢的菜赶快吃些!说不定肚子空了。我上高中那阵子,吃不饱。到了上第四节课时,我嘴里往外渗口水。靠桌角的地上湿了一大片。"

"你吃菜,我歇会儿。"菜花从向东手里接过筷子,想到可能怀孕了心里喜滋滋的。菜花没有把握,只好暗示向东说:"向东,家里有醋吗?"

"你想吃醋?"向东有些不解。四川这一带的人们喜欢吃麻辣,不太喜欢吃醋。菜花这会儿怎么想起吃醋了呢?再说,就是现在去供销社的小卖铺也很难说有醋卖。

"对,嘴里这一吐,一点味儿也没有。不知家里有没有醋。"菜花目光中充满了期盼。

姚向东赶紧到厨房去找。还真翻出一瓶金梅牌镇江香醋。姚向东想起来了。在重庆读大学时,有位江苏镇江的同学临毕业时给自己送了一瓶香醋。据那位镇江的同学说,这瓶香醋是镇江著名特产。可惜,四川人不喜欢吃醋,这瓶金梅牌镇江香醋一直没有开封。想不到现在竟然派上了用场。

姚向东擦了一根火柴,把瓶盖四周的塑料封纸烧掉,又拿出剪刀把醋瓶的盖子撬开。顿时,一股香醋的酸溜溜的气味在屋里弥漫开来。姚向东拿出一只小碗,往碗里倒了一些香醋,端到了菜花跟前,往饭碗旁一放,轻松地笑笑:"想不到还真找出一瓶香醋!你闻闻,好香呀!"姚向东指指菜碗说,"你是心想事成!我们这里可没有醋卖。要买,得到市里的五祥食品店,那里我见过。想不到你想吃醋,家里就有。这是我大学时的镇江同学送的。"

菜花感激地望望姚向东,心里想,这向东肚子那么多墨水,见多识广,怎么不往那里去想。女人吃酸、挑食,是怀孕最初的征兆。既然向东不往这方面去想,等明天去县级机关诊所看了之后,再给向东一个惊喜。想到这里,菜花拿起筷子,夹了一块鸡肉块,在醋碗里蘸了蘸,放进嘴里,轻轻地嚼着,不时吸吸气,那是醋的酸味。但菜花似乎不怕酸。

菜花咽下蘸了醋的鸡块,也给向东夹了一块鸡块,放到向东的饭碗上说:"缓过神来了!快吃饭。"菜花脸色开始泛红,说话也轻松起来。菜花心里很明白,如果真的生了什么病,此刻不会很快这么舒服。再说大姨妈已经快一个月不来了。肯定是那一次向东的冲动。自己当时正在兴奋之中,什么事儿都那么顺。再说当时兜里正放着从山沟沟到城里工作报到的介绍信。向东想那事,眼睛里都快放出光了。加之床头柜上的那泛红的灯泡把整个房间映出朦朦胧胧的红色,自己只能半推半就了。反正已经领了结婚证,但想不到的是就是那一次,有了。想到这里,菜花脸上更红了。

姚向东不知菜花想什么。他看到菜花的脸腮越来越红润,悬着的一颗心放了下来。

两人有说有笑,相互搛菜,刚才突然恶心呕吐的钱菜花精神完全恢复过来,一脸的轻松,轻松的神态中还透出一种洋洋的喜气。

天暗下来。

一阵阵浓浓的桂花香气从窗户缝隙飘进屋里。嘉陵江沿线属于温带的气候,一年四季都有花香。桂花的清香和浓浓酸气的醋香混合起来,向东和菜花吸着这特别的混合香气,饭吃得特别可口。

松江上的运输船的轮机声突突突地响着,一阵子高上来,有些震耳,随着运输船的渐渐远去,轮机响声渐渐地消失在茫茫的夜幕中。

客厅里的白炽灯特别亮堂。

向东和菜花吃完饭后,向东赶紧站起来用手朝客厅的椅子上一指:"菜花!你去歇一下。我难得回家,洗锅碗的事我来。"向东说着,把长袖一捞,把空碗一只只地叠上。

菜花端起小碗,把碗中剩下的香醋一口倒进嘴里,酸得直眨眼睛。向东赶紧放下手中的碗,挽着菜花往椅子走过去。其实,菜花已经完全恢复了精神,她能自己走过去。此刻,菜花的心里喜滋滋的,加上刚才又喝了一口酸醋,酸也能提神。但她不拒绝向东,她让向东挽着自己的胳膊。这是向东这些年一直的习惯动作。每当向东拽住自己的胳膊,菜花血管里的血液流速就会加快。这个时候往往是菜花心里最舒坦的时候。

菜花刚在椅子上坐下来,传来了一阵急促的敲门声。菜花见向东端着碗往厨房去,赶紧站起身。来到门口,拉开门一看,吃了一惊。这不是吴景燕吗?她怎么这个时候来找向东?今天不是向东派吴景燕去县政府陪领导应酬客人吗?怎么这会儿已经结束啦?菜花毕竟只见过吴景燕几次,而且是匆匆照个面,她心里不敢肯定面前站着的姑娘就是吴景燕。她仔细打量着。姑娘穿得很时髦。大红格子的紧身T恤,胸部虽然不大,但很挺的乳峰显得特别惹眼。宽大的粉红色的裙子几乎要拖到地上,要不是穿的高跟鞋,鞋子会被长裙罩住。菜花扫了一眼,不敢肯定是吴景燕,她礼貌地一笑问:"你是谁?"

三十一

吴景燕满脸绯红,但落落大方地说:"找我们姚主任,我是吴景燕!"

菜花这才瞅了吴景燕的脸庞一眼。吴景燕落落大方,穿着时髦。脸上红通通的,五官端正,大大的眼睛,高高的鼻梁,嘴唇上更是红红的。菜花不知道什么叫口红,以为吴景燕嘴唇这么红也是喝酒引起的。菜花赶紧把吴景燕让进屋里,高声喊:"向东,你校友来了。"菜花把校友两个字喊得特别重。

姚向东听到吴景燕的说话声，知道是办公室的秘书吴景燕来了。吴景燕此刻不正在县招待所张罗吗？今天是刘立平县长有宴请。刘立平县长刚提拔不久。当县委副书记期间，分管姚向东办公室这条口，对姚向东很是器重和关心。前几个月从副书记提拔当了陵阳县长后，把姚向东的政府办公室主持去掉，姚向东成了名副其实的办公室一把手。因为与刘立平县长比较熟悉，说得上话，他特意向刘县长请了个假，让吴景燕去安排接待陪同。吴景燕是向东的校友，向东比较放心。再说吴景燕在大学就是校报记者，见过大世面，人也大方爽朗。现在改革的春风已经吹到小县城，吴景燕能跟上时髦。现在接待正是高潮的时候，吴景燕怎么到我家来了？一定有什么重要的事。今天请假刘县长知道。这些日子搬家整理，因为工作繁忙，向东一直抽不开身。今天是菜花和向东结婚快满月的日子，刘县长知道，同意我请假回家陪菜花吃顿晚饭，好好陪菜花这位新娘子高兴。现在改革开放了，县里各项工作千头万绪，县政府办公室忙得不可开交。刘立平知道，10月1日结婚以后，向东一天也没有回去陪新娘子吃顿晚饭。好不容易请了一个假回来陪菜花吃顿晚饭，刘县长是不会派吴景燕中途来喊向东去。向东心里猜一定有什么急事。

姚向东放下手中的碗筷大着嗓门应道："来了！"

说着，姚向东拿起灶台上的抹布擦了擦手，朝客厅走过来，边走边对菜花抱歉地说："真对不起，本想表现一下洗个碗，谁知……"

菜花打断向东的话头爽朗地笑道："你校友来了，快接待！"

话音刚落，吴景燕已经像一只红蝴蝶飞到了向东面前，急切地说："姚主任，刘县长让你到县招待所去一下。"

"什么事？"姚向东脱口问道。

吴景燕伸出手握着菜花的手，歉意浓浓地说："不好意思，嫂子！刘县长让向东主任去一下。"

"向东！放心去吧！我来洗。"菜花拉了吴景燕的手说："你们公家有事，就不倒茶了！有空常来坐坐！"钱菜花目光盯着穿着特别时髦的吴景燕，加深了印象。钱菜花心里自信地想：这姑娘艳丽得花儿似的，下次不会犹豫，肯定会一眼认出来。

向东跟着吴景燕往楼下走去。她看到吴景燕和向东步子走得急，有些心疼向东。看来公家这办公室主任不好当。俗话说得好，事非经过不知难。过去在山沟沟里，对向东哥能在城里工作，特别是县机关当个办公室主任羡慕极了。有头有脸，权力大着呢。就像这次松林村感恩小学危房修缮，打了个报告给教育局和县政府，钱一下子就拨下去了。再说，这次调到城里来工作，没有向东门都没有。谁能想到，真的与向东近距离生活了，才知道这办公室主任不是一般人能当下去的。不要说处理各项繁杂事务了，就说这晚上陪领导接待安排，从10月1日结婚到今天，快一个月过去，向东没有一天在家吃过晚饭，每天晚上不到九点十点不归家。今天县里领导开恩，看在向东新婚不久的面子上，让吴景燕秘书代向东去安排陪宴。谁知道这半道上不知出了什么急事，又来喊向东去陪宴。看吴景燕那红通通的脸，连嘴唇都红艳艳的，酒肯定是没有少喝。现在喊向东去，少不了又是陪客喝酒。菜花看到吴景燕秘书那么时髦，又跟在向东身后跟得那么紧，心里隐隐地有些担忧，尽管这种担忧连钱菜花自己也感到莫名其妙。当年，徐凤霞也是吴景燕秘书这个角色，日久生情，不就给向东写了那封赤裸裸的求爱信。当然，凤霞不知向东与我的那段奇缘，选择了离开，但是凤霞心里还有没有姚向东的位置谁也说不清。现在又来了个吴景燕，这机关里的女干部到底是怎么选的，一个比一个文化高，一个比一个长得美丽动人。想到这里，菜花叹了一口气。菜花想起凤霞的来信，刚才跟向东说好的，吃过晚饭一起看。现在向东工作去了，她从桌子上拿起凤霞的来信，正想撕开封口，突然停住手。菜花想得很简单，虽然凤霞这封信是写给自己收的，自己说好的与向东一起看。自己说话要算话，还是等向东应酬回来一起看。

菜花把信拿到房间里，往床头柜上一丢，转身跑到厨房洗碗，收拾桌子。她心里担心这个吴景燕长得这么秀气，又打扮得这么时髦，千万不要又冒出个徐凤霞来，但这个念头很快被菜花否定了。人家凤霞是不知不为过。现在吴景燕知道向东是有家室的人，怎么会呢？自己乡下来的,头发长见识短,不能把城里人往丑处想。当然要是有点故事,自己倒没有什么,自己当初心里早想好了,为了自己爱的人过得好,自己受点委屈又何妨。关键是苦了向东,工作那么繁杂,应酬那么多,再冒出这些闲言碎语,向东承受不了。

菜花也许想多了。

但菜花心疼向东。

吴景燕跟着姚向东走出宿舍楼,穿过杉树林小道,绕过花圃,出了机关大门,往右一拐,上了陵阳大道,朝毛峰山方向走过去。陵阳县招待所在县机关大院南边。

向东边走边向吴景燕打听。

吴景燕边走边说:"向东,今天刘县长有两批宴请。泸阳市政府计经委副主任那一桌,他是去说了个开场白,敬了几杯酒。然后给计经委副主任打了个招呼,请张副县长陪同,带着我来到了另一个包厢。"

"另一桌不是海南的客商吗?"

"对呀!"

"海南客商这么重要?"

"刘县长说了,招商是大事!要把海南客商接待好,要把客商留住。"

"刘县长思想解放。他常说,陵阳县要发展,关键是开放。开放就是要把客商引进陵阳来。刘县长说到做到。从宴请陪客就看出刘县长重视招商。"

"这不!害得我连敬了海南客商三杯酒。刚才去你家喊你来陪客,满脸通红的见了嫂子都不好意思。"

"有啥不好意思。思想要解放嘛。再说,你嫂子虽然是乡下人,但思想也不落后,度量大着呢。噢!对了,以后找个机会介绍你和嫂子多聊聊。要不见了陌生,不敢认。"

"知道!嫂子不简单。是你的救命恩人!她是美女救帅哥,你是以身相许。"

"吴秘书！打住！酒喝多了！"

"对不起，大家私下早就传开了。你虽然婚礼从简，但我们心里都有数，都敬佩你俩。对于嫂子来说，真是天上掉下来个帅哥哥！"

"别说了，告诉我海南来的客商情况。"

"主任，你可不能怪我。几杯酒下肚，扯到你和嫂子的事停不下来了。机关里都传着呢！挺神秘的。不说了，言归正传。"

"快说，刘县长怎么半道想起我来啦？"

"海南来的客商叫章爱军，四十出头，很熟悉陵阳一带的环境。"

"公司名称？"

"全称是海南竹艺进出口贸易公司，章爱军是法定代表人。"

"经营竹艺？"

"对呀！这个章总对我们陵阳县很熟悉，说我们这里是嘉陵江的中游。嘉陵江从县城流出的一条支流，几乎是流经了全县。他说的是松江。"

"他知道松江？"

"他不但知道松江，还知道松江有个古镇。"

"他还知道什么？"姚向东脑子里瞬间闪出叔爷的形象，但转念一想，熟悉松江的人很多，再说这个章总虽然也姓章，但才四十出头。叔爷当年的领导要是活着的话少说也有六十多岁了，扯不上呀。向东没有往深处想下去，他边走边听吴景燕秘书介绍。

"章总知道，这条松江流经了全县区域。松江两岸，山高林密。两岸靠江的山坡上盛产翠竹。这些竹林长势繁茂，有些竹子长得特别翠特别粗。说到这里，章总好像来过一样，很是兴奋，还撸起了裤腿指指，意思是说这些竹子比他的腿肚还粗。"

"我明白了，章总是看上了我们陵阳县的竹产资源。"

"听刘县长介绍说，你上大学前学过篾匠？"

"刘县长这个也知道？"

"知道，他说他家有好几只漂亮的菜篮子是你编的，结实、耐用。"

"我学过篾匠，编过不少竹艺生活用品。"

"所以，刘县长让你去接待章总熟悉一下。再说，介绍这个章总到我们县里来投资的干部是县农业局多经科的副科长。"

"是不是姓薛？"

"你咋知道姓薛？"

"我父亲的表妹。"

"她和刘县长正在陪客。刘县长听薛科长说你是她表侄子，当即让我来叫你。"

姚向东听在心里，兴奋不已。说到竹艺，自己可不是外行，再说这两年向方也跟叔爷学了篾艺。去年，松江镇供销社还成立松江竹器有限公司。向方是竹器有限公司的法人代表。自从母亲李花红从松江供销社退休让儿子向方顶替后，向方也算端上了铁饭碗。向方虽然高考落榜，但人聪明好学，又不怕吃苦。供销社让他组建竹器有限公司，他很快组建起来，并把叔爷请来当了技术顾问，一下子收了十几个徒弟。加上叔爷当上顾问后，原来跟他学过徒的大小徒弟，全来到叔爷的门下，向方竹器有限公司发展很快。一年多工夫，已经有了几十个工人，比原来的供销社职工人数还多。姚向东心里清楚，向方是沾了松江竹林繁茂的光。竹子多，几乎不要什么成本。章总是竹艺进出口贸易公司的，销售有大渠道。自己的弟弟向方的公司生产大量的竹器，正愁没有销路呢。这不是瞌睡送来个枕头嘛！想到这里，姚向东加快了步子。两人左拐走进滨水路，县招待所在滨水路西头。

姚向东和吴景燕很快来到县招待所大门口。

三十二

陵阳县招待所坐落在滨水路上。滨水路东西走向与陵阳大道呈"丁"字形。招待所距离县政府机关大院不远。出机关大院大门，左拐上陵阳大道，走上三百米不到，再左拐就上了滨水路。县招待所在滨水路的西头。县招待所有幢别墅楼，三层，每层三开间。新中国成立前,这幢别墅楼是川军的一个陵阳籍将军住宅。新中国成立后,别墅楼收归国有。县里把将军楼辟为招待所。后来,县里扩建招待所,把别墅楼往东的八九十户人家搬迁走了,在东边砌了五排砖瓦平房,每排平房十间,在靠松江边上建了一座公共厕所和洗漱间。别墅楼改成了交际处。在别墅楼的上面加建了一层,扩出来近二百多平方米,专门用作厨房、配菜间和仓库。

别墅楼有三层,第二层和第三层各有六个包厢,一层是散客就餐厅。县里领导接待客人都在别墅楼。客房在新建的五排平房。客房很简陋,每间三张单人床。改革开放后,别墅楼和平房都进行了改造装修。别墅楼的十二个包厢全部装饰一新,墙上贴了墙纸,地面铺了大理石,楼里楼外还装上了彩色的装饰灯。别墅楼取了个好听的名字,叫贵宾楼。名字很名副其实。县里领导接待的客人,当然是贵宾。贵宾楼与平房相连道路铺上了水泥地。靠松江的最后一排由十间客房改造成五间。每两间打通之间的隔墙,一间作卧室,另一间是客厅和洗漱间,全部装饰一新,还添置了崭新的实木家具。改革开放后最初的七八年,这里一直是陵阳县接待客人最好的处所。

陵阳县招待所属县政府办公室管理。姚向东是县政府办公室主任,经常来这里检查工作。特别是贵宾楼,他常常陪县里的主要领导接待贵宾。贵宾楼正对着招待所的大门,姚向东再熟悉不过了。

走进招待所大门,贵宾楼三个大字装饰上霓虹灯,特别醒目。姚向东跨大步子,走到吴景燕的前面,边走边问:"吴秘书,刘县长接待在哪个厅?"

"三号厅。"吴景燕说着又走到姚主任的前头。

姚向东一听,觉得有误。按照惯例,县委书记是一号厅,县长是二号厅,刘县长怎么会在三号厅呢?走进贵宾楼大门,姚向东停住步子,疑惑地对吴景燕说:"没有搞错?"

"没有。今天刘县长有两拨客人,用了两个包厢,二号厅和三号厅。二号厅是泸阳市计经委领导,他去开个头,敬了酒,打了个招呼就到三号厅接待海南来的章总。"

"噢！"姚向东听明白了。刘县长对客商特别重视。县委书记、县长大会小会讲，要把招商引资摆到县里经济发展重中之重的位置。刘县长这是真正落到实处了。

姚向东紧随着吴秘书高跟鞋撞击木楼梯的笃笃声，来到三楼靠楼梯的三号厅。

三号厅的门虚掩着，里面传出一阵阵嘈杂的敬酒对话。

"薛科长，我敬你一杯，感谢你引来海南的客商。"

这是刘立平县长的声音，姚向东听出来了。

"这是应该做的。响应县里号召呗！也是凑巧了，在广交会上看到章总公司展台上的各种精细实用的竹艺品，眼睛一亮。我们陵阳县竹林多，不少供销社卖竹子都是竹篙，或编制成简单的竹篮、竹筐等生活、生产用品，全是初级产品。看到章总的展品台上的竹艺品，再看看定价，跟章总聊了几句。没有想到章总似乎熟悉我们陵阳，知道陵阳产竹子，交换了名片。"这是父亲表妹薛香琴的声音。

"章总的海南竹艺进出口贸易公司销路不愁，我们借助章总公司的资金和技术，来个合资经营，这是一条让山民致富的好路子！来！敬你薛科长一杯。"这是刘县长在敬酒。

碰杯声从虚掩的门隙中传出来。

"姚向东是我表侄子。上大学前学过篾匠。章总的合作由姚主任牵头好，我配合。"薛香琴似乎干完杯中酒，说到了姚向东。

吴景燕推开三号厅的门，姚向东紧跟着一步跨进去。

厅内烟雾缭绕，酒气浓浓。吴景燕让服务员加摆一个餐位。姚向东停住步子朝刘县长瞅了一眼，说："刘县长，你找我？"

"说曹操，曹操到！你学过篾匠，今天的客商章总专和竹子打交道。他是从海南来的，明天一早要去成都，所以让小吴把你喊来了。"刘县长说到这里，站起身，手指着吴秘书让服务员新加餐位的椅子，"姚主任先坐下，我来介绍。"

姚向东赶紧坐下，目光扫视了一圈。紧坐在刘县长左手的一位四十开外的男子，笔挺的深藏青色的西服，雪白的衬衫领下是红花点的领带。三七开的分头,头发梳理得一丝不苟,灯光映照下油光光的。姚向东不等刘县长介绍,心里已经猜了个八九不离十。坐在刘县长左手的这位男子一定是海南的章总。姚向东的目光盯着这位男子。

刘立平县长用手指指身边的这位男子对姚向东说:"这位就是海南来的章总。"

"幸会!幸会!"姚向东礼貌地站起身,几步走到章总的左边。这时,章总也站起身朝姚向东面前跨了一步,赶紧伸出右手握住姚向东的手,轻轻地摇了摇说:"你就是姚主任?姚主任好!"

"章总好!欢迎到陵阳考察!欢迎到陵阳投资!"姚向东有些激动。姚向东有点后悔。听说刘县长今天接待海南客商,也没有重视,更没有想到与竹子有缘,就派吴景燕秘书来安排陪餐。自己上大学前可是学篾匠的,再说,自己的二弟还在松江竹器有限公司发展,这是多好的机会呀。差点儿错失了这个千载难逢的好机会。想到这里,他转回到自己的餐位,端起已经斟满酒的小酒杯,又走到章总面前,用左手端起章总面前的小酒杯,恭恭敬敬地递到了章总的手里,朝刘县长笑了笑说:"刘县长,请允许我先敬远道而来的客人。"

刘县长笑着点点头。

章总朝刘县长笑笑说:"姚主任好年轻呀!"说着,端着小酒杯与姚向东碰了杯,然后一仰脖子,放下空酒杯,看着姚向东干了杯中酒,伸手从西装裤袋掏出一只精致的不锈钢方夹子,从里面掏出一张纸片,递到姚向东手里说:"这是我的名片,今后多联系,还请多关照!"

姚向东习惯性地掏了掏口袋,从口袋里掏出一支圆珠笔,吴景燕眼疾手快,从配餐的菜单上撕下一页,递到了姚向东手里,向东抱歉地朝章总笑笑:"章总,不好意思,没有印名片。我写个联系方式给你。"说着,在菜单的反面唰唰唰地写下了两行字,递到章总手里,"多联系,欢迎来陵阳投资!"

刘县长心里清楚,改革开放的春风吹到了陵阳不久,许多新生事物大家还有点儿陌生。就说客人见面,交换个名片,上面姓名、地址、联系方式清清楚楚,既简单又方便。这是南方比较流行的联系方式。但在陵阳县机关企事业单位的人印个名片到处发,有炫耀自己的嫌疑。看来,解放思想先得从名片抓起。刘县长眼看着姚向东写联系方式,朝吴景燕招招手,示意吴景燕过来。

吴景燕走过来,刘县长把刚才章总发给自己的名片递到吴秘书手里说:"你们办公室研究一下,给全县党政机关发个通知,要求党政机关的领导都要印刷名片,样式可以参照章总名片的格式和内容。"说完,朝章总伸出手:"章总,再讨一张名片。"

章总赶紧掏出名片夹,拿了一张名片递到了刘县长手里,吃惊地说:"刘县长解放思想雷厉风行,酒宴还未散,先抓落实,佩服!佩服!"

"改革开放,解放思想,最终还是要发展经济。这是硬道理。我们陵阳是偏僻县城,必须加大招商引资的力度!"

姚向东把写好了联系方式的菜单纸片递到章总手里,朝刘县长点头说:"招商引资从印名片抓起!"

"你们办公室抓紧下发通知。"刘县长望着朝自己餐位走过来的姚向东强调说。

姚向东坐定后,章总示意服务员给各位斟酒。他端起酒杯,有些激动地说:"陵阳虽然在大山深处,但解放思想不落步子!与你们这些想干事能干事的干部合作,我有信心!"说到这里,章总把酒杯举得高高的,声音有些激动:"敬大家一杯!预祝合作成功!"说完,干完杯中酒,空酒杯对着大家。

大家全站起来了,端起了酒杯朝章总和章总随行人员示意,也都爽快地干完了杯中酒。

包厢里酒气浓浓,气氛热烈。

三十三

在刘县长和薛香琴科长的推荐下,姚向东与章总一见如故,两人谈得十分投机。章总是竹艺进出口贸易公司的总经理,三句话不离竹子。薛香琴见章总与姚向东谈得很和洽,赶紧与姚向东调换了一下餐位。姚向东坐到了章总的旁边,两人聊开了。

"听刘县长说,陵阳是产竹大县?"

"是的。滔滔松江穿过全县向东流去,两岸全是高山密林。沿江的山坡上一片一片的竹林。"

"这么多的竹林,可是一笔不小的财富呀!"

"可惜,运不出去。只能就地取材,做些生产生活用品。"

"听说你学过篾匠?"

"学过半年。"

"会用篾片编什么竹器?"

"那可多啦!淘米箩、菜篮子、筛子等,这样跟你说,山里人家要用的生产生活用品我都会编。"

"会编竹器的人多不多?"

"多呀!我们松江镇李家村有一个叫李大江的大爷,竹器编得可精致呢!每年都带几个徒弟。这些年下来,松江镇一带他的徒弟有几十个。我就是跟叔爷学的篾匠手艺。"

"叔爷?"

"我母亲的表叔,我叫他叔爷。他特别爱竹子,整天围着竹子转。对了,我有个弟弟叫姚向方,也跟叔爷学了一手的好篾艺。现在是松江镇供销社下属的松江竹器有限公司的负责人。公司发展不错。手下有几十个竹器工人。竹器产品很多,就是销路不畅。"

"你弟弟也是篾匠?"

"我上大学出来工作。他前几年考大学落榜,走了我的路,去叔爷那里学了篾匠手艺。我母亲是供销社的职工,提前退休,向方顶替进了供销社。正赶上发展经济，供销社知道向方会竹器编技，让我弟向方组建了竹器有限公司。想不到发展很快。对了，章总有机会可以去考察，跟他们谈合作的事宜。"

"一定！一定！不过，这次没有时间了。明天我们要赶去成都。待有时间一定专程去访。"章总说着，端起酒杯跟刘县长和姚向东轻轻碰碰杯，"陵阳的竹子可是富矿，不能光编竹器，满足生产和生活用。要编竹艺品，我们可以向国外推介。当然，当地也有许多竹子的文章好做。下次专门来谈合作事宜。"章总说完，干完杯中酒，让随行的人拿来几本印刷精美的竹艺进出口贸易公司的简介，发给刘县长和薛科长、姚向东后说："你们先看看，研究研究，下次来谈具体合作事宜。一回生，两回熟！相信一定会合作成功！"

酒席在欢快的碰杯声中结束。姚向东陪着刘县长、薛科长一直把章总一行送到贵宾楼门外。

深秋的夜晚，从松江上吹来的风带着阵阵的寒意。门外，姚向东打了个寒噤。他握住章总的手说："秋天是收获的季节，今天见了章总收获很大！"

"过奖了！我们今天来陵阳不虚此行。跟你弟弟说，考虑一个合作方案，下次来好好地谈合作。竹子上的文章可深呢！"

"谢谢章总！"姚向东握着章总的手说，"后会有期。"

"谢谢姚主任！"章总侧过身，伸出手再次握住刘县长的手说："谢谢你的好酒！脸喝红了！"

"酒是我们陵阳酒厂产的毛峰大曲，度数高了些。六十五度原浆大曲！"

"难怪头嗡嗡的。要不然还要和向东聊聊！谢谢！"

刘县长、薛香琴、姚向东望着章总一行朝招待所走过去的背影，深深地吸了一口气。在贵宾楼三个大字霓虹灯的闪烁下，刘县长、薛香琴、姚向东的脸红通通的。

此时此刻三个人都兴奋不已。刘县长没有想到竹子会做出大文章；姚向东没有想到弟弟向方的竹器公司找到了合作的大伙伴；薛香琴没有想到,把章总介绍到陵阳来,收获这么大。

离开贵宾楼,出了县招待所大门,往右一拐,上了陵阳大道。街道两边亮着灯的商店已经不多了。人行道上的路灯杆和挺拔的樟树间隔着往北延伸。深秋的天空繁星点点,月亮在星星簇拥下,把柔和的光亮洒向地面,昏黄的路灯光和月光掺和在一起,人行道上映着姚向东快速往前移动的影子。

夜风带着寒气吹到身上,刚才的酒劲消退了不少。姚向东想起了新婚妻子钱菜花,心里感到了一阵阵的内疚。自从10月1日正式结婚后,自己还没有一个晚上回家吃过晚饭。这些日子县里的工作中心全部转到经济发展上来了,前几天,县里在陵阳电影院召开了千人干部大会。会议的主题报告姚向东参加起草,题目就是解放思想、更新观念、加快步伐,建设现代化新陵阳。会上决定1986年年初开工拓宽陵阳大道,并用三年多的时间,在陵阳大道两边建起宾馆、酒店、体育馆等十大建筑,迎接新中国成立四十周年。最令人振奋的决定是在向阳西路两侧设立陵阳经济开发区,作为陵阳企业发展的聚集区。这个报告是姚向东亲自起草的,已经上报泸阳市政府了。这个决策在泸阳市领导层中显然观点不一,但支持陵阳设立经济开发区的领导占了大多数。姚向东还请调到泸阳区委宣传部的徐凤霞暗地里打听,据说泸阳市委已经讨论过了。主要领导很重视,把这个报告上报作为泸阳行署改市以来的重点工作。听到这个消息姚向东很高兴,县委县政府的工作一下子多了这么多的项目,县政府办公室作为县里领导的重要抓手,加班加点成了常事。作为办公室的一把手更是忙得脚不离地。自从菜花调到县级机关当幼儿园老师,特别是10月1日举行了简单的婚礼后,家里的运转全落到妻子菜花身上。姚向东边走边想:自己忙来忙去不要紧,苦了菜花了。想到傍晚菜花突然想呕吐,很难受,姚向东感到自己对不起新婚的妻子。

今天本来请好假,晚上不陪客,谁知刚刚丢下饭碗,吴景燕秘书就来家里敲门。当时,想想吃晚饭前钱菜花突然作呕不止的样子,还真放不下心,想请吴秘书给刘县长说明一下情况,想必刘县长也能理解。但转念一想，刘县长没有特别的急事，不可能半道上让吴秘书请自己去陪客，再说菜花也缓过神来了，一点怨言也没有，让自己赶紧去做公家的事。现在想想，这半道上去陪酒，没有白陪。这个章总虽不是什么大老板，但他的竹艺公司很对路子，合作前景很广阔。陵阳到处竹林竹海。自己是学过篾匠的，光用竹子编些箩筐、竹篮子之类的生产生活用品，附加值不高。如果将来与章总合作，把章总公司的竹艺技术引进来，陵阳的竹子可就升值了。弟弟向方的公司可以先行与章总合作，一旦有了经验，全县推广，到那时全县竹艺公司会像雨后春笋般地涌现出来，那将会有多少人端上好饭碗。想到这里，姚向东的步子迈得更快了。他要赶快回到家里，把县里这些经济发展的美好前景说给菜花听，让菜花知道自己整天干的工作意义有多大，他要把自己开心的事儿与新婚妻子分享。当然，姚向东加快步子往家里赶还有一些担心，自己半道赶到贵宾楼陪酒，钱菜花一个人在家会不会又发病。姚向东心里还有一点小小的担忧，吴秘书今天穿得太时髦了，这半道上把自己叫出来，不知道妻子会不会有想法。姚向东了解钱菜花。菜花心胸开阔，但头发长见识短，没有见过的事儿会往心里去想，这也不奇怪。说开了，钱菜花都能理解。当然钱菜花对吴秘书的时髦穿着看不惯也不奇怪。今天，章总一行穿着光鲜，陵阳城里很少见到。开放了，解放了，看来这些观点要慢慢地给妻子菜花灌输，看多了就习惯了。要不然，钱菜花看到花枝招展的吴秘书夜黑把自己喊出去会起疑心的。

姚向东进了自家的楼道，笃笃笃往楼上走。姚向东知道菜花明事理，关键是自己要把事儿早早地说清楚。

姚向东了解妻子，他信心满满。经历了凤霞求爱信的风波之后，姚向东理解佩服菜花的度量。

姚向东在心里暗暗下决心，这辈子要对菜花好，让菜花感受到自己的温暖。但想想眼前的繁重工作，心里很是内疚，长长地叹了一口气。

到了家门口，姚向东掏出钥匙打开门，轻轻地关上，然后蹑手蹑脚地往房间里走过去。他估计妻子菜花已经睡了。

房间里亮着灯。

深秋的夜里特别静。松树林里、墙旮旯里一些不知名的虫儿吱吱吱的叫声,清晰地传进房间里。

三十四

房间里的日光灯从虚掩着的房门缝隙映进客厅。日光灯镇流器的蜂鸣声在寂静的夜晚听起来特别响。

姚向东推开房门一看,钱菜花和衣躺在红彤彤的床单上,脚搁悬在床外,鞋子也没有脱。均匀的鼾声有节奏地传出来,和日光灯的吱吱响声交融在一起。姚向东走到床边,目光盯着斜躺在床单上已经睡着了的菜花,心疼不已。想到吃晚饭前妻子菜花突然作呕奔进卫生间的场景,一种说不出的滋味,一种特别的内疚感涌上心头。妻子菜花呕吐,才缓过来,自己又离开她。自己喝了这么多酒,十点多了才回家。妻子一直等自己。菜花等自己的时间长了,也许这些日子又要在幼儿园工作,又要打理家务,肯定是忙累了,倒在床上竟然呼呼地睡着了。这时,姚向东的目光打量着菜花,醉意蒙眬的眼中菜花是那么的美。红红的床单上,菜花白皙的脸庞,闭着的眼睛竟然从眼缝中透出一种似乎期盼的眼神,胸部随着呼吸轻微地起伏,两只不太高耸的乳峰像两只航标随着呼吸在悠悠地浮动。姚向东注意到菜花的右手捏着一封信。姚向东想起来了,说好的,晚上一起看徐凤霞写来的信。要知道,聪明的徐凤霞是把信寄给钱菜花收的。在徐凤霞的心目中,姚向东和菜花是两口子,凭着钱菜花的性格和大度,写给菜花收的信,向东一定会看到,钱菜花收到信后,没有拆开,她要等姚向东回来一起看。这一点徐凤霞猜得没有错。

姚向东虽然喝了不少高度的毛峰大曲,但是脑子还是清醒的。在徐凤霞的心中,姚向东是她崇拜的偶像。虽然凤霞的信是写给菜花的，但菜花是聪明大度的人，她一定要与自己一起分享。看到钱菜花手里捏着的那封信，姚向东的眼眶湿润了。他轻轻地从菜花手中抽出那封信，往床头柜上一放，打开床头柜上的台灯。然后，又蹑手蹑脚地走到厨房门边，拉熄了白晃晃的日光灯。房间里红红的一片，红色的光亮柔和、温馨。姚向东没有惊动睡着了的钱菜花，他轻轻地抬起钱菜花悬在床沿的小腿，脱下鞋子，把菜花的双腿慢慢地往床里移了移。红艳艳的柔和灯光里，菜花天仙似的。有着浓浓醉意的向东目光凝视着躺在床单上的菜花，浑身的血液顿时仿佛加了压似的，流动得快起来。眼前的菜花真像一朵开放在山野梯田里的鹅黄色的菜花，鲜艳美丽，似乎还透着浓郁的清香味儿。姚向东浑身燥热，不能自已地俯下身子，把温热的嘴唇朝着菜花的脸慢慢地凑上去。就在快要触到菜花脸时，菜花眯缝着的眼睛微微睁开来，吃惊地盯着快要碰到自己脸的额头，语气有些激动："向东，你回来啦！"

菜花说着，并没有挪动身子，而是让自己的脸任凭向东那滚热的嘴唇盖章似的移动，一股暖流顿时传遍了菜花的全身。姚向东顺势整个身体轻轻地压在菜花身上。微弱的红色光亮中，两人完全重叠在一起，只有急促的呼吸声在寂静的房间里听起来像拉风箱似的。钱菜花明白此时的姚向东已经不能控制自己的冲动。菜花知道向东半道上被刘县长叫出去陪客商，肯定酒喝了不少。酒壮人胆，菜花心里清楚，此时的向东想做什么，但此时的向东一定会想到自己饭前呕吐，不知生了什么病，他在担心自己的身子。菜花感受到向东那颤抖不已的身体，虽然轻轻地压在了自己的身体上，但这种颤抖已经传递到自己的身体里，随着沸腾的血液在流动。菜花轻声地问，向东喘着粗气回答。

"你去喝酒啦？"

"喝了，白酒！"

"毛峰大曲？"

"你咋知道的？"

"毛峰大曲六十五度，烈性！看你浑身酒气。"

"这酒力度大。"姚向东不想把由酒引起的身体里的冲动告诉妻子菜花。

菜花聪明，不说破。菜花知道向东此刻担心自己的身体，但又抑制不住人的本能冲动。向东此刻肯定在超乎寻常地忍耐。菜花不想向东煎熬自己。煎熬对于青春年少的向东来说那需要多大的自制力呀。菜花暗示着说："向东，忙了一天了，想做什么就做什么！"

"你晚上没有呕吐吗？"

"没有，洗碗后，把家里卫生搞了一遍。你没有回来，我拿着凤霞的信等你。谁知乏困，不知什么时候在床上竟然迷迷糊糊地睡着了。"

"这些日子县里大动作很多，设立陵阳经济开发区，拓宽陵阳大道，建十大建筑，政府办公室的工作千头万绪，你要理解呀！"

"理解！给你提条意见。"

"提。"

"你以后不要解释那么多。想干什么就干什么！"

"你真好！"

"你帮了我那么多！"

"我人都是你和父亲从天坑里救上来的。"姚向东说着，直起身体，两手拽住菜花的双手一使劲，拉住菜花坐了起来，顺手拿起床头柜上凤霞来信说，"看看凤霞信上说什么。"

两人并排在床沿坐着，展开了信笺。涂着红漆的白炽灯光线柔和，但不明亮。向东赶紧跑到房门口，拉亮日光灯，又紧挨着菜花在床沿坐下来。

信只有一张纸，姚向东和菜花头挨着头，两人各用一只手的两只手指头握住信笺的左右下角。菜花轻声地说："向东，你念！"

"不，信是写给你的，你念！"向东温柔地笑笑。向东心里明白凤霞心里的小九九。凤霞把信写给菜花，这是让菜花放下一百个心。其实，菜花早已释怀了，凤霞走后一次也没有提过过去的事，凤霞走后，时不时地跟向东打听凤霞的来信。毕竟凤霞跟向东认了干哥妹，三个人是一家人了。想不到的是这个徐凤霞，毕竟出生于大干部家庭，见多识广，她把来信写给菜花收。聪明，绝顶的聪明。凤霞的心是纯洁的，菜花的心也是纯真的。凤霞有文化，读书多，知道瓜田李下的道理。她凤霞把信写给菜花收，这是真心希望向东和菜花幸福地生活。

"向东，你文化高，你读！"菜花瞅了向东一眼，目光落到信笺上。在白炽灯光和红色的灯光交相映照下，凤霞秀丽的笔迹映入菜花的眼帘。向东的目光顺着菜花的目光在信笺上缓缓地移动。

窗外的花圃里一蓬山竹在江风的吹拂下发出飒飒的响声，明亮的月光从天空泻下来，把山竹摇曳的影子映在玻璃窗上。松江上夜航的大轮船发出一阵高一阵低的轮机声，不时拉响汽笛，汽笛声在夜色中显得沉闷而低婉。阵阵晚桂花的清香从窗缝门隙中渗进来，向东和菜花沉浸在无比幸福的喜悦中。

向东轻轻地念出声。

三十五

菜花姐、向东哥：

你们好！

来信首先祝你们新婚快乐！

一别已经一月有余。由于到了新的单位工作，很多工作都得从头熟悉，没有及时给你们回信，敬请谅解。

菜花，我们认识虽然不久，但我打心眼里敬重你。既然，我们三人都认干哥妹，就是一家人了。一家人不说客气话。我今后要麻烦你，信写给你，也给向东哥看。向东哥当上办公室主任，工作更忙，你就当向东哥的秘书吧。允许我开个玩笑，菜花姐不见外吧？

我调到泸阳市的泸阳区委宣传部，工作已经熟练地上手了，母亲的病已日渐好转，望向东哥和菜花姐不要挂念。

菜花,现在改革了,开放了。干部群众都在解放思想,许多观念都要更新。这一点,南方的深圳超前走了一步。改革开放的春风已经吹到了内地,特别是陵阳那样的偏僻的山里城市。现在各地经济发展步子跨大了,到处在招商引资。上次,你和向东给我送行时,向东让我帮陵阳多介绍一些客商。我也没有这本事,但我会多留意,请向东放心。当然,我也会近水楼台先得月。我已经跟父亲说了,父亲答应得挺爽快,说这是工作。县里的书记、县长也给他打过招呼。我父亲有不少过去的老首长、老部下,他正在打电话联系。好像,香港有一个什么集团,对陵阳的投资感兴趣,不知什么时候能去陵阳考察。但愿早日成行!

菜花,向东的工作忙起来了。你白天要在幼儿园上班,回家还要打理家务,照顾向东哥,你也要保重身体!

欢迎哥姐来泸阳看看!

祝你俩工作顺利!

徐凤霞
即日于泸阳

菜花边看边听向东读完信,心中全明白了。凤霞这封信写给自己收,但这封信是写给自己和向东的。看来,凤霞心里还有一丝丝担忧。凤霞怕自己会吃醋,会担心向东与凤霞的旧情复萌。看来,凤霞想多了。菜花把信笺叠起来,轻轻地塞进了信封里,往床头柜上一丢,两只手张开,紧紧地箍住了向东的脖子,娇滴滴地把滚烫的嘴唇凑到向东的耳畔说:"向东哥,你答应我一件事。"

向东猝不及防,还没有从凤霞写给菜花的来信中回过神来,已经沉浸在菜花这突如其来的幸福之中,浑身的血液加速流动起来,嘴唇抖动了一下:"什么事?"

"先不问什么事!你先回答我,答应不答应?"

"答应!"

"有你这句话，我放心了！从今之后，凤霞与你谈工作的事，你们直接通信。不要写信给我，我不当你们电灯泡！"

"不是电灯泡，是秘书！"

"反正我不管，工作上的事你们通信很正常呀！"

"谢谢你理解。我不好说呀。菜花，我总不能打电话或写信给凤霞，让她把信写给我。"

"我来写信说！"菜花说到这里，把嘴唇移到向东的嘴唇上，紧紧地贴着向东的嘴唇。一股暖流透过温热的嘴唇透进向东的心里。向东浑身感到燥热。他没有想到这个没有读过大学，从山沟沟里走出来的姑娘是这么地善解人意。看来，钱菜花从收到凤霞来信的那一刻起，她就有了自己的打算。难怪她没有收到信先拆开，而是坚持要和自己一起看信。毕竟徐凤霞写给自己的求爱信她无意中看到了。虽然一切都过去了，虽然菜花和凤霞两位好姑娘都是那么的大度量。凤霞调离了陵阳，自己和菜花结婚了，但求爱信的事菜花也好，凤霞也好，心里没有留下一丝丝的印痕，这是不可能的。

向东什么也不说，发疯似的从床沿上站起身，紧紧地拥抱着钱菜花。然后，突然松开手，大步走到房门口，拉熄了日光灯。房间里只有床头柜上的台灯亮着，红彤彤的灯光把房间里映出红红的一片光泽。

玻璃窗上的竹影不停地晃动。

窗外传来早起的喜鹊喳喳喳的叫声。姚向东从熟睡中醒来。他睁开眼睛一看，晨曦刚刚把玻璃窗擦亮，离起床时间还有一会儿，他又微微地闭上眼睛。

脑海里浮现出昨晚和菜花读凤霞来信的情景，姚向东心满意足地舒了一口气，美滋滋地想，自己自从掉进天坑里被菜花父女救上来后，真是大难不死，必有后福，路子一直走得很顺。现在菜花和凤霞两个打着灯笼也找不到的通情达理的女人，一个比一个度量大，一个比一个明事理。凤霞把信写给菜花，谁都知道凤霞心里怎么想的。昨晚菜花求自己答应她一件事，因为酒喝得多了些，不知道求自己答应她什么事儿，心里一阵紧张。想不到她要劝说凤霞直接给自己写信。这个菜花，心里总是想着别人。昨晚明明知道菜花身体不适，但自己酒劲上来了，不能自已……想到这里，姚向东脸上火辣辣的。他瞅了一眼熟睡中的菜花，心里有些过意不去，心疼地侧过脸在菜花额头上轻轻地吻了一下，然后赶紧起床，洗漱后，在厨房里忙开了。

吃早饭时，姚向东心疼地对菜花说："工作这么忙，真对不起，一天也陪不了你。你昨天生病了，半道上刘县长还把我喊出去陪客。今天起床后感觉如何？"

"精神还好。起床时有点犯困，想赖床。放心，不会有什么大毛病！"菜花心里有数，她宽慰向东。她不想让向东担着心思去工作。

"那好！你今天抽空到机关诊所看看。如有什么情况还是到大医院检查一下放心！"向东吃完早饭，把碗筷一丢，叮嘱菜花说。

"你放心！"

"你下班后在椅子上坐着，或在床上躺着，等我回来做晚饭。"姚向东拎起包，打开大门，刚跨出一步，又掉过头不放心地关照菜花。

"等你回来做夜餐！"菜花应了一句。两人都情不自禁地笑了。

对门的刘方明局长正好打开门出来，听到小两口诙谐的对话，深有体会地笑笑说："姚主任，家里总得有个人做家务，要不，会把菜花忙坏的。"

"我能撑得下去，向东你上班忙去！"菜花轻轻地掩上了大门。

刘方明局长和姚向东主任肩并肩地顺着楼梯往下走。

刘局长比姚向东大十多岁，孩子大了，他是过来人。他一边走一边提醒姚向东："工作再忙，家里也要安排好。你们新婚不久，这一两个月还能对付。假如妻子有喜了，家里就妻子一人，那是忙不开的。"

"怎么办呢？刘局长你是知道的，现在县里抓发展经济，我虽说是个办公室主任，其实也就是个大秘书，哪有自主权偷空照顾家里。"走出楼道，沿着宿舍楼间的水泥小道往操场走，向东边走边自言自语。

"你家父母能来吗？"

"父亲还在松江镇林业站工作,没有退休。母亲虽然早退,让我弟弟向方顶替,但现在还在供销社竹器公司返聘工作,抽不开身。"姚向东有些无可奈何,轻轻地叹了口气。

刘局长停住步子说:"你妻子父母呢?"

姚向东也停住了步子。他期盼地望着刘局长,说:"妻子父亲走得早。岳母在家种地,但身边还有个最小的姑娘,刚刚高中毕业不久。参加高考落榜了。岳母走不开。"姚向东知道刘方明是过来人,当局长也十多年了,工作、家庭两不误有经验。姚主任说着,目光盯着刘局长,希望刘局长帮自己出出好主意。

"姚主任,给你出个点子。"

"谢谢!"

"把丈母娘从乡下接过来。"

"不行呀!小姨子怎么办?"

"给小姨子在陵阳城里找份工作,小姨子有了工作,和丈母娘住。这不一切都解决啦!"

"好呀!"姚向东听了心里一激动,但很快冷静下来,"在陵阳城里找工作,也不是件容易的事。"姚向东心里有自知之明,这一年,提了一把手主任,分了两室一厅一卫的大房子,妻子又从山沟里的小学调到了县幼儿园。现在再开口给小姨子找工作,向领导提出来,开不了口。天下的好事不能都落到我姚向东身上,姚向东想到这里苦笑了一下。

"这样,我来想办法。谁让我们是邻居呢?"刘局长说着,在操场边分手,向各自的办公楼走去。

姚向东望着刘局长的背影,脑子一转溜,兴奋起来,嘴里自言自语:"这个主意好!既照顾了丈母娘,又给小姨子找了工作,也算是对钱家报恩吧!刘方明局长是管工业的,看来小姨子的工作有戏。"想到这里,姚向东的脸上浮现出轻松的神色,大着步子朝办公室走过去。

三十六

姚向东离家去上班。

姚向东前脚刚走,菜花把桌子上的碗筷放到厨房水池的塑料盒子里,打开水龙头,放满一盆水,然后拎起餐桌上红色的人造革方包,匆匆地走出大门。

她锁好大门,走下楼梯几个台阶,又停住步子,掉头望了一眼大门,这才斜背着红色人造革方包,朝机关幼儿园走过去。

市级机关幼儿园就在机关大院里。穿过杉树林,从大广场上斜插过去,来到大院的东南角。这里原来是部队的一座室内游泳池改建的。室内游泳池填平后,改成了室内活动场。游泳池北边原来是一片菜地。沿着菜地的三边建成了"工"字形的两层楼教室,走廊都是相通的。东南角机关的围墙开了一个大门。接送孩子的家长不需要进入机关大院。但幼儿园有一扇小门直通机关大院内。钱菜花住在机关大院宿舍,这扇小门成了她上下班的捷径。

深秋的天气很晴朗,天空高远,朝霞红灿灿地映红了半边天。菜花穿过一畦畦花圃,来到碎石垒成的长长的围墙下,围墙上爬满了泛黄的藤蔓,那扇小门就开在围墙上。

钱菜花跨过小门,走进了幼儿园,第一节课的预备铃声响了。她拎起包往幼儿园教室走去。她是幼儿园小班的老师。原来在松林村小学,教的是三年级小学生,很好交流。有时讲完课,布置好作业,老师负责监督,应该说还是轻松的。但现在教的是三四岁的幼儿,什么都不懂,有时稍不如意,还会哭呀闹的,教室里很难平静下来。刚上班那阵子,这些刚送到幼儿园小班的孩子们不适应,刚来当幼儿园老师的钱菜花也不适应。但几个星期的磨合,这些幼小的孩子慢慢地平静下来。

上完第二节课,钱菜花回到办公室,刚放下手中的教具和包,还未坐下来,就感到有些头晕。接着胃里不停地往上泛,要呕吐。钱菜花连打了几个空嗝,往厕所走过去。

她打开厕所的水龙头,哗哗的流水声掩盖住她断断续续的干呕声。钱菜花是个好强的人,菜花心里想,自己刚来幼儿园上班还不到两个月,要是生病了,这些城里的同事们肯定瞧不起自己。用山沟沟里的俗话说,活儿干得不多,事儿不少。

菜花在厕所里干呕了一会儿,终于缓过神来。她回到办公室坐下来,歇了一会儿,喝了两口热水,精神好起来后,她跟同事打了个招呼,借着第三节课出去买个东西。菜花没有上街,而是穿过小门,径直来到了县级机关诊所。

值班医生听了菜花的病情自述,让菜花伸出右手,一边给菜花号脉,一边轻声地说:

"大姨妈什么时候来的?"

"上个月没有来。"

"大姨妈来得有规律吗?"

"很有规律。"

"一般每月什么时候?"

"一般是月底那几天。"

"上个月底没来?"

"对。"

"马上又到月底啦!今天是28日了。"

"一点动静也没有。"

"从脉象上来看,应该是有喜了!"

"有喜?"

"恭喜你!"

"把我吓坏了。昨天吐了一次,今天又呕吐起来,很难受。而且会犯困,吃啥都没有味道。医生,四川人喜欢吃麻辣,但我想吃酸,怪不怪?"

"一点不怪,是典型的妊娠反应。不要紧张,这些日子注意休息。对了,为了确定无疑,最好抽血化验。"

"好的。谢谢医生。"

菜花按照医生要求，去化验室抽了血。

从机关诊所回来，钱菜花的脸上始终浮现出灿灿的笑容。刚才呕吐，脸色发黄，现在走路也轻松起来，脸色微微泛红。吃中午饭时，同事们都看出菜花有什么喜事，旁敲侧击地询问。但菜花想想化验单还没出来，只是轻轻地笑笑。

钱菜花盼着幼儿园早点放学。

下课铃响了之后，她带着幼儿园小班的学生欢天喜地往门口走。来接的家长从菜花手里一个接一个领走孩子。菜花望着被家长们接走的欢乐可爱的孩子们，心里乐开了花。她喜滋滋地想，自己不久的将来也要有孩子了。想到这里，她把最后一个小孩子交给家长，然后快步回到办公室，拎起桌子上的红色人造革方包，斜背在肩上，急切地朝机关诊所走过去。

医生跟她说好的，下班来拿验血单。诊所没有验血设备。抽好了血送到陵阳人民医院化验，下班前人民医院把化验单送到诊所。

钱菜花从医生手里接过化验单，一看检验结果是妊娠，心里完全放心了。她情不自禁地朝医生摆摆手说："谢谢医生！谢谢呀！"

"恭喜你！钱老师！"医生满脸笑容，朝钱菜花招招手，示意钱菜花靠近一些。钱菜花朝医生跟前跨了一步。医生把嘴唇几乎贴到菜花的耳畔，提醒说："要注意保胎，早期注意房事控制。"

菜花一听，脸红了。但菜花知道，医生四十大几的女同志，是个过来之人。她告诉自己这些说不出口的话，是对自己的关心。菜花感激地对医生说："谢谢！到时给你送喜糖！"

"祝你生个胖小子。"医生的祝福听得菜花心里暖暖的。生个小孩，不管是男孩还是女孩，反正当妈了。祝我生个胖小子！谁不想！苍天保佑。

钱菜花把验血化验单塞进方包里，走出诊所，径直往家里走去。嘴里轻松地哼起了当时欢快的歌儿：

幸福的花儿心中开放，爱情的歌儿随风飘荡，我们的心儿向远方，憧憬那美好的革命理想。啊……

亲爱的人儿携手前进，携手前进，我们的生活充满阳光……

进了家门，钱菜花把肩上方包往桌子上一搁，直奔厨房而去。

听到有喜的消息后，钱菜花一直处于兴奋状态。她心里想，人顺当起来，走路都会踢到金元宝；人要是走霉运，喝凉水都会塞牙。看来老天爷在上，自己现在还是有运气的。自从上次去松林镇霞光寺烧香以后，菩萨保佑，看来和妹妹杏花去霞光寺烧香，那香没有白烧。钱菜花这些日子得到的太多了，心想事成。她知道自己前些年路一直走得不顺当，但现在时来运转了。她天真地把这一切都归到老天爷身上了。人有时往牛角尖里想，会情不自禁地钻到牛角尖里去。

钱菜花看到化验单，确认自己怀上了。怀上孩子对一个女人来说，那是天大的喜事。钱菜花曾天真地想，自己与向东爱上了，结婚了，就要千方百计地为向东着想。向东事业上顺风顺水，家里生活也不能有不如意的地方。结婚了，一定要给向东生个胖小子，让向东早日当上爸爸。这样，向东走到人跟前，会很体面。其实，钱菜花结婚后，心里一直担着这心思，要是自己怀不上孩子怎么办。菜花想好了，怀不上孩子就主动离开向东。反正向东条件好，追向东的女孩子不少。她不能让向东失望。意想不到的是，怀上孩子的大喜来得这么快。菜花想到了老天爷，想到了菩萨。

搬到两室一厅一卫的新房子之后，她曾经想到在客厅或什么不显眼的地方设个敬菩萨的地方。但向东是个干部，在家里摆个神龛算什么？这对向东来说影响不好。菜花想来想去，把这个念头放进心里了。但她自己心中有菩萨，她认为这些日子这么顺畅，是菩萨保佑。她觉得向东是国家干部，不能公开地去相信迷信。但自己是老百姓。不是说信仰自由吗？自己一个老百姓，自己相信老天爷，这不违法。当然，也不能大张旗鼓去敬香。于是，菜花在厨房的左上角的柜子里摆放着父亲的照片，柜门关上了，谁也看不见。但在钱菜花心里，那就是神龛，就是敬菩萨的地方。鱼头村的家里专门请木匠打制了神龛，也放着父亲的照片，但那里照片下方的木台子上有香炉和烛台，可以敬香。新房里的神龛就在厨房里，实际就在菜花的心中。

菜花打开柜门，目光凝视着父亲的遗照，心里默默地念叨着，双手合十，不紧不慢地叩了三个头。

菜花感谢父亲的在天之灵保佑自己怀上了孩子。

菜花感谢苍天，让自己从逆境中走出来，走上了心想事成的大路。

菜花轻轻地关上了柜门。

三十七

菜花急急忙忙地煮了一碗面，刚端上桌，嘴里有点渗口水。她想起了向东朋友送的镇江香醋，赶忙走进厨房，找出了那瓶香醋，往碗里倒了一些，放下醋瓶，顺手拿起了筷子在面碗里搅了搅，一股酸酸甜甜的味道直往鼻子里钻。香醋开胃，钱菜花大口吃起来。

菜花与向东已经约定俗成。向东不打电话肯定不回家吃晚饭。只有下午打电话给菜花说回家吃晚饭，那是没有接待任务。但也不能保证会临时来上一拨客人。

菜花没有接到向东电话。她知道今天向东有接待任务，她独自一人有滋有味地吃完一大碗面条。她看看客厅墙上的壁钟，刚刚过了七点钟。秒针行走发出的嘀嗒嘀嗒的响声，不紧不慢。菜花心里着急，她恨不得现在向东就出现在客厅里。她要把这天大的喜事告诉向东。

菜花兴奋得不知干什么事好。她一会儿在椅子上坐下来，目光盯着窗外茫茫的夜色，发起呆；一会儿双手搓个不停，在客厅里踱起了步子，不紧不慢地走着，脑子里在漫无目标地思索着，她把注意力集中到生孩子的事儿上，越想越多。会不会流产呀？流产了以后能不能再怀上呀？她想到肚子里的孩子是男是女呀？当然生个胖小子好。但万一生个女孩怎么办？自己和向东估计还能适应，但向东的父母呢？他们会怎么想？当然，自己的母亲胡少香一生有三朵金花，美中不足的是没有一个儿子。虽然新社会了，男女都一样，但人们的世俗观念一时难以改变。嘴上不说，心里都清楚。钱菜花呆呆地望着窗外的夜色，心中担忧起来。

钱菜花担忧得坐不住了。她从椅子上站起来，在房间和客厅里悠悠地踱起步子，不知不觉地踱进了厨房。对着放着父亲照片的橱子，打开柜门，双手一合，叩了三个头，心里默默地念叨：心想事成！生个胖小子！

关上橱门，钱菜花忍不住笑出了声。她感到自己想得太多了，现在首先要做的事是把怀孕的消息告诉向东，再找个机会告诉家里人。让向东高兴，也让亲朋好友高兴。

钱菜花躺在床上，只开了床头柜上的台灯。红色的光把房间染上了一层朦胧的喜庆色彩。

菜花等着大门传来钥匙开锁的声音。她盼望着向东早点回家，她要给向东一个惊喜。

窗外夜色浓浓，松江上不时传来一两声夜航轮船沉闷的汽笛声。

菜花在兴奋的思绪中甜甜地进入了梦乡。

向东下午参加了陵阳大道拓宽指挥部会议。县委黄万和书记和县长刘立平参加会议，会议从下午两点一直开到晚上八点半。会散之后，食堂准备了四菜一汤。姚向东想到钱菜花这些日子有些犯累，特别是昨晚的剧烈作呕，虽然后来很快恢复了精神，但不知菜花请假去诊所没有，也不知道有没有什么大碍。姚向东狼吞虎咽地扒了两碗饭，跟大家打了个招呼，拎起公文包径直往家里走去。

姚向东心里虽然十分担忧菜花的身体，但想到早上碰到刘方明局长，心里爽快多了。刘方明局长是个热心人，看来真的是应了那句话，远亲不如近邻。刘局长很关心自己的家庭，他是过来人，是机关的老人了。他知道我姚向东家里的困难。确实是这样。昨晚钱菜花突然呕吐，精神不振，好在恢复得快。要是生病了，自己工作这么忙，根本照顾不到钱菜花。钱菜花怎么办？刘方明局长点子真好，让丈母娘从乡下住过来。但苦于家中还有一个小姨子杏花，没有工作，留在山沟沟里不放心。刘局长善解人意，也很仗义，主动把杏花找工作的事揽过去，这给自己解决了大问题。把丈母娘、小姨子都接到城里来，这是一举两得的大好事。小姨子有了工作，丈母娘的一块心病也解决了。她不用担忧小姑娘的事儿了。想到这些，今天参加陵阳大道拓宽工程指挥部的会议，姚向东的心情一直像喝了咖啡似的，处于兴奋状态。他希望会议早点结束，几次想去打电话到幼儿园，告诉菜花回家吃饭的消息。但会议到了六点多光景，一点也没有结束的迹象。

　　总算结束了，总算吃完饭，向东松了一口气，大步往家里走，很快登上了三楼，来到自家的大门口。

　　姚向东习惯抬起手想敲门，但很快放下手。他抬起手腕，借着楼道上微弱灯光，一看表，已经九点多了。姚向东想到钱菜花昨晚呕吐那怕人的样子，心里想，此刻妻子肯定休息了。姚向东熟练地掏出钥匙，轻轻地转动了锁舌，打开了门。

　　姚向东没有大声喊妻子，也没有打开客厅的灯。房间里亮着红彤彤的光，屋子里静静的，他估计妻子菜花已经睡了。姚向东借着路灯从玻璃窗透过的微弱的光亮，放好包，蹑手蹑脚地往房间里走去。

　　房门未关。

　　房间里朦朦胧胧的红光，十分温馨。

　　姚向东轻轻地来到床前，妻子菜花和衣躺在床上，白皙的脸庞在红光的映衬下显得特别香气迷人。均匀的鼾声很轻，随着呼吸的节奏，胸部微微地颤动。姚向东望着睡梦中的妻子，血液流动急速地加快，嘴唇微微地抖动。他情不自禁地俯下身子，朝着钱菜花嘴唇缓缓地靠近。

　　"谁？"钱菜花闻到了一股特别熟悉的气味，又感觉到一股热气在往自己的嘴唇靠近，本能地轻轻问，随即睁开眼睛。钱菜花看到了姚向东，心里一阵惊喜，没有坐起来，而是随口说："你回来啦？"

　　"回来啦！"

"今天怎么这么早就下班?"

"九点多了!"

"我都适应了!"

"没有喝酒?"

"会一直开到八点半。是好消息,陵阳大道拓宽指挥部大会!"说到这里,姚向东见钱菜花没有坐起身,眼睛微微地闭着。他明白了,刚才自己回来晚了,那个习惯动作还没有进行下去。向东想到刘方明局长的点子,想到小姨子不久会安排工作。待到小姨子工作有了着落,丈母娘就可以到城里来住,家里的事就会顺当地运转起来,到那时,菜花就轻松多了。想到这里,姚向东心里很兴奋,轻轻地喘了一口气,滚烫的嘴唇以迅雷不及掩耳之势朝钱菜花嘴唇上贴上去。

嘴唇贴嘴唇,像粘了胶水似的。好久好久,姚向东抬起头,直起身子,伸出双臂,托住钱菜花柔软的腰,往起一拉,高兴地说:"告诉你一个好消息。"

"告诉你一个好消息。"钱菜花在直起身子的一瞬间,想起怀孕的事儿,脱口而出。

两人几乎是异口同声都要告诉对方一个好消息。

两人都愣怔住了。

钱菜花从床上坐起来后,姚向东走到房门口,拉亮了日光灯。白晃晃的灯光下两人的脸上都露出了喜悦的笑容。想不到都有好消息要告诉对方,但谁也猜不到对方要告诉自己什么好消息。

两人从热吻的亲热中回过神来,目光都直愣愣地盯着对方热辣辣的脸庞。

姚向东正要开口,钱菜花伸出手,捂住向东的嘴唇说:"让我猜!"

"你猜到,我给你刮三次鼻子!"

"陵阳大道拓宽顺利!"

"这对你菜花来说,只能算个消息,不能算好消息。"

"让我想想。"

"快想!"

"桃花来信啦？"

"桃花来信不会寄给我呀！小姨子来信怎么会寄给我。"

"也是的！香客……香港客商招来啦？"

"没有这说法。还真招来了两个香港客商。但这招商的事对你菜花来说，算不上好消息。服了吧，猜不到，我告诉你……"

钱菜花打断向东的话催促："快说呀！"

"杏花的工作有着落了。"

杏花高考落榜后，找工作的事一直搁在菜花心里，但菜花自己的事当时还未落实，不好意思开口跟向东提。想不到向东主动揽起了杏花工作的事。菜花心里感动："谢谢你，代我妈谢谢你！工作可不好找呀。"

"菜花，你放心，对门刘方明局长答应了。他是工业局的局长，他出面，那可是三个指头捏田螺，十拿九稳的事。"

菜花兴奋地点着头："我也告诉你一个好消息！"

"快说！"姚向东迫不及待地朝菜花投去期盼的眼光。

"你猜！"

"我不猜。猜不到，认输。让你刮三次鼻子，快说。"

"我怀孕啦！"

"真的？"姚向东一把将妻子揽进怀里，兴奋得眼睛泛光。

三十八

妻子怀孕的消息让姚向东欣喜若狂。他紧紧地拥抱着妻子，好久好久，这才腾出一只手，撸起菜花的绒线衣，把手伸到妻子的怀里，轻轻地抚摸着，嘴里喃喃自语："我要当爸爸了！我要当爸爸了！"

菜花幸福地闭着双眼，任由向东那滑润的手掌在柔软的肚皮上摩挲。菜花沉浸在无限的喜悦中。

向东抽出手，又把滚热的嘴唇凑到菜花的嘴唇上，乘势将菜花放仰到床上，身子轻轻地俯下去。菜花已经感受到向东那不可抑制的强烈的喘息声。向东正在熟练地解纽扣。菜花一惊，想起门诊部医生给自己说的悄悄话，赶紧抬手托住向东的脸庞，轻声地说："向东，医生说了……"

向东喘着大气急促地打断了菜花的话："医生说什么？"

菜花指指腹部，紧张地说："医生说，暂时不能那个。"

向东一听，明白过来。他赶紧站起身，害羞地一笑："为了下一代，听医生的。"

菜花看着向东涨红得像猪肝似的脸，听向东那大口大口的喘气声，就势坐起身，一边系扣子一边歉意地说："对不起呀！"菜花是山沟沟里出来的姑娘，心地纯洁，度量大，点子少，说的心里话。她知道此时的向东不能尽情，一定很难受。菜花感到不能满足向东似乎欠了向东一笔还不清的债似的，满脸内疚。

向东不好意思地笑笑，拉住菜花的胳膊，深情地说："这些日子，你的工作除了上班，回到家不要做饭。我会派人把晚饭从机关食堂送过来！对了，你千万不要干重活！"

"知道！我没那么娇贵！"乡下人怀孕还下地干农活呢！菜花听到向东的一番话，一股暖流涌上心头。她知道向东这些日子工作特别忙，不是道路拓宽，就是招商，又是设立经济开发区，县里的这些重点工作，哪一项工作都离不开县政府办公室，向东是办公室主任，一步也走不开。昨天好不容易请了一次假，回来陪自己吃晚饭。谁知，吃到一半，还是被叫去陪客。自己怀孕了，有妊娠反应，累一点，难受一点，但不能让向东担忧，不能让向东分心。想到这些，菜花轻松地说。

向东知道菜花故作轻松，是不想让自己分心。但昨天晚饭前呕吐那吓人的样子，向东还记忆犹新。要让菜花轻松一些，自己工作这么忙，不可能关心照顾到菜花。何况，菜花刚到新单位工作不到两个月，也不能动不动请假。唯一的办法，就是把丈母娘胡少香接到家里住。这样的话，家务事丈母娘做了，菜花能吃上热饭热菜，万一妊娠反应激烈，有丈母娘照顾，就可以放心了，但向东开不了口。丈母娘在乡下生活惯了，有个小姑娘杏花在家里，杏花正等着找工作。看来，杏花要是能在城里有个工作，那丈母娘到城里来住就顺理成章了。到城里照顾怀孕的大姑娘，丈母娘肯定高兴，只是小姑娘一个人在乡下，做娘的也不放心。手心手背都是肉。现在关键的关键是杏花的工作。虽然刘方明局长主动揽下了这个事儿，改革开放了，人们脑子活络了，找工作不是件容易的事。乡下的人谁不想到城里工作。过去计划经济，户籍管理严，人口不能流动。现在一切都放开了，乡下人都疯了似的往城里拥，到城里找工作是件棘手的事。向东心里明白，就是管工业的刘方明局长也不是说找就能找到，得费点时间去落实。

　　菜花说得轻松，向东自己心里清楚。怀孕期间，孕妇的休息和保养很重要。同事中有怀孕的，一个月两个月后，讨厌的孕吐开始了。昨晚菜花第一次发生呕吐，就挺怕人的。说想吐，就想吐，直往卫生间里冲过去。索性一下子吐出来就好了，但吐有时吐不出来，直打嗝，脸色蜡黄，整个人没有一点生气，整个人都显得烦躁不安。孕吐是随时发生。自己工作这么忙，大部分时间不在菜花的身边。孕妇身边没有一个人照顾，这是个大问题。向东越想越紧张，想到自己的母亲李花红，但母亲在弟弟向方的松江竹器有限公司当顾问，弟弟的竹器有限公司跟海南的竹艺进出口贸易公司刚刚接触。母亲毕竟长期在供销社工作，有经验。这个时候把母亲叫到城里来照顾菜花，自己也开不了口。

　　向东虽然心里担忧，但他想得开。天无绝人之路，工作要做好，菜花也要照顾好，看来还是刘方明局长提醒得对。走一步看一步，但愿杏花的工作能尽量落实。

　　向东的心情平静下来。

　　关灯，休息。

　　两人刚刚躺下，菜花突然坐起来，轻轻地下床，趿着拖鞋，打开房门，径直往厨房走过去。向东有些奇怪，菜花会不会想喝水？向东赶紧下床，跟进厨房。

只见菜花打开橱柜门，双手合十，虔诚地叩了三个头，嘴里喃喃自语："爸爸在天之灵保佑，老天爷保佑，保佑杏花早日找到工作；保佑我们生个儿子！"

向东一看，橱柜里摆着菜花父亲的镜框遗照。向东明白了，菜花搬新房时，没有拿神龛。她是个明白事理的人。她知道丈夫是机关干部，是共产党的人，不信拜佛这一套。她把她父亲的遗照供着。平时关上柜门，没有人知道。菜花处处为自己着想，向东心里感动不已。他站在菜花身后，也双手合十，情不自禁地重复着菜花刚才祈祷的话。

菜花轻轻关上柜门，一转身，看到向东双手合十，嘴里重复着自己的祈祷，心里有些激动，也有些内疚："向东，把父亲遗照藏在这里供着，没有告诉你，谅解呀！"

"这是应该的！你父亲是我的大恩人，应该供奉在显眼的地方！"向东习惯性地拽住菜花的胳膊，一边往房间走，一边说，"相信，好人有好报！"

"谢谢！你理解我！"菜花说。

"不！是你理解我！应该谢谢你！"向东心里明白菜花的良苦用心。菜花由于前些年命运多舛，心情沉重，想得很多，慢慢地信起佛来。她这是从信佛中去慢慢地解脱自己。到了城里的新家里，她知道不能设神龛，这样对在机关工作的向东影响不好。菜花是个明白人，把自己父亲遗照供上，也就是供奉神灵。平时柜门关上，谁也不知道。

夜色深沉。

窗外，没有一丝风。月亮圆盘似的挂在天空。皎洁的月光透过玻璃窗把房间映得朦朦胧胧。

菜花和向东躺在床上，都没有入睡，各想各的心事。

向东知道妻子有喜的兴奋感还未消失，就为妻子的妊娠期照顾担上了心思。好在早上碰上刘方明局长。看来重点是要尽快落实小姨子杏花的工作。向东想了不少路子，但都急不起来，只能等。但愿杏花的工作能早点落实。

向东在兴奋和担忧的期盼中进入了梦乡。

菜花给在天的父亲和老天爷叩了头，心里宽敞多了。她想不到的是向东考虑事情那么周到。他想到杏花的工作，还近水楼台先得月，找到了对门邻居刘方明局长。菜花不熟悉刘方明局长，但从向东的嘴里知道这个刘方明局长是个热心人。杏花来城里工作的事有戏，但愿能快一点。这样母亲胡少香就不用一个人在乡下劳动了。父亲意外走了，丢下母亲一人，怪可怜的。想到向东托人在给杏花找工作，菜花打心眼里感激向东。

菜花睡不着，不时翻身，目光盯着被月亮光映得朦朦胧胧的玻璃窗。玻璃窗上映着一动不动的树影，像一幅贴上玻璃纸的水墨画。

菜花沉浸在怀孕的喜悦中。这种感觉是从昨天呕吐时就敏感地感受到了。菜花对不停地打嗝，不停地作呕并没有产生恐惧，心里反而莫名其妙地产生了一种说不出的茫然和喜悦。其实，自从这个月大姨妈没有按期来，菜花就有了预感。每天早晨，她洗脸照镜子，发现脸上生了不少痘痘，而且脸色有些泛黄，一点生气也没有，心里老是有一种说不出滋味的烦躁。直到昨晚剧烈呕吐，吃饭时想吃酸，菜花心里有底了。当时，她不敢跟向东透底。她是个做事求稳的人，她不想让向东空欢喜一场。直到机关门诊的血液化验单确认后，她才告诉向东。

菜花想好了，等到周末她要回鱼头村一趟，她要把向东为杏花找工作的事告诉妈妈，自己怀孕的消息也要告诉妈妈。让妈妈高兴，这是菜花的心愿。

想到妈妈听到这两个好消息，心里该是多么高兴，菜花满足地深深地吸了一口气。她凝望着月色下熟睡的向东那泛红的脸庞，情不自禁地抬起头，在向东的脸腮上轻轻吻了一下。

菜花在愉悦的沉思中进入了甜甜的梦乡。

三十九

　　喔——喔——喔——，松江对岸山村里的公鸡啼晓声把姚向东从睡梦中惊醒。他习惯地揉揉眼角。目光瞥了玻璃窗一眼。夜色很浓。月亮不知什么时候躲到山沟里去了，只有窗外昏黄的路灯光映着蒙蒙的雾气。姚向东翻了个身，又进入了梦乡。

　　他做了一个噩梦，自己不知什么时候陪同已经挺着大肚子的菜花回到鱼头村。不知是什么力量，竟然牵着自己和菜花来到龙山天坑边。向东看着天坑边上茂密的竹林，看到天坑边上那高大的水桶般粗的千年大槐树。大槐树几根主干从坑边的树丛中伸向天坑的上空。在大枝干中部又叉出三五根粗壮的权枝。筛子般大的喜鹊窝巢边上栖息着几只花白喜鹊。姚向东望着那悬在天坑上空的喜鹊窝，对身边怀孕的妻子菜花说："我就从那树干上掉进天坑的。"说完，还用手指了指栖息在窝巢边上的喜鹊说："当年少年麻木，掏喜鹊蛋！"

　　"向东，我要吃喜鹊蛋！"

　　"吃喜鹊蛋？"

　　"喜鹊蛋有营养！"

　　"这里不能去掏。我下山找个平坦的地方去掏几只喜鹊蛋让你补补身子！"

　　"我就要这喜鹊窝里的蛋。"菜花说着，竟然不顾一切地跨过小竹林，来到那棵大槐树旁的石台上。

　　姚向东一见，吓得连喊："危险！不能去！"随着喊声，姚向东从梦中醒来，睁眼一看，菜花已经从床上坐起身，直愣愣的目光盯着姚向东，吃惊地问："向东，你喊什么？做梦啦！"

　　"做了个噩梦！"姚向东一骨碌从床上也坐起来抬手擦擦额头上冒出来的冷汗说，"我梦见我俩到龙山天坑边的小竹林。你要吃喜鹊蛋，我知道爬大槐树掏喜鹊蛋危险，上次就是爬那棵大槐树掏喜鹊窝掉进天坑里的。要不是遇到你们父女，我早就没影儿了。谁知，你竟然跨过竹林，冲到老槐树旁的石台上。我怕你掉进天坑，于是我大着嗓门喊，这就从梦中醒了。"

"我知道，我怀孕了，这是喜事。但你担心我孕吐，担心我又要上班，又要忙家务，会累坏身子。没事的，你做好你的工作。"菜花一边穿衣服，一边安慰向东。

"我是担心你怀孕了，身边没有一个人照顾！万一……"姚向东穿好衣服，下了床。

"别乱想。"菜花打断向东的话。

"这不是担心你吗？做了个噩梦。"姚向东望着窗外满天的朝霞，心情好了些，伸了个懒腰说，"困难是暂时的。杏花工作落实了，一切就会好起来。"

"对了。最近找个星期天去趟松江镇。"菜花建议。

"给你妈和我父母报个喜！"姚向东点点头，语气挺认真，"菜花，你妈来之前，你要一切行动听指挥！早饭不煮，我去街上买；晚饭不烧，我去食堂打。你少动手脚，保胎第一！"

"听你的！"菜花听了，心里暖暖的。

姚向东洗漱后，拎着自编的精致的小元宝篮子，一边开大门，一边说："菜花，我去买早点！你歇着！"

"向东，你把我当大熊猫呀！没有那么娇气！"菜花说着往大门口走去，边走边说，"我陪你去！"

"不行！你歇着。"向东朝菜花摇摇手，关上大门，大步下楼去了。向东想起早晨的噩梦，心里自己提醒自己，一定要照顾好菜花，千万不能有任何闪失。自己是菜花和她父亲从天坑里救上来的，可不能忘恩。姚向东想到将要当爸爸的喜悦，想到繁忙的工作，想到菜花的妊娠反应，心里泛起一股酸酸甜甜的滋味。

菜花在县级机关幼儿园当老师，工作还算轻松。虽然隔三岔五会有剧烈的妊娠反应，但过不多久，精神会慢慢地恢复过来。加上这些日子向东虽然忙于工作，但想得很周到。早晚饭不用生炉子烧饭。晚上，姚向东只要在外陪客，他总会请办公室的同事给自己送上晚饭。

虽然孕吐非常难受，有时睡不好觉，但想到有个小小的生命已经在肚子里生根发芽了，菜花总时不时地会产生一种特别奇妙的感觉。有时紧张和兴奋会交织在一起，当然更多的是兴奋。

时间一天天地过去。

寒露过后，霜降的季节到了。陵阳大道上的梧桐树叶发黄发枯，从松江上吹来的风带着寒气，吹落下梧桐树上不少枯叶。枯叶在地上打着旋儿。

姚向东算算日子，菜花怀孕已经三个多月了。菜花妊娠反应越来越激烈，但菜花毕竟在山里生活过，很坚强。有时孕吐反应激烈时，菜花总是忍着，当着自己的面吐完之后总是装出一副轻松的样子。但向东知道菜花的性格，她不想给自己添压力。向东有自知之明，自己是一个男同志，再急也做不了什么大事。关键是把丈母娘请过来，一切事情都迎刃而解，但杏花的工作没有落实，把杏花一个人丢在山沟沟的家里，向东怕丈母娘心里担心，开不了口。

向东几次想到自己的母亲李花红。弟弟向方的竹器有限公司正办得热火朝天，尤其是把海南的章爱军总经理介绍给他们，谈得正热烈。这时候把母亲从松江竹器有限公司接到城里照顾菜花，也有点开不了口。不管怎么样，抽空去一下松江，向父母亲报喜，向丈母娘报喜，这事也拖不得。当然，到时再听听长辈的意见。

排来排去排不出时间。三个星期过去了，到了星期天县里主要领导总有客商接待任务。自己是办公室的主要领导，开口请假拉不开面子，到了第四个星期，县委书记黄万和去泸阳市开干部大会。姚向东算算时间，会议星期天上午结束。主要领导要安排事情也要等到星期一。姚向东决定这个星期天陪菜花去一趟松江镇，去一趟鱼头村。

菜花听说去松江镇，心里很高兴。星期天早晨，她特意找出妹妹桃花从深圳寄来的粉色羊毛衫，穿在身上对着镜子照过来照过去，还边照着镜子边喊向东："向东，快来看看！穿得出去吧？"

"好看！大小合身，现在穿出去正是时候。"向东说着嘿嘿一笑，"再过一两个月，恐怕会嫌紧了。"

"穿。改革了，开放了，桃花几年前就穿了。"菜花自己给自己打气，兴奋得自言自语。

早晨，天气晴朗。火红的朝阳升起在蓝蓝的天空中。深秋的晨风吹在身上让人感到一阵阵寒意。

向东拎着两袋茶食，领着菜花朝陵阳长途汽车站走去。向东想好了，先去鱼头村，给丈母娘报喜，到时见机行事。如果丈母娘能在春节前到城里来，那是最好不过。当然，杏花工作在城里安排好后，丈母娘来城里陪着菜花那更是顺理成章。在鱼头村不吃饭。看过丈母娘之后，再坐长途公共汽车到松江镇，直接去向方的竹器有限公司，母亲在公司里当顾问，叔爷也在公司里，都能看到。

长途汽车出了站，驶过松江大桥，沿着弯弯曲曲的山间土石公路，摇摇晃晃地向前驶去。已是深秋时节，秋风就像一个魔术师，在山边的银杏树上一点，银杏树叶变成了金黄色。公共汽车驶过时，旋起一阵风，银杏树叶掉落下来，随着山风腾空而起，像是五颜六色的蝴蝶四处飘飞，然后慢慢落到路边的草丛里。

菜花和向东注视着窗外深秋的景色，不时收回目光互相望望，喜悦的神情浮现在脸上。

向东和菜花在鱼头村下车，一会儿来到了家门口。看到母亲和杏花正在院子里拔胡萝卜，两人同时喊道："妈！我们回来了！"

"回来啦！怎么不说一声，好准备中饭呀！"胡少香喜出望外。菜花自从去城里上班，只回过鱼头村一次，还是去松江小学捐款建大门的时候。胡少香丢下手里的胡萝卜缨子，直起腰对杏花说，"快去厨房烧开水！"

向东和菜花三步两步跨到胡少香面前说："我们回来是向你报喜的！"

"报喜？"胡少香一愣。杏花听了，也停住了步子。

"妈！我有喜啦！"菜花一脸的兴奋神情。说完，朝杏花招招手："妹子，你过来，我也告诉你一个好消息。"

杏花一愣。心里想，我哪里来的好消息？母亲拉着菜花的手，目光盯着菜花的脸，左看看，右瞧瞧，高兴得不知道说什么话。杏花站在母亲身后，朝菜花笑着说："恭喜姐姐！恭喜姐夫！"

"杏花妹子！你要好好感谢姐夫！"菜花话音刚落，杏花听了有些莫名其妙，目光直愣愣地盯着菜花。

"姐夫帮你在城里找工作啦，还不赶快谢谢姐夫！"菜花拉着杏花的手。

向东有些不好意思。现在工作还没有眉目，让小姨子来感谢自己，有点受之有愧。向东把手里的一只食品袋递到胡少香手里说："妈！这是我和菜花在城里买的茶食，味道好，请收下。"说完，向东朝菜花瞅了一眼对胡少香说："菜花怀孕了，没有人照顾。我有个想法，征求你的意见。"

"听你们的。"胡少香接过茶食客气地说，"回来还带什么茶食，浪费钱！"

"是这样。"向东朝杏花笑笑，"妈，想把你接到城里去，但杏花一个人在山沟家里又不放心。给杏花在城里找份工作，这样就两全其美了！"

"谢谢姐夫！"杏花听明白了，朝向东笑笑，红红的脸蛋上两个酒窝显现出来。向东忍不住把目光停留在杏花的脸腮上，两个酒窝深深地印在脑海里。

"城里工作难找，让向东费神了！谢谢！"胡少香拉着菜花的手往屋里走，边走边说，"杏花快去烧水，准备煮饭。"

向东跟着往屋里走，边走边说："不在这里吃午饭。坐一会儿还要赶班车去松江镇，到我家去给父母也报个喜。"

"安排紧一点。向东太忙，腾不出时间。"菜花连连解释打招呼，"妈！妹子！不在家里吃饭你们要理解呀！"

"理解！理解！"胡少香和杏花异口同声，脸上浮现出兴奋的笑容。

四十

离开鱼头村,胡少香带着杏花把向东和菜花送到公路边停靠点。直到长途汽车开出很远很远,车尾扬起的尘土都渐渐消散尽后,胡少香才依依不舍地往家里走去。

菜花怀孕了,杏花很快会到城里工作,自己要去城里照顾菜花,那一家人全生活在城里了。这在十多年前是想都不敢想的事儿,现在就在眼前。前几天,朱红旗和老伴从深圳回来,刚下车,就直奔胡少香家,送来一个大帆布包,说是卫国和桃花带来的礼物。朱红旗老伴眼疾治好了,当场拉开包,从包里拿出一大堆吃的用的,花花绿绿。曹仁兰兴致勃勃地介绍,什么奶粉、曲奇巧克力、电子表、真丝手绢,胡少香眼花缭乱,一件也没有见过。听朱红旗说,卫国和桃花经过这几年打拼,赚了不少钱,他们富了,富得流油。少香一盘算,桃花在深圳,那是大城市。自己这辈子虽然没有儿子,但养了三个姑娘,现在全是城里人,想不到,真想不到。胡少香望着身边如花似玉的杏花,想想眼前这说到就到的幸福日子,兴奋不已。

秋天大山深处的朝阳,在大地的千呼万唤下,终于穿破层层雾霭,完全升上了天空。一股带有成熟果实的新鲜空气,从山林中吹过来,沁人心扉。胡少香和杏花呼吸着山野飘来的新鲜香甜的空气,顿感舒畅。胡少香起床后,绕过一片灌木丛,穿过小竹林,站到家门口不远的小山岗上。

胡少香停住了脚步。杏花跟过来,站在母亲的身边。母女俩同时朝自家的山宅和院子望过去,目光俯瞰着山岗下的村庄,缓缓地在村子上空移动。鱼头村不大,紧靠着黑鱼湖边,风景特别秀丽迷人。深秋时节,整个村子很寂静,时而听到不知从村子的哪个方向传来几声雄鸡的鸣叫。很快就要离开村子了,胡少香和杏花都有些依依不舍。山里人想走出大山,这个愿望想了几十年,几百年,想不到改革开放才不到十年,走出大山的愿望就在眼前了。胡少香、杏花都没有挪动步子,而是伫立在山岗上,依恋的目光落在鱼头村那炊烟袅袅的村舍的屋顶上。屋顶上盖的有松树皮、有山草,也有小瓦,参差不齐。胡少香长长地叹了一口气。鱼头村家家户户的屋顶上炊烟袅袅,灰白色的烟气和晨雾融合在一起,飘飘荡荡,盘旋升腾,呈现出一派迷人而诙谐的景象。

菜花坐上长途公共汽车还沉浸在兴奋之中。从胡少香和杏花的喜悦,知道她们都在为她怀孕而高兴。结婚了,有孩子,这是女人一生中最大的幸福。汽车不一会儿就到了松江镇,向东和菜花看看时间不早了,直奔向方的松江竹器有限公司。

向方的松江竹器有限公司设在松江供销社的一排大仓库里。仓库沿着松江边的一块平坦三角地块建成,呈"丁"字形。名称叫得好听,是有限公司,其实就是一个竹器加工大型车间。叔爷是技术顾问,向方的母亲是行政顾问,已经有四十多名工人上班。这个规模的竹器加工,在松江镇上也属不大不小的企业。

仓库迎街的墙上刷着八个大红漆宋体字:松江竹器有限公司。字体大如糠筛,鲜红醒目。街上来来往往的人们都知道,松江供销社就在这儿有个大企业。

向东和菜花很快来到松江竹器有限公司。仓库丁字形的两边,已经用竹片编成围墙。对着街道的一边有一个双开的毛竹大门。门右边是竹篾编成的岗亭似的竹屋。这是传达室。俗话说靠山吃山,向方这是靠竹吃竹。一眼望过去,全是竹子。向东想到,自己的弟弟小时候就会动脑筋,脑子活着呢。看看这满眼的竹器就知道向方的竹器有限公司一定办得很红火。

向东和菜花来到竹亭传达室。果不其然,传达室里一张不大的竹桌,竹桌上摆着两只竹壳水瓶。水瓶旁边有四只竹筒茶杯。竹茶杯刨得很光滑,外壳刷了一层清漆,竹杯外壳上还刻了一朵菊花。向东朝竹椅上坐着的一位年纪稍大的老汉笑笑,问:"大爷,请问这里是松江竹器有限公司吗?"

"这还要问!"大爷语气挺自豪,一边回答一边叼着一根长长的旱烟杆。那烟杆上的竹节突兀,但很光滑。

"大爷,我们想见个人。"菜花朝大爷笑笑说。

"想见谁?"大爷吸了一口旱烟,吐出一团长长的缭绕盘旋上升的烟雾,眯缝着眼睛瞅瞅菜花。

"向方!"向东也边说边往门里走。

"等一下。"老汉站起身,手往前一伸,做了个拦截的动作说,"向总上午开会!你们下午来。"

"开会,在哪儿开会?"向东想不到一个竹器加工企业,管理倒挺严的。看来只能在什么山上说什么话了。向东停住步子,心里有些纳闷,开会?在哪儿开会?向东脱口而出。

老汉看着向东和菜花一身城里人的打扮,语气客气多了:"在会议室呗!"

"我能见见你们向总吗?"向东试探地问。

"你是他什么人?"老汉迟疑了一下,轻声问。

"我是你们向总的哥哥。"

"向总的哥哥?"老汉转身面朝菜花,"姑娘,你是……"

"向总的嫂子!"菜花想起来小学课本上列宁与哨兵的故事,心里忍不住要笑出声来。

"家里人,请进!"老汉把旱烟杆往桌子上一搁,走出竹亭,领着向东和菜花朝仓库走过去。

进了仓库,几十个工人正在忙碌。劈篾片的,划篾丝的,劈竹子的噼噼啪啪的响声和松江上的轮机声、汽笛声交织在一起。编竹器的工人三五个人一组,有编竹簸箕的,有编竹筛子的,有编竹匾子的,还有编鸟笼、箩筐的。向东一眼看到了叔爷。在仓库的南角靠窗边,叔爷一双布满老茧的手正摆弄着根根竹篾,一个橙黄的葫芦上上下下翻滚。

向东有些激动,大着嗓门喊道:"叔爷!叔爷!"向东边喊边往叔爷面前跑过去,菜花紧跟着走过来。

此刻叔爷正在全神贯注地编竹葫芦。他怎么也想不到向东会来车间。赶紧站起身,伸出手拉住向东的手,吃惊地问:"向东,你怎么来啦?你不是在城里上班吗?"

"星期天,来看看叔爷。"向东说着,示意菜花。

菜花很机灵,赶紧把手上的茶食袋抽出一份递到叔爷手里说:"向东一直惦记着你。这是城里的点心,味道可好呢!"

"谢谢!谢谢你们惦记我这老头。"叔爷接过茶食袋,有些自豪地指指整个仓库说,"看看,今非昔比啦!"

"都是你的徒弟!"向东朝叔爷伸出大拇指。

"向方来了不一样,改革了,开放了,不是编箩筐、簸箕、筛子,现在编工艺品了,好看,听说还有外国人喜欢呢。"叔爷说着也竖起大拇指,"你弟弟是这个!"

看门的老汉朝仓库最南头一指说:"向总在那边一竹屋里开会,你们直接去吧!"说完,转身出了仓库门,回到传达室。

向东和菜花跟叔爷打个招呼,朝向东开会的竹屋走过去。

竹屋在仓库的西北角。竹屋的墙是用竹篾片编成的席子。有一扇同样的竹席门。门敞开着,从竹屋里飘出一阵阵板栗的清香。

向东和菜花来到门口,往里一瞧,大开眼界。竹桌、竹椅、竹烟灰缸、竹水瓶,连水杯都是竹筒子的。竹桌中间有两只竹盘,竹盘里满满的板栗。向东和菜花看到这细小个头的板栗,知道这是山沟里的特产——野板栗。这山沟里的野板栗个儿不大,但又香又甜又糯。向东仔细一瞧,向方正在挥舞着手臂大着嗓门说话。母亲李花红,还有三四个小青年一个挨着一个坐着,嘴里嚼着香甜的板栗,目光盯着向方那泛着红光的脸庞。

向东用手敲敲竹门,声音不太响。但母亲李花红看到了。李花红朝儿子向方摆摆手:"向总,你大哥大嫂回来了!"

"向总,开会?"向东和菜花一步跨进会议室。竹屋会议室也就二十来平方米,会议竹桌一摆,显得很挤。

向方听母亲喊自己向总,不好意思地说:"妈,我说过多少遍了,叫名字。"

"这里是公家,现在时兴叫老总。你不是总要求大家向南方学习,要正规。"李花红语音刚落,会议室里响起一片笑声。

向方见大哥大嫂来了,不便多说,赶紧站起身,用脚挪开竹椅子,朝向东和菜花迎上去,握着向东的手说:"哪阵风把你和嫂子吹来啦?"

"当老总啦!不能来看看?"向东握着向方的手,满意地摆动不停,语气中充满了诙谐。

"不是你们县里要求的嘛!要与南方接轨,要与国际接轨。他们叫我向总。对了,老是按我名字向方叫向总。连母亲都叫我向总。其实,我姓姚。要叫也应该叫姚总!改革了,思想解放了,山里人也挺会跟风。"

"叫什么不重要,企业发展是硬道理。"向东挨着母亲的椅子坐下来,菜花挨着向东,向方朝几位年轻人一指:"这是我们四个车间的主任。"

向东一看,心里有底了。难怪向方当上供销社的这竹器有限公司经理不到两年,发展这么快。他跟南方接轨。小组长都改成车间主任。有意思。向东为弟弟向方的进步打心里高兴。

大家坐定后,李花红招呼向东和菜花吃野板栗。向方抓起一把野板栗搁到向东面前说:"大哥,还得感谢你呀,海南的章爱军很看中我们这里的资源,很想跟我们合作。章总电话里说,他们还可以投资,两三百万元不成问题。他们在国际上有销路。关键是提高竹器产品的质量和品种。对了,我们正开会研究合作方案,研究新竹器工艺产品的开发。"

"向方,我这次来主要是找妈妈说个事。你们开会。"向东说着,站起身,朝大家摆摆手,走到母亲身边轻声说:"妈,你出来一下。"

李花红跟在向东和菜花身后往会议室外面走。向东出了门,又转过身,大着嗓门:"向方,你们开会,抓紧研究。中午一块儿吃饭。"

向东、菜花和母亲走出仓库,停住步子。菜花把手中的一袋茶食递到母亲手上说:"妈,这是城里的点心,你尝尝。"

"爸爸还好吧?"向东望着母亲有些疲倦的脸庞,关心地问。

"好！好！上班呢！现在年岁大了，巡山的工作有年轻人。你放心。"李花红说完，看着菜花有些泛白的脸色，关心地问，"菜花，城里生活不适应？"

"适应！适应！"菜花有些害羞地朝母亲笑笑。

向东拉拉菜花的手，指指菜花腹部对母亲笑着说："妈，你要抱孙子了。今天专程来给你和爸报喜的。"

"有喜啦！"李花红满脸春风，兴奋地重复着，"有喜啦！有喜好！"说着，拉着菜花的手关心地提醒，"要注意休息，要注意营养。"说到这里，朝向东叮嘱："你可要照顾好菜花。我和你爸都忙着，顾不到你们。"

"妈，你放心，我会照顾好菜花。"说完，用商量的口气说，"妈，你去开会。打个电话给爸爸，中午一家吃个饭。"

"好！你爸听到这好消息高兴得要酒喝。"李花红说完，提醒向东，"你们在猪三酒馆订一桌，你俩在酒馆等我们。"

向东一惊。猪三酒馆不是张升财开的吗？张升财与朱支书一直不对付，听爸说这些年张升财一直向朱支书请罪、道歉，但不知道两家关系现在怎样，再说，菜花恨死这个张升财，向东是知道的。向东吃惊地问母亲："就是那家靠松江边的二层楼？"

"对！你们去吧！张升财不是过去的张升财了。人变了。有时间慢慢给你们说吧！"母亲边说边朝会议室走去。

姚向东深深地叹了一口气，在心里思忖着：改革开放了，理念在变，人也会变。

四十一

从猪三酒馆出来，向东和菜花直奔松江镇长途汽车停靠站。

松江镇的停靠站在三岔路口。路口山坡上有两间小屋，里面有一部手摇电话机。父母把向东和菜花送到三岔路口。路边的两间小屋屋顶不知什么时候已经翻修成了水泥平顶。屋顶上面竖起一块八仙桌大的牌子，上面"松江站"三个鲜红的大字特别醒目。

土石公路上手扶拖拉机、农用三轮车明显多起来，不时会驶过一两辆解放牌大卡车，留下一片突突突的发动机轰鸣声和脆亮刺耳的喇叭声。尘土被车轮的旋风带飞起来，路上不时飘过一阵一阵的黄黄的尘雾。

父母陪着向东和菜花等长途公共汽车。已是午后时辰，太阳已经挨到西边的山峰。向东望望公路尽头，抬腕看看手表，对父母说："爸！妈！你们先回去吧，路上尘土多！"

"没关系。"姚建华和李花红满脸红光。人逢喜事精神爽，知道菜花有喜的消息后，两人心里乐开了花。山里人把当爷爷奶奶看得比什么都重要。姚建华夫妻俩恨不得眼前媳妇菜花的肚子像打气球似的赶快鼓起来，恨不得赶快当上爷爷奶奶。当然，最好能抱个孙子，在镇上走到哪儿都风光。这话夫妻俩说不出口。李花红心细，随口问菜花："反应大吧？"

"什么反应？"

"想不想吐？"

"想吐！已经吐了七八回了！"

"想吃甜，还是想吃酸？"

"想吃酸。"

"正好我一个大学同学是江苏镇江的，送给我一瓶镇江香醋，都快被菜花吃光了。"向东不知母亲问来问去什么意思，插了一句话。

李花红一听，脸上的笑容刹那间消失，嘴里自言自语："爱吃酸，酸女甜儿。"最后四个字几乎捂在嘴里了。

菜花没有听清，看到脸色瞬间有些微微发沉的婆母，关心地拉着李花红的手说："妈，你好像不太舒服？外面风大尘多，你和爸先回家吧！"

"我没事。"李花红松开菜花的手，故作一惊。

菜花感受到婆母情感的细微变化，但猜不出什么意思。

向东扯开话题，抬手朝大樟树和两间小屋指指说："爸，当年就是从这儿上的山。"

"你还记得？"

"记得。当年刘建国站长和朱红旗支书让消防大队救援车在这儿接头。对了，那部手摇电话机还在屋里吧？"

"手摇电话机早已换成拨号的电话机了。"

"松树皮屋顶改修成水泥平顶。你看到了吧！对了，要不是那部手摇电话机，你这小命恐怕早喂狼了。"

"我记得。菜花爸、刘站长、朱书记，还有消防的救援组长徐大民等，他们都是我的恩人呀！"

"这些年过去了，我在县里工作，跟领导走得近。但他们没有人找我办过事。"

"你当大官了，人家不好意思找你。改革开放后，观念变了，社会许多事儿变了，人也变了。儿子，有一点可不能变呀！"

"哪一点？"

"知恩图报呗！"

"知道！知道！我被菜花父女从天坑救到县里人民医院救治。我听你说到三岔口，说到大樟树，说到那部手摇电话机。我心里始终记着。出院不久，我就来到三岔口，我进了小屋，手摸着那部手摇电话机，感慨万千。我想了好多好多。"

姚建华和向东走出小屋，来到李花红和菜花身边，用手指指菜花，对向东说："你这一辈子应该记着菜花的恩。"

"爸！都过去这些年了。那是天意，不值一提。"菜花脱口说道，心里还在猜摸着婆母脸色瞬间变化到底有什么心思。婆母问喜甜喜酸，菜花猜不透这酸甜里面有什么奥妙。

远处响起了长长的喇叭声。向东抬头一望，不是去陵阳县城方向的。向东估摸着去县城的汽车还有一会儿。他想起中午母亲让吃饭安排到猪三饭店。自己只订了一百元一桌的标准，可饭菜那么丰富，甲鱼、野鸡，还有山里少有的海参鱼肚烧杂烩都上了。这要是在陵阳城里的饭店吃饭喝酒，恐怕三四百元拿不下来。但张升财不在酒馆里，升财的妻子死活只收一百元，向东也没有办法，也不问父母和弟弟向方。向东知道朱支书儿子朱爱国的事，也知道菜花在这家酒馆的遭遇。这些年这里面不知道发生了什么故事。在向东心里，张升财不是个东西，但这些年过去，父母、弟弟好像不知情似的。菜花心里好像也有话不便说。想到这些，向东忍不住问父亲："爸！张升财这人？"

"人总是会变的。当年朱支书在大队当支书，上面让割资本主义尾巴，张升财杀猪，尾巴长着呢，仇算是结下了。'文革'结束了，人们脑子里的阶级斗争没有忘记。什么阶级斗争呀，人与人的斗争呗。那时候人不知吃错什么药了，都像好斗的公鸡似的，遇上一丁点的小事，不把你鸡冠上的羽毛拔下来几根不解气。那次朱支书的儿子朱爱国在猪三酒馆喝高了，对菜花动手动脚的，张升财对朱支书心里有气，把气全撒到朱爱国身上了，菜花也成了受害者。有一点应该说句公道话，张升财绝对想不到会在严打时要了朱爱国的小命。要知道后果这么严重，张升财也不会再去政府举报。张升财心里内疚，负罪感始终缠着他。很多事外面不知道，其实，张升财在朱支书家门口跪了三天三夜，朱支书硬是把张升财拉进屋子里，喝了几口姜汤，张升财这才缓过劲来。再后来，说开了两家走得近了。许多人见他们两家走近了，不理解，也不便问。朱支书是个爽朗的人，心胸开阔，张升财在自家门口跪了三天三夜，朱支书从来没有提过。谁也不知道这事儿，朱支书失去儿子的痛苦一直深深地埋到心底里，只是老伴曹仁兰哭瞎了眼睛，朱支书整天叹着气。"

"你是怎么知道张升财在朱支书家跪了三天三夜的？"向东迫不及待地问。

"上个月朱支书和老伴看好眼睛从深圳回到松江镇上。他在猪三酒馆请我和你妈。张升财和老伴也参加了。吃酒的时候谁都不提过去的事。只是祝贺曹仁兰眼睛医好了。大家喝了不少酒，很尽兴。我当时也有些纳闷，害子之仇怎么了结的？我问朱红旗，朱红旗说了那跪了三天三夜的事。有一句话，朱支书说的时候，眼眶里溢出了泪花。"

"哪一句话?"

"有些事不是自己能主宰的。那个年代……朱支书当时长长地叹了一口气。"

"别说了。"向东似乎听明白了。他知道,山里人纯朴,许多时候把事儿烂在心窝窝里也不愿吐出来。他瞅了一眼菜花,也叹了一口气。他完全明白了,菜花在鱼头村的家里为什么要设神龛,搬到机关新房时,偷偷地在厨房的壁柜里摆上自己父亲的照片。也许山里人相信命运,也许山里人相信老天爷。要不,许多事儿缠在心里,纠结在心上,是无法扯开来的。向东想好了,回到家第一件事就是把菜花父亲的照片摆放到显眼的地方,让菜花天天看着父亲,把心里的愿望告诉父亲。钱正南是自己的恩人。自己是国家干部,不能在家中摆设神龛信佛,但孝顺父辈,感激恩人没有错。

不远处,传来嘀嘀嘀的喇叭声。向东和菜花抬头一看,一辆淡绿色的公共汽车往大樟树下开过来。山坡上的野树已经落光了叶子,满坡的山草已经枯黄,正没精打采地随着从松江上吹来的风摇曳不止。只有三岔口这个大樟树在带着寒气和尘土的风的吹拂下,依然透着蓬勃的生机。山坡边那杨柳、梧桐、枫树等已经褪去疲惫的外衣,开始冬天的憩息,路边不远处几棵油松依然郁郁葱葱,婆娑多姿。

长途汽车摇摇晃晃地在大樟树下停住。车门打开后,向东拽住菜花的胳膊,踩着车子的踏板,稳稳地在靠窗口的座位上让菜花坐下后,一手拉住座椅的靠背,朝父母挥挥手说:"爸!妈!快回去吧!"

姚建华朝向东和菜花摆摆手:"向东,酒馆的事儿,三句两句说不清。对了,朱支书约我陪张升财去你那里谈投资建饭店,到时再详细说吧!"

"欢迎来陵阳!爸妈!"

菜花也把手伸出窗外,不停地挥手。菜花听卫国和妹子桃花露过几句话,但不便多问。菜花想得很简单,和好总比结仇好,冤家宜解不宜结。再说,天上有老天爷看着,还是相信老天爷吧。向东和父亲说到张升财,菜花没有插一句话。

汽车开动了，大樟树满树的翠绿渐渐地远去，消失在黄色的尘雾中。

四十二

转眼进入腊月。

嘉陵江流域的冬天，并不太寒冷。陵阳城里的人行道边梧桐叶已经全被秋风扫落光。只有松江边上的一些松树、柏树、樟树在飒飒飘拂在寒风中郁郁葱葱。

菜花这些日子孕吐反应特别强烈。有时给幼儿园小朋友上课，讲着说着，一股酸气从胃里泛上来，菜花赶紧往厕所跑。有时跑到走廊上实在忍不住吐了一地。

同事们都知道菜花怀孕了。

菜花坚强，一天假没有请过。向东的工作到了年底特别忙，一点儿也照顾不到菜花。向东能做的就是晚上请办公室同事给菜花送晚饭。菜花过意不去，但也没有办法。

向东回家不回家吃晚饭，一直没有准儿。菜花孕吐的反应激烈，身子疲惫，胃口也不好。从幼儿园下班回到家，脑海里满是孩子们叽里呱啦的喊叫声，头都涨裂了。到家也懒得做饭，她只能听向东的。两人商量好了。向东没有接待，回来做晚饭，如果当晚参加领导的接待，他会安排同事从机关食堂打一份饭送到家里。到姚向东家里给菜花送饭最多的是吴景燕。吴景燕有文化，爱打扮，走到哪里都容易让人记住。

一次，吴景燕提着保温饭盒，刚敲了一下向东家的门，刘方明下班走到家门口。两人碰面了。刘方明不知道菜花怀孕了，但知道向东有个小姨子叫杏花。听向东介绍，高中毕业没有工作。这几个月刘方明一直张罗着杏花的工作。今天上午总算有了眉目。陵阳酒厂厂长姚大年到刘方明办公室汇报酒厂扩建的事儿。汇报完后，刘方明想起了自己曾答应向东的事，赶紧给姚厂长说到向东小姨子杏花。姚厂长一听，二话不说，一口答应了。并说到办公室或到财务科工作都可以。最近，酒厂扩建正要招人，还没有等刘局长感谢，姚厂长给刘局长一支烟，连连感谢刘局长。刘局长想不到瞌睡送来了枕头，心里很高兴。此刻看到一位漂亮的姑娘敲向东家的门，他不认识吴景燕，便来了个想当然，停住步子，打量着拎着饭盒的吴景燕问："你是杏花？"

"不是！"吴景燕认识刘局长，县里开会时见过几次。她停住敲门的手，对刘局长说："刘局长，我是吴景燕，向东办公室的秘书。"

"噢！你是吴秘书。"刘方明一边掏钥匙一边歉意地望着吴景燕，"看花眼了，把你当杏花姑娘了。"

"杏花？对了，你说的杏花是谁呀？"

"杏花是向东乡下的小姨子。正托我找工作呢！"刘方明旋开自己家的门锁，推开门没有进去，有些诧异，"你给向东家送饭？"

"对呀！向东今天陪刘县长接待香港的客商，晚上回不来。他妻子怀孕了，孕吐反应强烈，不便煮饭，我给他妻子从食堂打的饭顺便送过来。"吴景燕说着，又咚咚咚地重复敲门。

门开了。菜花拿着一条羊肚白的毛巾一边擦着嘴一边朝吴景燕打招呼："吴秘书，谢谢你呀！下次我自己去食堂拿。"

刘方明明白了。菜花怀孕了，真让自己上次给向东说准了。想到杏花工作的事，刘方明赶紧朝正欲关门的菜花笑笑："菜花妹子，回来告诉向东一声，杏花的工作有眉目了。"

菜花拎着饭盒，朝吴景燕和刘方明局长连连摆手致谢，心里兴奋不已。杏花有了工作，母亲来家里，一切就顺当了。向东工作再忙，自己也不要老操向东的心了。

刘方明知道菜花怀孕的好消息，想想杏花工作有眉目了，也为向东高兴。杏花在陵阳城里有了工作，向东丈母娘来陵阳照顾有身孕的大姑娘，这可是顺理成章的事儿。刘方明在机关工作时间长，人际关系广。他为人和善，乐于帮助人。只要有人求他办事，他总是很热心。只要帮人家办成事儿，小到子女上学，亲戚朋友看病，大到年轻人找工作，他心里就会特别愉快。刘方明虽然四十开外的人，但显得年轻，有生气。圆圆脸，不太泛红的皮肤，大大的双圈眼，给人一种特别亲和的感觉。

吴景燕还要赶到贵宾楼。菜花目送着吴景燕走下楼梯，目送着刘局长笑嘻嘻地走进家门，这才轻轻地关上门。菜花把刚才呕吐擦嘴的毛巾往桌上一丢，拎着饭盒直往厨房跑。

菜花把饭盒搁在灶台上，走到壁柜跟前，把柜门轻轻地拉开，父亲的遗照出现在菜花的眼前。菜花凝视着父亲的遗照，父亲那慈祥有神的眼睛与菜花的眼神对视着。菜花想到这些日子，家里的事儿，自己的事儿都比较顺，心里一件一件地数：向东"主持"去掉了，当上了办公室一把手；向东分到了一套大房子，两室一厅一厨一卫；自己与向东成亲了，想不到还提前怀上了孩子；听说朱爱国的母亲曹仁兰眼病治好了，重见光明；自己怀孕了，向东工作那么忙，家里急需要有个人帮衬，母亲胡少香来最合适，但小妹子杏花在乡下，母亲走不开，只有给杏花在陵阳城里找份工作，母亲才能离开鱼头村，想不到有贵人帮忙，刘方明局长住在对门，不到几个月，杏花的工作有眉目了。看来，一家人在陵阳城里过春节有希望了。想到这里，菜花双手合十，目光凝视着父亲的遗像，虔诚地祈祷：父亲保佑！苍天保佑！

这些好事连成一串儿，菜花打心里服了。看来苍苍茫茫的大地上还真有说不出道儿的神秘力量。也许这就是人们常说的老天爷吧，也许就是人们常说的神灵吧。菜花越来越信了。就算是向东当官了，这些事儿算到向东头上。但向东从天坑掉下来，让我们父女俩救上来，这不也是天意嘛！也是老天安排嘛！想起今年夏天和杏花去了霞光寺，在霞光寺烧了香，请了愿，现在想想还真灵。杏花当时跟着去霞光寺，现在找工作竟然这么顺畅。谁让向东与刘方明局长做邻居呢。要知道这个刘方明局长是管全县所有厂子的局长，哪有这么巧的事，这不是老天爷安排好的是什么。

菜花吃完晚饭，用热得快烧了一瓶开水，自己倒了一杯，往客厅的椅子上一坐，目光盯着窗外渐渐拉上的夜幕。她端起茶杯慢慢地呷了一口，把茶杯放到桌子上，脑海里翻腾开，一个个熟悉的身影在自己眼前走马灯似的晃悠着：朱红旗、刘建国、朱爱国、朱卫国、高华庆；自己的父母、自己的二妹桃花、三妹杏花；向东的父母、向东的弟弟向方。"文革"结束了，一晃十年过去，社会发生了多大的变化呀。现在各忙各的事儿，都很忙，大家最缺的就是时间。桃花说过，南方人把时间看得比金钱还重要。真是不可思议。

菜花在等向东回家。她要把杏花工作有眉目的好消息第一时间告诉向东。菜花心里想着向东。菜花怀孕了，向东为菜花担着心思。其实，菜花知道改革了，开放了，向东忙得团团转。菜花也每时每刻为向东操心呢！杏花有工作，母亲到家里来帮忙，向东工作就安心了。自从跟向东有了那层关系后，菜花就暗暗下决心，不能给向东添麻烦。两个人的结合，就是应该给对方舒心。

窗外黑沉沉的。

没有月亮，只有不远的路灯泛着昏黄色的光雾。

菜花坐在椅子上，望着窗外的夜色，两手伸进棉衣中，在肚皮上轻轻地搓揉。她嘴里轻声地念叨：但愿生个男孩儿，生个男孩，向东父母的面子在松江镇上会有光。再说，自己的父母一生没有儿子。自己是大姑娘，第一胎生个儿子，母亲不知道会有多高兴呢。想到这里，菜花脑子里一愣，万一生个丫头呢？再说，现在实行只生一胎的计划生育政策。只能一炮打响。在松江三岔口等车时，向东母亲李花红问自己喜甜喜酸，会不会跟生男生女有关？

菜花有了心思。她从椅子上站起来，在小小的客厅和房间里踱步。

向东正陪县长刘立平、副县长张立仁接待香港万通集团张建承董事长。县委、县政府对香港客商接待特别重视。不仅因为这是泸阳市委组织部部长徐立银介绍的，重要的是万通集团是个大公司，要在陵阳投资。下午，县委书记黄万和会见了张建承董事长。此刻，县长刘立平，分管经济工作的副县长张立仁正在陵阳招待所贵宾楼招待张建承董事长一行。宴请设在贵宾楼二号厅，姚向东正在不停地张罗着，不时端起酒杯向张建承董事长敬酒。

姚向东知道内情。这次能把香港万通集团董事长张建承请到陵阳来，完全是徐立银部长的面子。徐凤霞从中做了不少协调工作。当然，这里也有些缘分。张建承父亲张朝武抗日战争期间是一位地下党负责人，一直活跃在泸阳一带，与徐立银当年有过工作上的关系。后来，打跑了日本鬼子，张建承的父亲到了地方游击队。解放战争期间是四川地方游击部队的一个师长，在泸阳、陵阳嘉陵江流域跟国民党政权周旋，时不时给国民党政权猛烈一击。解放军南下时跟随大部队南下，一直打到海南岛，后来在海南岛定居。在海南岛休养和复员转业的泸阳籍干部不少。张建承是张朝武的大儿子，是个传奇人物。六十年代，全国闹饥荒。张建承从海南岛渡过琼州海峡来到广州。听说香港那边有吃的，张建承随着人流逃港。他天生胆大心细，加上才二十出头，有的是气力。在一个深秋的夜里，他竟然游过深圳河，逃到了香港，经过二十多年的打拼，成了拥有亿元资产的万通集团董事长。他虽然没有来过陵阳，但小时候听父亲说过，陵阳是个好地方，就是交通闭塞，比较穷些。穷虽然是事实，但资源丰富，在陵阳那可是端着金饭碗讨饭。张建承对陵阳的投资信心，来自父亲对陵阳的情结。下午，县委黄万和书记会见时，张建承说到了自己的父亲，说到了父亲的很多战友，激动的泪水溢出眼眶。

向东知道张建承的经历，留了个心眼。他想起了叔爷。叔爷是松江区大队的交通员，当年的顶头上司区大队保卫科长章德林就是随大部队南下的。当然，后来没有任何消息了。但循着张建承的关系，会找到张建承的父亲。说不定张建成的父亲会知道一些章德林的线索。但愿顺风顺水能找到章德林。那样，叔爷的事儿就能说清了。这可是一条为叔爷平反的重要线索。想到这层关系，姚向东拎起桌上的毛峰大曲，恭恭敬敬地把张建承董事长的小酒壶往桌子边移了移，满上后，也把自己的小酒壶斟满酒。姚向东放下酒瓶，把张建承跟前的小酒壶递到张董手上，自己拎起小酒壶说："张总，请允许我代表陵阳的父老乡亲敬你父亲一壶酒。"

张董事长瞅瞅姚向东，礼貌地站起身，笑着说："姚主任，你要拎壶冲！打仗呢！"说着一仰脖子对刘县长、张县长亮了亮手中的空壶："后生可畏！刘县长、张县长，你们县后继有人呀！"

刘县长、张县长站起来，敬佩地朝张董事长一笑，几乎是异口同声："张董海量！海量！"

姚向东想不到张董事长这么爽快，拎着小酒壶愣了一下，把酒壶贴到嘴唇上，咪咪咪的几声，一壶酒全吸进了嘴里。

张董事长酒席开始后，只是盯着刘县长、张县长不停地你来我往地敬酒，想不到半路上杀出了个程咬金。张董事长吃惊地望望姚向东伸出手。姚向东赶紧握住张董事长的手说："献丑！献丑了！"

张董事长高兴地用小杯倒了一杯，回敬了姚向东，赞叹地说："敬佩！敬佩！"说完坐到椅子上，对刘县长和张县长说："你们有这样的爽快人做后勤保障，我投资就放心了！"

"快发名片！"刘县长朝姚向东瞥了一眼，"上次接待海南的客商就让你通知领导干部印名片，办了？"

"通知下去了。我印了名片，张董来了，一激动忘了发了。"姚向东说着从上衣口袋掏出一只人造革的名片夹，从里面抽出一张，恭恭敬敬地递到张董事长手里说："这是我的名片，请多关照。"

张董事长接过名片，目光在名片上扫了几眼，朝跟随一起来访的集团副总乔卫星摆了一下手说："乔总到隔壁三号厅把陶志玲叫过来。"

乔总应了一声，起身走出包间大门。